國家社會科學基金重大項目（18ZDA248）
「十四五」國家重點圖書出版規劃項目
國家出版基金資助項目

編委會

查清華　主編

東亞唐詩選本叢刊

第一輯

五

國家出版基金項目
NATIONAL PUBLICATION FOUNDATION

中原出版傳媒集團
中原傳媒股份公司
大象出版社
·鄭州·

圖書在版編目(CIP)數據

東亞唐詩選本叢刊. 第一輯. 五／查清華主編. —
鄭州：大象出版社，2023. 8
ISBN 978-7-5711-1277-6

Ⅰ. ①東… Ⅱ. ①查… Ⅲ. ①唐詩-詩歌研究-叢刊
Ⅳ. ①I207. 227. 42-55

中國版本圖書館 CIP 數據核字(2021)第 264326 號

東亞唐詩選本叢刊 第一輯 五

出 版 人 汪林中
項目策劃 張前進 郭一凡
項目統籌 李建平 王軍敏
責任編輯 王軍敏 李小希
責任校對 安德華 趙 芝 張紹納 任瑾璐 萬冬輝 牛志遠
裝幀設計 王莉娟
出版發行 大象出版社
鄭州市鄭東新區祥盛街27號 郵編450016
印 刷 北京匯林印務有限公司
版 次 2023年8月第1版第1次印刷
開 本 720mm×1020mm 1/16 52.75印張
字 數 570千字
定 價 213.00元

前言

《東亞唐詩選本叢刊》(第一輯)十册，選入日本江户、明治時代學者注解評釋的唐詩選本十二種：《三體詩備考大成》《唐詩集注》《唐詩解頤》《唐詩選夷考》《唐詩兒訓》《唐詩絶句解》《唐詩通解》《通俗唐詩解》《唐詩句解》《唐詩選講釋》《三體詩評釋》《唐詩正聲箋注》。

這些選本具有一定的代表性。南宋周弼選編的《三體唐詩》不僅流行於元明時期，成書不久亦即傳入日本，因便於讀者學習漢詩創作法則而深受歡迎，遂產生多種新的注解評釋本。熊谷立閑（？—1695）《三體詩備考大成》、野口寧齋（1867—1905）《三體詩評釋》均在此基礎上集注增評。明初，高棅編《唐詩正聲》，在明代影響深遠，《明史·文苑傳》稱：「其所選《唐詩品彙》《唐詩正聲》，終明之世，館閣宗之。」東夢亭（1796—1849）撰《唐詩正聲箋注》，菅晉帥《序》曰：「夫詩規於唐，而此則其正統宗派，足以救時體之冗雜。」明後期，李攀龍編《古今詩删》，並作《唐詩選序》，自豪地宣稱「唐詩盡于此」。該書一度成爲明代格調詩派的範型選本，傳入日本後，受到古文辭學派推崇，服元喬於享保九年（1724）校訂《唐詩選》，即係從該書截取而單行的唐詩部分，此舉居功至偉，以至「海内户誦家傳，以爲模範準繩」。宇士新（1698—1745）、竺顯常（1719—1801）《唐詩集注》，竺顯常《唐詩解頤》，千葉玄之（1727—1792）《唐詩選講釋》，新井白蛾（1725—1792）《唐詩兒訓》《唐詩絶句解》，入江南溟（1682—1769）《唐詩句解》，莫不以服元喬所訂《唐詩選》爲宗，對其進行注解講釋。至明末清初，著名文學批評家金聖歎作

《貫華堂選批唐才子詩》《唱經堂杜詩解》，葛西因是（1764—1823）《通俗唐詩解》所選詩目即多與此二書相重合，其解説也多襲用金氏評語。各選本之間淵源有自，顯示了清晰的理論脉絡和學術統緒，便於我們把握古代日本詩學觀念與學術思潮的變遷。尤其像熊谷立閑《三體詩備考大成》這樣集大成式的選注本，簡册浩瀚，材料富贍，引用了不少國内已佚或罕見之古籍，具有較高的文獻價值。

上述諸書編撰者均爲日本精研漢學的著名儒學家和詩人，編撰《唐詩通解》的皆川淇園（1734—1807）、編撰《唐詩選夷考》的平賀晋民（1721—1792）亦然。他們不僅學殖深厚、創作經驗豐富，還持有異域文化視野，使得這些選本具有獨特的詩學批評和文學理論價值，從而拓展了唐詩的美學藴涵和文化意義。諸人廣參中國自唐至清各代學者對唐詩的選編、注解和評釋，立足於自己的價值取向、美學宗趣，博觀約取，集注彙評，考辨糾謬，發明新意。附著於選本的序跋、凡例、小引及評解，集中體現出接受者對詩作的審美體驗與理性解讀，注重發掘每首詩潛藏的生命意趣、文化信息、風格特徵及典型法則。

這些選本不僅具有較高的學術價值和文化意義，還因其具有蒙學、普及等性質，大都在日本傳播廣泛，影響深遠，極大促進了唐詩在日本的傳播，推進了東亞文明的建設。諸編撰者爲擴大讀者群體，在詩歌選擇、編排體例、語言形式等方面做了大量努力。首先，詩歌選擇名篇佳作。其次，編排格式上，正文、夾注、眉批、尾注、分隔符、字號等的使用錯落有致，標示分明。再次，或在漢文旁添加和訓，方便不諳漢語的日本讀者誦習；或如《唐詩兒訓》《唐詩絶句解》《通俗唐詩解》《唐詩選講釋》《三體詩評釋》等五種選本，除原詩爲漢文外，注解、評釋多用江户時期和文；或如《三體詩評釋》，適時引用日本古代俳句、短歌來與所點評的唐詩相互印證；或如《唐詩選講釋》，在講解官職、計量單位、風俗、名物等語詞時，常以日本相近物事類比。諸如此類的努力直接促成了唐詩的普及，也推進了社會文明的建設，恰如《唐詩兒訓序》所稱：「今爲此訓之易解，户讀家誦，天下從此言詩者益多，更添昭代文明之和氣焉。」

叢刊在整理時，主要做了斷句標點、校勘、和文漢譯的工作，體例上儘量沿用原書格式，保留舊貌，並在每種選本前撰有《整理説明》一篇，簡要介紹編撰者生平著述、時代背景、書名、卷數、編排體例、基本内容、主要特點、學術價值及版本情況等。

本項目的整理研究對象，固爲東亞各國友好交流的歷史文化資源。歷史川流不息，東亞各國人民之間的友誼亦綿延不絶。本輯的編撰，得到日本學界諸多學者的大力支持，也得到日本國立國會圖書館、公文書館、御茶水女子大學、京都大學圖書館、早稻田大學圖書館等機構的無私幫助，讓我們真正領悟到「山川異域，風月同天」的文化意味，在此謹致謝忱。

《東亞唐詩選本叢刊》（第一輯）是國家社科基金重大項目「東亞唐詩學文獻整理與研究」之子項目階段性成果，又幸獲「十四五」國家重點圖書出版規劃項目、國家出版基金資助項目支持，感謝諸位專家的信任和鼓勵，感謝大象出版社各位編輯的艱辛付出。

本團隊各位同人不辭辛勞，通力合作，除書中所列編委及整理者，尚有郁婷婷、徐梅、張波協助校對。克服資料獲取的不便及古日文解讀的困難，歷數年終得第一輯付梓，斷不敢以「校書如掃塵」自寬，但因筆者水平所限，疏誤自然難免，祈請讀者諸君不吝賜教，以便日後修訂再版。

查清華

二〇二三年五月於上海師範大學唐詩學研究中心

目録

唐詩解頤　〔明〕李攀龍　選編　〔日〕笠顯常　注解　〇〇一
唐詩選夷考　〔日〕平賀晋民　編撰　二九七
唐詩兒訓　〔日〕新井白蛾　解　六二七

〔明〕李攀龍 選編
〔日〕竺顯常 注解

唐詩解頤

翁其斌
閔定慶 整理

整理說明

竺顯常（1719—1801），字梅莊，法號大典，日本江户中期著名禪僧、漢詩人，享保十四年（1729）依相國寺塔頭慈雲、獨峰慈秀和尚剃度，師從獨秀參禪問道，另拜黄檗僧大潮和尚修習文學，同時入名儒宇士新（宇野明霞）之門，後成爲相國寺住持。宇士新早年私淑荻生徂徠，受宇氏影響，竺顯常亦推崇徂徠派，李攀龍的《唐詩選》受到他的關注。

《唐詩解頤》七卷本，竺顯常纂輯。卷首《自叙》云：「向也余著《唐詩集注》，既又搴其英，味其腴，取其要捷，間或一二補前注罅漏，因爲《解頤》七卷，以便學者。」可知在編撰《唐詩解頤》之前，竺顯常曾纂有《唐詩集注》七卷（安永三年刻）。但作爲李攀龍《唐詩選》的「箋釋集大成者」，《唐詩集注》注文較繁，卷帙也相對龐大。爲更方便時人學習唐詩，竺顯常在前書基礎上加以精簡，是爲《唐詩解頤》。因此，《唐詩解頤》可謂《唐詩集注》之濃縮本，也是李攀龍《唐詩選》的簡注本。如果説《唐詩集注》重在集前人之注，《唐詩解頤》似更重編撰者自己的見解。

該書見兩種刻本，分别爲日本江户時期後桃園天皇安永五年（1776）刻本和光格天皇寬政十二年（1800）刻本。寬政十二年本書末增《唐詩解頤補遺》一卷，可見竺顯常生前最後階段猶致力於《唐詩選》的注釋和評論。相較於《唐詩集注》，《唐詩解頤》篇目上稍有删減，注文更爲簡要，亦不復注各家評論出處，僅保留簡單評語，或疏通句意，或點評、總結詩歌妙處。與《集註》體例類似，《解頤》採用雙行夾注形式，正文用方框插入一二字，以補釋疏通句意，便於日本普通讀者領會。如魏徵《述懷》

「請纓繫南越（王），憑軾下東藩」，劉廷芝《公子行》「緑波（之涯）清迴玉爲砂」，以上「王」「之涯」均爲編撰者所加。此書整理改方框爲括号，以便於閲讀。

本次整理，以日本寬政十二年刻本爲底本，參校日本安永五年刻本、清華大學圖書館藏明刻本《唐詩選》，以及上海古籍出版社 1986 年 10 月影印《全唐詩》。在整理過程中，得胡瓊、李定廣、劉曉、李準、秦夢弟、段江雁、黄安琦諸君協助，謹致謝忱。

整理者

目録

題辭 ……〇二二

自叙 ……〇二三

李于鱗序 ……〇二四

唐詩五古解頤卷一 ……〇二五

初唐

魏　徵　述懷 ……〇二五

陳子昂　薊丘覽古 ……〇二六

張九齡　感遇 ……〇二七

盛唐

李　白　子夜吴歌 ……〇二八

經下邳圯橋懷張子房 ……〇二八

杜　甫　後出塞 ……〇二九

玉華宮 ……〇三〇

王　維　送別 ……〇三〇

常　建　西山 ……〇三一

高　適　宋中 ……〇三一

岑　參　與高適薛據同登慈恩寺浮圖 ……〇三二

崔　曙　早發交崖山還太室作 ……〇三三

中唐

韋應物　幽居 ……〇三四

柳宗元　南磵中題 ……〇三四

唐詩七古解頤卷二 ……〇三六

初唐

王　勃　滕王閣 ……〇三六

劉廷芝　公子行 ……〇三七

代悲白頭翁 ……〇三八

宋之問　下山歌 …………○三九
至端州驛見杜五審言沈三佺期閻五朝隱王二無競題壁慨然成咏 …○三九
張若虛　春江花月夜 …………○四○
衛　萬　吳宮怨 …………○四一

盛唐

李　白　烏夜啼 …………○四二
江上吟 …………○四二
杜　甫　貧交行 …………○四三
短歌行贈王郎司直 …………○四三
高都護驄馬行 …………○四四
送孔巢父謝病歸游江東兼呈李白 …………○四五
飲中八仙歌 …………○四六
哀江頭 …………○四七
韋諷録事宅觀曹將軍畫馬圖引 …○四八
丹青引贈曹將軍霸 …………○四九
高　適　邯鄲少年行 …………○五○
人日寄杜二拾遺 …………○五一
岑　參　登古鄴城 …………○五二
韋員外家花樹歌 …………○五二
胡笳歌送顏真卿使赴河隴 …………○五三
李　頎　崔五丈圖屏風各賦一物得烏孫佩刀 …………○五三
王　維　答張五弟諲 …………○五四
崔　顥　孟門行 …………○五五
張　謂　贈喬林 …………○五六
湖中對酒作 …………○五六
王昌齡　城傍曲 …………○五七
薛　業　洪州客舍寄柳博士芳 …………○五八
丁仙芝　餘杭醉歌贈吳山人 …………○五八

初唐

盧照鄰　長安古意……〇五九

駱賓王　帝京篇……〇六一

唐詩五律解頤卷三……〇六六

初唐

王　績　野望……〇六六

楊　炯　從軍行……〇六七

王　勃　杜少府之任蜀川……〇六七

陳子昂　晚次樂鄉縣……〇六八

春夜別友人……〇六八

杜審言　送別崔著作東征……〇六九

蓬萊三殿侍宴奉敕咏終南山……〇六九

和晉陵陸丞早春游望……〇七〇

和康五望月有懷……〇七一

送崔融……〇七二

宋之問　扈從登封途中作……〇七二

送沙門弘景道俊玄奘還荊州應制……〇七三

李　嶠　長寧公主東莊侍宴……〇七三

張　説　恩敕麗正殿書院賜宴應制得林字……〇七四

還到端州驛前與高六別處……〇七五

幽州夜飲……〇七五

孫　逖　宿雲門寺閣……〇七六

盛唐

玄宗皇帝　幸蜀西至劍門……〇七六

李　白　塞下曲……〇七七

秋思……〇七七

送友人……〇七八

送友人入蜀……〇七八

秋登宣城謝朓北樓……〇七九

孟浩然
臨洞庭……〇七九
題義公禪房……〇八〇
王維
終南山……〇八一
過香積寺……〇八一
登辨覺寺……〇八二
送平淡然判官……〇八二
送劉司直使安西……〇八三
送邢桂州……〇八四
使至塞上……〇八四
觀獵……〇八五
岑參
送張子尉南海……〇八五
寄左省杜拾遺……〇八六
登總持閣……〇八六
高適
送劉評事充朔方判官賦得征馬嘶……〇八七
送鄭侍御謫閩中……〇八七
使清夷軍入居庸……〇八七
自薊北歸……〇八八
醉後贈張九旭……〇八八
杜甫
登兗州城樓……〇八九
房兵曹胡馬……〇八九
春宿左省……〇九〇
秦州雜詩……〇九〇
送遠……〇九一
題玄武禪師屋壁……〇九一
玉臺觀……〇九二
觀李固請司馬題山水圖……〇九三
禹廟……〇九三
旅夜書懷……〇九四
船下夔州郭宿雨濕不得上岸別王十二判官……〇九四
登岳陽樓……〇九五

王灣　次北固山下……○九五
祖咏　江南旅情……○九五
蘇氏別業……○九六
李頎　望秦川……○九六
綦毋潛　宿龍興寺……○九七
王昌齡　胡笳曲……○九七
張謂　同王徵君洞庭有懷……○九八
常建　破山寺後禪院……○九八
丁仙芝　渡揚子江……○九九
張巡　聞笛……○九九
張均　岳陽晚景……一○○

中唐

劉長卿　穆陵關北逢人歸漁陽……一○○
張祜　題松汀驛……一○一

晚唐

釋處默　聖果寺……一○一

唐詩排律解頤卷四……一○三

初唐

楊炯　送劉校書從軍……一○三
駱賓王　宿温城望軍營……一○四
靈隱寺……一○五
蘇味道　在廣聞崔馬二御史並登相臺……一○六
李嶠　奉和幸韋嗣立山莊應制……一○七
陳子昂　白帝懷古……一○八
峴山懷古……一○九
杜審言　贈蘇味道……一○九
沈佺期　酬蘇員外味玄夏晚寓直省中見贈……一一○
宋之問　同韋舍人早朝……一一一
奉和幸長安故城未央宮……一一二
奉和晦日幸昆明池應制……一一三

和姚給事寓直之作 …… 一一四
早發始興江口至虛氏村作 …… 一一五
蘇　頲　同餞楊將軍兼原州都督御史中丞 …… 一一五
張　說　奉和聖製途經華岳 …… 一一六
張九齡　奉和聖製早度蒲關 …… 一一七
和許給事直夜簡諸公 …… 一一八
酬趙二侍御史西軍贈兩省舊僚之作 …… 一一九
奉和聖製送尚書燕國公說赴朔方軍 …… 一二〇

盛唐

王　維　奉和聖製暮春送朝集使歸郡 …… 一二一
送李太守赴上洛 …… 一二二
送秘書晁監還日本 …… 一二三
李　白　送儲邕之武昌 …… 一二三
孟浩然　陪張丞相自松滋江東泊渚宮 …… 一二四
高　適　送柴司戶充劉卿判官之嶺外 …… 一二五
陪竇侍御泛靈雲池 …… 一二五
杜　甫　行次昭陵 …… 一二六
重經昭陵 …… 一二七
冬日洛城北謁玄元皇帝廟廟有吳道子畫五聖圖 …… 一二八
王閬州筵奉酬十一舅惜別之作 …… 一二九
春歸 …… 一三〇
奉觀嚴鄭公廳事岷山沱江圖 …… 一三〇
江陵望幸 …… 一三一
李　頎　聖善閣送裴迪入京 …… 一三二
岑　參　早秋與諸子登虢州西亭觀眺 …… 一三三
祖　咏　清明日宴司勳劉郎中別業 …… 一三三
鄭　審　奉使巡檢兩京路種果樹事畢入秦因詠歌 …… 一三四

中唐

劉長卿　行營酬呂侍御……一三五

送鄭説之歙州謁薛侍御……一三六

唐詩七律解頤卷五……一三七

初唐

沈佺期　古意……一三七

紅樓院應制……一三八

遥同杜員外審言過嶺……一三八

再入道場紀事……一三九

侍宴安樂公主新宅應制……一四〇

龍池篇……一四〇

韋元旦　興慶池侍宴……一四一

蘇　頲　侍宴安樂公主新宅應制……一四二

奉和春日幸望春宮……一四二

奉和初春幸太平公主南莊應制……一四三

張　説　灉湖山寺……一四四

遥同蔡起居偃松篇……一四四

幽州新歲作……一四五

賈　曾　奉和春日出苑矚目應令……一四五

李　邕　奉和初春幸太平公主南莊應制……一四六

孫　逖　和左司張員外自洛使入京中路先赴長安逢立春日贈韋侍御及諸公……一四六

盛唐

崔　顥　黄鶴樓……一四七

行經華陰……一四八

李　白　登金陵鳳凰臺……一四八

賈　至　早朝大明宮呈兩省僚友……一四九

王　維　和賈至舍人早朝大明宮之作……一四九

和太常韋主簿五郎温泉寓目……一五〇

大同殿生玉芝龍池上有慶雲百官共睹聖恩便賜宴樂敢書即事 …… 一五一
奉和聖製從蓬萊向興慶閣道中留春雨中春望之作應制 …… 一五二
敕賜百官櫻桃 …… 一五二
酌酒與裴迪 …… 一五三
酬郭給事 …… 一五三
過乘如禪師蕭居士嵩丘蘭若 …… 一五四

李憕
奉和聖製從蓬萊向興慶閣道中留春雨中春望之作應制 …… 一五四

李頎
送魏萬之京 …… 一五五
寄盧司勳員外 …… 一五五
題璿公山池 …… 一五六
寄綦毋三 …… 一五六
送李回 …… 一五七
宿瑩公禪房聞梵 …… 一五七
贈盧五舊居 …… 一五八

祖詠
望薊門 …… 一五九

崔署
九日登仙臺呈劉明府 …… 一五九

萬楚
五日觀妓 …… 一六〇

張謂
杜侍御送貢物戲贈 …… 一六一

高適
送李少府貶峽中王少府貶長沙 …… 一六一
夜別韋司士 …… 一六二

岑參
和賈至舍人早朝大明宮 …… 一六二
和祠部王員外雪後早朝即事 …… 一六三
西掖省即事 …… 一六四
九日使君席奉餞衛中丞赴長水 …… 一六四
首春渭西郊行呈藍田張二主簿 …… 一六五
暮春虢州東亭送李司馬歸扶風別廬 …… 一六五

王昌齡
萬歲樓 …… 一六六

杜甫
題張氏隱居 …… 一六六

宣政殿退朝晚出左掖 …… 一六七
紫宸殿退朝口號 …… 一六七
曲江對酒 …… 一六八
九日藍田崔氏莊 …… 一六八
望野 …… 一六九
登樓 …… 一七〇
秋興四首 …… 一七〇
吹笛 …… 一七二
閣夜 …… 一七三
返照 …… 一七三
登高 …… 一七四

中唐

錢　起　闕下贈裴舍人 …… 一七四
　　　　和王員外晴雪早朝 …… 一七五
韋應物　自鞏（縣）洛（水）舟行入黄河即事寄府縣寮友 …… 一七六
郎士元　贈錢起秋夜宿靈臺寺見寄 …… 一七六
盧　綸　長安春望 …… 一七七
張南史　陸勝宅秋雨中探韻 …… 一七七
李　益　鹽州過胡兒飲馬泉 …… 一七八
柳宗元　登柳州城樓寄漳汀封連四州刺史 …… 一七八
韓　愈　奉和庫部盧四兄曹長元日朝迴 …… 一七九

唐詩五絶解頤卷六 …… 一八〇

初唐

楊　炯　夜送趙縱 …… 一八〇
駱賓王　易水送別 …… 一八〇
陳子昂　贈喬侍御 …… 一八一
郭　振　子夜春歌 …… 一八二
盧　僎　南樓望 …… 一八二
蘇　頲　汾上鷩秋 …… 一八三

張　説　蜀道後期……一八三
張九齡　照鏡見白髮……一八四
孫　逖　同洛陽李少府觀永樂公主入蕃……一八四
賀知章　題袁氏別業……一八五

盛唐

李　白　静夜思……一八五
怨情……一八六
秋浦歌……一八六
獨坐敬亭山……一八六
見京兆韋參軍量移東陽……一八七
王　維　臨高臺送黎拾遺昕……一八七
班婕妤二首……一八八
雜詩二首……一八九
送別……一八九
鹿砦……一九〇
竹里館……一九〇
崔國輔　長信草……一九一
少年行……一九一
孟浩然　送朱大入秦……一九二
春曉……一九二
洛陽訪袁拾遺不遇……一九二
儲光羲　洛陽道獻吕四郎中……一九三
長安道……一九三
關山月……一九四
王昌齡　送郭司倉……一九四
答武陵田太守……一九四
裴　迪　孟城坳……一九五
鹿砦……一九五
杜　甫　復愁……一九六
絶句……一九六
崔　顥　長干行……一九六
高　適　咏史……一九七

岑　參　田家春望……一九七
行軍九日思長安故園……一九八
見渭水思秦川……一九八
王之渙　登鸛鵲樓……一九九
祖　咏　終南望餘雪……一九九
李適之　罷相作……一九九
李　頎　奉送五叔入京兼寄綦毋三……二〇〇
丘　爲　左掖梨花……二〇〇
蕭穎士　九日陪元魯山登北城留别……二〇〇
蓋嘉運　伊州歌二首……二〇一

中唐

劉長卿　平蕃曲……二〇二
錢　起　逢俠者……二〇三
江行無題……二〇三
韋應物　秋夜寄丘二十二員外……二〇三
聽江笛送陸侍御……二〇四
聞雁……二〇四
答李澣……二〇四
皇甫冉　婕妤怨……二〇五
朱　放　題竹林寺……二〇五
耿　湋　秋日……二〇六
盧　綸　和張僕射塞下曲……二〇六
司空曙　别盧秦卿……二〇六
李　益　幽州……二〇七
戴叔倫　三閭廟……二〇七
令狐楚　思君恩……二〇八
柳宗元　登柳州鵝山……二〇八
劉禹錫　秋風引……二〇九
吕　温　鞏路感懷……二〇九
孟　郊　古别離……二〇九
賈　島　尋隱者不遇……二一〇

晚唐

文宗皇帝　宮中題……二一〇

于武陵　勸酒……二一一

薛　瑩　秋日湖上……二一一

雜

荆　叔　題慈恩塔……二一一

西鄙人　哥舒歌……二一二

太上隱者　答人……二一二

唐詩七絶解頤卷七……二一三

初唐

王　勃　蜀中九日……二一三

杜審言　渡湘江……二一四

贈蘇綰書記……二一四

戲贈趙使君美人……二一五

沈佺期　邙山……二一五

宋之問　送司馬道士游天台……二一六

崔敏童　宴城東莊……二一六

崔惠童　奉和同前……二一七

劉廷琦　銅雀臺……二一七

張　説　送梁六……二一八

王　翰　涼州詞……二一八

盛唐

李　白　清平調詞三首……二一九

客中行……二二〇

峨眉山月歌……二二〇

上皇西巡南京歌二首……二二一

聞王昌齡左遷龍標尉遥有此寄……二二二

黄鶴樓送孟浩然之廣陵……二二三

陪族叔刑部侍郎曄及中書舍人賈至游洞庭湖……二二三

望天門山……二二四

王昌齡

早發白帝城……二二四
秋下荊門……二二五
蘇臺覽古……二二五
越中懷古……二二五
與史郎中欽聽黄鶴樓上吹笛……二二六
春夜洛城聞笛……二二六
春宮曲……二二七
西宮春怨……二二七
西宮秋怨……二二八
長信秋詞三首……二二八
青樓曲二首……二二九
閨怨……二三〇
出塞行……二三〇
從軍行三首……二三一
梁苑……二三二
芙蓉樓送辛漸……二三二
送薛大赴安陸……二三三
送別魏三……二三三
盧溪別人……二三四
重別李評事……二三四

王　維

少年行……二三四
九日憶山中兄弟……二三五
與盧員外象過崔處士興宗林亭……二三五
送韋評事……二三六
送沈子福之江南……二三六
春思二首……二三七
西亭春望……二三七

賈　至

初至巴陵與李十二白同泛洞庭湖……二三八
送李侍郎赴常州……二三八
岳陽樓重宴別王八員外貶長沙……二三九

岑　參

封大夫破播仙凱歌二首……二三九

苜蓿烽寄家人……二四〇
玉關寄長安李主簿……二四一
逢入京使……二四一
磧中作……二四一
送人還京……二四二
赴北庭度隴思家……二四二
酒泉太守席上醉後作……二四三
送劉判官赴磧西……二四三
虢州後亭送李判官使赴晋絳得秋字……二四四
儲光羲
山房春事……二四四
寄孫山人……二四五
杜　甫
贈花卿……二四五
重贈鄭鍊……二四六
奉和嚴武軍城早秋……二四六
解悶……二四七
書堂飲既夜復邀李尚書下馬(再飲)月下賦……二四七
常　建
塞下曲二首……二四八
送宇文六……二四八
三日尋李九莊……二四九
高　適
九曲詞……二四九
除夜作……二五〇
塞上聞吹笛……二五〇
別董大……二五一
孟浩然
送杜十四之江南……二五一
李　頎
寄韓鵬……二五一
崔國輔
九日……二五二
張　謂
題長安主人壁……二五二
送人使河源……二五三
王之渙
凉州詞……二五四
九日送別……二五四

蔡希寂　洛陽客舍逢祖咏留宴……二五五
吴象之　少年行……二五五
張　潮　江南行……二五五
嚴　武　軍城早秋……二五六
李　華　春行寄興……二五六
張子容　水調歌第一叠……二五七
梁州歌第二叠……二五七
水鼓子第一曲……二五八

中唐

劉長卿　重送裴郎中貶吉州……二五九
送李判官之潤州行營……二五九
錢　起　歸雁……二六〇
韋應物　登樓寄王卿……二六〇
酬柳郎中春日歸揚州南郭見别之作……二六一
皇甫冉　送魏十六還蘇州……二六一
曾　山　送别……二六二
韓　翃　寒食……二六二
送客知鄂州……二六三
宿石邑山中……二六三
李　端　送劉侍郎……二六三
張　繼　楓橋夜泊……二六四
顧　况　聽角思歸……二六四
宿昭應……二六五
湖中……二六五
戴叔倫　夜發袁江寄李潁川劉侍郎……二六六
包　何　寄揚侍御……二六六
李　益　汴河曲……二六七
從軍北征……二六七
夜上受降城聞笛……二六八
聽曉角……二六八
劉禹錫　楊柳枝詞……二六八

浪淘沙詞 …… 二六九
自朗州至京戲贈看花諸君子 …… 二六九
與歌者何戡 …… 二七〇
張　籍　涼州詞 …… 二七〇
王　建　十五夜望月 …… 二七一
武元衡　送盧起居 …… 二七一
嘉陵驛 …… 二七二
張仲素　漢苑行 …… 二七三
塞下曲二首 …… 二七三
秋閨思 …… 二七四
羊士諤　郡中即事 …… 二七四
登樓 …… 二七四
柳宗元　酬浩初上人欲登仙人山見貽 …… 二七五
歐陽詹　題延平劍潭 …… 二七五
元　稹　聞白樂天左降江州司馬 …… 二七六
張　祜　胡渭州 …… 二七六
雨淋鈴 …… 二七七
虢夫人 …… 二七七
賈　島　渡桑乾 …… 二七八
王　表　成德樂 …… 二七八
釋皎然　塞下曲 …… 二七九
釋靈一　僧院 …… 二七九

晚唐

李商隱　漢宮詞 …… 二八〇
夜雨寄北 …… 二八〇
寄令狐郎中 …… 二八一
許　渾　秋思 …… 二八一
趙　嘏　江樓書感 …… 二八二
温庭筠　楊柳枝 …… 二八二
段成式　折楊柳 …… 二八三
司馬禮　宮怨 …… 二八三
張　喬　宴邊將 …… 二八三

李　拯　退朝望終南山……二八四
崔　魯　華清宮……二八四
韋　莊　古別離……二八四
李建勳　宮詞……二八五
王　周　宿疏帔驛……二八五

雜

陳　祐　雜詩……二八六
無名氏　初過漢江……二八六

胡笳曲……二八七
王　烈　塞上曲二首……二八七
張敬忠　邊詞……二八八
張　謂　九日宴……二八八
樓　穎　西施石……二八八
盧　弼　和李秀才邊庭四時怨二首……二八九

補遺……二九〇

題辭

大典禪師向既著《唐詩集注》，援引該博，尋更撰《解頤》七卷，删繁擷要，發揮風旨。嗚呼！禪師於文，其緒餘已，何其惠學者深切著明也。夫注疏家尚衍，則學者難其要；尚簡，則學者難其審。乃今唐詩而有二解，蓋無不罄矣。先是，東叡大王命《集注》刊之府中，今又進此書，則有命如初。余雖不敏，再叙其端，欲使海内學詩者必求益於二解云。安永丙申三月丁丑，參議菅原世長題。

自叙

凡解古人之詩，自字而句而章，必審其訓，叶其調，承其情意，覈其事故，反覆諷玩，如冰泮然而後已。有得一解，輒忻然以爲發所未發。考此不繹彼，持其所通，以軋其所不通，欲一意引合，此注疏家之病，不獨詩也。善解乎古者，要在虚己以待，有得一解，姑舍是，反改考繹，思之又思，務就其長，隻辭欲不爲賸，片言欲不爲梗，夫然後古人之所以措言，必有怡然乎我矣。向也余著《唐詩集注》，既又搴其英，味其腴，取其要捷，間或一二補前注罅漏，因爲《解頤》七卷，以便學者。編成，弁數語，申以解詩之法，咨虖！奚獨詩哉？

淡海竺顯常題。

李于鱗序

唐無五言古詩，而有其指唐。**古詩**。乃唐之古詩，非古之體。**陳子昂以其**指陳。**古詩爲古詩，**陳作《感遇詩》三十首，以古風雅正自負。**弗取也**。陳之古亦非古也。**七言古詩，唯子美不失初唐氣格，而縱横有之**。七言古詩亦名「歌行」，乃初唐創體，唯守其氣格則乏縱横，能縱横則易失氣格，是以獨取子美。**太白**它以姓名，而李杜獨称字，推尚之意可見。**縱横，往往强弩之末，**喻勢既盡。**間雜長語，**過於縱横，動成冗長。**英雄欺人耳。至如五七言絶句，實唐三百年一人，蓋以不用意得之，即太白亦不自知其所至而工者，顧失焉**。太白絶句，間有用工爲者，顧失其妙。**五言律、排律，諸家概多佳句。七言律體，諸家所難，**唐創律體，而七言律其最也，故雖唐人，有所未十成。**王維、李頎，頗**訓「能」。**臻其妙。即子美，篇什雖衆，憒**亂雜。**焉自放矣**。子美大家，人只知尸祝，故兹拈出其敝。**作者自苦，**言詩之難。**亦惟天實生才不盡**。言作者率皆偏長，少有能兼之者。**後之君子乃**一字有味。**兹集以盡唐詩，而唐詩盡于此**。

唐詩五古解頤卷一

初唐

魏徵　**述懷**

唐高祖武德八年，遣魏徵宣慰山東。此蓋東出潼關時所作。《唐詩紀事》題作「出關」。

中原謂中國。**還**循環之義。**逐鹿，**《史記》蒯通語，鹿比國家，此指隋末之亂，群雄並起相争也。○按「鹿」音通「禄」，所謂天禄也。**投筆**後漢班超投筆嘆曰：「大丈夫當立功以取封侯，安能事筆研乎？」**事戎軒**。兵車也。言舍文務武。**縱横**南北爲縱，東西爲横。戰國時，六國在東而亘南北，秦獨居西。蘇秦説六國，使合而擯秦，故曰「合從」。張儀爲秦説六國，使皆西連於秦，故曰「連衡」。「從」通「縱」，「衡」通「横」。**計不就，**謂遊群雄不成事功也。**慷慨**激昂之意。**志猶存**。所以終皈唐主。**杖策謁天子，**漢光武安集河北，鄧禹杖策追及，稱帝德，叙己志。**驅馬出關門**。**請纓繫南越**（王），漢終軍使南越，請願受長纓，必羈南越王而致闕下。**憑**據也。**軾**車前横板。言未及下車而功成也。**下東藩**。酈食其爲漢説齊王，使稱東藩，憑軾下齊七十餘城。○四方邦國於京師，猶藩屏也。○是時突厥頡利諸夷侵亂中國，魏復安輯山東地，故二句以叙己慷慨之志。**鬱紆**盤鬱紆曲。**陟高岫**，**出没望平原**。自山路鬱紆間望，故平原出没。**古木鳴寒鳥**，**空山啼夜猿**。悲凉之狀。**既傷千里目**，應「望」。**還驚九折**阪道折曲。**魂**。應「陟」。○漢王陽刺益州，過九折阪，憚險而去之，思孝也；後王尊刺益州，復至其阪，叱馭而驅之，思忠也。**豈不憚艱險**，**深懷國士恩**。戰國豫讓語。《魏本傳》亦有是言。**季布無二諾**，出《史記·季布傳》。**侯嬴重一言**。出《信陵君傳》。**人生感意氣**，謂恩顧，**功名誰**訓「何」。**復論**。通篇每句皆承上起下，可味。

陳子昂　**薊丘覽古**［一］

薊丘，古燕國，唐爲幽州范陽郡，明時順天、保定之交，薊丘在順天府城西南舊燕城隅，即古薊門。本集有六首，有序，歷觀燕昭王舊都，感慨古迹也。昭王事，詳見《史記》。

南登碣石館，昭王所築，迹在薊丘。**遥望黄金臺**。在保定府易州直碣石西南，昭王置千金臺上，延天下賢士處。**丘陵盡喬木，昭王安在哉。霸圖悵**悲慘之況。**已矣，驅馬復歸來。**覽古訖還，寂寞可思。

【校勘記】

［一］薊丘覽古：《全唐詩》卷八十三題作《薊丘覽古贈盧居士藏用七首·燕昭王》。

張九齡　**感遇**

感於所遇也。張遷中書令，爲李林甫、牛仙客所忌，罷政。

孤鴻海上來，鴻志高舉，孤飛無侶。張，南海人，自謂。**池潢**畜小水也。**不敢顧。**小水非所息。**側見**自鴻見也。**雙翠鳥，**翡翠文鳥，以比李、牛。**巢在三珠樹。**出《山海經》，以比三公位。**矯矯**高舉貌。（**在**）**珍木巔，得無金丸**彈鳥。**懼**（**耶**）。**美服患人指，**翠鳥。**高明**貴顯之極。**逼神惡。**木巔。**今我**自鴻言也。**游冥冥，**杳遠之空。**弋者何所慕**［一］。用《法言》語。

【校勘記】

［一］弋：底本訛作「戈」，據《全唐詩》卷四十七改。

盛唐

李白　**子夜吴歌**

樂府，始於東晉，女子子夜造之也。此詩叙男子從軍塞外，婦人寄寒衣之情。

長安一片月，萬户擣衣聲。秋風吹不盡，**砧聲不絶。****總是**應上「萬户」。**玉關**玉門關在沙州敦煌郡西北。**情。**可見一聲聲悉關仳離之情。**何日平胡虜，良人**稱夫。**罷遠征。**極見征戍不已，室家離別之傷。

經下邳圯橋懷張子房

明淮安府邳州，唐下邳縣，州城東南有圯橋，即張良遇黄石公處。張子房，詳見《史記》。

子房未虎嘯，虎嘯而風洌，喻君臣際會。此言未遇高祖。**破産**家業。**不爲家。滄海得壯士，椎秦**以鐵椎擊秦始皇。**博浪沙。**河南開封府陽武縣即其處。**報韓雖不成，天地皆震動。潛匿游下邳，**

輒脱虎口。**豈曰非智勇**。一段説盡子房胸宇。東坡《子房論》比之覺劣。**我來圯橋上，懷古欽**慕也。**英風**。**唯見碧流水，曾無黄石公**。二句只作對語，或以爲此段又懷黄石公者，非。**嘆息此人（亡）去，蕭條徐泗**唐時徐州、泗州相接，屬河南，而下邳縣在徐州彭城郡。泗水出山東陪尾山，西南過徐州，東南過邳州，入淮。**空**。太白目中唯有子房。

杜甫

後出塞

本集有五首，注謂天寶十四年安禄山及奚、契丹戰於潢水，敗之。此咏其事，而末章稍見禄山叛逆之意。讀者當連五首看之。

朝進東門長安城東門。**營**，陣營。**暮上河陽橋**。洛水之橋。○朝整軍而暮發軍，見其速。**落日照大旗**，旗高，故返照在上。**馬鳴風蕭蕭**。二字兼風、馬。**平沙列萬幕**，既至塞而屯軍。**部伍**麾下偏裨。**各見招（而聽號令）**。**中天懸明月，令嚴夜寂寥**。不敢喧譁。**悲笳數聲動，壯士慘不驕**。法重而心危。**借問大將誰，恐是霍嫖姚**。漢霍去病爲嫖姚校尉，立邊功，著威名，故以爲比。○嫖姚，勁疾貌。

玉華宮

唐太宗所作，在坊州宜君縣西北鳳皇谷，在明屬陝西延安府。

溪回松風長，風隨回遠。**蒼鼠竄古瓦**。偶爾所睹，寫得荒涼之狀。**不知何王殿**，曰「何王」，有味，言其荒涼，不似本朝所建。**遺構（在）絕壁下**。**陰房鬼火青**，**壞道哀**清激之聲。**湍瀉**。**萬籟**謂秋聲。**真笙竽**，想昔所奏。**秋色正蕭灑**。清曠貌。**美人**昔侍金輿者。**爲黃土**，**況乃粉黛假**。無一存。**當時侍金輿**，**故物獨石馬**。此獨存。○石馬，蓋宮中所有物。**憂來藉草坐**，**浩歌淚盈把**。謂淚下而滿掌。**冉冉**行移貌。**征途間**，兼生涯言。**誰是長年者**？時杜自鳳翔赴鄜州，故末句及之。

王維　**送別**

只曰送別，非必有其人。

下馬飲君酒，**問君何所之**。**君言不得意**，失意世中。**歸卧南山陲**。決志世外。○二句是答。**（君）但去（吾）莫復問**，一句斬住。**白雲無盡時**。悠然之意，在問答之外。

常建　**西山**

在南昌府城西大江外三十里。

一身爲輕舟，一句總起。○不曰「如」而曰「爲」，可味。**落日西山際。常隨去帆影，遠接長天勢。**二句咏西山。**物象歸餘清，**西山爽氣有餘，故曰「餘清」；滿目景物皆在其中，故曰「歸」。**林巒**山小而鋭者，又曰山形長狹者。**分夕麗。**此以下説日晚至夜之景，次第叙列。**亭亭**高貌。**碧流**蓋懸泉也。**暗，**已暮。**日入孤霞繼。洲渚遠陰映，**半見半不見。**湖雲尚明霽。**日餘光。**林昏楚色來，**前路所見。**岸遠荆門**山名，在荆州江岸，上合下開如門形。**閉。**回首望合。**至夜轉清迥，蕭蕭北風厲。沙邊雁鷺泊，宿處蒹葭蔽。圓月逗**訓「在」。**前浦，孤琴又摇曳。泠然夜遂深，白露沾人袂。**盡是一身輕舟之趣。

高適　**宋中**

河南歸德府，古宋國，漢改爲梁，封孝王，廣睢陽城，大修宮室。

梁王昔全盛，賓客復多才。司馬相如、鄒陽、枚乘之徒，皆爲孝王客。悠悠一千年，陳舊也。迹惟高臺。平臺，孝王所築。寂寞向秋草，悲風千里來。臺上所眺。

岑參　與高適薛據同登慈恩寺浮圖[一]

薛據，河中寶鼎人，開元中進士。寺在長安曲江池側，玄奘三藏建浮圖於此，五級，高三百尺，唐時文人多登之題詩。浮圖，塔也。

塔勢如湧出，二字用佛語。孤高聳天宮。言如梵天宮殿。登臨出世界，磴梯也。道盤虛空。左右轉登，盤在空中。突兀高出貌。壓神州，謂王畿。崢嶸高峻貌。如鬼工。非人力可成。○「神」「鬼」字對。四角礙白日，七層《三藏傳》爲五級。摩蒼穹。下窺指高鳥，俯聽聞驚風。耳待聲曰「聽」，耳受聲曰「聞」。連山（低視）若波濤，奔走似朝東。謂歸海也。○「似」字剩，然構句乃爾。青松夾馳道，宮觀皇城。何玲瓏。明見貌。秋色從西來，蒼然滿關中。長安地。五陵北原上，漢高、惠、景、武、昭五帝陵，俱在長安北。萬古青濛濛。樹色含煙之狀。净理清净妙理。了可悟，勝因殊勝因緣。夙所宗。尊崇。誓將掛冠去，陶弘景事，謂罷官也。覺道妙覺之道。資無窮。期未來也。

【校勘記】

[一]與高適薛據同登慈恩寺浮圖：《全唐詩》卷一百九十八無「同」字。

崔署[一]

早發交崖山還太室作

交崖山，未考。太室，嵩山東峰曰「太室」，西峰曰「少室」。按《傳》，崔少孤貧，不應薦辟，高栖少室山中。

東林氣微白，將旦。**寒鳥忽高翔。吾亦**承上。**自茲去，北山歸草堂。杪**末也。**冬正三五，日月遥相望。**日已暮。**肅肅**意不舒。**過潁上，**嵩山在河南登封縣，漢屬潁川郡，潁水出焉。**朧朧**景不明。**辨夕陽。川冰生積雪，野火出枯桑。**已上叙景，已下叙情。**獨往路難盡，窮陰**季冬之氣。**人易傷。傷此無衣客，如何蒙雨霜。**曹子建詩：「狐白足禦冬，焉念無衣客。」此無人念而自傷也。

【校勘記】

[一]崔署：《全唐詩》卷一百五十五作「崔曙」。

中唐

韋應物　**幽居**

貴賤雖異等，出門皆（各）有營。不得幽居。**（我）獨無外物牽，遂此幽居情。微雨夜來過，不知春草生（否）。青山忽已曙，鳥雀繞舍鳴。**四句曉寤未下床時語。**時與道人偶，或隨樵者行。**雖有出門，非有所營。**自當安蹇**跛也，謂不才。**劣，誰謂薄世榮？**初叙所自得，似是高邁傲世，至結歸於謙損。真是學道人口氣。

柳宗元　**南礀中題**

南礀，柳貶在永州時所游處，本集有記。

秋氣集南礀，清寥之況。**獨游亭**訓「當」。**午時。迴風一蕭瑟，林景**影也。**久參差。**不齊貌。**始至若有得，**興味。**稍深遂忘疲。羈**羈栖。**禽響幽谷，寒藻舞淪漪。**水成紋也。**去國魂已遠，懷**

人淚空垂。**孤生易爲感，失路少所宜**。**索莫**無聊之意。**竟何事，徘徊**行不進貌。**衹自知**。四句申説「獨」字。**誰爲後來者**，不得于今，而望于後。**當與此心期**。上曰「衹自知」，可見一時無同心，故曰後之來游于此者，或能與吾游此之心相期否？

唐詩七古解頤卷二

初唐

王勃　**滕王閣**

唐高祖子滕王元嬰所建，在洪州豫章郡城西漳江上，在明江西南昌府。此王九月九日在洪州牧閻伯嶼閣上宴作，有序，事詳《本傳》。

滕王高閣臨江渚，佩玉鳴鑾馬鑣之鈴。**罷**猶言「成」也。**歌舞**。言滕王盛時來游之事。**畫棟朝飛**謂棟之高，且帶下「雲」。**南浦**山名，在閣西南。**雲，珠簾暮捲西山**在閣西。**雨**。二句叙昔。**閒雲潭影日悠悠**[一]，**物换星移幾度秋**[二]。二句叙今。**閣中帝子今何在？檻外長江空自流**。應起句。

【校勘記】

[一]閒：底本訛作「間」，據《全唐詩》卷五十五改。

[二]幾度秋：底本訛作「度幾秋」，據《全唐詩》卷五十五改。

劉廷芝　**公子行**

樂府題，述貴游之事。《白石詩説》：體如行書曰行。《文選》注：行，曲也。

天津橋在洛陽城西南，架洛水。**下陽春水，天津橋上繁華子。**謂公子。**馬聲迴合**謂聲起四面。**青雲**謂晴色。**外，人影摇動綠波裏。綠波（之涯）清迴玉爲砂，青雲（之際）離披**布散貌。**錦作霞。可憐楊柳傷心樹，可憐桃李斷腸花。**並比美女，言其能令人煩惱已。**此日遨游邀美女，此時歌舞入娼**倡妓。**家。娼家美女（帶）鬱金香，**香草，生大秦國。**飛去飛來**香袖翩翩。**公子傍。的的**明貌。**珠簾白日映，娥娥**美貌。**玉顔紅粉妝。花際徘徊雙蛺蝶，池邊顧**相視。**步兩鴛鴦。**「雙」「兩」字有情。**傾國傾城漢武帝，**李夫人事。**爲雲爲雨楚襄王。**巫山神女事。二句自然偶對。**古來**承上言。**容光**美貌。**人所羨，況復今日遥相見。願作輕羅著（在）細腰，願爲明鏡分（取）嬌面。**

與君相向轉相親，與君雙栖共一身。願作貞松千歲古，誰論芳槿一朝新。百年同謝謂死去。**西山日，**猶日没西山也。**千秋萬古北邙**山名，在洛陽北，漢以來墳墓所在。**塵。**末一轉感傷，尤足警人。

代悲白頭翁

洛陽城東桃李花，飛來飛去落誰家？二字有情。**洛陽女兒惜顏色，**落花、白頭，事之不類者，且插入「女兒」，妙。**行逢落花長嘆息。今年花落（吾）顏色（亦）改，明年花開復誰在？**人不若花。**已見松柏摧爲薪，**用古詩語。**更聞桑田變成海。**麻姑見東海三變桑田，見《神仙傳》。**古人無復洛城東，今人還對落花風。**轉成古人可知。**年年歲歲花相似，歲歲年年人不同。寄言全盛紅顏子，**呼醒少年之人。**應憐半死白頭翁。此翁白頭真可憐，伊昔紅顏美少年。**思昔紅顏，看今白頭，而後真誠可憐，且今之紅顏亦何不鑒？**（與）公子王孫（在）芳樹下，（同）清歌妙舞（于）落花前。光禄池臺**漢光禄勳王根起土山漸臺。**開錦綉，將軍樓閣**後漢大將軍梁冀大起第舍，臺閣周遍。**畫神仙。**四句説少年時遨游之事。**一朝卧病無相識，**交游既絶。**三春行樂在誰邊？**年華相負。**宛轉**謂身婉，又謂眉曲。**蛾眉能幾時？**映前「洛陽女兒」。**須臾鶴髮亂如絲。但看古來歌舞地，惟有黄昏鳥雀悲。**桑田成海，信不虚也。

宋之問　**下山歌**

下嵩山見五古。**兮多所思，**便伏下語。**携佳人兮步遲遲。松間明月長如此，（與）君再游兮復何時？**月長如此，而人不然。

至端州驛見杜五審言沈三佺期閻五朝隱王二無競題壁慨然成咏

端州驛，屬嶺南道，明廣東肇慶府。閻五朝隱，字友倩。王二無競，字仲列。則天時張易之寵甚，宋及四人阿附之，及后崩，易之誅，皆貶嶺南：宋，瀧州；杜，峰州；沈，驩州；閻，崖州；王，廣州。

逐臣北地謂京。**承嚴譴，調**謂命官事。**到南中（謂）每相見。豈意南中岐路多，千山萬水分鄉縣。雲摇雨散**喻人離散。**各翻飛，海闊天長音信稀。**非唯不能相見，音信且不可每得。**處處山川同瘴癘，**南海毒熱之氣。○音信則隔，瘴癘則同，可恨甚矣。**自憐能得幾人歸？**庶幾得一歸，相見乃復不可期。如此末梢，一段悲痛。

張若虛　**春江花月夜**

樂府題，陳後主時所作。

春江潮水連海平，春江言潮，潮水言海，已極瀰漫。**海上明月共潮生**。十五日潮滿，月亦望也。**灩灩**波光貌。**隨波千萬里，何處春江無月明**？此已下，每四句韻換語轉，轉轉變幻，都從題五字生來。**江流宛轉**曲折貌。**繞芳甸**，芳草之野。**月照花林皆似霰**。**空裏流霜不覺飛，汀上白沙看不見**。都在月光中。**江天一色無纖塵，皎皎空中孤月輪**。**江畔何人初見月，江月何年初照人**？稍入感慨。**人生代代無窮已，江月年年望相似**。代代不同，年年不異。**不知江月照何**訓「幾」。**人**，以不異之月，照不同之人。**但見長江送流水**。唯這一句斷送了也。**白雲一片去悠悠**，點綴一句，尤覺輕妙。**青楓浦上不勝愁**。**誰家**「家」字助語。**今夜扁舟子**，別婦之夫。**何處相思明月樓**？別夫之婦。**可憐樓上月徘徊**，轉入閨思。**應照離人妝鏡臺**。**玉户簾中捲不去，擣衣砧上拂還來**。「不去」「還來」，四字當錯綜看，言月影依依，不似人易相離。**此時相望不相聞，願逐月華流照君**。**鴻雁長飛光不度**，月光不可度盡。**魚龍**泛言水物，非專龍也。**潛躍水成文**。月映波紋。〇「雁」「魚」二字，暗含不相聞意。**昨夜閑潭夢落花**，一句玄妙，轉入旅思。〇五字題中，初着花一句，至末不可不再拈出，則下

「夢落花」三字，奇思妙語，出人意表。若復以「花」與「月」間錯互説，便是凡手。**可憐春半不還家**。**江水流春去欲盡**，日易移。**江潭落月復西斜**。時易移。**斜月沈沈藏海霧**，一句頓覺蕭寂。**碣石**東北。**瀟湘**西南。**無限路**。言旅游之相遠。**不知乘月幾人歸**，江上向歸路者。**落月摇情滿江樹**。「落」「摇」「滿」三字真玄真妙，語盡而意無窮。

衛萬　**吴宫怨**

明蘇州府，古吴王闔閭、夫差所都，西控大江，東連滄海。

君不見吴王宫閣臨江起，館娃宫、館娃閣在靈巖山，夫差所建。**不見珠簾見江水**[一]。**曉氣晴來雙闕**王門左右爲臺，立樓觀，中央闕而爲道。**間**，**潮聲夜落千門裏**。**勾踐城中**越王勾踐滅吴，越城古址在會稽。**非舊春**，言滅吴之國亦同亡。**姑蘇臺**在姑蘇山，闔閭所建，地與靈巖接。**下起黃塵**。**祇今惟有西江月**，**曾照吴王宫裏人**。萬古感慨，懸在一月。

【校勘記】

[一]見：底本作「捲」，據《全唐詩》卷七百七十三改。

盛唐

李白

烏夜啼

樂府題，閨情。

黄雲黄昏之色。**城邊烏欲栖，歸飛啞啞**烏格反，烏啼聲。**枝上啼。機中織錦秦川**長安地。**女，碧紗如煙**碧紗之窗如隔煙。**隔窗（而）語（聲聞）**。應是怨别語。**停梭悵然憶遠人**，謂夫。**獨宿空房淚如雨**。或以「語」與「獨」字爲疑者，不知「獨宿」只以别夫言已。

江上吟

木蘭之枻沙棠舟，木蘭、沙棠皆珍材，可以爲舟，具見《楚詞》。**玉簫金管坐**訓「置」。**兩頭。美酒樽中置千斛，載妓隨波任去留。仙人有待**假用《莊子》語。**乘黄鶴，海客無心隨白鷗**。事見《莊子》。○二句叙己優游。**屈平詞賦懸日月**，即「與日月争光」之意。**楚王臺榭**夔州巫山縣陽臺山有雲雨臺，又有楚宮，並襄王遺址。**空山丘**。一代繁華，不及萬古芳名。○二句説己志氣。**興酣落筆摇五岳，詩成笑傲淩滄洲**。二句吐己豪放。**功名富貴若長在，漢水**源出隴坻嶓冢山，東南流，與江水合。**亦應西北流**。傾盡絶俗磊落之蕴。

杜甫　貧交行

翻手作雲覆手雨，人情翻覆，似雲雨倏變。雲言翻，雨言覆，不苟。**紛紛輕薄何須數**。**君不見管鮑貧時交**，管仲貧困時，鮑叔善遇之。事見《史記》。**此道今人棄如土**。深憤人情之不實。

短歌行贈王郎司直

樂府題，長短不必有意。王郎，傳不考。司直，東宫之官，掌彈劾糾舉。○按此詩諸説紛紛，余前解亦未深考，後閲《詳注》，其説爲允，今從之。蓋大曆三年杜在荆南時，王郎爲蜀中節度幕官，將赴成都，與杜相别也。

王郎酒酣拔劍斫地寫出醉中狂態。**歌莫哀**，王郎歌聲甚哀，杜勸其莫哀而激厲振拔之。**我能拔**

爾抑塞不遇于世。**磊落之奇才**。二句俱十一字爲句。**豫章**大木，名材。**翻風白日動，鯨魚**大魚。**跋浪滄溟開**。二句振拔奇才之意。**且脱劍佩休徘徊**，休徘徊，勿徘徊它求。〇已上一韻一段。**西得（遇賢）諸侯**指節度使。**棹錦水**。在成都，濯錦鮮明，故名。**欲向何門趿**進足有所擷取也。**珠履**？春申君上客皆躡珠履，此用其事，言不須爲它門客。**仲宣樓頭**後漢王粲字仲宣，避亂荆州，作《登樓賦》。荆州當陽縣城樓名「仲宣樓」，然此唯用其事，不必拘其樓。**春色深**。**青眼高歌望吾子**，青眼相望，知己之情。**眼中之人**承上言。**吾老矣**。末梢嘆己獨衰老，不能隨吾子振拔也。

高都護驄馬行

高仙芝爲安西副都護。都護，撫慰諸藩，輯寧外寇。馬青白曰「驄」。

安西都護在塞外西北。唐初，平高昌，以其地置西州，因建安西都護府。**胡青驄**，西域吐谷渾青海中有小山，嘗放牝馬於其上，得龍種，生驄駒，日行千里，見《隋書》。**（固有）聲價（而）欻然**飄忽也。**來向東**。**此馬臨陣久無敵，與人**指高。**一心成大功**。**功成惠養隨所致，飄飄遠自流沙**地在西域，見《天馬歌》。**至**。**雄姿未受伏櫪恩**，謂馬安息櫪，馬閑。**猛氣猶思戰場利**。爲結句胚胎。**踠促**謂不緩弱。**蹄高**謂厚。**如踣鐵**，踏著堅强。**交河**在西州。**幾蹴層冰裂**。**五花**謂毛色斑。一説以爲馬鬣飾。

散作雲滿身，萬里方看汗流血。大宛名馬事，《天馬歌》語。**長安壯兒不敢騎，走過（猶如）掣電傾**猶言盡也。**城知。**言非高不能騎，以生下句。**青絲絡首**馬飾。**爲君老，何由却出橫門**長安城北出西第一門。**道？**言「惠養隨所致」，是以「爲君老」，安得再出橫門、還安西復臨戰場與人成大功乎？此言馬以惜仙芝之才也。

送孔巢父謝病歸游江東兼呈李白

孔巢父，隱者，見《李白傳》。謝病，稱病辭謝也。李時居會稽。

巢父掉頭不肯住，東將入海隨煙霧。詩卷長留天地間，非徒汩没無聞者。**釣竿（深垂）欲拂珊瑚樹。**生于海底。**深山大澤龍蛇遠，**假用《左傳》語，謂歸隱之迹遠。**春寒野陰風景暮。**別去之時。**蓬萊**東海神山。**織女**爲吴越分野，故言。**回龍車，**言織女爲君回龍車於蓬萊。**指點虛無（之境以）引歸路。自是君身有仙骨，世人那得知其故。**言所以歸隱。**惜君只欲苦死**竭情之辭。**留，（而君意謂）富貴何如草頭露。蔡侯**蓋餞送巢父者。**静者意有餘，**與巢父意氣相同。**清夜置酒臨前除。**階也。**罷琴惆悵月照席，**其意有不忍遽別者。**幾歲寄我空中書？**將別而預問寄書，極有情。○空中，猶言天邊耳。**南尋禹穴**在會稽葬禹處，見《史記》。**見李白，道甫問訊今何如。**末梢餘意。

飲中八仙歌

咏當時好酒豪宕者，皆就其所睹見事實叙之。八人傳載之《集注》，今略。

知章賀知章。**騎馬似乘船**，醉中摇曳，略無把持，若乘船然。**眼花落井水底眠**。言醉眼昏花墮馬，溺在路傍井中，猶爾未覺也。前解不是，當從徐增説，然曰「穩穩地打眠」則過矣，只道一時不醒之狀耳。**汝陽**汝陽王進，讓皇帝子。**（飲）三斗（罷）始朝天，道逢麯車口流涎**，因麯又思酒。**恨不移封向酒泉**。酒泉郡在隴右，明甘肅衛地，城下有金泉，味如酒。**左相**李適之爲左相。左相，侍中也。**日興費萬錢，飲如長鯨吸百川，銜杯樂聖**酒之清者爲聖人。**稱避賢**。適之與李林甫不協，罷政，作詩曰：「避賢初罷相，樂聖且銜杯。」此正用其語。**宗之**崔宗之。**瀟灑**清貌。**美少年，舉觴白眼**醉態。**望青天，皎如玉樹臨風前**。**蘇晋長齋綉**刻鏤。**佛前，醉中往往愛逃禪**。逃俗而入禪。**李白一斗詩百篇，長安市上酒家眠**。李作翰林供奉，猶酣飲於市。**天子呼來不上船**，玄宗泛白蓮池，召白作序。白時被酒，命高力士扶掖登舟。**自稱臣是酒中仙**。**張旭三杯草聖**草書之妙。**傳**，謂發出也，杜詩多用之。**脱帽露頂王公前，揮毫落紙如雲煙**。張每大醉狂叫下筆，或以頭濡墨而書。**焦遂（飲）五斗（後）方卓然**，意暢氣勝。**高談雄辨驚四筵**。焦口吃，醉後酬答如注。

哀江頭

長安曲江池爲勝賞地，翠柳陰合，花卉周環，菰蒲芙蓉，湛然可愛。池南有南苑，玄宗與貴妃嘗游其間。禄山亂後，曲江荒凉。杜陷賊中，在京時作此詩。

少陵野老漢宣帝陵曰「杜陵」，許后葬其南，謂之「少陵」，杜甫家在焉，故自稱。**吞聲哭**，咽哭。**春日潛行曲江曲**。與結末相映。**江頭宫殿鎖千門，細柳新蒲爲誰緑？憶昔霓旌**旌旗五色，似雲霓氣。**下南苑**，謂玄宗幸時。**苑中萬物生顔色**。**昭陽殿**漢時宫女所居。**裏第一人**，謂貴妃。**（行則）同輦隨君（坐則）侍君側**。**輦前才人**女官。**帶弓箭，白馬嚼嚙黄金勒**。才人所騎馬。**翻身向天仰射雲，一箭正墮雙飛翼**。皆言昔時游幸之盛。**明眸皓齒今何在，血污（馬嵬路上）游魂歸不得**。玄宗幸蜀，過馬嵬驛，六軍不發，帝不得已，與妃訣，縊殺妃於佛堂梨樹之前。**清渭東流**謂長安。**劍閣深**，謂蜀，時帝在蜀，東西隔絶。**去住彼此**言己欲扈而不得也。**無消息**。**人生有情淚沾臆，江水江花豈終極**。與昔無異。**黄昏胡騎塵滿城，欲往城南**杜家在城南。**忘城北**。映起句。

韋諷録事宅觀曹將軍畫馬圖引

韋爲閬州録事參軍。曹將軍，名霸，善畫，有名，官至左武衛大將軍。《白石詩説》：「載始末曰『引』。」

國初以來畫鞍馬，神妙獨數江都王。太宗之孫，名緒，畫馬擅名。**將軍得名三十載，人間又見真乘黄。**神馬名。○江都已後，故曰「又」。**曾貌**莫角反，描圖也。**先帝**玄宗。**照夜白，**馬名。**龍池**明皇始居興慶里，宅有龍池，詳見七律。**十日飛霹靂。**妙手寫得龍種，可感雷雨。**内府**御物之庫。**殷**烏山反，赤黑色。**紅瑪瑙盤，婕妤**女官。**傳詔才人**見上。**索。**從内府中索出。**盤賜將軍拜舞歸，**濡筆之賜。**輕紈**素絹。**細綺**緻綾。**相追飛。**副盤賜之。**貴戚權門得筆迹，始覺屏障生光輝。**妙手更得天寵，所以聲價倍重。**昔日太宗拳毛騧，**太宗所乘。**近時郭家獅子花。**代宗所賜郭子儀九花虬，毛拳如獅子。**今之新圖有（是）二馬，復令識者久嘆嗟。**畫馬不異真馬。**此皆騎戰一敵萬，縞素漠漠開風沙。**就畫絹之素，狀風沙之景，而蹴蹈其際之勢可想見。**其餘七匹亦殊絶，**分開二馬、七馬，有叙致，有開闔。**迥**超遠。**若寒空動煙雪。**輕輕形容，讀者須神會。**霜蹄蹴蹈長楸間，**養馬處種楸以爲蔭。**馬官厮養**析薪爲厮，炊烹爲養，此只謂騶御類。**森成列。可憐九馬争神駿，顧視清高氣深穩。**「清高」「深穩」四字，見得馬不凡，畫不俗。**借問苦心愛者誰？後有韋諷前支遁。**晋高僧，好養馬。此以好畫馬比好真馬，愈見畫妙。**憶昔巡幸新豐宮**，即驪山華清宮，在長安東。**翠華**天子之旗。**拂天來向東**。**騰驤**馬勢。**磊落**衆多貌。**三萬匹**，玄宗東封時，監牧使王毛仲以牧馬數萬匹從。**皆與此圖筋骨同**。謂真馬同畫馬，愈見畫妙。**自從獻寶朝河宗**，言河伯朝而獻寶也。周穆王至陽紆山事，以況明皇入蜀，且影借穆王八駿。**無復射蛟江水中**。漢武帝泛潯陽江事，以況明皇巡幸。**君不見金粟**山名，在長安葬明皇處。**堆前松柏**墓樹。**裏，龍媒**謂名馬。**去盡鳥呼風**。咏一物，想及時事，忠厚慷慨。

丹青引贈曹將軍霸

將軍魏武之子孫，於今爲庶（姓）前代國姓爲庶，出《左傳》。**爲清門**。猶言「華胄」。**英雄割據**謂三國鼎立。**雖已矣，文采風流今尚存**。曹操父子皆能文章，其風流尚存于霸也。**學書初學衛夫人**，晉李矩之妻，能正書入妙，王逸少師之。**但恨無過王右軍**。逸少爲右軍將軍，言右軍之書已推獨步，必不能超而上之，於是棄而學丹青，可見雖一藝，立志之高。**丹青不知老將至，富貴於我如浮雲**。用經語成句，見得雖一藝，專心之深。退之《送高閑序》，世稱奇論，乃杜公用詩撰出，更妙。**開元之中嘗引見，承恩數上南薰殿**。在南内興慶宮。**凌煙功臣**太宗嘗畫功臣二十四人於凌煙閣。**少顏色**，年久彩落。**將軍下筆開生面**。**良相**文官。**頭上進賢冠**，唐制，文儒之服。**猛將**武官。**腰間大羽箭**。太宗所嘗製。**褒公**段志玄。**鄂公**尉遲敬德，並太宗功臣。○略相而詳將，爲其及馬也。**毛髮動，英姿颯爽（似）來（自）酣戰**。戰必有馬，此爲下畫馬作過度。**先帝天馬玉花驄**，馬名。**畫工如山貌不同（于真）**。**是日牽來赤墀**宮中階下，以丹掩泥而塗也。**下，迥立閶闔**《楚詞》「天門」「閶闔」，因爲禁門之稱。**生長風**。見神駿氣象。**詔謂將軍拂絹素（而圖之）**，**意匠慘澹**不欣悦貌，見凝神、定睛、入思，惟三昧。**經營**謂爲布置。**中**。**斯須九重真龍出**，以畫爲真。**一洗萬古凡馬空**。**玉花却在御榻上**，畫底奪真。**榻上庭前屹相向**。一馬成兩。**至尊含笑催賜金，圉人**掌養馬。**太僕**掌輿馬。**皆惆悵**。自失貌。**弟子韓幹早入室**，出《論語》，學成之稱。**亦能畫馬窮殊相**。**幹惟畫肉不畫骨，（可）忍使驊騮**駿馬名。**氣凋喪**。**將軍善畫蓋有神，必逢佳士亦寫真**。轉入寫真事。**即今漂泊干戈際，屢貌尋常行路人**。世上凡人請霸寫真，可惜不稱其筆。**途窮**晋阮籍率意駕往，逢途所窮，輒哭而返，用比人之阨窮。**反遭俗眼白，世上未有如公貧**。**但看古來盛名下，終日**謂長時。**坎壈**不平也。**纏其身**。古來盛名之士未有得意於一生者，以慰將軍之貧窮。

高適　**邯鄲少年行**

樂府題。明廣平府邯鄲縣，戰國時趙都，唐置洺州，又改廣平郡。其俗慷慨，高於氣勢。

邯鄲城南游俠使氣結私交，以立强于世者。**子，自矜生長邯鄲裏。千場縱博（弈）家仍富，幾處報讎身不死。**宅中歌笑日紛紛，驕奢。**門外車馬如屯雲。**交游。**未知肝膽向誰是，令人却憶平原君。**趙之公子，喜集賓客。此言游俠之子豪盛交廣，但未知頗有肝膽相輸者否，乃就其地憶出平原君，因嘆今之非古也。**君不見今人交態薄，黄金用盡還疏索。**有金交密，無金交疏。**以茲感嘆辭舊游，更於時事無所求。且與（游俠）少年飲美酒，往來射獵西山頭。**此以交態之薄，却不如與游俠少年相交。「且」一字有味，非是以游俠爲至也。

人日寄杜二拾遺

高爲彭州刺史，在蜀地。時杜甫構草堂于成都，甫嘗拜左拾遺。拾遺，掌諷諫並供奉。

人日題詩寄草堂，遥憐故人（之）思故鄉。柳條弄色不忍見，梅花滿枝空斷腸。佳節，物色，皆關客情。**身在南藩**自謂。**無所預，心懷百憂復千慮。今年人日空相憶，明年人日知何處？一卧東山三十春，**言己未出仕時。**豈知書劍老風塵。**風塵稱郡縣官，謂其喧濁也。**龍鍾**衰憊貌。**還忝二千石，**唐刺史，當漢太守二千石。**愧爾東西南北人。**

岑參 **登古鄴城**

魏武帝鄴都，唐爲鄴郡，明屬河南彰德府臨漳縣。

下馬登鄴城，城空復何見？東風吹野火，暮入飛雲殿。長安宮殿名，或鄴亦有之也，然此只假「飛雲」字，言其迹荒凉。**城隅南對望陵臺，**即銅雀臺。見七絶。**漳水**在鄴地。**東流不復回。武帝宮中人去盡，年年春色爲誰來？**

韋員外家花樹歌

今年花似去年好，去年人到今年老。始知人老不如花，可惜落花君莫掃。花非可惜，以人之不如花，故可惜也。**君家兄弟不可當，列卿**唐時太常、光禄等十一寺爲列卿，有官屬。**御史**御史大夫，屬有御史中丞、侍御史、監察等。**尚書郎。**尚書六曹各有郎中、員外郎。蓋韋兄弟從族爲官，在是三署。**朝回花底恒會客，花撲玉缸春酒香。**言惜落花，則不惜酒也。

胡笳歌送顏真卿使赴河隴

笳，本胡人捲蘆葉而吹之，樂府有《胡笳曲》。顏真卿，字清臣，以忠直著名。河隴，明河州衛，在臨洮府西界，唐爲河州，即隴西之地。

君不聞胡笳聲最悲，紫髯緑眼胡人吹。吹之一曲猶未了，愁殺樓蘭國名，在陽關外千六百里。**征戍兒。**四句略説。**涼秋八月蕭關**秦之北關，在陝西平涼府。**道，**以下再提來廣説。**北風吹斷天山**在塞北火州。**草。崑崙山**在肅州酒泉縣西南。**南月欲斜，胡人向月吹胡笳。胡笳怨兮將送君，**承接得入送詞。**秦山**送處。**遥望隴山**赴處。○隴山，在鳳翔府隴州西北，又西北六百里至河州衛。**雲。邊城夜夜多愁夢，向月胡笳誰喜聞？**

李頎

崔五丈圖屏風各賦一物得烏孫佩刀[一]

丈，舅之稱。烏孫，西北國名，去長安八千九百里。

烏孫腰間佩兩刀，刃可吹毛吹毛而觸刃能斷。**錦爲帶。握中**言常不去身。**枕宿穹廬**胡俗以氊爲幕而居。**室，馬上割飛**二字映帶于下。**蠮螉**細腰蜂也。**塞**。塞形險隘，因名。**執之魍魎**木石之怪鬼。**誰能前，氣凛清風沙漠**北方流沙地。**邊**。**磨用陰山**在韃靼東千餘里。**一片玉，**稱石之縝密者。**洗將胡地獨流泉**。謂一條流水。**主人屏風寫奇狀，鐵銷金環儼**謂如真也，一作「兩」。**相向**。**回頭瞪直視也**。**目時一看，使予心在江湖上**。言胸中蕩滌之狀。

【校勘記】

［一］崔五丈：《全唐詩》卷一百三十三作「崔五六」。

王維　**答張五弟諲**［一］

張五弟諲，按《傳》，永嘉人，隱少室下，事王維爲兄。

終南有茅屋，前對終南山。在長安南，一名「中南」，言在天之中，居都之南，王維輞川别業在山下。**終年無客長閉關，終日無心長自閑**。四「終」字弄趣。**不妨飲酒復垂釣，**自「終日無心」生來。**君但能來相往還**。自「終年無客」生來。

【校勘記】

〔一〕答張五弟諲：《全唐詩》卷一百二十五無「諲」字。

崔顥　**孟門行**

樂府題，言人心之險于山水也。崔盖遭毁讒而作之。孟門山在平陽府，《吕氏》有「孟門大行不爲險矣」之語。

黄雀銜黄花，後漢楊寶見黄雀被瘡，收養，以黄花餧之。後變黄衣年少，與玉環一雙報之。此用其事而翻案之。**翩翩傍檐隙。本擬報君恩，如何反彈射？**首四句喻己志。**金罍美酒滿座春，平原**平原君，見前。**愛才多衆賓。滿堂盡是忠義士，何意得有讒諛人？讒言反復那可道，能令君心不自保。**惑亂主人之心。○中六句叙讒人。**北園新栽桃李枝，**又設一譬。**根株未固何轉移？成陰結實君自取，若問傍人那得知？**《韓詩外傳》：「春樹桃李，夏得陰其下，秋得食其實。」此用斯語，言能養人才，乃所以自利，何須問它人進退耶。○後四句諷聽讒者。

張謂　**贈喬林**

蓋張在長安以喬爲主人。

去年上策凡登試者，上作簡策難問，令對之，謂之「對策」「上策」。**不見收**，謂不登第。**今年寄食（喬家）仍淹留（長安）**。可知喬見待之厚。**羨**欣羨。**君有酒能便醉**，已下皆譽喬爲人。**羨君無錢能不憂**。見喬處身之安。**如今五侯**漢成帝同日封舅王氏五人爲侯。**不待客**，不招納人才。**羨君不入五侯宅**。**如今七貴**漢外戚呂、霍、上官、趙、丁、傅、王七氏。**方自尊**，不下禮賢者。**羨君不過七貴門**。見喬非阿附之人。**丈夫會應有知己，世上悠悠**謂世情不確定。**安足論**。

湖中對酒作[一]

此張爲潭州刺史時作。《傳》云：「性嗜酒，簡淡，樂意湖山。」

夜坐不厭湖上月，晝行不厭湖上山。晝夜之興。**眼前一樽又常滿**，足以助興。**心中萬事如等閑**。**主人有黍萬餘石**，可以造酒。**濁醪數斗應不惜**。**即今相對不盡歡，別後相思復何益？茱**

英灣在長沙府益陽縣，入洞庭，水曲爲灣。此蓋有客自此來者。**頭歸路賒，願君且宿黄公家。**黄公酒壚，事見《世説》，此以自比，映上「有黍」。○言其心欲歸，則路賒不可以久留歡，故願其宿此也。**風光若此**上謂湖景，下謂園花。**人不醉，參差**謂相違。**辜負東園花。**湖景常在而花則開落，所以勸令不辜負。

【校勘記】

[一]湖中對酒作：《全唐詩》卷一百九十七題作《湖上對酒行》。

王昌齡　**城傍曲**

樂府題。

秋風鳴桑條，草白謂枯。**狐兔驕。**恣其奔馳。**邯鄲飲來酒未消，城北原平（之處）掣皂**黑也。**雕。**鷹之大者，能攫狐兔。**射殺空營**陣營之迹。**兩騰虎，迴身却月**落月半入山也，此謂佩弓似却月。**佩弓弰。**弓末曰「弰」。

薛業　**洪州客舍寄柳博士芳**

洪州，見《滕王閣》詩注。

去年燕巢主人謂所寓主人。**屋**，去年爲客，猶燕之巢。**今年花發路傍枝**。今年爲客，又是路傍見花。二句造語俱巧。**年年爲客不到舍**，謂歸家。**舊國存亡那得知**。**胡塵一起亂天下**，謂天寶以後之亂。**何處春風**二字至悲，自上「燕」「花」來。**無別離**。

丁仙芝　**餘杭醉歌贈吴山人**

餘杭，縣名，明屬浙江杭州府。丁爲餘杭尉。

曉幕假用《左傳》「燕巢于幕」語。**紅襟燕**，**春城**假用《張霸傳》「城上烏」，府中諸吏語。**白項烏**。**只來梁上語**，**不向府中趨**。並比山人，可招不可屈。**城頭坎坎**鼓聲。**鼓聲曙**，**滿庭新種櫻桃樹**。**桃花昨夜撩亂開**，**當軒發色映樓臺**。**十千兑得**以物交易曰「兑」，此只言買得。**餘杭酒**，**二月春城長命杯**。**酒後留君待明月**，賞花飲酒，飲罷待月。**還將明月送君回**。月明相送，宜是山人。

初唐

盧照鄰　**長安古意**

古風雜詩多題以古意，非别有義也。

長安大道連狹斜，三字有態。○狹邪小巷，多謂娼家所在。**青牛白馬七香車**。以七種香木爲車。**玉輦縱横過（公）主（之）第**，王侯宅舍曰「第」。**金鞍絡繹**不絶貌。**向（列）侯（之）家**。**龍銜寶蓋**蓋首作龍形。**承朝日，鳳吐流蘇**盤綫下垂者曰「流蘇」，錯爲五彩，故比鳳形。**帶晚霞**。**百丈游絲**春日晴時，空中摇曳之氣。**争繞樹，一群嬌鳥共啼花**。**游蜂**一作「啼花」。**戲蝶千門側，碧樹銀臺萬種色**。**複道**宫殿間高作閣道，其下復通往來，故曰「複道」。**交窗作合歡**，複道兩藩互爲窗所，故曰「交窗」，兩邊對掩，故曰「合歡」。「合」音通「鴿」，對「鳳」字。**雙闕連甍**檐瓦。**垂鳳翼**。**梁家畫閣**梁冀事，見前。**天中起，漢帝金莖**漢武帝作銅柱，上有仙人掌承露，和玉屑飲之。**雲外直**。並言宫觀之高大。**樓前相望不相知，陌上相逢詎相識**。並言人物之繁盛。**借問吹簫**用秦穆公女弄玉事。**向紫煙（之人）**，謂禁中。**（則是）曾經學舞**用趙飛燕事。**度芳年（者也）**。「芳年」猶言「妙年」，此謂歌妓新召入宮者。得成比目魚名，一眼兩片，相合乃得行。何辭死，願作鴛鴦水鳥，雌雄未嘗相離。不羨仙。比目鴛鴦真可憐，雙去雙來君（豈）不見（之耶）。一説言魚鳥不離，而人則相別，亦通。生憎生，助語。帳額面也。綉孤鸞，惡其不雙。好取取，助語。開簾帖貼着。雙燕。簾兩鈎，各鏤爲燕形，故捲簾處雙燕貼之。雙燕雙飛繞畫梁，羅帷翠被凡文飾物曰「翠」。鬱金香。見前。片片行雲著蟬鬢，鬢薄如蟬翼。纖纖初月上鴉黄。黑黄間色，謂眉黛。「著」「上」二字下得巧。鴉黄粉白車中出，含嬌含態情非一。形中有情。妖童寶馬鐵連錢，馬勒之飾。娼婦盤龍釵。金屈膝。謂鉸具。御史府中烏夜啼，用《漢・朱博傳》事。廷尉門前雀欲栖。翟公事。○並言天欲暮之狀。隱隱暝色。朱城臨玉言净。道，遥遥翠幰車網。没金言堅。堤。挾彈飛鷹杜陵見前。北，探丸游俠者探丸爲鬮，爲人報讎治喪。借客以身許人。渭橋渭水在長安。西。俱邀俠客芙蓉劍，光芒如花。共宿娼家桃李蹊。《李廣傳》語，假言花街。娼家日暮紫羅裙，清歌一轉口氤氲。發聲之氣。北堂夜夜人如月，南陌朝朝騎似雲。並言多。南陌北堂連北里，花街名。五劇衢分之處。三條三達之路。控三市。謂大市、朝市、夕市，見《周禮》。弱柳青槐拂地垂，承「南陌」句。佳氣紅塵暗天起。承「五劇」句。漢代金吾執金吾，掌徼循京師。千騎來，此用光武事，叙貴官耽酒色者。翡翠樽飾。屠蘇酒名。鸚鵡杯。海螺如鸚鵡形爲杯。羅襦着肌短衣。寶帶爲君解，燕歌趙舞爲君開。别有豪華稱將（軍丞）相，更説一段權勢者。（其勢可以）轉日回天不相讓。各自争勢。意氣由來排抵斥。灌夫，漢人，剛直禦人，見《竇嬰傳》。**專權判**訓「決」。**不容蕭望**。作「相」非也，略「之」字，《集注》詳之。○漢元帝時，蕭望之爲御史大夫，疾弘恭、石顯專權，建白議黜，恭、顯因譖望之，逮獄，自殺。**專權意氣本豪雄，青虬紫燕**並馬名。**坐生風**。狀得氣勢。**自言歌舞長千載，自言驕奢淩五公**。漢張湯等五人爲三公，見《西都賦》。**節物風光不相待**，轉入感慨。**桑田碧海**見前。**須臾改**。**昔時金階白玉堂，只今惟見青松在**。可以古鑒今。**寂寂寥寥揚子居**，以下自叙。**年年歲歲一床書**。漢揚雄家貧無交，著《太玄經》《法言》。**獨有南山桂花發**，人不相依，而花相傍。**飛來飛去襲人裾**。暗用《招隱》意。

駱賓王　**帝京篇**

駱爲長安主簿，數上書言事，不用，怏怏不得志，故賦此以説當世。長安，漢、唐所都，此詩皆用漢人故事。

山河秦地山河四塞。**千里國**，畿内千里。**城闕九重門**。**不睹皇居壯，安知天子尊**。**皇居**九重。**帝里**千里。**崤**山名。**函谷**，關名。○雄都所據。**鶉野**自井至柳謂之「鶉首之次」，秦之分野也。**龍山**龍首山，臨渭水。**侯甸服**。畿外五百里爲甸服，又外五百里爲侯服。○皇圖所拓。**五緯**水、火、金、木、土五星爲緯星。**連影集星躔**，漢元年五星聚於東井，秦之分野也。躔，舍也。**八水**灞、滻、涇、渭、豐、鎬、牢、滈八河，皆在關中。**分流橫地軸**。地之樞要。**秦塞**四塞之國。**重關一百二**，秦地險固，以二万人守，可敵百万。**漢家離宫**天子出游之宫。**三十六(所)**。出《西都賦》。**桂殿陰森**深冥。**對玉樓，椒房**后妃所居，以椒塗壁。**窈窕**深貌。**連金屋**。本武帝「貯阿嬌」語。○叙前殿、後宫連接深邃之狀。**三條九陌**長安街路。**麗**附也。**城隈，萬户千門平旦開**。**複道**見上。**斜通鳷鵲觀**，建元中所建。**交衢**四達之所。**直指**望見。**鳳凰臺**。謂置銅鳳于屋上，不必有所指名。**劍履南宫**尚書省。**入，簪纓北闕來**。二句互言。**聲**錫鑾和鈴。**明**三辰旂旗。**冠**猶言被。**寰宇**，言畿内。**文**火龍黼黻。**物**五色比象。四者皆詳出《左傳》。**象昭回**。《詩經》語，謂天河。**鉤陳**紫宫外衛之星。**肅蘭阤**，砌也。○凡詩用「桂」「蘭」字，皆美稱耳。**璧沼**學宫前曲池，如半璧形。**浮槐市**。沼上列槐樹，諸生朔望爲市，各持書册、樂器相賣買。**銅羽應風迴**，屋上銅鳳，下有轉樞，向風若翔。**金莖承露起**見上。**校文天禄閣**，藏秘書之所，劉向校書于此。**習戰昆明**西南夷名。**水**。武帝欲伐昆明，以其地有滇池，因鑿斯池，以習水戰。**朱邸**王侯宅舍。**抗平臺**，梁孝王臺名，此借用。**黄扉**宫門塗黄。**通戚里**。外戚所居。○上句言宗室，下句言外戚。**平臺戚里帶崇墉**，外盛。**炊金饌玉**謂盛膳。**待鳴鐘**。貴人每食，鳴鐘爲號。○内侈。**小堂綺帳三千户**，(**臨**)**大道青樓**樓施青漆。**十二重**。**寶蓋雕鞍金絡馬**，行者之飾。**蘭窗繡柱玉盤龍**。樑盤爲龍形。○居者之飾。**綉柱璇**美玉。**題**榱椽之頭以玉飾。**粉壁映**，承上句。**鏘金鳴玉王侯盛**。承「寶蓋」句。**王侯貴人多近臣**，「多」字兼王侯貴近。**朝游北里暮南鄰**。**陸賈分金將燕喜**，陸賈分千金五子，因代傳食。陳遵投轄正一作「尚」。留賓。陳遵會客，取車轄投井中，雖有急，不得去。趙（飛燕）李（婕妤）并成帝后妃。經過密，用阮戚詩語，言貴戚之家相交也。蕭（育）朱（博）交結親。二人爲友，進退相俱，見《漢書》。丹鳳大明宮南端門名。朱城白日暮，青牛紺幰紅塵度。俠客金一作「珠」。彈垂楊道，娼婦銀鈎籠鈎。采桑路。娼家桃李（各）自芳菲，京華游俠盛輕（裘）肥（馬）。延年（與其）女弟雙飛入，爲天子所召。○李延年、妹李夫人并爲武帝所愛。又前秦苻堅寵慕容后，其弟冲亦以男色進。時人歌曰：「一雌復一雄，雙飛入漢宫。」此合用之。羅敷（從）使君千騎歸。爲貴人所娶。○羅敷事，見七絶杜審言詩。同心結縷帶，連理織成衣。俱言男女合歡之意。春朝桂尊尊百味，秋夜蘭燈燈九微。蓋一燈臺安九燈者，亦曰「九枝」。翠幌帷幔。珠簾不獨映，言其多。清歌寶瑟自相依。音樂必備。且論三萬六千是，一生將終樂事。寧知四十九年非。用蘧伯玉事。古來名利若浮雲，承上句，一轉入感。人生倚伏福倚於禍，禍伏於福，見《鶡冠子》。信難分。始見田（蚡）竇（嬰）二人並漢家外戚。相移奪，景帝時嬰貴而蚡賤，及武帝時蚡盛而嬰疏，後遂爲蚡所殺。俄聞衛（青）霍（去病）青姊子。有功勳。武帝時，二人伐胡，進官增封。未厭入聲。金陵氣，秦始皇以金陵地有王氣，因東游以厭之。先開石椁文。衛靈公卒，葬沙丘，穿塚得石椁，有讖文，見于《莊子》。秦始皇東巡，崩於沙丘。此合用二事，言世之遠事祈禳者，不意命數之忽及也。朱門無復張公子，用成帝事，言貴介公子昨存而今亡者。灞亭誰畏李將軍。李廣罷將軍廢居，嘗醉，夜還至灞陵，亭尉呵止，不得過。此言昔顯貴而今流落爲人所賤者。**相顧百齡皆有待**，人壽有限。**居然萬化咸應改**。人事無常。**桂枝芳氣已銷亡**，武帝悼李夫人語。**柏梁高宴**武帝建柏梁臺，置酒詔群臣爲詩。**今安在**。**春去春來苦自馳**[二]，**爭名爭利徒爾爲**。**久留郎署終難遇**，顔駟歷文、景、武三朝，爲郎不進。**空掃相門誰見知**。魏勃欲見齊相曹參，早夜往掃參舍人門外。○二句言名利有數，不可幸得。**當時一旦擅繁華，自言千載長驕奢**。**倏忽摶風生羽翼**，以鳥譬。**須臾失浪委泥沙**。以魚譬。○四句言幸得名利，亦不可長恃。**黄雀徒巢桂**，出《五行志》王莽篡漢事。**青門**長安城東門。**遂種瓜**。秦東陵侯邵平，秦亡爲布衣，種瓜青門。**黄金銷鑠**衆口鑠金，出《國語》，譬其能傷害也。**素絲變**，可以染爲衆色，出《淮南子》，喻人心易變也。**一貴一賤交情見**。翟公爲廷尉，賓客填門，及廢，門外可設雀羅。及復爲廷尉，賓客欲往，翟公署其門曰：「一貴一賤，交情乃見。」**紅顔（之人交密如從）宿昔白頭（之人交疏如）新（相識）**，一説昔紅顔而今白頭，益爲人所棄也。**脱粟**纔脱粟而已，不精鑿也。**布衣輕故人**。公孫弘爲丞相，故人高賀從之，弘食以脱粟飯，覆以布被，賀怒。**故人有湮淪**，沈也，言疏索或流亡。**新知無意氣**。言時俗交態之薄。**灰死韓安國**，仕梁爲中大夫，坐法抵罪，遭獄吏田甲辱之，安國曰：「死灰獨不復然乎？」甲曰：「然即溺之。」**羅傷翟廷尉**。見上。**已矣哉**，一句。**歸去來**。一句。○已下自叙。**（司）馬（長）卿辭蜀多文藻**，**揚**音「羊」，可對「馬」字。**雄仕漢乏良媒**。馬卿、揚雄並蜀人，此言去蜀仕漢，雖多文藻，終乏良媒。互文之辭。**三冬自矜誠足用**，用東方朔語，言經三歲學可用也。解「冬日學書」，非也。**十年不調**謂命官。**幾邅迴**。不進貌。**汲黯薪彌積**，汲黯謂武帝曰：「陛下用人如積薪耳，後來者居上。」**孫弘閣未開**。公孫弘爲相，開東閣以待四方賢者。**誰惜長沙傅**，賈誼黜爲長沙王太傅，此自比。**獨負洛陽才**。《西征賦》：「賈生洛陽之才子。」

【校勘記】

［一］苦：底本作「若」，據《全唐詩》卷七十七改。

唐詩五律解頤卷三

初唐

王績　**野望**

王，絳州人，隱居北山東皋。

東皋澤曲爲皋，因謂皋畔之堤爲「皋」。**薄**迫也。**暮望，徙倚**猶徘徊。**欲何依**。三字孕七、八句。**樹樹皆秋色，山山惟落暉**。蕭條之景。**牧人驅犢**牛子。**返，獵馬帶禽歸**。並非我伴侶。**相顧無相識，長歌懷采薇（之人）**。時隋唐革命之際，暗寓夷齊之意。

楊炯　**從軍行**

樂府題，述軍旅之苦辛之詞。

烽火邊境備警，燃火遞相告報。**照西京，心中自不平**。有殲敵立功之志。**牙璋**琢玉爲牙形，發兵之符。**辭鳳闕，鐵騎繞龍城**。匈奴城名，以地有龍形，故名。**雪暗凋**不展開也。**旗畫，風多雜鼓聲。寧爲百夫長**，武官之卑者。**勝作一書生**。矯激之語。

王勃　**杜少府之任蜀川**

少府，掌百工伎巧之政。

城闕輔三秦，別處。○漢分秦地爲京兆、左馮翊、右扶風，謂之「三輔」。**風煙望五津**。往處。○大江在蜀地有五津，曰白華津、萬里津、江首津、涉海津、江南津。**與君離別意，同是宦**仕也。**游人**。**海內存知己**，王與杜。**天涯**秦與蜀。**若比鄰**。五家爲比。**無爲**不可之辭。**在岐路**，相別處。**兒女共沾巾**。三、四重別，五、六輕別，七、八因以爲慰。

陳子昂

晚次樂鄉縣

次，再宿已上爲次，然通謂「宿」。樂鄉縣，在襄陽郡，明屬荊州府。此陳出蜀游楚時作。

故鄉杳無際，日暮且孤征。旅行曰「征」。**川原迷舊國**，故國之別，回望昏迷。**道路入邊城**。襄陽在蜀南邊。**野戍荒煙斷**，「斷」字益見寥落。**深山古木平**。「平」字益見幽深。**如何此時恨，嗷嗷**猿聲。**夜猿鳴**。

春夜別友人

本集有二首。

銀燭燭膏色如銀。**吐青煙，金樽對綺筵**。**離堂思**去聲，悲也。**琴瑟，別路繞山川**。**明月隱高樹，長河**銀河。**没曉天**。**悠悠洛陽道**[一]**，此會在何年**？

【校勘記】

［一］道：底本作「去」，據《全唐詩》卷八十四改。

送別崔著作東征[一]

崔融，字安成，以文名。著作，掌修撰碑志、祝文、祭文事。則天時武攸暨封王，將兵伐契丹，崔融蓋爲書記而從之也。

金天方肅殺，秋氣。**白露始專征**。《月令》：七月白露降，始命將選士，專征不義。**王師非樂戰，之子慎佳兵**。《老子》語，佳，好也。**海氣侵南部**，胡地在北，故指官軍所在曰「南部」，軍之部曲。**邊風掃北平**。北平郡在明永平府。**莫賣盧龍塞**，在北平，北人謂黑爲盧，謂水爲龍。**歸邀麟閣名**。漢昭帝時於麒麟閣上圖畫立邊功者十一人。此假用魏田疇事，戒其苟且黷武以求功名。

【校勘記】

[一]送別崔著作東征：《全唐詩》卷八十四題作《送著作佐郎崔融等從梁王東征》。

杜審言　**蓬萊三殿侍宴奉敕咏終南山**[一]

蓬萊三殿，在禁苑東南，乃古之外朝，亦曰大明宮，其殿三面。終南山，在長安正南，自殿上望，如指掌然。

北斗掛城邊，長安上直北斗，此以對起，暗含壽酒之意。**南山倚殿前**。**雲標**雲中之標。**金闕迴**，**樹杪玉堂懸**。言禁中之金闕、玉堂，與南山之雲標、樹杪相接。**半嶺**長安所見是終南之北面，故謂「半嶺」。**通佳氣**，**中峰繞瑞煙**。皆謂與禁中相接。**小臣持獻壽**，《詩》：「南山之壽，不騫不崩。」**長此戴堯天**。應起句。

【校勘記】

[一]蓬萊三殿侍宴奉敕咏終南山：《全唐詩》卷六十二題「終南山」後增「應制」二字。

和晉陵陸丞早春游望

晉陵，明常州府。丞，縣令下有丞。

獨有宦游見上。**人**，**偏驚物候新**。「獨」「偏」二字，繫陸與己。**雲霞出海曙**，晉陵東近大海，北瀕江。**梅柳渡江春**。江南至江北，故曰「渡」。**淑氣催黃鳥**，「催」字屬氣繫鳥。**晴光轉緑蘋**。「轉」字爲日光之移轉，爲緑蘋之動發，俱通。**忽聞歌古調**[二]，指陸詩。**歸思欲沾巾**。

【校勘記】

［一］聞：底本作「聽」，據《全唐詩》卷六十二改。

和康五望月有懷［一］

蓋懷其室也，所謂「獨夜」，謂夫妻相別。

明月高秋迥，愁人獨夜看。暫將弓並曲，翻與扇俱團。可知別來之久，幾圓幾缺。**露濯清輝苦，風飄素影寒。**曰「濯」曰「飄」，無中生有。**羅衣**謂婦人之服。**一此鑒，**月影相映。**頓使別離難。**言不勝也。

【校勘記】

［一］和康五望月有懷：《全唐詩》卷六十二題「康五」後增「庭芝」二字。

送崔融

事見上。

君王應指攸暨。**行**訓「方」。**出將，書記**指融。**遠從征**。**祖帳**祭行神，因以飲餞也。**連河闕**，即伊闕，河水所經地。**軍麾**所以指麾。**動洛城**。別處景況。**旌旗朝朔氣，笳吹夜邊聲**。到處景況。**坐覺煙塵掃，秋風古北平**。言當秋風而掃蕩邊塵，則能復漢家故土矣。〇北平見上。

宋之問　**扈從登封途中作**

扈，後從也。唐以來專稱從天子之駕。登封，封禪祭名，築土祭天，爲封爲「墠」，祭地曰「禪」。高宗乾封元年封于泰山，禪于社首。

帳殿天子出行所在，以帷帳設爲宮殿。**（之所）鬱崔嵬，仙游實壯哉**。**曉雲連幕捲**，早起之景。〇天接人。**夜火雜星回**。夕宿之景。〇人接天。**谷暗千旗出，山鳴**謂響。**萬乘來**。漢武帝登嵩山，或聞呼萬歲者三，暗用斯事。**扈遊良可賦，終乏掞**舒也。**天才**。《蜀都賦》「摛藻掞天庭」，謂相如、揚雄類也。

送沙門弘景道俊玄奘還荆州應制

沙門，梵語，此云「勤息」，謂勤善息惡。弘景、道俊、玄奘，景、奘有傳，俊未考。應制，天子賦詩，奉詔屬和，曰「應制」。

三乘佛道有聲聞、緣覺、菩薩三乘，乘，載行之義，今借言三人。**歸浄域**，稱寺。**萬騎餞通莊**。六達之衢。**就日**《史記》「帝堯就之如日」，此謂帝居。**離亭近**，**彌天**用道安語。**別路長**。**荆南旋**歸也。**杖鉢**，**渭北限津梁**。本庾亮語，謂濟度也。**何日紆**枉也，謂枉隨化度。**真果**，真覺之果位。**還來入帝鄉**。

李嶠

長寧公主東莊侍宴[一]

長寧公主，中宗女，嫁楊慎，造第，築山浚池，帝數臨幸。別業曰「莊」。

別業臨青甸，青，東方色。甸，畿内地。**鳴鑾**馬鑣之鈴。**降紫霄**。謂天子幸。**長筵鵷鷺集**，鳳之黄色者皆曰「鵷」。鵷、鸞、鴻、雁、鷺，皆喻官人班列。**仙管鳳凰調**。謂簫笙音。(園)**樹接南山**終南。

近，煙含北渚《楚詞》「帝子降兮北渚」，此指池，極言其廣。**遥**。南山在外却曰「近」，北渚在内却曰「遥」，看語不苟。**承恩咸已醉，戀賞未還鑣**。馬銜。

【校勘記】

[一]長寧公主東莊侍宴：《全唐詩》卷五十八題作《侍宴長寧公主東莊應制》。

恩敕麗正殿書院賜宴應制得林字[一]

張説

麗正殿書院，玄宗時置，後改集賢殿書院，而授説院學士。

東壁星名，主文籍，謂之天下圖書之府。**圖書府，西園**魏陳思王園，集才子賦詩。**翰墨林**。**誦《詩》聞國政**，先王用《詩》美教化，移風易俗。**講《易》見天心**。《易·復卦·彖傳》語。二句見天子孳孳學術。**位竊和羹重**，《説命》語，稱宰相職，時説爲中書令。**恩叨醉酒深**。用《詩》「既醉」語，乃臣答君恩詞。**載歌春興曲，情竭爲知音**。恩敕屬和之意。

【校勘記】

[一]恩敕麗正殿書院賜宴應制得林字：《全唐詩》卷八十七題作《恩制賜食於麗正殿書院宴賦得林

字》。

還到端州驛前與高六別處[一]

端州驛，見七古，張嘗貶岳州，既而召還。張赴貶所時，與高別，有詩。

舊館分別離。**江口，凄然**悲慘。**望落暉。相逢傳旅食，臨別换征衣。**以上記昔别時事。**昔記山川是，**就山川不異記憶昔時。**今傷人代非。往來皆此路，生死不同歸。**言高既死。

【校勘記】

[一]到：《全唐詩》卷八十七作「至」。

幽州夜飲

幽州，於明爲燕京地。張自岳州召還，遷幽州都督。

凉風吹夜雨，蕭瑟動寒林。正有高堂宴，能忘遲暮《楚詞》語，言年老。**心？**白首慷慨。**軍中**

宜劍舞，塞上重笳音。與它宴樂異。**不作邊城將，誰知恩遇深**！從來君恩之深，到此始知不等閑，寫出志士心肝，且應第四句。

孫逖　**宿雲門寺閣**

雲門寺閣，在浙江紹興府雲門山，古會稽地。

香閣東山在上虞縣。**下，煙花象外幽**。**懸燈千嶂**山峰如屏障者。**夕，卷幔五湖**直寺北。**秋**。**畫壁餘鴻雁**，言似鴻雁飛不去也，舊說以爲畫之古，然全篇夜宿之景，不必言及其古。**紗窗宿斗牛**。星影直入窗中。**更疑天路近，夢與白雲游**。

盛唐

玄宗皇帝　**幸蜀西至劍門**

四川保寧府有大劍山、小劍山，連峰險隘，飛閣相通。

劍閣横雲峻，鑾輿出狩玄宗蒙塵于蜀，託言出狩，本《春秋》語。**回**。轉回。**翠屏千仞合，丹嶂五丁開**。古者蜀君使五丁力士開山通路。**灌**叢也。**木縈旗轉，仙雲拂馬來**。**乘時方在德**，在德不在險，用吴起語。**嗟爾勒銘才**。晋張載往蜀道，經劍閣，以蜀人恃險好亂，因著銘以作誡焉。

塞下曲

李白

樂府題。

塞虜乘秋下，匈奴至秋，馬肥弓勁，則入塞。**天兵出漢家**。**將軍分虎竹**，漢時置郡國，將爲銅虎符、竹使符，分半與之，每發兵，遣至郡，合符，乃發。**戰士卧龍沙**。龍堆沙漠之地。**邊月隨弓影，胡霜拂劍華**。月弓霜劍，映帶爲語。**玉關殊未入**，還入也，用班超語。**少婦莫**訓「豈不」。**長嗟**。一義「入」，自關入胡地也。「莫」，勿也。

秋思

樂府題。

燕支山名，在陝西山丹衛城東南，元匈奴地。〇夫所居。**黄葉（應）落，妾望自**訓「獨自」，訓「自從」，並通。**登臺。海上碧雲斷，**目絶。**單于**廣大貌，匈奴君長之稱，言象天也，此以謂北方之天。**秋色來。胡兵沙塞合，漢使玉關回。**因知兵戎未已。**征客**指夫。**無歸日，空悲蕙草摧。**芳香零落，以比己容色之衰。

送友人

青山横北郭，白水繞東城。起句先對，而三、四不對，謂之「借春對」。**此地一爲别，孤蓬萬里征。**不對而對。**浮雲游子意，落日故人情。**即景寫情，覺天壤之間，無非别意。**揮手自兹去，蕭蕭班**别也。**馬鳴。**極淒楚之懷。

送友人入蜀

見説所見聞之辭。**蠶叢**古蜀王名。**路，崎嶇**傾側也。**不易行。山從人面起，**至嶮。**雲傍馬頭生。**至深。**芳樹籠秦棧，**自秦至蜀，山中路艱險，架木而渡。**春流繞蜀城。**亦有慰客情。**升沉應已**

定，不必問君平。漢嚴君平卜筮于成都之市，此用其事，説友人以安命之意。

秋登宣城謝朓北樓

宣城，明寧國府，古宣城郡。南齊謝朓爲宣城内史，朓爲《高齋》諸詩，即此。

江城如畫裏，山曉望晴空。兩水夾明鏡，宛溪、句溪，二水繞郡城。**雙橋**鳳皇橋在府城東南，濟川橋在府城東。**落彩虹。人煙寒橘柚，秋色老梧桐。**皆如畫裏者。**誰念北樓上，臨風懷謝公。**

孟浩然

臨洞庭[一]

洞庭，在岳州府城西南，横亘七八百里。本集題有「上張丞相」四字。

八月湖水平，涵虛浸漫空闊。**混太清。**謂天。**氣蒸雲夢澤，**在德安府安陸縣南，與洞庭自别，然古稱方八九百里跨江南北，則與洞庭之水本自接連也。讀者以意逆志，可也。又按《元和郡國志》「青草湖在洞庭南相連，俗云即古雲夢澤」，或亦謂此也。**波撼岳陽城。**西南多風，濤勢鼓動。**欲濟無舟楫，**用《説命》語。○目前感寓，轉言己不才。**端居耻聖明（之時）。坐觀垂釣者，徒有羡魚**二字出《董仲舒傳》。**情**。吾既無應世之才，觀夫垂釣者，起羡魚之情，則它無所羡，可知矣。

【校勘記】

［一］臨洞庭：《全唐詩》卷一百六十題作《望洞庭湖贈張丞相》。

題義公禪房［一］

義公習禪寂，結宇依空林。户外一峰秀，階前衆壑深。人境相應。**夕陽連雨足，**雨將霽而猶下，夕陽斜照其脚，雨與晴接，故曰「連」。**空翠**山氣。**落庭陰。看取蓮花浄，方知不染心。**佛經多以蓮喻心。

【校勘記】

［一］題義公禪房：《全唐詩》卷一百六十題作《題大禹寺義公禪房》。

終南山

王維　見前。

太乙終南最高峰名。**近天都**，天帝之居。○謂高。**連山到海隅**。謂廣。○一説天都謂帝城，蓋近帝城而到海隅，則山之廣大可知也。**白雲迴望合**，後顧，則雲埋迹。**青靄入看無**。前進，則靄從開。**分野**以天之星分辨地之界野。**中峰變，陰晴衆壑殊**。中峰之間而分野已異，衆壑之際而或陰或晴，極言其廣大。**欲投人處宿，隔水問樵夫**。

過香積寺

香積寺，在長安南山子午谷北。此詩入山偶過香積寺而作，非故往寺也，非故題寺也。

不知香積寺，數里入雲峰。**古木無人徑，深山何處鐘**。乃香積寺鐘也。**泉聲咽危石**，水觸激。**日色冷青松**。「咽」字、「冷」字，極狀深邃。**薄暮空潭曲，安禪制毒龍**。以喻欲心。

登辨覺寺

辨覺寺，無考，應是楚地山寺。

竹徑從初地，菩薩十地之初，借言入寺路。**蓮峰**稱峰爲蓮，爲芙蓉。**出化城**。《法華經》「導師化作一城」，借爲寺稱。**窗中三楚**楚有東、西、南，因名。**盡，林上九江**江水到潯陽分爲九道，又謂洞庭爲九江。**平**，二句目中遠景。**嫩草承趺坐**，結跏趺坐，禪定之相。**長松響梵聲**。松風相和。**空居法雲外**，十地名法雲地。**觀世（界相）得無生**。寂滅之理。

送平淡然判官[一]

隋唐以來，節使下有判官，佐相幕府。

不識陽關道，在陝西廢壽昌縣西。唐時，敦煌郡在玉門關南，故名曰「陽」。**新從定遠侯**。後漢班超征西域，以功封定遠侯。**黃雲斷春色，畫角**形如竹筒，本細末大，古胡虜警軍之音。**起邊愁**。**瀚海**在肅州衛西北，古敦煌地，群鳥解羽於此，因名。**經年別，交河**源出天山，其水分流，繞斷岸下，亦在肅州衛西北。**出塞流**。絶塞之愁，流年之悲，二句互見。**須令外國使，知飲月支頭**。漢時匈奴破月氏王，以其頭爲飲器，今借用，言示中國威。

【校勘記】

［一］淡：《全唐詩》卷一百二十六作「澹」。

送劉司直使安西［一］

司直，屬大理寺，掌出使推安。安西，見七古。

絶域陽關道，胡沙一作「煙」。**與塞塵**。**三春時有雁**，言少。**萬里少行人**。**苜蓿隨天馬**，大宛馬嗜苜蓿，漢武伐大宛，取馬并苜蓿而歸。**蒲萄逐漢臣**。漢武離宮種蒲萄、苜蓿，皆自大宛取其實來。○言使者功成也。**當令外國懼，不敢覓和親**。與胡虜和親，漢已來往往有之。

【校勘記】

［一］使：《全唐詩》卷一百二十六作「赴」。

送邢桂州

桂州，明廣西桂林府。

鐃金。**吹**管。**喧京口**，京口鎮，明鎮江府，蓋邢發舟于此，自江入洞庭也。**風波下洞庭**。**赭圻**城名，在太平府繁昌縣西。**將赤岸**，山名，在揚州南，臨江中。〇舟行自赤岸，經赭圻也。**擊汰**《楚詞》語，汰，波也。**復揚舲**。船有窗户曰舲。〇二句當句對。**日落江湖白**，赭圻以往之景。**潮來天地青**。赤岸以前之景。**明珠歸合浦**，漢時，合浦産珠，太守貪穢，珠徙它境。及孟嘗爲守，廉介，去珠復還，即桂州其地。**應逐使臣星**。使星事，出《後漢·李郃傳》。此並用二事，稱邢之賢德。

使至塞上

單車無跟從也。**欲問邊**，**屬國**漢時有屬國都尉，主蠻夷降屬者。**過居延**。在甘州，水名，城名。（**爲**）**征蓬出漢塞**，（**與**）**歸雁入胡天**。**大漠孤煙直**，**長河落日圓**。「直」「圓」二字，不泛，可味。**蕭關**見七古。**逢候騎**，一作「候吏」。候，伺望也。（**問知**）**都護**（**府**）見七古。**在燕然**。山名，在塞外。

觀獵

風勁角弓鳴，將軍獵渭城。一、二，行裝嚴整。**草枯鷹眼疾，雪盡馬蹄輕**。三、四，馳騁便儇。**忽過新豐**縣名，高祖象舊里制之，實以豐民，故曰「新豐」。**市，還歸細柳營**。漢大將軍周亞夫，令軍營樹柳，在咸陽縣西。○五、六，進退捷疾。**回看射雕**用斛斯光事。**處，千里暮雲平**。七、八，原野掃蕩。

送張子尉南海

岑參

尉，縣尉，掌追捕盜賊，伺察奸邪。南海，廣州南海縣，在明廣東廣州府。

不擇南州尉，地僻官微。**高堂有老親（故也）**。即《家語》所謂「家貧親老，不擇禄而仕」者。**樓臺重蜃氣**，蜃形似螭龍，嘘氣成樓臺人物之形。**邑裏雜鮫人**。南海有鮫人，水居如魚。又見五絶注。**海暗三山**南州臨海有三山，番山、禺山、堯山也。**雨，花明五嶺**大庾、始安、臨賀、桂陽、揭陽五嶺，皆連屬衡山。**春**。**此鄉多寶玉**，南海産珠。**慎勿厭清貧**。勸其廉介。○不曰「勿貪」，而曰「勿厭貧」，看它用韻圓活。

寄左省杜拾遺

左省，門下省在左。杜拾遺，肅宗朝杜甫拜左拾遺，甫薦參擢右補闕。

聯步趨丹陛，以朱塗階。○喜同朝。**分曹**同事曰「曹」。**限紫微**。本天帝之座，唐稱中書省。參爲右補闕，屬中書。○恨異署。**曉隨天仗**殿下兵衛曰「仗」。**入，暮惹御香歸**。**白髮悲花落，青雲羨鳥飛**。言世外之志。**聖朝無闕事**，《詩》：「衮職有闕，維仲山甫補之。」補闕名本此。**自覺諫書稀**。補闕、拾遺，掌供奉諷諫。

登總持閣

梵語陀羅尼，華翻「總持」，言「持善不失，持惡不起」也。

高閣逼諸天，欲界六天，色界十八天，無色界四天，謂之「諸天」。此借謂「大」。**登臨近日邊**。**晴開萬井**區宅。**樹，愁**渺茫之意。**看五陵**見五古岑參詩。**煙**。**檻外低秦嶺，窗中小渭川**。閣高而望遠。**早知清净理，常願奉金仙**。謂佛。○二句爲「從來」之言，爲「向使」之言，並通。

高適

送劉評事充朔方判官賦得征馬嘶

大理評事，掌出使推覆。夏州朔方郡，在明陝西寧夏地。樂府題。

征馬向邊州，蕭蕭嘶未休。思訓「悲」。**深常帶別，聲斷**淒絶。**爲兼秋。岐路風將遠，**追風遠去。**關山月共愁。贈君（此詩）從此去，何日大刀頭。**古樂府語，刀頭有環，音通「還」。

送鄭侍御謫閩中

侍御史，掌糾舉百僚。古七閩地，唐爲閩中，在明福建福州府。

謫去君無恨，閩中我舊過。大都秋雁少，雁少過嶺而南。**只是夜猿多。東路雲山合，南天瘴癘**見七古。**和。自當逢雨露，**喻上恩澤。**行矣**勸勉之辭。**慎風波。**

使清夷軍入居庸

唐嬀州懷戎縣東南，有居庸塞，塞外置清夷軍，明順天府北有居庸關，即其地。

匹馬行將夕，征途去轉難。不知邊地別（多寒氣），祇訝客衣單。溪冷泉聲苦，謂切。山空木葉乾。謂盡。莫言關塞極，雨雪尚漫漫。應第二句。

自薊北歸

薊北，見五古。高嘗居哥舒翰幕下，蓋出戰不利而作也。

驅馬薊門北，北風邊馬哀。蒼茫遠山口，豁達胡天開。五將已深入，漢宣帝時，田廣明等五將軍出塞伐匈奴。前軍止半迴。誰憐不得意，長劍獨歸來。慷慨可想。

醉後贈張九旭

張九旭，見七古《八仙歌》。

世上（皆泛）謾相識，（我與）此翁殊不然。興來書自聖，醉後語尤顛。白髮老閑事，善書、好酒，皆是閑事，以至於老。青雲謂高位。在目前。而無所羨。床頭一壺酒，能更幾回眠。我與張，以真相識，得共床頭之酒，相對打眠，但不知此樂，可能屢否？是相贈之詞。

杜甫　**登兗州城樓**

唐兗州，屬《禹貢》青州，春秋魯國，在明山東兗州府。甫父閑爲兗州司馬，時甫省覲。

東郡趨庭出《論語》，謂省父。**日，南樓縱目初**。訓「時」。**浮雲連海岱**，東海、岱山。**平野入青徐**。《禹貢》「海岱惟青州」，又「海岱及淮惟徐州」。○二句本《禹貢》，上承「縱目」，下孕「古意」。**孤嶂秦碑在**，秦始皇上鄒嶧山，刻石頌功德。鄒嶧山在兗州鄒縣西。**荒城魯殿餘**。漢景帝子恭王餘，封于魯，築靈光殿。**從來多古意，臨眺獨躊躇**。住足也，言不與衆人登眺者同趣。

房兵曹胡馬[一]

諸衛府州，各有兵曹參軍。

胡馬大宛名，漢武帝時，李廣利伐大宛，獲汗血馬來，作《天馬歌》。**鋒稜瘦骨成**。**竹批**音通剸，謂斜削。**雙耳峻，風入四蹄輕**。迅馳似乘風。**所向無空闊**，言無餘地。**真堪託死生**。如劉玄德、劉牢之騎馬脱急。**驍騰**雄猛之勢。**有如此，萬里可（騎之以）橫行**。《史記》樊噲語，言擅勢也。○結歸其人。

【校勘記】

［一］房兵曹胡馬：《全唐詩》卷二百二十四題「胡馬」後增「詩」字。

春宿左省

左省，見前岑參詩，補闕、拾遺，掌供奉諷諫，大事廷爭，小事封事。

花隱昏色。**掖垣**宣政殿東西有掖門，若人之臂掖。**暮，啾啾栖鳥過**。**星臨萬户動，月傍九霄**九天，兼謂禁中，故曰「傍」。**多**。光滿。**不寢聽**耳待聲曰「聽」。**金鑰**，牡鎖。○待門開。**因風**仿佛。**想**心取像曰「想」。**玉珂**。貝之大者，爲馬勒飾，有品差。○疑既有朝者。**明朝有封事**，封，上也。**數問夜如何**。不暫怠忽。

秦州雜詩

秦州天水軍，在明陝西鞏昌府。杜以關輔饑來客秦州，本集有二十首，時吐蕃數寇西北。

鳳林河州鳳林縣，有鳳林關，明屬陝西臨洮府，天寶已後陷于吐蕃。**戈未息，魚海**縣名，在河州衛西，與吐蕃爲界。**路常難**。**候火**烽也。（之所舉）**雲峰峻**，承二句。**懸軍**魏鄧艾伐蜀，懸軍深入。懸，絶遠也。（之所入）**幕**井屋。**井乾**。言軍渴于水，如漢耿恭事。○承一句。**風連西極動，月過北庭寒**。一樣月色，在北故寒。「過」字妙。**故老思飛將**，李廣之稱，暗指郭子儀。**何時議築壇**。築壇拜大將韓信事。○此時郭子儀遭讒罷，故望其再用，以平兹亂也。

送遠

此蓋設題感寓時事，故不有所指名。

帶甲滿天地，危難之際。**胡爲君遠行**。**親朋盡一哭**，不勝別恨。**鞍馬去孤城**。君則決然遠去。**草木歲月晚，關河霜雪清**。凄清。○時物慘凄。**別離已昨日，因見故**作「古」，非。**人情**。言明朝在途，回首別離，已成昨日矣，一夜之間，旅況俄移，於是方始知故人惜別、苦留之情矣。

題玄武禪師屋壁

玄武，山名，在梓州，明潼川州。

何年顧虎頭，晋顧愷之，小字「虎頭」，善畫，今比稱。**滿壁畫滄洲**。**赤日石林氣**，不曰「色」而曰「氣」，寫得畫力活動。**青天江海流**。**錫飛常近鶴**，借用志公白鶴道人事。**杯**小舟。**渡**古高僧事。**不驚鷗**。暗用海人從鷗事。○此蓋以畫中所有，因言禪師平居對此坐，有飛錫鶴邊、浮杯鷗外之興，亦猶少文之卧游也，常近不驚，亦分明是畫。**似得廬山路，真隨惠遠游**。晋惠遠法師住廬山東林寺，結社，遠有《游廬山》詩。○結歸自叙。

玉臺觀

在保寧府城北，唐滕王元嬰刺史閬州時，造觀於山上，蓋女道士居之也。

浩劫劫，梵語，此云「時分」，此借言古昔。**因王造**，**平臺**梁孝王臺，借稱。**訪古游**。**彩雲簫史駐**，秦蕭史善吹簫，穆公以女弄玉妻之，一日，皆隨鳳仙去。**文字魯恭留**。漢時，魯恭王好治宫室，壞孔子宅，於壁中得所藏古文之書。此借用，言有滕王文墨遺迹。**宫闕通**言往來。**群帝**，道書「天有群帝，而大帝最尊」。**乾坤到十洲**。海中仙居名，蓋形容池水之景。**人傳有笙鶴**，周王子喬好吹笙，得仙後乘白鶴駐緱氏山。**時過北山頭**。二句連讀。○言仙客之往來，或有所諷刺。

觀李固請司馬題山水圖[一]

方丈海中神山。**渾連水，天台**在紹興府天台縣。**總映雲**。孫綽《天台山賦》：「涉海則有方丈、蓬萊，登陸則有四明、天台，皆古聖之所由化，神仙之所窟宅。」此用其意。**人閑長見畫，老去恨空聞**。畫中蓋有方丈、天台景象。**范蠡舟偏小**，范蠡既滅吳，乘輕舟游于五湖。**王喬鶴不群**。見上。○畫蓋有舟及鶴，因託古事，以起下句之感。**此生隨萬物，何處出塵氛**。

【校勘記】

[一]觀李固請司馬題山水圖：《全唐詩》卷二百二十六題作《觀李固請司馬弟山水圖三首》。

禹廟

在重慶府忠州南過江二里。

禹廟空山裏，中二聯皆自此三字生。**秋風落日斜**。**荒庭垂橘柚，古屋畫龍蛇**。即目前所睹，然用橘柚、錫貢及驅蛇龍之語爲映帶。**雲氣生虛壁**，一作「噓青壁」。**江聲走白沙**。以生下句。**早知乘四載**，禹治水時，水行乘舟，陸行乘車，泥行乘楯，山行乘樏。**疏鑿控**引也。**三巴**。江水到重慶府巴縣東南，分爲三流，而中央橫貫，勢若「巴」字。〇禹之功德，嘗所聞知，敬廟之誠，著于言外。

旅夜書懷

細草微風岸，危檣帆柱。**獨夜舟**。**星隨**一作「垂」。**平野闊，月湧大江流**。**名豈文章著**，爲或著義，爲不著義，並通。**官因老病休**。**飄飄何所似，天地一沙鷗**。自「獨夜舟」三字生。

船下夔州郭宿雨濕不得上岸別王十二判官

夔州，明四川夔州府。船下夔州郭宿，句。不得上岸，不得與王面也。

依沙宿舸大船曰「舸」。**船，石瀨**水流沙石上曰「瀨」。**月娟娟**。**風起春燈亂，江鳴夜雨懸**。先見月色，而忽風忽雨也。**晨鐘雲外**晋本作「岸」。**濕，勝地石堂**蓋有所指。**煙**。恨不能往。**柔艣**船已過去。**輕鷗外，含淒覺汝賢**。「汝」指王，「賢」言其爲人，明其相慕之意。

登岳陽樓

在岳州府治西南，下瞰洞庭。

昔聞洞庭水，名大可知。**今上岳陽樓**。目驚可知。**吴楚東南坼**，東吴、南楚，言望之廣，非曰限湖。**乾坤日夜浮**。**親朋無一字（相存問），老病（無家而只）有孤舟**。**戎馬關山北，憑軒涕泗流**。

王灣　**次北固山下**

北固山，在鎮江府城西北，三面臨水，高數十丈。

客路青山外，行舟緑水前。**潮平兩岸闊，風正一帆懸**。**海日生殘夜**，五更日出。**江春入舊年**。臘底立春。**鄉書何處達，歸雁洛陽邊**。在北。

祖咏　**江南旅情**

祖，洛人，渡江而遊吴楚間。

楚山不可極，歸路客中暫出而還，非曰「歸洛」。但蕭條。海色晴看雨，江聲夜聽潮。劍留南斗近，用雷煥事，言己之在南地。書寄北風遥。用李陵語。爲報承上言，乃書中之詞。空潭橋，未考。無媒寄洛橋。

蘇氏別業

別業居幽處，到來生隱心。南山終南。當户牖，灃水出終南，東至咸陽入渭。映園林。竹覆經冬雪，庭昏未夕陰。俱見幽處。寥寥人境外，閑坐聽春禽。

李頎　## 望秦川

秦川，關中地。

秦川朝望迥，日出正東峰。遠近山河净，逶迤長連貌。城闕重。秋聲萬户竹，寒色五陵見五古岑參詩。松。客有歸歟嘆，《登樓賦》：「昔尼父之在陳兮，有歸歟之嘆音。」凄其《國風》語。霜露濃。

綦毋潛　**宿龍興寺**

龍興寺，在襄陽府房縣。

香刹（**至**）**夜忘歸，松清古殿扉。燈明方丈室**，維摩石室，方一丈，因爲禪室稱。**珠繫**《法華經》：「無價寶珠，繫其衣裏。」今借謂數珠。**比丘**華言乞士，上于諸佛乞法，下于施主乞食也。**衣**。佛家燈喻傳法，珠喻心，喻戒體。**白日**言明。**傳心**佛祖之法，以心傳心。**净，青蓮**梵所言優曇鉢花也。**喻法微**（**妙**）。**天花落不盡，處處鳥銜飛**。以落花爲雨花，詩家常語，言曰「鳥銜」，便覺新奇。

王昌齡　**胡笳曲**

已見。

城南虜已合，一夜幾重圍。自有金笳引，曲也。**能令出塞**（**之聲**）**飛**。晋劉疇將爲賈胡所害，按笳而吹之，爲《出塞》《入塞》之聲，群胡皆垂淚而去。**聽臨關月苦，清入海風微**。微，故能和。**三奏高樓曉，胡人掩淚歸**。晋劉琨爲胡騎所圍，琨乃乘月登樓清嘯，中夜奏胡笳，賊涕流歔欷，遂棄圍去。

張謂　**同王徵君洞庭有懷**[一]

時張以尚書郎出使夏口。

八月洞庭秋，瀟湘水北流。故鄉之方。**還家萬里夢，爲客五更愁。不用開書帙，**書衣。**偏宜上酒樓（以遣客愁）。故人京洛滿，何日復同遊。**雖上酒樓，無聊可知。

【校勘記】

[一]洞庭：《全唐詩》卷一百九十七作「湘中」。

常建　**破山寺後禪院**[一]

蘇州府常熟縣虞山興福寺是也。

清晨入古寺，初日照高林。此言破山寺。**曲徑通幽處，禪房花木深。**此言寺後禪院。**山光悦鳥性，潭影空**去聲。**人心。萬籟**謂人間諸喧聲。**此俱寂，惟聞鐘磬音。**

【校勘記】

［一］破山寺後禪院：《全唐詩》卷一百四十四題作《題破山寺後禪院》。

丁仙芝　**渡揚子江**

在揚州府儀真縣南，鎮江府城西北。

桂楫（從）中流望，空波兩畔明。林開自林中見。**揚子驛，**北畔。**山出潤州城。**即鎮江府。○南畔。**海盡**望盡海極也。**邊陰**海上之氣。○一作「音」。**靜，江寒朔吹生。更聞楓葉下，淅歷**風聲。**度秋聲。**

張巡　**聞笛**

張時守睢陽拒賊兵，事詳《本傳》。一題有「軍中」二字。

岧嶢高也。**試一臨，虜騎附城陰。**逼攻。**不辨風塵**謂兵亂。**色，安知天地心。**言不辨風塵起滅，不圖天心向背，惟捐軀殉國而已。一説苟非辨風塵所起，而困守强抗，安知天地之心非復恢復唐家乎？亦通。**門開邊月近，**睢陽非邊地，唯以虜騎來迫，看作邊地光景。**戰苦陣雲深。旦夕更樓**更戍之樓。**上，遥聞横笛音。**句句皆聞笛情狀，而至結始出其字，益覺意深。

張均　**岳陽晚景**

張貶饒州刺史時作。

晚景寒鴉集，秋風旅雁歸。水光浮日出，霞彩映江飛。洲白蘆花吐，開之遍。**園紅柿葉稀。**落之多。**長沙**與岳陽接。**卑濕**一作「暑」。**地，**《賈誼傳》語。**九月未成衣。**《詩》「九月授衣」，謂寒衣。

中唐

劉長卿　**穆陵關北逢人歸漁陽**

穆陵關，在安陸郡，明湖廣德安府。漁陽，薊州漁陽郡，明順天府薊州。

逢君穆陵路，匹馬向桑乾。河名，在大同府南，東南入盧溝河。**楚國**穆陵之地。**蒼山古，幽州**漁陽，古幽州。**白日寒**。**城池百戰後**，禄山起亂自漁陽。**耆**六十曰「耆」。**舊**猶言父老。**幾家殘**。餘也。**處處蓬蒿遍**，荒廢。**歸人掩淚看**。

張祜　**題松汀驛**

未考，其地疑近太湖。

山色遠含空，蒼茫澤國東。**海明先見日，江白迥聞風**。**鳥道高原去**，只言鳥飛去也。**人煙（所起）小徑通**。幽栖可想，以生下句。**那知舊**耆舊之舊。**遺逸**，謂隱者。**不在五湖中**。疑其間有賢而遺逸者。

晚唐

釋處默　**聖果寺**

在杭州府鳳皇山下，俯大江，直望海門。「聖」一作「勝」。

路自中峰上，盤回出薜蘿。到江吴地盡，隔岸越山多。按浙江繞山之南，而江西北爲吴地，東南爲越地。**古木叢青靄，遥天浸白波。下方**佛經有上方世界、下方世界。**城郭近，鐘磬雜笙歌。**

唐詩排律解頤卷四

初唐

楊炯

送劉校書從軍

校書郎，掌讎校典籍。劉盖爲幕府書記也。

天（子之）將猶言天兵。**下三宮**，謂明堂、辟雍、靈臺，周漢所立。此以稱朝廷。**星門**軍有八門，與中央而爲九宮，各有星主之。**列五戎**。戈、殳、戟、酋矛、夷矛。**坐謀**運籌帷幄之意。**資（廊）廟（之策）略**，**飛檄**以木簡爲書，插以鷄羽，有急徵兵之文。**貯文（章之）雄（才）**。**赤土**所以磨劍，出《張華傳》。**流星**古劍名。**劍**，**烏號**烏集柘枝將飛，而枝彈烏號呼，因以柘爲弓以名之。一説黄帝騎龍上天，墮其弓，百姓抱弓而號，因爲弓名。「烏」通「嗚」。**明月弓**。半月譬弓，又圓月譬弓之持滿。**秋陰生蜀道**，**殺氣**

繞湟中。在臨洮府蘭縣西。**風雨**喻離別，猶言雲摇雨散。**何**訓「幾」。**年別，琴樽此日（暫得相）同**。一説何當琴樽復與今日同耶？**離亭**送別之處。**不可望**，目送既遠。**溝水自西東**。君西我東。

駱賓王　**宿温城望軍營**

靈州温池縣，明爲寧夏中衛地。

虜地寒膠折，匈奴常以秋寒膠可折之候而出軍。**邊城夜柝聞**。**兵符**見五律李白詩。**關帝闕**，言一半在朝也。**天策**唐太宗嘗爲「天策上將」，此言天子之策。**動將軍**。「關」字見臣奉君，「動」字見君命臣。**塞静胡笳徹，沙明楚練**《左傳》：楚子伐吴，披練三千。借言漢家軍容。**分**。**風旗翻翼影**，陣勢。**霜劍轉龍文**。兵威。**白羽**扇也，用孔明羽扇指麾事。**摇如月，青山斷若雲**。青山，泛言，不必泥「青」字。**煙疏疑卷幔，塵滅**天氣晴朗。**似銷氛**。兵氣。**投筆懷班業**，班超事，見五古魏徵詩。**臨戎想顧動**。晉顧榮破陳敏事。一作「召勳」，周宣王時，召穆公平淮夷。並未審。**還應雪漢耻，持此報明君**。承上言。

靈隱寺[一]

在杭州武林山，與天竺山鄰。西僧慧理嘗曰：「此天竺靈鷲山小嶺，不知何以飛來？」因名「飛來峰」。**鷲嶺鬱**深也。**岧嶢**，高貌。**龍宮**稱寺。**鎖寂寥**。**樓觀滄海日，門對浙江**在杭州府城西南，江口有山，潮水投山，十折而曲，故名。**潮**。**桂子月中落**，出《霏雪録》，然宋天聖中事，今此所云，必有所據，或只以所在桂樹託言耳。**天香雲外飄**。二句流水對。**捫蘿登塔遠，刳木**爲筧。**取泉遥**。**霜薄花更發，冰輕葉未凋**[二]。無有盡落。**夙齡**早歲。**尚遐異**，遐地異迹。**披對**披襟相對。**滌煩囂**。**待入天台路，看余渡石橋**。天台，見五律杜甫詩。山有石橋，廣不盈尺。下臨萬丈之澗，若能濟過，得造應真遊現之境。按天台去靈隱不太遠，故尚遐異之心，乃更欲從此去，而向天台石橋之迴也。此詩舊傳宋之問作，而賓王續成，末二句似賓王爲之問言。

【校勘記】

[一]靈隱寺：《全唐詩》卷五十三作宋之問詩。

[二]未：底本訛作「互」，據《全唐詩》卷五十三改。

蘇味道　　**在廣聞崔馬二御史並登相臺**[一]

唐嶺南廣州，明爲廣東廣州府。相臺，唐時尚書爲中臺，門下爲東臺，中書爲西臺，三省長官實爲宰相之職。二人蓋自侍御遷尚書郎也。

振鷺《詩》語，喻位列。**纔飛日，遷鶯**《詩》語，喻官進。**遠聽聞**。**明光共待漏**，漢尚書郎奏事於明光殿，言早朝以待漏終。**清覽**省官多以「清」稱。**各披雲**。晉樂廣爲尚書郎，衛瓘曰：「每見此人，猶披雲霧而睹青天。」此用言省中諸官刮目二人。**喜得廊廟**稱朝廷。**舉，嗟爲臺閣**閣亦謂尚書，沈佺期詩「並命登仙閣」。**分**。言己遠隔也。**故林懷柏悦**，漢御史府中列柏樹，陸機賦有「柏悦」語，此謂去御史。**新渥**恩命。**阻蘭薰**。尚書郎懷香握蘭。「懷」「阻」，並自蘇在廣而言也。**冠去神羊**獸名，亦曰「獬豸」，觸不直者，故以爲御史之冠。**影，車迎瑞雉群**。漢蕭芝除尚書，野雉爲群，當車送迎。**遠從南斗外**，已在廣。**遥望列星文**。太微三光之庭後，聚一十五星，曰郎位，漢明帝曰：「郎官，上應列宿。」

【校勘記】

[一]在廣聞崔馬二御史並登相臺：《全唐詩》卷六十五題作《使嶺南聞崔馬二御史並拜臺郎》。

李嶠　**奉和幸韋嗣立山莊應制**[一]

韋嗣立，字延構，中宗時拜兵部尚書同中書門下，三品，恩遇甚渥。韋於驪山鳳凰原之鸚鵡谷構別廬，當明西安府臨潼縣東北。

南洛師臣臣而所師，如伊尹、太公類。**契，東巖王佐**王佐之才，如董仲舒類。**居。幽情遺紱**蔽膝。**冕，**冠上加版。**宸眷**言眷懷。**矚樵漁。制**敕也。**下峒山**黃帝上崆峒山，問道于廣成子。**蹕，**天子出入唱警蹕。蹕，呵止人也。**恩回灞水**在長安東。**輿。**自灞水枉輿。**松門駐旌皂，**皂蓋。**薜幄引簪裾。石磴平黃陸，**黃，土色，言登磴道而地廣闊也。**煙樓半紫虛。雲霞仙路近，琴酒俗塵疏。喬木千齡外，**太古。**懸泉百丈餘。**太高。**崖深經練藥，**疑仙者迹。**穴古舊藏書。**疑二酉之谷。○按莊中有重巖洞壑，飛流瀑水。此極言境致之不凡。**樹宿摶風鳥**[二]**，池潛縱壑魚。**二句以比主人。**寧知天子貴，尚憶武侯廬。**蜀先主三顧諸葛武侯之廬。

【校勘記】

[一]奉和幸韋嗣立山莊應制：《全唐詩》卷六十一「山莊」後增「侍宴」二字。

[二]摶：底本訛作「搏」，據《全唐詩》卷六十一改。

陳子昂　**白帝懷古**[一]

白帝，在四川夔州府，北緣馬嶺，東傍瀼溪，西南臨大江。後漢公孫述據蜀，自號「白帝」，築城居焉。蜀漢先主征吳，敗還，至白帝，作永安宮居之，遂崩。子昂，蜀人，時將之楚，舟由三峽過此，有是詩及下篇。

日落滄江晚，停橈問土風。城臨巴子國，春秋時，巴子封于此。**臺没漢王宮。**指永安。**荒服**出《禹貢》，謂邊鄙之地。**仍周甸，**謂周家土壤，應上「巴子」，非《禹貢》「甸服」之謂。**深山尚禹功。**江水，大禹所治。○感慨反覆，「仍」「尚」二字可味。**巖懸青壁斷，地險碧流通。**乃荒服深山氣象。**古木生雲際，歸帆出霧中。**峽間晦冥。**川途去無限，客思坐何窮。**

【校勘記】

[一]白帝懷古：《全唐詩》卷八十四題作《白帝城懷古》。

峴山懷古

峴山，在湖廣襄陽府。晉羊祜都督荆州，每風景，造山置酒，嘗謂從事鄒湛等曰：「自有宇宙，便有此山，由來賢達登此，如我與卿者多，皆湮滅無聞，使人悲傷，如百歲後有知，魂魄猶登此也。」祜卒，百姓懷其德，建碑於山，望者莫不流淚，因名墮淚碑。

秣馬臨荒甸，二字義，見上。**登高覽舊都。猶悲墮淚碣，**方爲碑，圓爲碣，然通稱。**尚想卧龍圖。**襄陽有隆中山，諸葛亮嘗隱于此。亮有八陣圖，故藉以叶韻耳。**城邑遥分楚，山川半入吴。丘陵**丘小陵大。**徒自出，賢聖幾凋枯。**即羊公所嘆，今併羊公在其中。**野樹蒼煙斷，津樓晚氣孤。誰知萬里客，懷古正踟躕。**行不進貌。

杜審言　**贈蘇味道**

時蘇從軍在邊。○篇中有輿駕語，似是天子親征，豈亦指武攸暨耶？見五律陳子昂詩。

北地寒應苦，南城漢營對虜在南也，一作「庭虜」，有南庭、北庭。**戍不歸。邊聲亂羌笛，朔氣捲**

戎衣[一]。謂甲冑。○二句言風。**雨雪關山暗，風霜草木稀。胡兵戰欲盡，漢卒尚重圍。雲淨妖星落，**兵氣將消。**秋高塞馬肥。據鞍雄劍動，搖筆羽書**檄也。**飛。輿駕還京邑，朋游滿帝畿。方期來獻凱，**奏捷也。**歌舞共春暉。**

【校勘記】

[一]朔：底本作「殺」，據作者《唐詩集注》及《全唐詩》卷六十二改。

沈佺期　**酬蘇員外味玄夏晚寓直省中見贈**[一]

員外，尚書二十四司，各置員外郎一人。寓直，謂宿於禁中，以備非常。

並命蘇與己。**登仙閣，**稱尚書省。**通宵直禮闈。**亦謂尚書，説見《文選·王文憲集序》注。**大官**少府屬官，主膳食。**供宿膳，侍史護朝衣。**尚書郎直臺，大官供食，女侍史二人，燒薰給使護衣服。**卷幔天河入，開窗月**（下之）**露微。小池殘暑退，高樹早涼歸。冠劍無時釋，軒車待漏**見上。**飛。**夙夜匪懈之意。**明朝題漢柱，**後漢田鳳爲尚書郎，容儀端正，靈帝目送之，因題柱曰：「堂堂乎張，京兆田郎。」**三署**指三省。**（皆因君）有光輝。**言明朝入奏，必沾寵渥，如靈帝之題柱。

【校勘記】

［一］玄：《全唐詩》卷九十七作「道」。

同韋舍人早朝［一］

韋承慶，字延休，父思謙，著名。中書舍人，掌詔誥。

閶闔見七古杜甫詩。**連雲起**，言高。**巖**嚴峻。**廊拂霧開**。言曙。**玉珂**見五律杜甫詩。**龍影**言馬。**度**，三字見曉。**珠履雁行來**。**長樂**宮名，懸鐘。**宵鐘盡**，**明光**見前蘇味道詩。**曉奏催**。**一經傳舊德**，漢韋賢子玄成，繼登相位，人曰：「遺子黄金滿籯，不如教子一經。」此以姓比承慶父子。**五字擢英材**。晉鍾會爲中書郎，取虞松草表，爲定五字，爲景王所稱譽。**儼若神仙去**，**紛**猶言翩翩。**從霄漢回**。二字承起句。**千春奉休曆**，休明之世。**分禁**沈爲考功，屬吏部尚書。**喜趨陪**。

【校勘記】

［一］同：《全唐詩》卷九十七作「和」。

宋之問　**奉和幸長安故城未央宮**[一]

漢高祖七年，蕭何治未央宮。

漢王未息戰，蕭相乃營宮。壯麗一朝盡，威靈千載空。二句解上「乃」字，意抑漢。○《史記》：漢高祖見未央宮壯麗，怒曰：「天下匈匈，苦戰數歲，成敗未可知，是何治宮室過度也？」何曰：「天子以四海爲家，非壯麗亡以重威。」帝悦。**皇明悵前迹，置酒宴群公。寒輕彩仗**兵衛。**外，春發幔城**猶言帳殿。**中。樂思迴斜日，**用魯陽公揮戈而反日事。**歌詞繼大風。**高祖歸沛，置酒作《大風歌》。**今朝天子貴，不假叔孫通。**高祖即帝位，法爲簡易，群臣爭功無禮，叔孫通説上起朝儀，無敢諠譁失禮者，帝曰：「吾乃今日知爲皇帝之貴也。」

【校勘記】

[一]奉和幸長安故城未央宮：《全唐詩》卷五十三題作《奉和幸長安故城未央宮應制》。

奉和晦日幸昆明池應制

昆明池，見七古《帝京篇》。

春豫出《孟子》。豫，樂也。**靈池會，滄波帳殿開。舟凌石鯨渡，槎拂斗牛迴。**池中刻石爲鯨魚，每至雷雨鳴吼，鬣尾皆動，傍有二石人，象牽牛、織女。○《博物志》載海上人乘槎到天河見牛女事，此兼用之。**節晦蓂全落，**堯時，蓂莢生庭，自朔至十五日，日生一莢；自十六日，日落一莢；至晦日而盡。**春遲柳暗催。象溟**池，像滄海。**看浴(日)景，**用日浴咸池語。**燒劫辨沈灰。**武帝鑿池時，底得黑灰，後竺法蘭至自西域，曰：「世界終盡，劫火洞燒，此其灰也。」**鎬**周之故都。**飲周文樂，**《小雅》[一]：「王在在鎬，豈樂飲酒。」此非文王事，今借用，以爲漢武對耳。**汾歌漢武才。**漢武帝幸河東，濟汾河，作《秋風詞》。**不愁明月盡，**言晦日。**自有夜珠來。**昆明池通白鹿源，源人釣魚，綸絶而去，魚見夢於武帝，求去其鈎。三日，於池上見大魚銜索，帝去鈎，放去。復三日，帝游池濱，得明珠一雙，帝曰：「豈魚之報耶？」此用其事。

【校勘記】

[一]小：底本作「大」，據朱熹《詩集傳》改。

和姚給事寓直之作

給事中，屬門下省，掌侍奉左右，分判省事。古有給事黃門之職。

清論滿朝陽，《詩》語，以比明世。**高才拜夕郎**。言姚之才，爲朝廷之論所歸也。○漢制，給事黃門之職，日暮入對青瑣門拜，名曰「夕郎」。**還從避馬路**，後漢桓典爲侍御史，人畏之，曰：「行行且止，避驄馬御史。」姚蓋自侍御而遷也。**來接珥**插也。**貂行**。侍中之冠，貂尾爲飾。**寵就黃扉**黃門。**日**，「就」「日」二字，見五律宋之問詩。**威回白簡霜**。御史爲風霜之任，寫彈劾文於白簡。**柏臺**御史臺有列柏。**遷烏茂**，遷喬之意，謂初遷御史也。**蘭署**尚書郎握蘭，事見上，給事中供奉左右，且三省比官，則亦稱爲「蘭署」也。前解以爲御史臺，却覺不當。**得人芳**。「茂」「芳」二字下得匀調。**禁靜鐘初徹，更疏漏更長**。言漏疏而更長，置字巧。**曉河低武庫**，藏兵器之所。**流火**流星。**度文昌**。殿名。武庫、文昌，但取字對。**寓直光輝重，乘秋藻**文也。**翰**筆也。**揚**。**暗投**明月之珠以暗投，人則按劍相眄，以喻不知己，今以直夜之作，故假用「暗投」字。**空欲報，下調不成章**。

早發始興江口至虚氏村作

唐韶州始興郡，明爲廣東韶州府曲江縣，始興江以抱城回曲而流，故名曲江。此宋貶時作。

候曉逾閩嶂，韶州，古閩越地。**乘春望越臺**。南越王尉陀立臺，升拜漢室，在廣州越秀山。**宿雲鵬際落**，曉雲段段，小作雲看，大作鵬翼看，故設辭如是。**殘月蚌中開**。明月之珠生于蚌中，此以月低在江上，故言。**薜荔摇青氣**，翠嵐。**桄榔**似栟櫚，廣東多有之。**翳碧苔**。**桂香多露裛**，露坌花也。**石響細泉回**。二句，下三字解上二字。**抱葉玄猿嘯**，**銜花翡翠**鳥名，生南海，翡赤，翠青。**來**。**南中雖可悦**，上所叙景物。**北思日悠哉**。一聯承上起下句，似散而不散。**鬒**黑也。**髮俄成素**，**丹心已作灰**。**何(時)當首**向也。**歸路**，**行剪故園萊**。菜名，可蒸食。

蘇頲

同餞楊將軍兼原州都督御史中丞[一]

原州在明爲平凉府鎮原縣。都督，都督軍事也。御史臺中丞，掌持邦國刑憲典章，以肅清朝廷。

右地匈奴西境。**接龜沙**，龜兹，西域國名；流沙，塞外西地。**中朝任虎牙**。漢有虎牙將軍。**然明**

方改俗，後漢張奂，字然明，自安定遷武威，示義方，改惡俗。**去病不爲家**。漢武帝爲霍去病治第，辭曰：「匈奴未滅，何以家爲？」**（命）將（之）禮登壇**見五律杜甫詩。**盛，軍容出塞華（麗）**。**朔風摇漢鼓，邊月思**去聲，訓「悲」。**胡笳**。**旗合無邀正**，《孫子》語，言敵不敢當我正正之旗。**冠危**高也。**有觸邪**。獬豸冠，事見前蘇味道詩。**當看勞旋日**，《詩·出車》：「勞還卒也。」「旋」「還」同。**及此御溝花**。言明春必當還也。

【校勘記】

[一]楊：《全唐詩》卷七十四作「陽」；原：《全唐詩》卷七十四作「源」。

張説　**奉和聖製途經華岳**[一]

西岳華山，在西安府華陰縣南。

西岳鎮皇京，中峰入太清。**玉鑾重嶺應**，謂響。**緹**赤色，以韎韋爲兵服。**騎薄雲迎**。**白日懸高掌，寒空映削成**。華山，四面峻如削成，上有五崖相列，自下遠望，偶爲掌形。相傳巨靈神以手劈開爲二華，以通河流，其掌迹具在。**軒**軒轅，黄帝名。**游會神處**，《封禪書》：華山，黄帝之所常游，與神會者。

漢宰望仙情。漢武帝作望仙宮、望仙觀，在華陰。**舊廟青林古，新碑緑字生**。華陰縣東有西岳廟，廟有玄宗所製華山碑，此所云是也。**群臣願封**封禪事，見五律宋之問詩。**岱**，東岳泰山。**迴駕勒**記也，刻也。**鴻**音通「洪」。**名**。本傳説倡封禪義，及帝登封還，詔説撰頌，刻之泰山。○七、八，言願自西岳迴駕東岱，以勒傳洪名也。

【校勘記】

[一]奉和聖製途經華岳：《全唐詩》卷八十八「華岳」後增「應制」二字。

張九齡　**奉和聖製早度蒲關**[一]

明山西蒲州西門外，黄河西岸，有古蒲津關，改名大慶關，而於河東岸別立蒲津關。

魏武中流處，魏武侯浮西河，中流顧謂吳起曰：「美哉，山河之固！」**軒皇問道迴**。黄帝問道廣成子，既見。○魏武、諸侯，只取其地，故曰「處」。軒皇天子，以比天子，故直曰「迴」。**長堤春樹發，高掌**華山，見上。**曙雲開**。**龍負王舟度**，禹濟江，黄龍負舟幾危，此翻言龍爲之役也。**人占仙氣來**。關尹喜見紫氣東來，知老子當過此。**河津會日月**，天子出，有日旗輅、月旗輅。**天仗役風雷**。並誇張之言。**東**

顧重關盡，西馳萬國陪。既過關而西歸。**還聞股肱郡**，漢文帝曰：「河東，吾股肱郡。」**元首**謂君。**咏康哉**。取《皋陶歌》語，錯綜用之。

【校勘記】

［一］度蒲關：《全唐詩》卷四十九作「渡蒲津關」。

和許給事直夜簡諸公［一］

給事，見前。

未央見前，謂禁中。**鐘漏晚，仙宇藹**陰貌。**沈沈**。深也，静也。**武衛千廬**直宿曰「廬」。**合，嚴扃**鎖也。**萬户深**。**左掖**見五律。**知天近，南窗見月臨**。**樹摇金掌**金莖，事見七古《長安古意》。○金莖非後世所有，詩家用爲禁中之稱，此只咏樹上露光耳。**露，庭接玉樓陰**。**他日聞**「聞」字被下句。**更代也**。**直，中宵屬所欽**。謂友。**聲（名榮）華大國寶**，用《大學》語，謂才賢。**夙夜侍臣心**。匪懈。**逸興乘高閣，雄飛**後漢趙温語。**在禁林**。「林」字承「雄飛」。**寧思竊抃者**，聞樂而竊抃者，或有賞音而知道也，出曹植表，此以自謂。**情發爲知音**。

【校勘記】

[一] 給事：《全唐詩》卷四十九作「給事中」。

酬趙二侍御史西軍贈兩省舊僚之作[一]

西軍，蓋從軍隴西也。兩省，唐制，門下爲左省、東省，中書爲右省、西省，謂之「兩省」。又中書、門下同在宣政殿東西，總稱「北省」，而尚書在南門外，謂之「南省」，同稱「兩省」。

石室古御史臺有石室，以藏秘書。**先鳴者**，出《左傳》，言早上名也。**金門待制同**。漢公孫弘《待詔金馬門》注：以才伎召未有正官者，謂之「待詔」。制，亦詔也。同，言嘗與己同也。**操刀常願割**，出《左傳》，言欲試其才。**持斧竟稱雄**。漢暴勝之爲綉衣直指使者，持斧逐捕盜賊，此當侍御之官。「常」字「竟」字相應，可見功稱其志。**應敵兵初起**，出《漢·魏相傳》，言非好戰也。**緣邊虜欲空**。**使車經隴月**，**征旆繞河風**。河隴，見七古。**忽枉兼金**價兼陪於常金者，以比贈詩。**訊**，**非徒秣馬功**。見才兼文武。**氣清蒲海**蒲昌海，在塞外西北。**曲**，**聲滿柏臺**見上。**中**。**顧己塵**污也。**華省**，**欣君震遠戎**。**明時獨匪報**，言己無報主恩之功。**常欲退微躬**。

【校勘記】

［一］西軍：《全唐詩》卷四十九作「使西軍」。

奉和聖製送尚書燕國公説赴朔方軍［一］

玄宗朝，張説爲兵部尚書，封燕國公，詔爲朔方節度大使。

宗臣尊崇之臣。**事有征，廟筭**廊廟之謀。**在休兵。天與三台座，**三台六星，配三公位。**人當萬里城。**用宋檀道濟語。**朔**（**地之**）**南方**（**將**）**偃**（**息兵**）**革，河右暫揚旌。**「方」字、「暫」字，承第二句。**寵賜從仙禁，光華出漢京。山川勤遠略，**用《左傳》語，遠方之經略。**原隰**《詩》：「皇皇者華，於彼原隰。」天子遣使臣詩也。**軫**動也。**皇情。爲奏薰琴**舜彈五弦琴，歌曰：「南風之薰兮，可以解吾民之愠。」**唱，仍題寶劍名。**後漢尚書韓稜等三人，肅宗賜以寶劍，各署其名。○二句説所以「軫皇情」。**聞風六郡**金城、隴西、天水、安定、北地、上郡，皆西邊地。**勇，計日五戎**匈奴、穢貊、蠻吉、單于、白屋。**平。山甫歸應疾，**《詩》：「仲山甫徂齊，式遄其歸。」**留侯**漢張良，封留侯。**功復成。歌鐘旋可望，**晉魏絳有和戎狄之功，悼公賜女樂一八，歌鐘一肆，出《左傳》。**枕席豈難行。**漢趙充國語，言邊安路易也。**四牡**《詩·

四牡》，天子勞使臣詩也。四牡，馬駕車一乘也。**何時（歸）入，吾君聽履聲**。漢鄭崇爲尚書，每曳革履，帝曰：「我識鄭尚書履聲。」

【校勘記】

［一］奉和聖製送尚書燕國公説赴朔方軍：《全唐詩》卷四十九「燕國公」後略「説」字，「朔方」後略「軍」字。

盛唐

王維　**奉和聖製暮春送朝集使歸郡**［一］

都督、刺史之類，自外入朝與朝班者，曰「朝集使」。

萬國仰宗周，借謂朝廷。**衣冠**臣。**拜冕旒**。天子之冕十二旒，旒者，以絲貫玉，垂之前後也。**玉乘**天子玉輅。**迎大客，金節送諸侯**。以金節授之，以爲行道之信，二句並用《周禮》事。**祖席傾**盡出也。**三省**，尚書、中書、門下。**褰帷**漢賈琮行郡，褰其車帷，因用爲刺史故事。**向九州**。**楊花飛上路**，禁城之路。**槐色蔭通溝**。**來**（**朝廷**）**豫鈞天樂**，中央爲鈞天。晉趙簡子夢之帝所，聞鈞天廣樂，見《史記》。**歸**（**郡國**）**分漢主憂**。各分治民也。**宸章類河漢**，謂天河。**垂象滿中州**。《易》：「天垂象，聖人則之。」

○四方朝集，使各受製賜也。

【校勘記】

［一］奉和聖製暮春送朝集使歸郡：《全唐詩》卷一百二十七「歸郡」後增「應制」二字。

送李太守赴上洛

上洛郡，在洛水之上，明西安府商州。

商山商洛山，在商州東南，亦名楚山，四皓隱處。**包楚鄧**，商山東南接南陽府，周鄧，侯國，後并於楚。**積翠藹沈沈**。**驛路飛泉灑**，**關門**武關在商州東。唐李涉《宿武關》詩：「遠別秦城萬里游，亂山高下入商州。」**落照深**。**野花開古戍**，**行客響空林**。**板屋春多雨**，**山城晝欲陰**。**丹泉**丹水出商州竹山，東流入河南界。**通虢略**，二字出《左傳》。略，境也，河南陝州，周時虢地。**白羽**南陽內鄉縣，本楚之白羽。**抵荊岑**。二字出《登樓賦》。荊山在襄陽府西北，蓋當白羽之南，或泛言荊楚之山。**若見西山爽**，晉王子猷語。**應知黄綺**夏黄公、綺里季、東園公、甪里先生，爲四皓，出《高士傳》。**心**。

送秘書晁監還日本[一]

晁監，即吾國安部朝臣仲麻吕也，事詳載《集注》。秘書監，掌邦國經籍圖書之事。

積水謂海。**不可極，安知滄海東（又有國乎）**。**九州**《史記》騶衍言：中國外又有九州。**何處遠，萬里若乘空（則豈有遠於日本者哉）**。**向國唯看日**，以日出爲標的。**歸帆但信風**。**鰲**巨龜。**身映天黑，魚**鯨類。**眼射波紅**。非常之物，可畏也。**鄉樹扶桑**木，生海東國，因以爲國名，然不可考，多混爲日本。**外，主人**指晁。**孤島中**。**别離方異域，音信若爲通**。

【校勘記】

[一]日本：《全唐詩》卷一百二十七作「日本國」。

李白　**送儲邕之武昌**

鄂州武昌縣，明爲湖廣武昌府，西北瀕江水，南連洞庭湖。

黃鶴西樓在武昌府城西南，詳見七律《黃鶴樓》詩。**月，長江萬里情。春風三十度，**自吾別武昌也。**空憶武昌城。**「憶」字上應起句，下含「湖連」二聯。**送爾難爲別，銜杯惜未傾。**恐傾了便別。**湖連張樂地，**黃帝張樂于洞庭之野，見《莊子》。**山逐泛舟行。**一聯，地之佳。**諾謂楚人重，**季布，楚人，以然諾重，見《史記》。**詩傳謝朓清。**謝朓文章清麗，長五言詩，嘗爲宣城內史。宣城瀕江，乃武昌之下流。○一聯，人之美。**滄浪**漢水至荊山東爲滄浪水，在武昌上流。**吾有曲，**《滄浪歌》，出《孟子》《楚詞》。**寄入棹歌聲。**亦自「憶武昌」來。

孟浩然　**陪張丞相自松滋江東泊渚宮**

張丞相，張九齡，時貶荊州長史。松滋江，在荊州。渚宮，在荊州江陵縣，楚襄王遺迹。

放溜此讀「流」字，作去聲耳。**下松滋，登舟命楫師。寧忘經濟日，**經者，理絲也；濟者，通水也。因以謂治國家也。**不憚沍**閉也。**寒時。**二句說張。**洗幘**巾也。楚陸通掛幘松頂，有鶴銜去水濱，通洗之，因與鶴同去。**豈獨古，濯纓**《滄浪歌》：「滄浪之水清兮，可以濯吾纓。」**良在茲(地)。**二句自叙。**政成人自理，**說張。**機(心)息鳥無疑。**自叙。海客無心，隨白鷗之意。**(望)雲物**以冬至言。**(而)吟孤嶼，**洲上有山石曰「嶼」。○時物可感。**江山辨四維。**四方之隅。○異方易迷。**晚來風稍緊，冬**

至日行訓「方」。**遲**。**獵響驚**動發曰驚。**雲夢**，見五律浩然詩，地相接。**漁歌激楚辭**。激楚清聲，出《楚詞》，此合用。**渚宮何處是，川暝欲安之**。

高適　**送柴司户充劉卿判官之嶺外**

司户，州縣皆有司户參軍，然此可疑，《集注》論之。判官，見五律。劉蓋自列卿出爲廣州都督也。廣州屬嶺南道，明爲廣東廣州府。

嶺外資賴藉。**雄鎮，朝端寵**恩命。**節旄**。將命者必持節，結著牛尾，故曰「旄」。**月卿**本《洪範》，謂劉。**臨幕府，星使**見五律，謂柴。**出詞曹**。**海對羊城**五羊城，在廣州南海縣。**闊，山連象郡**嶺南柳州有象山，因以名郡。**高**。二聯皆鴛鴦對。**風霜**（**之威**）**驅瘴癘，忠信涉波濤**。呂梁丈夫厲水事，出《家語》。**別恨隨流水，交情脱寶刀**（**贈之**）。**有才無不適，行矣莫**訓「可無」。**徒勞**。必有成功。

陪竇侍御泛靈雲池

按高序，池在凉州，明甘肅衛地。

白露先時降，白露是八月候，此應是七月。**清川思不窮。江湖仍塞上，舟楫在軍中。**江湖而塞上，舟楫而軍中，亦可悲也。塞上而江湖，軍中而舟楫，亦可娛也。反覆意深。**舞換臨津樹，**舞隨舟回，而津樹若換。**歌饒**恰與風和。**向晚風。夕陽連積水，邊色滿秋空。乘興宜投轄，**見七古，本宅中事，然投在水，不苟。**邀歡莫避驄。**見前。**誰憐持弱羽，**謂己衰憊。**猶欲伴鵷鴻。**見五律李嶠詩。

行次昭陵

杜甫

唐太宗陵，在西安府醴泉縣九嵕山。

舊俗疲倦厭。**庸主，**總言近代凡庸人主。**群雄**李密、竇建德輩。**問獨夫。**《書》謂紂，言天棄人背也，此指煬帝。**讖**言將來驗也。**歸龍鳳質，**太宗四載時，有相之者云。**威定虎狼都。**本《史記》稱秦地。一說虎狼，星名，秦之分野。**天屬**《莊子》語，言父子。**尊堯典，**唐高祖謚「神堯」，言太宗受禪，猶舜於堯，而更有天屬之盛。**神功協禹謨。**亦以比禹功德，並用《書》篇名。**風雲**雲從龍，風從虎，喻君臣際會。**隨絶足，**謂馬，比其超逸，此以謂太宗功臣。**日月繼高衢。**猶言天路，此言太祖、太宗相繼。**文物多師古，**製雅樂，定律令。**朝廷半老儒。**用虞世南輩諸學士。**直詞寧戮辱，**能容受直諫。**賢路不崎嶇。**能延進賢才。**往者**隋末唐初之間。**災猶降，**于時連有水旱，餓莩滿野。**蒼生**謂民。**喘未蘇。指揮安率土，**

四海之内。**蕩滌**澄清國家。**撫洪爐**。莊子以天地爲大爐，此以謂天地之間。**壯士**有志之士。**悲陵邑**，此已下説今。**幽人**自謂。**拜鼎湖**。黄帝上天之地，借謂此陵。**玉衣晨自舉**，漢武帝時，高皇御衣自篋中出，舞于殿上。**鐵馬**高宗時，刻石馬六匹，置昭陵，疑謂此。**汗（似有）常趨**。二句言其精爽如在。○禄山潼關之戰，忽見黄旗軍數百隊，與賊將戰者不一，後奏是日昭陵靈宫前石人馬汗流。杜公斯句蓋成讖。**松柏瞻虚殿，塵沙**謂陵前之地。**立暝途**。拜時情狀。**寂寥開國日**，思開國之日，既爲寂寥。**流恨滿山隅**。

重經昭陵

草昧《易》語，草不齊也，昧不明也。此言開國之初。**英雄起**，上所謂「群雄」。**謳歌**出《孟子》，言民之謳歌君德。**曆數**出《舜典》。**歸**。遂歸於唐也。**（平）風塵（以）三尺劍**，用漢高祖語。**（立）社稷**社祀土，稷祭穀，因爲國家稱。**（在）一戎衣**。用周武王事。**翼亮**禹事，出《書》，此言輔高祖明政也。**貞文德**，**丕**大也。**承**武王事，此言承高祖即位也。**戢武威**。乃偃武修文之意。**聖圖（猶）天廣大**，**宗祀（猶）日光輝**。**陵寢**室也，漢以來陵皆有園寢。**盤**謂周匝爲地。**空曲**，空寂之山阿。**熊羆**猛獸，兼比兵衛。**守翠微**。**再窺松柏**見七古。**路**，**還見五雲飛**。

冬日洛城北謁玄元皇帝廟廟有吴道子畫五聖圖[一]

天寶初追謚老子曰「聖祖大道玄元皇帝」，詔兩京及諸州立廟。唐李氏，故尊稱爲聖祖。五聖，高祖、太宗、高宗、中宗、睿宗也，皆加「大聖皇帝」之字。

配（當北）極玄都仙境名，借謂廟。**閟**，深閉。**憑高禁籞**折竹繫繩連之，以禁往來。**長**。**守祧**出《周禮》，遠廟曰「祧」。**嚴具禮，掌節**出《周禮》，掌符節者。**鎮非常**。**碧瓦初寒外，金莖**借謂殿宇。**一氣**乾元一氣，道家所立。**傍**。「外」「傍」二字，屬「碧瓦」「金莖」。**山河扶綉户，日月近雕梁**。尊崇誇大之語，「山河」「日月」皆從上「一氣」來。**仙李**老子生李樹下，曰：「以此爲我姓。」**盤根大，猗蘭**殿名，漢武帝生處，此借用。**奕**不絶也。**葉**世也。**光**。皆連帶唐室説。**（雖）世家遺（于）舊史**，《史記》載老子，不在「世家」。**（得）道德付（于）今王**。老子書稱《道德經》，玄宗有注。**畫手看前輩，吴生遠**超前輩。**擅場**。謂爲場中第一也。**森羅**謂畫中物色。**移地軸**，二字見七古《帝京篇》。〇言斡旋造化。**妙絶動宫墻**。**五聖聯龍衮**，衮，卷也。天子衮龍衣，龍一升一降，其首卷然，故曰「衮」。**千官列雁行**。**冕旒**見前。**俱秀發，旌旆盡飛揚**。皆形容畫之妙。**翠柏深留景**，陰森中見日景。〇以下廟前景物。**紅梨迥得霜（而染）**。**風筝**檐稜之鈴，爲筝形。**吹玉柱，露井**無屋之井。**凍銀床**。轆轤之架。**身退**

卑周室，老子，周時守藏室之吏。○生前賤。**經傳拱**拱手揖禮也。**漢皇**。漢文帝崇尚老子，從河上公受經。○身後貴。**谷神**《老子》：「谷神不死，是謂玄牝。」谷神，虛中之神。**如不死，養拙更何鄉**。言老子之道，養拙爲主，不知其神乃存斯壯麗之居耶？「更何鄉」三字有諷意。

【校勘記】

[一]冬日洛城北謁玄元皇帝廟廟有吴道子畫五聖圖：《全唐詩》卷二百二十四題作「冬日洛城北謁玄元皇帝廟」，無「廟有吴道子畫五聖圖」。

王閬州筵奉酬十一舅惜别之作

閬州，明四川保寧府。十一舅，杜母崔氏兄弟。以詩中看之，蓋泛舟飲餞也。本集此次有《閬州東樓筵奉送十一舅往青城》詩。

萬壑樹聲滿，千崖秋氣高。**浮舟出郡郭，别酒寄江濤**。暗含情深之意。**良會不復久，此生何太勞**。**窮愁但有骨**，瘦之甚。**群盜尚如毛**。時有吐蕃、党項、僕固懷恩之亂。**吾舅惜分手，使君**指王。**寒贈袍**。用范雎事，見五絶高適詩。**沙頭暮黃鶴，失侶亦哀號**。同人悲别。

春歸

杜構草堂于成都之浣花溪，已而去之，在梓、閬間，將赴荆南，聞嚴武再鎮蜀，而復歸草堂。

苔徑臨江竹，茅檐覆地花。下「忽」字自此生。**別來頻甲子，**其間二年。**歸到忽春華。倚杖看孤石，傾壺就淺沙。遠鷗浮水静，輕燕受風斜。**二句各用三虚字狀出，一字不可易。**世路雖多梗，**梗，塞也。**吾生亦有涯。**吾生有限，不能待世路之梗有解而後還家爲樂也。以生下二句。**此身醒復醉，**恒飲自遣。**乘興即爲家。**他鄉自安。

奉觀嚴鄭公廳事岷山沱江圖[一]

嚴鄭公，嚴武封鄭國公。廳事，應接之所。岷山，在成都府茂州，江水所出。沱江，在成都新繁縣，江水分流。廣德二年，嚴武再爲成都尹、劍南節度使，杜從在幕中。

沱水臨中座，岷山赴北堂。淹水、岷山，即其地所在而圖之，故特以「臨座」「赴堂」咏起。**白波吹粉壁，青嶂插彫粱。直訝杉松冷，兼疑菱荇香。雪雲虚點綴，沙草得微茫。**「虚」字見畫非真，

「得」字見畫如真，二字可互見。**嶺雁隨毫末，川霓飲練光**。虹霓入澗飲水，出《筆談》。○毫末，言眇小而兼謂筆端；練光，言水而兼謂畫絹，尤見映帶之妙。**霏紅**謝朓詩「餘彩尚霏紅」，謂花。**洲蕊亂，拂黛石蘿長**。「霏」「拂」二字亦見畫意。**暗谷非關雨，丹楓不爲霜**。上來句句疑畫、疑真，到此始露出是畫。○看它句句用虚字點綴、斡旋。**秋城玄圃**昆侖山正面名「玄圃」。**外**，所畫城郭似非人間之境。**景物洞庭傍**。所畫山水真是洞庭之景。**繪事功殊絶**，説畫手。**幽襟興激昂**。説觀者。**從來謝太傅**，謝安死，贈太傅。**丘壑道難忘**。《謝安傳》：安放情丘壑，雖居朝廷，然東山之志不渝。此以比嚴。○結末歸主人。

【校勘記】

[一]沱江圖：《全唐詩》卷二百二十八作「沱江畫圖十韻」。

江陵望幸

江陵於明爲湖廣荆州府，舊説上元初，以江陵府爲南都，置永平軍万人，以遏吴蜀之衝。廣德初，吐蕃入寇，代宗幸陝，蓋或議幸江陵，故有此作也。然以題意並本集編次推之，似是杜在江陵時作也，其事實不可考。

雄都尤壯麗，望幸欻火起貌，與「忽」音通。威神。地利西通蜀，天文北照秦。風煙含越鳥，謂鷓鴣類，煙中飛鳴，故曰「含」。舟楫控吴人。江陵，南臨大江而下流爲吴。○四句應首句。未枉周王駕，周穆王乘八駿，周行天下。終期漢武巡。漢武帝巡南郡至於江陵。○「未枉」「終期」，冀望之甚。甲兵分聖旨，居守付宗臣。時以郭子儀爲京留守。早發雲臺謂禁中。仗（而來此），恩波起涸鱗。以魚喻。○六句應第二句。

李頎　**聖善閣送裴迪入京**

聖善閣，蓋洛陽佛閣，用《詩》「母氏聖善」爲名，疑朝廷爲母后所建。

雪華滿高閣，苔色上勾曲也。欄。藥草空階静，梧桐返照寒。清吟可愈病，魏武帝讀陳琳文，曰：「此愈我病。」携手暫同歡。墜葉和金磬，饑烏鳴露盤。塔屋承九輪處，謂之「露盤」。伊流伊水在洛水之南。惜東别，灞水出長安藍田縣。向西看。迪所往。舊託含香署，尚書郎口含鷄舌香，蓋迪嘗官尚書。雲霄何足難。言更可進官也。

岑參　**早秋與諸子登虢州西亭觀眺**

虢州，古虢國，明河南陝州。

亭高出鳥外，客到與雲齊。樹點千家小，天圍萬嶺低。二句見亭之高，望之遠。**殘虹掛陝北，**唐陝州與虢州接。**急雨過關**函谷關。**西。酒榼**酒器。**緣青壁，**山。**瓜田傍緑溪。**水。**微官何足道，愛客且相携。唯有鄉園處，依依望不迷。**

祖咏　**清明日宴司勳劉郎中别業**〔一〕

清明日，寒食明日。司勳郎中，屬吏部，掌邦國官人之勳級。

田家其地則野。復近臣，其人則官。**行樂不違親。**與交游共之。**霽日園林好，清明煙火新。**寒食禁火，至清明改取榆柳火。**以文常會友，惟德自成鄰。**並用《論語》語。**池照窗陰晚，**暮景映水。**杯香藥味春。**春酒釀藥。**欄前花覆地，竹外鳥窺人。**平常少見人來，故應相訝。**何必桃源裏，深居作隱淪。**沈也。〇桃源事出陶潛記，此言别業幽致，不減桃源也。

【校勘記】

[一]清明日：《全唐詩》卷一百三十一作「清明」，無「日」字。

鄭審　**奉使巡檢兩京路種果樹事畢入秦因咏歌**[一]

兩京，長安、洛陽。開元二十八年正月，詔兩京路及城中苑内皆種果樹。

聖德周天壤，一句含弘，下皆從此生。**韶華**謂春光韶美。**滿帝畿**。與聖德相資。**九重承涣汗**，《易》語，涣，流散也。因爲詔敕之稱，言如汗之出不反也。**千里種芳菲**。**陜塞**既見。**餘陰**陰寒。**薄**，**關河舊色**舊臘寒色。**微**。**發生**謂春，出《爾雅》。**和氣動**，**封**培也。**植衆心歸**。樹木之性，各得其所。**春露條應弱**，嫩弱。**秋霜果定肥**。**影移行子蓋**，應「春條」。**香撲使臣衣**。應「秋果」。**入徑迷馳道**，見五古岑參詩，言自馳道而入樹間徑，迷其所出也。**分行**左右列植。**接禁闈**。宮門。**何**(**時**)**當**二字轉换。**扈仙蹕**，見前李嶠詩。○言行幸。**攀折奉恩輝**。起結照應。

【校勘記】

[一]歌：《全唐詩》卷三百十二無。

中唐

劉長卿　**行營酬吕侍御**

劉自注：時尚書問罪襄陽，軍次漢東境上，侍御以州鄰寇賊[一]，復有水火迫於征税，詩以見喻。○行營，即軍次也。尚書，不知其誰，而吕與劉同在幕府也。此蓋劉知隨州時作。隨州在淮水南，明屬德安府。

不敢淮南卧，汲黯事，自比。**來趨漢將營**。**受辭**軍令。**瞻左鉞**，出《書》，大將所持。**扶病拜前旌**。應起句。**井**謂田宅區分。**税**租貢。**鶉衣**衣若懸鶉，言破綴也。**樂**，**壺漿鶴髮迎**。用《孟子》語。○美其寬政，而賤者、老者懷德，是自注所謂「迫於征税」也。**水歸餘斷岸**，漲水之痕。**烽**兵火也，非烽燧之義。**至掩**言延及。**孤城**。是自注所謂「復有水火」也。**晚日當千騎**，**秋風合**迴合。**五兵**。即五戎，見前楊炯詩。**孔璋才素健**，魏陳琳，字孔璋，善作檄文，以比吕。**早晚**訓「常時」，訓「不日」。**檄書**見前楊炯詩。**成**。言當以問罪正亂。

【校勘記】

［一］州鄰寇賊：底本訛作「舟鄰賊境」，據《全唐詩》卷一百四十八改。

送鄭説之歙州謁薛侍御[一]

歙州，明爲浙江徽州府。薛出刺歙州，而鄭爲書生，往依之也。

漂泊來千里，謂鄭。**謳歌**見前。**滿百城**。謂薛。**漢家尊太守**，隋唐罷郡爲州，太守爲刺史，則唐之刺史，實爲漢之太守。**魯國重諸生**。出《叔孫通傳》。○按鄭氏出北海高密，則古齊魯地也。**俗變**天寶亂後。**人難理**，**江傳水至清**。沈約詩序：「新安江水至清淺，深見底。」新安即歙州地。○此以比政治。**船經危石住**，水程。**路入亂山行**。陸行。**老得滄州趣**，無宦情。**春傷白首情**。有別情。「滄」「白」假對。○二句自道。**嘗聞馬南郡**，後漢馬融爲世通儒，爲南郡太守，此比薛。**門下有康成**。鄭玄字康成，從融究學。○此因姓用事，極爲切當。

【校勘記】

[一]薛侍御：《全唐詩》卷一百四十八作「薛侍郎」。

唐詩七律解頤卷五

初唐

沈佺期　**古意**

義見七古。一作「獨不見」。樂府題。謂傷悲而不得見也。

盧家少婦鬱金香，香，一作「堂」。○梁武帝《歌》：「洛陽女兒名莫愁，十五嫁作盧家婦。盧家蘭室桂爲梁，中有鬱金蘇合香。」此用之。「鬱金」見七古《公子行》。**海燕雙栖**恨己孤栖。**玳瑁**似龜甲，生嶺南海濱山水間。**梁**。以玳瑁飾。**九月寒砧催木葉**，婦所居。**十年征戍憶遼陽**。夫所居。○唐遼州，古置遼陽縣，然此謂遼西之地，乃唐北平郡，明爲永平府。**白狼河**《魏氏土地記》：黄龍城西南有白狼河，東北下塞外。黄龍城在遼西。**北音書斷**，夫。**丹鳳城**見七古《帝京篇》。**南秋夜長**。婦。**誰爲含愁**

獨不見，一句做，二句看。**更**一字深。**教明月照流黄。**黄黑間色，謂帷。○月在而人不在。

紅樓院應制

紅樓院，蓋内道場也。

紅樓疑見白毫光，如來眉間有白毫相放光。**寺逼宸居**帝居曰「宸」。**福盛唐。支遁愛山情漫**晋支遁愛剡東岇山，欲買之。**切，曇摩泛海路**魏時，西竺曇摩迦羅至洛。**空長。**上五下二句。○笑其反不如「逼宸居」之有深致。**（誦佛）經聲夜息聞天（子之）語，（佛前）爐氣晨飄接御香。**並叙「逼宸居」。**誰謂此中難可到，自憐深院得徊翔。**「此中」「深院」四字須互看。

遥同杜員外審言過嶺

同，和也。和者，和其詩；同者，同其題。南岳衡山，周迴八百里，謂之「嶺」。○則天崩，中宗復位。沈、杜等以黨張易之，皆貶嶺外。已見七古宋之問詩。沈貶所驩州，唐屬安南都護。《舜典》「放驩兜於崇山」，即此。

天長地闊嶺頭（路）分，去國謂京。**離家（唯）見白雲**。**洛浦**洛水。**風光何所似，**風土迴異。**崇山瘴癘不堪聞**。未到而先聞，早已不堪。**南浮漲海**南海之名。**人何處，**指杜，或自謂。**北望衡陽雁幾群**。衡陽有回雁峰，雁至此不南去。〇指衡陽爲北，則極南可知矣。**兩地江山萬餘里，何時重謁聖明君**。

再入道場紀事[一]

道場，即紅樓院。杜自驩州召還，拜修文館學士。此詩疑在睿宗即位之初。

南方歸去謂歸來。**再生天，**用佛語，言召歸朝廷。**内殿今年異昔年**。**見闢乾坤新定位，**謂睿宗即位。**看題日月更高懸**。蓋謂有宸翰題署之類。**行隨香輦登仙路，**言行幸道場也。**坐近爐煙講法筵**。**自喜深恩陪**隨也，厠也。**侍從（之列），兩朝**中、睿二朝。**長在聖人前**。

【校勘記】

[一]再入道場紀事：《全唐詩》卷九十六「紀事」後有「應制」二字。

侍宴安樂公主新宅應制

安樂，中宗之女，嫁武崇訓，開府擅勢，奪臨川長公主第以爲宅，鑿定昆池，極山石之奇麗，天子親幸宴近臣。

皇家貴主好神仙，三字生下。**別業初開雲漢邊**。言其非凡境也，且暗含織女意。**山出**假山。**盡如鳴鳳嶺**，秦穆公女弄玉嫁蕭史，並善吹簫，隨鳳仙去。**池成不讓飲龍川**。昔有黑龍從南出而飲渭水，故爲名。**妝樓翠幌**見七古《帝京篇》。**教春住**，綺綉彩飾，疑于春色。**舞閣金鋪**户扉鎖處，金紐圓形。**借日懸**。言天子恩光。**敬從乘輿**天子之駕。**來此地**，**稱**學也。**觴獻壽樂鈞天**。見排律王維詩。

龍池篇

池在長安興慶坊，本民家小池，溢浸至數十頃。玄宗舊邸在其傍，常有雲氣黄龍見。帝即位，建興慶宫，遂名爲「龍池」，作《龍池樂》，姚崇、佺期等共作樂章十章。

龍池躍龍龍已飛，用《易·乾卦》語。**龍德先天天不違**。用《易·文言》語。〇玄宗未爲天子而龍見，則是「先天」；後果爲天子，則是「天不違」也。**池開天漢**言直與天河通。**分黄道**，日行之道，黄，中色。**龍向天門入紫微**。天帝之座。○並言玄宗之自此而登極也。**邸第樓臺**在池邊者。**多氣色，君王鳧雁**用《説苑》語。**有光輝**。**爲報寰中百川水，來朝此地**皆入斯池。**莫東歸（于海）**。時帝始臨天下，故述億兆歸心之意。

韋元旦　**興慶池侍宴**[一]

興慶池，即龍池，見上。

滄池漭沆深大貌。**帝城邊，殊勝昆明**見七古《帝京篇》。**鑿漢年**。昆明，人造；龍池，天造。**夾岸旌旗疏**通也。**輦道，中流簫鼓振樓船**。暗用漢武《秋風辭》意。**雲峰四起迎宸幄，水樹千重入御筵**。山水之景，皆備供御。**宴樂已深魚藻咏**，《詩·魚藻》，天子宴諸侯而諸侯美天子詩也。**承恩更欲奏甘泉**。山名，漢置宫其上，成帝郊祀甘泉，揚雄扈從，還，奏《甘泉賦》諷之。

【校勘記】

[一]興慶池侍宴：《全唐詩》卷六十九題作《興慶池侍宴應制》。

蘇頲

侍宴安樂公主新宅應制[一]

見前。

騄騄馬行疾也。**羽騎**《文選》注「騎負羽」。**歷城池，帝女樓臺向晚披**。開也。**露**上曰「向晚」，則「露」應是謂雨。**灑旌旗雲外出，風迴巖岫雨中移**。風隨巖岫之路移。**當軒半落天河水，繞徑全低月樹枝**。謂月中桂。○二句似帶雨言，亦見樓臺之非凡境也。**簫鼓宸游陪宴日，和鳴雙鳳喜來儀**。用《書》語，言「來舞而有容儀」也。「雙」字繫公主。

【校勘記】

[一]新宅：《全唐詩》卷七十三作「山莊」。

奉和春日幸望春宮[一]

按唐時有南、北望春宮，俱在長安城之東，滻水之西。

東望望春春可憐，更逢晴日柳含煙。二句言欲到之時。**宫中下見南山盡，城上平臨北斗懸。**極言高傑。**細草偏承回輦處，飛花故落舞觴前。**「偏」「故」二字，以無情爲有情。**宸游對此歡無極，鳥弄歌聲雜管弦。**

【校勘記】

［一］奉和春日幸望春宫：《全唐詩》卷七十三題作《奉和春日幸望春宫應制》。

奉和初春幸太平公主南莊應制

太平公主，武后所生，當睿宗時，權震天下，作觀池于樂游原，在長安城南。

主第公主第舍。**山門起灞川，**出于長安城東南秦嶺。**宸游風景入初年。鳳凰樓下交天仗，烏鵲橋頭**織女事。**敞御筵。**鳳樓、鵲橋，並湊合公主上。**往往花間逢彩石，時時竹裏見紅泉。**紅者，顯露之謂。**今朝扈蹕**義既見。**平陽館，**平陽公主，漢景帝女，武帝嘗幸其家。**不羨乘槎雲漢邊。**海上人有乘浮槎至天河者，出《博物志》。

張説

灉湖山寺

灉湖，在岳州，沅、湘、灃、汨之餘波。此張貶岳州時作。

空山寂歷道心生，虛谷迢遥野鳥聲。不聞人聲可知。**禪室從來雲外賞，香臺豈是世中情。雲間東嶺千重出，樹裏南湖**即灉湖。**一片明。若使（與）巢由**巢父、許由，堯時隱者。**同此意，不將蘿薜易簪纓。**

遥同蔡起居偃松篇

起居舍人，起居郎，録天子之言、動作、法度。偃松，四邊披起，有如偃蓋。

清都謂帝都。**衆木總榮芬，傳道孤松最出群。名接天庭**蓋入宸賞也。**多景色，氣佳**氣。**連宫闕借氛氲。**《光武紀》「氣佳哉，鬱鬱葱葱」，此帶其意。**懸池**懸於池上也。一説偃枝之上，承露有如池，故稱。**的的**明貌。**停華露，偃蓋重重拂瑞雲。不惜流膏助仙鼎，**松脂之膏，服之可以延年。**願將楨幹**本莖也，以比人材質。**奉明君。**此亦張在岳州所作，本集此下有「莫比冥靈楚南樹，朽老江邊代不聞」

二句。

幽州新歲作

張自岳州遷幽州都督，已見五律。

去歲荆南指岳州。**梅似雪，今年薊北**幽州。**雪如梅**。**共知人事何嘗定，**南北遷徙。**且喜年華去復來**。年華則有定。**邊鎮戍歌連日動，**有樂有哀。**京城燎火**禁庭炬燭。**徹明開**。遥想之也。**遥遥西向長安日，願上南山壽**《詩》：「南山之壽，不騫不崩。」**一杯**。在遐而不忘君。

賈曾

奉和春日出苑矚目應令

太子命曰「令」，玄宗爲太子，賈爲太子舍人。

銅龍門樓上有銅龍也。○漢元帝召太子出龍樓門。**曉闢問安**周文王爲世子，日朝王季問安。**迴，金輅**王車以金飾諸末。**春游博望**漢戾太子苑名。**開**。**渭水晴光摇草樹，終南佳氣入樓臺**。**招賢已從商山老，**漢惠帝爲太子，迎商山四皓爲客。四皓名，見排律王維詩。**托**附也。**乘**附載後車以從也。

還徵鄴下才。魏文帝爲太子，與王粲等諸才子游於鄴下。鄴，魏都，明河南彰德府。**臣在東南**一作「周」。**獨留滯**，用《史記》語，時賈使在東都也。**忻逢睿藻日邊來**。三字用晋明帝語。○言在遠而不見遺也。

李邕　**奉和初春幸太平公主南莊應制**

題見前。

傳聞銀漢支機石，《博物志》：有人到天河，得織女支機石歸。**復見金**對「銀」字。**輿出紫微**。以「傳聞」「復見」説起始，末以織女爲比，不妨疊用。**織女橋邊烏鵲起，仙人樓上鳳凰飛**。**流**吹度也。**風入座飄歌扇，瀑水當階濺舞衣**。**今日還同**二字與起句相應。**犯牛斗，乘槎共泛海潮歸**。乘槎事見前。

孫逖　**和左司張員外自洛使入京中路先赴長安逢立春日贈韋侍御及諸公**

尚書省有左右司郎及員外郎。○「和左司張員外」以下二十二字是張之原題。長安，長安縣。○蓋宰相之人，時在長安縣，而韋往謁之也。以詩意按之，諸公蓋在禮部者。

忽睹雲間數雁迴，更逢山上一花開。 **河邊淑氣迎芳草，林下輕風待落梅。**淑氣爲草所迎，輕風爲梅所待也。○四句是途路所見春色。**秋憲府**御史臺之稱，指韋許。**中高唱入，春卿署**春官宗伯，周之六卿，當今禮部，此指諸公許。**裏和歌來。**「府中」「署裏」「高唱入」而「和歌來」，互言也。**共言**府中、署裏共言而褒張也。**東閣招賢地，**漢公孫弘事，見七古《帝京篇》，此比宰相許。**自有西征作賦才。**晋潘岳爲長安令，作《西征賦》，以比張之自東洛而西赴作詩也。

盛唐

崔顥　**黄鶴樓**

在武昌府城西南隅黄鶴磯上，昔有仙人乘黄鶴過此，故名。然有諸説，《集注》詳載之。

昔人已乘黄鶴一作「白雲」。**去，此地空餘黄鶴樓。** **黄鶴一去不復返，白雲千載空悠悠。** **晴川歷歷**明貌。**漢陽樹，**鄂州漢陽縣，明爲漢陽府，在武昌西隔江七里。**芳草萋萋鸚鵡洲。**在江中，尾直黄鶴磯，黄祖殺禰衡處，衡嘗作《鸚鵡賦》，因名。**日暮鄉關何處是？煙波江上使人愁。**

行經華陰

縣名，在太華山北。華山見排律《經華岳》詩。

岧嶢高貌。**太華俯咸京，**咸陽之都。**天外三峰削不成。**「削成」，見排律，此反言，截然之形，雖削不成。**武帝祠**漢武帝于縣内立巨靈祠。**前雲欲散，仙人掌**見排律。**上雨初晴。河山北枕**臨也。**秦關**縣北有潼關。**險，驛路西連漢時**神靈所止曰「畤」，漢五帝畤在岐州雍縣南，明鳳翔府岐山縣。**平。借問路傍名利客，無如此處學長生。**茅濛入華山修道，乘雲駕鶴昇天。

李白　**登金陵鳳凰臺**

金陵，明南京應天府。鳳凰臺，在江寧縣治，南宋元嘉中，有鳳皇集于山，因立臺于山椒。

鳳凰臺上鳳凰游，説昔。**鳳去臺空江自流。吴宫花草埋幽徑，晉代衣冠成古丘。**三國、吴、東晋，並都金陵。**三山**在金陵西南，三峰排列。**半落**訓「在」，用字之巧。**青天外，二水中分白鷺洲。**秦淮水至金陵分爲二支，一支入城，一支繞外，共夾一洲，曰白鷺。**總爲浮雲能蔽日，**喻讒邪蒙上。**長安**

不見使人愁。蓋寓逐客之感。○「使」字輕用，王敬美有説，不當。

賈至　**早朝大明宮呈兩省僚友**

大明宮，即蓬萊宮，見五律題。兩省，見排律題。僚友，賈爲中書舍人。

銀燭朝天未曉。**紫陌**謂京都之衢。**長，禁城春色曉蒼蒼**。銀燭而出，到朝而曉，見得紫陌長。**千條弱柳垂青瑣，**宮門刻爲連鎖文，而青塗之。**百囀流鶯繞建章**。漢宮名，借稱。**劍珮聲隨玉墀**階上土以玉石飾。**步，衣冠身惹御爐香**。**共沐恩波鳳池**中書省稱鳳凰池，出晉《荀勖傳》。**上，朝朝染翰**謂筆。**侍君王**。中書舍人掌詔誥。

王維　**和賈至舍人早朝大明宮之作**[一]

王時爲太子中允。

絳幘鷄人夜漏未曉，三刻，衛士候於朱雀門外，著絳幘，傳鷄唱，即《周禮》「鷄人」。**報曉籌**，漏籌。**尚衣**官，掌供冕服。**方進翠雲裘**。用宋玉賦語。**九天閶闔**見七古杜甫詩。**開宮殿，萬國衣冠拜冕**

旒。見排律王維詩。**日色纔臨仙掌動，香煙欲傍袞龍**見排律杜甫詩。**浮**。亦映日光見。**朝罷須裁五色詔**，後趙石虎詔書用五色紙，「五色」映下「鳳」字。**珮聲歸到鳳池頭**。

【校勘記】

［一］至：《全唐詩》卷一百二十八略。

和太常韋主簿五郎温泉寓目［一］

太常，官，掌邦國禮樂、郊廟社稷之事。主簿，掌勾稽簿籍。驪山在長安東麓，有温泉，玄宗時置華清宫，增起臺殿，環列山谷。

漢主離宫接露臺，漢文帝欲作露臺，惜費乃止，迹在驪山。**秦川**見五律題。**一半夕陽開**。寓目之時。**青山盡是朱旗繞**，扈從之盛。**碧澗翻從玉殿來**。**新豐**見五律王維詩。**樹裏行人度，小苑**即宜春苑，在京城東南。**城邊獵騎回**。**聞道甘泉能獻賦**，見前韋元旦詩。**懸知獨有子雲才**。比韋。

【校勘記】

［一］温泉：《全唐詩》卷一百二十八作「温湯」；寓目：《全唐詩》卷一百二十八其後增「之作」二字。

大同殿生玉芝龍池上有慶雲百官共睹聖恩便賜宴樂敢書即事[一]

大同殿，開元中，增廣興慶宫爲南内，其正殿曰大同殿。龍池，見前沈佺期詩。慶雲，雲五色爲慶雲。唐制，景雲、慶雲爲大瑞，百官詣闕奉賀；嘉禾、芝草、木連理爲下瑞，歲終員外郎以聞。

欲笑周文歌燕鎬，還輕漢武樂横汾。共見排律宋之問詩，此言皆不如今日有祥瑞而後宴樂也。**豈知**訓「能」。**玉殿生三秀，**靈芝名。**詎有銅池**承霤，以銅爲之。**出五雲。**漢宣帝時，金芝産函德殿銅池中。○此句緊接上與而奪之也，言漢時銅池亦道生三秀，然詎曾出五雲來？唯有下瑞，未至上瑞。○「銅池」二字，對上「玉殿」，亦且影取「龍池」，下字極巧。**陌上堯尊**堯罇尊，酒器名。**傾北斗，**用《詩》語，星爲斗柄形，故云。**樓前舜樂動南薰。**見排律張九齡詩。**共歡天意同人意，萬歲千秋奉聖君。**

【校勘記】

[一]大同殿生：《全唐詩》卷一百二十八作「大同殿柱産」；有慶雲：《全唐詩》卷一百二十八其後增「神光照殿」四字。

奉和聖製從蓬萊向興慶閣道中留春雨中春望之作應制

蓬萊、興慶，並既見。閣道，謂複道。「留春」二字疑是春游之稱。

渭水自縈秦塞曲，黄山在漢右扶風槐里縣，孝惠二年立宫，明屬西安府興平縣，在長安西北。**舊繞漢宫斜。**閣道所眺帝里鬱盤之景。**鑾輿迴出千門柳（色之表），閣道迴看上苑**上林苑，漢武帝時始開。**花。雲裏帝城雙鳳闕，**義見七古衛萬詩。**雨中春樹萬人家。爲乘陽氣行時令，**即《月令》「天子迎春布德」之意。**不是宸游玩物華。**

敕賜百官櫻桃

唐時四月一日，内園進櫻桃，寢廟薦訖，頒賜百官。

芙蓉闕芙蓉園，即曲江南苑，有殿，蓋櫻桃生園，因就賜之也。**下會千官，紫禁（之）朱櫻**用「紫」「朱」爲對語，「紅亭緑酒送君還」亦同法。**出上蘭。**漢觀名，在上林中，此借用。**纔是寢園**寢，廟室；園，廟地。**春薦後，非關御苑鳥銜殘。**薦後便賜，不後時，可見君恩之渥。○黄鳥好食櫻桃，故名，「櫻」

「鶯」音通。**歸鞍競帶青絲籠**，盛以歸。**中使**宦者類。**頻傾赤玉盤**。漢明帝時進櫻桃，盛以赤瑛盤。**飽食不須愁内熱**，櫻桃過食，則發虚熱。**大官**見排律沈佺期詩。**還有蔗漿**取甘蔗汁以爲飲。**寒**。足以解熱。

酌酒與裴迪

酌酒與君君（須）自寬（心），**人情翻覆似波瀾**。**白首相知**交之舊者。**猶按劍**，暗投事，見排律宋之問詩。**朱門先達笑彈冠**。漢時，人稱王吉在位，貢禹彈冠。言二人意合，王進則貢必彈冠，以俟其薦己也。此曰「笑」者，曾無相薦之心。**草色全經細雨濕**。比小人居寵渥。**花枝欲動春風寒**，比君子不安于居，四句正説「人情翻覆」。**世事浮雲何足問**，**不如高卧且加餐**。寢食自安。

酬郭給事

給事，官，見排律題，蓋王時亦爲給事中。

洞門謂掖門。**高閣靄餘暉**，日將暮。**桃李陰陰柳絮飛**。春亦暮。**禁裏疏鐘官舍晚**，**省中**給事在門下省。**啼鳥吏人稀。晨搖玉珮趨金殿，夕奉天書拜瑣闈。**見排律宋之問詩，「瑣」義亦見前賈至詩。闈，宮中之門。**强欲從君（在官）無奈老，將因卧病解朝衣。**

過乘如禪師蕭居士嵩丘蘭若

嵩丘，即嵩山。蘭若，梵語，翻「無諍」，又翻「遠離處」，僧寺之稱。二人或當兄弟同住。

無著天親弟與兄，天竺菩薩名，共著論發明大乘，此比二人。**嵩丘蘭若一峰晴。**或讀爲「情」。**食**齋食。**隨鳴磬巢烏下，**啄施食也。**行**經行。**踏空林**《寶積經》：在空林中，常行梵行。**落葉聲。**落葉因踏作聲，所以形容空寂。**迸水定侵香案濕，雨花應共石床平。**言花多敷。**深洞長松**「深」「長」二字，益見幽意。**何所有，儼然天竺古先生。**《化胡經》語，謂如來也。

李憕　**奉和聖製從蓬萊向興慶閣道中留春雨中春望之作應制**

題見前。

別館指興慶。**春還淑氣催，三宮**謂蓬萊三殿。**路轉鳳凰臺。**總謂宮闕，不必指名。**雲飛北闕**

輕陰散，雨歇南山積翠來。御柳禁苑之柳。遥隨天仗發，林花不待晚風開。乃被恩光自開。已知聖澤深無限，更喜年芳入睿才。

李頎　送魏萬之京

朝聞游子唱離歌，昨夜微霜初始霜之時。渡河。昨夜渡河來，今朝徑向京，「朝聞」二字尤切。鴻雁不堪愁裏聽，雲山况是客中過。關城曙吴本作「樹」，似是。色催寒近，御苑砧聲向晚多。莫是長安行樂處，空使歲月易蹉跎。失足也，言當及時勤勵也。

寄盧司勳員外[一]

司勳員外郎，屬吏部，掌官吏勳級，時李爲新鄉縣尉，在洛陽。

流澌解冰。臘月下河陽，盧蓋自洛入長安，此言送别時。草色新年發建章。見前賈至詩。○此言到朝時。秦地立春傳太史，《月令》：太史謁之天子，曰某日立春。漢宫題柱憶仙郎。見排律佺期詩。仙郎，尚書之稱。歸鴻欲度千門雪，侍女新添五夜香。見排律佺期詩。早晚何時。薦雄文似

者，漢成帝時，客有薦揚雄文似相如者，因召用雄，此用全語，故無「相如」二字，亦通。**故人**自謂。**今已賦長楊**。雄所作賦名。○此以雄自比，望盧之薦己。

【校勘記】

［一］盧司勳員外：《全唐詩》卷一百三十四作「司勳盧員外」。

題璿公山池

遠公遁迹廬山岑，見五律杜甫詩。**開士**菩薩之稱。**幽居祇樹林**。祇陀太子園，佛所嘗住。**片石孤雲窺**猶言覷也。**色相**，**清池皓月照禪心**。**指揮如意**僧家所執，見《釋氏要覽》。**天花落**，**坐卧閑房春草深**。**此外**訓「這邊」。**俗塵都不染**，**唯餘玄度**晋許詢，字玄度，與支道林每相論難。**得相尋**。

寄綦毋三

綦毋三，綦毋潛，蓋自宜壽縣尉而遷洛陽縣尉也。

新加大邑綬仍黄，丞尉，三百石，銅印黄綬。**近與**作「以」義看，「與」「以」音通。**單車**漢龔遂單車獨行到郡。**向洛陽**。**顧眄**謂知己相顧。**一過丞相府**，**風流三接**用《易》語。**令公香**。魏荀彧爲中書令，好熏其坐處，常三日香，人稱「令公香」。此蓋言潛受丞相、尚書諸公知遇。**南川粳稻花侵縣**，農務畢登。**西嶺雲霞色滿堂**。公堂自静。○一聯暗見治績。**共道進賢蒙上賞**，用《蕭何傳》語，言何爲無進潛者也。**看君幾歲（得進）作臺郎**。謂尚書郎。

送李回

李蓋爲司農丞。

知君官屬大司農，掌穀貨調度之事。**詔幸驪山職事雄**。**歲發金錢供御府**，應首句。**晝**猶言「日日」。**看仙液**指温泉。**注離宫**。即華清宫。**千巖曙雪旗門**樹旗表門。**上**，**十月寒花輦路中**。**不睹聲明與文物**，四字解見七古《帝京篇》。**自傷留滯去（在）關東**。時李在新鄉縣。

宿瑩公禪房聞梵

梵唄，佛家咏曲。

花宮謂寺。**仙梵遠微微，月隱高城鐘漏稀。**愈見梵音之揚。**夜動霜林驚落葉，**梵響而葉飛。**曉聞（猶如）天籟**出《莊子》。**發清機。蕭條已入寒空静，**聲息。**颯沓**風雨聲，又衆盛貌。**仍隨秋雨飛。**聲起。○乍空乍有，引下「始覺」。**始覺浮生無住著，頓令心地**佛家以心喻地，能生諸法。**欲歸依。**佛家有「三歸依」，謂佛、法、僧也。

贈盧五舊居[一]

贈，疑「題」字。

物在人亡無見期，閑庭繫馬不勝悲。窗前緑竹生空地，門外青山似舊時。悵望青字犯，必有誤。**天鳴墜葉，巑岏**高峻貌，與「悵望」以疊韻對。**枯柳宿寒鵶。憶君涙落東流水，歲歲花開知爲誰。**

【校勘記】

[一]贈：《全唐詩》卷一百三十四作「題」。

祖咏

望薊門

薊門，見五古陳子昂詩，有胡虜備。

燕臺一去客心驚，慷慨。**笙**吴本作「笳」。**鼓喧喧漢將營**。**萬里寒光生積雪**，**三邊**見《史記》，謂北、西、南邊塞，此只就北庭假言。**曙色動危旌**。**沙場烽火侵胡月**，近而急。**海畔雲山擁薊城**。孤而危。**少小雖非投筆**見五古魏徵詩。**吏**，**論功還欲請長纓**。亦見徵詩。

崔署[一]

九日登仙臺呈劉明府[二]

登仙臺，在河南陜州，漢文帝遇河上公處。明府，刺史、太守、縣令共稱「明府」，疑劉爲靈寶縣令也。靈寶，屬陜州。

漢文皇帝有高臺，**此日**的指九日。**登臨曙色開**。**三晋**韓、魏、趙滅晋，因稱「三晋」。陜州本韓地，而北、東則趙、魏之地。**雲山皆北向**，謂在北也。**二陵**河南永寧縣崤山有二陵。南陵，夏后皋之墓；北陵，文王之所避風雨。**風雨自東來**。永寧直臺東南。**關門令尹**老子過函谷關，授關令尹喜《道德經》，函谷關在靈寶縣。**誰能識，河上仙翁去不回**。言神仙皆不可期，以生結句意。**且欲近尋彭澤宰**，陶潛爲彭澤令，以比劉。**陶然**樂也。**共醉菊花杯**。以酬佳節。

【校勘記】

［一］崔署：《全唐詩》卷一百五十五作「崔曙」。

［二］仙臺：《全唐詩》卷一百五十五作「望仙臺」；劉明府：《全唐詩》卷一百五十五其後增「容」字。

萬楚　**五日觀妓**

西施謾道浣春紗，見七絶《西施石》注，此言西施美貌，千載遺迹，若比此妓爲虚名。**碧玉**宋汝南王美人，比妓。**今時鬥麗華**。後漢陰皇后、陳張貴妃俱名「麗華」，然此謂其容華，不必爲人名。**眉黛奪將萱草（緑）色，紅裙妒殺石榴花**。**新歌一曲令人艷，醉舞雙眸斂鬢斜**。對非常法。**誰道五絲能續命**，端午以五色絲索繫臂，謂之「繞命縷」。**却令今日死君家**。

張謂　**杜侍御送貢物戲贈**

銅柱後漢馬援南征交趾，立銅柱爲漢界，在明廣東廉州府。**珠崖**唐崖州，古珠崖郡，明瓊州府，崖岸出珠。**道路難，伏波**馬援爲伏波將軍。**横海**漢韓説爲横海將軍，擊破東越。**舊登壇**。見排律蘇頲詩，言因漢將之功，纔得與中國通。**越人自貢珊瑚樹**，漢時，南越王趙佗獻赤珊瑚。**漢使何勞獬豸冠**。見排律蘇味道詩，此指杜。**疲馬山中愁日晚，孤舟江上畏春寒**。言道路難。**由來此貨稱難得，多恐君王不忍看**。諷刺之意。

高適　**送李少府貶峽中王少府貶長沙**

少府，縣尉之稱，見五律岑參詩，蓋二人貶爲縣尉也。峽中，兩山挾水曰「峽」，明月、温湯、石洞三峽在渝州，明重慶府。西陵、巫、歸鄉三峽在夔州，明夔州府，皆岷江下流。長沙，明湖廣長沙府。**嗟君此别意何如，駐馬銜杯問謫居**。下二聯自此二字生。**巫峽啼猿數行淚**，峽中多猿，漁歌曰：「巴東三峽巫峽長，猿鳴三聲淚沾裳。」**衡陽歸雁幾封書**。衡山在長沙西，有回雁峰，雁至此不南，而待春北歸。**青楓江**在長沙。**上秋天遠，白帝城**在夔州，見排律陳子昂詩。**邊古木疏。聖代即今多雨露（恩澤），暫時分手莫躊躇。**猶豫也，言定有召還。

夜別韋司士[一]

刺史官屬，有司士參軍。

高館高館、高齋，皆以樓言。**張燈酒復清，夜鐘殘月雁歸聲。只言啼鳥堪求侶**，自雁歸聲來，亦帶《詩》「鳥鳴求友」之意。**無那春風欲送行。黄河曲裏沙爲岸，白馬津**在衛州黎陽縣，明爲大名府濬縣。**邊柳向城。莫怨他鄉暫離別，知君到處有逢迎。**旅況有賴。

【校勘記】

[一]夜別韋司士：《全唐詩》卷二百十四作《夜別韋司士得城字》。

岑參　**和賈至舍人早朝大明宫**[一]

題見前。

鷄鳴紫陌曙光寒，鶯囀皇「紫」音通「子」，「皇」音通「黄」，俱成對。**州春色闌。金闕曉鐘開萬户，玉階仙仗擁千官。花迎劍佩星初落，**比星没而花色始分。**柳拂旌旗露未乾。獨有鳳凰池**見前。**上客，陽春一曲**郢中之客，歌《陽春》《白雪》，其唱彌高，其和彌寡，見《楚詞》。**和皆難。**

【校勘記】

[一]和：《全唐詩》卷二百一作「奉和」；賈至舍人：《全唐詩》卷二百一作「中書舍人賈至」。

和祠部王員外雪後早朝即事

禮部官屬，有祠部員外郎。

長安雪後似春歸，積素凝華連曙輝。色借玉珂見五律杜甫詩。**迷曉騎，光添銀燭晃**明。**朝衣。西山落月臨天仗，北闕晴雲捧禁闈。**「捧」字，見紫闈之高。○二句分明雪後光景。**聞道仙郎**見前李頎詩。**歌白雪，由來此曲和人稀。**見上。

西掖省即事

西掖省，謂中書省，時岑爲右補闕，屬中書省。

西掖重雲開曙暉，北山疏雨將霽之雨。**點朝衣。千門柳色連青瑣，**見前賈至詩。**三殿**蓬萊三殿，見前。**花香入紫微。**謂中書省。**平明**謂曉。**端笏**百官所執物。**陪鵷列，**見排律高適詩。**薄暮垂鞭信馬歸。**日日如是，見在官碌碌。**官拙自悲頭白盡，不如巖下掩**一作「偃」。**荊扉。**

九日使君席奉餞衛中丞赴長水

使君，不知指誰。中丞，見排律蘇頲詩。長水，河南有長水縣，然此疑當作「天水」，唐隴西郡，漢時爲天水郡，明屬陝西鞏昌府。

節使指衛。**橫行**見五律杜甫詩。**西出師，鳴弓擐**貫也。**甲羽林兒。**羽林，星名，以名武官，選隴西諸郡良家子，補羽林郎，漢有「羽林孤兒」之號。**臺上霜威**以御史事言。**淩草木，軍中殺氣傍旌旗。預知漢將宣威日，正是胡塵欲滅時。爲報使君多泛菊，更將弦管醉東籬。**淵明句「采菊東籬下」，詩家用爲菊事。曰「多泛」，曰「更醉」，乃殷勤餞行之辭。

首春渭西郊行呈藍田張二主簿

藍田，縣名，在長安南。主簿，縣令之屬。

回風度雨渭城西，細草新花蹈作泥。秦女峰在藍田。**頭雪未盡，胡公陂**在鄠縣，在藍田西。**上日初低。愁窺白髮羞微禄，悔別青山憶舊溪。聞道輞川**在藍田西南輞谷。**多勝事，玉壺春酒正堪携。**欲一往游。

暮春虢州東亭送李司馬歸扶風別廬

虢州，見排律岑詩。司马，州府官屬。扶風，漢時分秦地置右扶風，明陝西鳳翔府。

柳嚲垂下貌。**鶯嬌花復殷，紅亭緑酒送君還。到來函谷**函谷故關在靈寶縣南，在虢西；新關在新安縣東，在虢東。**愁中月，**旅況所見。**歸去磻溪**在鳳翔府寶鷄縣東南，周太公釣處。**夢裏山。**比來所夢見，今實歸去。**簾前春色應須惜，**應起句。**世上浮名好是閑。**只惜春色，不管世事。**西望鄉關**

岑家在杜陵，與扶風鄰。**腸欲斷，對君衫袖淚痕斑。**

王昌齡 **萬歲樓**

萬歲樓，在鎮江府城西南隅，唐時爲潤州。此蓋王爲江寧丞時作。

江上巍巍萬歲樓，不知經歷幾千秋。年年喜見山長在，日日悲看水獨流。猿狖猿類，尾長四五尺。**何曾離暮嶺，鸕鷀空自泛寒洲。誰堪登望雲煙裏，向晚茫茫發旅愁。**

杜甫 **題張氏隱居**

張叔明與李白等隱于徂徠山，號「竹溪六逸」，蓋即其人。

春山無伴獨相求，伐木丁丁《詩》「伐木丁丁」，下有「求友生」語。**山更幽。**即景即情，含蓄之妙。**澗道餘寒歷冰雪，石門斜日到林丘。**餘寒，歷冰雪之澗道，斜日，到林丘之石門，錯綜成句。**不貪**用《左傳》語，謂其爲人。**夜識金銀氣，**地寂夜静可想。○上二下五，作二句看，意味太深，細玩始知。**遠害**用《晏子》語。**晨看麋鹿游。**亦上二下五。**乘興杳然迷出**出去。**處，**留坐。**對君疑是泛虛舟。**出

《莊子》，譬人之虚懷。

宣政殿退朝晚出左掖

宣政殿，在大明宫後。左掖，既見，杜爲拾遺，屬門下省。〇《杜述注》，朔望天子御宣政殿，常日御紫宸殿。按《五代史·李琪傳》，天子日御宣政殿，見群臣，曰「常參」；朔望薦食諸陵寢，御紫宸殿，見群臣，曰「入閤」。

天門日(光)射黄金榜，門扁。**春殿晴薰赤羽旗**。即朱雀之畫旗。**宫草霏霏**通菲。**承委珮**，用《禮記》語。委，委地也，「承」字狀嫩草之鋪地。**爐煙細細駐游絲**。見七古盧照鄰詩，游絲不見而爐煙猶在，故曰「駐」。「駐」字狀細煙之不絶。**雲近蓬萊常五色，雪殘鳷鵲**觀名，見七古駱賓王詩。**亦多時**。**侍臣緩步歸青瑣，退食從容**《詩》「退食委蛇」之意。**出每遲**。

紫宸殿退朝口號

紫宸殿，在宣政殿後，乃内便殿，謂之上閣。

户外昭容女官。**紫袖垂，雙瞻**左右面内而行也。**御座引朝儀**。唐制，天子坐朝，宫人引至殿上。**香飄合**猶言「滿」。**殿春風轉，花覆千官淑景**日光。**移**。**晝漏稀聞**言日永漏聲之稀疏。**高閣**即紫宸。**報**，報來時牌。**天顔有喜近臣知**。幸己亦厠近臣也。**宫中每**每日。**出歸東省，會**時適。**送夔龍**舜二臣名，借謂官僚。**集鳳池**。見前賈至詩，中書政事堂所在，故時從諸官而集議朝政也。

曲江對酒

曲江，見七古杜詩。

苑外即芙蓉苑。**江頭坐不歸，水精**言其明麗。**宫殿轉霏微**。暮色。**桃花細**言非亂落。**逐楊花落，黄鳥時兼白鳥飛**。**縱飲**一作「酒」。**久拌**自放棄也。**人共棄，懶朝真與世相違**。**吏情更覺滄洲**既見。**遠，老大徒悲未拂衣**。急起去之狀。

九日藍田崔氏莊

藍田，見前岑參詩，縣有藍田山。

老去悲秋强自寬，興來今日盡君歡。下句皆自此「悲」「歡」二字生。**羞將短髮還吹帽，**晋桓温九日龍山之宴，參軍孟嘉從之，風吹嘉帽落。**笑倩傍人爲正冠。**流水對。○「帽」「冠」似重犯，但「吹帽」字用故事爾。**藍水**在藍田，合溪谷之水。**遠從千澗落，玉山**藍田産玉，故爲名。**高並**一作「傍」。**兩峰寒。**雲臺山在藍田東，兩峰峥嶸，或别有所睹言之。**明年此會知誰健，**吾老大，安期健在。**醉把茱萸**九日折茱萸插頭，辟邪惡氣。**子細**子細，纖悉也。**看。**

望野

杜在成都草堂時作。

西山在成都西，又名雪山。**白雪三城戍，**西山有三城，列戍以備邊害。謂「松維保」者，非也。又作「三奇戍」，非也。**南浦清江萬里橋。**杜草堂在成都西南浣花溪上，萬里橋在成都府城南門外，皆江水相通。**海内風塵諸弟隔，**杜有四弟。**天涯涕淚一身遥。唯將遲暮**見五律張説詩。**供多**吴本作「衰」。**病，未有涓埃**一滴一塵，言少。**答聖朝（之恩）。跨馬出郊時極目，不堪人事日蕭條。**喪亂之况。

登樓

花近高樓（可樂而却）傷客心，萬方多難此登臨。解所以傷。○以下皆由矚目四方叙之，無非傷情。**錦江**在成都。**春色來（滿）天地，玉壘**山名，在成都灌縣西北。**浮雲變古今。北極朝廷（雖有亂）終不改，西山寇盜**指吐蕃。**莫相侵。**時吐蕃陷京師，代宗幸陝，郭子儀復京師，乘輿反正，故有是語。**可憐後主**三國蜀後主劉禪。**還**可以已之辭。**祠廟，**成都南有先主廟，後主及諸葛亮皆附祀先主，而子後主二世而亡，後主而父先主，百世而祀，「可憐」二字深。**日暮聊爲《梁甫吟》。**孔明所作。○雖先主微孔明未必興，雖後主有孔明未必亡，所以懷歸孔明，而皆有所感激于當時也。

秋興四首

本集八首，皆感時事而作，概名「秋興」以適值秋也。時杜寓夔州西閣。

玉露凋傷楓樹林，巫山在夔州。**巫峽**見前高適詩。**氣蕭森。**肅殺之氣。**江間波浪兼天**二字出《莊子》。**湧，**巫峽。**塞上風雲接地陰。**巫山。**叢菊兩開**杜以永泰元年秋至夔州雲安縣，翌年秋在夔州西閣，是兩見菊開。**他日淚**（**今日又下**），是句屬山。**孤舟一繫故園心**。故園之心，爲舟所繫。一義孤舟繫此，而心則在故園。○此句屬峽。**寒衣處處催刀尺**，故園心轉到寒衣上。**白帝城高急暮砧**。

千家山郭即夔州府城。**靜朝暉**，**日日江樓**即西閣。**坐翠微**。巫山巫峽之際。**信**謂再宿。**宿漁人還泛泛**，**清秋燕子故飛飛**。漁人當歸而猶泛泛，燕子當去而更飛飛，然豈可終住者乎？以況己之客游不定。**匡衡抗疏功名薄**，漢匡衡上疏論政，進爲光禄大夫，杜上疏論房琯而被黜。**劉向傳經心事違**。漢劉向爲諫大夫，講論五經見用，杜則修文字無所用。○上四字以古人爲比，下三字嘆己之不遇也。**同學少年多不賤**，承上言。**五陵**長安五陵，爲豪俠所聚。**衣馬自輕肥**。所謂「乘肥馬，衣輕裘」也，不類我之「抗疏」「傳經」而終至落寞也。

蓬萊既見。**宮**字犯，一作「高」。**闕對南山**，既見。**承露金莖**既見。**霄漢間**。**西望瑤池降王母**，瑶池，西王母所居，見《列子》。漢武帝齋居承華殿，有一青鳥從西來，集有頃，西王母至。睿宗女金仙、玉真二公主爲女道士，築觀京師。此蓋言是類。**東來紫氣滿函關**。老子事，見排律張九齡及上崔署詩。唐時尊老子，稱「玄元皇帝」，立廟兩京。此蓋言之。**雲移雉尾開宮扇**，天子臨朝，雉尾扇左右擁障，坐定乃開去，如彩雲之移動也。**日繞龍鱗識聖顏**。衮龍、龍顏、逆鱗帶作一句，「日繞」二字尤巧。**一卧滄江**

驚歲晚，幾回青瑣既見。**點朝班。**言己曾爲拾遺也。「點」者，謂身在班列中。○七、八作對，下篇同。

昆明池水見排律宋之問詩。**漢時功，武帝**借稱玄宗。**旌旗在眼中。**于今如見。**織女機絲虛夜月，石鯨鱗甲動秋風。**織女、石鯨並既見。**波漂菰米**菰生池中，至秋結實如米，其皮墨褐色，謂之「茭鬱」。**沈雲黑，**謂茭鬱之漂。**露冷蓮房墜粉紅。**謂紅英之落。○二聯並想像秋色荒凉。**關塞極天唯鳥道，江湖滿地**猶言「到處」。**一漁翁。**自謂。

吹笛

吹笛秋山風月清，誰家巧作斷腸聲。風飄律呂謂音調。**相和切，**凄切。**月傍關山**用《關山月》曲名。**幾處明。**以征旅言，故曰「傍」曰「幾處」。**胡騎中宵堪北走，**見五律《胡笳曲》，此借用。又周弘讓《笛詩》：「胡騎爭北歸，偏知別離苦。」**武陵一曲想南征。**後漢馬援南征，門生袁寄生善吹笛，援作《武溪深歌》和之。**故園楊柳今摇落，何得愁中却盡生。**以笛有《折楊柳》曲，翻意而言之。「愁中」二字，尤見其不勝。

閣夜

在夔州西閣作。

歲暮陰陽（**推遷**）**催短景**，**天涯霜雪霽寒霄**。**五更鼓角聲悲壯**，兵戍警備。**三峽星河**（**映水**）**影動摇**。星動摇者，民勞之應，此暗含其意。**野哭千家聞**（**于**）**戰伐**（**之苦**），**夷歌幾處起**（**于**）**漁樵**。蠻夷雜處。**卧龍**孔明事。**躍馬**《蜀都賦》：「公孫躍馬而稱帝。」公孫事見排律陳子昂詩。**終黄土**，正邪俱亡。**人事音書漫寂寥**。回視人間，一無可憑。

返照

此雨後晚景即事，非專賦返照也。

楚王宫楚襄王迹，在巫山縣西北。**北正黄昏**，**白帝城**既見。**西過雨痕**。**返照入江翻石壁**，言水中影倒也，落照映波，故城西猶明。**歸雲擁樹失山村**。暗雲迷樹，故宫北已昏。**衰年病肺惟高枕**，**絶塞愁時早閉門**。絶塞可戒，愁時無聊，所以未暮早閉也。**不可久留**（**于**）**豺虎亂**（**中**），（**然而**）**南方**

實有未招魂。宋玉爲屈原作《招魂》，辭曰：「魂兮歸來，南方不可以留。」此翻用之，言吾欲北歸，奈衰病愁澌，魂魄放佚，未得而招復已。

登高

風急天高猿嘯哀，渚清沙白鳥飛迴。並三折句法。**無邊落木蕭蕭下**，應首句。**不盡長江滚滚**相繼不絶貌。**來**。應二句。**萬里悲秋常作客，百年多病獨登臺**。字字見悲。**艱難苦恨繁霜鬢，潦倒**衰憊貌。**新停濁酒杯**。時以肺疾斷酒，更無愁可遣。○八句皆對。此詩胡元瑞《詩藪》論之悉矣，可觀。

中唐

錢起　**闕下贈裴舍人**

「闕下」二字有意。裴舍人，名夷直，爲中書舍人，時錢未登第，而欲裴引薦也。

二月黃鸝飛上林，遷喬之意，暗謂它登庸者。**春城紫禁曉陰陰**。長樂見排律沈佺期詩。**鐘聲花外盡**，應「曉」字。**龍池**見前佺期詩。**柳色雨中深**。應「陰陰」字。**陽和不（消）散窮途**阮籍事，見七古杜甫詩。**恨**，**霄漢**比朝廷。**長懸捧日心**。魏程昱夢上泰山，兩手捧日，此言奉上竭忠之志。**獻賦十年猶未遇**，十年不遇，既老可知。**羞將白髮對華簪**。不對則不覺，對則殊羞，闕下贈之情可見。

和王員外晴雪早朝[一]

紫微晴雪帶恩光，三字見與它景光別。**繞仗偏隨鵷鷺行**。見五律李嶠詩。〇雪光兼恩光被人。**長信**西宮。**月留寧避曉**，**宜春**即芙蓉苑，既見。**花滿不飛香**。**獨看積素凝清禁**，**已覺輕寒讓太陽**。謂日。**題柱盛名**見排律佺期詩。**兼絕唱**，**風流誰繼漢田郎**。田郎盛名，非君誰繼？君又兼以絕唱，誰繼之者？「誰繼」二字深。

【校勘記】

[一]晴雪：《全唐詩》卷二百三十九作「雪晴」。

韋應物　**自鞏（縣）洛（水）舟行入黄河即事寄府縣寮友**

洛水，源出陝西冢嶺山，東流入洛京，經偃師縣、鞏縣而入于黄河也。蓋韋爲洛陽丞時作。

夾水蒼山路向東，東南山豁大河通。寒樹依微遠天外，夕陽明滅亂流中。孤村幾歲吴本作「幾處」，似是。**臨伊岸，**伊水源出河南盧氏縣，至偃師縣入于洛水，則鞏已往無伊水，此只從伊洛通稱耳。**一雁初晴下朔風。**「一雁」生出「寄」意。**爲報洛橋游宦侣，扁舟不繫與（吾）心同。**

郎士元　**贈錢起秋夜宿靈臺寺見寄**〔一〕

贈，疑「酬」字。靈臺寺，未考，以詩所言，或在廬山。

石林非必其名。**精舍**修道業之所。**武溪**即虎溪，在廬山，唐避太祖諱作「武」。**東，夜叩禪扉謁遠公。**見五律杜甫詩。**月在上方**佛家有上方世界。**諸品**猶言「諸塵」，謂群物也。**静，心持半偈**帝釋説半偈，見《涅槃經》。**萬緣空。蒼苔古道行應遍，落木寒泉聽不窮。更憶雙峰**廬山有雙劍峰，又詩家多以雙峰稱寺，亦雙林雙樹之意。**最高頂，此心期與故人同。**

【校勘記】

[一]贈錢起秋夜宿靈臺寺見寄：《全唐詩》卷二百四十八題作《題精舍寺》。

盧綸　**長安春望**

東風吹雨過青山，却望千門草色閑。家在夢中唯得夢還。**何日到，春來江上幾人還。川原繚繞**長連貌。**浮雲外，宮闕參差**互出貌。**落照間。誰念爲儒**文無用于時。**逢世難，獨將衰鬢客秦關。**

張南史　**陸勝宅秋雨中探韻**[一]

同人永日自相將，深竹閑園偶對偶。**辟疆。**晋顧辟疆有名園，比陸勝。**已被秋風教憶鱠，**晋張翰，吴郡人，在洛見秋風起，思吴中菰蓴鱸鱠，即命駕而歸。**更聞寒雨勸飛觴。歸心莫問三江水，**松江源連接太湖，分爲三江，在吴地，明松江府。○應三句。**旅服從沾九月霜。**應四句。「霜」字唯以時候言。**醉裏欲尋騎馬**（**欲歸**）**路，蕭條是處有垂楊。**目可認。

【校勘記】

［一］陸勝宅秋雨中探韻：《全唐詩》卷二百九十六題作《陸勝宅秋暮雨中探韻同作》。

李益　**鹽州過胡兒飲馬泉**

鹽州，五原郡，明山西大同府。飲馬泉、鸊鵜泉在豐州城北，胡人飲馬於此，鹽、豐地接，李嘗爲幽州都督劉濟營田副使，此蓋其時作。

緑楊著水草如猶言「合」。**煙，舊是胡兒飲馬泉。幾處吹笳明月夜，何人倚劍白雲天。**自謂。**從來凍合關山道，**北地偏寒。**今日分流漢使前。莫遣行人照容鬢，恐驚憔悴入新年。**

柳宗元　**登柳州城樓寄漳汀封連四州刺史**［一］

唐柳州屬嶺南道，明廣西柳州府。漳、汀，並明福建地。封、連，並明廣西地。柳宗元等以附王叔文貶嶺南，後召至京，又出爲刺史，宗元柳州，韓泰漳州，韓曄汀州，陳謙封州，劉禹錫連州。

城上高樓接大荒，謂海外。**海天愁思正茫茫。驚風亂颭**風吹浪動也。**芙蓉水，密雨斜侵薜**

荔墻。**嶺樹重遮千里目**，**江流**府城南有柳江。**曲似九迴腸**。司馬遷語，言心痛切。**共來百粵**南方蠻夷。**文身地**，越人斷髮文身，以恐水物。柳州，古閩越地。**猶自音書滯一鄉**。共來南荒，可悲，而所賴音書往復，乃復阻滯而不達轉，更可悲。

【校勘記】

［一］登柳州城樓寄漳汀封連四州刺史：《全唐詩》卷三百五十一略「刺史」二字。

韓愈

奉和庫部盧四兄曹長元日朝迴

庫部郎中員外郎，屬兵部，掌戎器鹵簿儀仗。曹長，同官相呼之稱。時韓爲比部郎中。

天仗宵嚴隔夜先設仗衛。**建羽旄**，**春雲送色曉鷄號**。朝會之時。**金爐香**（**煙**）**動螭頭**玉階扶欄上壓頭橫石刻爲螭首狀，螭似龍無角。**暗**，**玉佩聲來雉尾**見前杜甫詩。**高**。謂天子出御。○並昧爽之景。**戎服**武官。**上趨承北極**，**儒冠**文官。**列侍映東曹**。**太平時節身難遇**，**郎署**見七古駱賓王詩。**何須嘆二毛**。謂頭有黑白二毛。

唐詩五絶解頤卷六

初唐

楊炯　**夜送趙縱**

詩中明月是用實景，故特題曰「夜送」。

趙氏連城璧，趙得卞和之璧，秦王請以十五城易璧。今因姓用此事，以喻其才。**由來天下傳**。**送君還舊府**，謂故鄉。○暗用相如完璧歸意。**明月**喻璧。**滿前川**。宛是君家連城無恙。

駱賓王　**易水送別**[一]

易水在北直隸保定府，本集題作《於易水送人》，蓋設題也。

此地别燕丹，壯士髮衝冠。燕太子丹使荆軻刺秦始皇，送至易水上，爲歌皆忼慨瞋目，髮盡上指冠。**昔時人已没，今日水猶寒。**精神在「寒」字。

【校勘記】

［一］易水送别：《全唐詩》卷七十九題作《於易水送人》。

陳子昂　**贈喬侍御**［一］

侍御史，掌肅正紀綱，糾諸不法。

漢庭榮巧宦，以便佞進者。**雲閣薄邊功。**漢麒麟閣圖畫邊塞立功之臣，謂今則不然。○喬蓋有邊功而不巧宦者。**可憐驄馬使，**後漢桓典爲侍御史，乘驄馬，人皆畏之，此比喬。**白首爲誰雄。**「雄」是御史之稱，白首尚雄，雖雄不用，「爲誰」二字含感。

【校勘記】

［一］贈喬侍御：《全唐詩》卷八十四題作《題祀山烽樹贈喬十二侍御》。

郭振[一]　**子夜春歌**[二]

東晉女子子夜始作斯歌，後人衍爲《子夜四時歌》。

陌頭楊柳枝，已被春風吹。「已」字見別來早已爲春。**妾心正**當是春時。**斷絶，君**指夫。**懷那得知。**置一「懷」字，語更深婉。

【校勘記】

[一]振：《全唐詩》卷六十六作「震」。

[二]子夜春歌：《全唐詩》卷六十六題作《子夜四時歌六首·春歌》。

盧僎　**南樓望**[一]

在巴江上作。巴江，在四川重慶府，水曲折如「巴」字。又巴縣、巴東、巴西，名「三巴」。

去國謂去京也。**三巴遠，**謂遠在三巴也。**登樓萬里春。傷心江上客，不是故鄉人。**所見皆它鄉人。

【校勘記】

［一］南樓望：《全唐詩》卷九十九題作《南望樓》。

蘇頲

汾上驚秋

汾水出山西太原府，下入黄河。

北風吹白雲，萬里渡河汾。漢武帝《秋風辭》「秋風起兮白雲飛」，又「泛樓船兮濟汾河」。**心緒**緜端也，喻念起。**逢摇落，秋聲不可聞**。

張説

蜀道後期

自蜀還京也。

客心争日月，若日月之行，晝夜不息。**來往預期程**。**秋風不相待，先至洛陽城**。以我匪懈，歸咎秋風。

張九齡　**照鏡見白髮**[一]

夙昔青雲志，高尚之志。**蹉跎**失足貌。**白髮年**。**誰知**二字哀感。**明鏡裏，形影自相憐**。

【校勘記】

[一]照鏡見白髮：《全唐詩》未收。

孫逖　**同洛陽李少府觀永樂公主入蕃**

少府，縣尉之稱，縣尉掌追捕盜賊、伺察奸邪。開元三年，契丹李失活内附，封宗室外甥女楊氏爲永樂公主，妻之。

邊地鶯花少，年來未覺新。**美人天上落**，以美人比花，「天上落」三字尤巧。**龍塞**胡地曰龍塞、龍城、龍堆，皆以形名。**始應春**。胡地榮耀，乃我之傷悲。

賀知章　**題袁氏別業**

主人不相識，偶對也。**坐爲林泉。**王子猷聞顧辟疆有名園，先不識主人，徑造其家。**莫謾愁沽酒，囊中自有錢。**不須煩主人。

盛唐

李白　**靜夜思**

樂府。

床前明月光，疑是地上霜。正當愁思，頃不覺月出光。**舉頭望山月，低頭思故鄉。**一、二恍惚，三、四懊惱，寫出盡愁人情況。

怨情

美人捲珠簾，深坐嚬蛾眉。只言簾捲而坐，非謂故捲也，意在「深」字。**但見淚痕濕，不知心恨誰。**描出怨情。

秋浦歌

池州府秋浦縣，古宣城郡，太白嘗客宣城，作《秋浦歌》十七首。

白髮三千丈，幻出太奇。**緣愁似個長。**用這一句，「三千丈」句便有落處。**不知明鏡裏，何處得秋霜。**倏然對鏡，睹此皤然。

獨坐敬亭山

在寧國府城北，唐時屬宣州宣城縣。

衆鳥高飛盡，孤雲獨去閑。相看兩不厭，只有敬亭山。自是悠然之趣，不必將鳥、雲相比，爲彼似厭此不厭。

見京兆韋參軍量移東陽

參軍，刺史官屬，有諸參軍，韋蓋爲京兆府尹參軍。東陽，浙江金華府，唐婺州東陽郡，屬吴地。

潮水還歸海，流人却到吴。韋蓋謫日南之地，而今得量移于此，猶潮水之歸海，亦當得歸朝也。**相逢問愁苦，**問謫來愁苦之狀。**淚盡日南珠。**舉日南之珠，我淚所生，又日南之珠，盡爲我淚，二意相含爲妙。廣州南海縣，古稱「日南」，有鮫人，水居，出寓人家，賣絹，臨去索盤，泣而出珠。

王維　　**臨高臺送黎拾遺昕**[一]

臨高臺，樂府。中書、門下各有拾遺，掌供奉諷諫。

相送臨高臺，川原杳何極。去路。**日暮飛鳥還，行人去不息。**自高臺目送。

【校勘記】

［一］臨高臺送黎拾遺昕：《全唐詩》卷一百二十八略「昕」字。

班婕妤二首

即樂府《婕妤怨》。婕妤，漢女官。婕，接幸也；妤，美稱也。班婕妤逢飛燕譖，退居長信宮，然此詩以未退居時言。

宮殿生秋草，君王恩幸疏。所以生草。**那堪聞鳳吹，門外度金輿。**曾不我過。

怪來妝閣閉，問。**朝下不相迎（故也）。**一朝之後，宮女不復相迎共入御也，杜牧《宮詞》詩：「監宮引出暫開門，隨例須朝不是恩。銀鑰却收金鎖合，月明花落又黃昏。」即此意。**總向春園裏，花間語笑聲。**此叙婕妤居閣中，想聞他宮女燕樂之狀，「總」字、「聲」字可味，「總」猶文語「蓋」也。

雜詩二首

本集有五首，皆叙婦女之情。

家住孟津河，在河南府東北，黄河所經。**門對孟津口**。**常有江南船**，旅船自江通河，常時往來。**(得)寄書家中否**。此婦女在江南思家。

已見寒梅發，春前。**復聞啼鳥聲**。春初。**愁心視春草**，**畏向玉階生**。春深。〇一、二景，既愁裹過了，至此殆不勝。按本集作「階前」，此作「玉階」，轉爲宫詞，然「玉階」似勝。

送别

山中相送罷，**日暮掩柴扉**。**春草年年緑**，**王孫歸不歸**。送人之次，感己客情，用《楚辭》語。

鹿砦[一]

《輞川》二十首之一，羊栖宿處曰「砦」，此似謂鹿麑之籞。

空山不見人，但聞人語響。一段深趣，却勝不聞。**返景入深林，復照青苔上。**淺語妙甚。

【校勘記】

[一]砦：《全唐詩》卷一百二十八作「柴」。

竹里館

同上。

獨坐幽篁裏，彈琴復長嘯。深林人不知，琴聲嘯聲，人可知而不知。**(唯有)明月來相照。**

崔國輔　**長信草**

樂府，班婕妤事，班詞曰：「華殿塵兮玉階苔，中庭萋兮緑草生。」

長信宫中草，年年愁處生。時侵珠履迹，不使玉階行。劉孝綽詩：「全由履迹少，並欲上階生。」此翻案之，歸咎於草，更妙。

少年行[一]

樂府。

遺却珊瑚鞭，以珊瑚爲鞭，既又遺却之，奢甚。**白馬驕不行。章臺**街名，多娼家。**折楊柳，**街上多柳，折以爲鞭。**春日路傍情。**路傍忽復有所關情也，含蓄不露。

【校勘記】

[一]少年行：《全唐詩》卷二十四題作《長樂少年行》。

孟浩然　送朱大入秦

游人五陵在長安，漢高、惠、景、武、昭之陵所在。**去，寶劍直千金。（臨）分手脱（劍）相贈，（以見）平生一片心。**三句一連。

春曉

春眠不覺曉，處處聞啼鳥。夜來風雨聲，花落知多少。未離褥言。○真景實情，説得閑雅。

洛陽訪袁拾遺不遇[一]

洛陽訪才子，用《西征賦》語。**江嶺**湘水出零陵始安縣陽海山，與五嶺接。**作流人。聞道梅花早，**五嶺有大庾嶺，多梅而先發。**何如此地春。**淺而深。

【校勘記】

[一]洛陽：《全唐詩》卷一百六十作「洛中」。

儲光羲

洛陽道獻呂四郎中[一]

洛陽道，樂府。郎中，尚書六曹，各有郎中。

大道直如髮，《詩》「綢直如髮」。**春日佳氣多。五陵貴公子，雙雙鳴玉珂。**馬飾。○有在彼不關我意。

【校勘記】

[一]洛陽道獻呂四郎中：《全唐詩》卷一百三十九題作《洛陽道五首獻呂四郎中·其三》。

長安道

同上。

鳴鞭過酒肆，袨美麗。**服游倡門。百萬一時盡，含情無片言。**狀得出一時氣貌。

關山月

樂府，述征戍離別之情。

一雁過連營，繁霜覆古城。先説苦境。**胡笳在何處，半夜起邊聲。**悲可堪耶？

王昌齡

送郭司倉

刺史官屬有司倉參軍。詩中言「春潮」，則恐王在淮安作之也。

映門淮水綠，淮水出南陽桐柏山，東流經承天、德安等，至于淮安入于海。**留騎主人心。明月（入潮）隨良掾，**稱郭。○行者之況。**春潮（浮月）夜夜深。**居者之情。

答武陵田太守

常德府，唐爲朗州，天寶初改武陵郡。蓋王爲龍標時，爲太守所厚，臨別去而作也。

仗劍行千里，微軀敢一言。辭謙意壯。○下二句即其所言。**曾爲大梁客**，戰國魏所都。**不負信陵恩**。信陵君仁而下士，致食客三千人，見《史記》，今以比田。

裴迪　**孟城坳**

王維《輞川》，裴同賦二十首，此二詩是也。孟城，未詳何迹。坳，以地有坳形名也。

結廬古城下，時登古城上。**古城非疇昔，今人自來往**。因知金城之盛，不知茅廬之真。

鹿砦［一］

見上。

日夕見寒山，便爲獨往二字見《莊子》隱者事，不必言獨步。**客**。**不知**猶言「誰知」。**松林事，但有麏**麞也。**麚**牡鹿。**迹**。林中作砦，如有人事，而所見唯鹿迹，至寂至幽。

【校勘記】

［一］砦：《全唐詩》卷一百二十九作「柴」。

杜甫 **復愁**

愁將復生也。

萬國尚戎馬，故園今若何。曰「尚」，曰「今」，移向結句後看。**昔歸相識少，早已戰場多**。禄山亂後，乾元元年，杜自華州暫歸東都，而既如此，爾來戎馬久未已，則不知故園作何狀也，是所以復愁也。「今」字應「昔」字，「尚」字應「已」字。

絶句

無題之詩。

江碧鳥逾白，山青花欲然。刻畫則不失自然。**今春看又過**，只看它鄉春過。**何日是歸年**。

崔顥 **長干行**[一]

樂府。江東謂山岡間爲「長干」。金陵有大長干、小長干，其間民庶雜居。

君家住何處，妾住在横塘。金陵江淮之堤。○長干之俗，以販爲業，以舟爲家，此行舟過接，婦人相逢問之也，不待它言，而已自叙，見情急狀。**停船暫借問，或恐是（與妾）同鄉（之人）**。言聲氣相如也。○含得情意。

【校勘記】

［一］長干行：《全唐詩》卷二十六題作《長干曲四首·其一》。

高適　**咏史**

尚有綈袍贈，應憐范叔寒。范雎事，詳見《史記》，高蓋有所感而賦也。「尚」字見不當憐而能憐。**不知天下士，猶作布衣看**。「猶」字見當知而不能知也，四句即韓公所謂「感恩則有之，曰知己則未也」之意。

田家春望

出門何所見，春色滿平蕪。布地之草。**可嘆無知己，（空作）高陽一酒徒**。用漢酈食其語。高陽，河南開封府杞縣地。

岑參　**行軍九日思長安故園**

蓋岑從封常清西征時所作。

强欲登高去，無人送酒來。用陶潛九日白衣人送酒事。**遥憐故園菊，應傍戰場開。**天寶以後，長安數亂，言不獨客中無聊，回思故園，亦非復舊時節物。

見渭水思秦川［一］

渭水，源出隴西。秦關中地，曰長安，曰咸陽，曰秦川。

渭水東流去，何時到雍州。咸陽，古雍州地。**憑添兩行淚，寄向故園流。**先問何時到，而後着末二句，可見添淚之情不是泛漫。

【校勘記】

［一］見渭水思秦川：《全唐詩》卷二百一題作《西過渭州見渭水思秦川》。

王之涣　**登鸛鵲樓**

在山西平陽府蒲州城北，前瞻中條山，下瞰大河。

白日依山盡，「依」字言山之高。**黄河入海流**。黄河自朝邑稍折而東入蒲州境，方有入海之勢。○二句叙樓上景。**欲窮千里目，更上一層樓**。叙登樓意。

祖咏　**終南望餘雪**

應試之題。

終南陰嶺秀，長安所見，即終南之北面。**積雪浮雲端**。言高。**林表明霽色，城中增暮寒**。凛冽逼人。

李適之　**罷相作**

李時爲左相，爲李林甫所譖，罷。

避賢漢石慶語，言己退避，使賢者進。**初罷相，樂聖**魏徐邈語，謂酒清者爲聖人。**且銜杯。爲問門前客，今朝幾個來。**翟公事，言附勢者自然少來也。

李頎　**奉送五叔入京兼寄綦毋三**

綦毋潛時爲京兆槐里縣令，叔途經此，故託寄之。

陰雲帶殘日，悵別此何時。欲望黄山在槐里縣。**道，無由見所思（之人）。**

丘爲　**左掖梨花**

左掖，謂門下省。應試之題。

冷艷全欺雪，餘香乍入衣。春風且莫定，止也。**吹向玉階飛。**託言欲己之有薦用也。

蕭穎士　**九日陪元魯山登北城留别**[一]

元魯山，元德秀，河南人，爲魯山縣令，縣在汝州。北城，縣城。留别，罷縣令時也。

綿連滍川水名，在魯山。「滍」音「雉」，對「鴉」。**迥，杳渺鴉路**在汝州界，赴洛之便路也。**深**。二句北城望其所往。**彭澤興不淺，臨風動歸心**。九日之筵，加以罷令而歸，用彭澤事更切。

【校勘記】

［一］九日陪元魯山登北城留別：《全唐詩》卷一百五十四題作《重陽日陪元魯山德秀登北城矚對新霽因以贈別》。

蓋嘉運　**伊州歌二首**

樂府。此爲婦人思其夫征戍之詞。伊州，伊吾郡，在燉煌郡大磧之外。

聞道黃花戍，在伊州，又在平州北平郡，以下首連看，當指北平，然與題伊州不合，可疑。**頻年不解兵**。遠想可悲。**可憐閨裏月，偏照漢家營**。彼此相通者，唯月色而已。

打起黃鶯兒［二］，新鶯。**莫教枝上啼。啼時驚妾夢，不得到遼西**。指夫所在北平郡，有遼西戍，即古遼西郡，明爲永平府。

【校勘記】

［一］本篇亦爲金昌緒《春怨》，見《全唐詩》卷七百六十八。

中唐

劉長卿　**平蕃曲**

凱曲。蕃，夷也。

渺渺戍煙孤，茫茫塞草枯。空静之景。**隴頭那用閉，萬里不防胡。**華、夷一統境界。

絶漠大軍還，功成。**平沙獨戍閑。**無事。**空留一片石，萬古在燕山。**漢竇憲破北單于，登燕然山，命班固刻石勒功，山在塞外。

錢起　**逢俠者**

俠，挾也，以然諸相挾輔者也。

燕趙悲歌士，燕趙尚勇，多悲歌慷慨之士。**相逢劇孟家。**前漢人，以俠顯。**寸心言不盡，前路日將斜。**慷慨有餘。

江行無題

錢歷吴楚間，作《江行》百首。

咫八寸。**尺（之間）愁**冥合。**風雨，匡廬**廬山，在江西南康府，古匡裕結廬于此。**不可登。祇疑雲霧窟，猶有六朝僧。**謂東林蓮社惠遠之輩。

韋應物　**秋夜寄丘二十二員外**

尚書六曹，各有員外郎。

懷君屬秋夜，散步咏凉天。山空松子落，幽人應未眠。語淺而意遠。

聽江笛送陸侍御

遠聽江上笛，臨觴一送君。還愁（别後）獨宿夜，更向郡齋聞。就笛中造意。

聞雁

刺滁州時作。

故園渺何處，歸思方悠哉。未聞雁，先有恁思。淮南滁屬淮南。秋雨夜，高齋高館類，皆以樓上言。聞雁來。

答李澣

本集凡三首，只是酬信，非必答詩意也。蓋韋時爲洛陽丞，而李則在楚地。

林中觀易罷，溪上對鷗閑。閑趣可掬。**楚俗饒詞客，何人最往還。**

皇甫冉　**婕妤怨**

花枝出建章，鳳管發昭陽。承恩者在彼。**借問承恩者，雙蛾幾許長。**彼作何妝，而能奪我見前。寵耶？

朱放　**題竹林寺**

在廬山，朱爲江西節度參謀時作。

歲月人間促，生事無緩。**煙霞此地多。**賞心有餘。**殷勤**屬意。**竹林寺，**承二句來。**更得幾回過。**承起句來意，願屢來也。

耿湋　**秋日**

返照入閭巷，憂來誰共語。古道少人行，秋風動禾黍。感慨有冷致。

盧綸　**和張僕射塞下曲**

尚書有左、右僕射。

月黑雁飛高，單于遠遁逃。欲將輕騎逐，大雪滿弓刀。悲壯。

司空曙　**別盧秦卿**

知有前期在，難分此夜中。雖知前程有期不可遲緩，不忍此夜遽爾分手。**無將故人酒，不及石尤風。**打頭逆風。○言君若逢石尤風，則雖前程有期而不得發船，今對故人酒，徒以有前期辭不留，則是以故人酒不及石尤風也，構意尤工。

李益　**幽州**〔一〕

東北燕薊之地。

征戍在桑乾，桑乾河在大同府，東南流入盧溝河。**年年（空見）薊水寒。**即謂桑乾河。**殷勤屬情。驛西路，此去向長安。**萬里路通而不得歸。

【校勘記】

〔一〕幽州：《全唐詩》卷二百八十三題作《幽州賦詩見意時佐劉幕》。

戴叔倫　**三閭廟**

屈原廟，在長沙府湘陰縣。

沅湘沅水在辰州府，下與湘水合。**流不盡，屈子怨何深。**水之不盡兼怨，怨之深兼水。**日暮秋風起，蕭蕭楓樹林。**怨不可勝言。

令狐楚　**思君恩**

樂府。

小苑芙蓉苑，在長安曲江，天子游幸地。**鶯歌（已）歇，長門**漢宫人失寵者，皆出居長門宫。**蝶舞（猶）多。**已歇，猶多，有意可思。**眼看春又去，**承上二句。**翠輦不曾過。**

柳宗元　**登柳州鵝山**［一］

柳州府，唐柳州，柳所謫。鵝山，在府城西，頂有石形如鵝。

荒山秋日午，獨上意悠悠。如何望鄉處，西北是融州。在柳州北三十里，言只見融州，鄉則隔矣。

【校勘記】

［一］鵝山：《全唐詩》卷三百五十二作「峨山」。

劉禹錫　**秋風引**

詩載始末曰「引」，今此猶言「曲」。

何處有驚意。**秋風至，蕭蕭送雁群。朝來入庭樹，孤客最先聞。**有情者先聞。○不曰「不堪聞」，而曰「最先聞」，語意尤深。

呂温　**鞏路感懷**

鞏縣，在河南府。

馬嘶白日暮，劍鳴秋氣來。慘凄之況。**我心渺無際，河上**洛水經鞏，入于黄河。**空徘徊。**

孟郊　**古別離**

樂府。

欲別牽郎衣，郎今到何處。不恨歸來遲，莫向臨邛去。恐有新愛而棄我也。○臨邛在成都，即卓文君奔相如處。

賈島　　**尋隱者不遇**

松下問童子，（答）言師採藥去。只在此山中，（雖然）雲深不（可）知處。二句作賈言看。

晚唐

文宗皇帝　　**宮中題**

時唐祚已衰，奸邪專權，帝不樂，因賦此詩。

輦路生秋草，曾無輦過。**上林花滿枝。**曾不游幸。**憑高何限意，**輦路、上林，皆憑高所見也。**無復侍臣知。**雖侍臣不得知，人主孤立之情，可悲。

于武陵　**勸酒**

勸君金屈卮，金杯也，如菜碗而有手把。**滿酌不須辭。花發多風雨，人生足**訓「多」。**別離。**

及花之未落，人之未別，那得不滿飲。

薛瑩　**秋日湖上**

落日五湖游，太湖，古謂之「五湖」，跨蘇、常、嘉、湖四府界。**煙波處處愁。浮沈**寄水以言世興廢。**千古事，**吴、越、六朝興亡。**誰與問東流。**

雜

荆叔　**題慈恩塔**

在長安曲江池側，高三百尺。

漢國山河在，秦陵秦始皇陵，在驪山，或亦通言「五陵」。**草樹深。暮雲千里色，無處不傷心。**

上詩吊古而寄水，此詩看雲而懷古，措辭差異，同一感慨。

西鄙人　**哥舒歌**

哥舒翰破吐蕃立功，西域邊人歌之。

北斗七星高，應兼劍氣高。**哥舒夜帶刀。至今（吐蕃雖）窺（來）牧馬，不敢過臨洮。**唐隴右道臨洮郡，明爲臨洮府。

太上隱者　**答人**

偶來松樹下，高枕石頭眠。山中無曆日，寒盡不知年。只覺寒盡耳，不知年回至幾日。

唐詩七絶解頤卷七

初唐

王勃　**蜀中九日**

此王斥出在蜀中，屬九日登臺送客而作也，然非爲送别而作，故止題「九日」。

九月九日望鄉臺，臺名，在蜀成都。**他席他鄉送客杯**。佳節當登高酌酒，乃今所登則曰望鄉之臺，所酌則是送客之杯，况他鄉而他席，無聊甚矣。（**吾北**）**人**（**之**）**情已厭南中**蜀地。**苦**，**鴻雁那從北地來**（**南中**）。以有情，尤無情。

杜審言　**渡湘江**

此杜流峰州途中作，主意在湘水之流北。

遲日園林悲思慕也。**昔游**，時丁遲日，益思慕京國園林之昔游。**今春花鳥作邊（地之）愁**。可知去春花鳥作園林之樂。**獨憐京國人南**峰州在嶺南。**竄**，放逐也。**不似湘江水北流**。湘水北流入于洞庭。○上五下二，句對。

贈蘇綰書記

蘇爲節度使掌書記而北征也。

知君書記本翩翩，才氣貌。○用魏文帝語，言蘇本有任書記之才。**爲**訓「因」。**許從戎**兵戎。**赴朔邊**。**紅粉（之婦留居）樓中應計日（以待）**，**燕支山**在塞外，山出燕脂，爲婦人妝，故用爲「紅粉」對，「脂」「支」通。**下莫經年**。一、二，言才有用于公；三、四，言情不忍于私。

戲贈趙使君美人

趙蓋楚地刺史，時娉取美人，杜遇之途中，戲贈也，以趙氏與使君湊合故事。○樂府，趙王欲奪邑人王仁妻羅敷，羅敷拒之，其詞曰：「使君自有婦，羅敷自有夫。東方千餘騎，夫婿居上頭。」

紅粉青蛾眉黛。**映楚雲**，暗用巫山朝雲事。**桃花馬**白毛紅點之馬。**上石榴**緋色。**裙**。美人在馬上，故先矚目於裙。**羅敷**借指美人。**獨向東方去**，翻用羅敷語。**謾**率爾無慮之辭。**學他家**俗語，指趙。**作使君**。翻用羅敷語。○我且学趙作使君而邀爾。

邙山

沈佺期

北邙山在洛城西，漢唐陵墓多在此。

北邙山上列墳塋，塋，塚田也。**萬古千秋對洛城**。**城中日夕歌鐘起**，生時歡樂極。**山上惟聞松柏聲**。死後哀情多。○二句言外見意。

宋之問　**送司馬道士游天台**

山在浙江台州府，上應台星，故名。道士司馬承禎居天台山，睿宗時，召至京，固辭，還山，朝士贈詩者百餘人，詳見《唐·隱逸傳》。**羽客**猶言「飛仙」。**笙歌**臨別爲樂，據《唐·禮樂志》，司馬精音樂者。**此地違，離筵數處白雲飛。蓬萊闕下長相憶，桐柏山**天台別名，與「蓬萊」字面作對。**頭去不歸。**言與人間行色異，用薊子訓事。奈仙凡路殊。

崔敏童　**宴城東莊**

莊，田舍也，謂別業。

一年又過一年春，去年已爲今年，今年亦已過春。**百歲曾無百歲人。**雖曰人壽百歲，而無有能及百歲者，二句重言不苟。**能向花前幾回醉，**時光易過，良會難期。**十千**錢一萬。**沽酒莫辭貧。**今幸值春有花，人無事，又何惜酒費。

崔惠童　**奉和同前**

惠蓋敏之弟。

一月主人笑幾回，用《莊子》語，言歡晤難得。**相逢相值**逢輕值重。**且銜杯。眼看春色如流水，今日殘**凋殘。**花昨日開。**前首言人壽之易移而發興花前，此首更説花前昨今之換，其意更切。

劉廷琦　**銅雀臺**

在河南彰德府臨漳縣，魏武帝建，鑄大銅雀置之樓頂，雀通稱鳥。

銅臺宮觀觀樓也。**委**棄廢。**灰塵，魏主園陵**天子墓地曰「園陵」。**漳水濱。**不見生前樂地，只存死後遺丘。**即今西望**自臺望陵。**猶堪思，**去聲，訓「悲」，見《毛詩》。**況復當時歌舞人。**後代猶多感慨，同時豈不悲傷？○魏武遺令曰：「施繐帳樓上，朝晡，使宮人歌吹帳中，望吾西陵。」

張説

送梁六[一]

此張貶在岳州時，送梁乘舟去洞庭也。梁蓋隱者，故以「神仙」稱之。

巴陵一望洞庭秋，岳州巴陵郡，西南臨洞庭。**日見孤峰水上浮。**湖中有君山。**聞道神仙不可接，**恐梁歸隱，不可再逢。**心隨湖水共悠悠。**

【校勘記】

［一］送梁六：《全唐詩》卷八十九題作《送梁六自洞庭山作》。

王翰

涼州詞

樂府。凉州，西北塞外地，爲明甘肅衛地。

葡萄美酒西域釀葡萄爲酒，後其法入中國。**夜光**珠名。**杯，欲飲（之時）琵琶**本胡中馬上樂器。**馬上催。**以侑酒興。**醉卧沙場君莫笑，古來征戰幾人回。**戰士多是死不回，故自甘暫時之生，惡可不酣飲自遣耶？語極壯而意極悲。

盛唐

李白　**清平調詞三首**

玄宗幸興慶池沈香亭，貴妃從之，賞亭下牡丹，命李白作斯詞。樂府有清調、平調，此蓋合之，然其調不可考，其詞則言人而花，言花而人，變幻流動，迴出意表，誠是太白神境。

雲想衣裳花想容，其衣裳可以雲想，其容可以花想。**春風拂檻露華（浮花）濃**。**若非群玉山**西王母所居。**頭見，會向瑤臺**有娀佚女所居，見吕氏《楚詞》。「玉」「瑤」二字，映發不苟。**月下逢**。言如是美人非尋常所有也。

一枝濃艷牡丹不必言一枝，此暗指貴妃言。**露凝香，雲雨巫山枉斷腸**。楚襄王見巫山神女，只彷彿雲雨，枉使王思斷腸，怎如現今光景。**借問漢宮（之中）**借漢言唐。**誰得似，可憐飛燕**漢成帝美人，借言貴妃。**倚新妝**。倚猶負也，自倚其美也，太白詩「自倚顏如花」，舊解謬矣。

名花傾國兩相歡，常得君王帶笑看。解釋春風無限恨，沈香亭北倚欄干。只寫破除萬事，一從歡樂之態。

客中行

此蓋李游齊魯間時作。

蘭陵唐沂州承縣地，在明山東兖州府，春秋屬魯，戰國屬楚，荀卿爲蘭陵令是也。吴吴山以常州府蘭陵城當之，此以六朝南蘭陵，誤。**美酒鬱金香，**以香草和酒。**玉碗盛來（似）琥珀光。但使主人能醉客，不知何處是他鄉。**豪宕不羈。

峨眉山月歌

按李年譜，時居蜀岷山，年二十歲。

峨眉山在蜀地嘉定州西，二峰對峙，宛若峨眉，江水自北來，出于山之東。**月半輪秋，**十日以前之月。**影入平羌江水流。**青衣水經平羌山爲平羌江，東南合于大江。**夜發清溪**縣名，在成都府東，後爲内江縣。**向三峽**，明月峽、石洞峽、温湯峽在重慶府，西陵峽、巫峽、皈鄉峽在夔州府，並稱「三峽」，皆江水經山間而得名。**思君**或指月，或别有所指。**不見下渝州**。古巴郡地，唐爲渝州，明爲重慶府。〇此太白夜發清溪，將向三峽，乘舟自内江而下大江，遠看峨眉月影，浮江而來，少焉，半輪已没，不可復見，空下渝州，赴三峽也。〇《一統志》：内江源出汶山，東流入簡州資縣界。按杜子美在夔州《送十五弟使蜀》詩「數杯巫峽酒，百丈内江船」注，水自渝上合者謂之「内江」，因引《通鑑》朱齡石伐蜀事云云，然則古時内江之水下渝入大江也，太白夜發，子美送弟，皆由此也。

上皇西巡南京歌二首

本集有十首，安禄山陷洛陽、長安，玄宗西奔蜀，肅宗即位，尊玄宗曰「上皇」，因陞蜀爲南京。天子出行曰「巡守」，此諱奔稱「巡」。

誰道君王行路難，蜀道崎嶇，時勢危難。**六龍**天子駕六馬。**西幸萬人歡**。**地轉錦江**在蜀成都。**成渭水**，在長安。**天迴玉壘**山名，在成都。**作長安**。言隨天子所往，造化亦爲斡旋，即便爲京師也，大回護玄宗奔竄悲慘之況。

劍閣自長安入蜀，經大劍、小劍二山，是絶險处，閣道相通。**重關蜀北門**，用《劍閣銘》語，言天然要害。**上皇歸馬若雲屯**。謂蜀爲京，故稱曰「歸」。**少帝**謂肅宗。**長安開紫極**，「紫」音通「子」，北極也，比稱禁中。**雙懸日月照乾坤**。

聞王昌齡左遷龍標尉遥有此寄[一]

唐沅州龍標縣，漢武陵郡之地，明湖廣辰州府，王自江寧丞貶此。時李坐永王璘事，長流夜郎，夜郎在龍標西凡一千里。

楊花落盡子規啼，已是悲况。**聞道（爲）龍標（尉）過五溪（來）**。在武陵。**我（東向）寄愁心與**音通「於」。**明月，（願君與明月）隨風直到夜郎西**。言王既東自江寧西至龍標，願更西至于我許，如月之自東而西也。「與明月」三字當叠看，妙甚。〇詩用「風」字，多言天氣，杜詩亦云：「天畔登樓眼，隨風入故園。」初學或不知，故此解之。

【校勘記】

［一］龍標尉：《全唐詩》卷一百七十二作「龍標」。

黄鶴樓送孟浩然之廣陵

黄鶴樓，在武昌府城西南隅，前臨大江。揚州廣陵郡，南枕大江。

故人西辭黄鶴樓，煙花三月（乘舟東）下揚州。孤帆遠影（入）碧空盡，唯見長江天際流。

陪族叔刑部侍郎曄及中書舍人賈至游洞庭湖[一]

族叔刑部侍郎曄，見《唐・李峴傳》系表，淮安忠公琇之子，以事貶嶺南。賈至，時謫岳州司馬。

洞庭西望楚江分，水盡南天不見雲。 岷江西來，於岳陽樓前與洞庭之水合，自此南圻三百餘里。○非「不見雲」三字，争狀得水盡天極？**日落長沙秋色遠，** 長沙在湖東南。**不知何處吊湘君。** 舜二妃娥皇、女英，追舜，溺死沅湘之間，爲湘水神。湘水源出陽海山，北流至長沙界，入洞庭湖。

【校勘記】

［一］中書舍人賈至：《全唐詩》卷一百七十九作「中書賈舍人至」。原題下有五首，此爲其一。

望天門山

江水東流至太平府當塗縣，北折而復東，其北折處有山夾江，名「東梁山」「西梁山」，對峙如門，故合名「天門山」。此李自宣城下金陵時，曲江中所見也。詩中只言遠望之景，謂叙己自長安者，非也。

天門中斷楚江開，碧水東流至北迴。兩岸青山相對出，孤帆一片日邊來。

早發白帝城

在蜀地夔州，後漢公孫述所築，山極險絶，西南臨大江。

朝辭白帝彩雲間，山上朝霞。**千里江陵**即荆州，在大江上。**一日還。**峽間水駛。**兩岸猿聲**峽中兩岸連山，常有猿嘯，屬引清遠。**啼不住，**言一聲未絶頃也。若作「猿啼聲不住」，便是淺俗。○按唯南岸有猿，北岸則無，此只總言。**輕舟已過萬重山。**

秋下荆門

山名，在荆州江岸，上合下開，故以爲名，李從兹乘舟入吴中也。

霜落荆門江樹空，布帆無恙用顧凱之語。**掛秋風。此行不爲鱸魚膾，**承上「秋風」字，用張翰事。**自愛名山入剡中。**剡縣在吴地會稽，多名山水。

蘇臺覽古

在蘇州吴縣，吴王夫差所都，有桂苑、姑蘇臺，日與西施游樂。○此詩自「覽」入「懷」。

舊苑荒臺楊柳新，菱歌採菱之歌。**清唱不勝春。**情思。**只今惟有西江月，曾照吴王宫裏人。**

越中懷古[一]

此詩自「懷」入「覽」。

越王勾踐破吴歸，義士一作「戰士」。**還家盡錦衣。**衣錦皈故鄉意。**宫女如花滿春殿，**三句直下，説古。**只今惟有鷓鴣**南方之鳥。**飛。**錦士、花女安在？○一句轉换，説今。

【校勘記】

［一］懷古：《全唐詩》卷一百八十一作「覽古」。

與史郎中欽聽黄鶴樓上吹笛

蓋赴長沙過武昌也。

一爲遷客放逐之人。**去（之）長沙，西望長安不見家。黄鶴樓中吹玉笛，江城五月落梅花。**笛曲名。○五月落梅，意象更奇，情緒轉動。

春夜洛城聞笛

誰家玉笛暗不見吹處。**飛聲，散入春風滿洛城。此夜曲中聞折柳，**曲名。**何人不起故園情。**

自「滿洛城」三字來。

王昌齡　**春宫曲**

樂府。

昨夜以下皆話昨夜事也。**風開露井**井上無屋。**桃，未央**漢宫名。**前殿月輪高**。正是夜宴光景。

平陽歌舞漢武帝幸平陽公主家，見衛子夫善歌舞，載回，遂立爲后。**新承寵，簾外（當歌舞時）春寒賜錦袍**。此話他得寵新進者，而失寵者之怨見于言外。

西宫春怨

樂府。西宫，長信宫也。漢班婕妤失寵，求供養太后長信宫是也。

西宫夜静百花香，方夜之静，其香更達。**欲捲珠簾春恨長**。懶而不捲。**斜抱雲和**瑟名。**深見月**，從簾中見。**朧朧樹色隱昭陽**。他得幸者所居。

西宮秋怨

同上。

芙蓉不及美人妝，水殿風來珠翠帳飾。**香**。香達於帳上。**却恨含情**猶言「有情」。**掩秋扇，**掩，言棄捐不用也，爲以扇掩面亦通。○花色不及美人，無情何似含情？然彼以風，故其香能達，而我則猶團扇之棄於秋風也，用班婕妤《怨歌行》語意。**空懸明月**用《長門賦》語，又自「秋扇」影出，以己心己貌比之，尤見含蓄之妙。**待君王**。

長信秋詞三首

樂府。意同上。

金井金爲井欄。**梧桐秋葉黄，珠簾不捲夜來霜**。**熏籠**籠中焚香熏衣者。**玉枕無顔色，卧聽南宮清漏長**。

奉音「捧」。帚平明金殿開，婕妤賦語。且將團扇亦《怨歌行》語意。暫一作「共」。徘徊。玉顔不及寒鴉色，猶帶昭陽日影來。

真成薄命（耶）久尋思，心不自安。夢見君王尋思之餘，便成困夢。覺後疑。火殿庭燎燭。照西宮知（有）夜飲，分明複道奉恩時。夢後見火照來西宮，知夜飲未已，因叙夢中事，曰吾亦適來奉恩複道間，歷歷分明，如陪夜飲者，是所以疑，爲夢，爲非夢也？

青樓曲二首

樂府。

白馬金鞍即少婦之夫。從武皇，漢武帝。旌旗十萬夫在其中。宿長楊。漢時離宮。樓頭少婦鳴箏坐，遥見（吾夫鞍馬）飛塵氣焰顯盛。入建章。自長楊而還入。

馳道楊花滿御溝，紅妝漫綰綏髻。上青樓。蓋爲望夫婿也。金章印。紫綬繫印者，金紫，漢制，諸侯服。千餘騎，諸侯行裝。夫婿朝回初拜侯。

閨怨

此詩所叙，蓋在夫壻從軍别而未久之間。

閨中少婦不知愁，年少之婦不諳世故，不解離愁，唯勸夫壻冀封侯之貴。**春日凝妝上翠樓**。似未有離别之傷者。**忽見陌頭楊柳色，悔教夫壻覓封侯**。離别之傷，視物忽動，况楊柳，所折以送别者。

○通篇寫得婦女癡情。

出塞行

樂府。

白草原頭胡地多寒，故草不青。**望京師，（唯見）黄河水流無盡時**。河水自胡地入中國。**秋天曠野行人絶，（有）馬首（自）東來（者）知是誰**。或是京師之人。

從軍行三首

樂府。

烽火備寇告急之火。**城西百尺樓，黄昏獨坐**四字接上句。**海風秋**。三字接下句。**更吹羌笛關山月**，曲名，又光景。**無奈金閨萬里愁**。室家仳離之情。

青海在臨羌西，一名「早禾海」，北地總名湖爲「海」。**長雲暗雪山**，天山在火州交河城北，冬夏有雪，故亦名「雪山」。**孤城遥望玉門關**。在沙州東，去長安三千六百里，此言遠在關外也。**黄沙百戰穿金甲，不破樓蘭**國名，去陽關千六百里。**終不還**。孤城益遠，百戰既久，而尚有不破不還之令，其爲悲何似？

秦時明月漢時關[二]，天象地形，千古如此，以叙秦漢以來征戍之不已。**萬里長征人未還**。**但使龍城**在塞外，本匈奴所築，後爲漢有。**飛將在**，匈奴畏李廣，號曰「飛將軍」。**不教胡馬度陰山**。塞外山名，見《匈奴傳》。此言守將得其人，胡不敢侵，又何屑屑勞師于外。

【校勘記】

［一］該首《全唐詩》卷一百四十三題作《出塞》。

梁苑

漢梁孝王迹，在河南歸德府，苑中有修竹園。

梁園秋竹古時煙，城外風悲欲暮天。萬乘旌旗何處在，平臺賓客有誰憐。孝王得賜天子旌旗，從千乘萬騎，東西馳獵，苑中宫觀相連，延亘平臺數十里，日與宫人、賓客弋釣其中。○「何處在」「有誰憐」，曲盡懷古之情。

芙蓉樓送辛漸

芙蓉樓，在鎮江府城西北隅，前瀕大江。此王爲江寧丞時送辛歸洛也。

寒雨連江夜入吴，蓋王與辛同舟，夜下江而來此。**平明送客楚山孤。**宿雨將晴，山見雲際。**洛陽親友如相問**（**我作何狀**），**一片冰心在玉壺。**我心如冰在玉壺，可見世念净盡。「一片」二字，係冰係心，可見語熟。

送薛大赴安陸

明湖廣德安府，此及下首是王流落沅湘時作。

津頭別處。**雲雨暗湘山，遷客離憂楚地顔。**暗用屈原「顔色憔悴」事。**遥送扁舟**應是下湘水、渡洞庭。**（赴）安陸郡，天邊何處穆陵關。**在安陸。○悠悠我思。

送別魏三[一]

身亦在旅，故曰「送別」。

醉別江樓橘柚香，江風引雨入船凉。客下樓上船。**憶君遥在湘山月，**解魏在湘山者，非。**愁聽清猿夢裏長。**凡詩用「夢」字，是「寤寐思服」之義。

【校勘記】

［一］送別魏三：《全唐詩》卷一百四十三題作《送魏二》。

盧溪別人

辰州有五溪，盧溪其一也，爲漢武陵郡，王左遷龍標即此地。

武陵溪口（欲）駐扁舟，溪水隨君向北流。五溪入沅合湘，北入洞庭。○終不能駐也，曰「溪水隨君」，恨水甚。**行到荊門上三峽，**舟蓋自沅湘渡洞庭，入江而上也。**莫將孤月對猿愁。**字法可味。

重別李評事

評事，屬大理寺，掌出使推覆。

莫道秋江離別難，本《楚詞》語，言心難于別也。**舟船明日是長安。**言舟行之安，且速也。**吴姬緩舞留君醉，隨意**猶言「任他」。**青楓白露寒。**要在「緩」一字。

王維　**少年行**

樂府。見前。

出身仕漢（爲）羽林郎，漢羽林郎掌宿衛，選六郡良家子補之。**初隨驃騎**漢霍去病爲驃騎將軍伐虜。**戰漁陽**。薊州漁陽郡爲北邊地，明爲順天府密雲。**孰知（此人）不（須）向邊庭苦（戰而彰功）**，**（設令）縱死（閭巷間）猶（能可）聞俠骨香**。「縱死」是「橫死」之反，謂全身而死。○極稱少年材幹。

九日憶山中兄弟[一]

王時年十七。

獨在異鄉爲異客，謂不與土俗合。**每逢佳節倍思親**。曰「倍」，則平居亦思可知也。**遥知兄弟登高處，遍插茱萸少一人**。我以「獨在」思彼，彼以「遍插」應思我。

【校勘記】

[一]九日憶山中兄弟：《全唐詩》卷一百二十八題作《九月九日憶山東兄弟》。

與盧員外象過崔處士興宗林亭

盧、崔有詩，王集載之。

綠樹重陰蓋四鄰，青苔日厚自無塵。見其地深邃而清静。**科頭**謂結髮不冠也。**箕踞**謂伸兩足，形如箕也。**長松下，**應是苔上坐。**白眼**用阮籍事。**看他世上人。**見其人散逸而高尚。

送韋評事

韋蓋以評事爲朔方節度判官。

欲逐將軍取右賢，匈奴屬有左、右賢王。**沙場走馬向居延。**古流沙地，有城，明陜西甘州衛。**遥知漢使**指韋。**蕭關**秦北關，在陜西平凉府。**外，愁見孤城**即居延城。**落日邊。**

送沈子福之江南

楊柳渡頭行客稀，罟師蕩槳謂買漁船而越渡也。**向**訓「於」。**臨圻。**曲岸曰「圻」，此相别之處，非江水。**唯有相思似春色，江南江北送君歸。**謂送君而及其歸也，言春無不遍、思無不隨也。

賈至　　**春思二首**

樂府。前首説自家，後首説它家。

草色青青柳色黄，桃花歷亂繁開貌。**李花香**。各自領春。**東風不爲**一作「肯」。**吹愁去，春日偏能惹恨長**。風吹日長，儘是春令，乃不吹愁而惹恨，春之於我，何其偏也。

紅粉（之女）當壚累土爲墮，置瓮賣酒。**弱柳垂，金花**酒色。**臘酒解酴醾**。以酴醾造酒，亦以色爲名，始開臘釀，故曰「解」。**笙歌**即紅粉之笙歌。**日暮能留客，醉殺長安輕薄兒**。述它人之娱，而己之不平可知。

西亭春望

此賈謫居岳陽時作。

日長風暖柳青青，北雁歸飛入窅冥。故國之方。**岳陽城上聞吹笛，能使春心**猶言「春愁」。

滿洞庭。見北雁之歸，已動春心，及聞吹笛，聲滿心滿，「滿」字與太白「散入春風滿洛城」同意。

初至巴陵與李十二白同泛洞庭湖〔一〕

初至巴陵，謫時。

楓岸紛紛落葉多，洞庭秋水晚來波。並本《楚辭》。**乘興輕舟無近遠**，「輕」，故自在。**白雲明月吊湘娥**。四字見緬想千歲。與太白句翻案。

【校勘記】

〔一〕初至巴陵與李十二白同泛洞庭湖：《全唐詩》卷二百三十五題「李十二白」後有「裴九」二字。

送李侍郎赴常州

屬江南道，明中都常州府。

雪晴雲散北風寒，楚水吴山道路難。**今日送君須盡醉**，應起句。**明朝相憶路漫漫**。遠貌。

○應二句。

岳陽樓重宴别王八員外貶長沙

賈既有夜别王八詩，既又於樓上設筵重送也。

江路東連千里潮，江路連東，不通於北。**青雲北望紫微**天帝之座謂「禁中」。**遥**。賈、王逐客情同。**莫道巴陵**賈貶處。**湖水闊**，廣遠。**長沙**王貶所。**南畔更蕭條**。逐客之情，於是有差别，深以憐王。

岑參

封大夫破播仙凱歌二首[一]

封，名常清，爲安西節度使高仙芝判官，岑亦嘗從常清軍。播仙，蓋吐蕃屬名，時破吐蕃勃律王。凱歌，軍行勝敵之樂曲。

漢將受恩（命）西破戎，**捷書**軍得曰「捷」。**先奏未央宫**。**天子預開麟閣待**，漢時圖畫功臣麒麟閣上，此言欲旌封大夫功。**祇今誰數貳師功**。漢李廣利爲貳師將軍，伐大宛有功。

日落轅門軍中以車轅表門。**鼓角鳴，千群面縛**縛其手于後，唯見其面，曰「面縛」。**出蕃城。洗兵魚海**在河州衛西，與吐蕃爲界。**雲迎陣，秣馬龍堆**在敦煌西，以地形名。**月照營。**

【校勘記】

〔一〕封大夫：《全唐詩》卷二百一作「獻封大夫」。

苜蓿烽寄家人〔一〕

苜蓿烽，玉門關有五烽臺，此其一也。以下皆岑從軍時作，真境實情，讀者須置身其地，看其妙。

苜蓿烽邊逢立春，葫蘆河源出廣靈縣豐水，而下入定安縣西界，上狹下闊，故以名。**上淚沾巾。閨中只是空相憶，不見沙場愁殺人。**此把閨思説上一層，尤爲淒切。

【校勘記】

〔一〕苜蓿烽寄家人：《全唐詩》卷二百一題作《題苜蓿峰寄家人》。

玉關寄長安李主簿

主簿，録事總領之也。李蓋爲長安縣主簿。

東去長安萬里餘，故人那惜一行書。玉關西望腸堪斷，況復明朝是歲除。在家者怎知這淒楚？

逢入京使

故園（向）東望路漫漫，雙袖龍鍾淚多下貌。**淚不乾。馬上相逢無紙筆，憑君傳語報平安。**

磧中作

按火州瀚海地，皆沙磧，沙深三尺，若大風，則行者人馬相失。

走馬西來欲到天，辭家見月兩回圓。已經三十日。**今夜不知何處宿，平沙萬里絶人煙。**馬上真境。

送人還京〔一〕

匹馬西從天外歸，揚鞭只共鳥争飛。歸心飛騰。**送君九月交河**在北庭火州土魯番西，源出天山，河水交流，繞斷岸下，唐置交河郡交河縣，岑集《使交河郡》詩注，郡在火山東脚。**北，雪裏題詩淚滿衣。**君歸而我不得歸。

【校勘記】

〔一〕送人還京：《全唐詩》卷二百一題作《送崔子還京》。

赴北庭度隴思家

北庭，西北虜庭。隴山在鳳翔府隴州西北，至河州衛凡六百里，所謂天水郡大坂是也。

西向輪臺西突厥地，後入中國，唐北庭大都護有輪臺縣。**萬里餘，也知鄉信日應疏。隴山鸚鵡**

此山多此鳥，人舌能言。**能言語，爲報家人數寄書**。無聊之餘，生斯癡想。

酒泉太守席上醉後作

酒泉郡，屬隴右道，明置甘肅衛，漢時以酒泉太守辛賢爲破羌將軍。

酒泉太守能劍舞，高堂置酒夜擊鼓。差慰憂愁。**胡笳一曲斷人腸，坐客相看淚如雨**。忽生悲思。○題曰「醉後作」，有意，蓋醉後而悲泣，何等苦況。

送劉判官赴磧西[一]

判官，節度使官屬。此岑在交河城作也。火州瀚海地，皆沙磧。

火山在火州，常有煙氣，至夕光焰若炬火。岑詩往往多言火山者，蔣以山丹衛紅寺山爲火山，大誤。

五月行人少，看君馬去疾如鳥。**都使**謂都督。**行營**即劉所赴。**太白**星名，在西，舊注以爲山名。按鳳翔府、慶陽府，鞏昌府並有太白山，然地方迥殊，不當。**西，角聲一動胡天曉**。誰能耐聽？

【校勘記】

［一］送劉判官赴磧西：《全唐詩》卷二百一題作《武威送劉判官赴磧西行軍》。

虢州後亭送李判官使赴晋絳得秋字

虢州，明河南府陝州，古虢國。明山西平陽府有絳州，古晋國之絳邑。

西原驛路掛城頭，稍就高，故曰「掛」。**客散**行者、送者各別去。**江亭雨未休。**待其晴不得。**君去試看汾水上，**汾水出太原，歷絳州等處，注于黄河。**白雲猶似漢時秋。**漢武帝《秋風辭》：「秋風起兮白雲飛，泛樓船兮濟汾河。」〇洞視萬古，忘懷得失。

山房春事

按河南歸德府城東南有開元寺，唐建，蓋當梁園之地，「山房」疑謂此。

梁園（之迹）日暮亂飛鴉，極目二字可味。**蕭條（只見）三兩家。**睢陽七十里，宫室之美，今安在哉？**庭樹不知人去盡，春來還發舊時花。**

儲光羲　**寄孫山人**

新林新林浦，在南京應天府西南。**二月孤舟還，水滿清江花滿山。**言來往人間之興趣。**借問故**

儲，魯國人，蓋孫與同鄉而客游新林也。

園隱君子，時時來往住人間。即孫登時時游人間之意。

杜甫　**贈花卿**

按《高適傳》「西川牙將花敬定恃勇大掠東蜀」，蓋僭用天子禮樂，杜作此諷刺。

錦城蜀成都名「錦官城」。**絲管日紛紛，**多也。**半入江風半入雲。此曲祇應天上有，人間能**

得幾回聞？

重贈鄭錬

本集有《贈别鄭錬赴襄陽五律》。

鄭子將行罷使臣，蓋鄭新羅郡縣官，而赴襄陽省親也。**囊無一物獻尊親**。廉潔可知。**江山路遠羈離**行役曰「羈」。**日**，**裘馬**道路相逢富貴之人。**誰爲感激人**。誰能感激而佑鄭者乎？

奉和嚴武軍城早秋［一］

武爲節度使鎮蜀，杜爲幕官，時破吐蕃七萬餘衆。

秋風嫋嫋動高旌，**玉帳**大將所居。**分弓射虜營**。**已收（取）滴博**嶺名，在維州。**雲間**難登之意。**戍**，**欲奪蓬婆**山名，在柘州，並吐蕃入寇處。**雪外**難到之意。**城**。本集注以爲「滴博」，雪山之城；「蓬婆」，吐蕃城名者，非也。

【校勘記】

［一］嚴武：《全唐詩》卷二百二十八作「嚴大夫」。

解悶

杜在夔州時作，都有十二首。此首爲憶鄭審而作也。審嘗與公同在夔，而是時蓋官瓜州，然不可詳考。

一辭故國十經秋，每見秋瓜憶故丘。二句以與審在夔時言之。**今日南湖**本集有《題審湖上亭》詩，注審有宅在夔南湖。**采薇蕨，何人爲覓鄭瓜州。**瓜州在揚州府南，《本草》「瓜州之大瓜」，豈此地耶？○言曩時雖有感時物、動鄉心，而南湖之上，猶得與故人俱以相慰矣，今則獨采薇於南湖，遠隔於故人，無聊倍甚，何得覓而遇之耶？「秋瓜」「瓜州」，又思之所及，語意湊合。

書堂飲既夜復邀李尚書下馬（再飲）月下賦

李尚書，名之芳。本集此上有《宴胡侍御書堂》詩。

湖月林風相共清，夜景助興。**殘樽下馬復同傾。久拌**自放棄也。**野鶴如雙鬢，**倒裝語法。**遮莫鄰鷄下五更。**

常建　塞下曲二首

玉帛朝回望帝鄉，烏孫胡名，在大宛國西北。**歸去不稱王**。言烏孫奉玉帛來朝而歸，回望帝鄉而心服，不敢稱王抗當也。**天涯静處無征戰，兵氣銷爲日月光**。此首言朝廷之功成。

北海陰風動地來，明君祠上大同府古豐州西有明妃塚，未知有祠。**望龍堆**。胡地，已見。**髑髏盡是長城卒，**承「望」字。**日暮沙場飛作灰**。承「風」字，言作灰飛也。○此首言兵卒之多亡。

送宇文六

花映垂楊漢水源出隴坻道縣嶓冢山，初名「漾水」，東流至武都沮縣，始爲漢水。**清，微風林裏一枝輕。即今江北還如此，愁殺江南離別情**。言江北如此春光可愛，而君獨别去，而隔南北耶。

三日尋李九莊

雨歇楊林東渡頭，永和三日蕩輕舟。言猶永和蘭亭之游巳。永和，晉穆帝年號。**故人家在桃花岸，直到門前溪水流。**直直説來，逸興可想。

高適　**九曲詞**

古曰黄河之水九曲。天寶中，哥舒翰破吐蕃收黄河，以其地置隴西郡，高因作《九曲詞》。

鐵騎横行鐵嶺未審，謂河南盧氏鐵嶺者，非也。按肅州北九十里有鐵門峽，正與邏沙相直，疑謂此。又遼東有鐵嶺衛，或當指此。大抵唐詩稱塞邊地，不必的切。**頭，西看邏沙**吐蕃都城名。**（欲攻破以）取封侯。**一、二，言師出而望功。**青海**既見。**只今將飲（我）馬，黄河不用更防秋。**三、四，言師還而成功。匈奴每以秋至，故曰「防秋」。此言青海以内都爲我有。○按開元十五年，以吐蕃爲邊害，令隴右河西關中兵集臨洮，朔方兵集會州，防秋，至冬初無寇而罷。

除夜作

旅館寒燈獨不眠，客心何事轉凄然。喚起下二句。**故鄉今夜思千里，霜鬢明朝又一年。**思遠之悲，感年之情，一時交起。

塞上聞吹笛[一]

詩中咏「吹」字，透切。

雪净胡天牧馬還，月明羌笛戍樓間。借問梅花何處落，塞上無梅，故因曲而問之。**風吹一夜滿關山。**「滿」字在梅花，而雪也、月也、聲也、情也，皆蓄其中，妙，妙。○全篇見雪月明徹之景况。

【校勘記】

[一]塞上聞吹笛：《全唐詩》卷二百十四題作《和王七玉門關聽吹笛(一作《塞上聞笛》)》。

別董大

據《品彙》注，蓋董庭蘭以善鼓琴有名，故結句言其多賞音也。

十里黃雲白日曛，北風吹雁雪紛紛。滿目愁況。**莫愁前路無知己，天下誰人不識君？**

孟浩然　**送杜十四之江南**

荆吴相接（之處）水爲鄉，君去春江正淼茫。無涯貌。**日暮孤舟何處泊，天涯一望斷人腸。**

二句從「正淼茫」生來。

李頎　**寄韓鵬**

蓋韓爲臨汾縣令，縣在山西平陽府。

爲政心閑物自閑[一]，吾心逐物，故物擾心忙，苟心不逐物，兩無不閑，然在爲政人上，爲一段至德。

朝看飛鳥暮飛還。一句爲「心閑」「物閑」下注脚。**寄書河上**縣在汾河上。**神明宰**，爲郡縣著治化者稱神明。**羨爾城頭姑射山**。在臨汾縣。莊子所謂「藐姑射之山，有神人居焉」，故以神明宰相比稱，深羨人境相得。

【校勘記】

[一]閑：二「閑」字底本俱訛作「間」，據《全唐詩》卷一百三十四改。

崔國輔　**九日**

崔貶竟陵司馬時作。

江邊楓落菊花黃，少長登高一望鄉。攜家少長登高，而所望只在鄉國。**九日陶家雖（有）載酒（之興），三年楚客已沾裳**。望鄉之淚。○「陶家」「楚客」，皆以自道。

張謂　**題長安主人壁**[一]

疑張爲進士未第時所寓，蓋恨主人然諾而不遂也。

世人結交須黄金，黄金不多交不深。縱令然諾暫相許，終是悠悠行路心。猶行路相逢，悠悠無定也。

【校勘記】

［一］題長安主人壁：《全唐詩》卷一百九十七題作《題長安壁主人》。

送人使河源［一］

黄河之源爲蒲昌海，去玉門陽關三百餘里，隋煬帝初置郡。

故人行役向邊州，匹馬今朝不少留。長路關山何日盡，滿堂絲竹別筵。**爲君愁。**絲竹可樂而却憂。

【校勘記】

［一］送人使河源：《全唐詩》卷一百九十七題作《送盧舉使河源》。

王之涣　**涼州詞**

已見。

黄河遠上謂上流。**白雲間，一片孤城萬仞山。羌笛何須怨楊柳，**謂《折楊柳》曲，不言吹而言怨，深婉。**春光不度玉門關。**關以北，寒無春色，那得有任怨之柳。○玉關斷春色，羌笛奏楊柳，各是凄楚意，況乃今交構成這一段語，意極深，詞極婉。

九日送別

在邊庭作。

薊庭蕭瑟故人稀，已可悲。**何處登高且送歸。**倍堪悲。○「何」字如「今夕何夕」之「何」，又爲未登高時言，亦通。**今日暫同芳菊酒，**「暫」字見歡中有悲。**明朝應作斷蓬飛。**彼此征旅。

蔡希寂

洛陽客舍逢祖咏留宴

綿綿不絶貌。**漏鼓洛陽城，**居静，夜長。**客舍平居絶送迎。**意唯君足以邂逅。**逢君買**一作「貰」。**酒因成醉，醉後焉知世上情。**語似冗衍，而説盡款洽。

吴象之

少年行

承恩借獵小平津，在鞏縣西北，蓋洛水之津，以爲滄州平津鄉者，大錯。**使氣**謂任俠。**常游**交游。**中貴人。**内臣之貴幸者。**一擲千金渾是膽，家徒四壁不知貧。**極粗豪之態。

張潮

江南行

樂府。

（去歲）茨菰葉爛（時與郎）别西灣（水曲），（今年）蓮子花開（時）猶未還。妾夢不離江水

上，只夢相别處。○一語見閨人之貞静。**人傳郎在鳳凰山**。乃悲夢路亦不可通。○鳳凰山，不定指何許，但「鳳凰」二字亦有情。

嚴武　**軍城早秋**

見前杜甫詩注。又按武以崔旰爲漢州刺史，使將兵擊吐蕃於西山，連拔其城，攘地數百里，此曰「飛將」，即旰輩。

昨夜秋風入漢關，朔雲邊月滿西山。邊地秋色自别。**更催飛將追驕虜**，匈奴自稱「天之驕子」，此指吐蕃。**莫遣沙場匹馬還**。言雖一匹馬不得徒返也。

李華　**春行寄興**

蓋叙天寶亂後寥落之景。

宜陽城在河南。**下草萋萋，澗水東流復向西**。實景。**芳樹無人（見）花自落，春山一路鳥空啼**。

張子容

水調歌第一疊[一]

樂府。《集注》詳之。

平沙落日大荒謂塞外地。**西，隴上明星高復低**。日没星出。**孤山**寨名，在陝西延安府。**幾處看烽火，**已報警急。**戰士連營候鼓鼙**。將一齊出戰。

【校勘記】

[一]水調歌第一疊：《全唐詩》卷二十七題作《水調歌第一》，作者爲無名氏。

梁州歌第二疊[一]

同上。

朔風吹葉雁門山名，有關，在太原府代州北。**秋，萬里煙塵**兵氣。**昏戍樓**。**征馬長思**訓「悲」。**青海上，胡笳夜聽隴山頭**。

【校勘記】

［一］梁州歌第二叠：《全唐詩》卷二十七題作《凉州歌第二》，作者爲無名氏。

水鼓子第一曲［一］

同上。

雕弓白羽獵初回，薄迫也。**夜牛羊復下來。**用《國風》語。**夢水河**未考，或曰在肅州衛北沙漠中。**邊秋草合，黑山**在肅州衛北沙漠中。**峰外陣雲開。**「夢水」「黑山」，字面不苟。

【校勘記】

［一］水鼓子第一曲：《全唐詩》卷二十七題作《水鼓子》，作者爲無名氏。

中唐

劉長卿　**重送裴郎中貶吉州**

明江西吉安府。

猿啼客散暮江頭，人自傷心水自流。「自」字猶文用「則」字。○時劉亦貶南巴尉，臨江送裴也。**同作逐臣君更遠，青山萬里一孤舟。**

送李判官之潤州行營

潤州，明中都鎮江府。行營，行軍之營。

萬里辭家事鼓鼙，金陵明南京江寧府。**驛路**潤州路經金陵北。**(自)楚雲西。**此亦在南巴，送之也。**江春不肯留行客，草色青青送馬蹄。**客自不留，而瓴恨春草，風人之情。

錢起　**歸雁**

春雁。

瀟湘何事等閑回[一]？何不住此而北飛耶？**水碧沙明兩岸苔**。極言瀟湘之佳。**二十五弦**瑟。**彈夜月，不勝清怨却飛來**。設言問答。○錢嘗有《湘靈鼓瑟》詩，爲時所稱，此詩亦以瑟有《歸雁操》而託湘妃靈言之也。

【校勘記】

［一］閑：底本訛作「間」，據《全唐詩》卷二百三十九改。

韋應物　**登樓寄王卿**

蓋韋刺滁州時作。

蹈閣攀林倒語。**恨不（與君）同，楚雲滄海思無窮**。**數家砧杵秋山下，一郡荆榛寒雨中**。

耳目所接，咸關別恨。

酬柳郎中春日歸揚州南郭見別之作

揚州南郭，近江之地。時韋作蘇州刺史。

廣陵揚州亦稱「廣陵」。**三月花正開，花裏逢君醉一迴**。柳蓋有邀韋同游之約。**南**韋居。**北**柳居。**相過殊不遠**，只隔一江。**暮潮歸去早潮來**。言當朝往而暮還也。

皇甫冉

送魏十六還蘇州

皇甫，潤州人，授無錫尉，此在潤或無錫時作，故有「明日毗陵」之語。

秋夜沈沈深静貌。**此送君，陰蟲切切不堪聞**。**歸舟明日毗陵**明常州府與蘇州接。**道，回首姑蘇**蘇州，古姑蘇地。**是白雲**。望姑蘇於白雲之下也，舟中不必東向坐，故曰「回首」。

曾山　**送别**

舊説以爲浙江處州府曾山，然疑是常州府甑山，蓋冉爲無錫尉時作，三、四所叙，亦似不在曾山。

凄凄通悽。**游子若飄蓬**[一]，**明月清樽祇暫同**。**南望千山如黛色，愁君客路在其中**。用助語入詩，殊覺有趣。

【校勘記】

[一]若：底本作「苦」，據《全唐詩》卷二百五十改。

韓翃　**寒食**

冬至後，當一百五日禁火，唐時極嚴，至清明日，乃取榆柳火以賜近臣。

春城無處不飛花，寒食東風御柳禁苑之柳。**斜**。**日暮漢宫傳蠟燭，青煙**接上。**散入五侯家**。可見五侯先賜得新火。○後漢桓帝時，宦者五人封侯，唐肅、代以下宦者專權，此詩諷。

送客知鄂州

知，謂爲刺史。鄂州，古楚熊渠封其子紅爲鄂王，後因爲州名，明湖廣武昌府。

江口千家帶楚雲，江花亂點雪紛紛。春風落日誰相見，青翰船頭畫鷁，故曰。青翰，青鳥。**舟中有鄂君。**事見《説苑》，以客比之。

宿石邑山中

明真定府獲鹿縣，古趙之石邑山，極峭絶。

浮雲不共此山齊，言山之高。**山靄蒼蒼望轉迷。**言山之深。**曉月暫飛**忽見忽隱，故曰「暫」。**千樹裏，**深中有高。**秋河隔在數峰西。**高中有深。

李端　**送劉侍郎**

此詩事實不可審考。

幾人同入謝宣城，南齊謝朓爲宣城内史，即唐宣州。**未及酬恩隔死生**。疑當時有爲宣州刺史者，客多游門受恩，劉亦在其中，而其人既死也。**唯有夜猿知客恨，嶧陽溪路**嶧山在山東邳州，蓋劉客路所經。**第三聲**。似有相知而唤也，下一「第」字，可見促得客淚。

張繼　**楓橋夜泊**

在蘇州府城西，南北往來必經於此。

月落烏啼爾時實景，非謂天曉。**霜滿天，江楓漁火對愁眠**。愁中不睡着。**姑蘇城外寒山寺，夜半鐘聲到客船**。月落烏啼，忽疑天曉，而夜半之鐘，忽復傳聲，其倦夜展轉之情見乎言外矣。

顧况　**聽角思歸**

「思歸」二字見于題而藏于詩，有旨哉！

故園黄葉滿青苔，夢後即故園之夢。**城頭曉角哀**。即角破夢。**此夜斷腸人不見，起行殘月影徘徊**。「徘徊」字，屬人，屬月，並通。

宿昭應

驪山昭應縣，本名新豐，華清宫所在，又有朝元閣、長生殿。

武帝祈靈太乙壇，太乙者，天帝也。漢武帝爲壇祭太乙，玄宗祀老子於朝元閣，故假言之。**新豐樹色繞千官。那知今夜長生殿，**齋殿也，即玄宗七夕與貴妃執手相誓處。**獨閉空山月影寒。**「那知」字，「獨」字，俱切要。

湖中

蓋貶饒州司户時作。

青草湖在洞庭南，泛濫爲一水，涸則乾，生青草。**邊日色低，黄茅瘴**嶺南八九月瘴氣名。**裏鷓鴣啼。丈夫飄蕩**浪迹不住。**今如此，一曲長歌楚水西。**寫得丈夫氣概。

戴叔倫　**夜發袁江寄李潁川劉侍郎**〔一〕

袁江，出袁州府，至臨江府，南入清江。自注：「時二公流貶在此。」戴時在曹王皋江西幕府。

半夜回舟入楚鄉，月明山水共蒼蒼。暗思二公所在。**孤猿更叫秋風裏，不是愁人亦斷腸。**況我愁人乎？

【校勘記】

〔一〕袁江：《全唐詩》卷二百五十作「沅江」。

包何　**寄揚侍御**〔一〕

按《包傳》，天寶七年，揚譽榜及第，豈其人耶？

一官何幸得（與君）同時，喜遇知己也。**十載無媒獨見遺。**爾後無引薦者不得進官。**今日莫論腰下組，**印綬也，繞腰以繫印，各有官差。**請君看取鬢邊絲。**彈冠之心，至此都灰。

【校勘記】

［一］揚侍御：《全唐詩》卷二百八作「楊侍御」。

李益　**汴河曲**

樂府。述亡隋事。汴水源出滎陽，下入於淮，隋煬帝於河畔築道樹柳，置離宮四十餘所。

汴水東流無限春，隋家宮闕已成塵。行人莫上長堤望，風起楊花愁殺人。亡隋景象，無限慘凄。

從軍北征

天山在交河城西，匈奴名「祁連山」。**雪後海風寒，橫笛偏**有味。**吹行路難。磧裏征人三十萬，一時回首月中看。**形容聞笛起情之狀，或以爲望鄉，或以爲看吹笛之人，俱構。

夜上受降城聞笛

唐張仁愿於豐州九原郡築三受降城。

回樂峰在大同府。**前沙似雪，受降城外月如霜。不知何處吹蘆管**，笳也。題曰「笛」，蓋通稱。**一夜征人盡望鄉**。

聽曉角

邊霜昨夜墮關榆，秦蒙恬破胡，植榆爲塞，故有榆關名。**吹角當城**《通鑒注》，當城縣屬代郡，縣當桓都山作城，故曰「當城」。或不爲地名，亦通。**片月孤。無限塞鴻飛不度**，驚角聲而不得南。**秋風吹入小單于**。匈奴言天爲「單于」，角曲有《大單于》《小單于》，此用謂雁之却入胡天也。

劉禹錫　**楊柳枝詞**

樂府，既注上。

煬帝行宫天子行所立。汴水濱，數株楊柳不勝春。「不勝」二字，無限含情。晚來風起花如雪，飛入宫墻不見人。

浪淘沙詞

樂府。

鸚鵡洲在武昌江中。頭浪颭風吹浪動曰「颭」。沙，青樓婦人所居。春望日將斜。銜泥燕子争歸舍，獨自狂夫怨駡。不憶家。乃燕子之不如耶？

自朗州至京戲贈看花諸君子［一］

朗州，明湖廣常德府，劉貶朗州司馬，居十年召還。時長安玄都觀有道士植桃滿觀，花如紅霞，劉賦此詩，意譏新貴滿朝也，因又黜出爲連州刺史。

紫陌紅塵拂面來，無人不道看花回。玄都觀裏桃千樹，盡是劉郎去後栽。

【校勘記】

［一］自朗州至京戲贈看花諸君子：《全唐詩》卷三百六十五題作《元和十一年自朗州召至京戲贈看花諸君子》。

與歌者何戡

一作《自貶所歸京聞何戡歌》。劉貶朗州，尋徙連州，在外凡二十四年。戡，樂工。

二十餘年別帝京，重聞天樂即何戡所奏之樂。**不勝情。舊人唯有何戡在，**二十年間，人多喪亡。**更與殷勤唱《渭城》。**言奏它樂罷，又唱《渭城》，以久別之後，聞送別之曲，余心益不勝情可知也。

○一句與三句相應，二句與四句相發。

張籍　**涼州詞**

鳳林關在臨洮府黄河側。**裹水東流，白草黄榆（爲中國地者僅）六十秋。**玄宗時開涼州，其後六十年而陷於吐蕃。**邊將皆承主恩澤，無人解道取凉州**。不能報主恩。

王建　**十五夜望月**[一]

中庭地白樹栖鴉，月光透明。**冷露無聲**露元無聲不須言，而今言無聲者，以其多而疑於有聲也。**濕桂花**。**今夜月明人盡望，不知秋思在誰家**？恐無如我。

【校勘記】

[一]十五夜望月：《全唐詩》卷三百一題作《十五夜望月寄杜郎中》。

武元衡　**送盧起居**[一]

起居舍人，起居郎，掌注記天子起居，盧蓋奉使適其鄉國。

相如擁傳驛遞車駕相迎送也。**有光輝**，司馬相如，蜀人，後奉使至蜀，以爲寵榮，此比盧。**何事闌干淚下貌**。**淚濕衣**。言不可悲别。**舊府**故園。**東山餘妓在**，謝安初游東山，游賞必以妓女從。**重將**

歌舞送君歸。言君自鄉歸朝，必有往日所携妓女，應復歌舞相送也。

【校勘記】

［一］送盧起居：《全唐詩》卷三百十七題作《重送盧三十一起居》。

嘉陵驛［一］

在四川保寧府，此武爲劍南西川節度使入蜀時作。

悠悠風旆帛續旐末爲燕尾者。**繞山川，山驛空濛雨作煙。路半嘉陵頭已白，蜀門**指劍閣。**西更上青天**。太白所謂「蜀道之難，難於上青天」也。

【校勘記】

［一］嘉陵驛：《全唐詩》卷三百十七題作《題嘉陵驛》。

張仲素　**漢苑行**

樂府。

回雁高飛太液池，禁池名。**新花低發**卑枝花當晚而既發。**上林枝**。**年光到處皆堪賞，春色人間總未知**。至尊之樂，不與民偕。

塞下曲二首

三戍漁陽再度遼，可見諳鍊武夫。○幽州東北有遼水，漢范明友爲度遼將軍伐烏桓。**騂**赤色。**弓在臂箭横腰**。强矯之態。**匈奴似欲知名姓**，以其「三戍」「再度」，故頗屬目，「欲知名姓」。**休傍陰山**在塞外，單于所依阻。**更射雕**。用斛斯光事，應第二句，言慎勿以射雕技觀之，使渠窺識也。

朔雪飄飄開雁門，關名，在太原府。**平沙歷亂捲蓬根**。二句無「風」字而見風。**功名耻計擒生數**，丈夫功名之志，何屑屑於擒獲多少。**直斬樓蘭報國恩**。子美「擒賊須擒王」同意。

秋閨思

樂府。

碧窗斜月藹深輝，狀得秋閨窈窕。**愁聽寒螿**小寒蟬也。**淚濕衣**。二句曉景。**夢裏分明見關塞**，良人所在。**不知何路向金微**。癡想。○金微，山名，在韃靼地，漢竇憲破北匈奴於此。

羊士諤　**郡中即事**

蓋羊刺資州時作。托言婦女之情，蓋《采蓮曲》類也。

紅衣謂紅蓮。**落盡暗香殘，葉上秋光白露寒。越女含情已無限，莫教長袖倚欄干（看之）**。

登樓

資州作。

槐柳蕭疏繞郡城，夜添山雨作江聲。二句説登樓所見。**秋風南陌無車馬，獨上高樓故國情。**

柳宗元　**酬浩初上人欲登仙人山見貽**[一]

仙人山，在柳州武宣縣上，有石形如仙人。柳時刺柳州，蓋浩初欲邀柳同登也。

珠樹玲瓏隔翠微，病來方外事多違。仙山不屬分符客，柳自謂也。爲郡守者分符與其左，而右以留京師。**一任淩空錫杖飛。**用志公事，言高僧境界，不可與俗客俱。

【校勘記】

[一]酬浩初上人欲登仙人山見貽：《全唐詩》卷三百五十二題作《浩初上人見貽絶句欲登仙人山因以酬之》。

歐陽詹　**題延平劍潭**

延平，明福建延平府，古七閩地。劍潭，亦名「劍津」，晋雷焕、豐城二劍墮水化龍處。

想像精靈謂寶劍。**欲見難，通津一去水漫漫。空餘千載淩霜色，長與澄潭白日寒。**言劍光與潭光合也。

元稹　**聞白樂天左降江州司馬**[一]

古九江郡，明爲九江府。

殘燈無焰影幢幢，不明貌。**此夕聞君謫九江。垂死病中驚**字眼。**坐起，暗風吹雨入寒窗。**

無一字言悲，而悲不可勝。

【校勘記】

[一]聞白樂天左降江州司馬：《全唐詩》卷四百十五題作《聞樂天授江州司馬》。

張祜　**胡渭州**

樂府。述行旅之情，與題全無交涉。

亭亭高貌。**孤月照行舟，寂寂長江萬里流。鄉國不知何處是，雲山漫漫使人愁。**

雨淋鈴[一]

玄宗幸蜀，於棧道中聞鈴聲與雨相應，悲悼貴妃，采其聲作斯曲，因授樂工張徽，後入法部。

雨淋鈴通「零」。**夜却歸秦，猶是張徽一曲新**。雨霖零聲，後時入張徽之曲，猶爾聞之，覺一段淒然，故曰「新」。**長説上皇垂淚教，月明南内**玄宗爲太上皇居之。**更無人**。二句叙張徽説話。〇按此詩曰「却歸秦」，豈以帝聞雨製曲爲自蜀歸秦時事耶？抑或以歸時亦應逢夜雨耶？又帝授徽曲當在蜀時，今曰「南内」，或謂既授而復教習耶？抑又謂南京之内耶？要之，與别録有異同亦不可知。

【校勘記】

[一]雨淋鈴：《全唐詩》卷二十七作《雨霖鈴》。

虢夫人[一]

貴妃之姊，並承恩出入宫掖。

虢國夫人承主恩，平明騎馬入宫門。出《明皇雜録》。**却嫌脂粉污顔色，淡掃蛾眉朝至尊**。

出《楊妃外傳》，皆據實叙之。

【校勘記】

［一］虢夫人：《全唐詩》卷五百十一題作《集靈臺》。

賈島　**渡桑乾**

桑乾河在山西大同府。

客舍并州明山西太原府。**已十霜**，謂十年。**歸心日夜憶咸陽（故鄉）**。并州、咸陽，相距千里。**無端更渡桑乾水**，又去并州而北二百餘里。**却望并州是故鄉**。一段旅恨，無論咸陽，欲歸并州且不可得。

王表　**成德樂**

唐樂曲。

趙女乘春上畫樓，一聲歌發滿城秋。疑當作「愁」。**無端更唱關山曲，不是征人亦淚流**。况征人乎？

釋皎然　**塞下曲**

寒塞無因見落梅，胡人吹入笛聲來。勞勞亭在金陵，古送别之所。**上春應度，**遠思故國。**夜夜**二字自聞笛聲言之。**城南戰未回。**

釋靈一　**僧院**[一]

虎溪閑月引月影相引。**相過，帶雪松枝掛薜蘿。無限青山行欲盡，白雲深處老僧多。**始到僧院也。一「多」字，見得别成個世界。

【校勘記】

[一]僧院：《全唐詩》卷八百九題作《題僧院》。

晚唐

李商隱　**漢宮詞**

叙漢武帝事，諷時主好仙術而疏於臣民，亦悲己之不遇也。

青雀西王母之使。**西飛竟未回，**王母約再來而竟不來。**君王長在集靈臺。**在甘泉宮内，言猶爾望仙不已。**侍臣最有相如渴，**司馬相如有消渴病。**不賜金莖露一杯。**武帝作銅柱，上有仙人掌承露，和玉屑飲之。此言憑虚而不施實也。

夜雨寄北

蓋爲東蜀節度判官時寄内人。

君問歸期未有期，巴山夜雨漲秋池。何當共翦西窗燭，却話巴山夜雨時。即今以悲思歡，異日以歡話悲，此世上所常有，而詞意斬新，看他斡旋妙處。

寄令狐郎中

令狐郎中，名綯。綯父楚，嘗鎮河陽，李爲門客，見禮，及綯與李有郤，不爲援引，李終不調，還鄭州，病卒。

嵩雲李所居鄭州，在嵩山東。**秦樹**令狐所居。**久離居，雙鯉迢迢一紙書。**劣得書通。**休問梁園舊賓客，**謂己在河陽幕中時也，梁園地亦屬河陽。**茂陵秋雨病相如。**相如以病家居茂陵至死，此以自比。

秋思

許渾

琪樹謂樹青如玉也。**西風枕簟**夏秋所用。**秋，楚雲湘水憶同游。**懷舊之情。**高歌一曲**所以遣悶。**掩明鏡，**將開而乍掩，恐見而驚老。**昨日少年今白頭。**

趙嘏　**江樓書感**[一]

獨上江樓思渺然，月光如水水連天。景與思俱渺。**同來**與上「獨上」反對。**翫月人何處，風影依稀**相似貌。**似去年。**

【校勘記】

[一]江樓書感：《全唐詩》卷五百五十題作《江樓舊感》。

温庭筠　**楊柳枝**

館娃宫吴王夫差遺迹。**外鄴城**魏武帝遺迹。**西，遠映征帆近拂堤。繫得王孫**爲士君子稱，見《韓信傳》。**歸意切，不關春草緑萋萋。**翻用《楚詞》語，言王孫歸意不須春草，而已爲柳絲所繫也。

段成式　**折楊柳**

枝枝交影鎖長門，見前。**嫩色曾沾雨露恩。**謂少年時承恩寵。**鳳輦不來春欲盡，空留（枝上）鶯語到黄昏。**春盡日昏，見老之將至。

司馬禮　**宫怨**

柳色參差長短不齊貌。**掩畫樓，曉鶯啼送滿宫愁。年年花落無人見，空逐春泉出御溝。**「空逐」二字，見遂自棄遠。

張喬　**宴邊將**

一曲凉州金石清，謂歌聲之清徹。**邊風蕭颯動江城。坐中有老沙場客，横笛休吹塞上聲。**厭兵，可憐。

李拯　**退朝望終南山**

僖宗光啓二年，長安再亂。帝幸興元，襄王熅權監軍國事，朱玫秉政，朝典昏亂，逼拯爲翰林學士，拯不自安，因作斯詩。

紫宸朝罷綴列也。**鵷鸞，**言鵷鸞之朝罷也。鵷鸞，比百官班列。**丹鳳樓前駐馬看。**直指下句。**唯有終南山色在，晴明依舊滿長安。**朝廷典章，咸異昔時。

崔魯　**華清宫**

草遮回磴磴道回轉。**絶鳴鑾，雲樹深深碧殿寒。明月自來還自去，更無人倚玉欄干。**暗咏明皇與貴妃誓事。

韋莊　**古別離**〔一〕

樂府。凡題曰「古」者，謂古來之所咏歌也。

晴煙漠漠柳毿毿，毛長貌，謂柳絲。○是江南春色。**不那離情酒半酣**。酒酣而愁更甚。**更把玉鞭雲外指，斷腸春色在江南**。春在而人去。

【校勘記】

［一］古別離：《全唐詩》卷二十六題作《古離別》。

李建勳　**宮詞**

宮門長閉舞衣閑，君王久不幸。**略識君王鬢已斑**。君王亦已老，愈無由望幸。**却羨落花春不管，御溝流得到人間**。在宮無聊，不如出宮，此詩流于蕩而少忠厚之風矣。

王周　**宿疏陂驛**

蓋在荆州境。

秋染棠梨葉半紅，荆州東望草平空。誰知孤宦天涯意，微雨瀟瀟古驛中。

雜

陳祐　**雜詩**

無定河在延安府，潰沙急流，深淺不定，故名。**邊暮笛聲，赫連臺**在寧夏衛，晉赫連勃勃所築。**畔旅人情。函關歸路千餘里，一夕秋風白髮生。**極言笛聲悲切。

無名氏　**初過漢江**

漢江源出隴西，至襄陽府入於江。

襄陽好向峴亭亭在府城南峴山上。**看，人物蕭條屬歲闌。爲報習家**峴山南有習家池，晉山簡所嬉游，此蓋有所指。**多置酒，夜來風雪過江寒。**

胡笳曲

樂府。

月明星稀霜滿野，
氈車胡地所乘。**夜宿陰山下。**即聞笳處。**漢家自失李將軍，單于**匈奴君長，總稱「胡人」。**公然**無所忌憚。**來牧馬。**此笳聲所以益多。

王烈

塞上曲二首

樂府。

紅顔歲歲老金微，見前。**沙磧年年卧鐵衣。白草城**唐武州蕭關縣治也，樓城置白草軍。**中春不入，黄花戍**見五絶。**上雁長飛。**春不入，故雁不過此而北。

孤城夕對戍樓閑，迴合青冥天色。**萬仞山。明鏡不須生白髮，**不待鏡照而後知。**風沙自解老紅顔。**

張敬忠　**邊詞**

五原大同府城西北，唐五原郡地。**春色舊來遲，二月垂楊未掛絲。即今河畔冰開日，正是長安花落時。**

張諤　**九日宴**

登高之宴。

秋葉風吹黄颯颯，晴雲日照白鱗鱗。雲貌。○第三句曰「歸來」，則知斯二句登高所見，然狀得慘淡物色。**歸來得問茱萸女，**謂歌妓輩，茱萸插頭。**今日登高醉幾人。**已登高不得樂，而得問它家作樂，「得」字有態。

樓穎　**西施石**

會稽有土城山，山邊有石，是西施浣紗石。

西施昔日浣紗津，石上青苔思殺人。一去往也。姑蘇不復返，及西施身後言之。岸傍桃李爲誰春。

盧弼　和李秀才邊庭四時怨二首

八月霜飛柳遍黄，蓬根吹斷雁南翔。隴頭流水隴山頂有泉四注，秦人西役，上此莫不回首悲泣，故有《隴頭流水歌》。關山月，俱用曲名爲語。泣上龍堆望故鄉。此首咏秋。

朔風吹雪透刀瘢，飲馬長城窟更寒。長城下，往往有泉窟。夜半火來知有敵，一時齊保賀蘭山。在寧夏衛。此首咏冬。

補遺

我來圯橋上　吴吴山云：《説文》：東楚謂橋爲「圯」。然淮邳州郡志皆稱「圯橋」，當自唐時已然。六如師云：庾信《吴明徹墓志銘》：圯橋取履，早見兵書；竹林逢猿，偏知劍術。則知自六朝而已然也。余又檢《康熙字典》，「圯」字從氵爲正，氾，水之上也，且有其説當檢。

清歌妙舞落花前　可見當時逢落花不爲憂悲之况。

况復今日遥相見　白居易「何時遥相見，心無一事時」，崔興宗詩「倒屣開門遥解顔」，並皆逍遥之意，非謂遥遠也。

昨夜閑潭夢落花　此句所謂有意無意、可解不可解者也。然「閑潭落花」入夢，可見其人胸襟瀟灑，乃如之人，正能吐得許多妙語。「可憐春半不還家」，亦接得妙。

江潭落月復西斜　潭是水深停流處，故月影分明，亦自上「閑潭」孕來。

天子呼來不上船　黄檗大鵬和尚嘗有詩云：「毳衲毵毵不上船。」問之，則曰：俗語謂執拗不順人情曰「不上船」。此説未審，姑記之，以待後考。

崔五丈圖屏風　《品彙》「丈」字作「六」，屬下句。

清歌一轉口氤氳　「轉」字，即度曲之意。又《淮南子》注：轉者，調也。一作「囀」，非也。

弘景道俊玄奘　三僧事迹，余未深考，又與三藏玄奘漫爾混合。近六如師以贊寧《高僧傳》見喻，始得瞭然，因抄出於兹。恒景本傳「弘」作「恒」。姓文氏，當陽人也。貞觀二十二年，敕度聽習三藏，入覆舟山玉泉寺，追智者禪師，習止觀門，於寺之南十里，別立精舍，號「龍興」。自天后、中宗朝，三被詔入内供養，爲受戒師。以景龍三年奏乞歸山，敕允其請，仍送景並道俊、玄奘各還故鄉。帝親賦詩，學士應和，時景等捧詩振錫而行，天下榮之。道俊，江陵人也，住枝江碧澗精舍，修信、忍二祖無生法門，勤潔苦行，迹不出寺，經四十餘載。天后、中宗二朝，崇重高行之僧，俊同恒景應詔入内供養。至景龍中，求還故鄉，帝賜御製詩，並奘、景同歸枝江。玄奘，江陵人也，通大小乘學，尤明《法華》正典，與道俊同被召，在京二載。景龍三年二月八日，孝和帝於林光殿解齋，奘等告乞還鄉，詔賜御詩，諸學士大僚奉和，中書令李嶠詩曰「三乘歸淨域」云云。此詩傳作李嶠詩。中書舍人李乂曰：「初日承歸旨，秋風起贈言。漢珠留道味，江璧返真源。地出南關遠，天迴北斗尊。寧知一柱觀，却啓四禪門。」更有諸公詩送，此不殫録。三師皆歸鄉，卒于本寺云。

煙花象外幽　詩家多煙花語，通言煙景，不必在花。

幸蜀西至劍門　玄宗蒙塵至蜀，固是倥傯，且楊妃縊死未數日，恐不宜斯藻思，曰「鑾輿出狩回」，或在其回時乎？

桂子月中落　《唐書》：垂拱四年三月，有月桂子降於台州，經十餘日乃止。《南部新書》：杭州靈隱山多桂，寺僧曰月中種也，至今中夜往往子墜。蓋是古來所傳，賓王因用之。

丘陵徒自出　「丘陵」「自出」，直用古語，「自」，各自也，非接「徒」字。「徒」字映對下句，多少感慨，更加「野樹」二句，入一段慘淒之況。

聖製途經華岳　按唐詩人年表，開元十一年正月，上自東都北巡至潞州，三月還京師，有《出雀鼠谷》《登太行》《早度蒲津關》詩。又按玄宗有《途經華岳》及《經河上公廟》《過老子廟》等詩，疑皆一時前後作。

軒游會神處　按玄宗又有《軒游宮十五夜》詩。

群臣願封岱　按開元十三年十月，如兗州，次濮州。十一月庚寅，封於泰山，辛卯，禪於社首。

人占仙氣來　此句不等閑，以唐李氏故，天寶二年正月，加玄元皇帝曰「大聖祖」。

板屋春多雨　以板之響言也。「晝欲陰」，以山之深言也。上洛，即商洛山所在，蓋斯詩商山、楚鄧、武關、丹水、虢略、白羽、荆岑，用地名太多，要以地志區畫，始可得其情狀。且詩中不及一語太守赴任，可見古人詩祇以實情爲主。

奉和幸韋嗣立　「奉」是敬而行之爲義，倭俗皆爲「上」義，自下回逆讀之，謬矣。余亦誤譯，當改。猶須口演不能筆紀，以下準之。

閣道中留春　演劇中多有「留春」語，然未詳爲何物。頃聞六如師説，韋述《西都雜記》：南北留春亭，在禁苑東南高原之上。《唐書·地理志》：蓬萊宮，即大明宮，爲東內。興慶宮，爲南內。自東內達南內，有夾城複道，經通化門入南內，人主往來，人莫知之。蓋留春亭在複道中，乃留憩之所。

豈知玉殿生三秀　本集「知」作「如」，蓋字似而誤。

三宮路轉鳳凰臺　即閣道之狀況，下皆其所見别館，當指留春。

昨夜微霜初渡河　「初」字，固有是法，訓「微霜之始」，謬矣。

悵望青天鳴墜葉　「青」字再出，《鼓吹》作「秋天」。

青楓江上秋天遠　幫上歸雁下白帝，幫上啼猿，皆自然之巧。

玉壘浮雲變古今　「古今」二字，遠係劉氏二代之迹，近關玄宗蒙塵之事。

二月黄鸝飛上林　亦含求友之意。

題柱盛名兼絶唱　謂《白雪》之曲。

同人永日自相將　《唐風》：「且以喜樂，且以永日。」此用之。

已被秋風教憶鱠　按《南史》，幽州人，二聯所言，蓋指陸爾，陸應是吴中人。

緑楊着水草如煙　如有「合」義，倭人或不識杜詩「荻岸如秋水」，亦非「似」義。

或恐同鄉人　此蓋爲他國女來往長干者之言，不爾，三、四句太無意味。

更向郡齋聞　蓋韋刺滁州或蘇州時作。

一月主人笑幾回　「主人」，一本作「人生」。

蓮子花開猶未還　客有以「子」字泛漫問余者，余應之曰：「茨菰葉爛」之時，正見蓮房脱落，乃其子成藕成荷，而至於開花，已是數歲，極言延佇悒怏之狀耳。客稱善，然亦甚穿鑿矣。是猶「雨子」「雪子」「杏子」「柰子」之類，只做助辭爾。

愁聽寒螿淚濕衣　「螿」，本草家訓「小寒蟬」，然此詩及吳融「盡夕成愁絶，啼螿莫近庭」，似謂蛩類，更須考。

孤城夕對戍樓閑　「閑」字有意，三、四句即從「閑」中想出一段悲況。不曰「看」白髮，而曰「生」，唐人韻語爲爾。

于鱗之選，多所不解。全唐作者二千二百餘人，爲詩殆四萬首，擇而取之，固難。于鱗固名家，且曰唐詩盡於此。夫豈徒而言之，抑有意矣。故學詩者博之《品彙》，約之《正聲》及《選》，以爲繩尺，從事於斯，不離此它求，則優柔厭飫，冲融渾灝，駸駸乎入唐詩之域。更須取元美《卮言》、元瑞《詩藪》等，玩索其體，則無它歧之惑。博覽精究，詩料益廣，而至於自己工夫，則亦無加於皎然之《詩式》矣。

于鱗序中非老杜，而元美非之。老杜固大宗匠，在開、天之際，別立一家，自晚唐至於宋、元、明，皆莫不學。然與風會並移，率其性之所近，鮮得其真，自是上國武庫，在乎所取奈何也。于鱗所非，不在老杜，而戒其流弊也。故序中獨字李杜，而所采取多，意可見矣。敬美舉深句、雄句、老句、秀句、麗句、險句、拙句、累句而論杜，可謂盡矣。試合賈至《朝大明宮》詩及三人之和，熟讀玩味，則知賈、王、岑均之盛唐高調，各成一家，而老杜則風骨稍別，有所可嘉，有所不可嘉矣。

詩非小技，乃聖人之所教，「温柔敦厚」爲宗。自《三百篇》而來，運移世替，以至於唐，定聲律，創近體，體則近，意則古。故高廷禮曰：「漢魏質過於文，六朝華浮於實。得二者中，備風人之體，唯唐詩爲然。」後世作者如林，論撰如山，概不能出於唐詩之範圍也。近來有一種詩流，力采奇譎，争事險詖，或去卮言而取莠言，猶舍稻粱而索殊味耶？乃欲道古人所未道，不知古人舍而不道已，拾而珍之，陋亦甚矣。更畋漁晚宋諸家所希覯以爲詩料，不知彼皆才贍學洽，乃以餘勇爲馳騁也。今日本而學詩文，猶邯鄲而學步，楚人而學齊語，苟學未慣熟而輒欲嬌俊，是猶土口而事辭命，拐子而銜竿伎，其不成僻錯之疾者，幾希矣。嗚乎！文章關氣運，有如太史，陳而觀之，其謂之何。

晋以來始有佳句，此言詩始爲騷士家物，不得不習學陶鍊。元瑞因摘出數十句，以載《詩藪》，學者當須於是潛心覃志，庶能排外魔，撥小乘，甄别大乘，以步趨摩訶衍之正躅矣。且如太白詩云「人煙寒橘柚」，黄魯直剽之以「人家圍橘柚」，昔人評之曰：「只换二字，醜態畢露。」唐宋之調，判然可見。

王世懋《唐詩選》後序曰：「詩稱唐，不能盡唐詩；稱加選焉，務精也。選至于鱗，卷僅七而終，又加精焉。即所稱代不數人，人不數篇，方斯爲濫矣。薦紳先生，童習家言，業且不能盡收，乃或一二篇什，信其獨往問得之。屈指之外，右于鱗者，以謂宋玉東家之子，宗其心匠博藝之士，口其編而心内不然者，不佞能家置喙乎？西方大士於教六通，頭陀總持，神足、耳根各從所入，咸至彼岸，緣於性之近也。即于鱗所選，靡不稱精，顧獨有專焉，毋亦自其所入乎？藉令並駕之士，同時而出一編，將盡合乎？抑有所異，其去取乎？要無害於雙美，而亦無所害於唐人之美，則各言其入已，覽者從于鱗所入，求之庶幾乎？苦心哉！必曰較長絜短，摘瑕指瑜，則于鱗之不必盡唐詩，與此編之不必盡于鱗，等也，無所容吾言矣。」

寬政十二年庚申五月

竺常　識

[日]平賀晋民 編撰

唐詩選夷考

吴夏平
陳思穎 整理

整理説明

《唐詩選夷考》作者平賀晋民，初名叔明，字房父、士亮，通稱惣右衛門，號中南。中御門天皇享保六年（1721）出生於日本安藝國豐田郡忠海邑（今廣島縣境），卒於光格天皇寛政四年（1792）十二月二十四日，年七十二。嘗師事大潮元皓修徂徠先生之学，習漢語於長崎。仕宦於京都青蓮院，後赴江户，講經於松平信明。勤於著述，撰有《學問捷徑》三卷，《學庸發蒙》三卷，《儀禮説蘊》二十卷，《左傳折衷》十卷，《周易洗心解》十二卷，《周官義疏删》四卷，《周官集成》十八卷，《詩經原志晰義》二卷，《尚書梅本辨説》二十四卷，《春秋集箋》七十二卷，《世説新語補説解》四卷，《蕉窗寓筆》六卷，《蕉窗自記》一卷，《大學發蒙》，《唐詩選夷考》七卷，《壁經解》六卷，《孟子發蘊》三卷，《毛詩微旨》十六卷，《禮記纂義》二十四卷，《禮記鄭注辨妄》五卷，《論語集箋》五卷。

平賀氏精研經學，著述宏富。他關注唐詩，與日本江户時期學習唐詩的風氣密不可分。其時「唐詩之選數十家，今所行，濟南爲盛，諸家頗取巧麗者」（荏土井潜《唐詩選夷考序》）。此所謂「濟南」，是指其時流傳於日本的《唐詩訓解》。該書七卷，和刻本以田原勘兵衛藏板刊刻，題「濟南滄溟李攀龍選、公安石公袁宏道校、書林獻可余應孔梓」。原書刊於萬曆四十六年（1618）。此前，李攀龍編《古今詩删》三十四卷，據四庫館臣云，明末坊間書賈射利，「割取《詩删》中唐詩，加以評注，別立斯名」（《四庫全書總目》卷一八九《总集类四》）。「別立」之名，亦即舊題李攀龍編《唐詩選》七卷。《唐詩訓解》託名李攀龍，亦與其時書賈射利風習相關。江户時期流行的唐詩註解類書籍，《唐詩訓解》之外，尚有日本學者江忠囿（字子園）所編《唐詩句解》等行世。平賀晋民撰《唐詩選夷考》，以「斥《訓解》《句解》二書非」（藤本敬《唐詩選夷考序》）。據書後所附平賀晋民跋文，此書完成於明和己丑（1769）夏五月。嗣後，荏土井潜、藤本敬分爲之序。

作者跋云：「人各言其所見，我是豈必是哉。然是而不言，孰非我而當也。若有高明裁之，唐詩遂歸於正乎。」爲使唐詩「歸於正」，該書有兩個重要特點：一是選，二是考。選詩依據和刻本《唐詩訓解》，分五古、七古、五律、五排、七律、五絶、七絶，共七體，每體一卷。所選作品與《訓解》略有不同。如卷一無《訓解》所選《與崔策登西山》，卷七無《訓解》之《僧院》；而《訓解》所選《和李秀才邊庭四時怨》四首，《選夷考》只選其中二首，增加了《訓解》所無的《宴城東莊》和《奉和同前》等詩。另外，《選夷考》所選，部分有目無辭。除選目外，「選」的另一個特點是選句，亦即僅選需要辨正和註解的詩句，而非全部照録原詩。可見所選頗有針對性。

此書基本體例爲先考字句，再釋詩意。如《九日藍田崔氏莊》「醉把茱萸仔細看」，指出「茱萸」爲酒名。又如引田子藝之語，考《黄鶴樓》首句「白雲」是而「黄鶴」非。釋詩意强調詩歌的整體性。如解《班婕妤》，認爲「通三首，其義益明」。釋《清平調》三首，指出「通篇與花相比」。其尤矚目者爲考唐詩名物和制度。例如，《早朝大明宫呈兩省僚友》考唐宫城、皇城、京城之别。《送柴司户充劉卿判官之嶺外》，《訓解》云：「嶺外之使劉卿，當行時有所避，則以司户充判官而往。」《句解》云：「讀爲柴司户從劉卿判官之嶺外。蓋判官，劉卿本官，出使嶺外，柴司户與往也。」這兩種説法都是錯誤的。《選夷考》所言「劉卿爲鎮府，先既在嶺外，今以柴充之判官而使往也」，符合詩題本意。再如，《聖善閣送裴迪入京》考洛陽聖善閣與長安慈恩寺之異，《奉和庫部盧四兄曹長元日朝回》考大明宫螭頭之由來等，均能糾正《訓解》《句解》的錯誤。平賀晋民認爲，解詩者炫學、「欲深」等主觀原因造成附會，而詩外功夫不足則引致膚淺。同時，漢語能力也會影響對唐詩的理解。這些分析是有道理的。

此次整理，以日本江都書肆小林新兵衛天明改元辛丑（1781）刻本爲底本。書前有序文二篇，每卷開頭題「安藝平賀晋民房父著、備後井出祐萬年校訂」。主要做了兩方面工作：一是斷句、標點。二是對所選詩歌及注釋中所引古籍進行校勘，以校勘記形式附於作品之後。書中的通假字保留原貌，凡不影响文義、格律等之異文，不改原文，亦不出校勘記。基本沿用原書格式，爲方便閲讀，補録了原詩作者。

目録

唐詩夷考序 …… 三一九

唐詩選夷考序 …… 三二一

卷一 五言古詩 …… 三二三

述懷 魏徵 …… 三二三

感遇 張九齡 …… 三二四

薊丘覽古 陳子昂 …… 三二五

子夜吳歌 李白 …… 三二六

經下邳圯橋懷張子房 李白 …… 三二七

後出塞 杜甫 …… 三二八

玉華宮 杜甫 …… 三二九

送別 王維 …… 三三〇

西山 常建 …… 三三一

宋中 高適 …… 三三二

與高適薛據同登慈恩寺浮圖 岑參 …… 三三三

幽居 韋應物 …… 三三五

南磵中題 柳宗元 …… 三三六

早發交崖山還太室作 崔曙 …… 三三七

卷二 七言古詩 …… 三四一

滕王閣 王勃 …… 三四一

長安古意 盧照鄰 …… 三四二

公子行 劉希夷 …… 三四八

代悲白頭翁 劉希夷 …… 三五〇

下山歌 宋之問 …… 三五二

至端州驛見杜五審言沈三佺期閻五朝隱王二無競題壁慨然成咏 宋之問 …… 三五二

烏夜啼 李白 …… 三五三

江上吟　李白……三五四
貧交行　杜甫……三五五
短歌行贈王郎司直　杜甫……三五五
高都護驄馬行　杜甫……三五七
送孔巢父謝病歸遊江東兼呈李白　杜甫……三五八
飲中八仙歌　杜甫……三六〇
哀江頭　杜甫……三六二
韋諷録事宅觀曹將軍畫馬圖引　杜甫……三六四
丹青引贈曹將軍霸　杜甫……三六七
邯鄲少年行　高適……三六九
人日寄杜二拾遺　高適……三七〇
登古鄴城　岑參……三七一
韋員外家花樹歌　岑參……三七一
胡笳歌送顔真卿使赴河隴　岑參……三七二
崔五丈圖屏風各賦一物得烏孫佩刀　李頎……三七三
答張五弟　王維……三七三
孟門行　崔顥……三七四
贈喬琳　劉眘虚……三七五
湖上對酒行　張謂……三七六
城傍曲　王昌齡……三七七
洪州客舍寄柳博士芳　薛業……三七七
春江花月夜　張若虛……三七八
吴宮怨　衛萬……三八〇
帝京篇　駱賓王……三八一
餘杭醉歌贈吴山人　丁仙芝……三八八
卷三　五言律詩……三八九
野望　王績……三八九
從軍行　楊炯……三九〇
杜少府之任蜀州　王勃……三九〇
晩次樂鄉縣　陳子昂……三九一

春夜別友人　陳子昂……三九二
送別崔著作東征　陳子昂……三九三
蓬萊三殿侍宴奉敕詠終南山　杜審言……三九四
晋陵陸丞早春遊望　杜審言……三九六
和康五望月有懷　杜審言……三九七
送崔融　杜審言……三九八
扈從登封途中作　宋之問……三九八
送沙門弘景道俊玄奘還荊州應制　李嶠……三九九
長寧公主東莊侍宴　李嶠……四〇〇
恩敕麗正殿書院賜宴應制　張説……四〇〇
還至端州驛前與高六別處　張説……四〇一
幽州夜飲　張説……四〇一
宿雲門寺閣　孫逖……四〇二
幸蜀西至劍門　李隆基……四〇三
塞下曲　李白……四〇三
秋思　李白……四〇四
送友人　李白……四〇四
送友入蜀　李白……四〇五
秋登宣城謝朓北樓　李白……四〇五
臨洞庭　孟浩然……四〇六
題義公禪房　孟浩然……四〇七
終南山　王維……四〇七
過香積寺　王維……四〇八
登辨覺寺　王維……四〇九
送平淡然判官　王維……四〇九
送劉司直赴安西　王維……四一〇
送邢桂州　王維……四一〇
使至塞上　王維……四一〇
觀獵　王維……四一一
送張子尉南海　岑參……四一一
寄左省杜拾遺　岑參……四一二
登總持閣　岑參……四一二

送劉評事充朔方判官賦得征馬嘶　高適……四一三
送鄭侍御謫閩中　高適……四一三
使青夷軍入居庸　高適……四一四
自薊北歸　高適……四一四
醉後贈張九旭　高適……四一五
登兗州城樓　杜甫……四一五
房兵曹胡馬　杜甫……四一六
春宿左省　杜甫……四一七
秦州雜詩　杜甫……四一七
送遠　杜甫……四一八
題玄武禪師屋壁　杜甫……四一九
玉臺觀　杜甫……四一九
觀李固請司馬題山水圖　杜甫……四二〇
禹廟　杜甫……四二一
旅夜書懷　杜甫……四二二
舟下夔州郭宿雨濕不得上岸別王十二判官　杜甫……四二二
登岳陽樓　杜甫……四二三
次北固山下　王灣……四二三
江南旅情　祖詠……四二三
蘇氏別業　祖詠……四二四
望秦川　李頎……四二四
宿龍興寺　綦毋潛……四二四
胡笳曲　王昌齡……四二五
同王徵君洞庭有懷　張謂……四二五
破山寺後禪院　常建……四二六
渡楊子江　丁仙芝……四二六
聞笛　張巡……四二七
岳陽晚景　張均……四二七
穆陵關北逢人歸漁陽　劉長卿……四二八
題松汀驛　張祜……四二八

聖果寺　僧处默　……　四二八

卷四　五言排律　……　四二九

送劉校書從軍　楊炯　……　四二九
靈隱寺　宋之問　……　四三〇
宿温城望軍營　駱賓王　……　四三〇
在廣聞崔馬二御史並登相臺　蘇味道　……　四三二
奉和幸韋嗣立山莊應制　李嶠　……　四三三
白帝城懷古　陳子昂　……　四三四
峴山懷古　陳子昂　……　四三五
贈蘇味道　杜審言　……　四三六
酬蘇員外味玄夏晚寓直省中見贈　沈佺期　……　四三七
同韋舍人早朝　沈佺期　……　四三八
奉和幸長安故城未央宮應制　宋之問　……　四三九
奉和晦日幸昆明池應制　宋之問　……　四四〇
和姚給事寓直之作　宋之問　……　四四一
早發始興江口至虚氏村作　宋之問　……　四四二
同餞楊將軍兼原州都督御史中丞　蘇頲　……　四四三
奉和聖製途經華岳　張説　……　四四四
奉和聖製早度蒲關　張九齡　……　四四五
和許給事直夜簡諸公　張九齡　……　四四六
酬趙二侍御使西軍贈兩省舊寮之作　張九齡　……　四四八
奉和聖製送尚書燕國説赴朔方軍　張九齡　……　四四九
奉和聖製暮春送朝集使歸郡應制　王維　……　四五〇
送李太守赴上洛　王維　……　四五二
送秘書晁監還日本　王維　……　四五二
送儲邕之武昌　李白　……　四五二
陪張丞相自松滋江東泊渚宮　孟浩然　……　四五三
送柴司户充劉卿判官之嶺外　高適　……　四五四

陪竇侍御泛靈雲池　高適……四五五
行次昭陵　杜甫……四五六
重經昭陵　杜甫……四五八
王閬州筵奉酬十一舅惜別之作　杜甫……四五九
春歸　杜甫……四五九
江陵望幸　杜甫……四六〇
奉觀嚴鄭公廳事岷山沲江圖　杜甫……四六一
冬日洛城北謁玄元皇帝廟　杜甫……四六二
聖善閣送裴迪入京　李頎……四六四
早秋與諸子登虢州西亭觀眺　岑參……四六五
清明宴司勳劉郎中別業　祖咏……四六六
奉使巡檢兩京路種果樹事畢入秦因咏歌　鄭審……四六六
行營酬吕侍御　劉長卿……四六七
送鄭説之歙州謁薛侍郎　劉長卿……四六八

卷五　七言律詩……四七〇

古意　沈佺期……四七〇
龍池篇　沈佺期……四七一
侍宴安樂公主新宅應制　沈佺期……四七二
紅樓院應制　沈佺期……四七二
再入道場紀事應制　沈佺期……四七三
遥同杜員外審言過嶺　沈佺期……四七四
興慶池侍宴應制　韋元旦……四七五
侍宴安樂公主新宅應制　蘇頲……四七五
奉和春日幸望春宮應制　蘇頲……四七六
奉和初春幸太平公主南莊應制　蘇頲……四七七
幽州新歲作　張説……四七七
灉湖山寺　張説……四七八
遥同蔡起居偃松篇　張説……四七八
奉和春日出苑矚目應令　賈曾……四七九
奉和初春幸太平公主南莊應制　李邕……四八〇

和左司張員外自洛使入京中路先赴長安逢立春日贈韋侍御及諸公　孫逖 …… 四八〇
黄鶴樓　崔顥 …… 四八一
行經華陰　崔顥 …… 四八二
登金陵鳳凰臺　李白 …… 四八二
早朝大明宫呈兩省僚友　賈至 …… 四八三
和賈至舍人早朝大明宫之作　王維 …… 四八四
和太常韋主簿五郎温泉寓目　王維 …… 四八四
大同殿生玉芝龍池上有慶雲百官共睹聖恩便賜燕樂敢書即事　王維 …… 四八四
奉和聖製從蓬萊向興慶閣道中留春雨中春望之作應制　王維 …… 四八五
敕賜百官櫻桃　王維 …… 四八六
酌酒與裴迪　王維 …… 四八七
酬郭給事　王維 …… 四八七
過乘如禪師蕭居士嵩丘蘭若　王維 …… 四八八
奉和聖製從蓬萊向興慶閣道中留春雨中春望之作應制　李憕 …… 四八九
送魏萬之京　李頎 …… 四八九
寄盧司勳員外　李頎 …… 四九〇
題璿公山池　李頎 …… 四九一
寄綦毋三　李頎 …… 四九一
送李回　李頎 …… 四九二
宿瑩公禪房聞梵　李頎 …… 四九四
贈盧五舊居　李頎 …… 四九四
望薊門　祖詠 …… 四九五
九日登仙臺呈劉明府　崔曙 …… 四九六
五日觀妓　萬楚 …… 四九六
杜侍御送貢物戲贈　張謂 …… 四九七
送李少府貶峽中王少府貶長沙　高適 …… 四九八
夜别韋司士　高適 …… 四九九
和賈至舍人早朝大明宫之作　岑參 …… 四九九

和祠部王員外雪後早朝即事　岑參　五〇〇
西掖省即事　岑參　五〇〇
九日使君席奉餞衛中丞赴長水　岑參　五〇一
首春渭西郊行呈藍田張二主簿　岑參　五〇一
暮春虢州東亭送李司馬歸扶風別廬　岑參　五〇二
萬歲樓　王昌齡　五〇二
題張氏隱居　杜甫　五〇三
宣政殿退朝晚出左掖　杜甫　五〇四
紫宸殿退朝口號　杜甫　五〇四
曲江　杜甫　五〇六
九日藍田崔氏莊　杜甫　五〇六
野望　杜甫　五〇七
登樓　杜甫　五〇八
秋興四首　杜甫　五〇九
其一　五〇九
其二　五〇九
其三　五一〇
其四　五一一
吹笛　杜甫　五一二
閣夜　杜甫　五一三
返照　杜甫　五一四
登高　杜甫　五一四
闕下贈裴舍人　錢起　五一五
和王員外晴雪早朝　錢起　五一五
自鞏洛舟行入黃河即事寄府縣僚友　韋應物　五一六
贈錢起秋夜宿靈臺寺見寄　郎士元　五一六
長安春望　盧綸　五一七
陸勝宅秋雨中探韻同前　張南史　五一七
鹽州過胡兒飲馬泉　李益　五一八

登柳州城樓寄漳汀封連四州刺史　柳宗元　……　五一九
奉和庫部盧四兄曹長元日朝迴　韓愈　……　五一九

卷六　五言絶句　……　五二二

題袁氏別業　賀知章　……　五二二
夜送趙縱　楊炯　……　五二三
易水送別　駱賓王　……　五二三
贈喬侍御　陳子昂　……　五二四
子夜春歌　郭元振　……　五二四
南樓望　盧僎　……　五二五
汾上驚秋　蘇頲　……　五二五
蜀道後期　張説　……　五二五
照鏡看白髮　張九齡　……　五二六
同洛陽李少府觀永樂公主入蕃　孫逖　……　五二六
静夜思　李白　……　五二七
怨情　李白　……　五二七
秋浦歌　李白　……　五二八
獨坐敬亭山　李白　……　五二八
見京兆韋參軍量移東陽　李白　……　五二九
臨高臺　王維　……　五二九
班婕妤　王維　……　五三〇
雜詩　王維　……　五三〇
鹿柴　王維　……　五三一
竹里館　王維　……　五三一
長信草　崔國輔　……　五三二
少年行　崔國輔　……　五三二
送朱大入秦　孟浩然　……　五三三
春曉　孟浩然　……　五三三
洛陽訪袁拾遺不遇　孟浩然　……　五三三
洛陽道　儲光羲　……　五三三
長安道　儲光羲　……　五三四

關山月　儲光羲……五三四
送郭司倉　王昌齡……五三四
答武陵田太守　王昌齡……五三五
孟城坳　裴迪……五三五
鹿柴　裴迪……五三六
復愁　杜甫……五三六
絶句　杜甫……五三七
長干行　崔顥……五三七
咏史　高適……五三七
田家春望　高適……五三八
行軍九日思長安故園　岑參……五三八
見渭水思秦川　岑參……五三九
登鸛鵲樓　王之渙……五三九
終南望餘雪　祖咏……五四〇
罷相作　李適之……五四〇
奉送五叔入京兼寄綦毋三　李頎……五四一
左掖梨花　丘爲……五四一
九日陪元魯山登北城留別　蕭穎士……五四二
平蕃曲　劉長卿……五四二
其一……五四二
其二……五四二
逢俠者　錢起……五四三
江行無題　錢起……五四三
秋夜寄丘二十二員外　韋應物……五四四
聽江笛送陸侍御　韋應物……五四四
聞雁　韋應物……五四四
答李瀚　韋應物……五四五
婕妤怨　皇甫冉……五四五
題竹林寺　朱放……五四六
秋日　耿湋……五四六
和張僕射塞下曲　盧綸……五四六
別盧秦卿　司空曙……五四七

幽州　李益……五四七
三閭廟　戴叔倫……五四七
思君恩　令狐楚……五四八
登柳州蛾山　柳宗元……五四八
秋風引　劉禹錫……五四九
鞏路感懷　吕温……五四九
古別離　孟郊……五四九
尋隱者不遇　賈島……五五〇
宮中題　李昂……五五〇
勸酒　于武陵……五五〇
秋日湖上　薛瑩……五五一
題慈恩塔……五五一
伊州歌二首……五五一
其一……五五一
其二……五五二
哥舒歌……五五二
答人……五五三

卷七　七言絶句 ……五五四

蜀中九日　王勃……五五四
渡湘江　杜審言……五五四
贈蘇綰書記　杜審言……五五五
戲贈趙使君美人　杜審言……五五五
銅雀臺　劉庭琦……五五六
邙山……五五六
送司馬道士遊天台　宋之問……五五六
送梁六　張説……五五七
涼州詞　王翰……五五七
清平調詞三首　李白……五五八
其一……五五八
其二……五五九
其三……五五九

客中行　李白……五六〇
峨眉山月歌　李白……五六〇
上皇西巡南京歌二首　李白……五六一
其一……五六一
其二……五六一
聞王昌齡左遷龍標尉遥有此寄　李白……五六二
黄鶴樓送孟浩然之廣陵　李白……五六二
陪族叔刑部侍郎曄及中書舍人賈至遊洞庭湖　李白……五六三
望天門山　李白……五六三
早發白帝城　李白……五六四
秋下荆門　李白……五六四
蘇臺覽古　李白……五六四
越中懷古　李白……五六五
與史郎中欽聽黄鶴樓上吹笛　李白……五六五
春夜洛城聞笛　李白……五六五
春宫曲　王昌齡……五六六
西宫春怨　王昌齡……五六六
西宫秋怨　王昌齡……五六七
長信秋詞　王昌齡……五六八
青樓曲　王昌齡……五六八
閨怨　王昌齡……五六九
出塞行　王昌齡……五六九
從軍行三首　王昌齡……五七〇
其一……五七〇
其二……五七〇
其三……五七〇
梁苑　王昌齡……五七一
芙蓉樓送辛漸　王昌齡……五七二
送薛大赴安陸　王昌齡……五七二
送別魏三　王昌齡……五七三
盧溪別人　王昌齡……五七四

重別李評事 王昌齡 …… 五七四
少年行 王維 …… 五七五
九月九日憶山中兄弟 王維 …… 五七五
與盧員外象過崔處士興宗林亭 王維 …… 五七六
送韋評事 王維 …… 五七六
送沈子福之江南 王維 …… 五七六
春思二首 賈至 …… 五七七
其一 …… 五七七
其二 …… 五七八
西亭春望 賈至 …… 五七八
初至巴陵與李十二白同泛洞庭湖 賈至 …… 五七九
送李侍郎赴常州 賈至 …… 五七九
岳陽樓重宴別王八員外貶長沙 賈至 …… 五七九
封大夫破播仙凱歌二首 岑參 …… 五八〇
其一 …… 五八〇
其二 …… 五八〇
苜蓿烽寄家人 岑參 …… 五八〇
玉關寄長安李主簿 岑參 …… 五八一
逢入京使 岑參 …… 五八一
磧中作 岑參 …… 五八二
虢州後亭送李判官使赴晋絳 岑參 …… 五八二
送人還京 岑參 …… 五八二
赴北庭度隴思家 岑參 …… 五八三
酒泉太守席上醉後作 岑參 …… 五八三
送劉判官赴磧西 岑參 …… 五八三
山房春事 岑參 …… 五八四
寄孫山人 儲光羲 …… 五八四
贈花卿 杜甫 …… 五八四
重贈鄭鍊 杜甫 …… 五八五
奉和嚴武軍城早秋 杜甫 …… 五八五
解悶 杜甫 …… 五八五

書堂飲既夜復邀李尚書下馬月下賦　杜甫 …… 五八六
塞下曲二首　常建 …… 五八七
其一 …… 五八七
其二 …… 五八七
送宇文六　常建 …… 五八八
三日尋李九莊　常建 …… 五八八
九曲詞　高適 …… 五八八
除夜作　高適 …… 五八九
塞上聞吹笛　高適 …… 五八九
別董大　高適 …… 五八九
送杜十四之江南　孟浩然 …… 五九〇
寄韓鵬　李頎 …… 五九〇
九日　崔國輔 …… 五九〇
題長安主人壁　張謂 …… 五九一
送人使河源　張謂 …… 五九一
涼州詞　王之渙 …… 五九二
九日送別 …… 五九二
洛陽客舍逢祖咏留宴　蔡希寂 …… 五九二
少年行　吴象之 …… 五九三
江南行　張潮 …… 五九三
軍城早秋　嚴武 …… 五九四
重送裴郎中貶吉州　劉長卿 …… 五九四
送李判官之潤州行營　劉長卿 …… 五九五
春行寄興　李華 …… 五九五
歸雁　錢起 …… 五九六
登樓寄王卿　韋應物 …… 五九六
酬柳郎中春日歸揚州南郭見別之作　韋應物 …… 五九七
送魏十六還蘇州　皇甫冉 …… 五九七
曾山送別　皇甫冉 …… 五九八
寒食　韓翃 …… 五九八

送客知鄂州　韓翃……五九八
宿石邑山中　韓翃……五九九
送劉侍郎　李端……五九九
楓橋夜泊　張繼……六〇〇
聽角思歸　顧况……六〇一
宿昭應　顧况……六〇一
湖中　顧况……六〇二
夜發袁江寄李潁川劉侍郎　戴叔倫……六〇二
寄楊侍御　包何……六〇二
汴河曲　李益……六〇三
聽曉角　李益……六〇三
夜上受降城聞笛　李益……六〇三
從軍北征　李益……六〇四
楊柳枝詞　劉禹錫……六〇四
與歌者何戡　劉禹錫……六〇五
浪淘沙詞　劉禹錫……六〇五
自朗州至京戲贈看花諸君　劉禹錫……六〇六
涼州詞　張籍……六〇六
十五夜望月　王建……六〇七
送盧起居　武元衡……六〇七
嘉陵驛　武元衡……六〇八
漢苑行　張仲素……六〇八
塞下曲二首　張仲素……六〇九
其一……六〇九
其二……六一〇
秋閨思　張仲素……六一〇
郡中即事　羊士諤……六一〇
登樓……六一一
酬浩初上人欲登仙人山見貽　柳宗元……六一一
題延平劍潭　歐陽詹……六一二
聞白樂天左降江州司馬　元稹……六一二
胡渭州　張祜……六一二

雨霖鈴　張祜……六一二
虢夫人　張祜……六一三
渡桑乾　賈島……六一三
成德樂　王表……六一四
漢宮詞　李商隱……六一四
夜雨寄北　李商隱……六一四
寄令狐郎中　李商隱……六一五
秋思　許渾……六一五
江樓書感　趙嘏……六一六
楊柳枝　温庭筠……六一六
折楊柳　段成式……六一六
宮怨　司馬禮……六一七
宴邊將　張喬……六一七
退朝望終南山　李拯……六一八
華清宮　崔魯……六一八
古別離　韋莊……六一八
宮詞　李建勳……六一九
水調歌……六一九
涼州歌……六二〇
水鼓子……六二〇
雜詩……六二〇
初過漢江……六二〇
胡笳曲……六二一
塞上曲二首……六二一
其一……六二二
其二……六二二
邊詞……六二二
九日宴……六二二
西施石……六二二
和李秀才邊庭四時怨　盧弼……六二三
其一……六二三
其二……六二三

宴城東莊　崔敏童……六二四
奉和同前　崔惠童……六二四
宿疏陂驛　王周……六二四
塞下曲……六二五
平賀晉民跋……六二六

唐詩夷考序

詩以世變，從風、雅而騷，而漢魏，而晋宋齊梁，至唐而極矣。故近體唐爲創，宋元明清各雖有其格也，或以所好異，或以用巧别，若夫體則唐焉，依而不改。唐詩之選數十家，今所行濟南爲盛，諸家頗取巧麗者，嚇乎一世，人雖好奇，而久則衰焉。李《選》務去其巧麗者，獨取其雅馴者，所以久而不衰也。其詩雅而馴，其意婉而曲。一路多歧，人困於學矣。奇巧之言，猶之大行蜀道耶？怪巖絶壁，峽流棧道，應接不暇，則不舉羊腸虎踞，而聞者吐舌。雅馴之言，譬如坦然大路也，無曲折之可以名，所望泰山，所遵渤海，魏魏而已，洋洋而已。人一耳之芒乎，誰適從？若夫萬仞之高，九重之深，不可一仰而端倪，不可一測而窮盡，談豈容易？故奇巧者，意似勾棘而易解；雅馴者，義在深奥而難通。至枉割輒戾，强設鈎距，發其不發，則拂本旨而大失其歸矣，《夷考》之所以出也。平賀聘君少有志於經術，家居不筮仕，謝絶賓客，閉修其義。《毛詩》《左氏春秋》，門人抄其十一，已行於世。風雅者，詩之本宗也，至若近體，固其支庶雲仍，然則聘君此解裁其緒餘耳。修經之閑筆之，授其徒之叩唐詩者，以供一省煩具云。聘君客歲東遊，留於本都，朞年客居，所與往來鄉人，加川子慶而已。以潛與子慶相親善，誤知潛愚，辱愛朝夕。方其門人上木《夷考》，特徵潛言，弁髦其首。本都操觚之士不乏其人，潛豈攘臂其間乎？聘君寡交如彼，悉潛也譾劣亦如此，潛之所以於人不讓賢，於文不辭拙也。往此爲序。

寛政改元之歲，閏月庚申之日

茌土井潛撰并書

唐詩選夷考序

蓋古今一是非也，人我一是非也。古之是，而今以爲非。人之是，而我以爲非。夫是非者，講明斯道之用，其争也君子。雖然，自非折衷聖者，孰得定其是非耶！中南先生《唐詩選夷考》，其中斥《訓解》《句解》二書非居多，而證妙詮、發神解，亦復不爲匙矣。要示唐詩之正路，使黄吻生無多岐之惑耳。其言曰：「我是豈必是？然是而不言，孰非我而當也？乃待高明裁之，則唐詩遂歸正。」固謙讓長者之言也。不佞敬，雖執鞭之日淺哉，深知先生潛心於六經，《詩》也，《書》也，俱有成説，既又折衷《左氏》諸説，以問千世。則先生之大業，非世之所謂嚚嚚之倫。若夫《世説索解》及此編，乃强弩之餘力耳，猶尚貫穿如是。敬力田，不暇是非此編之是非。然私淑造次，不忘講明斯道，格物盡言。於是乎漫綴贅語，污佛頭上云。

天明戊申秋，藤本敬謹書咊州三山下田居

東都　井上春蟻書

卷一　五言古詩

○述懷[一]　魏徵

中原還逐鹿，投筆事戎軒。

中原，謂中國也，對四邊之辭。《句解》大誤。逐鹿，謂天下争亂。投筆，班超事。戎軒，兵車也。言隋末擾亂，各争天下，是以己亦投筆從事戎兵也。

縱横計不就，慷慨志猶存。

雖未有縱横之策能定天下，而慷慨之志今猶存也。《句解》云定于一之計策不可速成，《訓解》云計數挫，並誤。

仗策謁天子[二]，驅馬出關門。請纓繫南粤，憑軾下東藩。

仗策謁天子，鄧禹事，蓋謂始屬唐大祖。言既得明主而見遇，於是爲之驅馬而出關，從終軍、酈生之事以奔走也。下更言嘗艱阻之事，以述感遇之懷。《句解》全篇不得詩意，而僻解不足辨。

鬱紆陟高岫，出没望平原。

鬱紆，謂巖岫鬱盤紆曲也。薛稷詩：傅巖既紆鬱，首山亦嵯峨。出没，出没重嶺之中也。

既傷千里目，還驚九折魂。

或望千里而傷心，或攀九折而驚魂，以生下句。《句解》云曠望傷悲，常也，特驚殺心魂者，惟九折之峻阪也，大是俗意。

豈不憚艱險，深懷國士恩。

深懷國士之遇，故不憚艱險而爲之也。國士，猶言國中第一之人也，謂非常之士也。《句解》引《楚世家》以國爲尊稱，是何意？

季布無二諾，侯嬴重一言。

無二諾，即一諾也。言一爲君臣之契，雖粉骨碎身不相變，如季布、侯嬴也。

人生感意氣，功名誰復論。

此以感恩遇之意氣爲之，是時功名誰復論者乎？言求功名非所復論也。《句解》云自述忠烈素懷，以及人抑功名者、揚意氣者，故曰「功名誰復論」，此「驅馬出關門」以下爲他將之事，爲此僻解。此詩全篇述己志，故題曰《述懷》。其或題曰《出關》，因出關而述己懷也。《句解》廢述懷之題，不得詩意也。尤可笑者，「驅馬出關門」之解也。

【校勘記】

［一］述懷：《全唐詩》卷十八題作《出關》。

［二］仗策：《全唐詩》卷十八作「策杖」。

○感遇

張九齡

感遇于時者必離禍，故以《感遇》爲題。

孤鴻海上來，池潢不敢顧。

孤，無儔匹之意。鴻，大鳥。池潢，小水。言小水非大鳥所止，非言有所畏憚也。

側見雙翠鳥，巢在三珠樹。

側見，從傍見之也。凡仄聞、側見，是套語。《句解》謂畏而側目不敢正視，大非。翠鳥，小鳥而美者。三珠樹，喻三公。

矯矯珍木顛［一］**，得無金丸懼。**

矯矯，森鬱貌。顛，《訓解》作「巔」，是也。

美服患人指，高明逼神惡。

美服者人必指之，高明之家鬼瞰其室，此自然之符，我嘗遇之。

今我遊冥冥，弋者何所慕。

今，即恬退之時也，可味「在三珠樹」泛言之，非指林甫、仙客也。

【校勘記】

［一］顛：《全唐詩》卷四十七作「巔」。

○薊丘覽古　　陳子昂

霸圖悵已矣，驅馬復歸來。

悵，惆悵，傷霸圖之已矣。世人以爲形容字，誤矣。驅馬復歸來，言感慨之甚，一去而復來也，《句解》得之。此詩，《訓解》云慨世無禮賢之主而懷古人。《句解》云嘆當時之衰而常有懷古志，讀者不可容易看過。詩固有爲之者，如此詩不必有之，必之則固矣。且以此意教之，害于學者。

○子夜吴歌　李白

長安一片月，萬户擣衣聲。秋風吹不盡，總是玉關情。

見月聞砧，而秋風蕭蕭吹而不盡，悉莫非我玉關之情，故曰「總是玉關情」。一片月，謂其小也，一片地、一片舟皆然。片雲者，人從地上望之如片片然，猶言一片底月。本是不須解，人所俱知，而《句解》舉兩説破之，其兩说固不足言者也。《句解》引王世貞詩云「不爲長安一片地，何人能破古今愁」，謂月色一片好，故云「一片月」，其視「片」字如方俗之語，可笑之甚也。解第二句，謂長安雖有好月，以夜夜勞擣衣，故不暇看之。「萬户」義不成，乃云萬户皆然。閨情固有述自搗衣而贈遠人者，然此則聞他搗衣聲而思之也，梁簡文帝詩「欲知妾不寐，城外搗衣聲」，與此正同。又第三句云秋風不能吹散我怨恨，不改「盡」字作「散」字，則不通也。又舊讀爲「不吹盡」，及《訓解》亦爲自搗衣而寄邊，皆是不得詩意而爲强解也。

何日平胡虜，良人罷遠征。

只是不平定胡虜則良人不能還，會面當在何日也。《訓解》云不恨朝廷之黷武，但言胡虜之未平，深得風人之旨。既失作者之意，何問風人？

○經下邳圯橋懷張子房

李白

子房未虎嘯，破産不爲家。

虎嘯，謂君臣偶合。此言未遇漢高以前也。破産不爲家，指《本傳》「悉以家財求客刺秦王」而言也。

滄海得壯士，椎秦博浪沙。

滄海，《本傳》爲人名，但此爲地看可也。

潛匿遊下邳，豈曰非智勇。

其設爲皆智勇之事。或以「潛匿」屬智，「椎秦」爲勇。「潛匿」豈所稱留侯之智乎？

我來圯橋上，懷古欽英風。

欽，仰慕其人也。

嘆息此人去，蕭條徐泗空。

此人，指子房。言子房一去，徐泗之間復無其人也，所以欽之也。二《解》「此人」爲指黄石公，非。

○後出塞　　杜甫

前已有《出塞》之作，後又作，故曰《後出塞》。此詩言將得其人，而軍容整肅。

朝進東門營，暮上河陽橋。

通篇五首，此第二首。上首言壯士志功名、應召募、辭親戚故舊而出家也。此首其始赴軍幕，故云「進東門營」。東門，洛陽城東之門也。始至望其軍容，故云「上河陽橋」。《句解》云天寶間軍容整整，朝暮望之，明今不及昔時也，不知何謂。

部伍各見招。

見招，蓋謂從指揮也。若爲新招之兵，則氣格卑弱，非杜口氣。或曰戚南塘之法，麾下建大招牌，三軍常屬目，「見招」謂此也，亦難從。

中天懸明月，令嚴夜寂寥。悲笳數聲動，壯士慘不驕。

四句見整肅之象。

借問大將誰，恐是霍嫖姚。

《訓解》云此言軍容整齊，號令嚴肅，然大將果何人哉？得非漢之嫖姚耶？則亦内寵鄙臣耳。此蓋爲祿山發也。《句解》依之，引《分類》爲譏祿山爲將。按《後出塞》五首，通篇無一及譏諷者。且《分類》爲乾元二年作，乾元二年何由譏祿山爲將乎？以杜有「詩史」之稱，凡詩以諷刺視之，其無稽如此。

○玉華宫　　杜甫

溪回松風長，蒼鼠竄古瓦。

《訓解》云「溪回」言回遠也，惟回遠，故松風不歇。《句解》云老鼠畏人，竄伏瓦縫，述宫殿荒凉。

不知何王殿，遺構絶壁下。

《訓解》云：彼何王所構，遺此巖下乎？太宗之殿不可至此，故爲不知，云「何王殿」。

萬籟真笙竽，秋色正瀟灑。

秋色正瀟灑之時，唯萬籟爲真笙竽之音，云「真」者，反用莊子之意。

美人爲黄土，况乃粉黛假。當時侍金輿，故物獨石馬。

《訓解》云想昔歌管美人一無存者，惟此石馬猶爲侍金輿之故物耳，此説是也。《句解》「美人」爲太宗，非。

憂來藉草坐，浩歌淚盈把。

舊讀「浩」上加「則」字而看，非。浩歌，《句解》云猶云「放歌」，或然。

冉冉征途間，誰是長年者。

百年之征途，冉冉相逼，誰能得長年者？帝王之富貴亦不能免。《句解》費解。

○送別　王維

君言不得意，歸卧南山陲。但去莫復問，白雲無盡時。

終篇述去人之答辭，《訓解》是。但結句言「白雲」，是常住，非如人間多變態也。舊讀末二句爲王維辭，非。《句解》引本集注「歸卧南山陲」爲王維事，語不相接，乃云注云「極婉轉含蓄」，婉轉，婉曲轉換也，其言屈曲而轉於上句也。夫詩可如此解者乎？且「婉轉」説，似未曾知文字者矣。按本集注在「白雲無盡時」下，是注「但去莫復問，白雲無盡時」二句之意也，故云承上問答。意再反之，謂歸卧獨樂不可言也，極婉轉含蓄高古。所謂「承上問答」者，謂「問君何所之」，至「歸卧南山陲」也，承其歸卧之意。云「但去莫復問，白雲無盡時」，此王維反之，謂客之歸卧也。獨樂不可言者，王維之意。客之獨樂不可言，故只言其「歸卧」。所以注曰「極婉轉含蓄」也，此顧可久之意也。《句解》不能讀而曲解。顧氏徒見「但去」文字，以爲王維辭。「莫復問」之語，屬維可乎？全篇爲去人之辭，以言其意，此王維之意也。顧氏不及知之，亦曲解。

○**西山**　常建

一身爲輕舟，落日西山際。

輕舟，真輕舟，言一身與輕舟共飄飖。《句解》云一身飄飄無定處，猶輕舟泛泛，《訓解》云獨身泛舟，並非。次句只是落日之時，遊行西山之際也，《句解》蛇足。

常隨去帆影，遠接長天勢。

常隨從者惟去帆之影耳，然帆舟之凌浪，似接長天之勢。《訓解》謂帆影亘長天，非矣。《句解》云常追去帆影而争取路，常建常爲競渡，健矣哉。以是名建乎？而亦不堪其煩也，可發一笑。

物象歸餘清。

落日之餘景，物象，皆歸清。《句解》云「餘清」惟限此地，故曰「歸」，知詩者之言耶？又云自此下皆説「餘清」，此句篇中眼目。下叙晚景，不必「餘清」，縱爲「餘清」，此句非眼目。

亭亭碧流暗，日入孤霞繼。

亭亭，高貌。長流望之如掛，故云「亭亭」。日將没，故碧流漸漸暗矣。日既入矣，孤霞繼光而相映。

洲渚遠陰映，湖雲尚明霽。林昏楚色來，岸遠荊門閉。

四句，不須解而意明也。《句解》之説有弊，不可從。

至夜轉清迥。

風景清迥也。《句解》云心意清潔，大非。

沙邊雁鷺泊，宿處蒹葭蔽[一]。

雁鷺已泊於沙邊，我亦繫舟於蒹葭蔽處而宿也，《句解》爲雁鷺宿處，讀者擇焉。

圓月逗前浦，孤琴又摇曳。

至月逗前浦，又取琴摇曳其弦。觀「又」字，則見前已鼓琴。

【校勘記】

[一]葭：原本誤作「霞」，據《常建詩集》卷下改。

○宋中　高適

悠悠一千年。

悠悠，長也。「悠悠蒼天」，蒼天之無極也。「悠哉悠哉，展轉反側」，思之不絶也。《説文》訓「憂」，憂之長也。直以爲「憂」，膠柱之意也。凡《句解》説字義，大率僻说。此詩只是懷古之作。《句解》云嘆當時諸王無憐才者，穿鑿。

○與高適薛據同登慈恩寺浮圖　岑參

塔勢如湧出，孤高聳天宫。

《法華經》云：寶塔湧出。語有來歷。孤高，無列也。

登臨出世界，磴道盤虚空。

塔經磴道而至，其地至高，故云「盤虚空」。盤，謂盤屈也。登此塔，則似出世界之表。《句解》屬登臨而看，故云盤桓於虚空，拘。

突兀壓神州，峥嶸如鬼工。

突兀、峥嶸，並絶高貌。神州盡于目下，故云「壓」。

四角礙白日，七層摩蒼穹[一]。

塔角高大，故礙上天之白日。蒼穹，蒼天也。《句解》費解。

連山若波濤，奔走似朝東。

山峰連綿，宛似波濤朝宗東海。《句解》分頃，不知何謂。

秋色從西來，蒼然滿關中。五陵北原上，萬古青濛濛。

以下只叙遠望之景。《句解》云入人生無常之感，此因「五陵」而鑿。遂又「北原」爲「北邙」，大非。北邙，在洛北。

净理了可悟，勝因夙所宗。

勝因，佛語也，謂修行之業也。言修最勝之因，則業感净理而得真果也，我夙素所宗尚也。若《句解》説，當云「净理夙所宗，勝因了可悟」也。

誓將掛冠去，覺道資無窮。

十字句。舊讀誤。資，取也。資無窮，猶云「得無生」，即至不退轉之地也。言勝因之業，我素所宗，今來於此，知净理可得悟，自今誓將辭官去，覺清净之道以取無窮之果也。掛冠，陶弘景事，謂辭仕也。《句解》遺辭不好，初學勿誤。又凡唐人之咏佛寺，結收多用此意，其間非無無病而呻吟者，風人之情素然矣。故「三百篇」亦時有之，况後人乎？江氏可與言詩乎？

【校勘記】

〔一〕穹：原本訛作「芎」，據《全唐詩》卷一百九十八改。下文「蒼穹，蒼天也」之「穹」亦據改。

○幽居　韋應物

不待解，人所皆知也。《句解》因詩中有「遂此幽居情」之語爲僻解，却誤學者。

貴賤雖異等，出門皆有營。

凡人無貴賤，不能無營爲，故日日出門，奔馳栖栖。《句解》以伺候於權相之門，折腰屈膝爲「營」，拘「門」字而然矣，讀者詳焉。

獨無外物牽，遂此幽居情。

而我獨不爲外物所牽纏，而得遂幽居之素情。《句解》太費解。

微雨夜來過，不知春草生。青山忽已曙，鳥雀繞舍鳴。

夜來聞微雨，而今朝春草之生亦不知也。世人日出而栖栖，我雖已曙而在青山之中，所噪惟有鳥雀之鳴耳。

自當安蹇劣，誰謂薄世榮。

我非薄世榮而不爲，乃是安吾蹇劣爾。《句解》云矯世之傲，隱操者之辭，而實自高尚其志，不必然。

○南磵中題　　柳宗元

題，不必題「書」。

秋氣集南磵，獨遊亭午時。

只是秋氣集南磵也，非謂他處無秋氣也。獨遊，獨身遊行也，非謂無人觀者也。《句解》好爲蛇足。

迴風一蕭瑟，林景久參差。

迴風則一蕭瑟而不改，山中日易移，故林景之爲參差久矣。景，日景也，與「影」不同。《句解》云將及晚，及含不能去意，皆非也。

始至若有得，稍深遂忘疲。

始至即遇此景，於我意如有所得，愈深入愈可於人，故忘疲也。《句解》引《評》語云云，可謂並不能說詩。

羈禽響幽谷[一]**，寒藻舞淪漪。**

皆堪可愛。羈，「羈旅」之「羈」，猶言飛禽。《句解》避寒，亦蛇足。又云見羈束，豈有之邪？《訓解》作「飢」，云即飢禽寒藻之景，動我去國懷人之思，亦非。

孤生易爲感，失路少所宜。

孤生觸物易感。孤生，離群之謂，非謂人迴避而無友也。失路，失所由也，謂見遠謫。《句解》「路」爲要地，大誤。與「當路」之「路」，所指不同。

索寞竟何事，徘徊祇自知[二]。

孤身索寞，畢竟何如乎？徘徊此境，祇自知是意耳。

誰爲後來者，當與此心期。

後有如我見謫而來者，何人乎？若對此境，則當與我此心，期于相同也。《句解》辨《訓解》誤，則是也。其云與忘世絆之心期者，非也。

【校勘記】

[一]響：原本訛作「饗」，據《全唐詩》卷三百五十二改。

[二]祇：原本訛作「秖」，據《全唐詩》卷三百五十二改。下文「秖自知」之「秖」亦據改。

○早發交崖山還太室作　崔曙

東林氣微白，寒鳥忽高翔。吾亦自茲去，北山歸草堂。

昧且東林日氣至微白，乃林中宿鳥皆散飛，吾亦此去歸草堂也，此言早發也。起句是曉候，《句解》爲言寒候，大誤。《訓解》云寒鳥高飛避之者，畏烈風之將至也，大誤。

杪冬正三五，日月遥相望。

杪，末也。杪冬，十二月也。三五，十五日也。十五日，日月相望，故指是日曰「望」。此乃崔氏歸草堂之日也[二]。此本不待解，人所可皆知也，故《訓解》不解，《句解》謂之疏漏。而其説以「遥相望」爲冬至，恐初學爲所惑，故詳之，又載其説而辨其誤。《句解》云：據《唐詩紀事》，「杪冬」作「仲冬」，是也，今從之。此句本于阮籍《咏懷詩》，人不知出處，漫解，甚非也。《咏懷詩》云：是時鶉火中，日月正相望。朔風厲嚴寒，陰氣下微霜。《左傳》曰：鶉賁賁，天策焞焞。火中成軍，虢公其奔。其九月、十月之交乎？丙子旦，日在尾，月在策，鶉火中，必是時也。據是，「鶉火中」，九、十月晦朔之交也。《咏懷詩》云「日月正相望」者，十月十五日，向嚴寒節也，故云「陰氣下微霜」。此詩謂「仲冬」，故云「日月遥相望」。「遥」者，相懸絶也。又《左傳》日食之事，梓慎曰：日月之行也，分，同道也；至，相過也。註云：分，春秋也；至，冬夏也。二至長短極，故相過。疏云：相過，謂絶相懸殊也。是知「遥」者，謂相懸遠也，《左傳》可徵。此謂冬至無疑，不然，云「杪冬正三五」，此何謂乎？甚無意義，解詩者未能窮所由，妄説可謂鹵莽也。此詩特解者絶鮮矣，因審辨正之。我不意江氏學之淺陋，至于此也。近聞人説，唐詩選盡于《句解》，不待他求。如此等，豈但詩而已乎？凡誤學者不少，不可不痛辨者也。《唐詩紀事》作「仲冬」，或然。然下有「窮陰」語，則「杪冬」爲是。因爲「仲冬」必爲「冬至」者，何意乎？此句本于阮籍詩，知者良少。然本文明了，不待假所由，何足病之阮詩「鶉火中」，煩引《左傳》證其爲十月。因《左傳》纔知「鶉火」，何學之狹乎？至因梓慎及註疏之言，以「遥相望」爲冬至，則何愚之甚乎！梓慎之云「同道」者，謂春秋二分晝夜等，而日月行度相同也，非名「分」曰「同道」也。「相過」者，謂冬夏二至，晝夜長短之極，而冬至，月過於日，夏至，日過於月也，非名「至」曰「過」也，故註云「二至長短極，故相過」，亦非指「過」爲「至」也。疏云「相懸殊」者，謂晝夜長短相懸殊也。此注「過」字云然，非謂「相懸殊」即二至也。江氏因梓慎云「至，相過也」之言，以「過」爲「至」，自「過」轉以「懸殊」爲「至」，轉「懸殊」以「遥」字爲「至」。自有文字以來，以「遥」爲冬至者，未曾有之矣，而云阮籍云「正相望」故是十五日也，此云「遥相望」故是冬至也。凡晦朔，日月相會漸相去，至十五日則日在卯，月在酉。「正相望」謂之望其相去之道度。已遥也，故曰「遥相望」。阮籍曰「正」者，就日月之體而言。此曰「遥」者，就道途之懸遠而言。不曰「正」者，以上言「正三五」，變文也。云「正」、云「遥」，豈有異乎？措辭不同耳。江又云：不然云「杪冬正三五」，此何謂乎？杪冬是十二月，三五是十五日，以十五日，日月遥相望，以是日歸于北山草堂也。而下言道途之氣候，其云何謂乎？亦復何謂乎？若直叙月日爲非，則阮籍云「是時鶉火中，日月正相望」，亦謂何謂乎？不秖此而已。「十月之交，朔日辛卯，日有食之」，謂之何？聞江氏薆園之徒弟，受徠翁之教誨者，而如此，可異矣哉！

肅肅過潁上，朧朧辨夕陽。

肅肅，縮也，寒途縮身而行。辨，不辨也，言氣色朦朧，夕陽亦不能辨之也。冬日凍天，旅途往往不能辨晚否，辨路於夕陽，固非也。《句解》據《唐詩紀事》爲少陽，「朧朧」字不安貼，且與下諸句相反，且意義甚鄙陋，要傅會冬至之説也。

埜火出枯桑。

埜，《訓解》作「野」，云《抱朴子》山中夜見火光者，皆久枯木所作，勿怪也。此説是也。

獨往路難盡，窮陰人易傷。

獨往，獨行無伴也。凡無伴之路，特覺悠長，故下曰「路難盡」。稱隱者云「獨往」，然如「日夕見寒山，便爲獨往客」，「舊遊誰獨往」，皆以字面行之。《句解》泥甚，故爲生涯難到盡，非也。

傷此無衣客，如何蒙雨霜。

無衣之客而更蒙雨霜，此如何？《句解》云自久離鄉無復授衣者，又云傷心異於他人，並蛇足。下句，《句解》斥《訓解》之非，甚好，但爲避世難之事，則亦臆説耳。

【校勘記】

［一］歸：原本訛作「婦」，據下文「以是日歸于北山草堂」改。

卷二　七言古詩

○滕王閣　　王勃

佩玉鳴鑾罷歌舞。

「罷」字管上下，故《句解》云還在「佩」字上而始通，是也。但《训解》云此滕王佩玉鳴鑾之地，今歌舞既罷。此説甚佳，學者可理會也。此句有誤會者，故詳之。

畫棟朝飛南浦雲，朱簾暮捲西山雨。

朝、暮互文。《句解》拘。

閑雲潭影日悠悠。

「日悠悠」者，潭中之閑雲也。《句解》「日」爲實字，非。

物换星移度幾秋[一]。

《句解》以爲唐祚未數世而云「度幾秋」者，諷不親昵宗室而諸王有絶世者。「度幾秋」何處見諷意？凡經二十年，則人事變革，邈如千古。况勃雖聰慧，僅十餘歲，其爲永久之想，不亦宜乎，所以有「幾秋」語也。《句解》因又以下「帝子」爲滕王之子孫，牽强穿鑿，大誤者。

【校勘記】

［一］度幾：《全唐詩》卷五十五作「幾度」。

○長安古意　盧照鄰

此述長安繁華，末諷富貴無常，以己寥落不與于繁華，獨居貧素結之，以是題曰「古意」。古題無定義，《文選》范雲贈王融詩題曰《古意贈王中書》，吕向注云「古意」謂象古詩之意，故王答詩題曰《雜體報范通直》。又《訓解》載李頎《古意》詩，可并見也。《訓解》云刺公主列侯之豪横也，不敢顯言當世，故託于古以發之。詩無託于古之事，非也。《句解》説，尤非也。

長安大道連狹斜，青牛白馬七香車。

謂長安繁華，而豪貴相往還，大道狹斜，車馬無所不在也。上句《訓解》云以比朝廷雖尊嚴而爲奸邪據，次句《句解》云謂諸公主相往還，見女寵盛，並大誤。

玉輦縱横過主第，金鞍絡繹向侯家[一]。

玉輦、金鞍，反覆上車馬之言。言豪貴飾車馬或過公主之第，或向諸侯之家。豪貴之所到，亦豪貴也。

龍銜寶蓋承朝日，鳳吐流蘇帶晚霞。

龍、鳳，皆車蓋上之飾。流蘇，織組之垂毬，亦車飾。此謂豪貴車馬之華。

百丈游絲争繞樹，一郡嬌鳥共啼花[二]。

以春景形容其富麗。已上述街衢之豪華。

啼花戲蝶千門傍，碧樹銀臺萬種色。

叠上句過接轉换。此已下至「陌上相逢詎相識」，言京師宫室華美。

復道交窗作合歡。

復道兩邊開窗，雕刻爲交互，其形如男女合歡之狀。《句解》云此夫妻合歡之情，不知何謂也。

梁家畫閣天中起，漢帝金莖雲外直。

畫閣之起於天中，定是如梁冀者。金莖之植於雲外，古今帝王之富貴。

樓前相望不相知，陌上相逢詎相識。

樓樓相對峙，彼此不相知，陌上相逢，總是不相知之人，此廣都人物繁榮之故。「陌上」句承上起下，是過接。《訓解》云其輦輿宫室，僭擬天子，大非。

借問吹簫向紫煙，曾經學舞度芳年。

此承上「陌上」句轉換。已下至「不羡仙」句，言京師歌妓之盛。紫煙，只是指富貴之家，不必天子。《句解》謂女流暴貴，致身於青雲，引江淹詩爲證，大非。此言路上有歌妓向富貴之家，定是何處子乎？是子生來唯事歌舞而度年，未曾知人間之事者也。

得成比目何辭死，願作鴛鴦不羡仙。

如是之美人，有人皆思一日幸爲比目、鴛鴦之歡，即死不辭之，願不至長久爲仙之態度。此亦京師之風致也。《句解》大誤。

比目鴛鴦真可羡，雙去雙來君不見。

亦叠上句轉换。此段言遠曠之怨，或閨婦之慕夫，或室女，或宫女，其未可知也。此爲下段之地，是其反。《句解》通上而釋，大誤。言比目鴛鴦，匹偶相歡，而雙去雙來，真可羡哉！唯我不見君，而獨在空房也。

生憎帳額綉孤鸞，好取開簾帖雙燕。

述婦女之癡情。帷帳之飾，額上綉鸞鳥，言孤栖則鸞亦可憎。《句解》大誤。「帖」蓋與「貼」同，壁墻或屏障，貼雙燕之形也。開簾乃見貼雙燕，是我所好取也。

雙燕雙飛繞畫梁，羅帷翠被鬱金香。

又轉。此段與上段相反比，言有羅帷内共翠被而相歡愛，如繞梁雙燕者也。

片片行雲著蟬鬢，纖纖初月上鴉黄。

蟬鬢，謂鬢髮薄如蟬翼也。鴉黄，《丹鉛録》云：後周静帝令宫人黄眉黑妝，至唐猶然。言鬢髮如行雲，畫眉似初月。此形容翠被中美人之妝也。

鴉黄粉白車中出，含嬌含態情非一。

承上「鴉黄」轉换。路上往往見妝飾美人，或自車中出，嬌態含於内，其情致不一樣。

妖童寶馬鐵連錢，娼婦盤龍金屈膝。

男子以色事人者其貌婀娜，故曰「妖童」。寶馬，以寶玉飾之馬。連錢，馬毛之文。賣婬之家，謂之「娼户」。娼婦，婬女也。盤龍，婦人之笄爲盤龍之形。又有屈膝之飾，屈膝爲蝶鉸，屈伸如膝，繫之笄，行止爲容，金鋪爲之，故曰「金屈膝」。或有妖童之跨馬而行，又有娼婦之盛飾者。自「借問」句至此，數段皆言女流容冶有種種風致，亦是京師繁華之故也。

御史府中烏夜啼，廷尉門前雀欲栖。

此段亦言大都種種之模樣。或有夜烏之啼，如漢御史府。或有失勢，門可設雀羅，似翟廷尉。

隱隱朱城臨玉道，遥遥翠幰没金堤。

玉道、金堤，稱之詞。幰，車帷也。或有隱隱朱門如城，臨於玉道。或有翠幰飾車，隨從遥遥，埋没金堤而行。

挾彈飛鷹杜陵北，探丸借客渭橋西。

或有杜陵飛鷹，或有渭橋探丸。借客，借與客俱獵也。

俱邀俠客芙蓉劍，共宿娼家桃李蹊。

或有俠客飾劍，相俱遊行，或有相邀共宿於娼家。桃李之所在，自然成蹊路，娼妓之所居，人自群集，故云。

娼家日暮紫羅裙，清歌一囀口氤氳。

以下三節一段，承上言柳巷娼家之趣。節節換韻，言娼家至日暮，歌妓乃紫羅裙飾裝，發一囀之歌，清聲氤氳，如口中生温和之春。

北堂夜夜人如月，南陌朝朝騎似雲。

北堂，娼家之堂。南陌，即花街。「南」「北」字毋泥，「朝」「夜」亦互文。如月似雲，皆謂多也。

南陌北堂連北里，五劇三條控三市。弱柳青槐拂地垂，佳氣紅塵暗天起。

此一節也，疊上句，反復言街衢之繁華。唐時，娼家之所在曰「北里」，數道交錯謂之「劇」。言北里有五劇三條之街衢而控三市，路傍槐柳拂地，風致可愛，嫖客輕肥麕至，故紅塵起，天亦如暗也。南陌、北堂，自是北里中之物，非北里之外別有是也，止爲疊上與「北里」取屬對言之。以文不害辭，以辭不害意，可矣。

漢代金吾千騎來，翡翠屠蘇鸚鵡杯。

此一節也。漢之金吾，唐曰侍御，顯職而富貴者。翡翠，蓋稱酒之辭。屠蘇，酒名。謂酒美器重也。

羅襦寶帶爲君解，燕歌趙舞爲君開。

妓女解襦帶而薦寢席，娼家擇佳麗而設歌舞。此非金吾則不得之，亦非此樓則金吾不來。

別有豪華稱將相，轉日回天不相讓。

此轉言朝廷權貴，故不承上，以「別有」起之，亦是三節一段。此十四字句。將軍、宰相並豪華，有轉日回天之勢，自擅不讓於人。

意氣由來排灌夫，專權判不容蕭相。

本有擠排灌夫之意氣，故其專權柄也。判，斷事，如蕭何之計策，亦不受容。

專權意氣本豪雄，青虬紫燕坐生風。

此一節也。青虬、紫燕，並駿馬名。言其勢如駿馬坐生風也。

節物風光不相待，桑田碧海須臾改。

此一節也。言富貴無常，以含結意是關鍵。人間之變遷如節物代謝，風光轉移而不相待也。

寂寂寥寥楊子居，年年歲歲一床書。

末段説至己身。上言京師雖然繁華，我居獨寂寥似楊子，年年相伴者，唯是一床之書耳，並無人相問訊。

獨有南山桂花發，飛來飛去襲人裾。

至者，獨桂花開之時來襲我裙爾。此篇《訓解》《句解》盡誤，今不備辨。

【校勘記】

［一］侯：原本訛作「侯」，據《文苑英華》卷二百五改。

［二］郡：《文苑英華》卷二百五作「群」。

○公子行　　劉希夷

天津橋下陽春水，天津橋上繁華子。

洛陽及陽春水暖，乃繁華諸公子，相往來橋上而遊行。《句解》云言洛陽富麗之媚景，大失詩意。

馬聲迴合青雲外，人影摇動緑波裏。

騎馬之聲彼此迴合，徹於青雲之外，即車轂擊、人肩摩之意思。下句帶説耳。

緑波清迥玉爲砂，青雲離披錦爲霞。

此承上而轉。言緑波清迥之處，認砂者總是玉，青雲離披之裏，見霞者皆是錦，極言貴人遊行繁華之趣。

可憐楊柳傷心樹，可憐桃李斷腸花。

春景催公子之遊。

此日遨游邀美女，此時歌舞入娼家。

此日此時，楊柳桃李之日時也。言貴公子感春，或邀美女而遨游，或入娼家而歌舞。

娼家美女鬱金香，飛去飛來公子傍。

以下轉言娼家之遊，美女迎公子，宛轉不離傍。《句解》全篇謬解，此注尤非。

的的朱簾白日映，娥娥玉顔紅粉妝。

插入「朱簾」一句以爲裝點，言美女與公子在朱簾之中。

花際徘徊雙蛺蝶，池邊顧步兩鴛鴦。

公子與娼婦相親比而情好之厚，宛如花際之蛺蝶，池邊之鴛鴦。《句解》説「雙」「兩」二字，大穿鑿。雙，「一雙」之蛺蝶；兩，「一兩」之鴛鴦也，步步相顧，不敢離目也。

傾國傾城漢武帝，爲雲爲雨楚襄王。

公子之歡契，又是與漢武、楚襄一般。

古來容光人所羡，況復今日遥相見。

漢武、楚襄之契，實難遇者，故自古以來，想其容光，人所俱羡也。而今日公子所相見者，神女、李夫人即其人也，則其情何如乎？以今擬古，故曰「遥見」。

願作輕羅著細腰，願爲明鏡分嬌面。

此言不讓於神女、李夫人之實。

願作貞松千歲古。

願作貞操之松，以爲千歲之古，服氏讀爲是。

百年同謝西山日，千秋萬古北邙塵。

西山日，謂死也。言偕老百年之後，同死爲北邙之塵，千秋萬古相同也。全篇言公子遊樂之情態。

○代悲白頭翁　劉希夷

洛陽城東桃李花，飛來飛去落誰家。

榮花衰落，此翁因無情而發感。落誰家，只是裝點，無意義。

洛陽女兒惜顔色，行逢落花長嘆息。

女兒惜容華，欲長留之，故感落花而嘆息，此因有情而發感。

今年花落顔色改，明年花開復誰在。

以下説無常。今年雖花落，明年復開，去年之人，今年乃無也。

古人無復洛城東，今人還對落花風。

古人城東對花者，今無復在，對是花者今人耳。

寄言全盛紅顔子。

以下入本意。

公子王孫芳樹下，清歌妙舞落花前。光禄池臺開錦綉，將軍樓閣畫神仙。

我少年之時，亦嘗與王子、公孫、光禄、將軍，開錦綉之池臺，畫神仙之樓閣，芳樹之下，落花之前，清歌妙舞之遊也。

一朝卧病無相識，三春行樂在誰邊。

「卧病」謂老病，「無相識」謂朋友零落，不可泥「一朝」字也。已卧病，已無交遊，故不知行樂在誰邊。

但看古來歌舞地，惟有黄昏鳥雀悲。

亦前意。只假世事之變而言之，非轉入人間之盛衰。《句解》非。

○下山歌　宋之問

下嵩山兮多所思，携佳人兮步遲遲。山中光景所思者多矣，况與佳人相睹乎？故及下山，愛惜之，步特遲遲。佳人，謂同遊之人。**松間明月長如此，君再遊兮復何時。**明月常在，故云「長如此」，言松間之月不可不復見也。君之再遊何時乎？我欲與俱焉。《訓解》云言遊不可再，非也。《句解》據之，其解尤誤。

○至端州驛見杜五審言沈三佺期閻五朝隱王二無競題壁慨然成咏　宋之問

逐臣北地承嚴譴，謂到南中每相見[一]。逐臣，放逐之臣也。北地，京師，只是對「南中」而言。嚴譴者，嚴切之譴責也，爲「嚴命」者，非也。宋與四子以罪承嚴譴，謂官偕到南中而爲逐臣。我意同到南中，則每每相見以慰旅况。**豈意南中岐路多，千山萬水分鄉縣。雲摇雨散各翻飛，海闊天長音信稀。**

岐路多，言南中曠漠。雲摇雨散，喻離群索居。《句解》云喻變化，非。「豈意」管到「音信稀」二十六字，言誰知南中曠漠，數道分鄉縣，雲雨相離散，滯于各處，不但不得相見也，海闊天長，音信猶相通難也。

處處山川同瘴癘，自憐能得幾人歸。

相同者，各處山川瘴癘之氣也。我輩生而歸，有幾人乎？併五人爲「自」，非之問獨自也。

【校勘記】

[一]謂：原本訛作「調」，據《全唐詩》卷五十一改。下文「謂官偕到」之「謂」亦據改。

○烏夜啼　李白

黄雲城邊烏欲栖，歸飛啞啞枝上啼。

黄雲，日暮之雲氣。城邊黄雲日暮之時，烏欲栖也。

機中織錦秦川女，碧紗如煙隔窗語。

秦川女，借謂戍婦也。窗紗日暮之時，縹緲如煙，見之不分明，但相隔聞其語。語，謂烏雌雄啞啞相歡語也，謂婦人與烏若對語者，非也。

停梭悵然憶遠人，獨宿空房淚如雨。

聞烏夫妻相歡愛，忽念起夫之隔離，止機停梭獨自悵，乃夜夜獨宿空房淚如雨之恨，無如之何也。

○江上吟　李白

木蘭之枻沙棠舟，玉簫金管坐兩頭。美酒尊中置千斛，載妓隨波任去留。

《楚詞》：木蘭爲枻。沙棠舟，借言泛美善之舟。《訓解》云適情隨波去留，意無所著。

仙人有待乘黄鶴，海客無心隨白鷗。

仙人之憑虚猶待鶴而遊，不及我遊如海客，隨白鷗之無心，此本《莊子》列子待風。

屈平詞賦懸日月[一]**，楚王臺榭空山丘。**

屈原詞賦之懸日月，楚王富貴之臺榭，今空但山丘耳。此何益，不如適情也。懸日月，即與日月争光之義。

《句解》爲懸遠之解，大誤，詩意則得之。《訓解》誤。

功名富貴若長在。

功名，如屈平者。富貴，如楚王者。此句隔接「屈平」二句。

【校勘記】

[一]懸：原本作「縣」，據《李太白文集》卷五改。下文「屈原詞賦之懸日月」之「懸」亦據改。

○貧交行　杜甫

翻手作雲覆手雨，紛紛輕薄何須數。

人情之薄，翻覆手之間而變紛紛，謂輕薄人多也。《句解》非。

○短歌行贈王郎司直　杜甫

王郎酒酣拔劍斫地歌莫哀。

拔劍斫地，矢之也。十一字一句，「莫哀」二字屬下句看。《句解》以「莫哀」爲曲名，豈其然乎？

我能拔爾抑塞磊落之奇才。

爾有磊落之奇才而見抑塞，我能拔爾，爾莫哀也。

豫章翻風白日動，鯨魚跋浪滄溟開。

子之才而見用，如豫章翻風而白日爲之動，鯨魚跋浪則滄溟爲之開，何患不達。《句解》云「白日動」謂顯也，猶可也。其云有鯨魚之勢，小魚畏避，大海開闊無所障，則大誤矣。

且脱劍佩休徘徊。

劍佩，資斧也。脱劍佩，解旅裝也。休，止也。徘徊，猶漂泊。《句解》「脱劍佩」爲謂爲布衣，「休」爲休退，「徘徊」爲栖遲，而云爾且宜爲布衣，休而栖遲亦暫時耳。杜今見爲布衣，何爲之之有？且以此方之俗看云然，可笑之甚也。《訓解》「徘徊」爲遲疑，亦誤。此了一段，以一句收結之。

西得諸侯棹錦水，欲向何門趿珠履？

得諸侯，舊解爲王郎自言。按王郎何由自預言其得爲蜀郡之諸侯也，必不然矣。諸侯，謂如嚴武者。得，謂杜也。嚴武歸朝，杜去蜀漂泊于夔州，蓋是時之作也。言爾今徘徊，欲向何門趿珠履乎？爾且西還蜀，得如嚴武之人而依之，猶棹錦水而優游，時或樓頭坐于春色之深，青眼以對之，高歌可以待也。我回朝，乃遥望見吾子，必薦達焉。

仲宣樓頭春色深，青眼高歌望吾子。

杜在羈旅，故以「仲宣樓」言之，無意義。春色深，《訓解》《句解》爲遲暮；高歌，《句解》爲莫哀歌，並非。

眼中之人吾老矣。

眼中之人，四坐眼前中之人也。又以一句收結之。

○高都護驄馬行　杜甫

高，即高仙芝，高麗人，入事于中國，爲安西副都護，有驄馬，借以况都護。此詩《訓解》《句解》解得儘好無誤者，猶有未及也。

安西都護胡青驄，聲價欻然來向東。

胡中名馬有青海驄者，借曰「胡青驄」，言此馬都護所畜也。次句言此馬在胡中聲價舊高，忽來於中國，故云「向東」。此喻仙芝自高麗來。

此馬臨陳久無敵，與人一心成大功。

此二句，言其在高麗時聲價之實。

功成惠養隨所致。

言被惠養於彼，又隨彼所致而來於此也。考「隨所致」之語，蓋高麗王進之也，故下云「飄飄遠自流沙至」。

雄姿未受伏櫪恩，猛氣猶思戰場利。

雖來未見拔用，而猶思竭其能。

踠促蹄高如踣鐵，交河幾蹴層冰裂。

踠促蹄高，駿馬之相，詳于《訓解》。幾，幾回也。此言其才，蓋謂曾爲都護時之事也。

五花散作雲滿身，萬里方看汗流血。

五花，馬鬣之飾，見于《訓解》。「五花散作」而滿身如雲也，舊讀誤。二句言其勇壯之形貌。

長安壯兒不敢騎，走過掣電傾城知。

雖長安勇壯之士不敢騎，則其才不可見。然其走過如掣電，故一出則城中傾而觀之，以此知其良也。

上句喻廢棄而不用，長安對高麗看。下句言人皆屬望也。

青絲絡頭爲君老，何由却出横門道。

横門，出師之門，見于《句解》。

○**送孔巢父謝病歸遊江東兼呈李白**　　杜甫

巢父掉頭不肯住，東將入海隨煙霧。

與「欲苦死留」二句相照應。

詩卷長留天地間。

長留人間者唯詩卷爾。

深山大澤龍蛇遠，春寒野陰風景暮。

龍蛇，喻孔巢父。龍蛇遠遁深山大澤去，故人間如春暮之景。舊解拘泥《左氏》本文，爲指禄山之亂，非。

蓬萊織女回龍車，指點虛無引歸路。

《句解》云巢父本有仙骨，故織女相迎，轉回龍車，指點虛無之處以誘引歸路也，是也。《訓解》誤。織女，《訓解》只以神女解之，粗也。《句解》云江東值牛女宿，故言「織女」，「蓬萊」指東海，亦迂也。杜必有所據，今不可知也。

惜君只欲苦死留，富貴何如草頭露。

君身有仙骨，故視人間之富貴如草頭之露，世人不知之，欲强留使富貴也。苦死，過甚之詞，《句解》非。

蔡侯静者意有餘。

此蔡侯餞別巢父，子美在座而作也。静，舊爲蔡侯名。《句解》據謝靈運詩，爲蔡侯之德，是。但解「静者」之義則不然也，只言蔡侯幽静有餘之人，而設宴餞巢父也。

罷琴惆悵月照席，幾歲寄我空中書。

至深更，月照席，罷琴竟宴，臨别惆悵，因言君去幾歲，遥傳書信而慰我望乎。「空中書」爲虚空之書，俗意甚。

○飲中八仙歌　杜甫

知章騎馬似乘船，眼花落井水底眠。

晋阮咸，醉騎馬欹傾，人指而笑曰：「此老子騎馬，似乘船行波浪中。」晋王祥，醉憑肩輿，頭不舉，歸，其親戲之曰：「子眼花在井底，身在水中，睡亦不醒邪？」借此二事，以形容知章之醉態。《訓解》以此爲謬而云云，俗陋不足言矣。眼花在井底，身在水中，言如在水中視井底也。落井，直視於下也。水底眠，即沉湎也。《句解》大費解。

汝陽三斗始朝天。

朝天，朝於天子也，此王之事實見於《訓解》。

恨不移封向酒泉。

假郭弘之言，而言其意。

舉觴白眼望青天。

只是醉態。《句解》費解。

蘇晉長齋綉佛前，醉中往往愛逃禪。

《訓解》云：晉學浮屠術，得胡僧綉彌勒佛一本，寶之，嘗曰：「是佛好米汁，與吾性合，吾願事之，他佛不愛也。」彌勒佛即布袋和尚，嘗於市中飲酒食猪頭，人無識之者。按布袋和尚，唐末之人，梁初死，時人以爲彌勒後身，故及其寂，自爲偈曰：「彌勒真彌勒，分身千百億。時時示時人，時人自不識。」夫晉在布袋之前久矣，且胡僧之所綉則真彌勒而非布袋，以曰布袋即彌勒後身，晉之綉佛直以爲布袋，謬矣。蓋布袋，後之俗言彌勒即爲布袋也。其曰「好米汁，與吾性合」者，亦因布袋傅會之也。杜曰「愛逃禪」，非以好米汁故，可以見也。又其曰「人無識之者」，亦因布袋之偈傅會之也。《句解》引李卓吾《十八羅漢贊》，按彌勒者精進之菩薩，不可有飲酒食肉之事，又非羅漢之等。顧十八羅漢中，有別稱布袋者乎？不可謂之彌勒也。有別稱彌勒者乎？不可謂之布袋也。乃不可通彼於此也，《句解》誤矣。蓋禪是出離之法，故曰「逃禪」。

《訓解》云謂逃去而禪坐，非也。

天子呼來不上船。

《訓解》云：李白爲供奉時，玄宗泛白蓮池，召白作序。時已被酒，命高將軍扶掖登舟。《康熙字典》云：「船，《韻會》：衣領曰船。《正字通》：俗以船爲襟穿。《續演繁露》云：杜詩『天子呼來不上船』，或言衣襟爲船，誤。按蜀人呼衣繫帶爲『穿』，俗因改『穿』作『船』。」《句解》依襟穿之説，本王維詩，解「上」字爲結束，云「不上船」謂斂衣領不結束。按以音轉「船」爲「穿」，又轉爲「衣領」乎？王維詩云：「好客多乘月，應門莫上關。」「上關」蓋猶云施鍵，不可以「上關」之「上」解「上船」之「上」。《演繁露》以爲誤，是也。爲白蓮池事，何不可之有？《句解》謂與「天子呼來」語不相屬，豈其然邪？又爲膚淺，其與「結束」「衣領」何似哉？

脱帽露頂王公前。

只是傲態，毋以「頭濡墨而書」視此句。

此詩直爲賦八人之豪飲，亦何不可也？《句解》之説，《訓解》亦言之，然余則曰與其鑿，寧失於膚淺。

按此詩每句押韻，用柏梁之法。

○哀江頭　杜甫

江頭，曲江頭也。《句解》云本于庾信《哀江南》，是也。禄山亂後，哀曲江之荒凉。

少陵野老吞聲哭，春日潛行曲江曲。

少陵野老，公自言。畏人之聽，故吞聲而哭，亦潛行。

憶昔霓旌下南苑，苑中萬物生顔色。

「憶昔」二字管到八句。南苑，在曲江。霓旌下，謂天子遊幸。恩輝被萬物，故云「生顏色」。同輦隨從，未姑去側。

昭陽殿裏第一人，同輦隨君侍君側。

飛燕居昭陽殿，因指得寵幸者。曰昭陽殿裏之人，非借飛燕喻楊妃。第一人，擅寵之人，即楊貴妃也，

一箭正墮雙飛翼。

只是敘荒遊。《句解》謂射墜玄宗貴妃比翼之契，大是穿鑿。

明眸皓齒今何在，血污遊魂歸不得。

明眸皓齒，專指貴妃。言明眸皓齒之艷質，被血污於馬嵬，魂氣遊散，無所歸也。《句解》云唯遊魂爲變耳，欲招魂不得，並是費解。

清渭東流劍閣深，去住彼此無消息。

玄宗深入劍閣去，與渭水相隔，至「去住彼此無消息」。《訓解》云所奉惟清渭之流，能通劍閣，渭流豈通劍閣乎？本文以「去住彼此」言，又豈得云「奉」乎？《句解》云比玄宗、肅宗父子暌離之情，是時玄宗幸蜀，肅宗即位于長安，不禀命而自立，此句有諷意，以渭水、劍閣各自流去寫之，亦是傅會。且詳詩意，與「凝碧池頭奏管弦」同時之作，則太子未即位。縱既即位於靈武，而未克復長安，不得以渭水比肅宗即。

人生有情淚沾臆，江水江花豈終極。

人生有情，故感之灑淚。帝王之富貴，不如水花之無極矣。

黄昏胡騎塵滿城，欲往城南忘城北[一]。

《訓解》云今胡騎屯聚京師，塵埃四塞，徒使我惶遽而迷路耳，此説稍可。但「迷路」者，以胡塵塞故也，非以惶遽。「忘」者，南北失方也。《句解》謂子美家城南，及暮欲歸也，俗意甚。

【校勘記】

［一］忘：《杜詩詳注》卷四作「望」。

○韋諷録事宅觀曹將軍畫馬圖引　杜甫

國初以來畫鞍馬，神妙獨數江都王。

國初以來，畫鞍馬其稱神妙可數者，獨有江都王。

將軍得名三十載，人間又見真乘黄。

將軍得畫名三十載于此，江都王之後，人又見真乘黄。《句解》云距江都王三十載，而將軍妙絶始有名，義雖通，非文意。《訓解》云歷三十載而真迹始見。得名，字不通。乘黄，名馬名，見《訓解》。

曾貌先帝照夜白，龍池十日飛霹靂。

明皇有馬名照夜白，嘗命曹霸畫以爲圖。龍池，興慶池。《句解》云：天馬，龍之媒，故相感。此以下至「始覺屏障生光輝」，只叙奉詔畫馬及貴重於世。《句解》謂照夜白之圖，今韋諷藏之，非也。韋諷所藏者，拳毛騧、獅子花以下九馬也。《訓解》注「照夜白」於題下，又云歷三十年而真迹始見，則亦與《句解》同誤。

内府殷紅瑪瑙盤，婕妤傳詔才人索。

天子以内府所藏瑪瑙盤賞之，婕妤傳上之詔，才人索之内府，以賜將軍。

貴戚權門得筆迹，始覺屏障生光輝。

貴權之屏障，得將軍之筆迹而始生光輝。《句解》辭有弊。

昔日太宗拳毛騧，近時郭家獅子花。

以下叙今所觀之畫馬。二句言昔日太宗所乘有拳毛騧，近時郭氏名馬有獅子花。

今之新圖有二馬，復令識者久嘆嗟。

今韋諷所藏將軍之新圖，有拳毛、獅子之二馬。嘗見真馬而克識者，驚此圖之肖，嘆嗟不止。《句解》非。

此皆騎戰一敵萬，縞素漠漠開風沙。

此二馬圖皆有一敵萬之勢，而縞素之間似漠然開風沙。《句解》云時運盛，馬亦壯，不知何謂。

其餘七匹亦殊絶，迥若寒空動煙雪。霜蹄蹴踏長楸間，馬官厮養森成列。

是七匹更在別幅，奔騰于長楸之中，馬官厮養亦在圖中。厮養，給養馬者。

可憐九馬爭神駿，顧視清高氣深穩。借問苦心愛者誰，後有韋諷前支遁。

併前拳毛、獅子二馬，凡九馬，是曹霸圖而韋諷所藏也。後二句借支遁少叙韋諷以結之，言愛其神駿者，前有支遁，今唯韋諷，故畜此圖也。《句解》云人惟愛其骨相驍騰，而不知愛其神駿也，大費解，要之不得詩意也。

憶昔巡幸新豐宮，翠華拂天來向東。騰驤磊落三萬匹，皆與此圖筋骨同。

玄宗嘗幸新豐宮之時，從行之衆馬與此圖筋骨正同，因想及之，感慨時事之變，此公忠厚於時之處。《句解》徒爲論當時盛衰，非也。

自從獻寶朝河宗，無復射蛟江水中。

穆天子至陽紆山馮夷河伯之所居，是爲河宗，沉璧禮焉。是借謂玄宗晏駕，故曰「朝河宗」。《句解》泥馬事，以《訓解》爲非。此專謂玄宗，不關于馬亦無妨，《訓解》是。射蛟，漢武事，借謂今無巡幸之事也。

君不見金粟堆前松柏裏，龍媒去盡鳥呼風。

金粟，山名，玄宗陵在焉，故曰「堆前」。龍媒，謂馬也。言前三萬匹，今無一隨從者，惟有鳥呼風悲鳴耳。此惟就玄宗一身，謂榮枯之事、盛衰治亂之運在其中，固所不論也。《句解》云玄宗没後，唐祚漸衰弱，其勢不復振，玄宗之丘陵，惟封松柏中聞鳥雀聲而已，鑿亦已甚矣。至《訓解》云此因觀圖而傷國祚衰，世無名馬，則韋諷之圖益足珍，主乏射蛟，則肅代之懦弱咸可見，則牽强之牽强，傅會之傅會。

○丹青引贈曹將軍霸　杜甫

將軍魏武之子孫，於今爲庶爲清門。英雄割據雖已矣，文采風流今尚存。

唐時有士族庶姓之別而甚嚴矣，見沈存中《筆談》。曹氏在庶姓，故云「於今爲庶」也。清門，謂門地清高也。《訓解》無害，《句解》則非也。魏武之文采風流不止於詩，霸之存之，蓋不止於丹青。《句解》非。

學書初學衛夫人，但恨無過王右軍。丹青不知老將至，富貴於我如浮雲。

初雖學衛氏書而以無過右軍，去而學畫，專耽好之。年老富貴總忘焉。

褒公鄂公毛髮動，英姿颯爽來酣戰。

有眼前來至將酣戰之勢。《句解》非。

先帝天馬玉花驄，畫工如山貌不同。

嘗使衆工貌之，莫能肖者。

意匠慘澹經營中。

慘澹，沉思貌。匠心慘澹經營之。

斯須九重真龍出，一洗萬古凡馬空。

斯須，須臾也。《句解》「慘澹」「斯須」之解，大是俗陋，似未嘗知文字者。萬古之凡馬，不如是一畫馬。

《句解》云滌去垢，不知何謂。

玉花却在御榻上，榻上庭前屹相向。

畫出，疑真玉花，却在御榻之上，於是榻上與庭前，真假相向，如見二龍。

忍使驊騮氣凋喪。

言幹忍而爲之，其實不能也。下「忍」字，妙。

終日坎壈纏其身[一]。

不能一日坎纏去其身，此古來有盛名者之常也。

【校勘記】

[一]壈：原本訛作「壇」，據《杜詩詳注》卷十三改。

○邯鄲少年行　　高適

未知肝膽向誰是，令人却憶平原君。
以上只叙少年之事。此二句言俠者之心事。平原君，趙勝是也。《訓解》非是。

君不見今日交態薄，黄金用盡還疏索。
以下不關少年之事，只述世之輕薄，而言己心事。

以茲感嘆辭舊遊，更於時事無所求。
茲，此也，即指前句所言之辭。《句解》又爲陋説，云事變不可知之言，果然，《書經》「念茲在茲」，數「茲」字亦可皆爲不可知之解乎？時事，謂仕進之事。

且與少年飲美酒，往來射獵西山頭。
《句解》云「且」字别發端，大誤。且，「苟且」之「且」，言世間無可與交者，更又於時事無所求，故寧且與少年往來交遊，第飲酒而射獵耳，曰「且」可以見也。少年者，發端所叙之「少年」也。此詩二《解》皆失之。

○人日寄杜二拾遺　高適

人日題詩寄草堂，遥憐故人思故鄉。

此詩羈官不得意，感人日而思故鄉，寄詩子美，訴己情以請憐也。故人，適自言。

柳條弄色不忍見，梅花滿枝空斷腸。

春色催鄉思，對此而斷腸，故不忍見。《句解》非。

身在南藩無所預，心懷百憂復千慮。

身，軀也，非謂自稱。言南藩之職，不與於我心，其唯懷「百憂」「千慮」耳。《訓解》因「無所預」之語，爲憂亂而嘆功名不顯，解此句云雖不與於政，憂慮國多矣，前後不相應，非也。

一卧東山三十春，豈知書劍老風塵。

一卧不堅，携書劍而出，蹉跎三十年，始豈知老於風塵乎？悔之詞。「今年人日」以下，皆是憂慮所在。

龍鍾還忝二千石〔一〕**，愧爾東西南北人。**

龍鍾，衰老貌。及衰老，纔忝二千石，如君四方自由乎？

【校勘記】

[一]忝：原本訛作「黍」，據《全唐詩》卷二百十三改。下文「纔忝二千石」之「忝」亦據改。

○登古鄴城　岑參

下馬登鄴城。

《句解》以爲鄴城直是銅雀臺，大誤，未見「城隅南對望陵臺」也。

東風吹野火，暮入飛雲殿。

鬼火、民火之論，固不暇辨。飛雲，漢殿名。借言之，謂殿中今在者真「飛雲」也。《句解》穿鑿甚。

○韋員外家花樹歌　岑參

今年花似去年好，去年人到今年老。始知人老不如花，可憐花花君莫掃[一]。

人不如花，乃雖落花，亦可惜矣，極稱花而感慨詞。《句解》爲喚醒人言，又謂岑參身試而始知，大鑿說。

君家兄弟不可當。

君兄弟皆榮顯，人不能當。以下專叙韋之貴，而會客愛花也。《訓解》惜花而不惜費，鑿矣。《句解》之蛇足，不足言也。

【校勘記】

［一］花花：《全唐詩》卷一百九十九作「落花」。

○胡笳歌送顔真卿使赴河隴　岑參

君不聞胡笳聲最悲。

尋常之悲，悲壯之悲，何別之有？《句解》必爲「悲壯」，泥「紫髯緑眼」也。

胡笳怨兮將送君，秦山遥望隴山雲。

只是將胡笳之怨而送君也。《句解》云豫欲令知胡笳之悲也云云者，大是陋説。山雲滲澹，亦生愁之物。《句解》云雲隔而不能望故鄉，非也。

○崔五丈圖屏風各賦一物得烏孫佩刀　李頎

崔所藏之圖，屏風也。《句解》爲崔所自圖，恐不然。

刃可吹毛錦爲帶。

刃可吹毛，言利。錦爲帶，華飾。

握中枕宿穹廬室。

枕，猶藉。宿，住也。言雖在穿廬，不釋手也。《句解》不承「握中」，且「宿」爲「卧」，非也。

鐵鞘金環儼相向。

兩刀儼然相向也。《句解》大誤。

使予心在江湖上。

詩意明也，但用「江湖」字，未知何義。

○答張五弟　王維

終南有茅屋，前對終南山。

《句解》蛇足，可厭。

終年無客長閉關。

文意無客故閉關，非拒之也。《句解》非。

君但能來相往還。

我幽居如此，君當來遊也。曰「能」者，謂能得此中之趣也。《句解》客而不客之説，大非。

○孟門行　崔顥

此篇遭讒自愬之詞，而以孟門爲題。其義《句解》辨之，或然。

黄雀銜黄花，翩翩傍簷隙。本擬報君恩，如何反彈射。

楊寶事，借自比。言我爲客，寄身於君，故常欲報之恩，君反加罪于我，是必有譖之者矣。

金罍美酒滿坐春，平原愛才多衆賓。滿堂盡是忠義士，何意得有讒諛人。

君愛才，設金罍美酒以待士，是以衆賓多而滿坐如春。我意滿堂之客盡是忠義之士，何知有讒諛之人矣。

諛言反復那可道，能令君心不自保。

二句專言讒人。言諛言之令人心反復，不可勝言，故君惑而信之。《句解》釋「反復」云令白黑變，「那可道」云謂不可辨，失其義。

北園新栽桃李枝，根株未固何轉移。

考此句，蓋主人任事於顥，有人間之者，將替而不用，故云。然必有其事，非虛設言也。

成陰結實君自取，若問傍人那得知。

人之有功德，君當自擇而取之。若問傍人，則讒諛多，君那得知其實乎？

○贈喬琳[一]　劉眘虛

去年上策不見收，今年寄食仍淹留。

此篇《訓解》盡之。詩意自明也，故不復出。《句解》僻説多矣，今摘其尤誤初學者辨之。寄食，《句解》爲寄食於張謂。此言去年下第，今年仍流寓于京師，何由知然乎？

羨君有酒能便醉，羨君無錢能不憂。

有，「有無」之「有」。「便」字可味，《句解》爲貯酒，非。凡人貧則坎壈憂困，唯喬不然，《句解》以苞苴爲言，非詩意。

如今五侯不待客。

今之權貴，自尊而不禮待士，故不入。

【校勘記】

［一］琳：原本訛作「林」，據《全唐詩》卷二百五十六改。

○湖上對酒行　張謂

夜坐不厭湖上月，晝行不厭湖上山。眼前一樽又長滿，心中萬事如等閑。

夜坐於月，晝行於山。有此風景之不厭，更又常携酒尊之不空，心中何一物惹之有？《句解》大僻解，其云自山歸來，則酒尊在坐不離側，文外生意，尤非。

主人有黍萬餘石，濁醪數斗應不惜。即今相對不盡歡，別後相憶復何益。

以下終篇勸主人遊辭，故言君有萬石之黍，乃濁醪費數斗，亦何惜之。《句解》爲主人留客辭，何居？

茱萸灣頭歸路賒，願君且宿黄公家。

茱萸灣，歸途所經。黄公家，謂酒家。言莫難歸途之賒，若抵暮便宿黄公家耳。《句解》大誤。

風光若此人不醉，參差辜負東園花。

參差，不齊貌。有花而人不看，人看時無花，是謂參差。《句解》云花有興而人無趣，非也。辜負，蓋當時語，謂得罪於花，言虚此風光，則東園之花亦罪我哉。

○城傍曲　王昌齡

此篇平平看過。《訓解》爲是，《句解》穿鑿，不勝淘汰。

○洪州客舍寄柳博士芳　薛業

去年燕巢主人屋，今年花發路傍枝。

主人，指客舍主人。燕巢，比己寄寓。言自去年爲旅客，至今年花發猶歸不得也。《訓解》云昔如燕之寄居，非也。《句解》謂比燕巢幕上，及寓于柳芳，尤非。

胡塵一起亂天下。

《句解》云其初小寇耳，大是蛇足。

○春江花月夜　張若虛

春江潮水連海平，海上明月共潮生。

《句解》若加字曰「春潮渺漫，與海相連，湛湛平」，則通矣。次句爲無用語，可厭。

灧灧隨波千萬里，何處春光無月明。

灧灧，月光映波流動貌。次句言春江無處無月明也，《句解》云「千江千月至」，大非。

江流宛轉繞芳甸，月照花林皆似霰。空裏流霜不覺飛，江上白沙看不見。

芳田，春草芳菲之田。《句解》因下「花林」爲栽花美田，非也。霰、霜，皆喻月影，認月影敷地爲霜。言不覺空裏流霜之飛，沙上何由得霜乎，爲訝怪之詞。《句解》以爲月影不動，故云「不覺飛」，謬矣。

江天一色無纖塵，皎皎空中孤月輪。江畔何人初見月，江月何年初照人。

江天一色，無一個纖塵，空中唯有孤月之皎皎耳。如此江月，初見定何者乎？江月之照人，其初何年？

人生代代無窮已，江月年年望相似。不知江月照何人，但見長江送流水。

振古江月所照者，何人乎？今但見照長江而送流水耳，逝水之嘆在其中。《句解》云不知江月初照何人乎，前云「江月何年初照人」，不可再言之，非。又云徒向長江而爲逝水感耳，非詩意。

白雲一片去悠悠，青楓浦上不勝愁。

感慨中望之，一片白雲悠悠去，青楓浦上之風色，更不勝愁矣。

誰家今夜扁舟子，何處相思明月樓。

却想此夜必應有乘月於扁舟者，又想此夜必應有離人樓中，亦望月而相思者。上句，《句解》爲親見之解，非。

可憐樓上月徘徊，應照離人妝鏡臺。

以下承上，狀離樓之態。

玉户簾中捲不去，搗衣砧上拂還來。

離婦厭月之添怨，欲不見之而捲簾，若拂去砧上之月光，仍來而不去。《句解》上句爲宫女之怨，泥「玉户」字，下句「疑霜」説，俗見。

此時相望不相聞，願逐月華流照君。

此月之時，彼此相思而相望，而千里相隔，音信不能相聞。兩情相念，願逐月華流照君而相見。

鴻雁長飛光不度，魚龍潛躍水成文。

長飛，謂飛去不復來也，故下曰「光不度」，《句解》非。言鴻雁斷，不見音書，只見魚龍潛躍，水面波成文耳，亦以月明故也。情境妝點，結此一項，妙！《句解》爲直言月夜清澄，前後不相接，且何意味之有，非。

昨夜閑潭夢落花，可憐春半不還家。

夜來夢故園花落於閑潭，因思起春已及半，猶不得還。

江潭落月復西斜。

承上春將盡而又説月，言其亦將没。如《句解》之説，則當云「又」，不當云「復」。

斜月沉沉藏海霧，碣石瀟湘無限路。

對斜月之風景，思故園之隔遠。言故鄉相拒，如「碣石」與「瀟湘」，是以不得還。

不知乘月幾人歸。

想必有乘月歸者定幾人乎，羨之辭。《句解》非。

○吴宫怨　衛萬

不捲珠簾見江水。

既見荒凉之態，在言外。

曉氣晴來雙闕間，潮聲夜落千門裏。

見者聞者，莫不傷心。

曾照吳王宫裏人。

《句解》云指西施，以見鑒戒。何無一語及閨門乎？不如仲言解之平穩。《句解》不見其深，適見其鑿矣。

○帝京篇　駱賓王

大意粗同《長安古意》。

山河千里國，城闕九重門。不睹皇居壯，安知天子尊。

古天子之邦畿方千里，今借言京域，長安有山河之固。四句總攝。

皇居帝里崤函谷，鶉野龍山侯甸服[一]。

以下至「椒房窈窕連金屋」，《訓解》云就勝地接入帝居，皇帝里而居之，以崤函爲固，其野曠漠，龍山相擁，而侯服甸服之諸侯爲之守衛。鶉，秦星，故以稱野，與「龍山」取屬對。

五緯連影集星躔，八水分流横地軸。

二十八宿爲經，五星爲緯，星躔謂秦分東井。此只以漢事借言之，言此曾五星聚之地。關内有八水，天運轉於外，地不動爲軸於内，故云「地軸」，《括地象》恐傅會之説。

秦塞重關一百二，漢家離宮三十六。

秦地有百二之險，漢時有三十六之離宮。

桂殿陰岑對玉樓，椒房窈窕連金屋。

桂殿、玉樓，非别物。金屋，即椒房之屋也。言今處處殿樓，陰岑相對峙；椒房之金屋，窈窕相連綿。

《句解》以桂宮解「桂殿」，非。

三條九陌麗城隈，萬户千門平旦開[二]。

麗城通三條九陌，平旦開千門萬户。麗，美也，訓附者，非也。平旦開，不待解，《句解》云是何意也。

複道斜通鳷鵲觀，高衢直指鳳凰臺。

複道斜通於鳷鵲觀也。《句解》云此複道所望，斜通，複道折而斜曲也，可笑。高衢，天衢也。

劍履南宮入，簪纓北闕來。聲名冠寰宇[三]**，文物象昭回。**

《句解》貴寵之臣，爲蛇足。《左傳》：火、龍、黼、黻，昭其文也。五色比象，昭其物也。鍚[四]、鑾[五]、和、鈴，昭其聲也。三辰旂旗，昭其明也。明，今作「名」，誤也。昭回，天也。言威儀皆象天而制之，冠於寰宇者也。

鉤陳肅蘭戺，璧沼浮槐市。銅羽應風迴，金莖承露起。

鉤陳，星名，衛紫微宫，蓋以喻守衛之士。戺，陛砌也。璧，當作「辟」，辟雍，大學也。沼，池也。槐市，即大學中之事，漢時有之，見《三輔黄圖》、《句解》詳之。《訓解》云觀者如壁，蓋非也。銅羽，玉堂有之，《訓解》詳之。

朱邸抗平臺，黄扉通戚里。

朱邸之華，抗平臺通戚里皆黄扉。平臺，梁孝王臺名。《訓解》云已上賦長安山川之勝與其宮殿之盛。

平臺戚里帶崇墉，炊金饌玉待鳴鐘。

《詩》曰：崇墉言言。墉，垣也。以金玉爲饌，《句解》泥「炊」字，云「金爲薪」，非。又下句，小堂爲衆妾所居，不必然。

綉柱旋題粉壁映，鏘金鳴玉王侯盛[六]。

柱額以璇玉爲飾，謂之璇題。已上賦長安第宅之華，此爲過接。《句解》謂青樓，大非。

王侯貴人多近臣，朝遊北里暮南鄰。

此據左思詩，只言王侯貴人及衆多近臣爲豪華之遊也。爲青樓者，泥詩云「朝集金張館，暮宿許史廬。南鄰擊鐘磬，北里吹笙竽」。

趙李經過密，蕭朱交結親。

阮籍詩：西遊咸陽中，趙李相經過。王維詩亦云：日夜經過趙李家。愚按阮籍詩意，蓋言入咸陽與趙家李氏，相經過交遊。趙、李，非有其人，猶俗言「朝迎張，暮迎李」，唐人相沿用之耳。楊用修、何元朗未得其説。《訓解》引《谷永傳》，誤矣。已上賦貴遊之盛。

丹鳳朱城白日暮，青牛紺幰紅塵度。

丹鳳朱城之邊，至白日暮，青牛紺幰度而爲紅塵。幰，車帷也，《句解》必爲女流之車，云言女寵盛，非。

俠客金彈垂楊道，娼婦銀鈎採桑路。

《句解》云不憚御臘場，不知何謂。鈎，籠鈎也，以銀爲之。《句解》俗意甚。

娼家桃李自芳菲，京華遊俠盛輕肥。

本文非謂娼婦爲遊樂，《句解》是何言！

延年女弟雙飛入，羅敷使君千騎歸[七]。

如李夫人之娼婦雙飛入，似慕羅敷之使君千騎來。《句解》大誤。

同心結縷帶，連理織成衣。

娼婦之帶以縷爲同心結，其衣織成連理樹。

春朝桂樽樽百味，秋夜蘭燈燈九微。

春秋朝夜，酌百味之桂樽，焚九微之蘭燈。

翠幌珠簾不獨映，清歌寶瑟自相依。

不獨映，相映也。歌與聲相依而和。《句解》云盛寵不離其側，歌瑟常不斷，大失其意。自「娼家桃李」

至此下二句，專言娼家之遊。

且論三萬六千是，寧知四十九年非。

三萬六千日，即是百年。言此輩一生只以豪華爲是，何及伯玉知非。《訓解》云已上賦長安倡俠之侈靡。

古來名利若浮雲，人生倚伏信難分。

《鶡冠子》云：禍兮福之所倚，福兮禍之所伏。二句是綱，下具論之。

始見田竇相移奪，俄聞衛霍有功勳。

上句始榮顯後失身者，下句始卑賤後富貴者。誰意富貴轉移如田、竇，卑賤暴貴有衛、霍，故云「始見」，云「俄聞」。《句解》鄙說，不足言。

未厭金陵氣，先開石椁文。

始皇欲永保富貴傳萬世，巡幸金陵未厭王氣，遽崩于沙丘，言富貴難常也。《句解》不得詩意。

朱門無復張公子，灞亭誰畏李將軍。

雖朱門也，失勢則無復稱公子者也。此非引事實，只借「張公子」字面與「李將軍」取對耳。《句解》爲無微行，拘泥甚矣。

相顧百齡皆有待，居然萬化咸應改。

萬物皆待死，不能逃也。《句解》以「待」爲「志」，非。

桂枝芳氣已銷亡，柏梁高宴今何在。

李夫人卒，武帝自作賦云：「桂枝落而銷亡。」二句只言無常。《句解》上句云比賓王所賴之主家，俄亡滅，下句云今惟馳名利，無風雅之事，高宴亦何在，大誤。

春去春來苦自馳，争名争利徒爾爲。

春去春來，喻榮枯。言萬化之移如自馳，而徒務争名利。

久留郎署終難遇，空掃相門誰見知。

遭遇是天命，非人力所及。如馮唐之事，雖掃相門，誰能見知者乎？

當時一旦擅繁華[八]**，自言千載長驕奢。**

以下至「青門遂種瓜」，《訓解》云此段言貴盛不足恃。

黄雀徒巢桂，青門遂種瓜。

漢謡曰：桂樹華而不實，黄雀巢其巔。故爲人所羡，今爲人所憐。下句，秦邵平事。

黄金銷鑠素絲變，一貴一賤交情見。

《訓解》云此合下段，言交情不足恃。

已矣哉，歸去來。

《訓解》云此下自寓。

馬卿辭蜀多文藻。

相如雖仕漢，而甚不顯，徒文藻多耳。此感慨之辭，非謂遭遇也。

三冬自矜誠足用，十年不調幾邅迴。

自矜三冬之力，誠足用，然十年邅迴不調。

【校勘記】

[一]矦：原本訛作「候」，據《文苑英華》卷一百九十二改。

[二]旦：原本訛作「且」，據《文苑英華》卷一百九十二改。后文兩處「平旦開」之「旦」均據改。

[三]名：《文苑英華》卷一百九十二作「明」。

[四]鍚：《春秋左傳正義·桓公二年》作「鍚」。

[五]鑾：《春秋左傳正義·桓公二年》作「鸞」。

[六]矦：原本訛作「候」，據《文苑英華》卷一百九十二改。

[七]歸：底本脱，據《文苑英華》卷一百九十二補。

[八]旦：原本訛作「且」，據《文苑英華》卷一百九十二改。

○餘杭醉歌贈吴山人　丁仙芝

曉幕紅襟燕，春城白項烏[一]。**只來梁上語，不向府中趨**。白項烏，珍奇物，喻吴山人。不向府中趨，《句解》引龐公不入城府事，是也。言春城得有白項烏者，是姑來梁上而語也，然交官途如燕巢幕，故不趨於府中而留。此叙所以歸之由也。

城頭坎坎鼓聲曙，滿庭新種櫻桃樹。曉鼓鳴將行，適庭櫻著花，以是留之而至夜，將明月相送也。

【校勘記】

［一］項：原本訛作「頂」，據《文苑英華》卷三百三十六改。下文兩處「白項烏」之「項」均據改。

卷三　五言律詩

○野望　王績

徙倚欲何依。

徙倚，謂遷徙而倚立也。「欲何依」三字甚難解，故唐仲言誤會，云三字盡一首意。其意謂喻國亡若靡所依泊，因繆全篇，乃如《訓解》所説。《句解》既訓「倚」，又云無所依親，其説憒憒，蓋「徙倚」爲「欲何依」之態也。

樹樹皆秋色，山山唯落暉。

只是説所見之景。《句解》前句屬「欲何依」，後句配「薄暮」，非。

相顧無相識，長歌懷採薇。

《句解》斥《訓解》之誤，是也。但「採薇」本《小雅》，謂「懷歸」也。

○**從軍行**　　楊炯

心中自不平。
唐仲言云含結意，非也。《句解》云楊炯雖書生，見烽火則自然生不平之情，爲是。

雪暗凋旗畫，風多雜鼓聲。
只是寫邊庭慘憺之狀。《句解》大穿鑿。

一書生。
與「一酒徒」之「一」同，《句解》鑿矣。
此詩未見諷意，《句解》云諷意淺露，又云圭角露，因結句言之，豈其然乎？

○**杜少府之任蜀州**　　王勃

城闕輔三秦。
是所送之地，言城闕以三秦之險爲輔。此止取屬對，無深意。

風煙望五津。

是所之之地，言風煙中遥望彼五津。二句述別意。《訓解》非是，《句解》尤非。

與君離別意，同是宦遊人。

別意異於尋常人。

海内存知己，天涯若比鄰。無爲在岐路，兒女共沾巾。

四句，本曹植詩：「丈夫志四海，萬里猶比鄰。」「憂思成疾疢，無乃兒女仁。」言雖然彼此存海内知己之心，即天涯相隔猶比鄰，何可臨岐而效兒女之沾巾乎？《訓解》是也。《句解》以結句爲傷別，「無爲」二字引《詩》「寤寐無爲」，爲「不耐念」，非也。若爲傷別，何故用兒女字面也？言兒女，則見丈夫之不然，况有曹詩之可據乎？且「無爲」在《詩》，本言寤寐無他施爲，獨涕泗滂沱已。疏云「無所爲念」，既失其義，又轉爲「不耐念」，則益遠矣，顧緣「無爲」之和訓而誤也。

○晚次樂鄉縣　陳子昂

日暮且孤征。

孤征，獨行也。此詩二《解》共爲從武攸宜征契丹時之作，以「野戍〔二〕」句也。然《句解》解樂鄉縣，云在荆州，荆州豈契丹所在乎？按此詩語氣不似從征討，在荆州恐是也，野戍邊城，不必北邊。《句解》以孤征爲無所賴，大拘。

川原迷舊國。

舊國，如巴子國是也。言泝川原，迷舊國之道路也，無深義。二《解》並誤。

野戍荒煙斷。

戍煙上升，荒散而斷也。《句解》爲荒廢，大非。

【校勘記】

［一］戍：底本作「戌」，據《全唐詩》卷八十四改。下文「野戍邊城」「野戍荒煙斷」「戍煙上升」之「戍」亦據改。

○**春夜别友人**　　陳子昂

《句解》云「春」當作「秋」，是也。

離堂思琴瑟，别路繞山川。

《訓解》云思其堂之所有，念别路之間關，未忍遽去也，是也。

○送别崔著作東征　　陳子昂

金天方肅殺，白露始專征。

《月令》：天子以七月白露降，命將選士，專征不義。唐曰：「方」「始」二字，下得有力，引下「非樂戰」。

王師非樂戰，之子慎佳兵。

王者之師，有征無戰。《老子》：佳兵者，不祥之器。注謂喜用兵也。之子，指崔。

海氣侵南部，邊風拂北平[一]。

此承上而言，及彼侵擾，乃可纔用兵而攘之也。《句解》似而非。

莫賣盧龍塞[二]，**歸邀麟閣名。**

十字句。賣盧龍之塞，田疇事，《句解》詳之。邀，猶求也。

【校勘記】

[一]拂：《陳拾遺集》卷二作「掃」。

［二］塞：原本訛作「寒」，據《陳拾遺集》卷二改。

○蓬萊三殿侍宴奉敕咏終南山

杜審言

蓬萊者謂東内大明宫也，三殿者謂麟德殿也，《南部新書》爲是。程大昌《雍録》云：大明宫，地本太極宫之後苑東北面射殿也［一］，地在龍首山上。太宗初，於其地營永安宫以備太上皇清暑。九年正月，改名大明宫。龍朔二年，高宗染風痺，惡太極宫卑下。故就修大明宫，改名蓬萊宫，取殿後蓬萊池爲名也。至三年四月，移仗御蓬萊宫之含元殿。咸亨元年，改蓬萊宫爲含元殿。長安五年，又改爲大明宫。南端門名丹鳳，在平地矣。門北三殿相沓，皆在山上。至紫宸又北，則爲蓬萊殿。殿北有池，亦名蓬萊池，則在龍首山北平地矣。龍首山勢至此而盡，不與前三殿同其高敞也［二］。愚按審言此作在高宗時，則知蓬萊即大明宫也。《雍録》又云：李肇記曰：翰林院在少陽院南，其東當三院。結鄰樓、鬱儀樓，即三院之東西廊也。韋執誼則曰：在銀臺門内，麟德殿西，重廊之後。會此數説而求之，則其方嚮尚略可考也。三殿者，麟德殿也。一殿而有三面，故名三殿也。三院，即三殿也。李絳爲中書舍人，嘗言爲舍人，踰月不得賜對。有詔，明日對三殿也。不獨此也。凡蕃臣外夷來朝，率多設宴于此。至臣下，亦多召對于此也。結鄰樓，即三殿之西廊也。鬱儀樓，即三殿之東廊也。按程氏考證甚詳矣，是知三殿即麟德殿，《南部新書》不誣也。程又引《長安志》云：大明宫，北據高原，南望爽塏，視終南如指掌，京城坊市可俯而窺也。《雍録》又云：大明宫自南而北，爲含元殿。又北爲宣政。又北而爲紫宸。前後相沓，皆在山脊。至紫宸，又北而爲蓬萊殿。今併圖考之，則含元、宣政、紫宸相沓。踰龍首山至山北平地，有蓬萊殿。而麟德殿在蓬萊殿之西、翰林院東也。《訓解》解「三殿」爲紫宸、蓬萊、含元，固非也。紫宸是宣政之直北，《句解》爲在東偏者，何所據也？大明宮雖改蓬萊，改含元，而含元殿、蓬萊殿自在宮中。《句解》誤會杜詩，註爲大明、蓬萊、含元，名異而實一也，非也。《句解》又云紫宸正衙，視朝之所，非内殿侍宴之所。按宣政謂之衙，有仗。紫宸，便殿也，謂之閤，御便殿以見群臣，曰入閤。《句解》云非賜宴所則是也，謂正衙者非也。又或説云：三殿，蓬萊、拾翠、紫微也。學士直院者，故詔從翰林經三殿而出。《句解》據是云審言被許出入三殿，因侍宴，故題稱蓬萊三殿以見其榮寵，不然，題侍宴蓬萊可也。殊不知此所謂蓬萊是大明宮，則爲蓬萊宮之三殿也。唐之正宮，爲太極宮。高宗之時，大明猶未如後世，故特言蓬萊以別太極矣。夫拾翠殿在大明之内，則或説所謂蓬萊者，指蓬萊殿也。蓬萊殿，是大明之後殿，而臨太液池，與蓬萊山對，非學士所常出入也。太液池之西有紫蘭殿，其西承香殿，其西含水殿，其西拾翠殿，四殿相並，是皆内苑之地。故其命名如此，亦非學士所可常也。紫微殿者，未知在所也。又學士之出入是三殿，未見所出，又不知爲何也。假令有是，以經三殿而出，今言三殿侍宴，是何言也？或説之妄可知矣，《句解》取之，誤初學不少矣，故不顧煩而詳辨焉。

北斗掛城邊，南山倚殿前。

城，指禁城。起句取屬對而已。次句言南山倚禁城之前殿也。

雲標金闕迴，樹杪玉堂懸。

《訓解》因「金闕」「玉堂」字面，云此詩雖咏終南，實爲蓬萊而作。然云「雲標」、云「樹杪」、云「迥」、云「懸」，非近指禁城者也。竊疑山中有神廟，或佛宇，或道觀，故云「玉堂懸」。「掛」「懸」，字義有少異，掛劍、掛帆，懸象、懸旒自有别，學者可理會。《句解》爲「懸絶」，又别義也。

半嶺通佳氣，中峰繞瑞煙。

佳氣、瑞煙，皆王氣也。中峰，猶半嶺。《句解》「中」訓滿，非。

小臣持獻壽，長此戴堯天。

小臣願持南山之壽而獻諸君，以長於此處戴堯天也。《句解》不得句意，云「持」非把手，心持之也，又云結句不接上，别起意，大非。

【校勘記】

[一]面：原本訛作「而」，據《雍録》卷三改。

[二]敞：原本訛作「敝」，據《雍録》卷三改。

○晉陵陸丞早春遊望　　杜審言

獨有宦遊人，偏驚物候新。

十字句。驚心於物候新者，唯是宦遊人也，既含結意。《訓解》云「獨有」「偏驚」「忽聞」是機括，又云中四句應物候，末二句應宦遊。

雲霞出海曙，梅柳度江春。

《句解》從《唐詩解》，「曙」「春」不可以虚字解，則良是也。言海上曙光，雲霞起；江北春色，梅柳新。

○和康五望月有懷　杜審言

明月高秋迥。

秋天迥之中明月懸也，《句解》爲「永夜」，恐非。

露濯清輝苦。

苦，蓋冷徹之意，言露濯天地而清輝冷徹也。

羅衣一此鑒，頓使別離難。

《句解》云「一」與初同；「此」字指月；鑒，照也，言羅衣被月照也。按幾詩家用「一」字，皆專一之義，如「一望鄉」是也。此，此處也，非指月也。鑒，視也，阮籍詩「薄幃鑒明月」是也。「鑒」訓照者，我向鏡而照形也，非物來而照我也，故此處不可訓照，且不成語。次句，《句解》云難堪別離思，是也。

○**送崔融** 杜審言

君王行出將。

君王，《句解》爲中宗，引《通鑒》證之，可從也。

祖帳連河闕。

《訓解》云河闕即伊闕，河水所經處，故名。

軍麾動洛城。

兵士從指麾，如動洛城。

○**扈從登封途中作** 宋之問

○送沙門弘景道俊玄奘還荆州應制

李嶠

三乘歸净域，萬騎餞通莊。

佛氏有一乘、三乘之語。一乘謂之大乘，三乘謂之小乘。大白牛車爲大乘，羊車、鹿車、牛車爲小乘，以喻法。今借佛語謂三人乘車而行也，何問法之大小乎？必也各乘大白牛之一車，總三人而三乘也。拘佛義，作一乘，大非也。三人而云一乘，豈理耶？佛有净土之稱，借謂荆州也。萬騎必爲羽林之士，甚拘。可從《訓解》。

就日離亭近，彌天别路長。

日，指天子，三僧近謁帝於離亭。彌天，釋道安之語，借言行路悠遠，非謂僧行圓滿也。

荆南旋杖鉢，渭北限津梁。

旋，周旋之説是也。下句言既向荆南而去，則渭北無復事津梁，以含落句，非謂音問難通。

何日紆真果，還來入帝鄉。

何日當復入帝鄉也，非謂再會難期。

○**長寧公主東莊侍宴**　李嶠

煙含北渚遥。

賦景，本《楚辭》「帝子降于北渚」語，暗含來幸之意。

○**恩勅麗正殿書院賜宴應制**　張説

誦詩聞國政。

古者采諸國之詩，而觀其風俗，以知政之得失。今使各賦詩，不徒吟咏以樂性情也，此爲知政治之可否。

載歌春興曲，情竭爲知音。

載，《詩經》字面，在詩本無意義，《句解》此訓則是也。春興曲，《句解》云指所賦詩，亦是也。是緣賜宴，且下云「知音」，曰「春興曲」。知音指玄宗，以君臣遇合而興學曰「知音」。《句解》爲玄宗善詩之人，句調合者，甚膚淺。

○**還至端州驛前與高六別處**　張説

舊館分江口，淒然望落暉。江口之館是舊與高六分手之處，今還至，念及故人，風景特淒然。《句解》以分江爲地名，未知然否？

昔記山川是，今傷人代非。昔與高六別時所記臆山川，今仍依然在，其人則亡，傷人世無常與山川異也。太宗名世民，故唐諱「世」字，後「代」不改，至今混之。

往來皆此路，生死不同歸。我與高往來不得不由此路，高既死矣，故我歸而高不歸。

○**幽州夜飲**　張説

正有高堂宴，能忘遲暮心。能忘，世多作「不能忘」，蓋非也。言雖邊地淒涼，纔飲酒則能忘遲暮之心也，既含落句之意。

軍中宜劍舞，塞上重笳音。

既飲酒，須作樂而樂矣，以軍中故，劍舞是宜。塞上又以笳音爲重，止是而足矣。此乃恩遇深之所得也，全篇自寛之辭。《句解》以「宜劍舞」爲不忘武備，「重笳音」爲笳聲愁，落句爲述不遇，皆非也。

○宿雲門寺閣　孫逖

煙花象外幽。

煙花之幽玄，在人間物象之外。

懸燈千嶂夕，捲幔五湖秋。

嶂，山峰如屏障者。至夕則千嶂懸佛燈，捲幔則五湖在目前。

畫壁餘鴻雁，紗窗宿斗牛。

上言寺之古，下言閣之高。

夢與白雲遊。

擬夢與白雲遊也。

○幸蜀西至劍門　　李隆基

灌木縈旗轉。

路阻隘而轉折，灌木往往縈旗。《句解》俗意甚。

乘時方在德。

謂乘時而興。

○塞下曲　　李白

邊月隨弓影，胡霜拂劍花。

纖月如弓，霜威似劍花，只是述邊庭景象，以見其艱苦也。「隨」「拂」二字，裝點語。《句解》拘泥甚。

玉關殊未入，少婦莫長嗟。

我入玉關，殊未能也，汝望歸，豈能及乎？故云「莫長嗟」。《訓解》看此句大淺，故誤大意。《句解》「殊」字之解似亡害，但是常用文字不及須解，且所引「殊死爾」殊，實字也，此是虛字。

○**秋思** 李白

燕支黄葉落，妾望自登臺。

征婦驚秋，念及夫所在，遂至登臺而望之也。

海上碧雲斷，單于秋色來。

青海雲斷而秋色遍，正是單于入寇之時。

胡兵沙塞合，漢使玉關回。征客無歸日，空悲蕙草摧。

《訓解》云苟塞上之胡兵已合，則玉關之使不通，征客豈有還期，空悲蕙草之摧耳，蓋自惜其容華凋謝也。

○**送友人** 李白

青山横北郭。

此詩《訓解》盡之，詩意明也，故不重出。《句解》間有弊。

○送友人蜀　　李白

芳樹籠秦棧，春流繞蜀城。

非慰其意，亦非謂險，只是賦景。

升沈應已定，不必問君平。

此使友人安心之言，《句解》是也，《訓解》大誤。

○秋登宣城謝朓北樓[一]　　李白

人煙寒橘柚，秋色老梧桐。

橘柚帶人煙而獻寒色，梧桐凋落以見老秋之象。

誰念北樓上，臨風懷謝公。

太白平素極稱謝朓，故此亦及之。言世人登此樓者，徒愛景象之美耳，我對此益懷謝公文采風流也，故題特著「謝朓」字。

【校勘記】

［一］朓：原本訛作「眺」，據《李太白文集》卷十八改。下文兩處「朓」字亦據改。

○臨洞庭　孟浩然

波撼岳陽城。

樓之映水也，風鼓波，其影蕩摇。《風土記》亦謬。

欲濟無舟楫，端居耻聖明。

方今聖明之世，端居而不仕，可耻之至也，而無舟楫薦達我也。端，正也。

坐觀垂釣者，徒有羨魚情。

見釣者之得魚，我亦生羨魚之情，此因臨湖，寓進仕之意。唐孫光憲《北夢瑣言》云：襄陽孟浩然與李太白交游，玄宗徵李入翰林。孟以故人之分，有彈冠之望，久無消息，乃入京謁之。一日玄宗召李入對，因從容説及孟浩然，李奏曰：「臣故人也，見在臣私第。」上令急召，賜對，俾口進佳句。孟浩然誦詩曰：「北闕休上書，南山歸敝廬。不才明主棄，多病故人疏。」上意不悦，乃曰：「未曾見浩然進書，朝廷退黜。何不云『氣蒸雲夢澤，波動岳陽城』？」緣是不降恩澤，終於布衣而已。由此觀之，則謂浩然終始無意於仕途者，非也。

○題義公禪房　孟浩然

義公習禪寂，結宇依空林。

義公依空林而結宇以習禪寂，「依」字安訓「倚」？

夕陽連雨足，空翠落庭陰。

中聯總是賦所見之景。上句非謂山中陰晴異，下句不必貼一峰秀。

方知不染心。

不染心，佛語，是悟道之言，非知義公之心。

○終南山　王維

近天都。

天都，直謂上天，《訓解》「都」爲帝都，蓋非。

白雲回望合，青靄入看無。

白雲回望之際而合矣，青靄入看，忽焉無矣。

分野中峰變。

《訓解》云中峰之北爲雍、爲井鬼，其南則爲梁、爲荆、爲翼軫也。

○過香積寺

王維

不知香積寺，數里入雲峰。

寺幽邃不知在何處，攀雲而尋之也。《訓解》爲不知寺之入雲如此，甚無味，恐非也。《句解》爲不知山中有寺，大非。

深山何處鐘。

山中遥聞鐘聲，將何處乎？《句解》爲聞鐘始知有寺，大誤。

○登辨覺寺　　王維

竹逕從初地。

初地，佛語借言進路之初。《句解》云暗含悟入，經位階而至佛心意，此説是也。或曰《句解》鑿，然落句曰「空居法雲外，觀世得無生」，則詩固含此意。菩薩修行有十地等階，初地曰「歡喜地」，第十地曰「法雲地」，至法雲地爲修行圓滿，故至結句云然。

空居法雲外，觀世得無生。

釋氏天有空居天、法雲十地之位，並借用之。空居，今謂虛空之居，言似居虛空於法雲之外，觀念世諦，遂證得無生法忍也。

○送平淡然判官　　王維

瀚海經年別，交河出塞流。

君出塞，則見交河流，遂至瀚海，是經年之別也。

○**送劉司直赴安西**　王維

苜蓿隨天馬，蒲萄逐漢臣。

昔西戎服中國，天馬、苜蓿及蒲萄逐漢臣而來，今當示威也。

當令外國懼，不敢覓和親。

十字句。舊下五字別讀，「不敢」字無謂，非也。

○**送邢桂州**　王維

赭圻將赤岸，擊汰復揚舲。

十字句。所經之赭圻赤岸，擊汰而進，復揚舲而行。

○**使至塞上**　王維

屬國。

屬漢之國，即居延也。

○**觀獵**　王維

千里暮雲平。

只是獵後景象，不必言太平。

○**送張子尉南海**　岑參

重蜃氣。

蜃氣重疊，結成樓臺，讀平聲爲是。

海暗三山雨，花明五嶺春。

只是邊地風景，《句解》一片雨、一片晴之説，非也。

慎勿厭清貧。

《評》云：不曰勿貪，曰勿厭貧，立言妙絶，温厚直諒。

○**寄左省杜拾遺**　岑參

聯步趨丹陛，分曹限紫微[一]。

唐云：趨朝則同，歸曹則異。

曉隨天仗入，暮惹御香歸。

《句解》之說非詩意，非。

聖朝無闕事，自覺諫書稀。

此蓋參就官之始寄杜也，故云「自覺」，而杜不答其意也。《句解》云反語激杜者，謬矣。

【校勘記】

[一]微：原本訛作「薇」，據《文苑英華》卷二百五十三改。

○**登總持閣**　岑參

近日邊。

謂天日也，非指長安。

早知清净理，常願奉金仙。

早既知清净之理，平常願奉金仙也，如舊解「常願」二字，無謂。

○送劉評事充朔方判官賦得征馬嘶　高適

思深常帶別，聲斷爲兼秋。

馬聲似思深者，長途常帶别愁故也。其如欲斷絶者，兼秋色故也。

岐路風將遠，關山月共愁。

岐路之悲鳴，風送而遠聞。嘶於關山，則與月共催愁。

贈君。

持嘶馬之悲附與君，故曰「贈」。

○送鄭侍御謫閩中　高適

謫居君無恨。

以我舊過慰之。

南天瘴癘和。

和，和合。言多也。

○使青夷軍入居庸　高適

○自薊北歸　高適

驅馬薊門北，北風邊馬哀。

自是叠字法，非以率意作然也。

不得意。

敗軍之故也，非以諸將不恤軍務也。

長劍獨歸來。

《句解》云徒帶長劍，不能爲之用而空歸來，大穿鑿。按此詩題曰「自薊北歸」，則非哥舒翰敗於潼關時之作，亦非及帝於河時之作。

○醉後贈張九旭　高適

床頭一壺酒，能更幾回眠。

《句解》云此句照題「醉後」二字，言適喜就旭之床頭而屢得醉眠，蓋旭以相識能遇之故爾。此說是也。《訓解》誤。

○登兗州城樓　杜甫

浮雲連海岱，平野入青徐。

余每誦此二句，如親登兗州城樓而觀望焉，何用解之爲？《句解》「纔」「下」「遠」「近」字，乃句意甚卑近，且變「入」爲「跨」，大傷雅，學者不可不知也。

孤嶂。

「孤」字，何必「危嶮」？

○房兵曹胡馬　杜甫

胡馬大宛名。

大宛之名産。

竹批雙耳峻。

批，匹迷反，《韻會》：與剕通，削也。此言雙耳如削而峻聳也。《句解》讀如「批鱗」之「批」。「批鱗」之「批」，《集韻》《韻會》並蒲結反，則聲律不協，且《史記》註云「謂觸擊」，於此義無當。《句解》好異之失也。

所向無空闊。

無空闊，無前之意。

萬里可横行。

多以反言看之，江氏之僻。

○春宿左省　　杜甫

花隱掖垣暮[一]。

掖垣之花，向暮隱微。

星臨萬户動，月傍九霄多。

只是禁中夜景。臨傍，非近逼，亦非深夜。

【校勘記】

[一]垣：原本訛作「桓」，據《杜詩詳註》卷六改。下文「掖垣之花」之「垣」亦據改。

○秦州雜詩　　杜甫

懸軍幕井乾。

《句解》云：幕下井中水涸乾。懸軍，鄧艾伐蜀懸軍深入是也。此説是也。

風連西極動，月過北庭寒。

西極，吐蕃。北庭，烏孫。《句解》云西北俱兵象，故風月特寒凉，亦是。

○送遠　杜甫

送遠行之人也。《句解》爲贈遠人詩，此以有「别離已昨日」之句也。此詩自發端至「關河霜雪清」，平心誦之，無非送别者。第七句，《句解》不得解也。

親朋盡一哭。

親戚朋友盡哭而相送也，曰「一哭」者，謂哭之甚也。

别離已昨日。

此句四仄一平，安不曰「如」而曰「已」乎？「已」字至重也，言别離已是昨日，而今猶輾轉不能已，是以古人消魂之情，今始知之也。《句解》以爲昨日已别離，今日何相送，此不知詩人之情也。述别後之情，所以示厚也。詩固有言别後者，「孤帆遠影碧空盡，唯見長江天際流」是也。《句解》不知「已」字之意味，强爲「如」字而解焉。

○題玄武禪師屋壁　　杜甫

錫飛常近鶴，杯渡不驚鷗。

《句解》云：因圖中有鶴鷗而言，蓋禪師固無競争心，故錫飛常與鶴群，固無機心，故杯渡海自不驚鷗。

翻用誌公白鶴道人、杯渡師海上翁之事，以稱禪師德。

似得廬山路，真隨惠遠遊。

與禪師共對圖畫，則似入廬山隨從遠公而遊也。此詩《句解》盡之。

○玉臺觀　　杜甫

浩劫因王造。

浩劫，道家稱「往古」，一云「宫殿大階級」。《句解》云與「平臺」相睨，爲大階可。愚謂此詩不必對起，若對「平臺」，應有他稱謂，不可用「浩劫」字面，且「因」字無意謂，全篇以仙期之，必是以道家文字用之者。按浩劫，道、釋二家皆是經歷之意，爲階級亦此義也。《訓解》云此觀因往古滕王所建，故有此平臺。杜意蓋不過如是。

綵雲蕭史駐。

《句解》云望彩雲則疑蕭史來駐是也，解拘。

文字魯共留。

魯共王以喻滕王，言魯共所得之文字，今猶留于壁上，是壁書也，非碑文。

宫闕通群帝。

宫闕高峻，其氣通群帝之座。

乾坤到十洲。

别是一天地，如到十洲。

人傳有笙鶴，時過北山頭。

笙鶴，暗用王子晋之事，以比滕王。十字句，《句解》是，但爲感慨之言，非。《訓解》用王子晋事，非是。

○觀李固請司馬題山水圖　杜甫

方丈渾連水，天台總映雲。

方丈，海中仙島，故云「連水」。天台，陸地靈嶽，故云「映雲」。圖是山水，故假方丈、天台言之。

人間長見畫，老去恨空聞。

以在人間故不能往觀，至老止空聞之以爲恨，唯得向畫圖中見之耳。「長」字妙，竟於見畫之意。

范蠡舟偏小，王喬鶴不群。

圖中有舟與鶴，故假二子言。有舟之偏小，定是范蠡所乘。又鶴之不群，得非王喬之駕。因思一脱世紛，一登仙去，得抵於此，感我不能。故下以此結之，何等巧思。

此生隨萬物。

此生，對范、王看。《句解》云：任萬物之擾擾。

〇禹廟　　杜甫

雲氣生虚壁，江聲走白沙。

上句，《句解》云言荒凉，是。次句「白沙」，《訓解》似爲山名，非也，只是江水走白沙之上也。

早知乘四載，疏鑿控三巴。

早知，屬公言我早知疏鑿之功，今聞江聲走白沙，倍信之也。疏，通也。鑿，堀也。

○**旅夜書懷**　杜甫

名豈文章著，官因老病休。

名既不著，官亦因老病而休退。《句解》猶可，《訓解》則鑿。

○**舟下夔州郭宿雨濕不得上岸別王十二判官**　杜甫

風起春燈亂，江鳴夜雨懸。

《訓解》云：始宿之時，尚見月色，俄而風起雨滴。

勝地石堂煙。

煙，本作「偏」，以「濕」字活用，「煙」是實字，後人改之也。殊不知「濕」「煙」本敵對，「尋常」「七十」是公手段。固如此，何擇死活？石堂偏，何意味之有？今從《訓解》作「煙」。

柔艣輕鷗外，含悽覺汝賢。

柔艣，猶云輕舟。一句言柔艣周旋得自由，出于輕鷗之外。含悽，大舸不得上岸而別，故云。汝，指柔艕，言於是覺汝賢於大舸也。此義《句解》始發之，甚可嘉賞。

○**登岳陽樓**　杜甫

○**次北固山下**　王灣

再宿曰「信」，過信曰「次」。此《春秋》之書法，他書不可以是看。

風正一帆懸。

風正則帆亦正。《句解》大誤。

江春入舊年。

江南春色，自冬而發，故曰「入」。

○**江南旅情**　祖咏

楚山不可極。

是時自楚歸吳，故託言楚山不可行盡，故歸。

劍留南斗近。

劍，旅人之資斧。劍留，謂己留滯也。南方，故云「南斗近」，暗用豐城劍事。

爲報空潭橋，無媒寄洛橋。

上曰「書寄」，因之曰「爲報」。橋是江南名産，故思及，或有其事。

○蘇氏別業　祖詠

○望秦川　李頎

○宿龍興寺　綦毋潛

○**胡笳曲**　王昌齡

聽臨關月苦。

關月臨之時，聽之辛楚不可堪也。

○**同王徵君洞庭有懷**[一]　張謂

不用開書帙，偏宜上酒樓。

旅寓傷心，何事讀書，只當飲酒而慰永懷也。《訓解》大誤。

故人京洛滿。

《句解》云詩交遊之多也，是何意乎？

【校勘記】

［一］洞庭：《全唐詩》卷一百九十七作「湘中」。

○**破山寺後禪院**　常建

○**渡楊子江**　丁仙芝

林開楊子驛，山出潤州城。

《訓解》云：驛在江北，城在江南，承上「兩畔」而言也。

海盡邊音静[一]。

邊境至海盡頭，音響静寂。

朔吹。

北風也。

更聞楓葉下，淅瀝度秋聲。

唐云：承朔吹來。

【校勘記】

〔一〕音：《國秀集》卷中作「陰」。

○聞笛　張巡

不辨風塵色，安知天地心。

《句解》云決戰而不掃風塵暗，暗色，則奚知天地之心在治乎？在亂乎？按此句不直說破，婉曰「不辨」，《句解》以「掃」字解之，是也。

○岳陽晚景　張均

園紅柿葉稀。

園樹染紅，又且半凋落，故曰「稀」。此句有解爲紅葉布地，故樹上「葉稀」，過巧非是，故詳焉。

○**穆陵關北逢人歸漁陽**　劉長卿

楚國蒼山古。

山色蒼蒼，謂亂後景象也。

○**題松汀驛**　張祜

那知舊遺逸，不在五湖中。

此句意義不詳，闕疑可矣。

○**聖果寺**　僧处默

詩意明白。

卷四　五言排律

○送劉校書從軍　　楊炯

天將下三宮，星門召五戎。

天將，天子之將軍也。三宮，未詳，只爲帝闕看可也。《句解》爲南内，是時未有南内，非也。召五戎，不成義。《訓解》云「召」一作「列」，良是。

秋陰生蜀道，殺氣繞湟中。

直賦時之景色。《句解》爲防秋之義，蓋非也。

風雨何年別，琴尊此日同。

今日暫同琴尊而相歡，然此風雨中，終是相別矣，不知相逢在何年也。

○**靈隱寺**　宋之問

夙齡尚遐異，披對滌煩囂。
自早歲歸依遐異之法，今披對之，頓滌除煩惱也。遐異，今謂佛道。

待入天台路，看余度石橋。
言我遊于此，心既蟬脱，汝若不信，則見余入天台、度石橋而可以知也。天台之石橋，非忘其身者則不能渡焉，故以渡之，爲悟道之證。「看余」云者，假設之詞，非對人而言。凡唐人咏佛寺，皆言感得法於境。二《解》爲未慊於靈隱之解，恐非。

○**宿温城望軍營**　駱賓王

虜地寒膠折，邊城夜柝聞[一]。
虜地寒膠之折，是入寇之候也，故嚴夜柝而備之。

兵符關帝闕，天策動將軍。

兵符自帝闕關來，謂自朝廷出也。天策，天子設計策，授之以感動將軍。《訓解》《句解》並非。

塞静胡笳徹，沙明素練分。

塞静，故笳音徹也，《句解》非也。沙明，可以辨别軍士之素練也。

風旆翻翼影，霜劍轉龍文。

旆畫朱鳥，故云「翻翼影」。劍有龍文，故云「轉龍文」。《句解》爲以翼龍形容旆劍，非也。

白羽摇如月，青山斷若雲。

《家語》云「白羽如月」，《句解》爲白羽箭，是也。但云軍騎負白羽凌山徑，如月出没于青雲中，則非也。只是言軍裝也。下句但取屬對，謂虜地曠漠，言青山懸斷如雲之簇也。

煙疏疑卷幔，塵滅似消氛。

只是軍中閑暇之景象。《句解》大穿鑿。

投筆懷班業，臨戎想顧勳。還應雪漢耻，持此報明君。

顧勳，《訓解》爲晉顧榮事，而云吾想班、顧二子亦皆書生耳，乃能奮迹戎行，我豈不當持雪耻之勳以報天子哉？觀「臨戎」之言，則《訓解》甚得之。今於望軍營之際，乃起此念也。《句解》以「顧勳」非夷狄爲非，以「顧」一作「召」，轉「顧」作「虎」，爲召公虎平淮夷之事。夫書生之志功業，何必征戎？召公虎之平淮夷，遠而微。顧榮之敗叛賊，近而顯。賓王恐不用召公之事，且詩家多用姓，不合單用其名。又其作「召」，不可指定召公之事。落句，《訓解》自可也。「持此」者，持雪漢耻之功也。《句解》穿鑿已甚矣。按「顧」字以國音同「虎」，故《句解》作「虎」，不知本音夐別。

【校勘記】

［一］析：原本作「拆」，據《全唐詩》卷七十九改。下文「故嚴夜析而備之」之「析」亦據改。

○在廣聞崔馬二御史並登相臺　蘇味道

振鷺纔飛日，遷鶯遠聽聞。

振鷺、遷鶯，並《詩經》字面。遷鶯，喻升進。振鷺，謂即列之儀。言二君見擢，纔振振之日，吾在遠方聞之也。《句解》謾譏《訓解》，此不善讀書之失也。《訓解》言吾宦遠方，猶且聽遷鶯之榮也，故前云「振鷺」「遷鶯」喻官之遷轉，豈不知之者乎？

明光共待漏，清覽各披雲。

明光，尚書奏事之殿，故云爾。清覽，清士之具瞻也。披雲，晉樂廣爲尚書郎之日，衛瓘稱之言，今借用之。《句解》非也。

喜得廊廟舉，嗟爲臺閣分。

嗟喜分臺閣，偕得廊廟之舉也。《訓解》云門下省爲鸞臺，中書省爲鳳閣，尚書省爲文昌臺，其郎各因臺閣，改易爲名。意二人必一拜門下郎或尚書郎，一拜中書郎，故云「臺閣分」。

故林懷柏悦，新握阻蘭薰。

故林，指御史府，既去御史，故曰「故林」。陸機《嘆逝賦》云「信松茂而柏悦」，「柏悦」本此。漢制，尚書郎懷香握蘭，趨走丹墀。言君應時懷御史府柏樹之悦茂，而爲新握蘭之寵所阻，不得見焉。二《解》皆失之。

冠去神羊影，車迎瑞雉群。

神羊，即獬豸，御史以獬豸爲冠。瑞雉，漢蕭芝爲尚書郎事。今自御史遷尚書，故云「去」，云「迎」。

遠從南斗外，遥仰列星文。

味道在南荒，故云「南斗外」。郎官，上應列宿。

○奉和幸韋嗣立山莊應制　　李嶠

南洛師臣契，東巖王佐居。

莊在長安之東，驪山、洛水之南。師臣、王佐，並指嗣立。《訓解》大誤。

幽情遺紱冕，宸眷矚樵漁。
遺，遺忘也。帝遺忘紱冕之貴，來矚樵漁，此以宸眷韋故也。《句解》非。

制下峒山蹕，恩回灞水輿。
天子之命曰「制」，天子之行曰「蹕」。峒山，即崆峒。黄帝學道於廣成子處，以嗣立比廣成子。言中宗爲求道，下幸其莊之制，乃回輿而至其莊，亦是恩寵之故也。灞水，莊之近地，只是取屬對。《句解》就「回」字强求意義，大穿鑿。

石磴平黄陸，煙樓半紫虚。
黄陸，天之黄道。虚，太虚。紫虚，紫微宫。皆謂其高也。

寧知天子貴，尚憶武侯廬。
先主之三顧，爲成王業也。今天子已貴矣，誰知其尚如此乎？可以見恩寵優渥也。《訓解》固非也，《句解》亦多蛇足。

○**白帝城懷古**　　陳子昂

日落滄江晚，停橈問土風。

二句平平看過可也。《句解》動輒斧鑿。

荒服仍周甸，深山尚禹功。

雖在荒僻，於周爲甸服；深山疏鑿，今尚念禹功。凡此篇，《訓解》多僻説。

○峴山懷古　陳子昂

秣馬臨荒甸，登高覽舊都。

爲「秣馬」「登高」，因以眺望也。《句解》云途遠恐馬足疲，故宿秣養。此何與于詩？且雖不疲，而不食之乎？何唯馬也？又特言「宿」，何哉？次句，云欲盡於一覽之頃，故登高顯所，無用之贅語。

猶悲墮淚碣，尚想臥龍圖。

想羊公仁德，今猶可墮淚，故云「猶悲」，下「尚想」與此同看。「圖」字，《訓解》爲八陣圖，《句解》爲圖略，皆可也。此等不質諸作者，則難得其實。《訓解》云圖存，非復臥龍，畫蛇足。

丘陵徒自出，賢聖幾凋枯。

襄陽，古昔群賢之所聚，今皆凋枯，唯丘陵在。《句解》「丘陵」爲墳墓，此緣天子之墓曰「陵」，誤。

野樹蒼煙斷，津樓晚氣孤。

只是景狀。《句解》爲野徑、爲墟、津樓無人，大非。

誰知萬里客，懷古正踟蹰。

萬里之客而此踟蹰，誰知我懷古也？《訓解》云無可爲俗人言者，《句解》云今少問古者，誰知我胸懷乎？並非也。

○**贈蘇味道** 杜審言

北地寒應苦，南城戍不歸[一]。

北地、南城，泛言胡地。爲地名，非也。爲南北單于，尤非也。

雨雪關山暗。

《句解》云説亂中象暗黑，不知何謂。

秋高塞馬肥。

邊地至秋草茂盛，故漢馬在塞者亦肥。《句解》云軍役休是以肥，非。

據鞍雄劍動，搖筆羽書飛。

此言味道奮勇健筆之狀。《訓解》報捷，《句解》胡虜傳檄服，並文外之意。

輿駕還京邑。

《句解》爲中宗征契丹時之事，或然。

【校勘記】

[一]戌：原本訛作「戍」，據《文苑英華》卷二百四十九改。

○酬蘇員外味玄夏晚寓直省中見贈[一]　沈佺期

並命登仙閣，通宵直禮闈。

《句解》云中書、尚書二省爲鸞臺、鳳閣，蘇、沈偕爲鳳閣侍郎歟，故曰「仙閣」。是説當是，《訓解》迂也。凡天子，以仙期之，故稱「仙閣」，以禁省，故云「禮闈」。

大官供宿膳，侍史護朝衣。

大官，主膳食之官。宿膳，直宿之膳。《訓解》云唐尚書郎入直，官給帷帳氈褥，侍史二人，執香爐護衣服。言享大官之膳，分女史之香，榮寵殆甚。《句解》爲觀御服御膳之供備，甚無味，且宮中深秘，直官或不得看之。

捲幔天河入，開窗月露微。

入者，入於幔中也，夜深天河影低如入，故云。《句解》爲「没」，天河可曰没乎？月落而映露，其光微也。《句解》云月色露光共霏微，不得其解。

小池殘暑退，高樹早涼歸。

池邊夜來之暑既退，高樹早朝之涼還至。

軒車待漏飛。

至曉聞早朝也。《句解》是，而《訓解》非。

三署有光輝。

《訓解》云凡居三署者，與有光焉。《句解》亦同此，而以膚説斥《訓解》，何哉？

【校勘記】

［一］玄：《全唐詩》卷九十七作「道」。

○同韋舍人早朝　沈佺期

明光曉奏催。

明光，奏事之殿。

一經傳舊德，五字擢英材。

漢韋賢爲丞相，子玄成復以明經歷位宰相，鄒魯諺曰：「遺子黃金滿籯，不如教一經。」韋嗣立兄弟，學從父思謙傳，故比之。五字，鍾會事中書故事，借稱韋文藻。

儼若神仙去，紛從霄漢回。

以韋丰姿擬神仙。其趨朝也，威儀儼正，紛然退也，如仙從霄漢降。霄漢，暗喻宮禁。紛，群貌。

千春奉休曆，分禁喜趨陪。

喜相共千春、奉休曆，各分禁省，同趨陪於朝。

○奉和幸長安故城未央宮應制　宋之問

漢王未息戰，蕭相乃營宮。

此直述古也。《句解》云「未息」猶曰不忘者，何也？

壯麗一朝盡，威靈千載空。

此謂今也。壯麗、威靈，並蕭何答高帝語。

寒輕綵仗外，春發幔城中。

蓋幸時是冬，故云然。

樂思迴斜日，歌詞繼大風。

樂，《訓解》音「洛」爲是。思，去聲。言歡樂之思，欲迴斜日。《句解》「樂」如字，「思」辭，非也。今日叡藻之歌詞，實繼漢祖大風之詩也，《句解》穿鑿甚矣。

今朝天子貴，不假叔孫通。

今日朝廷制度文物悉備焉，天子固自貴矣，非如漢高假叔孫通而後貴也。《句解》云不借朝儀之力，非也。

○奉和晦日幸昆明池應制　宋之問

槎拂斗牛迴。

昆明池有牽牛、織女二石人，故用海上人乘槎到天河事。

春遲柳暗催。

日遲遲，柳暗催春。

象溟看浴景，燒劫辨沈灰。

景，日景也，訓「影」者，非。劫灰，是昆明池事實，故用之，非謂清瑩。

○和姚給事寓直之作　宋之問

還從避馬路，來接珥貂行。

姚自御史而遷侍中也。

寵就黄扉日，威迴白簡霜。

黄扉，黄門，即侍中也。《句解》云黄門密近宸居，故曰「就」「日」。次句，謂去御史也。

柏臺遷鳥茂。

遷鳥，鶯遷喬木之事。言姚遷鶯之榮，如臺柏之茂。

禁静鐘初徹。

徹，鐘聲之徹也。至禁省静定而鐘聲初徹聞也。

○早發始興江口至虛氏村作　宋之問

候曉踰閩嶂[一]**，乘春望越臺。**

春曉踰閩嶂，因以望越臺也。《句解》文外生意，誤學者不少。

宿雲鵬際落，殘月蚌中開。

南溟，故用「鵬」字。殘月懸於海上，疑是老蚌吐珠。

薜荔摇青氣。

只是所見之景。《句解》大添蛇足。

鬢髮俄成素。

俄頃變白也。《句解》俗意甚。

行剪故園萊。

只是思歸也。《句解》云開故園草萊而深藏耳，因訓「行」爲逃去人世，其穿鑿如此。

【校勘記】

[一] 嶂：《全唐詩》卷五十三作「嶠」。

○**同錢楊將軍兼原州都督御史中丞**[一]　蘇頲

右地接龜沙，中朝任虎牙。

上句述任處，《句解》文外生意。中，「中國」之「中」，對四邊之辭，且取屬對，《句解》對外朝而説，非也。虎牙，謂勇武，此非官名也。

然明方改俗，去病不爲家。

《句解》因「方」字，以爲以「然明」「去病」爲鑒戒以諷之。「方」字未見其意，不必然。

軍容出塞華。

率軍而趣塞，行裝甚整華。

朔風搖漢鼓，邊月思胡笳。

擊鼓於朔風中，其聲相雜，如風鼓動之然。或向邊月時，應聞胡笳之悲。此二者，我預思之也。《訓解》固非，《句解》則俗意甚。

旗合無邀正，冠危有觸邪。

旗合，謂隊伍整肅，説見《訓解》。言戎虜不能當我正正之陣。御史法冠，用獬豸，取觸邪之義。危，猶嚴也。此謂不但御史執法，兼能折衝千里也。

當看勞旋日，及此御溝花。

「當看」者，當及看御溝花也，唐詩此例甚多，《訓解》爲是。《句解》訓「望」訓「觀」，大加鑿説。

【校勘記】

[一]楊：《文苑英華》卷三百作「陽」。

○奉和聖製途經華岳　張説

玉鑾重嶺應。

玉鑾之聲，應響於重嶺也。《句解》「應」字不穩。

寒空映削成。

只是寒空之色，映於削成也。《句解》云「共一色」，非。

軒遊會神處，漢幸望仙情。

《句解》云含結句勸封岱之意，以濟張説主張登封之説。在結句則尚可也，何預黄帝、漢武遊幸華山之事？

舊廟青林古，新碑緑字生。

《訓解》云曩時之廟與青林而共古，新立之碑亦見緑苔生於字間矣，是也。《句解》鑿甚。

群臣願封岱，迴駕勒鴻名。

《訓解》云帝之此行，方有事於泰山，故言群臣雖願封岱，然回駕之日，亦當勒名于此，以紀來遊之意。從「軒遊」句誦來，則《訓解》説甚的當，《句解》似不解焉。

○奉和聖製早度蒲關　張九齡

魏武中流處，軒皇問道回。

唐云：上句即地引事，下句援古喻今。《句解》云有諷意，非也。

高掌曙雲開。

高掌，謂山峰也，必爲華山仙人掌，拘。曙雲開，述所遇之景。《句解》大誤。

龍負王舟度，人占仙氣來。

《句解》云：玄宗所御龍舟，宛如龍負舟護送，萬衆皆陪登封，故各占仙氣。《訓解》誤。

河津會日月，天仗役風雷。今天子在，故云「會日月」，不深求其義，可也。威儀嚴肅，風雷亦可役使也。《句解》云使風雷清道，拘泥「役」字，爲此解。

東顧重關盡，西馳萬國陪。東顧登封歸來之程，則凡所經歷山川關隘，至此而盡也。《句解》「重關」爲蒲關，而云自關而東盡于一覽，非也。馳，「馳道」之「馳」也。言西馳趨而陪者，皆是萬國之臣僕。《句解》云萬國山岳，陪侍於此地。山岳，本文所無，且「馳」字、「萬國」字不穩，謬矣。

還聞股肱郡，元首咏康哉。聞，九齡聞之也。元首，指天子。康哉，指御製之詩。言我聞此以股肱郡故，天子特爲康哉之咏。此本《虞書》「元首明哉，股肱良哉，庶事康哉」之歌。股肱郡，漢文帝語，《訓解》非是。《句解》失「聞」字義，其説尤非。

○和許給事直夜簡諸公　張九齡

武衛千廬合。

武備之衛士也，言禁中嚴肅。《句解》以不關給事爲非，拘。

左掖知天近，南窗見月臨。

左掖，中書左省，乃其直處，近於皇居，故云「知天近」。下句，如字面而無意義。《句解》與上句相貼，爲日月照臨，大鑿。

樹摇金掌露，庭接玉樓陰。

云「金掌」者，謂露光亦非人間中之物也。下句，言庭之接於玉樓，非言樓也。

他日聞更直，中霄屬所欽。

此二句甚難解。《訓解》云我於他日聞此終霄更直者，乃生平所欽慕。《句解》云他日我聞之與許同僚更直，徒乃其所欽，故於直宿之中霄而時屬思爾。述題簡諸公之意，皆未切也。余爲之説云：他日我容聞更直于此者，中霄對此景，屬心欽君文采風流也。猶未自信，姑録俟君子之正。

聲華大國寶，夙夜侍臣心。

許給事于君，夙夜不懈，是以聲華大茂，以爲國寶矣。《句解》是也，但《訓解》亦非稱所欽之人。

逸興乘高閣，雄飛在禁林。

宴居乘興，乃上閣而賦詩。雄飛在禁林，亦吐藻。《句解》以「雄飛」爲出于禁苑衆雌之上，恐不然。

寧思竊抃者，情發爲知音。

曹植云：聞樂而竊抃者，或有賞音而知道也。竊抃，如擊節稱善之言。言我誦君詩，竊擊節賞之。竊抃者，自言也。君安思我情發和之者，爲知君徽音。

○酬趙二侍御使西軍贈兩省舊寮之作　張九齡

石室先鳴者，金門待制同。

《訓解》云御史主石室，乍起將兵，故云「先鳴」，言此石室先鳴之人，乃我所同待制金門者也。《句解》「先鳴」必以鬥鷄解之，大非。又爲趙自御史經省郎而爲將軍。按此云「石室先鳴」，下又云「聲滿柏臺中」，則知自御史直爲將軍。

操刀常願割，持斧竟稱雄。

「願」「竟」相呼應。《訓解》云君每操刀思割，急於勳名，今果持斧稱雄矣。持斧，御史爲使者捕盜之事。「操」字與「取」固異也，但《句解》云平生習熟使刀而術存已，則非也。

應敵兵初起，緣邊虜欲空。

言趙按兵不妄動，及敵至而用兵，其云「初起」，可以見也。魏相曰：敵加于己，不得已而應者，謂之應兵，兵應者勝，此義也。《句解》誤。緣，「緣飾」之「緣」；緣邊，即邊塞地。言胡虜慴伏不敢窺邊。《句解》

對上「應敵」，必欲自下而讀，故曰猶「緣木」之「緣」，和習之陋也。

忽枉兼金訊，非徒秣馬功。

言見贈詩也。陸機詩：「良訊代兼金。」下句，《句解》云趙非徒事軍務，兼有文雅，是也，《訓解》誤。

明時獨匪報，常欲退微躬。

欣羡君輩爲國立勳功。方今清明之時，我獨無報君之才，常思與徒玷華省，不如退身矣。此語不足爲諷意。又爲不忍居朝者，尤非。

○奉和聖製送尚書燕國説赴朔方軍

張九齡

《句解》因詩中有「歌鐘」字面，爲令説主和親，可大笑之甚也。明皇、盧從愿、張嘉貞亦同賦，皆取制勝之義，何不知之乎？又「和」字猶可言也，「親」字何所見而言之乎？若不知「和」與「親」之別，無再爲沈賊所笑乎？

天與三台座，人當萬里城。

謂説在三公之位，以三台爲言，故云「天與」，亦天命使然也。下句，説之强禦，與長城相抵當，本于檀道濟之言。

河右暫揚旌。

揚旌，謂戰鬥。《句解》大誤。

山川勤遠略，原濕軫皇情。

遠略，經略遠方也，不徒巡行也。原濕，本于《詩》，勞使臣之義。軫，動也，《句解》爲推轂之義，大非。

言主上今使張説，勞之動皇情也。

爲奏薰琴唱，仍題寶劍名。

承上言主上爲勞説，故張宴樂餞之。題名於劍，漢肅宗事。

留侯功復成。

功，指運籌决勝。

歌鐘旋可望，枕席豈難行。

歌鐘，魏絳事。枕席，趙充國事。言邊庭平定功，必易矣。其凱旋之時，歌鐘之賞賜，今猶可望也。

○奉和聖製暮春送朝集使歸郡應制　王維

《訓解》云自外入朝與朝班者曰朝集使，或然。《句解》爲節度使，未必然也。果然，則何不云「鎮」而云

「郡」乎？

萬國仰宗周，衣冠拜冕旒。

王者，天下之宗，故古稱「宗周」，今假指朝廷。此本不待辨。而《句解》謂周西京固爲宗，至東遷賴諸侯而立爲共主。唐肅宗以來，借藩鎮勢而天下安靖，猶周東遷。禄山之亂，肅宗恢復京師，天下復宗之，故云「仰宗周」。因以朝集使爲諸侯矣，一如夢中之語。下句衣冠指朝集使；冕旒指天子。此句，《句解》又大畫蛇足。

來預鈞天樂，歸分漢主憂。

天子之樂，故比「天樂」。憂天下之民，是天子之事。郡守分民治之，故云「分漢主憂」。《句解》云未聞天子之樂者以比「鈞天樂」，又歸則憂國家，故止聞樂之頃，暫時爲樂，小兒童之言也。又爲勞客之詞，非也。

宸章類河漢，垂象照中州[一]。

十字句。中州，《訓解》云猶中國也，是也。中國對四邊，中國之郡牧，故云然。《句解》訓「滿州」，不知何謂也。

【校勘記】

[一]照：《全唐詩》卷一百二十七作「滿」。

○**送李太守赴上洛** 王維

此詩意義明也，《句解》多爲蛇足，讀者可詳之，不復辨。

○**送秘書晁監還日本** 王維

此詩亦不須解而明也。《訓解》解詩意，間有誤不可盡從，《句解》却無之。

○**送儲邕之武昌** 李白

黃鶴西樓月，長江萬里情。春風三十度，空憶武昌城。

四句一連語，言我有欲到武昌看黃鶴樓月，臨長江萬里流之情，空憶之三十年，猶未能也。《句解》「三十度」之解，大僻説，不足辨也。此以三十年，言過甚也，太白豪放豈拘乎？「白髮三千丈」可以見也。

送爾難爲別，銜杯惜未傾。

今君到其地，惜別故不欲傾盡。叙別止二句，以爲關鍵。以下又叙其地，無限意思。

湖連張樂地，山逐泛舟行。諾謂楚人重，詩傳謝朓清。

謝朓詩，指「洞庭張樂地，瀟湘帝子遊」之作。此二句，言人傑地靈也。

滄浪吾有曲，寄入櫂歌聲。

滄浪歌亦楚事，云「吾有曲」即指此詩，非有深意也。《句解》可厭。

○陪張丞相自松滋江東泊渚宮

孟浩然

張丞相，諸家皆爲九齡。《句解》云此時張未爲丞相，後人所加也。其考證甚明白，無可疑也。然果曲江否？未可知也。

放溜下松滋，登舟命楫師。

此張巡部之時，浩然從之也。上句定爲自命詞，拘。

洗幘豈獨古，濯纓良在兹。

洗幘，楚陸通事。古云：滄浪之水清兮，可以濯我纓。滄浪之水濁兮，可以濯我足。其地在此。今政和時清，昔有洗幘者，擬之可以濯纓也。此因舟行以美張氏德政，下二句亦然，《句解》不得其解。

雲物凝孤嶼，江山辨四維。

至日書「雲物」，此日蓋冬至，故云然。四維，四方之固也。

漁歌激楚辭。

激楚，清聲也，見《楚辭》注。

○送柴司户充劉卿判官之嶺外　高適

《訓解》云嶺外之使劉卿，當行時有所避，則以司户充判官而往。《句解》云讀爲柴司户從劉卿判官之嶺外，蓋判官，劉卿本官，出使嶺外，柴司户與往也，又云柴代劉判官之嶺外，故曰「充」。《句解》既云「從行」，又云「代劉判官」，前後言矛楯。且如其説，則當云「柴司户從劉判官之嶺外」，且「充」字不可通，且全篇無一語及從行人者，且判官爲劉本官，當直云「劉判官」，安用「卿」字？如《訓解》則不可無代行之言，爲難從也。愚按劉卿爲鎮府，先既在嶺外，今以柴充之判官而使往也。

嶺外資雄鎮，朝端寵節旄。**月卿臨幕府，星使出詞曹**。

資，「萬物資生」之「資」，謂立雄鎮也。朝端，《訓解》無注，直爲朝廷。《句解》端訓「正」、訓「首」，是字義已，顧必有所出。「寵節旄」及「月卿」，皆言劉卿，故題特著「劉卿」字。星使，指柴司户。

風霜驅瘴癘，忠信涉波濤。

上句謂威刑行也，下句喻跋涉山川而嘗艱阻。此用《家語》之義，而王遵爲忠臣之意也。

別恨隨流水。

別恨如流水無盡。

行矣莫徒勞。

《訓解》云嶺外雖遠，亦應樹動，毋虚此行也。此説是也，《句解》大僻解。「行矣」是詩套語，《書》有「往欽哉」，《詩》又作「往矣」，豈勉行政治之義乎？

○陪竇侍御泛靈雲池　　高適

白露先時降，清川思不窮。

《訓解》云邊地早寒，故白露先秋而降，是也。《句解》引《月令》，其意蓋謂含征戰之意。又下「舟楫在軍中」，云軍中備水戰具，豈無舟楫乎？暫借以催泛泛興亦無所妨。又云舟楫本于《説命》，含舟楫之人在軍中豈憚巨川艱險乎意，並是牽强附會，大失作者之意。

江湖仍塞上，舟楫在軍中。

仍是塞上而在軍中，然且趣江湖舟楫之興。《訓解》非是。

舞換臨津樹，歌饒向晚風。

舞之互换如津樹轉移，歌聲似晚風之饒。《訓解》猶可，《句解》失本文之意。或説云以軍中故，以津樹晚風易歌舞。此失「换」字之義，况適《靈雲南亭宴序[一]》有「絲桐徐奏」之語，豈無歌舞乎？

夕陽連積水，邊色滿秋空。

《句解》凡云「積水」者定爲海，誤。二句只是叙景。「邊色」及下「乘輿」句，《句解》又僻解。

邀歡莫避驄。

歡樂之至，避驄亦忘也。《句解》非本文之意，又失「邀」字。

誰憐持弱羽，猶欲伴鵷鴻。

自「莫避驄」生此句，不然則突然。

【校勘記】

[一] 靈雲南亭宴序：《高常侍集》卷二作《陪竇侍御靈雲南亭宴詩（並序得雷字）》。

○**行次昭陵**　杜甫

舊俗疲庸主，群雄問獨夫。

舊俗，言隋末之民俗。群雄，李密[二]、竇建德輩。庸主、獨夫，並指煬帝。問，「問鼎」之「問」。

讖歸龍鳳質，威定虎狼都。

以相者之言爲讖也。龍鳳質，書生相太宗之事，詳見于《句解》。讖兆不違，天下歸于太宗也。虎狼，喻群雄。都，各成都也。

天屬尊堯典，神功協禹謨。

天屬，指高祖，屬，「屬戚」之「屬」，以父稱「天」。太宗定天下，使高祖即帝位，猶如堯垂拱治天下，而太宗尊之，猶如舜翼戴堯之典式也。云「堯典」「禹謨」者，取于《書經》字面。

風雲隨絶足，日月繼高衢。

風雲之會，絶足之輩相續而至，隨從於太宗。《句解》云高祖、太宗明君相繼，猶日月代繼，照臨於天衢。

直詞寧戮辱，賢路不崎嶇。

上句言容受諫言，次句賢者易於進也。《句解》云賢者無妨害，非詩意。

往者災猶降，蒼生喘未蘇。

已下入今事，此詩主意在此。往者災，隋末之亂今復降至也。言禄山亂後天下未定，故蒼生不得安息也。《訓解》爲天寶五載作，非也。

指揮安率土，蕩滌撫洪鑪。**壯士悲陵邑，幽人拜鼎湖**。

承上言，誰能蕩滌風塵，而安率土乎？壯士、幽人皆拜陵墓，而悲不得如太宗其人而平之也。幽人，杜亦自言也。《句解》失詩意。

玉衣晨自舉，鐵馬汗常趨。

漢有御衣自出篋之事。哥舒翰潼關之戰，有神軍，是時昭陵石馬皆汗，詳見于《句解》。二句言太宗之神，亦憤惋時事而見靈也。

松柏瞻虛殿，塵砂立瞑途[二]。**寂寥開國日，流恨滿山隅。**

天下擾亂，風塵載途，寢殿無守衛，但見松柏森森耳，開國之威靈在何處乎？其怨恨之氣，流滿于山隅也。

【校勘記】

[一]密：原本訛作「蜜」，據《隋書·煬帝下》改。

[二]瞑：《全唐詩》卷二百二十五作「瞑」。

○重經昭陵　杜甫

草昧英雄起。

隋末之亂乃爲唐創業之始，故云「草昧」。

翼亮貞文德，丕承戢武威。

翼亮，《書經》字面。貞，一也。言羽翼生民，明亮百揆，一以文德。丕承，謂承高祖也。太宗本不可承者，而承以致太平，故特云「丕承」。

○王閬州筵奉酬十一舅惜别之作　杜甫

浮舟出郡郭，别酒寄江濤。

《句解》云時王閬州携杜舅出郭，送别杜甫也。寄筵於江濤者，於曠望處而慰之也。

沙頭暮黄鶴，失侣亦哀號。

以鶴聲述己哀號之情。

○春歸　杜甫

自閬州再歸成都時是春，故以「春歸」爲題。

別來頻甲子，歸到忽春華。

歸到則遇春華之時，故云「忽」。《句解》云俄心生春，非也。又含嚴武善遇之意，文外之意。凡中聯，孤石不關榮辱，吾無機心，自得關吾情之解，盡鑿説。

世路雖多梗，吾生亦有涯。此身醒復醉，乘興即爲家。

世路雖多阻梗，吾生既有涯，則如飲酒而樂乎？故醒乃復醉，以乘興爲自家之事。

○江陵望幸　杜甫

江陵，爲南都。望幸，企望天子來幸也，詳見《句解》。

望幸欻威神。

江陵元壯麗之都，今將來幸，覺忽有威神。

風煙含越鳥，舟楫控吴人。

地通吴越，人物輻凑，《句解》盡之。

未枉周王駕，終期漢武巡。

民皆期巡幸而遲之。

甲兵分聖旨，居守付宗臣。早發雲臺仗，恩波起涸鱗。

言庶幾出聖旨，分甲兵付宗臣，使之居守朝廷。早裝儀仗，趣巡幸，以慰民之渴望也。

○奉觀嚴鄭公廳事岷山沲江圖

杜甫

雪雲虛點綴，沙草得微茫。

畫，故云「虛」，畫中沙草能得微茫之態。

嶺雁隨毫末。

雁如毫末之細小也。

霏紅洲蕊亂，拂黛石蘿長。

蕊，花蕊也。石上之蘿，如拂黛也。

暗谷非關雨。

不關雨，分明是畫。

秋城玄圃外。

《句解》云畫中有聚落，是也。言秋城玄圃外，別是一樣仙境。

○冬日洛城北謁玄元皇帝廟　杜甫

配極玄都閟。

極，皇極也，謂追配老子爲皇帝也。《訓解》不足言，《句解》爲配食，亦拘，可云「五聖配食玄元」，不可云「玄元配食五聖」故也。

守祧嚴具禮，掌節鎮非常。

守祧、掌節，並假用《周禮》職掌之字面，不關於遷廟之事。且百世不毁爲「祧」也，爲「遷廟」者，非。

碧瓦初寒外，金莖一氣傍。

上句，冬日之景。次句「一氣」，一元氣也，蓋廟庭置金莖也。

山河扶綉户，日月近雕梁。

山河堅固，扶翼綉户。廟高峻，故「日月近」。

仙李盤根大，猗蘭奕葉光。

老子生於李樹之下，至唐奄有天下。猗蘭，漢武所生之殿。奕，重也。以李樹蘭草，説今盛大光華。

世家遺舊史，道德付今王。

雖《史記》遺失，不載世家，其《道德》付今王而大顯於世。玄宗嘗注《道德經》。

畫手看前輩，吴生遠擅場。森羅移地軸，妙絶動宫墻。

此四句泛稱吴道子之伎。《句解》云圖老君可稱擅場也，非也。凡森羅萬象而寫入于畫，其妙絶可動宫墻，移地軸也。

翠柏深留景，紅梨迥得霜。

柏樹雖冬日留翠而不凋。二句皆實景，應題「冬日」。

風筝吹玉柱，露井冰銀床。

《訓解》云：風筝，簷鈴也，古人殿閣簷稜間有風琴、風筝。按鈴聲如筝，故云「風筝」。玉柱，舌也，依「筝」云「柱」。露井，天井也。因古舞歌辭，用「銀床」，「冰」字又自「銀」字生。

經傳拱漢皇。

拱，如「衆星共之」之「共」也。

谷神若不死，養拙更何鄉。

老子自云「谷神不死」，果然，則今在何處更「養拙」邪？蓋言今廟食，非其意也。養拙，老子之本事，而《句解》云耻拙于術，而隱而養其拙矣，大失其義。

○聖善閣送裴迪入京[一]（聖善寺有報慈閣，鄭廣文建焉，見于《尚書故實》。）　李頎

聖善，寺名。其閣中爲別，故直以「聖善閣」題之。寺在洛陽，此詩送裴迪自洛之西京也。《句解》即「聖善」字面，爲慈恩寺中聖善閣。因以「京」爲洛陽，謂送從長安之洛陽之詩。夫自皇都出者，而可稱入京乎？且「伊流」以下四句，皆不可解。此不詳事實之失也。唐高彦休所著《闕志[二]》云：東都聖善寺，締構甲於天下。其在洛陽，可以見也。聖善寺，中宗造之，見《舊唐書》。《酉陽雜俎》「寺塔記」云：慈恩寺，寺本净覺故伽藍，因而營建焉，云云。太宗嘗賜三藏衲，約直百金，其上無鍼綖之迹。此聖善中宗創之，慈恩蓋太宗營之，假爲母后追福，非一帝同所。或難余云：彼曰寺，此曰閣，安知慈恩寺中不有聖善閣？曰：段柯古之述「寺塔記」，凡堂塔樓閣，以至書畫，詳記不遺餘力。其於慈恩寺，只言凡十餘院，總一千八百九十七間，敕度三百僧。若聖善在慈恩，則曷得不言焉？

雪華滿高閣，苔色上勾欄。

首二聯，二《解》俱爲狀閣之荒凉，非也。只是所見之景狀。

清吟可愈疾，携手暫同歡。

言唯清吟可能愈疾，故與君携手，詩酒暫此爲歡也。《句解》大鑿。

伊流惜東別，灞水向西看。

伊水在洛，灞水在西京，借伊流、灞水言東、西京。言今東都惜別，故思君在長安而西望也。

舊託含香署，雲霄何足難。

託，託身也。君嘗爲郎，而今入京，青雲可計日待也。

【校勘記】

[一]裴：原本訛作「斐」，據《全唐詩》卷一百三十四改。下文「此詩送裴迪自洛之西京」之「裴」亦據改。

[二]志：《新唐书·艺文志》作「史」。

○早秋與諸子登虢州西亭觀眺　岑參

酒榼緣青壁，瓜田傍緑溪。

榼，酒器。《句解》云土地險惡，無坦平之地，携杯緣絶壁，下瓜田而爲飲，乃賞初秋瓜已熟，鑿哉。《訓解》云紀地之幽，甚穩。孰謂《訓解》多誤？言此地時緣青壁而飲，溪邊又有瓜田可以供食，故下承之云「微官何足道，愛客且相携」。

唯有鄉園處，依依望不迷。

此地曠望，渺茫難分。唯鄉園之所在，望則不迷也。思歸之切，望每屬之也。

○清明宴司勳劉郎中別業　　祖咏

田家復近臣，行樂不違親。

休暇從容於別業而爲田家人，進則侍於君，復爲近臣。「復」字何難解之有？《句解》大費解。次句言事行樂，不違親友之交。下「清明」句以下，《句解》不空恩波、室惟遠矣、窗陰多、亦不妨等解，盡蛇足，甚害于初學，不可不精擇也。

○奉使巡檢兩京路種果樹事畢入秦因咏歌　　鄭審

聖德周天壤，韶華滿帝畿。

因「種果樹」，先發此句。韶，美也。韶華，謂春光。

九重承涣汗，千里樹芳菲。

九重，指天子之居。涣汗，本於《易》，謂天子之詔。千里，邦畿也，兩京路，故曰「千里」。

陝塞餘陰薄，關河舊色微。

陝塞、關河爲之所壓，似減風景，非謂易往來。

發生和氣動，封植衆心歸。

暗含起聯之意。

入徑迷馳道，分行接禁闈。

入此徑路，則果樹鬱茂，雖馳道，殆使人迷。分行，樹夾道分於兩行也。

○行營酬吕侍御　劉長卿

公自注：時尚書問罪襄陽，軍次漢東境上，侍御以舟鄰賊境，復有水火，迫於征税，詩以見喻。《句解》云行營赴軍營也，是也。蓋尚書討襄陽賊，公應命赴幕。時吕侍御税民而運軍餉，以民庶水火之餘，且賊逼近，甚難矣。詩以寄公，公報之也。

不敢淮南卧，來趨漢將營。承辭瞻左鉞，扶疾拜前旌。

《句解》云長卿時在淮南，或然。不但借古語也，言承辟命之辭，不敢卧淮南，扶疾而起，來拜于旌鉞之下也，《訓解》是。「扶疾」是套語，《句解》以是駁《訓解》，大誤。

井稅鶉衣樂。

井稅，只是田之賦稅。《句解》云寬故曰井稅，大非也。征稅寬也，故貧民樂。此聯並稱尚書、侍御。

水歸餘斷岸，烽至掩孤城。

雖水歸，未及修治。居民經亂災，雖烽至，空掩孤城，荒凉極矣。

晚日當千騎，秋風合五兵。**孔璋才素健，早晚檄書成**。

合聚五兵而砥礪之，選一當千之勁卒，以酣戰至晚日。是騷擾中，無早無晚，應求而成草，以健筆故也。云「秋風」者，取肅殺之義。「早」「晚」云者，謂速成也。

○送鄭說之歙州謁薛侍郎　劉長卿

《訓解》云此詩詞義難曉，疑薛以侍御出守歙，説爲諸生，思依托焉，故有此送。

漂泊來千里，謳歌滿百城。

鄭千里漂泊來至歙，則只聞滿城謳歌薛之善政。

漢家尊太守，魯國重諸生。**俗變人難理，江傳水至清**。

魯國，指歙。言太守既尊，故令行於郡。薛公亦重諸生，君輔薛公變風俗敷美化乎。民豈難理也，譬如江水傳而新安水清矣。

船經危石住，路入亂山行。

敘山川行路，以喻出處去住之艱阻。此及下聯，應起句。

老得滄洲趣，春傷白首情。

君老於諸生，感春而自傷，偃蹇于世路，欲得滄洲趣而終焉。此述鄭氏之心事。

曾聞馬南郡，門下有康成。

昔馬融門下有鄭玄，相得如彼。君今到于歙，相遇當如馬、鄭，無爲逃世之念矣。

卷五　七言律詩

○古意　　沈佺期

《句解》引《唐詩紀事》云：沈佺期《古意》贈喬知之，知之有寵婢曰碧玉，知之爲之不婚，爲武承嗣所奪，知之作《緑珠篇》寄之，寵者結于衣帶，投井而死。觀「誰爲含愁」句，則必然矣。不然此句甚無落著，蓋借戍婦之詞慰之也。

盧家少婦鬱金堂，海燕雙栖玳瑁梁。

在戍婦，則以莫愁自喻，羡「海燕雙栖」詞。言鬱金堂、玳瑁梁者，以盧家故也，《訓解》非也。但此二句暗謂碧玉得武承嗣寵而相歡愛也，《句解》云寫艶妻煽方處狀，非也。又比也，非興。

九月寒砧催木葉。

中二聯述戍婦之情，以寫喬知之怨。《唐詩紀事》作「催下葉」，非也。催木葉，意義濃至。

誰爲含愁獨不見，更教明月照流黄。

至此句少見本意。言何人不爲君含獨不見之愁，不秖含之也，更寄與明月，教照機上之流黄。蓋明月喻所寄之詩，不然，則「誰」字、「爲」字、「更」字、「教」字，皆不可解。

○龍池篇　沈佺期

龍池躍龍龍已飛，龍德先天天不違。

龍池，玄宗發祥之地，故云「躍龍」。龍已飛，謂今已爲天子。次句稱玄宗之德。言其嘗所施爲皆天意，故云「先天」，遂登極，是「天不違」也。

池開天漢分黄道，龍向天門入紫微。

反復言起句之意。上句，述「躍龍」之義。次句，「龍已飛」之事也。天漢，天河也。日道謂之黄道，以池喻天漢。天漢中有黄道，日之所由。紫微，即紫微垣，天帝之居，以喻禁中。以龍喻日，以帝喻龍，言龍由天漢之黄道，進入紫微宫也。謂玄宗自龍池之祥，遂登帝位也。《句解》天象之解，初學認以爲真，致誤不少也，故辨之。南北二極之中，曰赤道。日之所行，曰黄道。此非有其物，假立之名也。黄道斜絡赤道，而北至東井，南至牽牛，南北去赤道各二十四度。凡二十八宿，日月所通行，故曰宿。東井雖秦之分，不直于其地。日行雖夏至，南去在十三四度，豈得云直長安乎？因東井云分黄道之淵水而爲龍池，皆不得其説也。

邸第樓臺多氣色，君王鳧雁有光輝。

邸第，玄宗爲平王時之宮，龍池在其中。今玄宗登極，舊邸之樓臺、凫雁，亦皆被恩輝。

爲報寰中百川水，來朝此地莫東歸。

玄宗有祥瑞如此，是天之所啓，故曰「爲」。此地，指龍池，以寓萬國來王之意。

○侍宴安樂公主新宅應制　沈佺期

皇家貴主好神仙。

富貴固有也，曷須言「好」？《句解》不勝蛇足。

別業初開雲漢邊。

謂開別業也，山池在其中。

池成不讓飲龍川。

《句解》云謂被優寵異諸公主，非詩意也。

○紅樓院應制（唐有内道場，見于《柳氏舊聞》，蓋是也。）　沈佺期

紅樓疑見白毫光，寺逼宸居福盛唐。

白毫光自紅樓生，故云「疑見」，不然則似突然。授福者，寺也。受福者，唐也。《句解》非。

支遁愛山情漫切，曇摩泛海路空長。

近富貴何妨，二子之遁迹山海，徒勞耳。《訓解》是。

經聲夜息聞天語，爐氣晨飄接御香。誰道此中難可到，自憐深院得徊翔。

天語，天子之笑語。逼宸居，故天語相聞，爐煙相接。以結句觀之，寺在禁中，人不得漫入。頷聯特言，亦此故也。下首「道場」，即紅樓院，而言中宗重阼之事，亦在禁中故也。《寺塔記》云長樂坊安國寺紅樓，睿宗在藩時舞榭者，蓋與此別也。

○再入道場紀事應制　沈佺期

南方歸去再生天，內殿今年異昔年。

「南無」者，梵語也，故又作「囊莫」，歸命之詞也。《訓解》云南方屬火，虛無之地，故佛有南無之稱號，大非也。以「南方」爲南無，尤非也。《句解》又以「南方」爲南閻浮州，而指中國，其誤甚於《訓解》矣。夫「南方」文字，何必關于佛？「南方歸去」者，蓋謂中宗自房陵歸至也。「生天」者，佛語，借謂重阼而御天下，故云「再」。內殿，指道場。

見闕乾坤新定位。
見，音現。
兩朝長在聖人前。
兩朝，謂中宗前後之朝也。

○遥同杜員外審言過嶺　沈佺期

同坐張易之被流，故《訓解》云同時過嶺而異道也。《句解》非之，云臆説，亦是臆説也。其實不可知，要不關詩意，舍之可也。審言有《過嶺作》，同之也。
天長地闊嶺頭分。
五嶺分南北，如別天地，提題「過嶺」，一篇綱領。
南浮漲海人何處。
南浮漲海人，五字一口氣讀。言南浮漲海之人，將在何處乎？人，蓋指審言；在海濱，故云「浮」。不以辭害意可也。

○興慶池侍宴應制　韋元旦

雲峰四起迎宸幄。

山峰圍繞如幄，故云「迎」。

承恩更欲奏甘泉。

《句解》因雄賦，爲諷奢泰女寵，未必然也。

○侍宴安樂公主新宅應制　蘇頲

騕騕羽騎歷城池，帝女樓臺向晚披。

歷城池而進路也。公主披樓而待夜飲，故云「向晚」。

露灑旌旗雲外出，風迴巖岫雨中移。

別業倚高，故云「雲外出」。風渡而雨霽，巖岫景色移。

繞徑全低月樹枝。

月樹，月光所映發之樹也。

和鳴雙鳳喜來儀。

喻公主夫妻享天子而有儀容。

○奉和春日幸望春宮應制　蘇頲

東望望春春可憐。

東望而望春景，則春可憐也。「望春」二字，有認爲宫者，大非。

城上平臨北斗懸〔一〕。

城上，《訓解》似指望春宫，非也。指禁城，即大明宫也。自望春平臨，城上北斗懸也。禁城，象紫微宫，故詩人多用「北斗」字。《句解》二説皆非。

鳥弄歌聲雜管弦。

弄，「弄曲」之「弄」，言鳥聲似弄歌，與絲竹相雜也。《句解》「弄」訓「聲」，非。

【校勘記】

〔一〕懸：原本訛作「縣」，據《文苑英華》卷一百七十四改。下文「城上北斗懸」之「懸」亦據改。

○奉和初春幸太平公主南莊應制［一］　蘇頲

今朝扈蹕平陽館。

扈，從也。蹕，直謂行幸也。

【校勘記】

［一］奉和初春幸太平公主南莊應制：原本脱「主」字，據《文苑英華》卷一百七十六補。

○幽州新歲作　張説

共知人事何嘗定，且喜年華去復來。

雖人事無定，今且喜年華之新也。《訓解》年華不失常度之解，非詩意也。

邊鎮戍歌連日動［一］**，京城燎火徹明開。**

邊鎮今逢春，戍役之卒亦歌相歡，因想朝廷庭燎之火徹明而祝春也。

【校勘記】

[一]戍：原本訛作「戌」，據《全唐詩》卷八十七改。下文「戍役之卒」之「戍」亦據改。

○灉湖山寺　張說

禪室從來雲外賞，香臺豈是世中情。

禪室香臺，從來雲外之賞，而非世中之情也。《句解》分而解之，非也。《訓解》爲得。

若使巢由同此意，不將蘿薜易簪纓。

《訓解》謂「簪纓」「蘿薜」皆是幻，若巢由知此意，則當逍遥人世，而不以彼易此也。此大非本文意。《句解》大抵《訓解》之意，而爲「不將簪纓易蘿薜」之解，皆誤矣。此言有厭富貴若巢由者，對此境與我此意同，則披薜蘿終焉於此，嘆我德非巢由而不能去簪纓也。

○遥同蔡起居偃松篇　張說

清都衆木總榮芬，傳道孤松最出群。

清都，仙境，借謂京師芬香也。傳道，世間傳道也。此篇咏松而借比蔡也。《句解》云説謫居岳州時賦以贈之，故題曰「遥同」，是必然矣。

懸池的的停華露。

懸池，《句解》爲承霤。承霤固稱池，然承霤於松無當也。爲懸於池，亦非也。按懸池，猶偃蓋也，蓋枝葉盤鬱而上向者，其形如懸池，故云「懸池」歟。

○奉和春日出苑矚目應令　賈曾

銅龍曉闢問安迴，金輅春遊博望開。

太子作詩時，賈曾在洛陽。太子致詩，屬曾取和，故題云「應令」。銅龍，門名，漢太子之事。問安，文王爲太子時事。博望，漢太子苑名。二句言太子問安之暇，出於苑而遊望也。

招賢已從商山老，托乘還徵鄴下才。

上句，漢惠爲太子時事，此言高德扈從太子。魏文帝《與吴質書》云：文學託乘于後車。此言文學之士皆托乘而從也。

臣在東南獨留滯，忻逢睿藻日邊來。

留滯周南，太史公事。《訓解》作「東周」，今作「東南」，未知孰是。

○奉和初春幸太平公主南莊應制 李邕

傳聞銀漢支機石，復見金輿出紫微。

以主比織女，以帝擬上帝。出紫微，謂出帝城而降臨於主家也。《訓解》指未央宫，非也。此擬天之紫微宫，以帝幸於主家，擬上帝降織女之處，故結句云云。嘗聞者，今因扈從而得見也。見之義，以下「復見」字知之也。「復見」云者，謂見其盛，非觀看之也。

織女橋邊烏鵲起。

《句解》云人至則驚起，大非。

流風入座飄歌扇。

以扇自障而歌，故謂之歌扇，言風入座而飄歌者之扇也。《句解》爲寫舞態，非也。

○和左司張員外自洛使入京中路先赴長安逢立春日贈韋侍御及諸公 孫逖

洛，洛陽。京，皇都也。長安，漢故城，在唐都西北十餘里。張員外入京之中路，以事先赴長安。至長安之時，逢立春之節，賦詩以寄在京之諸公，孫逖和之也。唐都通稱長安，然此長安特言漢都也。《句解》以「京」爲洛陽，「自洛」之言謂何乎？且「中路先赴長安」，語不通，大誤。

忽睹雲間數雁迴，更逢山上一花開。

二句應題「逢立春日」。途中，故云「忽」。《訓解》云喻使者之還，非也。

秋憲府中高唱入，春卿署裏和歌來。

秋憲，謂御史也。君高唱入秋府，則和歌應自春卿來也，蓋諸公中亦有禮部。取屬對，特以禮部言之，非孫逖自言也。

共言東閣招賢地，自有西征作賦才。

漢公孫弘開東閣以待賢者，晋潘岳爲長安令，作《西征賦》。共言者，所寄諸公共言張員外也。言長安元是公孫弘招賢之地，君今到之而賦詩，以自有潘岳《西征賦》之才故也。

○黄鶴樓　崔顥

昔人已乘白雲去。

諸本皆作「乘白雲」。《訓解》作「乘黄鶴」，似詩意切，然讀來覺頗可厭。爲「白雲」，則至「白雲千歲」

句，意圓至。且田子藝評此詩，云崔詩二「白雲」、二「黄鶴」、二「去」、二「空」，亦以爲「白雲」，今從之。

○**行經華陰**　　崔顥

武帝祠前雲欲散，仙人掌上雨初晴。

只是祠前雲散，仙掌雨晴也。《句解》大畫蛇足。

無如此處學長生。

學長生莫如此處，何不爲之，而事名利乎？

○**登金陵鳳凰臺**　　李白

吴宫花草埋幽徑。

吴宫埋没爲幽徑，今唯花草在。

三山半落青天外。

三峰遥懸於山外，似自天落。

○早朝大明宮呈兩省僚友　賈至

唐東内大明宮，在西内太極宮之東北而相接，與南内並皆受朝之所。《句解》爲外朝，非也。唐都城爲三重，外一重名京城，内一重名皇城，又内一重名宫城。宫城，併太極宫、大明宫而言之。太極宫之南門爲承天門，由承天門南出，至朱雀門北，是爲皇城，士庶不得雜居此門之内，故宗廟、官寺、兵衛悉在此地。實圍繞東西兩宫，自朱雀門以南，至明德門以北，即概爲京城坊巷矣。故朱雀門外，始有士庶第宅、廟市、寺觀也。《句解》爲在皇城東者，以太極宫爲皇城，不知宫城、皇城、京城之别，又以大明宫爲外朝也，恐初學爲惑，故詳之。

禁城春色曉蒼蒼。

禁城，即大明宫。《句解》爲禁苑者，何也？禁苑在内苑之北。

百囀流鶯繞建章。

建章，漢宫名，借言宫殿。《句解》云説宫外景物，非。

劍佩聲隨玉墀步。

劍佩隨步而鳴。

○**和賈至舍人早朝大明宮之作** 王維

萬國衣冠拜冕旒。

只是拜謁天子也。《句解》鑿。

○**和太常韋主簿五郎温泉寓目** 王維

漢主離宮接露臺，秦川一半夕陽開。

離宮，驪山宮，温泉所在。上句言其地，下句所見之景。非以露臺諷，夕陽半爲宮室所掩也。二《解》共誤。

○**大同殿生玉芝龍池上有慶雲百官共睹聖恩便賜燕樂敢書即事** 王維

詎有銅池出五雲。

漢銅池未及出五雲，不如我龍池。

陌上堯尊傾北斗。

陌上言罇尊之意，故云「堯尊」。斗，酌酒器，借星言之。

○奉和聖製從蓬萊向興慶閣道中留春雨中春望之作應制

王維

大明宫之北即内苑，有太液池，池中有山，號蓬萊山，建蓬萊殿。此之蓬萊，即指蓬萊殿。興慶者，南内，在京城東南，故隆慶坊地。又京城極東南之隅，有芙蓉園、曲江池。自大明宫到興慶宫，築夾城，設複道。人主行其上，外人無知者，又可以達曲江芙蓉園。而内苑之北，有禁苑。禁苑之東，有望春宫。蓋玄宗是時自内苑、禁苑，經興慶而到芙蓉園曲江，以弄物花也。閣道中，乃行複道也。遊歷累日，故云「留春」，留于春也，故有行時令之規。

鑾輿迥出千門柳〔二〕，**閣道迴看上苑花**。

内苑、禁苑在北郭，曲江、芙蓉在南郭，玄宗遊歷此，故云「迥出」。言歷閣道而迥出，看千門之柳、上林之花也。上苑，上林，漢苑名，借謂諸御苑。二《解》以千門爲建章宫。建章，漢宫名，唐無之。《西京雜記》云：建章宫有千門萬户。今泥「千門」字爲建章，可笑，不知「千門」只是千所之門也。

【校勘記】

［一］鸞：《全唐詩》卷一百二十八作「鑾」。

○敕賜百官櫻桃　王維

芙蓉闕下會千官。

諸家爲芙蓉園之殿，於櫻桃爲切。然曰「闕下會千官」，分明是宫禁。又園殿不可謂之「闕」，而賜薦寢之餘何爲於園邪？且下句曰「紫禁朱櫻出上闌［二］」，是言紫禁之所有自上闌出者也，則爲宫禁明矣。蓋芙蓉園在南内，以其所出賜百官。因以南内稱「芙蓉闕」，以别東内、西内也。「芙蓉闕」非南内之稱號也。

紫禁朱櫻出上闌。

上闌，漢觀名，在上林苑中。此借謂禁林以協韻，非指觀而言也。漢上林，故長安地，與唐之諸苑，大是異處。

纔是寢園春薦後。

「纔」字自可，必不作「初」字。唐制，四月薦櫻桃。今云「春薦」，據《月令》。

【校勘記】

［一］闌：原本訛作「欄」，據《文苑英華》卷三百二十六改。其下「上闌」亦據改。

○酌酒與裴迪　王維

白首相知猶按劍，朱門先達笑彈冠。

方今交遊輕薄而無義氣，雖相知至白首，時或按劍。朱門者，皆希世而進，彈冠不行，故笑爲之者。

草色全經細雨濕，花枝欲動春風寒。

上句，比小人得時。下句，喻賢者難進，語本《韓非子》。

○酬郭給事　王維

洞門高閣靄餘暉。

洞門，謂門内幽邃，窺之如洞也。二句禁中景象。

禁裏疏鐘官舍晚，省中啼鳥吏人稀。

二句宫中安静之狀。

晨搖玉佩趨金殿，夕奉天書拜瑣闈。

二句言郭之榮。給事日暮入對青瑣闈拜，稱夕郎。

强欲從君無那老。

《句解》云蓋郭薦王，故云然。

○過乘如禪師蕭居士嵩丘蘭若　王維

無著天親弟與兄。

無著天親，菩薩之兄弟者，以比禪師與居士。

食隨鳴磬巢烏下。

當食擊磬，則巢烏亦下食，謂其無機心。

迸水定侵香案濕。

迸水，地上迸散之水也。定，《句解》云懸斷詞，是也。

儼然天竺古先生。

謂佛像也。《評》爲禪師、居士，前有「無著天親」，不可重言之，難從。

○奉和聖製從蓬萊向興慶閣道中留春雨中春望之作應制

李憕

別館春還淑氣催，三宮路轉鳳凰臺。

別館，内苑之蓬萊池，禁苑之望春，及芙蓉苑、曲江，皆有殿館。三宮，指大明、望春、興慶。蓋從蓬萊殿至望春宮，而又至興慶宮。蓬萊殿屬大明宮，故云「三宮路轉」。鳳凰臺，稱之辭，非有所指也。

御柳遥隨天仗發，林花不待晚風開。

聖澤無限，及草木故。

○送魏萬之京

李頎

朝聞遊子唱離歌，昨夜微霜初度河。

只是上句言萬之旅行，次句叙氣候。《訓解》重看「昨夜」字，《句解》重看「朝」字，偕是不得解。「朝」

字無意義。度河者，霜也。

莫是長安行樂處，空令歲月易蹉跎。

莫是，猶云「無乃乎」。凡詩家用「莫是」，皆是也。如舊解，則「莫」字不得在上，當云「正是長安行樂處，莫令歲月易蹉跎」也。

○寄盧司勳員外　李頎

流澌臘月下河陽，草色新年發建章。

蓋司勳固在京，早春之時候寄之詩也。舊爲送司勳入朝，非也。此止叙氣候，言河陽逢春，臘月之冰，流澌而下也。

秦地立春傳太史，漢宮題柱憶仙郎。

上句言朝廷早春之儀，次句言司勳從事容止之堂堂。三句貼五句，四句貼六句，情景錯綜而成章。

歸鴻欲度千門雪，侍女新添五夜香。

上句，宮禁之春景。次句，《訓解》引《漢官儀》侍女爲直宿者，執香護衣服，是也。此言其榮。《句解》爲護御衣，非。

早晚薦雄文似者，故人今已賦長楊。

至此明己心事。《句解》「今已」之解，大僻説，不足言。「者」字，或作「馬」者，大非。

○題璿公山池　李頎

遠公遁迹廬山岑，開士幽居祇樹林。

假遠公、開士，言璿公之幽居。祇樹林，謂佛宇也，以祇陀太子之園作精舍，故曰「祇樹林」。謂兼遠公、開士之幽居林木之中者，非也。「士」字本作「山」，以兩「山」相犯，句亦拗，王敬美改爲「士」。如原文，則意圓至。以相從久，且依之。

唯餘玄度得相尋。

玄度，李自喻。言「玄度得相尋」，是猶不染之餘也。不如此，則「餘」字無謂。故《評》云，「都」「惟」二字相呼應。

○寄綦毋三　李頎

新加大邑綬仍黄，近與單車向洛陽。

邑雖加而爵如故。單車，謂其位卑而貧也。洛陽，後漢之都。今假謂入京以協韻，非真洛陽，猶如燕都曰長安也。

顧盼一過丞相府，風流三接令公香[一]。

君過洛，則以其風流承丞相之顧盼，又接令公之香。上句《訓解》是，而《句解》非。下句《句解》是，而《訓解》非。但《句解》爲期將來，則非也。

共道進賢蒙上賞，看君幾歲作臺郎。

言君嘗進賢，必應受上賞而作臺郎。云「幾歲」者，訝遲辭，《訓解》《句解》俱失之。

【校勘記】

[一]香：原本訛作「杳」，據《全唐詩》卷一百三十四改。

○送李回　李頎

知君官屬大司農，詔幸驪山職事雄。

天子降詔幸於驪山，李回奉職到於彼，送之詩也。大司農劇職，故云「職事雄」。知，知「職事雄」也，

《句解》謂人知顯職，大非。

歲發金錢供御府，晝看仙液注離宫。

歲所調發之金錢，供於御府，以資費用。《句解》云：看，省也。《訓解》爲觀覽，非也。司農官主看省之。按此二句，謂職事之雄，且徒見仙液，甚無味，《句解》爲是。仙液者，温泉也。離宫，即驪山宫，出温泉。

不睹聲名與文物[一]，**自傷留滯去關東**。

聲明文物，《左傳》語。聲，謂鍚[二]、鑾[三]、和、鈴；明，謂三辰旂旗；文，謂火、龍、黼、黻；物，謂五色比象。此借言天子之威儀，而「明」作「名」，誤也。言我自傷在關東，而不得與睹文物之盛也。留滯，太史公之言，與此相似，故借言之。《句解》泥之爲滯於一官，《訓解》泥「去」字爲棄官而去，並誤。

【校勘記】

[一]名：《全唐詩》卷一百三十四作「明」。
[二]鍚：《春秋左傳正義·桓公二年》作「錫」。
[三]鑾：《春秋左傳正義·桓公二年》作「鸞」。

○**宿瑩公禪房聞梵**　李頎

花宫仙梵遠微微，月隱高城鐘漏稀。

月隱没於高城之中，漏水之滴亦稀也。此謂稍向曉，此時遠聞梵唄之微微。下二句，反復言之，是聞曉梵而作也。

夜動霜林驚落葉，曉聞天籟發清機。

曉、夜互文，「夜」字不須泥。梵聲振林木之時，驚以爲落葉，或似聞天籟，總使人發真機之情。

蕭條已入寒空静，颯沓仍隨秋雨飛。

既以爲入寒空而静，即還隨秋雨，復仍颯沓。《句解》不知「已」字、「仍」字之味。

○**贈盧五舊居**〔一〕　李頎

窗前緑竹生空地，門外青山似舊時。

竹生於無人之地，故云「生空地」。《訓解》云蕪穢不修，畫蛇足。山如存在之時，故云「似舊時」。《句解》云仿佛舊時賞遊之看，鑿矣。

【校勘記】

［一］贈：《全唐詩》卷一百三十四作「題」。

○望薊門　　祖咏

燕臺一去客心驚，笙鼓喧喧漢將營。

燕，從來亦稱燕臺。《訓解》爲黄金臺，拘。一去，猶云「一來至」。《句解》云見邊地騷擾而心中驚懼，是也。二句言軍將無戎備，徒事宴樂。《句解》以「笙鼓」字面斥《訓解》，良是也，但因此誤會結句。此只據所見爲言，非有深意，故中聯只叙景，可以見也。

海畔雲山擁薊城。

《解》云狀邊庭之景，大是。《句解》誤。

少小雖非投筆吏，論功還欲請長纓。

言我自少小文吏，而又非如班超投筆而事武之人，雖然，對此頓有欲縛醜虜致之闕下、論功以得封侯之情也。《句解》穿鑿傅會不可勝言也，云我非志邊功之吏，雖然，若使我論功，則如終軍致南越於闕下者以爲大功矣。曰「欲請長纓」，其自爲者明著也。曰「論功」者，因「投筆」語而言之。《史記》云：魏文侯令樂羊而將伐中山，三年而拔之。樂羊返而論功，文侯示之謗書一篋。樂羊再拜稽首，曰：此非臣之功也，主君之力也。可見「論功」二字之義也。

○九日登仙臺呈劉明府　崔曙

且欲近尋彭澤宰，陶然共醉菊花杯。

劉，蓋縣尹於河上。

與其遠求神仙，不如近問訊彭澤共醉而歸也。全篇詩意，《訓解》得之，《句解》辭問有弊。

○五日觀妓　萬楚

西施謾道浣春紗，碧玉今時鬥麗華。

碧玉，不必宋汝南王妾，只假言所觀之妓，其曰「今時」可以見矣。或所觀之妓，其名曰「碧玉」，亦未可知也。麗華，《訓解》以爲張麗華，《句解》爲陰麗華。蓋「麗華」稱美人容體麗艷華光之辭而非人名，故曰

「門」。言凡人稱美人，必曰「西施」。西施倘與今碧玉門麗華，則果何如哉？我想雖西施不能及碧玉，世人莫謾謂西施一人也，極稱之也。

眉黛奪將萱草色，紅裙妒殺石榴花。

謂眉黛之艷妖勝於萱草之美。《句解》云不及觀妓之忘憂，大誤。妒殺、奪將，其意相同。《句解》爲石榴花妒紅裙，亦非。

新歌一曲使人艷，醉舞雙眸斂鬢斜。

歌曲使人艷絶也。《句解》爲歆羡、爲貪樂，大誤。雙，「雙鬢」「雙眼」之「雙」也。謂兩妓容爲雙眸邪？《句解》誤。

誰道五絲能續命，却令今日死君家。

五月五日是續命之日。是日而死，故曰「却」。「今日」字用得甚重，可味。《句解》爲不堪妙舞，非也。

《訓解》全篇誤甚。

○**杜侍御送貢物戲贈**　張謂

銅柱珠崖道路難，伏波横海舊登壇[一]。

銅柱之所在及珠崖者，舊是馬援、韓説爲將而所開拓蠻夷極遠之地也，貢物從此至矣。

越人自貢珊瑚樹，漢使何勞獬豸冠。

今四海歸化，宜任彼自貢，何勞侍御求之？

由來此貨稱難得，多恐君王不忍看。

此貨難得，而《老子》所謂勿貴之物也，恐君王不忍看之，侍御何致之乎？

【校勘記】

［一］壇：原本訛作「檀」，據《才調集》卷九改。

○**送李少府貶峽中王少府貶長沙**　　高適

嗟君此別意何如。

何如、如何，有少異。《句解》爲如何解，非。

○夜別韋司士　高適

只言啼鳥堪求侶，無那春風欲送行。

與君姑歡宴，啼鳥恰好喜相求，春風却是似欲送行，謂對景有有情、無情之別。「只言」「無那」四字可味。《句解》傅會「遷于喬木」之語，謂韋承恩奉使，故含「遷于喬木」意，乘春風而去，見躍然就途。至與結句不合，則謂「到處」餙厨傳而迎，見奉使之榮。本文正言求友，不云「遷喬木」，又云「無那」，何躍然之義乎？且全篇惜别之辭，而無一字及奉使之事。結句云「莫怨」云云，《解》《評》及《訓解》説，切當。《句解》皆不當。

○和賈至舍人早朝大明宮之作　岑參

玉階仙仗擁千官。

千官，與朝儀之衆官也。《句解》云謂帶仗士也，而引《增韻》爲證。《增韻》云官職也，豈「帶仗士」之義乎？

獨有鳳凰池上客，陽春一曲和皆難。

賈至獨有《早朝》之作，其調如陽春曲，是以人和之皆以爲難。《句解》穿鑿傅會甚矣。

○**和祠部王員外雪後早朝即事**　岑參

長安雪後似春歸，積素凝華連曙輝。

雪著物而如花，故云「似春歸」。素，謂色也，《句解》爲絹素，可笑。

西山落月臨天仗，北闕晴雲捧禁闈。

二句全寫早朝之景。《訓解》謂假月比雪，非也。

○**西掖省即事**　岑參

三殿花香入紫微。

三殿，含元、宣政、紫宸。《句解》云「微」當作「薇」，是也。紫薇，即謂西掖省也。

平明端笏陪鵷列，薄暮垂鞭信馬歸。

《評》云「陪」與「信」，漫無事事之意，不必然。《句解》據《評》爲説，非也。

官拙自悲頭白盡，不如巖下偃荆扉。

「官拙」不成義，當作「宦」，字之誤也。言雖端笏陪列，薄暮從事，本自拙於宦仕，况頭髮成白，不如歸矣。

○**九日使君席奉餞衛中丞赴長水**　岑參

預知漢將宣威日，正是胡塵欲滅時。

以漢將宣威，故胡塵將滅也。

爲報使君多泛菊，更將弦管醉東籬。

「預知」「爲報」相呼應。爲報中丞，今使君多置酒，更設弦管以飲餞君，君宜盡醉也。

○**首春渭西郊行呈藍田張二主簿**　岑參

悔别青山憶舊溪。

切憶舊溪，而悔嘗别青山也。

聞説輞川多勝事，玉壺春酒正堪携。

只是遣興詞，《句解》是也。《訓解》謂倦遊欲歸隱于此，拘項聯，非。

○**暮春虢州東亭送李司馬歸扶風别廬**　岑參

到來函谷愁中月，歸去磻溪夢裏山。

《句解》云：昔到來時旅愁中，每對函谷月而夢鄉里磻溪山，今將歸去于所夢之山也，喜可知矣。《句解》可謂披雲霧而見白日。

世上浮名好是閑。

無所求於世，故其心常閑，「好」字俗語，味之可以知也。《句解》非。

○**萬歲樓**　王昌齡

猿狖何曾離莫嶺，鸕鷀空自泛寒洲。

上句應第三句，下句應第四句。此詩全篇，二《解》解得是。

○題張氏隱居　杜甫

春山無伴獨相求，伐木丁丁山更幽。

借「伐木」之字賦事，因暗寓求友之意，故云「相求」。《評》云借《伐木》詩意，賦而興也。此説似而非。

澗道餘寒歷冰雪，石門斜日到林丘。

澗道猶有餘寒，歷冰雪而進。石門斜日之時，得僅到林丘。石門、林丘，即張氏之居。

不貪夜識金銀氣，遠害朝看麋鹿遊。

雖識金銀之氣而非貪也。友麋鹿，知其遠世俗之害也。金銀之氣，託言也，無泥。沈德潛云「不貪」句言其識之清，「遠害」句言其識之曠，不必穿鑿。

乘興杳然迷出處，對君疑是泛虚舟。

「處」字，《評》作去聲，是。《偶評》作上聲，非是。「泛虚舟」是從「迷出處」來，爲百念盡則「乘興」字無謂。

○宣政殿退朝晚出左掖　杜甫

天門日射黄金榜，春殿晴曛赤羽旗。

天門，《句解》云天子之門，是。榜，門扁，以金飾之。次句言晴日之落輝映赤羽旗，《句解》强爲早朝景，故改作「薰」。題曰「退朝」、曰「晚」，何以必爲早朝？

爐煙細細駐遊絲。

遊絲比爐煙不斷，故云「駐」。

雪殘鳷鵲亦多時。

《句解》「殘」訓「消」。「殘」與「消」不同，若雪消已久，則何云「殘」？只是寫殘雪之麗景。

○紫宸殿退朝口號　杜甫

户外昭容紫袖垂。

昭容之紫袖，垂於户外也。此寫昭容瞻御座，引朝儀之模樣。

雙瞻御座引朝儀。

蓋言昭容二人，先天子出，點視御座。既而向外引朝儀，而後入内，復引導天子而出也。「引朝儀」者，令百官也，非自引。

香飄合殿春風轉。

合殿，猶云滿殿，《句解》云配耦，言不成義。春風轉，言香氣隨春風而轉於外也，《句解》非。

花覆千官淑景移。

千官，指朝列官人也，非官署。景，日景也，與「影」別也。

晝漏稀聞高閣報，天顔有喜近臣知。

二句《句解》云謂宫禁深邃之象，大是，但泛言之也，不關公不得蜜侍。《句解》又非《訓解》説，亦是。

宫中每出歸東省，會送夔龍集鳳池。

杜時爲左拾遺，隸門下省，即東省也。夔龍，比宰相。鳳池，中書省也。言既朝而退，則又與三省僚屬，會送丞相至中書而後歸東省也。《句解》謂先歸東省而後至中書，會送丞相也。此以「集鳳池」在後云爾，非是。此直賦事耳，《訓解》非。

○**曲江**　杜甫

苑外江頭坐不歸，水精宮殿轉霏微。

坐，爲「久坐」之「坐」亦不妨，愛春景故也。霏微，自是春日景色。諸注爲煙霧蔽之，不必煙霧。《句解》云醉中見之，故「霏微」，大是陋説。宮殿，蓋指興慶宮之諸殿。

桃花細逐楊花落，黄鳥時兼白鳥飛。

只是賦所見耳，《訓解》大穿鑿。《句解》云醉中所見，霏微無辨。詩備述景色，謂無辨可乎？

縱飲久拌人共棄，懶朝真與世相違。

拌棄人事，唯縱酒之務，故人亦共棄我。雖在朝也，疏懶不事事，而與世相違也。

吏情更覺滄洲遠。

此句諸注皆誤。言人間與滄洲素相遠矣，於宦況更覺遠也。

○**九日藍田崔氏莊**　杜甫

笑倩傍人爲正冠。

爲者，爲羞露短髮也。

醉把茱萸仔細看。

沈德潛云：茱萸，酒名。言把酒而看藍水、玉山，不忍遽去也。若云看茱萸，有何意味？此説千古卓見。

○野望　　杜甫

西山白雪三城戍[一]**，南浦清江萬里橋**。

此即跨馬出郊所眺望之處。《句解》爲自草堂望之，非。

唯將遲暮供多病，未有涓埃答聖朝。

我未有寸功之報答於朝廷，唯將遲暮之身供於多病而已，感慨辭，故下云「不堪人事日蕭條」。

【校勘記】

[一]戍：原本訛作「戌」，據《杜詩詳註》卷十改。

○**登樓**　杜甫

花近高樓傷客心，萬方多難此登臨。

萬方多難之時登臨於此，花雖近在，不暇悦目也。

錦江春色來天地，玉壘浮雲變古今。

錦江春色來而充滿於天地之間。玉壘、浮雲之變態，自古而然。二句只是述所見。《訓解》云眺望愈遠而心愈悲矣，是也。

北極朝廷終不改，西山寇盜莫相侵。

今雖京師陷而天命未革，終應復之也，以生下句。《句解》爲郭子儀克復之後事，恐非。

可憐後主還祠廟，日暮聊爲梁父吟。

此註諸家皆誤。《句解》甚平穩，然如其説，則當云「先主」，而言「後主」者，有意思在，且「梁甫吟」不切，杜必不然。獨《偶評》云望世諸葛其人，何等抱負。此説極當！蓋言後主雖暗君，賴孔明之力，祠廟至于今。今倘得若孔明其人，則國家恢復而太平可致也。公以孔明自期，故曰「聊爲梁甫吟」，蓋就所見而思及之也。

○秋興四首　杜甫

其一

叢菊兩開他日淚，孤舟一繫故園心。

去年注菊之淚，今又揮之，故云「他日淚」。繫心於故園，如繫孤舟而不能去也。

其二

千家山郭静朝暉，日日江樓坐翠微。

二句字面不須解，《句解》畫蛇足，大殺風景。坐翠微，對翠微而坐也。

信宿漁人還泛泛，清秋燕子故飛飛。

此只述所見之景，因以感傷自己身上，故有下聯。《句解》謂漁人信宿，燕子深秋而未還者，被羈于清景故也，大誤。爲喻己流寓而不得歸，則可也。

匡衡抗疏功名薄，劉向傳經心事違。

言我與二子同事而功名却薄，是以心事違而爲漂泊身也。

同學少年多不賤，五陵衣馬自輕肥。

寔命不同之意。《句解》云同學少年者善趨時好，釣得貴顯者，是以衣馬翩翩相誇，是所以吾心事違也，大是穿鑿。

其二

此首諸家爲追刺玄宗惑於神仙以致亂也。通八首而考之，殊不然也。通篇《偶評》説極當矣。其注此首，云前對南山，西眺瑶池，東接函關，極言宫闕氣象之盛，無譏刺意。又云追思長安全盛時，宫闕壯麗，朝省尊嚴，末嘆己之久違朝宁也。

雲移雉尾開宫扇，日繞龍鱗識聖顔。

人主出御，以雉尾扇掩之。龍鱗，指御衣之文。結句「點」字，「點綴」之「點」，不必訓「玷」。

其四

《訓解》云諷開武功，謬矣。《偶評》云：借漢喻唐，極寫蒼涼景象。結意身阻鳥道，迹比漁翁，見還京無期也。

織女機絲虛夜月，石鯨鱗甲動秋風。

機絲、鱗甲，今無觀者，虛被照於夜月，動於秋風耳。楊用修曰：隋任希古《昆明池應制》詩「回眺牽牛渚，激賞鏤鯨川」，便見太平日，宴樂氣象圓[一]。今一變云「織女機絲虛夜月，石鯨鱗甲動秋風」，讀之則荒煙野草之悲見於言外矣。《西京雜記》：太液池中有凋菰、紫籜緑節，鳧雛雁子唼喋其間。《三輔舊圖》云：宮人泛舟採蓮，爲巴人櫂歌。便見人物遊嬉，宮沼富貴。今一變云「波漂菰米沈雲黑，露冷蓮房墜粉紅」，讀之則兵戈離亂之狀具見矣。愚按此篇專咏昆明池而傷之，通八首而其意完成。

【校勘記】

[一]便見太平日，宴樂氣象圓：楊慎《升菴集》卷五十七作「便見太平宴樂氣象」。

○**吹笛**　杜甫

吹笛秋山風月清，誰家巧作斷腸聲。

誰家之子，吹笛於秋山風月之清而巧作斷腸之聲乎？「風月」二字，頷聯之綱。「斷腸聲」，頸聯之綱。

風飄律吕相和切。

承起句「風」字，言風和律吕而聲音飄揚。

月傍關山幾處明。

亦承「月」字，言月傍山而出，幾處不明乎？關山，即起句之「秋山」，緣笛曲有《關山月》，借言山月之清。《句解》大誤。

胡騎中宵堪北走，武陵一曲想南征。

述二句「斷腸聲」，今笛聲之悲，堪使胡騎中宵北走。因想馬援南征武陵之時，《武溪深》曲當如此。《句解》云憂吐蕃亂，大誤。

故園楊柳今摇落，何得愁中却盡生。

摇落，應起句「秋」字，言故園傷別之楊柳，今既摇落而將忘之，何復得愁中却盡生，使我悲乎？笛有

《折楊柳》，傷離別之曲。

○閣夜　杜甫

歲暮陰陽催短景，天涯風雪霽寒宵。

陰陽，即陰陽之氣也，爲日月，作陰晴，並非。短景，猶云短日。景，日景也，非影。言陰陽催短景，歲將暮。此言時候，次句言夜景。

五更鼓角聲悲壯，三更星河影動摇。

《評》云：鼓角星河皆閣上所聞所見。星河，星辰與銀河也，止爲星辰，非也，爲民勞之應，大誤。

野哭千家聞戰伐，夷歌幾處起漁樵。

戰伐不已，故惟聞千家野哭之聲爾。夷歌之起於漁樵，無幾處也。《句解》爲民聞戰伐而哭，《訓解》爲民厭兵而哭，並非。下句，《句解》得之。《訓解》云：漁樵之人盡爲夷歌，則中國盡爲左衽矣。《句解》不取，是，但云「幾處」言少之詞，則非也。夷歌，《句解》云：蠻腔也，是地蠻夷雜居，故民效之而歌。或説：夷，平也，夷歌，平時之歌也。

卧龍躍馬終黄土，人事音書漫寂寥。

今卧龍躍馬，其人不復出。人事日寂寥，以故音書不通亦致寂寥耳。

○**返照**　杜甫

楚王宫北正黄昏，白帝城西過雨痕。返照入江翻石壁，歸雲擁樹失山村。

三、四句，皆黄昏光景。《評》一一配比，鑿矣。《句解》北昏、西明之説亦非，三、四之解，特傷雅。

衰年肺病惟高枕，絶塞愁時早閉門。

伏枕之外無他事也，《句解》及諸注皆誤。愁時，愁時之擾亂也。

不可久留豺虎亂，南方實有未招魂。

未招魂，謂未死也。此變化《招魂》賦用之，言我雖在南方，實未死，有不須招之魂，何留于豺虎之中？

《句解》不得句意，故訓「實」爲是時。

○**登高**　杜甫

無邊落木蕭蕭下，不盡長江滚滚來。

《句解》云：上句應首句，下句應二句。

百年多病獨登臺。

以百年多病之軀，而去親友，獨上萬里之臺。

潦倒新停濁酒杯。

惟酒忘憂，故至潦倒纔停杯耳。潦倒，醉貌。

○闕下贈裴舍人　　錢起

陽和不散窮途恨，霄漢長懸捧日心。

上半篇叙禁中佳景，此以下嘆己不遇。捧日，程昱事。日，指天子。結句「華簪」，指裴舍人。帝居象上天紫微垣，故凡宫禁以紫稱之。《句解》非。

○和王員外晴雪早朝　　錢起

紫微晴雪帶恩光，繞仗偏隨鴛鷺行。

繞仗隨行，皆言雪。《句解》是。

長信月留寧避曉，上林花滿不飛香。

積雪，長信宫則如月，宜春苑則如花，皆非真，故不「避曉」「飛香」也。曙光至而月明没，故云「避」。

獨看積素凝清禁，已覺輕寒讓太陽。

王員外對此賦詩，故「看」「覺」者，謂王也。早朝之時凝寒，日升而稍輕，故云「讓」。

○自鞏洛舟行入黄河即事寄府縣僚友　　韋應物

孤村幾歲臨伊岸，一雁初晴下朔風。

題云「寄府縣僚友」，蓋韋官河南，今轉任，寄故僚友也。《句解》是也，但未得句意。此二句，述所見以喻己也，言我與君等共同此地，幾歲臨伊岸，如彼孤村。今我獨去而往，如雁下朔風也。即所見感興，所以題云「即事」也。

○贈錢起秋夜宿靈臺寺見寄　　郎士元

更憶雙峰最高頂，此心期與故人同。

自起句至頸聯，不唯叙錢起之遊，兼寓我欲遊賞是境之情，故此云「更憶」。此心者，此遊賞之心也，勿認爲憶雙峰之心。故人，指錢起。言我有此心，期與爾同之也，蓋錢起寄詩而趣遊，故云然。

○長安春望　盧綸

東風吹雨過青山，却望千門草色閑。

舊爲亂後象，或然。《訓解》云鞠爲茂草，則過甚矣。

川原繚繞浮雲外，宫闕參差落照間。

只是蒼凉景色。參差，不齊貌。此二句《訓解》《句解》俱誤。

○陸勝宅秋雨中探韻同前　張南史

同人永日自相將，深竹閑園偶辟疆。

同人，《易》字面。《詩》云：子有酒食，何不日鼓瑟。且以喜樂，且以永日。宛其死矣，他人入室。又云：皎皎白駒，食我場苗。縶之維之，以永今朝。又云：以永今夕。凡歡宴而樂心，則覺日時之永，故謂娱遊爲「永日」，言同心之人，相將來而歡樂永日也。《句解》能引《詩》而以短日爲疑，似不達于此。偶，配偶，「匹偶」之「偶」，《句解》訓「併」，大誤。

更聞寒雨勸飛觴。

「更」字止係于秋風寒雨，非關情也。

歸心莫問三江水，旅服從沾九日霜。

飲三江水，顧榮事。言已不問三江水，乃旅服亦從沾也，不深求其義可也。《句解》鑿。

醉裏欲尋騎馬路，蕭條是處有垂楊。

「騎」當作「羈」。言醉裏鄉思還起，試尋求羈馬之路，則當路有垂楊蕭條，益不勝情也。《訓解》謂愛垂楊而失歸途，固非也。《句解》訓「尋」爲「尋盟」之「尋」，尤非也。

○**鹽州過胡兒飲馬泉**　李益

綠楊著水草如煙。

直賦春景。此詩《訓解》多誤，大抵《句解》得之，但文外多贅語，如此云「荒凉變而作佳麗之地」是也，此其病。

幾處吹笳明月夜，何人倚劍白雲天。

承上而言，昔時胡兒之飲馬，嘗向明月而吹笳，定幾處乎？又想漢人之防胡，何人此地倚劍望雲天乎？

從來凍合關山路，今日分流漢使前。

昔時戎虜驕騰，路阻隔而不通，今地屬漢，往來得自由。《句解》似而非。

○登柳州城樓寄漳汀封連四州刺史　柳宗元

驚風亂颭芙蓉水，密雨斜侵薜荔墻。

只是邊地無聊之景狀。《評》云風蕩新荷，雨侵香草，有讒夫傾正之意，非詩意然也。

共來百粤文身地，猶自音書滯一鄉。

與諸君共來絶域，而猶各滯一鄉，音書亦難得相通也。《訓解》爲音書滯，非。

○奉和庫部盧四兄曹長元日朝迴　韓愈

金爐香動螭頭暗，玉佩聲來雉尾高。

大明宮據龍首山構之。其南端門爲丹鳳門，在平地。前殿爲含元殿，據高，去南門二里。殿墀高於平地四十尺。其道屈曲，七轉而升，由丹鳳北望，宛如龍尾下垂於地，故謂之龍尾道。升含元，凡爲三大層，其下兩層，皆培土鋪塼爲坡。逶迤屈曲七轉，兩畔有石欄。石欄柱之頂止刻蓮花，不刻螭頭矣。此兩層之上，又有一大層，與殿墀相接，其高二丈。此層列石爲級，此之小級兩旁，各有石扶欄。扶欄上頂横石，即刻螭首，謂之螭頭，含元之螭頭是也。唐都城中，有太極、大明、興慶三大内，皆曾受朝。而螭頭者，惟大明宮有之，爲其據高而道峻故，峻道兩旁有石扶欄也。既有扶欄，則其下必立石柱。既有石柱，其上必有壓頂横石。横石南出，突兀不雅馴，故刻螭以文之。此螭頭之所從起也。含元雖高，而去平地僅四十尺，猶未據極也，故其後宣政、紫宸相重。地轉北，則階愈高，愈高則其升殿也，不容不爲峻道，而峻道必有扶欄與夫壓頂石螭也。《唐志》曰：天子御正殿，則起居郎、舍人分左右立。有命則俯陛以聽，退而書之。《志》又曰：若仗在内閤，則夾香案分立殿下第二螭首。和墨濡筆，皆即坳處。夫正殿者，宣政也。内閤者，紫宸也。是二殿亦皆有螭頭也。此螭頭之梗概也。諸家不言螭頭之由，恐初學認以爲凡殿欄皆有螭頭，故今酌《雍録》之文以詳之。「螭頭暗」者，墀上之香煙動出而籠罩螭頭也。玉佩聲來，謂天子出御也。

戎服上趨承北極，儒冠列侍映東曹。

上趨、列侍、承北極，皆互文。文官武官皆上趨、列侍，以奉承天子。東曹，未詳。

太平時節身難遇，郎署何須嘆二毛。

老於郎署，馮唐事。《訓解》云：此太平之時，人所難遇，雖頭白爲郎亦當嘆其官薄也。此説固不可易也，但又言太平無事之時，雖有才無功可建，是以相遇難矣，則老於郎署不足爲羞，何嘆之有？是亦所謂波瀾之廣及者也。

卷六　五言絶句

○題袁氏别業　賀知章

袁是不相識之人，故不及録名字。

偶坐。

只是聚居，不必對坐。

莫謾愁沽酒。

《句解》云莫謾此興也，大誤。本一連句，不可割裂。又憂、愁本不同，假令詩語相通，此處何可用「憂」字？

自有錢。

「自」字，天然之辭，不可改易爲「幸」，倘做「幸」字觀，則大傷雅。

○夜送趙縱　　楊炯

由來天下傳。

「天下傳」三字，因藺相如語以喻趙才。《句解》是，《訓解》拘。

舊府。

以「舊府東山餘妓在」觀之，則直謂故鄉也，蓋唐時語。

明月滿前川。

又説璧，言夜送。《句解》云比趙德輝，則五十步笑百步也。

○易水送別　　駱賓王

昔時人已没，今日水猶寒。

雖昔人已没，水依舊猶寒。此因在易水上而送人，遂感古也。送別主意，只在水寒而已。言此地是昔荆軻別太子丹處，當時荆軻歌易水之寒，今送君則水猶寒，誠如軻言也，謂傷別之情今古無異也。《訓解》

曰安知今人之不能爲古也？《句解》曰賓王有俠氣，説到身上，背題意，且「水猶寒」爲譬古猶可爲者，大誤。

○**贈喬侍御**　陳子昂

漢庭榮巧宦。

天子寵巧宦者，故朝廷榮者，此輩已。《句解》云「榮」與「寵」同，非。

雲閣薄邊功。

只是青雲閣上之人也，猶漢廷。《句解》貼巧宦，非也。《訓解》爲雲臺，亦非是。

可憐驄馬使，白首爲誰雄。

今不用功名之士，而猶白首盡力，尤可憐者也。

○**子夜春歌**　郭元振

君懷那得知。

《訓解》云不能知彼之懷我否，是也，如「有女懷春」之「懷」。《句解》鑿。

○**南樓望**　盧僎

去國三巴遠。

三巴，其旅寓之地，亦未可知也。

傷心江上客，不是故鄉人。

傷心，屬上句。上二字下八字句。江上客，江上往來之客也。

○**汾上驚秋**　蘇頲

《句解》云此悲秋詩，適在汾上而賦之，是也。其引《世説》云云，不必然。

○**蜀道後期**　張説

此歸心汲汲，爲事所阻隔而後期，故寄恨於秋風。

争日月。

《句解》云旅客心争光陰，是也，但曰勤王之心，文外生意，非。《句解》又云謂蜀道行路難也，亦是文外之意，因題「蜀道」字面傅鑿之。不言路難而言秋風，知必不然也。

○照鏡看白髮　張九齡

誰知明鏡裏，形影自相憐。

言鏡中照形，則既衰落，而我不覺生哀憐之相，則影亦爲哀憐之相，此形與影自然相憐。此意誰知之者乎？曰「自」、曰「相」、曰「誰知」，可以見也。《句解》誤。

○同洛陽李少府觀永樂公主入蕃　孫逖

同觀也，非同賦。按詩中無諷意，直賦而惜之也。夷狄降嫁，其來既久矣，豈可深咎之耶？《句解》費解。

○**静夜思**　李白

床前看月光。

床，非卧床也。《句解》云上二句説静夜，下二句説思，大非也。全篇言静夜獨坐，謾思故鄉，不知月光之來床前，乍見爲地上布霜，徐見之則月光也。乃且舉頭看山上之月，然本愁人，無意看月，故復低頭而思之也。

○**怨情**　李白

此自他見美人怨恨之詩也，題曰「怨情」。

不知心恨誰。

分明是君王。此等詩可意悟不可强解也，《句解》鑿亦甚矣。

○秋浦歌　李白

白髮三千丈，緣愁似個長。不知明鏡裏，何處得秋霜。

始我怪鏡中髮變白如秋霜也，今知髮之長且白，皆愁使之然。曰「不知」者，不知緣愁而然也。

○獨坐敬亭山　李白

孤雲獨去閑。

鳥飛雲去，而山閑寂。

相看兩不厭。

相看，《句解》云猶曰相對，是也。兩不厭，《句解》不得《訓解》之意，謾非之。《訓解》之意，蓋謂凡山之可愛者以兼有鳥、雲也，今鳥飛雲去，似可厭也，惟此敬亭山，不待他物而自可愛也。其意甚好，然「有」字不改爲「在」則不通，故難從。《句解》爲山與白兩不相厭，如是則不得。下有「只有敬亭山」之句，且「只有」字重，《句解》輕視之，亦難從。蓋言鳥飛雲去，兩者我不厭之，只有敬亭山則自足耳，不言「唯有」而言

「只有」可以見也。

○見京兆韋參軍量移東陽　李白

《訓解》云：本集注「東陽」，唐日南郡，産珠。

潮水還歸海，流人却到吴。

潮水雖姑據地而至，復還歸海，今流人何却仍到吴乎？此取興於潮水，謂流人與潮水異也。《句解》非。

相逢問愁苦，涙盡日南珠。

《句解》云慰問邊土愁苦，則雖身未至其地，涙如珠一般而爲之盡也，此説是。人或「盡」字作助字者，非。

○臨高臺　王維

相送臨高臺。

《句解》爲相送賦《臨高臺》曲者，一何陋。

○**班婕妤**　王維

怪來妝閣閉，朝下不相迎。總向春園裏，花間笑語聲。

「怪來」管「不相迎」，十字句，《句解》是。此及下首，《句解》解出真面目。言自一下朝在妝閣裏，未有來迎者，甚怪何故乎？今有花間語笑之聞，始知君王總向他春園之中，宜哉不迎我也。通三首，其義益明。

○**雜詩**　王維

已見寒梅發，復聞啼鳥聲。愁心視春草，畏向玉階生。

本集「玉階」作「階前」。前首曰：「君自故鄉來，應知故鄉事。來時綺窗前，寒梅開花未。」由此，則一、二句鄉人答辭也。三、四言思歸之心，草生階前則益不得歸，是以畏之也，暗用「王孫遊兮不歸，春草生兮萋萋」，《句解》詳之。

○鹿柴　　王維

但聞人語響。

《句解》「但」訓「徒」，大誤，「但」字自足。

返景入深林，復照青苔上。

《訓解》足言乎，然非禪意，自是鑿耳。

○竹里館　　王維

獨坐幽篁裏，彈琴復長嘯。深林人不知，明月來相照。

言獨坐於幽篁之裏，彈琴復長嘯矣。入林漸深，人無知之而同游者，惟有明月之伴我耳。《句解》非，又謂人不知而月知，即《訓解》會意之説也。

○**長信草**　　崔國輔

長信宮中草，年年愁處生。時侵珠履迹，不使玉階行。

「時」字照「年年」，言長信宮中之草年年生我所愁處，至其生之時則侵没庭除，使我不得行玉階也。我之不幸於君如草使之然，此歸怨於草也。《句解》云遮行幸路，非也。長信不來幸之地，且不使玉階行，屬君可乎？《句解》又云已無行幸，則見御履迹尚可慰心，大鑿。此等皆泥「珠履」字面，不知妝點語也。又云草上玉階則履迹益不見，尤爲怨恨，大非也。草上玉階，本文所無。

○**少年行**　　崔國輔

遺却珊瑚鞭，白馬驕不行。章臺折楊柳，春日路傍情。

少年游行路傍草次之頃，欲上章臺，雖馬驕而不行，珊瑚之鞭亦遺却焉。其任情而行如此。

○**送朱大入秦**　孟浩然

平生一片心。

君平素一片心如此劍，是以爲贈。

○**春曉**　孟浩然

春眠不覺曉，處處聞啼鳥。

通宵眠卧，不覺已曙，聞啼鳥之聲而始知之。《句解》云春來眠多，拘「春」字，且不知「眠」字。

○**洛陽訪袁拾遺不遇**　孟浩然

○**洛陽道**　儲光羲

○**長安道**　　儲光羲

鳴鞭過酒肆，袨服遊倡門。

豪俠子服美服，鳴玉鞭，或過酒肆，或遊倡門。

百萬一時盡，含情無片言。

情，豪情也。言百萬錢，雖一時用盡，自含豪情，無一片吝惜之言。

○**關山月**　　儲光羲

一雁過連營。

營，壘營也，與「陣」不同，初學所須知也。

○**送郭司倉**　　王昌齡

映門淮水緑，留騎主人心。

既送而出，春景殊麗，故又欲留之。蓋家臨淮水，曰「映門」、曰「春潮夜夜深」可以見矣。又，「主人」不必他人。

春潮夜夜深。

潮之深，以興别思之深。

○答武陵田太守 王昌齡

曾爲大梁客。

「曾」何訓「嘗」，《句解》大非。

不負信陵恩。

《句解》云爲污辱行而不負知己也，是「負」字和訓視之，不得其解，故爲是蛇足。

○孟城坳 裴迪

○**鹿柴**　裴迪

日夕見寒山，便爲獨往客。日夕之時，適見寒山風致，便獨往到之也。**不知松林事，但有麏麚迹。**第三句應「獨往」。言彼林中有人否，我不之知，但所有者獨麏麚迹已。《訓解》猶可，《句解》大誤，此不知「但」字也。

○**復愁**　杜甫

萬國尚戎馬，故園今若何。昔歸相識少，早已戰場多。昔我暫歸也，處處戰場多，且比他國殊早，又相識者多凋亡矣。今天下戎馬尚未息，故園荒凉，若何乎？

○**絶句**　杜甫

絶句説，余別有考。此詩感春思歸而作。

○**長干行**　崔顥

停船暫借問，或恐是同鄉。

「停船」句記事而非商婦之言，以同鄉挑之，故停船近前而問之。《句解》云以同鄉爲幸，又云或思同鄉，非也。此不知「或恐」二字意味也。

○**咏史**　高適

尚有綈袍贈，應憐范叔寒。

「寒」字本《本傳》「一寒如此乎」語。言須賈以綈袍贈我者，以尚少有舊情之哀憐我貧也，故曰「尚」。

不知天下士，猶作布衣看。

初，汝不知我是天下之士，宜乎辱我也。而至今有此贈，是猶作布衣看也，故曰「猶」，與上「尚」字相照應，一正一反。《句解》《訓解》並云適身上有之，不得「尚」「猶」二字之解。此詩前二句是揚，先叙而後解，後二句是抑，先解而後叙。故起與結對，二句與三句對，得法。

○田家春望　　高適

可嘆無知己，高陽一酒徒。

只是以無知己混酒徒耳。《句解》引酈生相比，却誤初學。

○行軍九日思長安故園　　岑參

遥憐故園菊，應傍戰場開。

感慨之語也。《句解》大誤。

○**見渭水思秦川**　岑參

東流去。

「去」字亦助字。

憑添兩行淚，寄向故園流。

憑，寄托也，《句解》訓「賴」，大誤。下句「寄」，寄贈也。

○**登鸛鵲樓**　王之涣

白日依山盡，黃河入海流。欲窮千里目，更上一層樓。

《訓解》不足言，《句解》亦不爲得也。言山日之傾，河水之流，風景可愛，故上高樓更遠望之。「更」字還在「欲」字上，義始明，唐詩此例極多。

○**終南望餘雪**　祖咏

終南陰嶺秀，積雪浮雲端。

北向之嶺故曰「陰嶺」，直曰「北嶺」似非。陰嶺特秀，故積雪接雲端。

林表明霽色。

嶺秀於樹杪之上也，雪映故「明」。

○**罷相作**　李適之

避賢初罷相，樂聖且銜杯。

爲避賢路故罷相，自罷相之初唯樂酒已，意不在賓客故獨且銜杯。《句解》不得詩意，且昧於「且」字。

爲問門前客，今朝幾個來。

「爲問」二字用得重，言我已罷相則門前無客，固其所也。且問汝今朝賓客來者有幾乎，言無有也，是以我且銜杯獨樂耳。今朝，應「初」字。

○**奉送五叔入京兼寄綦毋三**　李頎

陰雲帶殘日，悵別此何時。

方分手之時，風景亦慘矣，轉不勝別，故曰「此何時」。

欲望黄山道，無由見所思。

言君路次欲取道於黄山而訪綦毋三，爲陰雲所阻隔不能見之也。如舊解，詩意分，又與五叔情薄，且「欲」字無謂。

○**左掖梨花**　丘爲

冷艷全欺雪，餘香乍入衣。

稱梨花以比己才德。

春風且莫定，吹向玉階飛。

「且」字雖辭字，非無意義。莫，禁止辭。定，已也，謝元正詩云「風定花猶落」是也。言春風屬汝，汝且莫吹定，而使吹我梨花到玉階也。全篇自喻，《句解》爲羨梨花，不知「且莫定」三字，大誤。

○**九日陪元魯山登北城留别**　　蕭穎士

彭澤興不淺，臨風動歸心。

今日幸與彭澤之宴，興特不淺，然臨風景之頃頓生歸心，故歸耳。

○**平蕃曲**　　劉長卿

其一

其二

平沙獨戍閑。

獨戍，只是見邊庭孤寂之態，必不生意見。

○逢俠者　錢起

燕趙悲歌士。

錢起自言。

○江行無題　錢起

咫尺愁風雨，匡廬不可登。祇疑雲霧窟[一]，**猶有六朝僧。**

咫尺，謂近也。言匡廬雖咫尺，以風雨故不可登也，彼雲霧之中猶有如昔時惠遠等者，不得與之相接以爲愁。《句解》駁仲言，是也，其云足以爲隱處，則畫蛇足。

【校勘記】

[一]祇：原文訛作「秖」，據《全唐詩》卷二百三十九改。

○秋夜寄丘二十二員外　韋應物

山空松子落，幽人應未眠。

山中空寂唯有松子落聲，當是時幽人應未眠。懷員外在末一句，《解》不穩。

○聽江笛送陸侍御　韋應物

遠聽江上笛，臨觴一送君。還愁獨宿夜，更向郡齋聞。

臨送君，聽江笛不勝其悽愴。顧思別後郡齋獨宿，夜聽之則更不堪悲也，故愁之耳，故曰「還愁」，曰「更」。《句解》辨字義不分明，漫規仲言，殊不知仲言其意耳，非釋字也。

○聞雁　韋應物

故園眇何處。

思之悠，不關故園眇遠也，《句解》鑿。

○答李澣　韋應物

林中觀易罷，溪上對鷗閑。楚俗饒詞客，何人最往還。

上二句是應物答辭，下二句緣來意還問之也。《句解》穿鑿太甚矣。

○婕好怨　皇甫冉

花枝出建章，鳳管發昭陽。

言紫禁春至，花發於建章。君王乘春幸昭陽，與飛燕共弦歌宴樂。

借問承恩者，雙蛾幾許長。

《句解》空望之語從何處得之，非。言彼以何好顏色，承寵如此乎？《句解》拘「長」字甚。

○**題竹林寺**　朱放

《訓解》憂生之嘆，不可謾非。

○**秋日**　耿湋

返照入閭巷，憂來誰共語。古道少人行，秋風動禾黍。

言夕陽入閭巷時，心中生憂思，誰共談話而遣之，陋巷無人故也。於是散步道上，則人行亦絕，唯有秋風動禾黍也。寫秋日寂寞慘悽之態。

○**和張僕射塞下曲**　盧綸

○**別盧秦卿**　司空曙

知有前期在。

前日之期也，謂盧行期預定也。

○**幽州**　李益

○**三閭廟**　戴叔倫

沅湘流不盡。

《句解》云與屈子怨無盡，是也。

日暮秋風起，蕭蕭楓樹林。

秋風吹楓樹，何人堪之，況屈子之神乎？所以爲深怨也。

○**思君恩**　令狐楚

翠輦不曾過。

不曾過，應「又去」，見不但此年而已。《句解》拘。

○**登柳州蛾山**[一]　柳宗元

荒山秋日午，獨上意悠悠。

荒山，謂山之空曠也。午，日到午位也。《句解》云雖午時無人登，非也，只是言以無伴轉凄然也。

【校勘記】

[一]蛾：《柳河東集》卷四十二作「峨」。

○**秋風引**　劉禹錫

何處秋風至，蕭蕭送雁群。朝來入庭樹。

三句一連看，言朝來秋風送雁群來入庭樹。起句恨秋風至之辭也，《句解》非。《句解》下又云庭樹木搖落，文外之意，亦非。

○**輦路感懷**　吕温

我心渺無際，河上空徘徊。

心渺者旅中之情也，以感此心，故徘徊耳。曰「空」者，雖然徘徊，不可奈何也。《句解》襲《訓解》之誤，曰賦窮途、曰無所依泊、曰含股栗意，大非。

○**古别離**　孟郊

郎今到何處。

當以别情求之，不須解。《句解》云云，大傷雅。

○**尋隱者不遇**　　賈島

只在此山中。

《句解》爲賈島懸度之言，是也。

○**宫中題**　　李昂

輦路生秋草，上林花滿枝。

上林雖花滿，不得往觀，故輦路生草，以喻官宦弄權，人主孤立，不得自由。曰「秋草」者，舉春秋見平時怏怏。解不如此，則「上林」句爲無謂。

○**勸酒**　　于武陵

人生足别離。

《訓解》簡且穩，但解「足」字則非也。凡人生，相逢與别離相比較，則别離常有餘而相逢則不足，故云。

○**秋日湖上**　　薛瑩

浮沉千古事，誰與問東流。

因水感千古人世之變也。言水能浮沉物，人間浮沉當知之。誰也有與我共者，將問之於東流焉。

○**題慈恩塔**

○**伊州歌二首**

其一

頻年不解兵。

《訓解》云戍兵不解，是也。《句解》爲不解圍，非也。

可憐閨裏月，偏照漢家營。

閨裏可憐月，何不偏照漢家之營乎？

其二

打起黄鶯兒。

「兒」字而曰似罵言，此《句解》何意乎？

○哥舒歌

北斗七星高。

北斗之高，不必深夜，只是兵備雖夜不解也。

至今窺牧馬，不敢過臨洮。

胡人畏漢，其牧馬必窺無敵而竊爲之，而猶不敢過臨洮，是哥舒餘威也。

○**答人**

詩意明也。

卷七　七言絶句

○蜀中九日　王勃

九月九日望鄉臺，他席他鄉送客杯。

旅次中逢佳節，鄉思特切，臺名「望鄉」可以慰心，試上之則不見鄉，唯見他人之宴席，或遊樂，或送客，歡飲號呼。在他鄉觀之，其快樂不唯不關於我也，在鄉則我亦如此，益不勝情也。「送客」字，不可泥。

人情已厭南中苦。

只是旅況之苦，不關僻地，《句解》非。結句，《訓解》大誤。

○渡湘江　杜審言

遲日園林悲昔遊，今春花鳥作邊愁。

言我在家，遇春日之好，則園林每看花聽鳥以娛我心意，今貶竄邊地，則昔之花鳥却引愁，因以悲昔游難遇也。

獨憐京國人南竄，不似湘江水北流。

十四字句。

○贈蘇綰書記　杜審言

《句解》駁《訓解》，甚好。

○戲贈趙使君美人　杜審言

紅粉青娥映楚雲。

「娥」字，《句解》云娥眉，蓋爲「蛾」字看也。《訓解》引《方言》曰：秦晉間，美貌者謂之娥。或曰：美貌，「青」字無當，當作「青蛾」。然《訓解》又引《白紵曲》「佳人舉袖曜青娥」，不似謂眉者也。「娥」爲美貌爲是，蓋肌膚至白者帶青色，故云「青娥」也。

羅敷獨向東方去。

蓋時適見美人跨馬而行，故借羅敷之語言之。

謾學他家作使君。

謾，自「謾」字，何爲「戲」，《句解》非。他家，指昔趙王。使君，指今趙使君也。言今趙使君既得羅敷，今適向東方去，我欲效昔趙王所爲而作今使君也。

○銅雀臺　劉庭琦

銅臺宮觀委灰塵。

委頓而爲灰塵也。

○邙山

○送司馬道士遊天台　宋之問

離筵數處白雲飛。

離筵之中，白雲數處飛也。

○**送梁六**　　張説

巴陵一望洞庭秋，日見孤峰水上浮。聞道神仙不可接，心隨湖水共悠悠。

《訓解》云：梁六事無考，疑歸隱于洞庭者，故以仙期之。意謂此中形勝，乃仙者所居。今自巴陵而望之，所見者山水，而知神仙絶不與世人相接，君倘去而羽化，則不復與我相通矣，徒使此心隨湖水而無極也。此説明暢，《句解》斥爲俚語黜之，何也？

○**涼州詞**　　王翰

欲飲琵琶馬上催。

《訓解》云既將飲矣，而適有琵琶以侑觴。

君莫笑。

君，泛言之，非有所指也。

○清平調詞三首　　李白

其一

雲想衣裳花想容。

此首諸家以爲未得楊妃而思之，或曰思武妃。余則謂不然，何也？玄宗與妃子對花，令白賦焉，白何不賦見在而遠述往事耶？且爲思得妃子之事，「雲想衣裳花想容」猶可言，「春風拂檻露華濃」句何關思得之事乎？且爲思得，則三、四句甚膚淺，太白決不如此。諸家以「想」字屬玄宗，故誤致不通也，是從他稱妃子之美也。想，比視而想之也，以妃子全比「花」，而「雲」是客，故以比衣裳。首句見雲而想妃子衣裳之楚楚，見花而想其容貌，是綱。次句是目，言妃子容貌如花美艷，其舉動如花揺春風，光彩如花挹露華也。若此之女，非群玉之仙女，即瑶臺之佚妃，人間豈得覯乎！而玄宗得之而歡洽，其情好何如。一本有「雲」作「葉」者，此爲專喻花以意改之也。若爲「葉」則甚鄙俚，太白不當如此。

其二

一枝濃艷露凝香。

此與上首「露華濃」爲過接，一句收結。又以見其專寵，即「三千寵愛在一身」及「六宫粉黛無顔色」之意。

雲雨巫山枉斷腸。借問漢宫誰得似，可憐飛燕倚新妝。

其歡洽，求之古昔有襄王之神女，然是夢而非真，覺後徒斷腸耳，下焉漢成帝之飛燕，較可並駕也。錯裝「借問」二字在第三句，故諸家不知此意。倚新妝，妝點語。倚，如「倚鏡臺」之「倚」，必不訓「賴」。《句解》「枉斷腸」解，傷於巧，且猥褻之事非可稱於尊貴前，况被之樂章乎？且「枉」爲態，非可使玄宗聞之事也。又如「倚新妝」解，亦非。此是比視歡洽，非比美貌。又爲有諷意，亦非。

其三

名花傾國兩相歡，常得君王帶笑看。

君王相歡者止花與妃耳，故每常得被帶笑而看也。通篇與花相比，至此合而結之。

解釋春風無限恨，沉香亭北倚闌干。

此形容妃子對玄宗解釋榮花衰落之恨，又倚闌干作愁態以求媚固寵。何等巧思！《句解》「釋」訓「消」，不知何謂。

○客中行　　李白

但使主人能醉客，不知何處是他鄉。

酒美器貴，但主人誠心能醉客，雖酒薄器窳而忘他鄉之愁也，行路之情然也，題曰「客中行」可以見也。「但」字、「能」字可味，二《解》大誤。

○峨眉山月歌　　李白

峨眉山月半輪秋，影入平羌江水流。

半輪，謂七八日之月，《訓解》非也。君，指月而言。此太白夜發清溪而下，因想像峨眉月而作之也。

詩意明矣，妙不在巧，必不用斧鑿。

○上皇西巡南京歌二首　李白

其一

《句解》辨《訓解》襲蕭士贇誤，甚允。

其二

開紫極。

謂克復京師也，《訓解》是而《句解》非。

雙懸日月。

以肅宗比日，玄宗比月，《句解》是而《訓解》非。

○**聞王昌齡左遷龍標尉遥有此寄**　李白

楊花落盡子規啼，聞説龍標過五溪。

只是方楊花落、子規啼之時，適聞昌齡左遷也。《訓解》是也。《句解》畫蛇足。

我寄愁心與明月，隨風直到夜郎西。

《訓解》云因明月而寄此愁心，欲其隨風而直至君所也，寄心明月如曰寄言浮雲，是也。此言君見明月，頓生愁心，是乃我愁心也，其意謂共遠謫之愁心也。文意爲寄愁心，將明月與君也。《句解》不分明。

○**黄鶴樓送孟浩然之廣陵**　李白

故人西辭黄鶴樓。

「辭」字，何不忍去意之有？《句解》非。

○陪族叔刑部侍郎曄及中書舍人賈至遊洞庭湖[一]　李白

洞庭西望楚江分，水盡南天不見雲。

言洞庭西望南望，楚地分界皆是水，謂洞庭空闊也，是互文法。此詩全篇《句解》説得是，詩意明，故不重解。

【校勘記】

[一]曄：《李太白全集》卷二十作「曄」。

○望天門山　李白

日邊來。

謂高遠也，非指長安，又望他船來也。全篇叙景。二《解》並鑿。

○**早發白帝城**　　李白

鳴不住。

謂一聲未畢，故下曰「已過」。

○**秋下荆門**　　李白

○**蘇臺覽古**　　李白

菱歌清唱不勝春。

今聞菱歌清唱，猶不勝春色可憐，况昔全盛時乎？

曾照吴王宫裏人。

曾，何與「嘗」同哉，《句解》誤。

○**越中懷古**　李白

○**與史郎中欽聽黄鶴樓上吹笛**　李白

黄鶴樓中吹玉笛，江城五月落梅花。

旅況中聽笛，倍不勝情也。結句，裝點語。

○**春夜洛城聞笛**　李白

暗飛聲。

暗，暗夜中飛鳴也，二《解》皆誤。

○**春宮曲**　　王昌齡

露井桃。

露井，天井也。此曰「露地」，又曰「壺内」，是也。《源氏物語》：所謂桐壺，梧井也。壺，音悃，《爾雅》云：宫中衖，謂之壺。一作「壼」，古來讀「壺」，因字形似而訛。露井，今誤會爲無屋井，故詳之。

月輪高。

《句解》云謂夜深也。

此詩《訓解》爲失寵者欣羨得寵者之詞，觀「平陽歌舞新承寵」，則非無理也。《句解》爲直賦春宫，此含諷意，亦可也，讀者宜以意求之。

○**西宫春怨**　　王昌齡

西宫夜静百花香，欲捲珠簾春恨長。斜抱雲和深見月，朧朧樹色隱昭陽。

「斜」字，自是斜抱琴也，《訓解》爲月影，大誤。深，殷勤看月也，《訓解》爲深宫，大誤。《句解》並爲得。此言愁人以静夜，欲對百花奏雲和以慰其愁心，及將捲珠簾，不勝春恨之長，徒抱琴且見月。見月是愁人常態也，而羡他風月，故欲望之，則樹色朧朧，隱蔽昭陽，不可得見焉，所以爲深怨也。

○西宮秋怨　　王昌齡

芙蓉不及美人妝。

自是七字一句。《句解》云上四字下三字，何意？

水殿風來珠翠香。

「珠翠」「帳飾」二句，極言宫女容色之美，含下句何以不答之意。

却恨含情掩秋扇，空懸明月待君王。

十四字句，《句解》是。含情，《訓解》引樂府古詞「含情出户脚無力」，是也。掩秋扇，《訓解》引何遜詩「大娣掩扇歌[二]」，亦是也。含情，含艷情也。《句解》「情」爲怨情，非也，「掩」爲藏，亦非也。言我雖含情作態，懸明月之容而待之，而君王終不來，所以爲深怨也，曰「芙蓉不及美人妝」、曰「却恨」，可以見也。《句解》得句而不得意。《訓解》句意俱失。懸明月，本《長門賦》「懸明月以自照」。

【校勘記】

［一］娣：《樂府詩集》卷六十七作「姊」。

○長信秋詞　王昌齡

夢見君王覺後疑。

所夢者，即下複道奉恩也。

火照西宮知夜飲，分明複道奉恩時。

昭陽之火光遥照西宮，覺來知君王在昭陽猶夜飲，然而夢見君王於複道而奉恩幸，亦是分明也。不知所夢真乎？在昭陽真乎？所以疑也。

○青樓曲　王昌齡

白馬金鞍從武皇，旌旗十萬宿長楊。樓頭少婦鳴筝坐，遥見飛塵入建章。

此詩非諷當時，故武皇亦非指玄宗也，只是假漢武而言天子遊幸也。二《解》共拘。言天子建旌旗，擁十萬衆，夜來宿長楊宮，我夫婿亦盛飾從之。今日坐樓頭望之，復自長楊而入建章。此詩直謂天子事遊幸，夫婿從之而奔走也。下首謂以勞得賞，故曰「馳道楊花滿御溝，紅妝縵綰上青樓。金章紫綬千餘騎，夫婿朝回初拜侯」，可以見也。少婦坐樓上而望之，爲何意思，須求之言表，所以題曰「青樓曲」也，是龍標妙處。《訓解》《句解》皆無知妄作。

○閨怨　王昌齡

閨中少婦不知愁，春日凝妝上翠樓。忽見陌頭楊柳色，悔教夫婿覓封侯。

《評》曰：「不知」「忽見」「悔教」，有轉折，是章法。

《句解》爲無用贅語，可厭。

○出塞行　王昌齡

馬首東來知是誰。

《句解》云欲東馬首而歸而不能，誰能東歸者乎？蓋時有東歸者，羨之之詞，是也。《訓解》鑿。

○從軍行三首　王昌齡

其一

其二

不破樓蘭終不還。

不破樓蘭，不能還也。

其三

秦時明月漢時關，萬里長征人未還。

《訓解》云：以月屬秦以關屬漢者，非月始于秦關起于漢也。意謂月之臨關，秦漢一轍，征人之出，俱無還期，故交互其文，而爲可解不可解之語。此説是也。《句解》以俗意却之，更曰猶秦漢之象，大謬矣。此言征人之萬里離家，過關而悲，看月而思，自秦漢既然，則當如何？自甘心耳。雖然，若將得其人，使胡馬不來，則我何受此苦。「但」字有千斤之重，可味。于鱗以此詩爲壓卷，不良誣焉。王敬美謂妙只在「秦時明月」四字而駁之，非也。龍城，爲姑臧亦無妨，但曰誤用，非也。詩豈拘拘乎？

○梁苑　王昌齡

梁苑秋竹古時煙。

《句解》云秋竹如煙，古物唯是已。

平臺賓客有誰憐。

萬乘何處，賓客無存，富貴去矣，風流盡矣，不勝可憐也。《句解》云假令有賓客無梁王，則無憐之者也，非詩意也。

○芙蓉樓送辛漸　　王昌齡

寒雨連江夜入吴，

雨與江水共流入吴也，只是述凄凉景象。《訓解》爲少伯入吴，非。

平明送客楚山孤。

承上而言，别時夜色凄凉，至平明送君，唯有楚山孤寂，倍不堪凄楚也。

洛陽親友如相問，

倘以我問也。《句解》爲訪問，與下不相接，非也。《訓解》爲問行藏，亦非。

一片冰心在玉壺。

身雖漂泊，心則清矣。《訓解》《句解》並謬。

○送薛大赴安陸　　王昌齡

遷客離憂楚地顔。

遷客，少伯自言。楚地顔，憂顔，如楚地暗淡。

遥送扁舟安陸郡，

送扁舟赴安陸也。《句解》云目送者，非。

天邊何處穆陵關。

望安陸於天邊，不知在何處，所見者獨穆陵關已。《訓解》是也。

○送别魏三[一]　王昌齡

憶君遥在湘山月，愁聽清猿夢裏長。

君遥在湘山，見月聽猿，則雖夢裏愁不絶矣。

【校勘記】

[一]送别魏三：《全唐詩》卷一百四十三作《送魏二》。

○盧溪別人　王昌齡

駐扁舟。

《句解》云駐舟而惜别。

莫將孤月對猿愁。

將，猶以也，《句解》訓「於」，無據。言將孤月聞猿聲，則不勝旅况之愁也。昌齡好爲可解不可解之語。

○重别李評事　王昌齡

《句解》斥《訓解》非，甚好，但不可强解。

莫謂秋江離别難[二]，**舟船明日是長安**。

君是長安得意行，何傷離别之有？《句解》謂莫唱《離别難》曲，是陋癖。

隨意青楓白露寒。

《句解》云任他夜深露寒莫復問也，是也。《訓解》誤。

【校勘記】

［一］謂：《全唐詩》卷一百四十三作「道」。

○**少年行**　王維

孰知不向邊庭苦，縱死猶聞俠骨香。

言死一也，寧死於仇，不死於邊，死於邊乃是尋常戰死，徒朽腐耳，不如死於仇之有俠名也。然人不之知，或爲懼乎！我出身既爲羽林郎，隨從驃騎戰於漁陽，豈畏死者邪？

○**九月九日憶山中兄弟**　王維

山中，《品彙》作「山東」爲是。

爲異客。

承上言爲異鄉客。《句解》非。

遍插茱萸少一人。

遍插，謂諸兄弟也，故下曰「少一人」。《句解》其意謂曰「少一人」，則不可云「遍」，故云云，誤。

○與盧員外象過崔處士興宗林亭　　王維

科頭箕踞。

科頭，謂不冠也。箕踞，謂伸兩足，其形如箕也。

白眼看他世上人。

或曰「看他」，俗語，非「自他」之「他」。按今俗語諸稱「他」者，皆「自他」之「他」，猶「夫己氏」之「夫」。或說，蓋臆度之言也。

○送韋評事　　王維

○送沈子福之江南〔一〕　　王維

向臨圻。

臨圻，臨水之岸也。罟師蕩槳，向之而行。《句解》爲寫寂寞之景象，是也。《訓解》爲沈所乘之船，非。

唯有相思似春色，江南江北送君歸。

《訓解》云當無人之處而蕩槳以行，落寞殆甚，獨喜思如春色，從君所適而送之，差足慰耳，蓋相思無不通之地，春色無不到之鄉。此説是也。江南江北，沈之所經歷。言江南江北春色無不到之地，我雖身不從君，而相思從君所適而在，以所到春色送君爲我情也。《句解》自南自北之語，辭有弊。

【校勘記】

［一］南：《全唐詩》卷一百二十八作「东」。

○春思二首　賈至

其一

春風不爲吹愁去。

春風能開落百花，不能吹散我愁。

春日偏能惹恨長。

不但春風不吹散愁也，春日之長偏能惹我恨。

其二

金花臘酒解酴醾。

金花，形容酒濃厚之言。臘酒，臘月之所釀成，酒之上品者也。酴醾，酒名。言臘酒之酴醾如金花者，今始解甕飲之。此首賈至其意春日少年之態，如此一憂一樂，何相拒之懸隔也？此首必併前首而春思之情見矣，不可離看，是賓主之法。《訓解》大誤。

○西亭春望　　賈至

此春日眺望之作也。《句解》爲夏日作，大誤，不足辨。

北雁歸飛入窅冥。

只是春日之景色。《訓解》鑿。

能使春心滿洞庭。

詩意明也。《句解》爲發春情，不堪捧腹。

○初至巴陵與李十二白同泛洞庭湖　賈至

○送李侍郎赴常州　賈至

明朝相憶。

相憶，《句解》爲憶酒，大鄙陋。

○岳陽樓重宴别王八員外貶長沙　賈至

江路東連千里潮。

江水東流，與海潮相連。

青雲北望紫微遥。

紫微喻皇城，青雲亦指京師。《句解》云青雲隔之，誤。

○**封大夫破播仙凱歌二首**　岑參

其一

其二

○**苜蓿烽寄家人**　岑參

閨中只是空相憶，不見沙場愁殺人。

閨中空憶我也，詩意明也。《句解》下贅語，却誤初學。

○玉關寄長安李主簿　岑參

故人那惜一行書。

《訓解》云責主簿之無書，是也。《句解》謂故人非不欲致書也，萬里難通耳，是拘「萬里餘」字面而爲此説。詩意言去鄉萬里餘，嘗旅途辛苦，故人那不致一行以慰我乎？故下云「玉關西望」云云。《句解》誤。

況復明朝是歲除。

三、四句，皆是訴李主簿之言也。《句解》之説，可笑。

○逢入京使　岑參

故園東望路漫漫，雙袖龍鐘淚不乾。

《句解》云因逢入京使而望故園。詩豈可如此解者耶？龍鐘，形容雙袖之言。《訓解》後説，是也。

報平安。

詳語氣，自嘉州報之也。

○磧中作　岑參

見月兩回圓。

謂二逢「望」也。《句解》可笑。

平沙萬里絶人煙。

《句解》云貼起句「欲到天」之處，故人煙斷絶。是何意爲此言乎？

○虢州後亭送李判官使赴晉絳　岑參

白雲猶似漢時秋。

《訓解》誠鑿，而亦非幽意見于詩也，只是就其地爲言耳。

○送人還京　岑參

揚鞭只共鳥争飛。

謂彼之還京，其心汲汲也。《句解》大穿鑿。

〇赴北庭度隴思家 岑參

爲報家人數寄書。只是以鸚鵡能言托言耳。《句解》爲家人過隴山時，非知詩者也。《訓解》亦大鑿。

〇酒泉太守席上醉後作 岑參

淚如雨。《句解》云泣俄頃下，非謂多也。凡如雨如雲，皆謂多也，《句解》非。又《句解》解此詩，蛇足特多。

〇送劉判官赴磧西 岑參

○**山房春事**　岑參

梁園日暮亂飛鴉。

只是日暮景象。《句解》爲日暮來訪，非。

○**寄孫山人**　儲光羲

新林二月孤舟還。

《訓解》爲儲公孤舟而還，《句解》爲山人自人間還，並爲譏山人詩，以「住人間」之語也。然《訓解》則此句甚不響，《句解》則與次句支離，皆難從。蓋言我姑還於故園，適睹山水春光可愛，因問山人今猶在人間往來此裏乎否，非譏諷之詩。

○**贈花卿**　杜甫

《句解》據《詩藪》爲贈歌者花卿，然杜又有《戲作花卿歌》曰：成都猛將有花卿，學語小兒知姓名。用如快鶻風火生，見賊惟多身始輕。綿州副使著柘黃，我卿掃除即日平。子璋髑髏血模糊，手提擲還崔大夫。李侯重有此節度，人道我卿絶世無。既稱絶世無，天子何不喚取守東都？觀此，則花卿决非歌者，又足見其僭竊氣象。但於詩意爲贈歌者，亦通。

○重贈鄭鍊　杜甫

○奉和嚴武軍城早秋[一]　杜甫

【校勘記】

[一]嚴武：《杜詩詳註》卷十四作「嚴鄭公」。

○解悶　杜甫

每見秋瓜憶故丘。

《訓解》云秦時邵平種瓜長安東門，甫長安人，故感秋瓜而憶故鄉，此説極是也。《句解》云憶故鄉臭味，陋説至如此乎！

今日南湖采薇蕨。

《小雅》云：采薇采薇，薇亦作止。曰歸曰歸，歲亦莫止。此因瓜而言薇，據詩見懷歸之情，言不能歸鄉而采瓜，今南方采薇，空懷歸也。《句解》云今日無瓜則采薇，豈知詩者耶！

何人爲覓鄭瓜州。

何人爲我就鄭，審而覓瓜，使我得解悶乎？以州曰「瓜州」思及之也。蓋鄭者，杜故人而守瓜州也。

○書堂飲既夜復邀李尚書下馬月下賦［一］　杜甫

故邀之也，非偶來。

久拚野鶴如雙鬢。

我雙鬢如野鶴，而久拚人間快樂之事。

【校勘記】

［一］賦：《杜詩詳註》卷二十一作「賦絶句」。

○**塞下曲二首**　常建

其一

望帝鄉。

望，猶云仰也。

其二

明君祠上望龍堆。

《句解》大鑿。

○**送宇文六**　　常建

即今江北還如此，愁殺江南離別情。

今江北風景如此，不共愛之而江南去，故愁之也。

○**三日尋李九莊**　　常建

永和三日。

永和，謂春日永長和暖也，是只用《蘭亭記》字面耳。

故人家在桃花岸。

《句解》爲初尋，未必也。

○**九曲詞**　　高適

鐵騎横行鐵嶺頭，西看邏逤取封侯。青海只今將飲馬，黄河不用更防秋。

此述志功名者之言也，非必有其事。言青海黃河邊境晏然，無可著鞭處矣，故欲遠克邏逤而取封侯也。

○除夜作　高適

旅館寒燈獨不眠，客心何事轉凄然。故鄉今夜思千里，霜鬢明朝又一年。

《評》曰：「獨」者，他人不然；「轉」者，比常尤甚，二字爲詩眼。敖子發曰：此詩自爲問答，首句已自凄然，後二句又説出轉凄然之情。胡濟鼎曰：「轉」之一字，喚起後二句。唐絶句謹嚴，一字不亂下，此類可見。

○塞上聞吹笛　高適

風吹一夜滿關山。

何處梅花，邊風吹來滿於關山，謂笛聲也。

○別董大　高適

○**送杜十四之江南**　孟浩然

天涯一望斷人腸。

《句解》云只是别後悵望，是也。《訓解》醜。

○**寄韓鵬**　李頎

朝看飛鳥暮飛還。

仁惠之所及，鳥獸亦得所也。

羨爾城頭姑射山。

《句解》云姑射山蓋近河上，用《莊子》事比韓無爲之化，是也。

○**九日**　崔國輔

江邊楓落菊花黄。

只是秋景，非言代謝。

九日陶家雖載酒。

陶家，崔自言。言今日與少長共載酒而登高，特有陶家之興，然羈旅常沾裳，故偏望鄉耳。《句解》爲陸鴻漸載酒，臆亦已甚，《訓解》謂有邀飲者，皆是不得詩意，泥「載」字也。

○題長安主人壁　張謂

世人結交須黃金。

言以利交也。題云「題主人壁」，分明是譏長安寄寓之主人，非謂賄賂苞苴行也。

○送人使河源　張謂

長路關山何日盡。

跋涉何日盡乎，言其艱苦。

○**涼州詞**　王之渙

黃河遠上白雲間，

只是遠泝黃河也，非謂河則東，我則西。

一片孤城萬仞山。

在萬仞山上一片孤城中也。一片，謂小也；孤城，無偶也，非重複。按此詩謂邊地無聊，非言其險惡也。

○**九日送別**

○**洛陽客舍逢祖咏留宴**　蔡希寂

綿綿漏鼓洛陽城[一]**，客舍平居絶送迎**[二]。

貧居無來客，故絶送迎，但時聞漏鼓之綿綿耳。

【校勘記】

[一]漏鼓：《全唐詩》卷一百十四作「鐘漏」。

[二]平：《全唐詩》卷一百十四作「貧」。

○**少年行**　吴象之

承恩借獵小平津。

《訓解》云「平津」非少年獵場，以天子之命而借獵于此，是也。

使氣常遊中貴人。

使氣常結交於中貴人。《句解》牽合下「一擲千金」，爲與貴人以千金相競，大非。

○**江南行**　張潮

蓮子花開猶未還。

伏結句。

妾夢不離江上水，人傳郎在鳳皇山。

妾認郎在江上，故夢寐之間常在於此，忽聞有人傳郎今在鳳皇山。宜哉其不回來，蓋鳳皇山喻其有他心。

○**軍城早秋**　　嚴武

朔雲邊月滿西山。

秋風既入漢關，則胡兵入寇之時也，其勢如秋風之吹雲雪來滿於西山也。

更催飛將追驕虜。

「更」字甚難會。《句解》云：兵備異平時，故曰「更」。或云：更，「更番」之「更」。未知孰是。

○**重送裴郎中貶吉州**　　劉長卿

青山萬里一孤舟。

孤舟而涉萬里之遠，君何堪之？《訓解》及《評》大誤。

○送李判官之潤州行營　劉長卿

江春不肯留行客，草色青青送馬蹄。

江春之不留，虛而無狀，故以草色送馬蹄實之。《句解》駁《訓解》，是也。

○春行寄興　李華

澗水東流復向西。

《句解》以「或」字解「復」字，非文理也。

芳樹無人花自落，春山一路鳥空啼。

《訓解》以三、四句，謂此詩嘆亂後人物凋殘也。按題曰「春行寄興」，「寄」一字見其意，於春行之有興寄哀凋殘之意也，《訓解》宜從。但「宜陽城下草萋萋」既見凄凉之態，「澗水東流復向西」以比人民流散，《訓解》不及知也。《句解》以無孑遺誣《訓解》，冤哉！又此詩後對，「一路」對「無人」，輕輕看，《句解》非。

○歸雁　錢起

瀟湘何事等閑回，水碧沙明兩岸苔。二十五弦彈夜月，不勝清怨却飛來。

初，汝自瀟湘回來者，以此地水碧沙明，而兩岸之苔可以栖託也，而今却飛而歸者，得非以二十五弦彈月，汝不勝其清怨耶？如《句解》之説，「等閑」「清怨」相犯，難從。一説雁雖等閑歸去，我對月彈箏，應不勝其清怨而却飛來至也。如此説，主意在己而不在歸雁，且「水碧沙明」句爲閑語，亦難從。

○登樓寄王卿　韋應物

《句解》「相送臨高臺」則云相送賦《臨高臺》，此亦云賦《登樓》，此其僻見。

楚雲滄海思無窮。

楚雲與滄海相隔於一方，離思無窮。

數家砧杵秋山下，一郡荆蓁寒雨中。

《訓解》云況聽此砧杵，對此荆蓁不倍悽愴乎，平穩可從。《句解》欲深之，故鑿。

○**酬柳郎中春日歸揚州南郭見別之作**[一]　韋應物

應物刺滁州，柳亦歸揚州，應物與之會於南郭，有詩送應物，故應物酬之也。詳題之語意，非酬於昔日者，故改解。

【校勘記】

[一]酬柳郎中春日歸揚州南郭見別之作：揚，原文作「楊」；郭，原文作「國」。據《韋蘇州集》卷五改。以下「揚」「郭」亦據改。

○**送魏十六還蘇州**　皇甫冉

歸舟明日毗陵道，回首姑蘇是白雲。

明日君由毗陵而歸，我回首望君於白雲中。

○**曾山送別**[一]　皇甫冉

《句解》云送之曾山人，不必然。

【校勘記】

[一]曾：《全唐詩》卷二百五十作「魯」。

○**寒食**　韓翃

日暮漢宮傳蠟燭。

唐制，寒食之日賜火也。

○**送客知鄂州**　韓翃

客，猶言人。《句解》太拘。

春風落日誰相見，青翰舟中有鄂君。

鄂君，楚王弟子晳也。鄂君乘青翰舟，越人擁楫而歌，見《説苑》。以比客，言共憐春色者唯君耳，而君今乘青翰舟而鄂州去，向來將誰與相見乎？

○宿石邑山中　韓翃

曉月暫飛千樹裏，秋河隔在數峰西。

《訓解》云即首句意，是也。但云「雲」「靄」「月」「河」四字並用，覺重，非也。靄，山中之靄氣，非謂雲也。浮雲，假設之辭，非指實雲而言也。曉月、秋河相對，而説山之高峻。《句解》則大誤。

○送劉侍郎　李端

幾人同入謝宣城，未及酬恩隔死生。

謝朓爲宣城太守[二]，世稱謝宣城。劉蓋守宣城，故借稱之。賓客同入而不同出，及劉失勢，即棄去而不相問，如隔死生，何及酬恩乎？

【校勘記】

［一］朓：原本訛作「眺」，據《南齊書·謝朓傳》改。

○楓橋夜泊　張繼

月落烏啼霜滿天，

述深夜之景。

江楓漁火對愁眠。

對，對漁火而眠也。愁眠，以愁心而眠也。

姑蘇城外寒山寺，夜半鐘聲到客船。

當夜半遥聞鐘聲，不倍悽愴乎？

此詩《句解》説甚好，余初從之，然起句爲曉景，唐人之用句不如此巧，故難從。

○**聽角思歸**　顧况

故園黄葉滿青苔。

爲想像故園是也，題之「思歸」即是也。如《句解》説，三、四句無思歸之事。若「人不見」爲故園之人，則此句無所係屬，故夢後思歸在此句也。

起行殘月影徘徊。

《訓解》云起行而與殘月盤桓，是也。《句解》失於巧。

○**宿昭應**　顧况

玄宗祈長生處，詳于《訓解》《句解》。

武帝祈靈太乙壇[一]。

漢武事，借比玄宗。

那知今夜長生殿，獨閉空山月影寒。

玄宗爲求長生祈靈，當其時，那知即今宮殿空閉而月影寒凉。

【校勘記】

［一］壇：原本訛作「檀」，據《全唐詩》卷二百六十七改。

○湖中　　顧況

○夜發袁江寄李潁川劉侍郎　　戴叔倫

不是愁人亦斷腸。

不是，俗語，與「非」同，《句解》何不知之？愁人，《訓解》爲戴叔倫，《句解》爲李、劉，未知孰是。

○寄楊侍御　　包何

一官。

猶言小官。

○**汴河曲**　李益

風起楊花愁殺人。

《句解》無風猶可堪之説，甚傷雅。

○**聽曉角**　李益

秋風吹入小單于。

秋風吹，鴻入小單于之地也，角有《小單于》曲，故借言之。《訓解》《句解》並誤。

○**夜上受降城聞笛**　李益

回樂峰前沙似雪，受降城外月如霜[一]。

回樂峰、受降城，月影敷地如霜雪也。《句解》以遠近分之，非也。《訓解》爲沙飛，大誤。

【校勘記】

［一］霜：原本脱，據《全唐詩》卷二百八十三補。

○**從軍北征**　李益

一時回首月中看。

《句解》爲看天山，是。《訓解》所謂畫蛇添足也，雖然，我從蛇足。

○**楊柳枝詞**　劉禹錫

花如雪。

《句解》云堪可賞，與《訓解》所引「叠山」同過。

○**與歌者何戡**　劉禹錫

二十餘年别帝京。

只是與帝京别也。《句解》大畫蛇足。

重聞。

重，猶再。

更與殷勤唱渭城。

與何戡叙舊，更相與唱《渭城》之曲，爲别時之態。《句解》穿鑿甚。

○**浪淘沙詞**　劉禹錫

浪颱沙。

颱，《説文》：風吹浪動也。

獨自。

獨，無耦也，異他之辭。《句解》謂與燕異，拘。

狂夫不憶家。

《句解》欲忘愁云云，畫蛇足。

○自朗州至京戲贈看花諸君　劉禹錫

○涼州詞　張籍

鳳林關裏水東流，白草黄榆六十秋。

涼州本明皇所開，關裏東流水、白草黄榆，皆是唐物，既積六十年。《句解》云東流不變，非。

無人解道取涼州。

解道，俗語，猶覺知也，春臺辨之詳矣。蓋道，如「見道」「説道」「聞道」之「道」。

○**十五夜望月**　王建

中庭地白樹栖鴉。

月影入中庭，樹之栖鴉亦可辨矣。二《解》爲謂夜深，非。

冷露無聲濕桂花。

冷露雖無聲，而月光相映見其濕桂花也。《句解》非。

不知秋思在誰家。

只是平穩看。如《句解》至人去夜深看月，無中生有也。《訓解》恐無如我耳，鑿也。

○**送盧起居**　武元衡

相如擁傳有光輝，何事闌干淚濕衣。舊府東山餘妓在，重將歌舞送君歸。

蓋盧以官來於故鄉，今任滿而歸於京師也。故以相如相比，曰「舊府」，用謝安東山妓之事，可以見也。言君官於故鄉，如相如馳傳至蜀有光輝然。而今歸於京師，何用傷別之爲。君任中所携之妓猶在，故使之歌舞，送君也。

○**嘉陵驛**　武元衡

悠悠風旆繞山川。悠悠者，風旆之貌，《詩經》字面。此謂行裝也，故曰「繞山川」。《句解》非。

山驛空濛雨作煙。山驛，即嘉陵也。此謂經險阻又遇雨，途中艱苦也。山中何常雨？《句解》非。

路半嘉陵。這般行路，嘉陵當其半道。《句解》非。

○**漢苑行**　張仲素

年光到處皆堪賞，苑中所年光到處，無不堪賞者也。

春色人間總未知。

此中富麗皆人間不及知者也，極稱之之辭，故次首曰：「春風淡淡影悠悠，鶯囀高枝燕入樓。千步回廊聞鳳吹，珠簾處處上銀鈎。」《句解》是。

○塞下曲二首　張仲素

其一

三戍漁陽再渡遼。

我戍漁陽者三次，渡遼者再也。《句解》何使漫然。

匈奴似欲知名姓，

我本驍勇，且熟於邊，所向無敵。匈奴以其非常，似有欲知名姓之意。

休傍陰山更射鵰。

若知所畏則莫再射鵰，我盡擒殺汝耳。

其二

朔雪飄飄開雁門，平沙歷亂捲蓬根。

風雪之中，出雁門而從征也。

○**秋閨思**　張仲素

不知何路向金微。

金微，夫之所在，言思夫之切，欲追而到之其所在，則於夢裏分明見之。然覺後不知向之之道，終不能到也。關塞、金微互文，不可泥。

○**郡中即事**　羊士諤

紅衣落盡暗香殘，葉上秋光白露寒。

此詩蓋士諤近亡愛妾而新刺資州時之作也。起句以比其死亡，次句見其哀戚之情。

越女含情已無限，莫教長袖倚闌干。

越女，不必採蓮女。含情，含婉情也。言越女之含情，雖無限好，非我思存，故曰「莫教長袖倚闌干」。蓋有勸納妾者，拒之辭也，題云「即事」可以見也。

○登樓

○酬浩初上人欲登仙人山見貽　　柳宗元

珠樹玲瓏隔翠微。

玲瓏珠樹翠微隔之，不登山則不能睹也，含第三句。《句解》非。

分符客。

謂郡主也，詳于《訓解》。

○題延平劍潭　歐陽詹

○聞白樂天左降江州司馬　元稹

殘燈無焰影幢幢，此夕聞君謫九江。

方對殘燈之夕，適聞君左降也。《句解》爲聞遠謫而對殘燈，如「此夕」二字、「垂死病中驚起坐」句何？

○胡渭州　張祜

○雨霖鈴　張祜

明皇所製曲，詳見于《訓解》。

雨霖鈴夜却歸秦，猶是張徽一曲新。

明皇歸秦之後幸華清宫，其時之悽愴甚於霖雨之夜，聞鈴聲之悲，乃於望京樓令張徽奏此曲。今雖歲月移换，猶是如新聞之也，曰「却」、曰「猶是」「新」可以見也。《句解》非。

長説上皇垂淚教，

至今相傳道説，授張徽時明皇垂淚教。《句解》云張徽向人而説，非也。

月明南内更無人。

興慶宫，不但當時無楊妃也，今乃明皇亦既亡，所有唯明月矣，此事徒爲往事耳。此句相應「長説」，此詩主意在此句，起句之意亦明也。

○虢夫人　張祜

○渡桑乾　賈島

却望并州是故鄉。

「却」字移在「是」字上，義始明也，王世懋説不可易也。人所皆知，故不重出。

○**成德樂**　王表

滿城秋。

《句解》云歌聲蕭瑟滿城如秋，是也。但云全篇説樂德者，何也？

○**漢宫詞**　李商隱

○**夜雨寄北**　李商隱

北，蓋謂其内也。此稱北方，顧有所由來歟？

巴山夜雨漲秋池。

寫寓處無聊。

○寄令狐郎中　李商隱

嵩山秦樹久離居。

《句解》云：嵩山，李所在；秦，令狐所在。

休問梁園舊賓客，茂陵秋雨病相如。

只是言莫以梁園客期我，我無舊時形貌也。《訓解》爲以梁園客自負，固誤，《句解》必爲曾遊諸侯，亦拘。

○秋思　許渾

琪樹西風枕簟秋，楚雲湘水憶同遊。

我少年之時，秋風之至乃在琪樹邊，將枕簟爲楚雲湘水之遊。今只悲秋，徒憶昔年同遊耳。楚雲湘水，《句解》爲襄王與交甫之事，似甚鑿。然曰「琪樹」、曰「枕簟」，則爲少年之遊，亦何疑焉？

高歌一曲掩明鏡。

凡意不平則必高歌矣。掩，二《解》共爲掩藏，非也。即「掩秋扇」之「掩」也，謂掩面而照形也。

○**江樓書感** 趙嘏

風景依稀似去年。

《句解》云：風色似去年而去年之人不在，即題「書感」也。

○**楊柳枝** 温庭筠

《句解》云：白氏《楊柳枝》類全賦妓女。

繫得王孫歸意切，不關春草綠萋萋。

王孫，稱商旅之言，以柳喻妓，是翻用《楚辭》「王孫遊兮不歸，春草生兮萋萋」之意。

○**折楊柳** 段成式

嫩色曾霑雨露恩。

此詩咏宮女之怨，以柳自比。「曾」與「嘗」不同，《句解》一之，大誤。

春欲盡。

謂容色將衰也。

空留鶯語到黄昏。

諭自持嬌態，空送歲月。

○宮怨　司馬禮

年年花落無人見，空逐春泉出御溝。

《句解》云：以喻容貌衰落徒到老。按「出御溝」不可泥。

○宴邊將　張喬

坐中有老沙場客，横笛休吹塞上聲。

老，如「老風塵」之「老」也。塞上聲，謂凡邊曲，《涼州曲》亦其一也。《句解》老爲「老少」之「老」，涼州、塞上以輕重分之，大誤。

○**退朝望終南山**　李拯

○**華清宫**　崔魯

更無人倚玉闌干。

倚闌干，明皇貴妃事。

○**古别離**　韋莊

晴煙漠漠柳毿毿。

此句不添得「霞」字，《句解》非也，又云含結句，亦非。

不那離情酒半酣。

酌酒至半酣，轉不堪別也。此句及「雲外指」，《句解》如癡人説夢。

○宮詞　李建勳

略識君王鬢已斑。

《句解》云：君王亦斑白，無愛歌舞之意。有或爲説曰：言及爲君王所識，則我鬢已爲斑白不可復用也，蓋宮女更番當御，故亦或有見識之時。如《句解》説，此句不甚響。如或説，則意義妥貼，但詩人未嘗言到之事，且文理少艱澀。「已」字《訓解》作「便」字，若爲「便」字，則或説不可易。

却羨落花春不管。

花以不摧殘爲尚，今羨花之落，故曰「却」。《句解》非。

○水調歌

看烽火。

看見烽火也，《句解》好標異。

○涼州歌

征馬長思青海上。

《句解》云長思者謂思歸之長也，是也。《訓解》誤。

○水鼓子

全篇《句解》解得甚好，詩意明也，故不復出。

○雜詩

○初過漢江

襄陽好向峴亭看。

襄陽之風景，從峴亭望之特好。

人物蕭條屬歲闌。

歲迫暮，故人物蕭條。《句解》非。

爲報習家多置酒。

襄陽有漢習鬱池臺之迹，晋山簡置酒于此，因借用也。或唐時猶爲遊行之地，亦未可知也。《訓解》謂有所指，非也。曰「爲報」者，屬托習家辭，《句解》爲報告友人，非。又爲全篇謂襄陽暴政，太穿鑿。

○胡笳曲

漢家自失李將軍。

此《胡笳曲》，故李將軍假設之辭，非有所斥也。《句解》斥《訓解》，是以有此笳聲之説，則是也。

○塞上曲二首

其一

其二

○邊詞

○九日宴

○西施石

○**和李秀才邊庭四時怨**[一]　盧弼

其一

隴頭流水關山月。

二《解》爲《隴頭流水歌》《關山月》二曲，甚拘。

其二

【校勘記】

[一]李秀才：原本作「李才」，據《全唐詩》卷六百八十八改。

○宴城東莊　崔敏童

百歲曾無百歲人。曾，自曾，不與「乃」同。

十千沽酒莫辭貧。詩家言酒價，多「斗十千」之語。

○奉和同前　崔惠童

○宿疏陂驛　王周

○**塞下曲**

詩意明也，但《句解》之説頗有弊，讀者擇焉。

平賀晋民跋

曰：「人各言其所見，我是豈必是哉。然是而不言，孰非我而當也。若有高明裁之，唐詩遂歸於正乎，是以售醜已。」客又曰：「『先民有言，詢於芻蕘。』夫取長去短，學者之事也。今以國字書概置之，非所聞也。」余曰：「夫學在精力，故聚螢映雪，閉户刺股，猶汲汲恐不及也。如夫書隨見而入，烏在其精力，學之無成，職此之由。況唐詩之妙，非言之所盡，我非惡而絶之戒學者無閲國字書也。」客唯唯而退。

明和己丑夏五月平賀晋民書於蕉窗

〔日〕新井白蛾　解

唐詩兒訓

高倩藝
徐　櫟　譯
潘偉利　整理

整理説明

新井白蛾，名祐登，字謙吉，號白蛾、黄州、龍山、古易館等，江户下谷人。寬政四年(1792)五月殁，年78(一説68)。江户時代著名的經學家，著有《易學類編》《古易斷》《孝經集傳》《詩經解》等經學著作近二十部。集部著作主要爲《唐詩兒訓》和《唐詩絶句解》。在編選過程中，除廣泛參考了日本流行的署名李攀龍的《唐詩選》之外，還參考了明代唐汝詢的《唐詩解》、徐增的《而庵説唐詩》、託名袁宏道的《唐詩訓解》以及清代吴昌祺的《删訂唐詩解》、王堯衢的《古唐詩合解》等，並能根據自己的理解指出上述諸書中的存疑之處，表現出江户時代日本學者的獨立思考與判斷。

《唐詩兒訓》，又名《白蛾唐絶和解》，新井白蛾于日本寶曆六年(清乾隆二十一年，1756)完成的一部以和文釋解的唐絶句選集，門人平松近江等人校，寶曆八年由浪華書肆、梧桐館付梓。是書前有默仁壽麟爲《序》一篇，新井白蛾《凡例》五則；正文共收唐人絶句二百三十八首，分五言絶句和七言絶句兩部分。五言絶句部分收初唐至晚唐間五絶七十四首，七言絶句部分有上下兩編，各收七絶八十二首。每首由詩題、題解、注釋、評鑒四部分構成，分别對詩題、典故和名物等進行注釋，對全詩大意進行串講。其中詩題後的作者名、詩歌正文及校勘記爲原書所無，爲整理過程中所加。詩歌正文主要依據服部南郭考訂《李于麟唐詩選》(小林新兵衛寬正四年重刻本)補入，同時參考注釋中原詩詞句及清代彭定求所編《全唐詩》。該書除原詩本文使用漢文外，其餘部分全以江户時期使用的日語對詩歌進行注解。《唐詩兒訓》譯文曉暢，爲當時日本青少年和初具漢語水平者學習唐詩提供了極大便利。

本次整理過程中，《唐詩兒訓》以寶曆六年浪華書肆、梧桐館所梓爲底本，《唐詩絶句解》以明和戊子年浪華書肆、定榮堂、星文堂合梓本爲底本，校之以《全唐詩》《文苑英華》和《唐詩選》。本次翻譯整理，除不保留註釋中某些单纯的漢日名物對應之外，盡量保持文獻原貌，譯文忠實於原文，以期呈現江户時代及新井白蛾本人的用語特色。同時，編排亦依照原書格式。高倩藝、徐樑翻譯，潘偉利整理。

目録

序……六三九
凡例……六四〇
五絶……六四一
題袁氏別業　賀知章……六四一
夜送趙縱　楊炯……六四二
易水送別　駱賓王……六四三
贈喬侍御　陳子昂……六四四
子夜春歌　郭振……六四五
南樓望　卢僎……六四六
汾上驚秋　蘇頲……六四六
蜀道後期　張説……六四七
照鏡見白髮　張九齡……六四八
同洛陽李少府觀永樂公主入蕃　孫逖……六四九
静夜思　李白……六五〇
怨情　李白……六五〇
秋浦歌　李白……六五一
獨坐敬亭山　李白……六五二
見京兆韋參軍量移東陽　李白……六五二
臨高臺　王維……六五三
班婕妤　王維……六五四
雜詩　王維……六五五
鹿柴　王維……六五六
竹里館　王維……六五七
長信草　崔國輔……六五七
少年行　崔國輔……六五八
送朱大入秦　孟浩然……六五八
春曉　孟浩然……六五九

洛陽訪袁拾遺不遇　孟浩然　……　六六〇
洛陽道　儲光羲　……　六六〇
長安道　儲光羲　……　六六一
關山月　儲光羲　……　六六二
送郭司倉　王昌齡　……　六六三
答武陵田太守　王昌齡　……　六六四
孟城坳　裴迪　……　六六五
鹿柴　裴迪　……　六六五
復愁　杜甫　……　六六六
絶句　杜甫　……　六六七
長干行　崔顥　……　六六八
咏史　高適　……　六六九
田家春望　高適　……　六七〇
行軍九日思長安故園　岑參　……　六七一
見渭水思秦川　岑參　……　六七二
登鸛鵲樓　王之涣　……　六七三
終南望餘雪　祖咏　……　六七四
罷相作　李適之　……　六七四
奉送五叔入京兼寄綦毋三　李頎　……　六七五
左掖梨花　丘爲　……　六七六
九日陪元魯山登北城留別　蕭穎士　……　六七七
平蕃曲　劉長卿　……　六七八
其二　……　六七九
逢俠者　錢起　……　六八〇
江行無題　錢起　……　六八一
秋夜寄丘二十二員外　韋應物　……　六八一
聽江笛送陸侍御　韋應物　……　六八二
聞雁　韋應物　……　六八三
答李澣　韋應物　……　六八三
婕妤怨　皇甫冉　……　六八四
題竹林寺　朱放　……　六八五
秋日　耿湋　……　六八五

和張僕射塞下曲　盧綸……六八六
別盧秦卿　司空曙……六八七
幽州　李益……六八七
三閭廟　戴叔倫……六八八
思君恩　令狐楚……六八九
登柳州蛾山　柳宗元……六八九
秋風引　劉禹錫……六九〇
輦路感懷　吕温……六九一
古別離　孟郊……六九一
尋隱者不遇　賈島……六九二
宮中題　文宗皇帝……六九三
勸酒　于武陵……六九三
秋日湖上　薛瑩……六九四
題慈恩塔　荆叔……六九五
伊州歌　無名氏……六九五
其二……六九六
哥舒歌　西鄙人……六九七
答人　太上隱者……六九七

七言絶句上

七言絶句上……六九九
蜀中九日　王勃……六九九
渡湘江　杜審言……七〇〇
贈蘇綰書記　杜審言……七〇一
戲贈趙使君美人　杜審言……七〇二
銅雀臺　劉庭琦……七〇三
邙山　沈佺期……七〇三
送司馬道士遊天台山　宋之問……七〇四
送梁六　張説……七〇五
涼州詞　王翰……七〇六
清平調詞三首　李白……七〇七
其二……七〇八
其三……七〇九

客中行 李白 …… 七一〇
峨眉山月歌 李白 …… 七一一
上皇西巡南京歌二首 李白 …… 七一二
其二 …… 七一三
聞王昌齡左遷龍標尉遥有此寄 李白 …… 七一三
黃鶴樓送孟浩然之廣陵 李白 …… 七一四
陪族叔刑部侍郎曄中書舍人賈至 李白 …… 七一五
望天門山 李白 …… 七一六
早發白帝城 李白 …… 七一七
秋下荆門 李白 …… 七一八
蘇臺覽古 李白 …… 七一八
越中懷古 李白 …… 七一九
與史郎中欽 李白 …… 七二〇
春夜洛城聞笛 李白 …… 七二一
春宮曲 王昌齡 …… 七二一
西宮春怨 王昌齡 …… 七二二
西宮秋怨 王昌齡 …… 七二三
長信秋詞 王昌齡 …… 七二四
青樓曲 王昌齡 …… 七二四
閨怨 王昌齡 …… 七二五
出塞行 王昌齡 …… 七二六
從軍行三首 王昌齡 …… 七二七
其二 …… 七二七
其三 …… 七二八
梁苑 王昌齡 …… 七二九
芙蓉樓辛漸 王昌齡 …… 七三〇
薛大安陸 王昌齡 …… 七三一
魏三 王昌齡 …… 七三二
盧溪 王昌齡 …… 七三三
重别李評事 王昌齡 …… 七三三
少年行 王維 …… 七三四
九月九日憶山中兄弟 王維 …… 七三五

與盧員外象過崔處士興宗林亭　王維……七三六
送韋評事　王維……七三七
送沈子福之江南　王維……七三七
春思二首　賈至……七三八
其二……七三九
西亭春望　賈至……七四〇
初至巴陵李十二白　賈至……七四〇
送李侍郎赴常州　賈至……七四一
岳陽樓重宴別王八員外貶長沙　賈至……七四二
封大夫破播仙凱歌　岑參……七四二
其二……七四三
苜蓿烽寄家人　岑參……七四四
玉關寄長安李主簿　岑參……七四五
逢入京使　岑參……七四六
磧中作　岑參……七四七
虢州後亭李判官晉絳得秋字　岑參……七四七
送人還京　岑參……七四八
赴北庭度隴思家　岑參……七四九
酒泉太守席上醉後作　岑參……七五〇
送劉判官赴磧西　岑參……七五〇
山房春事　岑參……七五一
寄孫山人　儲光羲……七五二
贈花卿　杜甫……七五二
重贈鄭鍊　杜甫……七五三
奉和嚴武軍城早秋　杜甫……七五四
解悶　杜甫……七五五
書堂飲既夜復李尚書下馬月下賦　杜甫……七五五
塞下曲二首　常建……七五六
其二……七五七
送宇文六　常建……七五七
三日尋李九莊　常建……七五八
九曲詞　高適……七五九

除夜作　高適　……　七五九
塞上聞吹笛　高適　……　七六〇
別董大　高適　……　七六一
送杜十四之江南　孟浩然　……　七六二
寄韓鵬　李頎　……　七六二
九日　崔國輔　……　七六三
題長安主人壁　張謂　……　七六三

七言絶句下　……　七六五

送人使河源　張謂　……　七六五
涼州詞　王之渙　……　七六六
九日送別　王之渙　……　七六七
洛陽客舍逢祖咏留宴　蔡希寂　……　七六七
少年行　吴象之　……　七六八
江南行　張潮　……　七六九
軍城早秋　嚴武　……　七七〇
重送裴郎中貶吉州　劉長卿　……　七七〇
送李判官之潤州行營　劉長卿　……　七七一
春行寄興　李華　……　七七二
歸雁　錢起　……　七七二
登樓寄王卿　韋應物　……　七七三
酬柳郎中春日歸揚州南國見別之作　韋應物　……　七七四
送魏十六還蘇州　皇甫冉　……　七七五
曾山送別　皇甫冉　……　七七五
寒食　韓翃　……　七七六
送客知鄂州　韓翃　……　七七七
宿石邑山中　韓翃　……　七七八
送劉侍郎　李端　……　七七九
楓橋夜泊　張繼　……　七八〇
聽角思歸　顧況　……　七八〇
昭應　顧況　……　七八一

湖中　顧况……七八二
夜發袁江李潁川劉侍郎　戴叔倫……七八三
寄楊侍御　包何……七八四
汴河曲　李益……七八五
聽曉角　李益……七八六
夜上受降城聞笛　李益……七八七
從軍北征　李益……七八七
楊柳枝詞　劉禹錫……七八八
與歌者何戡　劉禹錫……七八九
浪淘沙詞　劉禹錫……七九〇
自朗州至京戲贈看花諸君　劉禹錫……七九〇
凉州詞　張籍……七九二
十五夜望月　王建……七九三
送盧起居　武元衡……七九四
嘉陵驛　武元衡……七九五
漢苑行　張仲素……七九六
塞下曲　張仲素……七九六
又……七九七
秋閨思　張仲素……七九八
郡中即事　羊士諤……七九九
登樓　羊士諤……七九九
酬浩初上人欲登仙人山見貽　柳宗元……八〇〇
題延平劍潭　歐陽詹……八〇一
聞白樂天左降江州司馬　元稹……八〇二
胡渭州　張祜……八〇三
雨淋鈴　張祜……八〇四
虢國夫人　張祜……八〇五
渡桑乾　賈島……八〇六
成德樂　王表……八〇七
漢宮詞　李商隱……八〇七
夜雨寄北　李商隱……八〇八
寄令狐郎中　李商隱……八〇九

秋思　許渾……八一〇
江樓書感　趙嘏……八一一
楊柳枝　温庭筠……八一一
折楊柳枝詞　段成式……八一二
宫怨　司馬禮……八一三
宴邊將　張喬……八一四
退朝望終南山　李拯……八一四
華清宫　崔魯……八一五
古别離　韋莊……八一六
宫詞　李建勳……八一七
水調歌第一疊　張子容……八一七
凉州歌第二疊　張子容……八一八
水鼓子第一曲　張子容……八一九
雜詩　陳祐……八二〇
初過漢江　無名氏……八二一
胡笳曲　無名氏……八二一
塞上曲　王烈……八二二
又……八二三
邊詞　張敬忠……八二三
九日宴　張諤……八二四
西施石　樓穎……八二五
和李秀才邊庭四時怨　盧弼……八二五
又……八二六
宴城東莊　崔敏童……八二七
奉和同前　崔惠童……八二八
宿疏陂驛　王周……八二九
塞下曲　釋皎然……八二九
僧院　釋靈一……八三〇
跋……八三一

序

書賈攜《唐詩兒訓》來，謂予曰：此東都白蛾先生之所著也。近者，吾黨之者議以刊，請一言以弁其首。予曰：高廷禮嘗製《唐詩品彙》而分編立目，初盛中晚、正始正宗、接武正變等，格品已定矣。此急於等其品位，而其所取不啻隋和，玉石猶並收焉。故更自編選，而《正聲》出矣。滄溟復就彼淘汰尤嚴，遂歸其粹矣。故今學詩者，莫不依滄溟之選，而釋家亦不一。

今於《兒訓》也，不諄諄於典據，直說詩意。其言簡，其文以國字，意在使讀者易解而已，於乎教化之心最切哉！凡人之性，進于易，退于難。今爲此訓之易解，户讀家誦，天下從此言詩者益多，更添昭代文明之和氣焉，豈非盛事哉！遂爲之序。

寶曆己卯春二月穀旦

浪華無礙室默仁壽麟

松司伯書

凡例

○夫詩也，可解不可解，以可意解者，釋詩之要也。何喋喋乎？然不指其南北，則無由進步而後問正路。

○唐詩，户有所説，家有所見也。其長也、深也，可意解。余此編解其表面，其表不多端。

○《訓解》全襲寫唐解，而鑿説謬解倍於唐解。今此編逐一雖不論，所其不合者删去之也。

○《詩》多識鳥獸草木之名，於後世亦何異乎？此編所以贅辯也。

○編中字字附譯，逐其意、從其句而爲之譯，爲使幼兒見易也。勿拘束以爲定彼與此，有字義相通而語脈之異，故姑從其所而附譯不一焉，極知不免其非也。讀者正之君子云。

寶曆六年夏六月

古易館主人新井白蛾

五絶

新井白蛾祐登　解

門人　平松近江　白梨　校

五言絶句

解見七言絶句下

題袁氏別業　　賀知章

袁氏，一本作韋氏，未詳其誰。別業，即日本所謂之下屋鋪。是以別業爲題而作。

主人不相識，偶坐爲林泉。莫謾愁沽酒，囊中自有錢。

主人指袁氏。**相識**接近也，不相識者不接近。**偶坐**二人對坐也。**沽**買也。**囊**袋也。漢土之人著囊于腰間，如日本人之繫巾着，似錢袋、散衣袋之類。○非如今日本僧家之號稱散衣袋之具也，亦非天竺之具。本詩之「囊」爲漢人佩具也。雖於此無大礙，示幼童爾。

言與此别業主人尚不相識，今却並坐面談如此，因别業有林泉好風景之故也。然此風景爲第一佳餚，莫謾愁於欲買酒而無所招待也。若欲吃酒，幸囊中自有錢，當取出以供飲食。謂無需蒙照顧也。酒非賞玩，唯此風景可賞，美之也。「爲林泉」三字，詩中之字眼也。以戲謔之詞誠得其真情。或諷袁氏不風雅歟？

夜送趙縱　　楊炯

趙爲姓，縱爲名。

趙氏連城璧，由來天下傳。送君還舊府，明月滿前川。

趙氏連城璧趙惠文王時，得楚卞和氏之璧。秦昭王聞之，寄書趙王曰：「願以十五城易璧。」故有「連城」之名。事見《史記》。此以璧喻趙縱之有才。縱爲趙氏，因用趙國故事。

言古之趙氏玉乃名寶，其價可换連城。其由來傳于後世，乃天下無不知曉之名物也。縱亦趙氏，美其才德亦如此也。今夜送君還舊府，來此水岸，恰見明月朗照，前川之水，光輝滿映。謂天氣晴好，登程所宜。此又喻縱有才德，一旦歸舊府，其才德必不空有，而爲户户稱頌，家家仰慕也。

易水送別[一]　駱賓王

易水，水名。《一統志》：易水在保定府安州城北。

此地別燕丹，壯士髮衝冠。昔時人已沒，今日水猶寒。

此地指易水。**別燕丹**燕者，國名。丹者，燕太子之名也。當時恐秦兵迫燕，太子丹與荆軻謀，使刺殺始皇。事不成而燕終亡。荆軻赴秦之時，于此易水上送別。軻歌曰：「風蕭蕭兮易水寒，壯士一去兮不復還。」士皆瞋目而髮盡上指冠。事詳見《荆軻傳》。**壯士**猶言勇士也，指軻。**髮衝冠**髮逆上而衝冠。**人**指軻。**沒**死亡也。**寒**非寒冷之寒，云易水之凛凛然爾。「水猶寒」三字出荆軻「易水寒」之語。

言易水上者，昔燕太子丹遣荆軻赴秦，爲其送別之所也。荆軻良爲真勇士，將以匹夫之身刺殺暴秦之始皇帝，决心如鐵鑄，可謂大丈夫！其勢令髮上衝冠。雖其人已沒，彼勇猛智術已成故事，然見易水之湍流，而感其凛凛氣色殘留至今，令人寒也。此詩藴含甚深。

【校勘記】

[一]易水送別：《全唐詩》卷七十九作《於易水送人》。

贈喬氏侍御官[一]

陳子昂

漢庭榮巧宦，雲閣薄邊功。可憐驄馬使，白首爲誰雄。

漢庭漢之朝廷也，借比唐之朝廷。**巧宦**謂巧入公府，得好仕宦，出人頭地者。**雲閣**漢顯帝命圖畫名臣武功者之閣也，高如雲，故名。**邊功**邊者，爲邊戍，下於夷狄界之邊鄙也。功者，軍功也。邊軍之卒有軍功者，勞苦殊甚。故有邊功者，其忠最重。**驄馬使**驄馬者，謂青白毛之馬。後漢桓典爲侍御史，常乘驄馬往來，京城號爲「驄馬御史」。此時宦官秉權，無人不畏憚，然桓典乃剛正之人，于宦官不稍恐，宦官却避桓典。因喬氏爲侍御之官，故引此故事作比。

○言今日朝廷中，巧於媚諂者早求得宦仕，始終榮達于御前，在雲閣等處其勢日盛。而身爲守邊戍卒，日夜不厭艱難辛苦，冒雪霜捨命奮戰，立功致忠義者日少。謂當最先登入雲閣者反不入也。既爲如此之世，則喬侍御雖爲古所謂驄馬使，而不爲世用。其器量功名亦將空埋於世，可憐也。然其自身無稍憤，今雖白首却雄心昭然，不知其勇氣爲誰而壯耶？當今朝廷不明，佞曲之輩得志，使忠臣義士不得用。痛惜喬氏勇壯如此，亦徒然老去。「可憐」二字，乃詩中要義。

【校勘記】

［一］贈喬侍御：《全唐詩》卷八十四作《題祀山烽樹贈喬十二侍御》。

子夜春歌

郭振

唐解：《樂府解題》：晋有女子名子夜，造此聲，聲過哀苦。此詩咏婦人待夫之戀情。

陌頭楊柳枝，已被春風吹。妾心正斷絶，君懷那得知。

陌頭陌，道路也。**妾**婦女均如此自稱。

言陌頭楊柳緑絲已嫋娜，又有春風吹之。妾見此而心悲，正如斷絶。因戀夫也。柳爲送別時用，今此柳呈春色，見其因風而動，復憶起離別之時。而今久別未歸，頻頻戀慕，不堪其情。妾之思慕如此，而不知君心如何。「那得知」，謂不得知也，暗含君懷定有人知，然不如妾思如此之意。蓋此詩謂臣思君，而君却待忠臣薄也。

南樓望　卢僎

樓在南方也。望爲眺望。

去國三巴遠，登樓萬里春。傷心江上客，不是故鄉人。

國故國也。**三巴**《三巴記》：閬白二水東西分流，曲折三回如巴字，稱三巴。

言我去故國，今在此地。雖念故國三巴，而隔遥遠之旅路。是憶三巴之春也。故第一句發登樓之情。於是登樓望四面八方風景，雖春色萬里，而戀故鄉之春，却傷心也。「萬里春」，意謂春色無處不到也。雖見江上之客因春色而遊樂，而全無我所識顔之故鄉人，更無知音朋友，無一熟識之人，倍傷心也。

汾上驚秋　蘇頲

汾，水名也。《漢書》：揚在河、汾之間。注曰：揚，今河東揚縣。汾水出太原入河。驚者，心動之意，見秋景而感年月易移。

北風吹白雲，萬里渡河汾。心緒逢摇落，秋聲不可聞。

北風謂秋風冷冷吹落，其聲蕭殺。**白雲**謂秋雲。**河汾**即汾水也。汾水入河，故亦作河汾，勿以爲二水名也。**心緒**用孫萬壽詩「心緒亂如絲」之意。緒者線頭也。謂心中結鬱，如緒亂時絲不得解。**搖落**《楚辭》之詞，謂草木枯而凋落。此詞時有身世零落之義。

上聯用《秋風辭》寫秋景，言北風蕭颯、白雲飛渡群峰之景象，誠感秋之至也。逢秋已悲，更兼旅行，遠離故鄉萬里。今渡此河汾，既爲行旅之身，再感秋色之來，更催哀憐之情。漢武帝曾浮舟此河而作《秋風辭》，蘇頲賦此詩，必感慨於此也。我心如絲之亂，而逢草木搖落之時，誠不堪也；又聞秋風之聲，更不堪悲愁之情也，故云「不可聞」。「不可聞」，不堪聞之意。

蜀道後期　張説

客心爭日月，來往豫期程。秋風不相待，先至洛陽城。

客自謂。特因旅中日日移行不停，故旅客多以自稱。**爭日月**《直解》曰：日月相催甚速，而客心更速，是如與日月爭。唐解評曰：爭先也。《訓解》引《屈原傳》爲「爭光」，誤也。**豫**注爲「早也，先也」，事先也。**程**行程也。**來往**常指往來，然此指道中往還。

此作者爲忠義之人，常不忘朝廷之事。故臨歸京而急爭時日，亦因拜天子事忠勤之志厚也。詩言客自蜀赴洛歸心似箭，與日月之速急爭先後。故來往道中預定行程，計何月何日可抵京也。然蜀道之難如其名，故後於所期之日。雖欲先秋而至洛陽，然恨秋風不待我而先至洛陽城也。此一句與「爭日月」之意相應，寫後期之景爲妙。

照鏡見白髮　張九齡

視鏡，自嘆白髮衰老也。

宿昔青雲志，蹉跎白髮年。誰知明鏡裏，形影自相憐。

青雲謂立身出世。「青雲」「凌雲」等喻升官，「雲」謂朝廷。**蹉跎**謂失時。

言我宿昔盛志凌雲，躊躇意滿，今蹉跎如此而功名無一順遂，空至白髮之年，故生憾也。年者，歲月積身而至白髮也。形不可自見，對鏡而見絲絲白髮，甚矣此衰也。昔日之志成夢，如今已然可憫之人。對鏡之我形，與鏡裏之我影相憐相惜，此外更無問憐之人。思昔日之志，今成蹉跎白髮之身，不幸而至於形影相憐。我且不知，又有誰可知乎？嘆嘆。

同洛陽李少府觀永樂公主入蕃

孫逖

李爲氏，少府爲官，公主爲皇女之稱。《契丹傳》曰：開元三年封李失活爲松漠郡王。失活如朝，封外甥女楊氏爲永樂公主以妻之。謂此時胡蕃者强，朝廷恐之，因以公主嫁蕃結親。其婚禮時，同李少府出觀。

邊地鶯花少，年來未覺新。美人天上落，龍塞始應春。

邊地邊鄙夷狄之地，即蕃地。**鶯**無和産，然大抵類日本之鶯、春雅之鳥也。辨見七絶。**花**總謂春之諸花，勿以爲日本之櫻也。日本所稱之櫻者，非漢土之櫻，乃和木也。雖非正題，而幼童易混同，故筆之。**美人**指公主，貴之之詞也。**龍塞**龍堆爲邊地名。塞爲小城，中國所置衛戍之所也。自是之外，爲夷狄領分。已於七絶詳。

言永樂公主御嫁之「蕃」國，處邊鄙夷狄，寒氣特甚，無聞鶯看花之遊，乃年來而不覺春新之邊夷也。然如今竟有中國皇女下嫁彼地，可謂美人自天上降落。如此迎入貴人，以後氣候改，風俗變，龍塞以外之蕃地亦將現春色，京都之風雅亦將移之，今當始知春也。此詩以述公主貴體爲表，實痛長居玉簾内之公主身赴彼鄙地，而爲荒蠻胡人之妻。又深嘆唐朝威光之落，而與蕃夷交親之事也。

静夜思　李白

夜深人静，月放清光，見之生思也。其思者，憶故鄉也，此旅懷之詩。

床前看月光，疑是地上霜。舉頭望山月，低頭思故鄉。

床寢所也。

言月光清映於床前，視地上而疑爲霜降。四方人聲爲静，而月光沉沉，夜景凄清也。此時舉頭望山上，明月朗照，再看庭上之霜，乃月之清光也，疑遂爲解。望此皓皓凄清之景，忽念故鄉之事，低頭而愁旅客之身也。「低頭」之字可見懷思真情。

怨情　李白

宫女寵衰，君幸絶，于宫中徒送年月之怨情也。

美人捲珠簾，深坐嚬蛾眉。但見淚痕濕，不知心恨誰。

美人謂宫女，婦女美艶之稱也，而非貴之之詞。**珠簾**珠之簾也。**嚬蛾眉**美眉謂蛾眉，詳見七絶。嚬者，指眉間成皺，若有所思之愁顔也。**淚痕**痕者，迹也，淚流之痕也。濕者，謂浸濕。

言美人捲珠簾而深坐，不覺而呈嚬眉愁態。居住此處，有何思苦？細看之，見顔有淚痕，無疑乃哀怨之泣也。然其美人心底，因何事，恨何人歟？其由不得而知。蓋宫女之怨，恨無君王之幸也。然其子細，我亦不知，彼亦不言，含不盡之意味。

秋浦歌　　李白

據《一統志》：秋浦在池州府城西南八十里，四時景物宛如瀟湘洞庭。此詩爲李白謫居時所作。本有二首，其一首有「愁做秋浦客，强看秋浦花」之句。寓秋浦時自愁嘆之詩也，故題「秋浦歌」云。

白髮三千丈，緣愁似個長。不知明鏡裏，何處得秋霜。

三千丈謂長也，愁長之奇語。**似個**同如此。

言我髮俄而變白，其長凡三千丈。人年老則生白髮，我則不同，乃緣悲愁之甚，而成似個白髮也。因愁之長，故白髮之長亦如此，與世上人之白髮異也。此視鏡而驚嘆白髮之詞也。視鏡，見秋霜皤然而降，疑不知何處降霜至此鏡裏，是愁懷托興之詞也。其意味可察於字句之外。

獨坐敬亭山　李白

《唐書》，宣州宣城縣在敬亭山。

衆鳥高飛盡，孤雲獨去間。相看兩不厭，只有敬亭山。

間同閑，中從日也。不同于從月之閒字。雖於七絕辯之，然因板本有誤，故贅述。**兩**我與山兩者也。**不厭**厭，謂飽厭也。不厭者，望之不厭也。

言只獨坐而望敬亭山之風景。群鳥飛，浮雲横。觀望之間，衆鳥皆飛盡，不留一羽。孤雲亦消去，無物遮目，實爲閑然。而山之風色更幽，益可愛也。此與題之「獨坐」相照應。我以此山爲友而望之，山以我爲友而相看，兩不厭也。所謂知己之友者，當正在我與敬亭山也。我不厭山之心，山亦以心承之。君子朋友之狀最深微。

見京兆韋參軍量移東陽　李白

見者，見面，相逢也。京兆者，同京師。兆爲億兆之意。因都城爲大衆聚落之處，故謂京兆。韋爲姓，參軍爲官。東陽爲地名。《唐·地理志》云，婺州東陽郡有東陽縣。量移，遷職也。韋氏此前爲參軍於京兆，今朝廷丈量土地，將移韋氏至東陽，於其離京途中見之。

潮水還歸海，流人却到吴。相逢問愁苦，淚盡日南珠。

潮海水也。**流人**遠流左遷之人，指韋參軍。**吴**國名。東陽爲吴地也。**日南珠**吠勒國有地名日南，有故事云，此國人乘象入海底取寶時，宿鮫人之舍。相别之時，得鮫人泣淚所化之珠而歸。鮫人者，鮫之化也，見《訓解》等注。此僅謂淚珠爾，非取日南郡之地名。

言潮水盈虚迴环，終歸於海。吴爲潮水之地，因託歸於潮水而爲起句，人亦當如此歸其本土也。此流人韋氏則离本國京兆而到吴，却與潮水相違。如今相逢而問愁苦，同生哀憐。不堪忍之，淚成日南之珠。泣淚亦將盡矣。日南珠者，象淚珠之散落。淚盡者，謂泣噎之甚。

臨高臺[一]　王維

《直解》云，古樂府題，今用此送客以賦其事也。不可讀爲「臨於高臺」。○諸本有「送黎拾遺」四字。

相送臨高臺，川原杳何極。日暮飛鳥還，行人去不息。

杳謂冥深，此遥遠貌也。

言賦《臨高臺》而送黎拾遺。因其詞，我亦登高。欲望君迹，川原渺杳，目光所極，而不可見道路盡頭。悵望之間，已近日暮，鳥倦飛而還宿矣。行人亦如是，前人去，後人來，旅客往來不息。黎拾遺定亦如彼，尚行於道，未抵宿也。想像其勞苦，别恨無限之情溢於言外。黎爲姓，拾遺爲官。

【校勘記】

［一］臨高臺：《全唐詩》卷一百二十八作《臨高臺送黎拾遺》。

班婕妤　　王維

班爲氏。婕妤，女官也。漢孝成帝時，班女選入後宫，君寵日日匪淺。然其後有趙飛燕者得幸，班女失寵，恐其害將至，請奉仕於太后。許之而移至長信宫。事詳《漢書·外戚傳》。〇《唐詩解》有三首，此詩其二也。此詩當與前詩連讀，詩意自易解，故附記。

宫殿生秋草，君王恩幸疏。君幸疏遠，故宫庭秋草生。**那堪聞鳳吹，門外度金輿。**鳳吹，謂天子行幸音樂之聲。我妝閣門外可聞鳳吹之聲，乃君乘金輿而過也。然疏我而不入，當爲移向他花而行之音，不堪聞也。當先讀此詩再讀下選之詩。

怪來妝閣閉，朝下不相迎。總向春園裏，花間笑語聲。

怪來來爲助字。怪者，謂不解。**妝閣**雖謂樓閣，此處不過家之意。妝閣，宫女之寳也，化妝間之意。

言我自選入後宫，身受恩寵不淺。然爲趙飛燕所替代，今唯閉居妝閣，空度日矣。追思昔日，我所不可解也。一旦失寵，下朝之後，不得君王之幸，故不相迎，亦終無逢迎龍顔之事。我居處雜草叢生而寂寞，趙氏今爲全盛之花，度我門外之金輿，乃通往彼春園之深處。君王與趙氏相語笑、遊樂，其聲不堪聞也。前詩不堪聞金輿鳳吹，况聞笑語歡樂之聲，可堪歟？此詩以總向春園裏喻趙氏大幸。前詩謂秋草，此詩謂春園，秋爲零落之意，春爲富榮之意。謂趙氏與我之盛衰，不拘泥于時令。笑語，諸本作「語笑」。

雜詩

王維

雜謂五彩相合，非一色也。此詩於本集有五首，此其五也。故題言謂「雜詩」。

已見寒梅發，復聞啼鳥聲。愁心視春草，畏向玉階生。

啼鳥鳥，黄鳥類。指啼囀可愛之春鳥。啼，鳴叫也。一本作烏鴉之烏。然時爲朝景，則鳥字爲穩。

玉階玉階謂禁廷之階，本集作「階前」。

此詩據本集，第四首有問故鄉人之詩，此詩爲其人之答。言問故鄉人：「窗前寒梅發否？」故鄉來人答曰：「我自故鄉出來時，見寒梅已發，又聞鳥啼而弄春。」王維聞之，思彼既見春景，則草定叢生，欲漫延至階前。傷之。「愁心」謂王維自身之心。常作旅客之身，愁心不絶，不能歸，故探問故鄉也。○又一説，下聯爲王維家人之詞：「其時春亦歸，草亦萋萋，然不歸歟？」因愁之。暗含王孫之事。王孫之事見《訓解》。○又以爲作「玉階」之字則爲宫詞。言晨望原上春意，寒梅發而飛香，又聞春鳥啼聲婉轉。當此甚樂之春景時節，悲我此身因失君寵而漸老于宫中。年年來時，却成心痛之因。以此愁心視春草長生，料後當叢生不止而至玉階之上。于此宫中，將至何時歟？思及末日，日日生畏。君幸絶，掃除之人竟亦不至，寂寥中唯草之繁生矣。以上諸説讀者詳之。

鹿柴　　王維

柴，去聲，與「砦」同。《廣韻》曰：砦，羊栖宿處。按鹿柴，爲鹿所宿處也，見於《唐詩解》，王維别墅周邊勝地之一也。見《訓解》。又唐解中有各詩。

空山不見人，但聞人語響。返景入深林，復照青苔上。

空山謂山中幽杳。**返景**《四時纂要》曰：日西落，光返照於東謂之返景，斜阳之光也。

言來空山中視之，不見人之往來。於此寂寥之所，不知何人之語，但聞其聲迴響也。是不見人之山中，而有不知何處來之人聲，甚静之景趣也。於是日亦西傾，返景入於深茂之林間。又遍照滿地青苔之上。青苔覆滿，人迹絶也。此詩寫出山中幽深狀。實趣真景，妙也！唯不能盡於詞。

竹里館　　王維

前詩題下云勝地之一也。

獨坐幽篁裏，彈琴復長嘯。深林人不知，明月來相照。

篁竹林也。**嘯**如吹口哨而出聲，大抵小聲吟唱歌謡，自樂之謂。

言四面皆在篁裏，乃甚幽之館，「竹里館」因號焉。我獨坐此彈琴，復於庭中長嘯。深林之中本無人通行，無一人知此風情。知此獨樂者，唯明朗之月，來與獨坐相向而照也。此幽閑獨坐景象如見。

長信草　　崔國輔

長信爲宫名，班婕妤曾住之殿也。詳見前。以長信宫之草爲題。

長信宫中草，年年愁處生。時侵珠履迹，不使玉階行。

侵謂草之漸生而進。**珠履**謂君之履。

言我失恩寵於此長信宫，徒送歲月。既無人之通路，庭中草生茂盛。而此地因我而成愁處。此草因何依依不捨、年年不忘，於此愁處生歟？此時如此生展，昔日君王通路竟不可見分明，令我懷望之珠履遺迹竟亦不見。恨草之侵入也。更無望其再上玉階，我亦不得復行玉階矣。草之可恨！歸怨於草也。

少年行　崔國輔

見於七絶。

遺却珊瑚鞭，白馬驕不行。章臺折楊柳，春日路傍情。

遺却謂遺忘，「却」無實義，同忘却。**珊瑚鞭**爲美飾之鞭，非以珊瑚珠製作。**白馬**謂麗馬，不必拘泥于白字。**章臺**謂娼妓之所居。章臺街必植柳，似日本出口之柳。

言少年將乘白馬，持珊瑚飾之鞭，意氣昂揚而出遊，而遺却珊瑚之鞭。馬雖驕行，少年騎者却不行而止。謂是爲何？遊觀章臺街，手折楊柳枝，爲悠然春日所引，于路旁動情故也。謂折楊柳，謂路傍情，路見女郎也。喻華麗之新會。

送朱氏大名入秦　孟浩然

長安，即詩中「五陵」也。

遊人五陵去，寶劍直千金。分手脱相贈，平生一片心。

遊人行遊之人。指朱大。**五陵**陵，謂帝王葬所。五陵，漢時有高、惠、景、武、昭五帝之廟陵，故名。**直**價也。**分手**謂離别之時。**一片心**謂一心。

言今送朱大往遊五陵，而我有秘藏寶劍，其值千金。臨此刻之分手，于腰間解下相贈餞行也。此我平生一心所寄之物，故進也。此亦謂俠客之意氣。唐解評曰：劍乃平生心事所寄也，正有五陵俠客之意。

春曉

孟浩然

春乃世人多眠之時也。起句即題。

春眠不覺曉，處處聞啼鳥。夜來風雨聲，花落知多少。

知多少知，推量之意也。雖不知實，大抵不差也。多少，謂當爲多。

言春至，于此世人易眠之時節，我亦多眠而不覺拂曉。夜將明，故夢寐中處處聞諸鳥之啼，眠覺而知夜已明也。然夜來風急雨驟，頻聞吹降之聲，今朝料想花落必多。第三句乃睡中所聞，述醒後惜花之情。因鳥聲而思花，因花而恐風雨。春曉之真妙也！

洛陽訪袁拾遺不遇[一]　　孟浩然

訪者，俗之探問義也。袁爲姓，拾遺爲官也。雖至洛陽探問袁氏，然際其受謫江嶺，因未遇也。

洛陽訪才子，江嶺作流人。聞説梅花早，何如此地春。

才子讚賞才藝秀於他人者之詞。此指袁氏。**江嶺**地名。**此地春**洛陽之春景也。

言于洛陽尋訪才子袁氏，却已謫江嶺作流人，不遇也。所謂江嶺之地，爲南方春暖之國，聞説梅花較都城早開也。雖然，何如此地春之氣色也？不言他事而惟云春色，暗含都鄙之别，深憐流客之身。

【校勘記】

[一]洛陽訪袁拾遺不遇：《全唐詩》卷一百六十作《洛中訪袁拾遺不遇》。

洛陽道[一]　　儲光羲

諸本有「獻吕四郎中」五字。洛陽道爲入京之途也。《唐詩解》評曰，「五陵」言其人非指其地，唐疑題删之。[二]今從之。

大道直如髮，春日佳氣多。五陵貴公子，雙雙鳴玉珂。

大道寬大之道路也。**髮**謂直，街道寬平不曲斜。**佳氣**春氣之佳景也。**五陵**見前，此謂富豪顯貴。**貴公子**公子爲親王庶子之類，貴者，尊稱高貴公子。**玉珂**爲裝飾精美之馬具。

言入洛陽之道，道幅寬，而無斜曲，直如髮而無枝節，先説都城之道路已不同於邊鄙之地。次句解春景，春日長閑之佳氣，可眺望處亦多於他國。此時，五陵豪貴公子比肩而遊，翻飄綺羅之袂，鳴響玉飾之馬具。美景也。嗚類夸譽之意，飾以奪人耳目。或曰世道不行，痛貴門之人得志，日日流於奢侈，而賢良之人日衰也。○評曰：詩共四首，若止此，則不可獻於吕矣。

【校勘記】

［一］洛陽道：《全唐詩》卷一百三十九作《洛陽道五首獻吕四郎中》，此爲第三首。

［二］《唐詩解》：「此賦道中所見。蓋有『世胄躡高位，英俊沉下僚』意。然云『五陵』，題當作『長安道』，云『洛陽』，誤也。」

長安道　　儲光羲

長安中道路也。

鳴鞭過酒肆，袨服遊倡門。百萬一時盡，含情無片言。

酒肆酒屋也。肆，日本謂見世之店。**袨服**袨，音眩，好衣盛服也。異本作「袪」，袪音區，袖口也。唐評去盛服而衣褻衣也。蓋鑿。**倡門**倡妓聚居處之門，遊郭也。**百萬**謂金錢百萬。**片言**一言之半也。謂不稍出言。

言鳴鞭趕馬途中，過酒肆而飲酒。或時著袨服美飾而遊倡門。百萬金銀一時盡散也。持身如此放蕩，故財盡身窮。心中雖後悔不已，然於其事無片言也。唐評曰：「『含情』二字，見其蕩而非豪。」是也。是謂放蕩者之態。京城多有習於驕奢、耽於酒色之人。故題謂「長安道」。

關山月

儲光羲

關山者，山之名，遣戍卒由中國前往，以防胡虜入寇之關隘也。此地爲中國之邊、夷狄之境，有萬里之遥。爲軍卒至此者，無人不起故園之情。見關山之月沉思落淚，基乎此而作傷別離之曲，名之謂《關山月》。胡人亦伴笳歌此曲，其聲甚悲。軍卒聞是，更不堪悲愁。凡此題，言此情也。

一雁過連營，繁霜覆古城。胡笳在何處，半夜起邊聲。

營軍陣屋也。**古城**邊城之名。**笳**胡笳，詳於七絶。**邊聲**邊鄙胡人之聲調也。

言北邊寒氣爲强，鴻雁罕度，唯見一雁飛過連營之上。時夜已過深更，霜繁降，皎皎而覆古城。是蕭條愁慘之景色也。于此之時聞胡笳之音，雖不知吹奏之人在何處，半夜寂寥中，其音清透。然於邊鄙胡虜之調聲中，特起《關山月》之别離之曲，因彌催哀情，實不堪聞也。懷戀故鄉之情溢於言外。○評曰：不帶月亦一病。按，第二句見霜之象暗含月色。

送郭司倉　　王昌齡

映門淮水緑，留騎主人心。明月隨良掾，春潮夜夜深。

良掾良者，善也。掾者，總言屬吏。

言送郭氏之主人家在淮水上，淮水波光映門。時既爲春，春光美景正緑，緑爲美詞。將棄此春色出行與？扣郭司倉之馬而請暫留。主人挽留心切，甚惜别也。然郭氏不留而欲行。噫！甚不捨。良掾有明月隨行，明月伴良掾遠行，而我留居於此，如淮水潮深，夜夜懷思而愈深也。送時爲夜，「明月」乃所見實景，故謂「夜夜深」。又時爲春，故謂「春潮」。郭氏爲掾官而行，故謂「良掾」。

答武陵田太守

王昌齡

武陵爲地名。《一統志》：辰州府，漢、晋、宋、齊，並爲武陵郡。田爲姓，太守爲其邦之守。答者，答謝田太守之送我也。

仗劍行千里，微軀敢一言。曾爲大梁客，不負信陵恩。

仗劍帶劍也。**微軀**微，謂微小、微賤等義。軀爲身也。謙辭。**大梁客**大梁，魏之都也。信陵君者，魏之公子，無忌其人也。其爲人仁而能下士，學士食客者凡三千人。事見《史記·魏世家》及《信陵君傳》。此以「大梁客」自比，以信陵君喻田太守。

「仗劍行千里」之句者，本《史記》之語，唐解引證。言我今仗劍而出，遠赴千里遠之行程。於此臨别，微軀斗膽，唯敢一言。先曾蒙恩爲君家客，如大梁之客蒙信陵君之恩。我今去千里之外，行止必不致忘恩負君，上此一言作别也。知恩義，不負人，此人知爲人之道義，此一言備信義於其中。「不負」二字爲詩中骨。蓋不知恩義之人畜乃可耻也。

孟城坳　裴迪

王維輞川名勝之一也。類前出鹿柴、竹里館之所。裴迪爲王維同時人。

結廬古城下，時登古城上。古城非疇昔，今人自來往。

古城即題之孟城。下同。**疇昔**二字可合視爲昔。與《檀弓》註云「疇昔之夜，猶言昨夜也」異。雖常爲「昨日」之義，於此詩作「古昔」。**結廬**廬者，草庵也。結者，謂建造。謂王維別業之家。

言王維在此別業居住，我亦來古城坳下，時登古城而遊樂。名之爲古城，乃因其舊迹，此古城已非昔日之古城。現在如我之今人自來往而遊，可爲證據。此詩因往來舊迹而思古人之亡也。

鹿柴見前　裴迪

日夕見寒山，便爲獨往客。不知松林事，但有麏麚迹。

寒山謂閑寂山中。**獨往**隱逸客之意。**麏麚**麏同麕，《本草》之麞是也。麚爲母鹿，一注爲公鹿，蓋誤。按鹿類多，此謂麏麚之迹，讀解爲鹿之迹即可。

言日夕入此鹿柴山中，見甚寒寂也。既無他人之聲，唯我爲獨往之客。而有松林森森，以爲乃隱逸人所往之處而望之。欲问誰人居焉，亦無人可問，唯存鹿迹。人迹已絶，而不知林中事矣。謂山幽。

復愁　　杜甫

再度愁也。

萬國尚戎馬［一］，**故園今若何**。**昔歸相識少，早已戰場多**。

萬國謂天下。**戎馬**戎軍騎馬。

○言因天下亂，尚未治平，戎馬不息。思今故園之變定如何哉？前歸見時，相識之人或死或離散，知音已少。况距彼時又歷久，想今之舊識者，蓋無一人存也。思自亂世之初，我故園因近京而早化作戰場，爲會戰頻發之地，民人之變可知也。思昔愁今，因題「復愁」。○杜子美爲杜陵人，家居洛。禄山速陷東京，杜陵早亂，故結句如是。愁時思故鄉之情切。

【校勘記】

［一］戎馬：《全唐詩》卷二百三十作「防寇」。

絶句　杜甫

按此詩有二首，蓋客中一時之作。此八句似兩絶之意，故題爲「絶句」。唐人常特不作題名也。

江碧鳥逾白，山青花欲然。今春看又過，何日是歸年。

然古字也。後人不察下有連火，又加火另作燃，非也。雖然，舊習不得改也。

言見白鳥飛遊碧水，碧白相映，而鳥逾白，景逾清晰。望山景，萬木皆現春色而青。其中不知何花開遍，紅而欲燃。青紅相彩之景象令人興起。看此春色之美，今春已終，將又過矣。年年如此看春之過而思故鄉，嘆我何年有歸故鄉之日也。看美景却增感慨，旅客之情也。光陰如矢，年年有定期，我旅客淪落而無歸期。看春過而無歸年，感傷甚深。

附記

○又

江動月移石，溪虚雲傍花。鳥栖知故道，帆過宿誰家。

言石自定不動，月自行不止，因江水之動而月如移石也。花自開，雲自渡，因谷虚而如傍花也。此有移心於外之意。鳥飛行一日若無栖定，然日暮時知故道，自歸栖宿。思我身上，今雖乘此帆過此江，然不知行止，將往宿誰家歟？此甚傷淪落不偶。思故鄉之情，切於言表。

長干行　崔顥

江南謂山壠之間曰「干」。故金陵有大長干、小長干、東長干，俱地名。《圖經》：長干里去上元縣五里。《一統志》云「金陵五里有山崗，其間平居，民庶雜居」，即是也。行，爲歌之類。此地舟船停泊，婦人乘舟行商賈之所也。咏其風。

君家住何處，妾住在横塘。停船暫借問，或恐是同鄉。

君彼舟婦稱居他舟客之辭。**妾**商婦自稱。**横塘**地名。與吴均詩「妾家横塘北，發艷小長干」者同風同鄉。**恐**非恐懼之意，註爲「去聲，疑也、慮也」者，當合詩意。

言彼舟行商之婦人，近他舟所居之客，與言：「君家何處居住？妾住横塘也。」問他之住處，明我之所居，甚欲結親好之辭也。話濃停舟，互暫借问。而後彼婦云：「恐君或爲我同鄉。」此甚志投話合之意也。是淫風誘男之辭。

咏史　　高適

讀《史記》，咏范叔之事也。

尚有綈袍贈，應憐范叔寒。不知天下士，猶作布衣看。

綈袍綈，爲布之類。袍，絮也。類棉襖布、棉襖之物，粗服也。**范叔**范爲姓，雎爲名，叔爲字。《史記》有傳。**布衣**謂庶民，日本之布衣爲官名，大不同也。

范叔爲魏人，欲事魏王。然家貧無資用，故先事魏之中大夫須賈。某日，須賈受魏王之命，行使齊國，范叔與俱。范叔從而留齊。齊襄王聞叔辯才了得，賜金十斤及牛酒。須賈大怒，歸魏與宰相魏齊語此事，疑其告齊王魏國秘事，宰相亦大怒。笞擊范叔甚，叔佯死。即席捲之置厠中。賓客行厠者皆溺之，如此羞辱。叔謂守席之人曰：「如救我出，必謝厚恩。」守者乃請棄席中之死人。相醉云可。於是叔出而得免，更名姓謂張禄。後大得志，爲秦之宰相。此時秦勢强，將伐東方韓魏。魏大恐，以須賈使秦。不知其時范叔在秦變名張禄。范叔著弊衣，以甚落魄之姿出道而見須賈。須賈驚見其存命，哀其落魄，留與酒食，賜一綈袍。其後范叔轉而相伴引之至己住處門前，曰：「於此稍待，我先通禀宰相張禄。」輒入於門内。待至日暮不出，因問門下范叔何不出。門下答曰：「無有謂范叔者。」須賈曰：「即今與我同道入門内者。」門下曰：

「彼正此國宰相張君也。」聞之，須賈魂銷大驚，悔之不及，膝行謝罪。時范叔盛帷帳，侍者甚衆。須賈頓首曰：「我罪當死，生我殺我，任張君心之所念也。」范叔曰：「汝罪甚，然此番相逢，有親故之意，念以綈袍與我之情，許免死。」遂使歸魏。詳見《史記》。此詩人高適，乃少貧賤而後出世之人也。當時必有不知其器量而輕適者，故借范叔之事述志言詩。須賈雖小人，不識人之器量，尚有贈一綈袍之念。彼見范叔微賤，當有憐貧寒之意。「應」字乃推量之意也。憐人雖爲善事，然不識范叔名成天下而爲秦相，乃有立大功之器量之士。而猶看作從前布衣庸人，愚也哉！讀《范雎傳》，有感而咏此詩也。按當時不識高適之人，較之須賈不知范叔者，猶甚也歟。詩中「猶」「尚」之字可味。

田家春望　　高適

居住田舍而望春色也。

出門何所見，春色滿平蕪。可嘆無知己，高陽一酒徒。

平蕪《直解》云：春草初齊貌。是也。「蕪」字，不可解作「荒」。**知己**同知音，謂意愬之人。**高陽**地名。《索隱》曰：高陽屬陳留圉縣，高陽，鄉名也。**一酒徒**有酈生食其者，陳留高陽人也。漢高祖尚爲沛公時，食其欲見沛公，沛公謂無暇見儒人。食其瞋目按劍叱使者曰：「吾高陽酒徒也。」事見《史記》。高適自比也。

言出門望而無可賞之處。所謂春色者，唯見春草青青滿於平蕪而已。意謂別無佳景可愛也。所見如此，見之而生愁嘆之思。居住如斯之田家，無知己之人，無可與言其志之友。故唯爲一酒徒而度日也。古之酈生乃懷才德之人，自稱「高陽酒徒」，爲沛公所用。高適自比酈生而無沛公，是可嘆無知己之由也，空窮居田舍而不見用。俗云「酒囊飯桶」，念將與俗人俱朽而嘆息也。○一説人不知其才，而但以適爲酒徒，亦通。

行軍九日思長安故園　岑參

作爲軍兵赴陳中謂「行軍」[二]。「九日」謂重陽。

强欲登高去，無人送酒來。遥憐故園菊，應傍戰場開。

强抑之使然之辭，謂强爲之。**登高去**重陽故事。見於七絶。去爲付字，意近於行。**送酒**淵明九日入菊園而無酒，時有王弘者送酒來，共醉而歸，有此故事。亦見《訓解》。

言今日爲九月之佳節，而我爲軍卒之身如斯。從邊軍來，心氣俱無興致。只任世間之例，强去登高。而聞昔之淵明，人送酒來共醉。我今既無酒，亦無人送酒來，心愈無趣，徒增慘澹。故憶故鄉，特於菊之佳節，遥想遠方故園所植之菊，今定已開。京既陷戰火之中，憐其傍戰場而開也。此時安禄山叛而陷長安，故結句如此。「憐」字意深。

【校勘記】

［一］陳：當作「陣」。

見渭水思秦川　岑參

二水名也。

渭水東流去，何時到雍州。憑添兩行淚，寄向故園流。

雍州地名，咸陽之地是也。渭水東流來此。秦川爲雍州之水。**兩行淚**由兩眼流下之淚。

言見渭水向東方流去，思此水之末流經咸陽之渭南。思今之流水，何時到雍州歟。是即題之「思秦川」也。而此水正乃故鄉好信使，憑臨此水，泣添兩行之淚於水中，寄遺故園之方向。流到故鄉，我淚亦必寄歸，甚得便宜。憑，任託於水也。寄，寄與之義也。

登鸛鵲樓[一]　　王之涣

《唐詩解》引《一統志》：鸛鵲樓在平陽府蒲州城上。雀、鵲聲相近，疑傳寫之誤也。有作「雀」本，故云。

白日依山盡，黄河入海流。欲窮千里目，更上一層樓。

白日即謂日，或謂晝。此則夕日也。**依山**中條山也。**黄河**天下之大河也，七絶有出。**窮千里目**窮爲看盡、看清之意。千里者，謂極遠之辭也。**層樓**層者，謂二樓、三樓層層重疊建起。即指鸛鵲樓。

言於此樓前遠瞻，見白日西依中條山没盡，晚景也。臨樓下，黄河漫漫流去入海，是所見曠遠之景。故爲一目可窮千里之景色也。見如此天空海闊之景，是更上此樓故也，而感發之。「更」字，常用於「又」「甚」之意，然此用「經也」「歷也」之意，取歷登義。蓋上兩句爲登樓所見之實景，第三句所云，爲見後心之所思，非除上兩句外又有第三句之景，非登鸛鵲樓之外而又更上一層樓也。此詩誤解者多，故詳述。

【校勘記】

［一］登鸛鵲樓：《全唐詩》卷二百五十三作《登鸛雀樓》。

終南望餘雪

祖咏

終南爲山之名，在陝西西安府。餘雪爲殘雪也，雪後望終南山也。

終南陰嶺秀，積雪浮雲端。林表明霽色，城中增暮寒。

陰嶺北面，山嶺秀也。**浮雲端**端爲物之邊也。此於雲間見之之意。**林表**同林外。

言終南山高聳，北陰之嶺秀，積雪不消而見於浮雲之間。都城雲消，霽色明於林表，日暮城中，更增寒意。此因終南山有餘雪，帶雪之風吹送而如此。雪霽遥望終南，山雲之間可見餘雪之白。日近晚，城中寒風有增。其實可見，其興可思。

罷相作

李適之

李適之爲宰相，時譽甚美。有李林甫者惡之，終爲所排誣而罷相。自是樂酒作詩云爾。適之酒量大，謂飲酒一斗不亂，其豪飲可知。子美《八仙歌》中作「銜杯樂聖稱避賢」，用此詩也。

避賢初罷相，樂聖且銜杯。爲問門前客，今朝幾個來。

樂聖酒之清曰聖，濁曰賢。《魏志》，徐邈故事。《訓解》、唐解皆見。**銜杯**飲酒也。「銜」字爲正字。「啣」「衘」，皆俗字僞文也。

或曰，宰相爲賢者之職位。「避賢」者，謂避此位而離去，非自稱賢。言避此位罷相後，始得樂聖且銜杯而遊也。此前執身政事而有憚，今罷官，爲無位閑人，則安樂飲酒矣。而世俗風習，繁問音信以媚諛富貴之家，及其衰則疏。爲我问之：門前所來之客，今朝有幾個來耶？

奉送五叔入京兼寄綦毋三[一]　李頎

綦毋爲姓，三爲排行。說在上。

陰雲帶殘日，悵別此何時。欲望黃山道，無由見所思。

陰雲天陰物寂之景色。**殘日**落日也。**黃山**唐解：按《一統志》，黃山有四，一在常州，一在太平，一在徽州，一在順天。又《圖經》之説，見《訓解》。

因送五叔入京，乘此兼寄言綦毋潛。詩言今送五叔，時陰雲而帶殘日。如此景色，常時已令人悲哀，又添離別，更增内心惆悵。今爲何時節焉？甚悵恨於其時也。而我所思之綦毋三居黃山，此度五叔將取道黃山，我由是欲望黃山道，然無由望見所思之綦毋三，空懷之也。借此便而寄此思。

【校勘記】

［一］奉送五叔入京兼寄綦毋三：底本作《奉送五叔入京兼寄綦母三》，下文中的「母」均改爲「毋」，據《全唐詩》卷一百三十四改。

左掖梨花　丘爲

掖爲腋下也。掖門，爲大門兩旁小門也，如人之兩掖。中門左右之袖門謂掖。丘爲居左掖省，咏梨花之盛。

冷艷全欺雪，餘香乍入衣。春風且莫定，吹向玉階飛。

冷艷冷，清潔。艷，光彩也、美也。**欺**非僞欺之義，乃較白雪更勝之意也。**餘香**謂香滿溢，有餘熏。

言左掖梨花開時，其高冷艷美，一片潔白，令冰雪遜色，咏梨花盛白。而其餘香滿溢，乍入我衣而留香，因花爛漫盛開，其香有餘。「乍」字，忽入鼻中而不覺之意，不意移香至我衣服，乍聞其香也。此香爲春風吹散而無定所。一時似吹飛至玉階方向，忽又轉向吹送，故此梨花雖冷艷熏香而不爲君王所知也。此詩有諸説。或謂始及第而未用，故以飛向玉階喻乎近君，述己之思近君也。又謂因未及第，故羨左掖之花。又以向玉階飛爲花散。花之落雖可惜，然向玉階飛者，近君之意也。皆丘爲自比梨花。讀者詳之。

九日陪元魯山登北城留別[一]　　蕭穎士

元德秀，字紫芝，河南人，爲魯山令。歲滿而歸，有笥一縑。人高其行，稱元魯山。魯山今屬南陽府。唐解詳。陪者，隨侍也。「留別」者，謂我亦居他國，我留其處，送别歸行之人。九月九日侍座元魯山，登北城，望風色，賦別詩也。

綿連滍川回，杳渺鴉路深。彭澤興不淺，臨風動歸心。

綿連連綿不斷也。**滍川**水名。《一統志》：滍水源出魯山，流至葉縣入沙河。**鴉路**地名。《一統志》：三鴉路在南陽府城北七十里，分二路東北。帶西而行者，謂之三鴉路，趨西洛之便路也。石川爲第一鴉路口，分水嶺第二鴉路口，今在汝州界者，第三鴉路口也。**彭澤**昔淵明爲彭澤令，九月九日設酒宴，故事見前。今又九日，而元氏爲魯山令，故借用而比元氏。**臨風**風者，別之義，意爲風去行而不留。

言看滍川綿連，其水迴遠流去。鴉路之陸地在杳渺途中，歷日深遠。此謂道路之勞。而今日九月九日，酒興不淺，爲彭澤之宴。思元德秀之德，雖一時彭澤之興不淺，然臨別離，我亦同動歸心。益催離別哀憫之情。

【校勘記】

［一］九日陪元魯山登北城留別：《全唐詩》卷一百五十四作《重陽日陪元魯山德秀登北城矚對新霽因以贈別》。

平蕃曲　　劉長卿

平蕃歸陳時，賀其平治之曲也。既謂「曲」，則有一定之曲節而爲調。

渺渺戍煙孤，茫茫塞草枯。隴頭那用閉，萬里不防胡。

渺渺不知何處而終。謂望而不及之景象也。自觀海之字義而轉用之。**戍煙**戍卒烽煙。**茫茫**謂原野曠遠無邊。同「渺渺」意。**塞**小城。**隴頭**隴山之頭。

言胡虜既平治，戍塞稀少。不舉烽火，沙場渺渺處唯有一處戍煙。「孤」，謂一處，與次詩之「獨戍」相照應。又「孤」有閑寂意。關門之外，平沙千里，不知其盡也。胡未得平治之時，此邊處處置戍塞，舉烽火，乃用心而嚴防守之處。今既平，戍塞爲孤，故愈加渺渺也。而此地昔日會戰時，草遭踏躪，無片刻得生息。今草茫茫叢生，已枯於秋霜也。塞邊遠望，呈枯野之氣色。如此平治，自無須於隴山頭堅閉關門而用心矣。

「那」者，質問之辭，豈用閉關而防？意爲不必用也。然則此後，無須於此遠離都城萬里之地，置備軍卒以防胡也。

其二

絶漠大軍還，平沙獨戍閑。空留一片石，萬古在燕山。

絶漠絶，度也。漠見七絶。磧沙，平沙，同沙場，中國與夷界之曠野。**平沙**即漠。**獨戍**獨謂少，非一人也。此番我軍得勝皆歸都城，僅以少數人留置守邊。**一片**謂一。**燕山**山名，燕然山也。《唐詩解》作「在燕然」。

言因克胡，軍卒皆絶漠而歸中夏，由各處陣地一同返歸，因謂「大軍還」。而其後之平沙，唯留「獨戍」守之，故閑也。立一片石，刻軍功而作此番凱陳之紀，爲傳萬古。其石留在燕然山，因此後不煩軍事而令胡畏服也。「空」字，唯辭而已，無意義，取「只」字之意。借用後漢竇憲大破胡虜，登燕山刻軍功于石，紀漢朝威德故事。右二詩，謂邊塞亦得安寧。

逢俠者　　錢起

逢大丈夫也。但異於日本之大丈夫，人品歷歷者中亦有俠者，或因事而不顧利害，不惜身命，爲他人而行動之類心氣相同者也。

燕趙悲歌士，相逢劇孟家。寸心言不盡，前路日將斜。

燕趙二國之名。**悲歌士**即謂俠者。勇壯之人感慨亦深，故云。**劇孟**漢人，當時以俠顯。其母死，自遠方來送喪者有千乘。借比今逢之俠者。**寸心**謂心之尺寸，或心底也。心謂方寸，故亦用寸心。

言古燕趙兩國多悲歌之士，今可稱悲歌之士者，足下也。今相逢，即如入劇孟之家，養我氣，活我性，心中感愜，欲言而言不盡。因日已將斜，而前有路程，故言不盡而將別也，惜哉！世俗輕薄而不知義，因己之欲而忘人之恩，奸曲不仁者亦友之，見此輩，而賞俠者之有義。○唐評曰，日斜乃即景，謂年老者，非也。○若如仲言之説，則意謂我雖慕俠者，而年既老，如日暮而前路遠，無行俠之年數矣。無論何説，均爲惡世情之薄，美義氣者之辭。

江行無題　錢起

唐仲言曰：「仲文自秦中歷楚入吴。言江則楚矣。」江行之詩百篇，《唐詩解》載九詩，此詩亦其中之一也。故謂「無題」。

咫尺愁風雨，匡廬不可登。秖疑雲霧窟，猶有六朝僧。

咫尺八寸曰咫，十寸曰尺。咫尺謂至近。**匡廬**山名，《訓解》詳。**六朝**吴、晋、宋、齊、梁、陳，此謂六代，有惠遠等名僧。

言欲見匡廬山故人，行江邊時，風雨暴烈。而愁道路也。如此之時，登臨廬山實屬無望，故「秖疑」者，疑此廬山雲霧深窟中猶有六朝高僧，厭嫌世塵之人也。是以世塵之紛紛比於風雨，羡隱逸也。一説「六朝僧」者，非謂六朝僧於今尚在，而謂當今亦當有如六朝僧之名僧高德，亦通。然若以深山爲神仙栖宅，以雲霧之窟有六朝僧，則不妨詩興，且活「疑」字。

秋夜寄丘二十二員外　韋應物

丘爲姓，員外爲官，二十二爲排行。見前。

懷君屬秋夜，散步咏涼天。山空松子落，幽人應未眠。

屬如謂當乎秋夜之字。此等文字之用法，因和、漢語脈不同，難以正訓也。**散步**各處走動。似謂盤桓。**幽人**指丘員外之山居。

言屬秋夜之寥寥，懷君而出，覺秋之可憐，益懷君也。將寬釋之，出庭中，散步而望涼天，吟咏而遠寄於君。因想其地之幽居，山中空寂，無物音之紛擾，而聞松子之落；想幽人亦未眠，將發興於山幽之秋也。「應」字前有註。「山空松子落」之句，見山中閑幽之妙。

聽江笛送陸姓侍御官　　韋應物

送陸侍御時，聞江上之笛音也。

遠聽江上笛，臨觴一送君。還愁獨宿夜，更向郡齋聞。

觴杯也。**郡齋**郡爲郡縣，齋爲書齋。此當視爲村舍之意。

言遥聞江上吹笛，音有哀怨。時送君别而臨觴，殊催哀也，更令不捨。而與君别後，想我獨宿之夜，更增哀傷。其時若再聞笛而向郡齋，則其哀將何甚矣。今聞之已不堪，後日所生之哀將更甚也。

聞雁　　韋應物

故園眇何處，歸思方悠哉。淮南秋雨夜，高齋聞雁來。

眇一作渺，謂道路空遠。**悠哉**悠，謂思無限。哉爲嘆辭。**方**正當此時，謂思之切也。可解讀爲「正盛」。**淮南**滁州之地名。**高齋**與前詩之郡齋同義，居家也。不必拘泥于「高」字。

諸家之註，謂韋應物刺滁州時作，是也。言我居此地思故園，如望海面而不知涯在何處，相隔道遠而爲渺也，我心惘然若失。欲歸之思方悠哉而不可擬言。況今添秋悲，雨夜蕭條，其情不堪之時，忽聞雁渡高齋而鳴，相思彌增，愁情沈沈。是雁來往有期，我留滯淮南而歸期無期，是更「歸思方悠」之由也。故題以《聞雁》。此詩不言愁而愁甚見。

答李姓澣名　　韋應物

《唐詩解》有二首，是其二也。

林中觀易罷，溪上對鷗閑。楚俗饒詞客，何人最往還。

易《易經》也。**罷**非止捨，休息之間也。**溪**水谷也。**鷗**此物有江鷗、海鷗之别，詩家多取閑静爲物之意而用之。**楚俗**楚國之風俗也。**饒**多也。**詞客**謂長於文章詩賦之人。

言今李澣隱居林中，寂然而觀《易經》，玩味神妙不測之道理。又其休息之時出至溪邊，見鷗浮游水上，樂其情也。君閑静度日，真隱逸之境界，實可謂忘世塵之人。而楚國風俗，自往昔屈原、宋玉始，文人饒多，今定亦多。與其中何人往還結交最頻也與？是述隱者閑静遠離俗情，諷今都城之人俗薄不好也。

婕妤怨

皇甫冉

班婕妤事前詳。婕妤述怨。

花枝出建章，鳳管發昭陽。借問承恩者，雙蛾幾許長。

建章宮名，見前。**鳳管**笛也。**昭陽**趙飛燕所居宮之名也，前詳。**雙蛾**謂兩眉之美。蛾眉見前。曰蛾眉，即謂美人也，非僅指眉。

言縱目建章宮，今盛開之花枝，伸出宮殿之外而爲美。又望昭陽宮方向，鳳管笛音吹發興起，樣樣熱鬧，令人怦然。此比於其他宮女得君寵也。因飛燕稱君心，而婕妤失寵，故斯謂也。他人春興遊樂，我則失寵不得入宮，徒然於此處送日。憶往昔而羡望，故借問今得時之諸宮女：得稱君心承恩寵者，雙蛾彩飾幾許，可入君王心而長承聖恩乎？問其法也。我拙於脂粉妝扮，故半道見棄至此。怨之、嘆之也。

題竹林寺　朱放

位於廬山之寺也。

歲月人間促，煙霞此地多。殷勤竹林寺，更得幾回過。

促迫也，速也。**煙霞**謂景色好。**此地**即竹林寺之地。**殷勤**周到。此謂留意看風景也。**過**看過也。

言凡住人世，歲月一日一時之促，乃無常者。以此無常之歲月，來往塵世中以苦吾性，真堪悔矣。本意在閑樂煙霞，天然而終。其煙霞多見之所，即此地也。我常來此竹林寺殷勤眺望。試思之，此後過此寺，看此風景，可數幾回？然則當殷勤望之、樂之也。「更」者，又、復之意，數次重復意也。

秋日　耿湋

返照入閭巷，憂來誰共語。古道少人行，秋風動禾黍。

返照落日也，前出。**閭巷**二十五家謂閭，小里也。又謂里門。巷者，里中之路也，田舍道也。**憂來**

來，有「生」之意，與「生愁」「催悲」之意同。**禾黍**禾爲五穀總名也，此不拘是禾是黍，以爲秋穀因風而動之態可也。

言秋日本易催人哀愁，況見返照之影清寂入閭巷之景色，甚生憂思也。而于行人少之閭巷，有誰可共語此憂，以慰心哉？無人也。我獨沉憂行乎此處，雖有古道而人行少，苔埋草塞，荒蕪無際。又秋風淒冷吹渡，禾黍因風而動，益增寂寞景象，不堪其哀也。田野寂寥景象如見。身居住此地見此景，憂來心中，誠宜哉！

和和韻**張**氏**僕射**官**塞下曲**前出　盧綸

月黑雁飛高，單于遠遁逃。欲將輕騎逐，大雪滿弓刀。

月黑夜空陰暗，月色不明。黑一作「落」。其時月落天暗也。**單于**謂匈奴之君，前出。**輕騎**謂短兵。

此詩謂守塞戍卒大有勇氣。言天甚陰，雖有月而爲黑夜。雁高飛而鳴，響徹暗雲。景象甚寂寥也。此句可見雪氣之象。而單于趁此夜，引軍遠向本國遁逃。故中國軍士急將短兵，欲進逐匈奴討之。而大雪降至，寒氣凜然降積於執弓持刀之手，不堪其苦寒，討伐未成，甚可嘆也。「滿」謂降雪積滿。此謂士卒不厭勞苦，忠勇也。

別盧秦卿姓名　　司空曙

知有前期在，難分此夜中。無將故人酒，不及石尤風。

前期由今往前之期也，謂後會有定時。**故人**指司空自身，舊知之意。**石尤風**逆風也。

○言今與君别，非一生之别，略過時日必相逢也。雖知後會有期，然此夜此刻却不忍離别。總爲惜别難分，故故人某進酒，請暫留也。凡海上遇石尤風，停船待順風而後出，石尤能止行舟；我以故人將酒留君，若捨之而出，則我所酌之酒不及石尤風也。然則請留，更盡一杯，無輕我志而令不及石尤風哉。深情惜别也。

幽州[一]　　李益

征戍在桑乾，年年薊水寒。殷勤驛西路，此去向長安。

桑乾縣名。**薊水**水名。**驛西路**驛者，馬次也，途中主道。謂驛路之西也。

言我爲征戍之身，離故鄉長安，久居此桑乾邊鄙之處，年年唯見薊水寒氣而度日。無可眺望，常思當有歸故鄉之時也。而身既不可歸故鄉，且望通往長安之道。殷勤遙望驛路以西，思由此去，即歸長安之路。身既不可歸，西向憶長安也。可見歸思之甚。又「向」字有「行」字之意。思其時去此地西向而行，將直抵長安也。

【校勘記】

［一］幽州：《全唐詩》卷二百八十三作《幽州賦詩見意時佐劉幕》，並注：「一作《題太原落漠驛西堠》。」

三閭廟　戴叔倫

屈原之廟也。三閭謂楚國一族之三家家臣，屈原爲其一也。《離騷經》：屈原仕於懷王，爲三閭大夫，掌王族三姓，曰昭、屈、景也。《一統志》：廟在長沙府湘陰縣北六十里。

沅湘流不盡，屈子怨何深。日暮秋風起，蕭蕭楓樹林。

沅湘二水之名，見前。**楓**木之名，註見七絶。

言此沅湘，爲昔日屈原沈身而死之水，今長流不止，屈子之怨何深之如此耶？意以其流不盡而比興屈原之怨恨無盡。如此望之，日暮至而秋風起，見蕭蕭楓樹林而催哀也。詩中深有言外之味，當以意解得之。

唐評云：「包得無限憂愁幽思之意。」是也。

思君恩　令狐楚

此詩本有二首，爲宮詞，述宮女思君之恩寵。

小苑鶯歌歇，長門蜨舞多。眼看春又去，翠輦不經過。

小苑園名，亦謂芙蓉苑。**鶯歌**鶯者，鳥之名，前詳。歌謂囀。**蜨**蝶之正字也。蝶舞，謂蝶張翅而飛之貌。**長門**宮名。漢孝武帝時陳皇后之宮也。陳皇后雖爲君恩不淺之人，然因無子，退居此宮。此詩借其退居而謂失寵。**翠輦**以翡翠之羽作飾之輦，謂天子之駕。翠者，美之謂。

言小苑之春近暮，鶯歌亦歇，長門宮之花空散，唯蜨多舞。是暮春之景也。而眼前所見之春早過，年年如此空度，見此春又徒去，愁也。怨嘆年年如此空過，翠輦不曾有也。「不過」者，不來之意。是以春之逝去，比己色衰。

登柳州蛾山　柳宗元

一作「峨」。又見《一統志》：鵝山在柳州府城西，山顛有石如鵝。

荒山秋日午，獨上意悠悠。如何望鄉處，西北是融州。

荒山草木黄落，山中荒凉也。**午**晝九時。**悠悠**謂思無涯。**融州**州國之名。

言我在柳州懷念故鄉，且登山而望故鄉之天空，其山謂蛾山。此秋時，草木皆零落，山中荒凉寂寞。至山上，則日中午時也。然唯我獨上，此外無人登臨。有所思之身世，寂寞益甚，心中悠悠之意無限。上山而望西北，故鄉乃此方向也。然不見故鄉，所見只是融州，故甚失其所思。然則如何更有望鄉之處？茫然也。以爲登山可望鄉，然竟不見矣，含不盡之意。三、四倒裝法也。

秋風引

劉禹錫

引，亦詩文之一體也。謂歌、行之類。

何處秋風至，蕭蕭送雁群。朝來入庭樹，孤客最先聞。

蕭蕭秋風蕭颯之聲也。**朝來**來爲助字，謂自今朝。**孤客**意爲無賴之孤獨身，謂自身。

言不知秋風初自何處吹來，而蕭蕭吹遍，至送群雁也。謂秋風、秋雁一時而來。秋來也，雖不得明見於目，然風聲中似有驚人之意。昨夜之前未有秋風之吹，今朝則見秋風入庭樹矣。然今風初吹，尚非摇落之氣色，世上之人未必感知。而我乃身有悲愁者，故最先聞知秋悲也。感秋零落之時，逐臣孤客之身，哀愁尤深。

鞏路感懷　　呂温

《一統志》：河南府鞏縣，在府城東一百三十里。此詩于鞏路感秋景而述懷也。懷者，與述懷、懷舊之懷同，心中含有之思也。

馬嘶白日暮，劍鳴秋氣來。我心渺無際，河上空徘徊。

嘶馬鳴叫也。**白日**謂日。**劍鳴**非劍之鳴。秋屬金，謂金氣相應。**渺**謂空遠無際，前出。**河上**地名。

言秋過鞏縣之路，秋日易暮，白日已近暮矣。所乘之馬亦疲而嘶，此時愁思莫名，而我所帶之劍如應秋氣之來而鳴，覺凄冷也。此景于安居之時尚起哀情，况於旅行中，更生一層愁緒。其懷思渺無邊際，心中渺然。心既不定，故暫臨河上而徘徊。然此亦無可聊賴，只徘徊於此處，因謂「空」。言外見心中無限感懷。

古別離　　孟郊

樂府題也。述古離情。

欲別牽郎衣，郎今到何處。不恨歸來遲，莫向臨邛去。

郎可用於所有男性。此謂夫。**臨邛**地名也。昔司馬相如至臨邛富人卓王孫家，與其女文君密通而奔。引此故事，借用於通其他女子。

言郎欲旅行，今已別而將出。牽郎衣而曰：「郎今去後，不知自何處又至何處。雖遲歸而總不爲恨。唯囑郎莫於行着之地與他女相契而忘歸，如昔相如於臨邛，唆他人之女爲妻也。」牽袖而言之。句二「到何處」，當含「莫往臨邛」之意。郎久不歸，故思入舊時。

尋隱者不遇

賈島

松下問童子，言師採藥去。只在此山中，雲深不知處。

師即指隱者。**採藥**因隱者隱居山中而比於仙，故借用採仙術不死之藥以形容其樣。**去**謂離此往彼。

○言賈島尋隱者，到山而知其出門，問松下童子：「此隱者行何處？」童子答言：「師已進山採藥去也。」於是島思之，雖只在此山中，然山中幽遠，雲霧深濃之山，欲尋之，斷不可知其處也。可見句一爲問，句二爲童子答，句三、句四爲島之思也。是設爲問答，頗述山居之狀。又題之「不遇」二字，見於詩中，妙哉。

宫中題　文宗皇帝

太和九年，宫中兵亂。事略見於《訓解》。

輦路生秋草，上林花滿枝。憑高何限意，無復侍臣知。

輦路御幸道也。輦見前。**上林**天子之苑也。

言宫中亂，君位不立。如此之時，君無行幸，輦路無掃除，草生茫茫，直如秋野。而上林苑之花滿枝，觀其今盛之氣色，春與舊時無異。既無遊賞之心，空憑高而有無限之意，雖悲之，然我心中憚世憚人，不得出於口。雖侍臣亦不知我此心中也。也惜人、也恨人，無爲之意自見。

勸酒　于武陵

因送别而勸酒。

勸君金屈巵，滿酌不須辭。花發多風雨，人生足别離。

金屈巵巵者，杯也。金屈，謂金之屈，有手把之杯也。其製作别見，此只視作杯。**滿酌**謂斟至杯滿溢出。

言今因送別，取出金屈卮而勸酒，請滿酌其卮飲之，不須辭也。「滿酌」之字，强飲酒之意。欲知人世之事，觀眼前之花而可悟。以爲花發而盛也，而花多爲風雨所散，盛開時無幾日。人生在世亦如此之無常也，或死別，或生離，别離爲人生之常。見花足悟也。然則如此相逢，此樂世間少矣。滿酌不須辭，即勸請快飲也。

秋日湖上　薛瑩

落日五湖遊，煙波處處愁。浮沈千古事，誰與問東流。

五湖前見之洞庭湖是也，其名代代有異。見《訓解》，故此略。**煙波**謂水氣如煙，彌漫上升。**浮沈**世人之浮沉也。

言秋時遊覽此湖上，近落日時分，水上煙波彌漫濛濛然，景色處處自見哀愁。我亦自生愁也。長思千古以來事，此五湖，雖名臣左遷之人多來之地，然今已無一人在世，且知之者亦無矣。而此水自昔至今流而不變，唯此水能知千古浮沉之事。哀哉！若有與吾同者，則將問此東流之水；然若無同吾之人，則與问之人亦無。不言也罷，嘆嘆！

題慈恩塔　　荆叔

長安之慈恩寺有塔，名雁塔。及第之進士，賜宴於此也。嘗有韋肇者，題名於此塔，而後人效之，遂成故事。

漢國山河在，秦陵草樹深。暮雲千里色，無處不傷心。

漢國謂前後漢。**秦陵**始皇之陵也。

言古秦漢時，此地爲繁昌榮華之都，盡宫殿樓閣之美，陵廟等營建亦欲盡其奢華。而今視之，所謂漢國者已不可望見，唯山之狀、河之流不變而存。秦皇之陵所在，唯見草深木茂，陰深寥寥。如此遠望之間，暮雲横亘千里，目觸其色其景，無不傷心傷情處也。蕭條愁慘之體，嘆古之衰以諷今也。

伊州歌　　無名氏

軍卒行黄花戍，其妻留居，述思夫之情。此七絶《凉州詞》之類也，可互見《訓解》《唐詩解》注。

聞道黄花戍，頻年不解兵。可憐閨裏月，偏照漢家營。

營也。

聞道謂聞，「道」者助字也。**黄花戍**中國置派戍卒之塞名也，見七絶。**頻年**與「年年」同。**營**軍營也。

言夫爲邊戍之役，行往「黄花戍」之地。無書信傳遞，其人亦不歸。問音信而聞道，今黄花戍頻年會戰不止，故不歸也。「不解兵」者，因兵戰不終，故各處陣營不得解。既如此，則無論如何等待，夫之歸期不可知也。如此空送年月，寤寐起卧間思之，覺無一可愛憐之物事。唯今夜照入閨裏之月，見之可憐可愛也。何言此？今照此閨之月光，亦照夫所居漢家置戍之黄花戍營上。此乃與夫君同望之月，而覺可憐愛也。除此月外無可傳音訊者，因而謂「偏」，只此月之意。

其二〔二〕

打起黄鶯兒，莫教枝上啼。啼時驚妾夢，不得到遼西。

打起令飛走。「打」無實意，是俗語也。**黄鶯兒**和無産，類今世之朝鮮黄鶯鳥。「兒」亦無實義。**妾**婦女之自稱。**遼西**夫服役所在地名也。

言打起静栖之黄鶯，莫令啼於枝上。因鳥啼時驚妾夢，不得夢到遼西與夫相逢也。可惜哉！身既不能到遼西，則唯賴於夢中相逢，而其夢竟亦爲鳥啼聲所妨，心中甚鬱，意溢於言外。

【校勘記】

［一］此首《全唐詩》卷七百六十八署名爲「金昌緒」。

哥舒歌　　西鄙人

姓哥舒，名翰，唐之名將。曾平治吐蕃軍功卓著之人，事見《唐書》。

北斗七星高，哥舒夜帶刀。至今窺牧馬，不敢過臨洮。

北斗七星此星於夜深時可高見。或曰七星高乃秋，夷狄侵中國之時也。**夜帶刀**《唐詩解》評云：言其警備，非夜戰也。今從之。**臨洮**地名也，近胡地。

言胡嘗屢侵中國，故遣勇將哥舒翰征伐夷狄。此人於北斗七星高出之深夜，仍帶刀而不脱，警備於軍中，屢立戰功。胡人恐其威風，至今牧馬亦須窺時，不敢過臨洮邊境也。「窺」字味長。

答人　　太上隱者

「人」爲問我之人，以此詩答其問之人也。因設問答，自述隱者之意。

偶來松樹下，高枕石頭眠。山中無曆日，寒盡不知年。

偶偶謂無設心思，不特意也。俗云之「偶」乃邂逅爲希之意，與此不同。

言因人問我，而答之云：「所謂隱者境界，心無所往。偶來此松下，睡意襲來，故高枕此石而眠，如此率性爲樂。我居於山，不與人世交。山中本無曆，不知月日流轉，亦不知今日何月何日。故寒氣盡，日漸暖，而知冬將終，然不知何日立春、何日元朝也。」咏太古自然之態。石頭之「頭」爲助字。

七言絶句上

新井白蛾祐登　解

門人　森矩近　白淵　校

七言絶句

「絶句」之説有三義。一、絶妙，不可以言語盡之，是褒美之辭也。二、斷絶律詩八句之意。三、謂一聯四句，每句各別，杜詩「兩個黄鸝鳴翠柳，一行白鷺上青天。窗含西嶺千秋雪，門繫東吴萬里船」之類是也。

蜀中九日　王勃

蜀者，地名。沛王召王勃，署府之修撰。時諸王鬥鷄，勃戲爲文《檄英王鷄》。高宗怒，斥出沛王府修撰，遷至此國，時九月九日之佳節，登高見景，因興而述情。

九月九日望鄉臺，他席他鄉送客杯。人情已厭南中苦，鴻雁那從北地來。

望鄉臺隋王秀所築臺名，在成都之北。書「望鄉」二字，益有興趣。**他席他鄉**席者，座席也。今蜀中非勃之故鄉，謂居住他國意也。他鄉謂他國之意。**人情**謂勃自身之情。**已厭**俗云「已飽也」之意。**南中**蜀之郡名也。謝朓詩「南中榮橘柚，寧知鴻雁飛」。**苦**愁苦也。《直解》注曰：「苦」字最妙。**鴻雁**鴻與雁，類同而種別。於詩中不用區別。**那**怎得。質問之辭。**北地**秋雁由北來南，蜀屬中國之南，別有情意。

言九月九日登山眺望，因望鄉臺之名，懷思故鄉更甚。望故鄉方向，妻子亦當思我，如我之思也。其情因佳節愈深，蓋爲人情之常。見他席送他鄉之客，酬離別之酒，言外有甚可羨之意。時見鴻雁由北飛來而思：我因久居南中而生厭，心念北方鄉里，不知鴻雁何意來此也。

渡湘江　杜審言

審言左遷峰州，渡湘江時所作也。嘗貶吉州司户，今又渡此水，是再過也。

遲日園林悲昔遊，今春花鳥作邊愁。獨憐京國人南竄，不似湘江水北流。

遲日謂春日悠悠然長閑狀。**邊愁**遭流邊鄙，悲愁也。**獨憐**我憐自我之身也。**京國人**指自身。**南竄**南，謂南方。竄，意同逐臣。

言時春日長閑，望園林風色，此湘江之景可樂之時也。而我爲左遷之身，無可留心。唯此水前貶吉州時曾渡，今又爲此驅逐之身，更憶昔日宦遊之時，不堪悲矣。花鳥者，爲都鄙人情所樂，而今春之花鳥，行行催愁。言外有思念都城之意。因自憐云：我乃生於北方京城之人，今竄遷南國，不似此湘江之水北流矣。噫！水之流向可羡也！都城可懷也！此愁無人能知，我與我心可憐也。

贈蘇姓**綰**名**書記**官名也　　杜審言

知君書記本翩翩，爲許從戎赴朔邊。紅粉樓中應計日，燕支山下莫經年。

知君君，指蘇綰。**書記**在君側執書筆之官人，日本之「御側祐筆」之意也。**翩翩**謂鳥翩翩翻飛貌。此處謂蘇綰各處走動，在家住時少。**爲許**當爲如此，最尤之意；許，得心稱是。一謂敕許。**戎**鎮守國境之士兵也，戎軍也。**朔邊**謂北之邊鄙。《爾雅》曰：朔，北方也。**紅粉**紅爲口紅，粉爲妝用白粉，以紅粉指代女子。**樓**意謂家也。**應計日**待歸之意。**燕支**山名。

言君爲書記之宦，本翩翩然，行乎四方。此次來朔之邊鄙，誠因奉敕許而戎軍也。君有志於功名而不思家室，然家室之中，計日而待君歸。任畢，即早早歸京，切莫于彼燕支山麓長留經年也。

戲贈趙使君美人　杜審言

趙爲姓，使君爲官名，如日本之奉行之役，謂司一郡之人。美人，讚譽之辭，指趙氏之妻。此詩戲贈趙氏之妻。

紅粉青娥映楚雲，桃花馬上石榴裙。羅敷獨向東方去，謾學他家作使君。

紅粉顔美。**青娥**《唐詩解》作「蛾」，眉緑而麗。秦晋時，俗之方言謂美貌曰「娥」，「紅粉青娥」四字謂美女。**楚雲**此用楚襄王、宋玉遊雲夢臺，雲氣生而有美人之故事。即謂美女。**映**映照之意，謂日光等照水而發光。**桃花馬**馬名也。**石榴裙**裙，裳也。用數幅絹竪縫而取襞，引纏腰下之服也。石榴裙者，紅裙也。**羅敷**古趙王欲奪之美人之名也。事見崔豹《古今注》。**謾**和辨爲胡亂之意，意爲不能明辨，戲爲之。**他家**指昔之趙王。

言其姿容美麗，可比昔日楚雲所化之神女；其行止之華美，如石榴裙袂翻飛於桃花馬之上，恰似羅敷獨向東方去。我因謾學彼趙王，姑以戲君，君將又歌《陌上桑》也。蓋稱美之。

銅雀臺　劉庭琦

魏曹操所作臺名。

銅臺宮觀委灰塵，魏主園陵漳水濱。即今西望猶堪思，況復當時歌舞人。

銅臺宮觀謂宮殿壯觀。**委**廢也。棄置任其廢也。**灰塵**灰，爲灰燼；塵，爲塵芥。罹兵火，埋於塵芥而荒廢也。**魏主**謂曹操。**園陵**陵，謂君主之塚。園，古之御園也。今獨留此而宮觀皆無。**漳水**水之名。**即今**當合讀二字爲「今」，不讀作「即」爲「今」。**況**意爲「何況」。

魏武遺令曰：「吾伎人皆著銅雀臺，時時登臺上，望吾西陵之墓田。」昔魏之曹操，于盛世時作斯美，相傳爲繁昌之宮觀，今見之，則化爲灰塵，已荒廢矣。所殘之物，唯漳水濱之園陵也。我今西望，亦不禁思古而不堪悲矣。況當時受遺令之歌舞伎女，若今仍在世，西望此頹廢景，當亦悲哉！此懷古之詩。

邙山　沈佺期

北邙者，山名，漢之陵。又多有唐宋名臣墳之處。

北邙山上列墳塋，萬古千秋對洛城。城中日夕歌鐘起，山上唯聞松柏聲。

列墳塋墳者，墓也。列，謂並，塋，場所也。**萬古千秋**萬年之世亦作古，千年亦經春秋，俗謂「千萬年」。**對**對面而列。**洛城**洛陽城。**日夕**黄昏。**歌鐘**謂音樂之事。**起**聽聞之意。

言此北邙山上，多爲古名人墳墓並列之處，與洛陽城相向。思其自千萬年之昔，風景不變。日暮時分，聞城中音樂之聲，鐘鼓爲節，歌之舞之。聞此，又思彼山上墓中人于生前，必亦如此按節歌舞、尋歡作樂之人。然盛時無幾，終成土中骨，埋於北邙山上，其哀也甚矣！不變之物，唯風拂松柏枝葉之聲，爲鐘歌之變耳。唯悲嘆也！溺酒色，樂俗情，而忘此生，以爲可與天地齊壽，而不知人生無常，嘆哉！非咏邙山之詩也。

送司馬司馬爲氏，名承禎，字紫微，洛州人。結廬天台山**道士**謂仙術者**遊天台山**[一]在台州。又與台星之星宿相應，故名天台山。又一名赤城山。又爲桐柏玉真人所理，亦謂桐柏山。王子晋所處，司馬承禎亦居此。睿宗時召此道士　　宋之問

羽客笙歌此地違，離筵數處白雲飛。蓬萊闕下長相憶，桐柏山頭去不歸。

羽客仙人也。因飛行自在如鳥，又謂羽人。又周昭王夢着羽衣之人，與習仙術，此詩當據此故事也。此比司馬。**笙歌**謂音樂之意。此據《列仙傳》中「喬好吹笙，爲鳳鳴」故事。**此地**指今都城。是以天台山

爲道士居所，比於仙家之辭。**違**去也。**離筵**今送別道士所設之席。**白雲飛**歸去時，見白雲處處湧起。此暗含薊子訓得神仙之道離去之日，白雲現於數十處之故事。**蓬萊闕下**蓬萊爲海中仙界名。唐高宗時改大明宮名爲蓬萊宮。闕者，門邊之偏門也。此唯蓬萊宮之意。**桐柏山**即天台山之別名。

言今因道士歸去，此地都城，將不聞笙歌矣。違而去之，惜別也。於離別之筵席，見白雲處處飛起。謂以司馬道士比於薊子君也。蓬萊宮中自天子至諸臣，長相憶而思慕之，然歸去桐柏山而作隱士之曲，則將不至都城矣。惜別之情更甚。

【校勘記】

[一]送司馬道士遊天台山：《全唐詩》卷五十三作《送司馬道士遊天台》。

送梁姓**六**[一]　張説

梁氏，傳未詳。「六」非名也，或爲及第時第六名，或兄弟排行第六。順序也，不限「六」，凡用數多此例。

巴陵一望洞庭秋，日見孤峰水上浮。聞道神仙不可接，心隨湖水共悠悠。

巴陵地名，在岳州巴陵郡巴陵縣。**洞庭**湖水之名，即在巴陵，秋景之名勝也。洞庭湖中有山，謂洞庭山。**孤**静之意。**聞道**謂聽聞，「道」字，附字也。**神仙**即仙人也。「神」之字爲通力自在之義。**接**交接，與人應對。**悠悠**謂舒展、爽朗、無限制之意。

言巴陵郡之洞庭，爲秋景名勝。今梁氏往彼地隱居，可一望其風景。山峰静謐，日日映於湖水，如浮其上。如此氣色，令人忘懷塵世，良爲神仙境界也。君行其地而別後，神仙似不可接，而我思君之心，與湖水悠悠共無窮耳。按上聯以洞庭比神仙境界，第三句意爲不可得見，謂神仙不可接。非期梁之成仙也。

【校勘記】

[一]送梁六：《全唐詩》卷八十九作《送梁六自洞庭山作》。

涼州詞　王翰

涼州者，距都城遥遠之邊地名也。唐玄宗時，多以邊鄙地名命名樂曲。《涼州》《伊州》《甘州》之類是也。「詞」亦詩之一體，類同歌行。

葡萄美酒夜光杯，欲飲琵琶馬上催。醉卧沙場君莫笑，古來征戰幾人回。

葡萄和有三種。《唐詩解》作「葡桃」，《漢書》作「蒲桃」，皆古字也。是以作酒。**夜光杯**以玉所作之杯也。**琵琶**今法師等所彈之琵琶也，胡人專以此作樂。**沙場**沙地之場所，謂軍場。**征戰**平胡軍也。**君**指彈琵琶之人。

言軍兵集於涼州之邊，以名貴之夜光杯盛葡萄名酒，宴飲而樂。彈琵琶於馬上，更催酒興。飲而沉醉，團團亂卧於沙場，人當笑其驕奢放縱也。然莫見笑，此有一理：古來征戰之軍兵，生還故鄉，幸能與妻子重見者無幾人，其餘皆於戰場似露水消散。我等今雖有身，而不知明日。且于尚存性命之際，放縱豪飲作樂。此今日之志也！妙！妙！

清平調詞三首　李白

平調、清調，周房中樂遺聲。《唐詩解》：觀此則兩調本有合一之曲，而太白塡之也。

雲想衣裳花想容，春風拂檻露華濃。若非群玉山頭見，會向瑶臺月下逢。

雲想衣裳花想容此句，衣裳如雲，容貌如花之意。所謂倒裝句法也。**檻**即欄杆。**露華**光潤貌。**濃**色彩鮮明貌。**群玉**山名，昔穆天子遇西王母之處也。**瑶臺**有娀氏女爲佚女，與此美人相期於瑶臺月下。佚女見於《楚辭》《吕氏春秋》等。**非**「不如此」之意。**會**訓爲「必」。

言玄宗欲得美人，求其衣裳如雲之輕靡、容貌如花之艷麗，而不可得。故雖春風露華可樂之時而不堪看。如此美人，不可求於人間。若非昔穆王得西王母於群玉山，則必爲瑶臺之佚女，他則無有矣。含蓄而言有美人如貴妃之意也。又以此故事暗比玄宗、貴妃閨房情深。唐解評注云：加想字則超矣，即指目前非未得之謂。此章止言太真。

其二

「其」之字，指上首清平調之題也，清平調三首中第二首。只書「二」，意爲「一枝濃艷」之詩有二首，故書「其二」。下「其三」亦同。

一枝濃艷露凝香，雲雨巫山枉斷腸。借問漢宫誰得似，可憐飛燕倚新妝。

一枝濃色澤好。**艷**有光澤。「濃艷」狀花之美潤貌。**凝**香氣聚結之香。燃沉香等，油浮而暗薰之意也。此一句，「一枝」謂貴妃之受寵，別於其他衆花；其容貌之艷亦有異於衆花之美。**巫山**山名。宋玉《高唐賦序》曰：「昔楚之襄王遊高唐，晝寢，夢一美人來，謂：『妾乃栖巫山之女。』襄王幸之，與之交好。別去時，曰：『妾非人類，乃巫山仙女，旦爲雲，暮爲雨，變化不定也。』」借用此故事，意謂貴妃、玄宗之深情。**枉**枉者，屈抑也，抑情而不顯之意，俗謂「羞於」之意味也。舊説，訓爲「徒」。若古襄王之夢契乃比於此貴妃玄宗之契，則解作「徒事」者非也。**斷腸**謂思切。抑此切切之情，益見玄宗想念之深。此當爲閨門深情之初念。**漢宮**漢武之宮殿也。**可憐**謂姿態嬌美，「可憐」二字應連讀。**飛燕**謂趙飛燕，漢代美人也。孝成帝時入後宮，立爲皇后。《唐詩直解》：借人比花。

言太真之嬌艷美貌，如一枝怒放，濃香凝集。似言非言，褒其妝容欲形容而不得之詞也。故玄宗、貴妃之情好雖如雲雨巫山，而其初始，則「枉斷腸」之思清純天真，君王之情當益爲切。而如太真之美人，試問古昔可有？自古以來美女多者，無如漢時。聞其中第一美人爲趙飛燕，雖可與今之貴妃作比，然其唯妝飾之後，差可謂相似也。倚者，賴也，賴紅粉新妝而似也。盛讚貴妃之詞。《直解》曰：以飛燕之起微賤而專寵，比於貴妃而譏之，此説非也。今從之。

其三

名花傾國兩相歡，常得君王帶笑看。解釋春風無限恨，沉香亭北倚闌干。

名花謂牡丹。唐世甚愛牡丹，宮中多植。**傾國**謂絶世美人。有古語曰：「一顧傾人城，再顧傾人國。」故美人之異名謂「傾國」，此「傾國」指貴妃。**常**平常也。《唐詩解》作「長」。**解釋**貴妃甚能消解君王不豫之色。**沉香亭**以沉香所作之亭。

今蒙君王之寵者唯二，名花之牡丹與傾國之貴妃也。與君王相向相歡賞時，君王常帶笑相看。其餘衆御，則或喜或不喜，喜怒無常。君王雖有不豫之色，而貴妃獨能解其色、能釋其心。語其緣由，則名花爲春風吹散，君王恨惜無限。時雖有不豫之色，而見貴妃于沉香亭北倚欄干之姿態，即忘却其恨，面露歡笑，此貴妃能解之釋之者也。感稱貴妃倚欄干之容貌，誠美人也。結句甚能狀寫出貴妃媚君之態。「北」字無意義，譬之于東于南皆同。凡詩中言方位皆如此，從當時句調也。

客中行　李白

蘭陵美酒鬱金香，玉碗盛來琥珀光。但使主人能醉客，不知何處是他鄉。

蘭陵地名。《直解》謂山東鄒縣，古有蘭陵城。其外有數説。**鬱金香**芳草之名。古謂釀酒而降神，由鬱林郡納貢而得名。鬱金香與鬱金不可混同。和無産，今漢土亦無。或謂今種植所用之鬱金根亦和於酒。然此詩非强稱其物。其「鬱金香」之美酒者，譽酒之詞也。**玉碗**玉制之碗，此亦美稱。**琥珀光**琥珀者，同吊墜掛飾之物。酒色如琥珀之醇酒也。

言李白於蘭陵爲旅客時，其地待之以和鬱金香所釀之美酒，注於名貴之玉杯中。盛來看時，其色即與常酒各别，其濃如琥珀之光而甘美。因主人强勸此美酒，醉矣，心中亦不復常態也。我于此處既爲旅客之身，則平生思念故鄉，常有歸去之意。而因賜飲此酒，得趣於心，何處故國，何處他鄉，已無分別。此處與故鄉共存於心中，因主人盛宴之故也。此詩得酒而忘他鄉，其常思者可知矣。然詞無怨，甚穩。

峨眉山月歌　李白

峨眉山，在眉州。歌，爲一體。

峨眉山月半輪秋，影入平羌江水流。夜發清溪向三峽，思君不見下渝州。

半輪《直解》曰：上弦之月也。此説得之。《訓解》太過鑿誤。**平羌江**江名也，在雅州。孔明于此平羌夷，因名。**清溪**縣名也。**三峽**巫峽、歸鄉峽、西陵峽，是謂「三峽」。峽者，山麓也。謂此間連山七百里無斷處。**君**指月。**渝州**地名。

此詩人或謂咏中秋之月，非也。言我望峨眉山之月，月爲上弦而未圓，唯見半輪。其影入平羌之水而流，微也。清溪水勢奔急，夜半至三峽，半輪之月亦西沉，不見而下渝州。君，雖指月，亦必指所思之人，因月起興也。此詩諸説紛紛，不可從。

上皇西巡南京歌二首　李白

天寶十五年六月，安禄山謀叛，攻陷京都，故玄宗出奔蜀地。其後謂蜀郡爲南京。因七月肅宗即位而復京，故玄宗自蜀而還。因肅宗已即位，故称玄宗爲上皇。此詩初落蜀之時事也。巡者，巡狩之意，實則非巡狩。此詩有三首。《唐詩選》省第二首。

誰道君王行路難，六龍西幸萬人歡。地轉錦江成渭水，天迴玉壘作長安。

誰道何人謂此。廣指世上之人，設問之詞也。**行路**途中也。**難**難處也。**六龍**馬八尺曰龍，凡名馬曰龍，天子之車六馬，故謂六龍。**轉**變成之意。**錦江**蜀國笮橋江之水名。俗傳此水濯錦鮮明，亦名之濯錦江。**渭**京都之水名也。**玉壘**蜀山名。**長安**即都城也。

言赴蜀之路殊爲艱險，名實相副。卑俗之往來，已謂行路難矣。今避亂，天子幸之，尤爲天下人所憂。然乘輿無恙，幸西南之蜀，萬民安心而歡。蜀雖爲京都西南之邊鄙，今既爲天子寓居之國，則即都城也。此地風水殊美，如濯錦江之名川，轉作京城之渭水；如玉壘山之名山，天回而成長安京都。此賀蜀中風土護君王也。

其二

劍閣重關蜀北門，上皇歸馬若雲屯。少帝長安開紫極，雙懸日月照乾坤。

劍閣蜀之北入口，壁立千仞，巖面如壁之立，高至千丈，其利如劍，以此爲關所設門，故名。**重關**慎閉鎖也。**屯**囤聚，聚軍兵於一處也。如雲者，漸增多狀。**少帝**謂肅宗。**開紫極**天之紫微宮，天帝之坐也，故天子之位謂紫極。肅宗復京，在紫宸殿開帝座而聞政也。**乾坤**天地也。

言逆徒既平，上皇還幸京師，乘輿至劍閣，此乃蜀之北門，如劍立之重關。至京而來之迎候人衆如雲集，慶還幸也。亦慶肅宗復開天位。上皇御歸路上，如日月並懸而照，亂世冥冥天地之間，又爲明明太平之世也。

聞王昌齡左遷遭貶官**龍標**敘州之縣名**尉**官名也，當地之監察官**遥有此寄**王昌齡，原爲江寧丞，聞説今貶爲龍標尉，故於遥遠之此地，寄此詩也。王詩：「昨從金陵邑，遠謫沅溪濱。」〔一〕　李白

楊花落盡子規啼，聞道龍標過五溪。我寄愁心與明月，隨風直到夜郎西。

楊花楊爲木名，與柳同類而異種，故混謂楊柳。又白楊、水楊等種類繁多。此詩爲柳，柳絮如綿隨風飛，古人、今人多誤以爲花。花爲黃蕊，絮則非。**子規**鳥名。和俗以爲郭公，非也。**龍標**指王昌齡。**五溪**謂雄溪、横溪、酉溪[二]、潕溪、辰溪，在武陵。皆槃瓠子孫，異族也。**夜郎**縣名，在溱州，後爲夜郎郡，李白謫處。西即龍標之處也。唐解謂「龍標不當在夜郎之西，殆太白未往夜郎，故誤也」云云。言楊柳之花已落盡，於子規啼鳴時節，見春之歸。此正令人心傷時，聞道足下爲左遷之身，往赴荒蠻偏僻之龍標。聞此境遇，感同身受，愁心益生。將此愁心寄與明月，所咏既爲同一空中之月，則將隨風光而直到夜郎之西，足下所在之處也。

【校勘記】

[一]聞王昌齡左遷龍標尉遥有此寄：《全唐詩》卷一百七十二無「尉」字。

[二]酉溪：底本作「西溪」，據《水經注》卷三十七改。

黃鶴樓樓在黃鶴磯上，故名**送孟浩然之**往也**廣陵**唐天寶初，改揚州爲廣陵郡　　李白

故人西辭黃鶴樓，煙花三月下揚州。孤帆遠影碧空盡，惟見長江天際流。

故人謂舊知音，即指孟浩然。**辭**離去也，辭退之意。離此地而去，行赴他處也。**黄鶴樓**今於此處別也。**揚州**即廣陵。**孤帆**孤者，孤獨唯一，謂無他船。帆者，謂舟。**碧空**天青貌。

言知音舊友孟浩然者，辭此黄鶴樓，往赴廣陵。時值三月，將咏遠近之花而下揚州也。孤帆於浪中起伏遠去，如登青天，影盡而不可見矣。此時亦不知長江之端際，唯見其如向天而流之狀而已。其時更傷別也。《直解》曰：首二句，將題面説明；後二句，寫景而送別之意；句三以目送；句四以心送也。

陪陪侍也，俗謂相伴之意**族叔**父方之叔父也**刑部侍郎**官名**曄**名**中書舍人**官**賈**姓**至**名[一]

李白

李白與此人俱遊。

洞庭西望楚江分，水盡南天不見雲。日落長沙秋色遠，不知何處吊湘君。

洞庭湖名，在岳州府，楚地也。**楚江**河名。岷江從西來，匯爲大湖。故曰分。**長沙**楚地名。**湘君**舜妃。堯帝之二女，娥皇、女英也。追舜至此沅湘處，聞舜已崩御於蒼梧，溺死於此川。建廟而祠[二]，是謂黄陵廟。

言自洞庭湖西望，有川曰「楚江」，自此湖分流。而放眼南天，天水合一，水雲不可分。故水盡處若雲，視之若雲，則又爲水而不見雲，天水一色之風景也。放眼西南楚江長沙，景致無限。日既落，欲咏長沙之秋色，而遠不可見。聞此處有湘君之廟，故欲參詣，然不知何處，而不得參。此形容湖之廣大莫測，並答賈至詩中「白雲明月吊湘娥」句，而謂「不知何處吊湘君」，相唱和也。不可入理窟。

【校勘記】

［一］陪族叔刑部侍郎曄中書舍人賈至：《全唐詩》卷一百七十九作《陪族叔刑部侍郎曄及中書賈舍人至遊洞庭》。

［二］建廟而祠：底本「祠」作「詞」。

望天門山　李白

天門中斷楚江開，碧水東流至此迴。兩岸青山相對出，孤帆一片日邊來。

天門東謂博望，西謂梁山，因並立如門，故名天門山。其中有川流曰蜀江。**日邊**有説指長安，實只謂日邊之意。或西或東，謂映於日光。

言二山如門立兩方，山脈中斷成川，謂楚江。楚江之水清碧，漫漫東流而行。終又迴流而向北。觀此清麗之風景，又見博望山、梁山於兩岸並立相對，中流突出處，孤帆一片映於日光，越此山川險阻而來，望之真如自日邊落下也。寫眼前之真，妙！

早發白帝城　　李白

早者，謂清晨未明也；發者，發足也。有公孫述者，于蜀國自稱白帝，改魚復爲白帝城。

朝辭白帝彩雲間，千里江陵一日還。兩岸猿聲啼不住，輕舟已過萬重山。

彩雲有色彩之雲也，謂因朝日而放光彩。**江陵**地名。**輕舟**小舟也。**聲**猿之鳴聲，響徹兩岸之聲也。**啼**即猿鳴聲也。

自白帝城至江陵之間，一千二百里，水勢奔疾如矢，故一日還也。詩言清晨自蜀白帝城出發，山上雲霧彌漫，映於朝日之光，見之如彩也。蜀爲山國，至江陵間山川陡然而下，鳥亦不及其速。故乘舟而下其間，千二百里之路程一日即歸。似日本身延山之下舟也。而其兩岸爲連綿之山脈。聞猿聲哀切，雖知爲猿鳴之聲，然因舟未曾住，轉瞬間已過萬重山而歸江陵。後聯自前聯生出。兩岸猿、萬重山，是過千里間之景物。

秋下荆門　　李白

乘舟而下。

霜落荆門江樹空，布帆無恙掛秋風。此行不爲鱸魚鱠，自愛名山入剡中。

荆門荆州之山名。此山在岸邊，上合下開如洞穴，乃往來之路也。其形如門，故謂荆門。**布帆**日本木棉帆之意。

言時值秋末，霜亦已降，而下荆門山。江邊樹葉已落，見之爲空。此時我乘舟，張滿布帆，爲秋風吹行至剡，順風無恙抵達彼地。昔人張翰，秋時思鱸膾，捨官而來剡。某則非望其鱸膾，因此地山水美、名勝多，愛其風景，故來剡中遊也。

蘇臺覽古　　李白

蘇臺吴王夫差據蘇州而爲都，于苑中建姑蘇臺；又造天池，日與西施遊處之臺也。**覽古**覽古，觀其古迹也

舊苑荒臺楊柳新，菱歌清唱不勝春。只今惟有西江月，曾照吴王宫裏人。

舊苑夫差時桂苑之舊迹也。**菱歌**菱歌者，淮南舟人所歌之曲也。《淮南子》有歌謂「采菱發陽河」。言昔吴王夫差盛時，欲使其苑極盡美麗，今見則舊觀零落。荒蕪蕭索中，報春新柳如髮之梳，春色可望。天池之畔聞菱歌之聲清越，情何以堪也。第一句乃眼見之景，第二句乃耳聞之聲，俱不勝春也。張景陽作「淵客唱淮南之曲，榜人奏采菱之歌」，注曰：淵客、榜人並行舟人也。此曲緣自漢初，乃俚俗人之歌。如今無異於昔者，當唯此西江月爾。此月在吴王夫差盛時，亦曾朗照宫中之西施，不變而至今之物唯此，其他皆面目全非，甚可哀矣。感慨而觀之。

越中懷古

李白

越者，國名。中者，謂其中之意也。懷古者，思古而感慨今昔也。唐解謂，是亦覽古之作。

越王勾踐破吴歸，義士還家盡錦衣。宫女如花滿春殿，只今惟有鷓鴣飛。

越王勾踐傳詳於《史記》。**義士**出《左傳》，合義之軍，謂義兵；從隨之侍，謂義士。士爲武士之通稱。**鷓鴣**越國之鳥名。和無産。

言越王勾踐始爲吴王夫差所困，後終破吴而凱旋。軍士盡得褒獎，各衣錦而榮歸。越王亦達其所願，太平之世，如花宫女滿盛於春殿。聞之若此，而今見之，則其榮華不存，滿目寂寥。唯鷓鴣之飛古今不變爾。於此感古今之變化也。鷓鴣爲越鳥，今眼前見之，非如後人牽强用之。結句，見眼前荒蕪，因思古今盛事皆空，故謂懷古也。句三，謂花、謂春，述繁富全盛之期也。

與史郎中欽[一]　李白

史爲氏，郎中爲官，欽爲名。

一爲遷客去長沙，西望長安不見家。黄鶴樓中吹玉笛，江城五月落梅花。

遷客遷者，流放也。客者，不在其家，不在其國而居，皆爲客也。**家**《訓解》曰：太白未嘗家居長安，今云「不見家」者，或謂史欽之家。愚今不用此説。退之曰：「中世士大夫以官爲家。」此説穩。**玉笛**以玉爲飾之笛。此處非必有玉飾之笛，唯謂笛也。此等乃詩之文字。**江城**城者，非城郭，人聚居處謂城。**落梅花**笛曲名。

言我初爲左遷之身，自長安來此長沙。思念都城，望西方，而不見家也。旅思溢於言外。正此時于黄鶴樓之高樓上又聞笛音，其所吹乃《落梅花》之曲。旅思中又聞此曲，不堪聞而哀愈深也。

【校勘記】

［一］與史郎中欽：《全唐詩》卷一百八十二、《唐詩解》均作《與史郎中欽聽黄鶴樓上吹笛》。

春夜洛城洛陽城也**聞笛**　李白

誰家玉笛暗飛聲，散入春風滿洛城。此夜曲中聞折柳，何人不起故園情。

暗不知不覺之意也。雖不知誰家吹，却聞笛聲。「暗」字妙也！可玩味。**飛**聞音。

言春夜居洛陽城，忽聞笛聲傳來，不知是誰家所吹。其聲因春風之吹，而滿此洛陽城中。「散入」二字，和風吹旋之意。此静夜中所聞之笛曲，乃《折楊柳》也。此曲爲離别之曲，哀傷之歌。因憶離故園之時，遂頻念故鄉也。不限我一人，無論何人聞此曲，皆將起思鄉之情矣！感慨之。

春宫曲　王昌齡

春宫，意同宫詞之題，咏宫女之曲也。

昨夜風開露井桃，未央前殿月輪高。平陽歌舞新承寵，簾外春寒賜錦袍。

露井無簷之井也。**未央**宫名也。**前殿**宫前之殿也。**月輪高**月輪者，滿月也。高者，夜深也。**平陽**即平陽公主，漢武之女也。**歌舞**妓女。即日本之舞女。此時公主家中，有善舞者曰李延年，後爲武帝之後宮，即李夫人也[一]。**袍**《字書》曰：「朝服也。」此類日本之小袖。

言因昨夜之風，露井邊之桃花已開。誠知春暖至也。未央宮前殿春月團團，清朗明澈，春夜已深而高。此時平陽公主處，善舞之衛子夫得武帝之寵，雖已是春暖時節，然此月輪高掛之深夜，蓋亦寒也，故賜錦袍。詩謂漢武專色，以諷唐也。

【校勘記】

［一］李夫人：此處新井白蛾以李延年爲李夫人，誤。實爲李延年之妹。《漢書·外戚傳》：「孝武李夫人，本以倡進。初，夫人兄延年性知音，善歌舞，武帝愛之。每爲新聲變曲，聞者莫不感動。延年侍上起舞，歌曰：『北方有佳人，絶世而獨立，一顧傾人城，再顧傾人國。寧不知傾城與傾國，佳人難再得！』上嘆息曰：『善！世豈有此人乎？』平陽主因言延年有女弟，上乃召見之，實妙麗善舞。由是得幸。」

西宮春怨　王昌齡

長信宮在西，故謂西宮，君寵已衰之宮女所置之宮殿也。春怨者，謂春之怨也。

西宮夜静百花香，欲捲朱簾春恨長。斜抱雲和深見月，朧朧樹色隱昭陽。

朱簾以朱爲彩之簾也。唐解作「珠」，蓋因吴之美女貫細珠爲簾之故語也。又按，「朱」與「珠」通。

《漢書》有「以珠畫」。**斜**不正也。**雲和**瑟也。雲和乃山名，以此山之木作瑟，其聲清亮，故名。**朧朧**月出貌。**昭陽**宮名。

言春來百花開，其香氣夜静時尤甚。欲捲珠簾而賞，又思其難消惆悵春恨，不捲簾之處意味甚深。欲彈雲和訴思於月，然亦不堪彈，唯抱之以對月。欲望月，却又爲昭陽宮樹梢所遮，月隱而不能全見也。「深見」字意味最長。全篇寫出「怨」字，極佳也。《直解》曰：西宮美人望幸，以月比君王。又爲寵愛所奪，不得一訴也。細玩深字、隱字便得。

西宮秋怨　　王昌齡

芙蓉不及美人妝，水殿風來珠翠香。却恨含情掩秋扇，空懸明月待君王。

芙蓉荷花也。**水殿**水中之殿也。**珠翠**帳飾也。**掩**遮也，以扇擁面也，非「藏」意。**秋扇**非班姬故事中秋怨之扇也。**却恨**猶自恨。

此詩緣水殿而揚芙蓉之美，設比喻之詞。言芙蓉雖美，何及美人艷妝歟？誠不如矣。芙蓉池中水殿之内，珠翠帳下，美人獨居，吹來之風較花更香。「含情」者，含其思君王之情也。「掩秋扇」者，爲取君王憐愛之貌也。言我身君寵既衰，則知此夜此處，絶無君幸。然如此含取憐之情，作取愛之姿，雖明月之可愛亦空懸雲霄，而待無所幸之君王，甚無益也。作此情此態，嘆我身心之無依。不恨君王，却怨我身，「却」字係至下句之終。

長信宮名，班婕妤爲君棄後所住之殿也**秋詞**咏秋色之詩也。此詩本有三首，選其一　　王昌齡

真成薄命久尋思，夢見君王覺後疑。火照西宮知夜飲，分明複道奉恩時。

真成謂果然，俗云「果真」之意。「成」字無實義。**薄命**命運薄弱。**尋思**反復思忖也。**火**燈火也。**複道**似走廊，天子御幸之時，遮蔽而不使人見之之閣道也。

言我如此爲君所棄，果真薄命歟？或未爲薄命歟？尋思而寐之夢中，清晰可見君王之御幸，夢覺後更生疑也。追憶之餘，向昭陽宫望去，見其火燭之光，遍照西宫，料夜飲正歡。因思我亦曾如此連夜歡飲，亦於複道承蒙恩寵，歷歷分明，更疑薄命也。此「疑」之意，甚得女子之情。唐解以三、四句爲夢中景。

青樓曲　　王昌齡

妓女居之樓也。

白馬金鞍從武皇，旌旗十萬宿長楊。樓頭少婦鳴箏坐，遥見飛塵入建章。

武皇漢武帝也。其行迹似玄宗，故借比玄宗。**長楊**宫名也。本秦宫，漢武修之。**少婦**年少女子也。**箏**《字書》曰：樂器，以竹爲之，秦樂也。又秦蒙恬所造製，長三尺，弦十三柱，高三寸。如此則似今日本之琴。**建章**宫名，漢武所造。

言青樓少婦眺望夫婿之詞。華服出行，白馬金鞍，而從玄宗遊幸。如此踴躍盡華美而從遊幸，多至十萬餘人，旌旗飄揚之盛飾無可言狀。其夜則宿於長楊宫。翌日青樓少婦皆於青樓上彈琴端坐，遥望目送其歸。大軍踏飛街道塵土而歸建章宫，誠盛况也。此諷玄宗遊幸好色之事。在上既如此，在下之婦女亦如此淫於色，而望其夫婿也。

閨怨　王昌齡

謂閨中之思。此題大抵如日本和歌戀愛之題。

閨中少婦不知愁，春日凝妝上翠樓。忽見陌頭楊柳色，悔教夫壻覓封侯。

少婦人妻之年少者也。**凝**成也，停也，俗謂妝成之意也。**妝**化妝也。**翠樓**翠爲褒美之詞，非塗以青緑色。**陌頭**陌者，市鎮小路也。頭，爲詞綴，其旁之意。**夫壻**夫謂之壻，一作婿，婿爲俗字也。**封侯**受封某地，爲領主諸侯。矦、侯字同也。

言夫從軍離去，其妻雖居家而不憂其夫，未有離愁之色。日日梳妝打扮，妝畢即登樓，眺望春色，遊樂度日。忽見路邊之柳，心即生愁。夫壻從軍，往遥遠之邊鄙，立功揚名，可望封侯。雖爲立身出世，然若爲今日此心，則定止之不行矣，悔哉！見柳而生悔意處，其味不盡。《直解》云：少婦豈不知愁，但未見柳色，只馳神於夫壻功名耳。「忽見」「悔教」，自怨自惜。妙！妙！

出塞行　王昌齡

塞者，邊界也，又謂軍營。《出塞行》爲曲名也。

白草原頭望京師，黄河水流無盡時。秋天曠野行人絶，馬首東來知是誰。

白草原胡地之名。多白色草原，故名。又作「白花原」，朔方胡地近黄河處。**京師**京者大也，師謂衆也。都城，若其所集之人衆，則謂都城爲京師。**曠野**空廣謂曠，曠野者，無草木之原野也。

言白草原者，狄虜之地也，于此望京師方向，見大河曰黄河，奔流向前，無止盡。而此地茫茫曠野，又值寂寥秋天，故行人絶。于此寂寞原野，有人馬首東向而行，不知爲誰也。「知是誰」，謂迎面乘馬而過者，不知其人誰也。「來」字爲助字。是羡東歸者，傷我不得歸之詞。狀寫狄地之景妙也，其心中可察。

從軍行三首　　王昌齡

從將軍而行也，曲名也。《唐詩解》有五首。

烽火城西百尺樓，黄昏獨坐海風秋。更吹羌笛關山月，無那金閨萬里愁。

烽火城烽火者，狼煙也。戍卒守衛羌狄之界所居之所，謂之烽火城。**百尺樓**十丈高之樓也，即城中之櫓也。**羌**謂西方異族。「羌」作「羗」者，非也。**關山月**曲名。**金閨**指室家。

言烽火城西之櫓，高百尺許之樓也，獨坐其上，而無共語憂之友。望黄昏蕭索之氣色，時既爲秋，又近海邊，秋風烈烈而吹，景色淒凉，不堪看也。感時移、念身世，正深愁時，而聞羌笛之音，欲慰心而聽之，而所吹之曲乃《關山月》也。此笛曲述離别之情，更不堪聞，愈添悲嘆之思。「更」字有深味。是故憶金閨而頻懷戀，雖欲飛往，然故鄉萬里相隔，無那此愁哉！嘆之也。真情有餘。

其二

青海長雲暗雪山，孤城遥望玉門關。黄沙百戰穿金甲，不破樓蘭終不還。

青海臨羌之西，卑禾海之名也。非水海也。**暗**陰暗也。**長雲**謂雲聳起。**雪山**即天山也。盛夏有雪，故名。**孤城**即烽火城。孤爲獨立之意。**玉門關**地名。**黃沙**謂匈奴之地。平沙漠漠狀。**穿金甲**金甲，猶言甲冑。穿爲穿鑿之意，鎧甲損壞也。又一説，穿爲附着之義也。**樓蘭**國名也，嘗殺漢使者數。後漢有傅介子者，殺樓蘭王，持其首而歸漢。今以此比夷狄之國王。

言有邊地謂青海者，長雲連綿成片，直至雪山，東西景象昏暗可怖。登烽火城遥望，見玉門關。因思何時可越此關而歸故鄉耶？不安而望之。然又重振精神，既肩負君命，不當思念故鄉，唯于此黃沙戰場，會戰百千回，即便鎧甲因霜而朽，不擊破樓蘭，終不還故鄉也。勇壯忠臣之志可仰矣。

其三

秦時明月漢時關，萬里長征人未還。但使龍城飛將在，不教胡馬度陰山。

秦朝代名，始皇領有天下之號。**漢**朝代名，漢高祖領有天下之號。**龍城**爲禦匈奴，置戍卒之城名也。龍城，匈奴單于祭天，大會諸侯，名其處爲龍城。龍城，匈奴大集處也。《漢書·武帝紀》。**飛將**漢之李廣將軍，匈奴號爲「飛將軍」。**陰山**中國與北狄之界山也。東西千餘里，草木茂盛。

起句謂交互之文，以字交置於上下也。秦之時代、漢之時代，均見關山月之義。謂自古至今，征人不絶也。不可分別，而以秦時爲明月，漢時爲關山。此詩意爲自中國遠道而來，至此異族國界，既爲軍卒之身，不知明日生死。望月出於關山之山端，如見三笠山之月出，思故鄉、别妻兒之悲，見月則百感交集，悲從中來。非唯今日我等如此也，自昔秦漢時，爲征伐匈奴備戰既久，其秦漢時人見此關山明月，思戀故鄉妻兒者，不亦多乎？而此關山明月令人憂悲久矣！深感慨之。然則如此傷情者何哉？自都城經萬里路途來此征戍，或戰死，或病死，無病無災歸還鄉里者少。思之益爲胸塞，自秦漢以來征戍而不還者亦可想像矣。又因此而嘆惋者，此龍城無得力大將；若有如昔日李廣之名將，敵亦稱之「飛將軍」之大將在，必不使胡馬在邊界陰山内探足也！謂今胡馬時時越過陰山，有深憾之意。忠臣奮發之情溢於言表。

梁苑　王昌齡

漢梁孝王之苑也。

梁園秋竹古時煙，城外風悲欲暮天。萬乘旌旗何處在，平臺賓客有誰憐。

梁園東苑方三百里，苑中造作宫觀山池，夥集種種珍奇草木禽獸也。謂修竹園者，有賞竹之勝地。**萬乘**謂萬乘之國者，天子之國都也。梁孝王受賜天子旌旗，出入從千乘萬騎，窮奢極欲之人也。梁苑詳見《史記》。**平臺**即在園中，臺名也。梁孝王與宫人、賓客聚樂之臺也。

言梁苑乃極盡奢華之所，今眼前之荒廢，非復古時之景色也。唯秋竹如煙，古時當亦如斯。梁苑城外悲風勁吹，薄暮時分，寂寞更甚，悲傷最不堪。由是而思，孝王受賜天子規制，暨華麗旌旗，引領千萬人衆而示榮耀，如今何在？又衆賓客於平臺遊樂，今誰獨存而可憐哉？言之者亦無矣。古今之世變也！感慨遂深。一説，賓客既亡，縱今日得存，若無梁王，有誰知其才、憐其才歟？言己之不遇。亦通。

芙蓉樓鎮江府城上西北隅之樓名也**辛漸**人之姓名[一]　　王昌齡

寒雨連江夜入吳[二]，**平明送客楚山孤**。**洛陽親友如相問**，**一片冰心在玉壺**。

吳楚地之名。**一片**謂「唯一」之意。「片」字，助字也。**冰心**按冰心猶言寒心，心不安、衰悴之意。謂遠流之身，常懷愁緒。**玉壺**玉製之壺也。然「玉」字無意義，唯當作壺解。此酒壺也。

言我入此地時，降寒雨，江水雨色相連，且至此吳地已入夜，愁悶而懶。今于此平明送客往洛陽，天氣晴好，幸甚。客越楚山赴京，獨留我孤望楚山，更爲不捨。抵都城後，若有知我者相問，可與言：王昌齡居於邊鄙，日暮思戀都城，身無樂事，心中如冰。忘憂之物，除酒外更無友，心只在此酒壺中也。言外有餘韻，如唐解者非其理也。

【校勘記】

［一］芙蓉樓辛漸：《全唐詩》卷一百四十三作《芙蓉樓送辛漸》。

［二］寒雨連江夜入吴：《全唐詩》卷一百四十三作「寒雨連天夜入湖」。

薛大人之姓名**安陸**安州之郡名［一］　王昌齡

津頭雲雨暗湘山，遷客離憂楚地顔。遥送扁舟安陸郡，天邊何處穆陵關。

津頭津者，水會、港口之意；頭者，其附近也。津頭爲乘舟處也。**湘山**洞庭湖中之山也。即洞庭山。**遷客**謂左遷之人，昌齡自稱。**扁舟**小舟也。**穆陵關**青州有大峴山，其山上之關所也。

言薛大往安陸郡，送至渡口，其日重雲密佈，湘山亦晦暗而難辨。我爲遷客，更增離别之憂傷。「楚地顔」者，痛楚之意也，此時雲雨晦暗，皆有憂，故曰「楚地顔」。目送君舟，望安陸方向，穆關既在高如天邊之處，應可見之。然今日其山竟亦不見，則無處可追慕君之行迹矣。惜别之情切。或以爲末句自羡到其地耳，亦通。

【校勘記】

［一］薛大安陸：《全唐詩》卷一百四十三作《送薛大赴安陸》。

魏二［一］　王昌齡

魏爲氏，二爲序次之意。解見前。

醉别江樓橘柚香，江風引雨入船凉。憶君遥在湘山月，愁聽清猿夢裏長。

江樓江邊之樓。

言於水邊高樓，以橘柚之香勸酒，醉飲作别。依依不捨共至船中，時有雨降，隨江風而入船，忽感清凉，酒爲吹醒，更傷别也。思君所至之地，乃有洞庭月之勝迹，若望月出湘山，又聞衆猿之聲，則與月共生悲矣，故謂「愁聽」。「清」謂啼聲清越響亮。「夢裏」者，非必夢中見聞，唯謂寢中也。臨别之時而思所往之地旅懷寂寞，言外自知其交情深切。一謂夢我而夢亦長，蛇足也。

【校勘記】

［一］魏二：《全唐詩》卷一百四十三作《送魏二》。

盧溪[一]　王昌齡

本水名也，在辰州。唐時爲縣名。

武陵溪口駐扁舟，溪水隨君向北流。行到荆門上三峽，莫將孤月對猿愁。

武陵溪盧溪爲縣名，武陵爲水名，俱在辰州。**荆門**地名，前有解。**三峽**同上。

言于武陵溪入口，繫小舟，换乘此舟，棹於溪水，北向而行。因此水亦北流，故若隨君而俱也。是無他人送行之意。若去至荆門，則又將上山路曰「三峽」。彼猿多之處，聽其聲而生悲，又深夜對凄清孤月，莫聽莫聞哉！孤月與猿聲相對，見之聞之，不悲亦哀者也。

【校勘記】

[一]盧溪：《全唐詩》卷一百四十三作《盧溪主（一作别）人》。

重别李氏評事官也　王昌齡

重者，重戀之義，非「再」也。

莫道秋江離別難，舟船明日是長安。吴姬緩舞留君醉，隨意青楓白露寒。

秋江謂秋時江邊離別。**離別難**唐之新樂，送別之曲也。一句曰離別。**吴姬**吴爲國名，此國多美女。姬，女之美稱也。此曰「吴姬」者，妓女也，類日本之舞女。**隨意**雖有「隨心」之意，此則意爲俗言之「任憑」。**楓**木名也，不可以其爲日本之紅葉。楓樹，和無産，二十年來，始由中華獻上，如今花肆有之。又謂朝鮮紅葉或唐紅葉也。此木至秋葉紅。

言時值秋，于此水邊分別，不捨也。人常謂離別爲難，然不可信。何哉？君今日於此處乘此舟，明日非長安路上之人歟？然則非謂離別難也。此表面詞激，實含莫唱離別難之曲，因其增別愁而不堪之意。三、四句，唤吴妓而緩舞，君且盡醉。天明即爲長安路上人，互酌之日不知何時，因與君飲酒夜宴，唯以今夜盡離別之情。見青楓浮露而寒，夜更深矣，且隨它去，再飲再飲！勸之也。

少年行　　王維

以「行」體叙少年事也，咏少年武士之英勇。唐解有二首。

出身仕漢羽林郎，初隨驃騎戰漁陽。孰知不向邊庭苦，縱死猶聞俠骨香。

出身謂初致宦，初仕也。**羽林郎**主掌天子宿衛之役。天子親御軍兵之處曰羽林軍，其中之士名羽林郎。**驃騎**漢武元狩年中，霍去病爲驃騎將軍。驃，勁急貌。借用霍氏之事，以爲從將軍之意。**漁陽**郡名。**邊庭**邊者，邊鄙也。庭者，朝庭之義也。若從邊軍亦朝廷之命令，則謂庭。按，庭與廷不同，非朝廷之義。庭意爲場，邊戍軍場也。**俠骨**同是非爲俠。又俠者，挾也，謂以權力挾輔人者也。日本之俠客、好漢也。

言此少年武士初出仕宦，不仕諸侯，直仕漢朝而爲羽林郎，屬驃騎將軍麾下，戰於漁陽，顯武勇，有戰功。三、四句，少年武士既出奉邊庭，則苦否、抑或誰知其苦否，皆不必问也。勞苦自不必言，縱戰死亦當無悔。若死，則果絶赴死，將傳佳名於末代也。身死成骨，而名譽顯揚，謂俠骨香。俠骨者，戰骨也。此少年明知邊庭之苦而不厭，且不惜性命，唯事美名。志氣壯哉。

九月九日憶山中兄弟

王維

《直解》《品彙》皆作「山中」。作「山東」爲是。

獨在異鄉爲異客，每逢佳節倍思親。遥知兄弟登高處，遍插茱萸少一人。

獨昆弟之中唯我爲獨。**登高**費長房九日故事，見《訓解》之註。**茱萸**吴茱萸也，此物能辟惡氣。又有食茱萸者，與此同類而種別。**親**家族。

言我獨離家，與父母兄弟別，居他國而爲他國客。日常即無忘父母兄弟，于佳節吉日，倍思親族。於此地遥想，今日爲九月九日，定依例而登高，人人首插茱萸。彼將念父子兄弟共慶之時少我一人也。此詩爲王維十七歲時之作，字句平淡，兄弟怡怡之情，可謂切矣。

與盧氏**員外**官**象**名**過**行也**崔**氏**處士**日本謂浪人士也，然因故未仕宦，多稱有卓操之人**興宗**字**林亭**雖用亭字，含草庵之義　　王維

緑樹重陰蓋四鄰，青苔日厚自無塵。科頭箕踞長松下，白眼看他世上人。

緑樹樹茂盛，色緑。**重陰**樹葉重疊致陰暗。**鄰**五家謂鄰。除己一家，四方四鄰。**科頭**或謂不著兜鍪而入敵。又，冠亦謂鍪。此謂結髪而不著冠，亂首而居者。不拘禮容之貌。**箕踞**放兩足，箕形而踞，甚傲慢之貌也。**白眼**睨也。晋阮籍見俗物則白眼睨之，見賢者則轉青眼。含此典故。

言崔興宗林亭之樹林，枝繁葉茂，枝葉重疊交錯，垂向四方，至覆蓋鄰家也。庭中青苔，日厚而生，自然潔净而無積塵。上句謂林亭之幽，次句謂人迹罕至。人罕踏，苔自厚。而主人崔興宗亂首而不著禮冠，於松下舒兩足，如箕之張。遇其他世上俗人，輒白眼睨之。不雜浮世之塵，其真爲隱居之賢者也！

送韋姓**評事**官　王維

欲逐將軍取右賢，沙場走馬向居延。遥知漢使蕭關外，愁見孤城落日邊。

逐將軍跟從大將也。**右賢**匈奴右賢王。此處不限右賢，謂取敵大將也。**居延**匈奴中地，城名也。**漢使**漢，謂漢帝之命；使，爲使者之意。謂受將軍命而赴敵國。凡唐詩中，謂漢者，忌當代而以漢作比也，前後篇中不一一作註，可推知也。**蕭關**關名。此關之外爲匈奴之地。

言韋評事爲勇猛之人，欲從將軍赴敵陣而討取大將。走馬沙場，將向居延城而取之。然由是遥知，雖武勇之漢使，於蕭關外邊鄙之地，定亦思鄉也。望孤城落日之邊，向之英勇氣亦屈，而生愁思。此人情之同也，當於此勉勵之意。

送沈子福姓字**之**出也，往也**江南**楚地之名，江水之南。自河而北謂江北。按本集作《送沈福歸江東》，宜從之。然則結句自應讀作送君而君歸，如讀作送君而我歸，似爲不穩[一]　王維

楊柳渡頭行客稀，罟師盪槳向臨圻。唯有相思似春色，江南江北送君歸。

罟師漁夫。罟，本爲網之總稱，後世以罟爲捕魚網，而以網爲捕鳥網。**盪**盪爲推也，與《論語》「羿善射奡盪舟」之「盪」同。**槳**《字彙》釋曰：縱曰櫓，横曰槳。櫓縱用之，槳横用之。行舟之具也。杜子美句中亦有「不有小舟能蕩槳，百壺那送酒如泉」。《楚詞》亦有「桂棹兮蘭槳」。**圻**圻，通「碕」，曲岸頭也。**相思**戀慕之思爲切。

言送君旅行，來此渡頭，見路邊楊柳生長茂盛，樹蔭森森，行客稀少。所來之人唯見罟師小舟盪槳，欲向臨此渡頭也。是所見蕭條落寞之象，於如此之地送別，不捨之情更甚。此句不言別情，而自然彌增其哀。凡詩不可解之處，當由此類推之。我唯君不忘之相思，若此春色之盛。君往江南，或適江北，不論君歸何處，必送達此相思也。謂身雖別而心不忘。

【校勘記】

［一］送沈子福之江南：《全唐詩》卷一百二十八作《送沈子歸江東》，題下注：「一作《送沈子福之》。」

春思二首　賈至

樂府也。

草色青青柳色黄，桃花歷亂李花香。東風不爲吹愁去，春日偏能惹恨長。

柳黄柳花其蕊黄，因謂黄，柳絮色白。**歷亂**繁花爛漫貌。**惹**誘也。

言今見春盛妝，草色青青而生，柳因開黄蕊而呈黄色。桃花爛漫，李花亦盛，春色競美而香。春景雖有如此意趣，然我則有恨於此東風，其爲百花吹動花開，而不爲我吹散此愁。此春日偏能引出心中之長恨，却又不吹解也。

其二

紅粉當壚弱柳垂，金花臘酒解酴醾。笙歌日暮能留客，醉殺長安輕薄兒。

紅粉女子也。**壚**賣酒處也。壘土置酒甕處。**金花**酒色也，醇酒者也，猶琥珀之光。**臘酒**臘者，嚴冬也。臘酒，寒天製之。**解**以此字爲解醒之意者，大非也。明儒尚未知「解」字何意，自昔能釋此字者少矣。愚今且用「解，判也」之意。俟後世君子正解。**酴醾**《唐詩解》引《玉篇》曰：「酴醾，麥酒也，不去滓飲。」愚按酴醾，本酒名也，借作花名。此物《本草綱目》不載，出《事物紺珠》。前輩多訓之爲棣棠，非也。作花名時，和名頭巾薔薇者也。而此詩，有釋作以花入酒之義者，甚非也。蓋酴醾花因酒得其名，今以花釋酒，甚爲顛倒。《字彙》曰：酴醾，重釀酒也。由此推之，酴醾當類似我朝火入直酒。**醉殺**謂醉爾，「殺」爲付字。

輕薄兒輕率之人，易變心者也。

言美妝之女當乎置酒甕之壚，酒肆門前垂柳之枝因風微動。此情此景甚引人心，是酒家所見風流之象也。此酒肆之酒亦上好濃酒，其色如金花，且爲去年冬釀。解判其與世上平常酴醾不同，特爲醇酒也。加之上述紅粉佳人，於座間笙歌助興，諸客遊興起而不覺日暮，常爲留居。是故長安輕薄兒等皆爲醉殺也。

西亭春望　賈至

日長風暖柳青青，北雁歸飛入窅冥。岳陽城上聞吹笛，能使春心滿洞庭。

窅冥窅者，深邃貌；冥者，昏幽也。

言春至而日亦長，風亦暖，柳色亦青青。嫩葉可愛之時，見北國之來雁，飛歸北國，如入窅冥雲間，漸幽遠而不見。於此望春之時，而聞岳陽城邊吹笛之聲，良使思春之心，滿於洞庭湖之廣。實則心茫然於笛聲而望春色也。

初至巴陵地名李姓十二排行前出白名[一]　賈至

楓岸紛紛落葉多，洞庭秋水晚來波。乘興輕舟無近遠，白雲明月吊湘娥。

楓見前。**紛紛**亂貌。**湘娥**即湘君者，解見上。娥，訓爲貌美，美二女之詞。

言此地楓樹衆多，岸皆紅葉，紛紛而飛散。其景色應如我朝高雄山之風景。洞庭者，秋興之名勝。晚來湖水波動中，楓葉紛飛散流之風景，溢於言外如見。乘此興而棹小舟，無論遠近，任意迴環。其間月已明而白雲浮出。興來之夜，將往湘君御廟之黄陵廟參拜也。可謂幽妙真景。

【校勘記】

［一］初至巴陵李十二白：《全唐詩》卷二百三十五作《初至巴陵與李十二白裴九同泛洞庭湖》。底本於題下有手書「排名者見《史館茗話》」。

送李姓**侍郎**官**赴常州**　　賈至

雪晴雲散北風寒，楚水吴山道路難。今日送君須盡醉，明朝相憶路漫漫。

吴山楚地之山也。**漫漫**水廣大貌，借謂遠意。

言此間雪天，今日雖雪晴雲散而尚有殘雪，北風吹寒。此時節之旅行，當必苦辛。而赴常州之路，將渡楚水、越吴山，險處甚多，殊爲難行也。如此，則今日勸飲餞别之酒，請暢飲盡醉。明日别後，君亦憶我，我亦懷君，互爲相思。然漫漫遠路，雖如何思之，亦無益矣。勸至明日之酒也。

岳陽樓重宴別王姓八排行員外官貶長沙

賈至

江路東連千里潮，青雲北望紫微遥。莫道巴陵湖水闊，長沙南畔更蕭條。

青雲謂天涯遠色，非升官意。**紫微**謂禁中，解見上。此可以京師意解。言君今所赴之長沙，與此巴陵有舟路，潮水亦通。然其路遠隔千里，相逢者當亦爲希，更惜别也。君往其地，將彌懷思紫微，然北望都城方向，只見青天，去地益遠，而戀心益增。今我居此巴陵，莫道此處湖水闊而寂寥，君往之長沙，乃較此更遠之南畔，較巴陵亦更蕭條之所也。京師繁華之地不可住，而居於邊鄙之地，必悵然而生悲，我亦同於是也。言外有餘情。

封大夫破播仙凱歌[一]

岑參

封大夫封爲姓，大夫爲官，字謂常清者也。**破**破敵致勝。**播仙**西戎名，吐蕃之屬國。**凱歌**軍中得勝歸來時唱歌，此謂凱歌。故軍隊得勝歸來，謂凱陣

唐天寶六年，有高仙芝者，爲安西節度使，攻西戎，以封常清爲判官，破吐蕃。其時岑參從封大夫軍，

故詩及此時。

漢將承恩西破戎，捷書先奏未央宫。天子豫開麟閣待，秖今誰數貳師功。

漢將借漢喻常清。**捷書**捷，訓爲敏疾。又急報也。又報勝曰捷。**豫**先也，此前之意。**未央宫**殿名。**麟閣**蕭何所造麒麟閣也。此閣，圖畫漢朝有軍功之人置於此閣也。故今亦爲獎賞軍事之所。**貳師**漢武帝寵妾李夫人之兄李廣利，爲貳師將軍，往貳師城，伐大宛國，取貳師城所藏之善馬數十匹歸來，封廣利爲海西侯。廣利雖非名將，然因今所征之地同，遂引用之以讚封大夫。

言漢將承天子之恩命，攻破西戎吐蕃。大軍得勝，速遞捷書至京，奏報未央宫。天子得聞，感其軍功，開麒麟閣，而豫待其歸也。是以封大夫之功筆於圖畫之意。此次封大夫之功莫大，非古之廣利者可比。故人皆以爲廣利之功不足數也。此褒獎封大夫之辭。唐解評注曰：待者，待其入朝而圖之也。正與先奏相應。

其二

日落轅門鼓角鳴，千群面縛出蕃城。洗兵魚海雲迎陣，秣馬龍堆月照營。

轅門戰場上以車爲陣，謂轅與轅相向而合爲門。**角**笛之類也。謂大角者，軍器也，羌胡吹之以驚中國之馬也。**千群**聚千人之群。**面縛**反手而縛，只見面也。**蕃城**胡人城也。**兵**謂兵器。**魚海**縣名也。**秣**謂以穀類飼馬，養馬也。**龍堆**匈奴之地名也。堆沙似龍形，故名。**營**謂軍營。

言破西戎而還軍，時已日落，鳴大鼓大角之軍器于轅門邊。近千人反手受縛自蕃城中引出。戰事已終，兵器之穢於魚海之地洗之，雲氣亦如出迎。于龍堆處秣馬，緩緩凱旋，月亦朗照營中，初見明月之感，得閑暇也。

【校勘記】

［一］封大夫破播仙凱歌：《全唐詩》卷二百一作《獻封大夫破播仙凱歌》。

苜蓿烽寄家人［一］　岑參

苜蓿烽邊逢立春，葫蘆河上淚沾巾。閨中只是空相憶，不見沙場愁殺人。

苜蓿烽玉門關外皆屬西戎之地，故自中國置衛戍軍，以備不測。然玉關以外無驛亭，又無山嶺，乃曠蕩之地，故易失方向，常升烽火以作標識。其烽火升處，玉關之外有五，此苜蓿烽亦其中之一也。此地爲通往西域之道路。○按苜蓿者，草名。大宛國有苜蓿原，此草可飼馬。漢張騫擕之而返中國，種于離宮。苜蓿烽或因在苜蓿原而得名歟?**葫蘆河**此河亦在玉關之外，據傳上狹下闊，洄波甚急，深不可渡。**閨中**謂妻。

言出玉門關，過苜蓿烽邊時，恰逢立春也。因思將於此邊地之葫蘆河上迎正月，輒淚流沾巾。巾爲衣巾，日本所謂濕衣袖之意也。而於此悵然中，更憶故鄉。料閨中妻兒亦如我之思而思我，悲愁度日矣。然相隔萬里之思，故謂空憶；又因互爲思念，故謂相憶。此句爲王維「每逢佳節倍思親」之意。正月而在窮途，故特懷思故鄉，其情益深。而此沙場淒然可怖之景色，雖謂立春，不似都城之春，此所以立河邊而沾袖也。若妻兒直見我愁殺之態，則必悲傷也；唯不能直見，而徒空憶矣。沙場景象不堪視，心中之苦有餘。或以「人」字泛指來沙場之人，亦通。

【校勘記】

[一]苜蓿烽寄家人：《全唐詩》卷二百一作《題苜蓿峰寄家人》。

玉關寄長安李姓主簿官　岑參

東去長安萬里餘，故人那惜一行書。玉關西望腸堪斷，況復明朝是歲除。

故人舊友也。**玉關**在敦煌郡隆勒縣。**歲除**歲暮也。

言我來玉關，此身現在東去長安萬里餘，西不知邊際之處。君定知我之無依，既爲故人，當寄書傳信於我，怎不與一行？惜之焉？我來此玉關，離故鄉萬里之餘，西望唯見無邊之戎國，不堪望之，思如腸斷也。何況明日歲除，新年將至，心中之悲不可言狀，真可憐也。是「詩可以怨」之意。

逢入京使　岑參

途中遇由西戎入京之人，請代爲傳言家人也。

故園東望路漫漫，雙袖龍鍾淚不乾。馬上相逢無紙筆，憑君傳語報平安。

故園故鄉也。**雙袖**兩袖也。**龍鍾**行而不進貌，左右兩袖以拭淚之意。又雙袖沾淚不乾，悲愁不能進也。倒法也。

言途中與上京使者相遇，我亦欲歸也，望故鄉之方而羨東行之人。反覆思量，我路程漫漫而遠來此極西之地哉！望故鄉天空而生悲，不禁淚沾雙袖。謂「淚不乾」，意爲淚無暇乾，自有味也。淚目久之而龍鍾。相逢於馬上，幸得託便，然無紙筆，僅可傳言，請至我家中，報之家人：岑參平安也。書劄不可寄，有不盡之味。又「平安」之字意味深長，平安存命之處，憂苦多也。

磧中作　　岑參

沙漠曰磧。此應作於前詩「愁煞人」之沙場邊。

走馬西來欲到天，辭家見月兩回圓。今夜不知何處宿，平沙萬里絶人煙。

人煙居民朝夕生煙者。

言乘馬向西，行旅甚久，幾以爲行盡地涯，以至天邊。自我辭家，見月圓兩回。雖經日月之數，然行處未定，今夜亦不知將宿何處。一時走馬行進，而四望唯平沙萬里，絶無人煙。既不見人家，則不可住矣。思之惶惶。遠行日久，身心勞苦，於征旅之風情如見。○起句「到天」之句述西域者，甚寬曠。○岑參赴西戎，時從封常清，據傳諸詩作於此時。

虢州屬漢之弘農郡，河南道之地名也**後亭**驛亭也**李**姓**判官**官**晉絳**二州之名：晉州爲平陽郡，絳州爲絳郡。皆屬河東道**得秋字**謂最初得用秋字韻之句。即此詩先得結句，隨之作押同韻之句而成也[一]

岑參

西原驛路掛城頭，客散江亭雨未休。君去試看汾水上，白雲猶似漢時秋。

西原地名也。**驛路**馬驛。**汾水**水名也。**散**別也。

言西原驛路地勢高，望之如掛於城上。客自江邊之亭散，赴彼山坡途中，雨降不止，降而不止，途中更難行也。行旅易倦，望途中之古迹，可慰旅懷。君去至汾河之上，試看彼汾河，乃昔漢武帝泛樓船，與群臣酒宴聚樂之處。而漢家繁榮今無一留，所留之物，唯武帝所作「秋風起兮白雲飛」中之「白雲」，示知秋之不變也。世事皆如此，君可尋途中古迹而察事變也。

【校勘記】

［一］虢州後亭李判官晋絳得秋字：底本「判官」原作「官判」，據《全唐詩》卷二百一改，《全唐詩》作《虢州後亭送李判官使赴晋絳（得秋字）》。

送人還京［一］　岑參

匹馬西來天外歸，揚鞭只共鳥争飛。送君九月交河北，雪裏題詩淚滿衣。

匹馬唯言馬爾。布帛四丈爲匹，馬影四丈，故借謂馬曰匹。亦可用作疋馬。**交河**在西州，河名也。此河水分流繞城下，因名交河。

言騎馬自西向東返京，可謂自天外而歸。以天謂中國之地以外，至遠之意也。此自西戎偏鄙之地而歸都城，喜悦興奮，歸心切切，揚鞭疾馳，其速似與鳥争飛。今送君歸京，來此交河之北，時雖九月，此地寒氣重，雪已降積。於此雪中題詩贈君，思我留此偏鄙之地，甚念都城，淚下而滿衣。欽羡、離別、邊土氣候惡劣，所以淚滿衣也。

【校勘記】

［一］送人還京：《全唐詩》卷二百 一作《送崔子還京》。

赴北庭地名**度隴**山名**思家**　岑參

西向輪臺萬里餘，也知鄉信日應疏。隴山鸚鵡能言語，爲報家人數寄書。

輪臺西域地名。**也**辭。**隴山**山名也，在隴州，此山多鸚鵡。**鸚鵡**鳥名，狀如鴞。青羽赤喙，如人能言。

言赴北庭而向西方所謂輪臺之處者，故鄉漸遠，隔萬餘里。然則故鄉書信亦當日疏也。今越此隴山，對鸚鵡言：「君既能言善語，則我家人若來此隴山，請爲我告：岑參漸行漸遠，故鄉漸遠漸疏。從今往後，望時時寄送書簡。」慮音書漸絶也。

酒泉太守席上醉後作　岑參

於酒泉郡太守饗宴座席，酒酣後所作。

酒泉太守能劍舞，高堂置酒夜擊鼓。胡笳一曲斷人腸，坐客相看淚如雨。

酒泉漢時置酒泉郡，城下有金泉，其味如酒，故名。**高堂**謂家之大。**胡笳**胡人捲蘆葉而吹之笛也。言酒泉郡太守設宴，其善於劍舞，於宴飲間舞之極佳，故曰能。高堂置酒之人，亦及夜宴而擊鼓，奏一曲爲樂。而又添胡笳一曲，聞其聲而忽悲，腸如寸斷，酒興亦醒。坐中客人亦互爲對視，無言而淚下如雨，不覺悲嘆也。聞此笳，如與胡會戰之時。思故鄉而增邊愁也。

送劉判官官赴磧西磧中之註見前，當爲其西[一]　岑參

火山五月行人少，看君馬去疾如鳥。都使行營太白西，角聲一動胡天曉。

火山夏日大熱，土受熱氣色近紅，故名火山。非《述異記》之南方火山。**都使**指劉判官。守胡之官，謂都護，故又謂都使。**行營**軍營。**太白**山名，在鳳翔郿縣，冬夏雪不消，望之常皓然，故名。**角**大角也，

見前。

言火山近五月，已甚炎熱，此地行人甚少。而劉判官爲勇猛之人，重功名，鞭馬而行，其疾如鳥飛。勇氣不撓也。都使前往之軍營，在太白山之西，近胡地。天曉時，聞胡人吹大角之聲，英勇之氣概頓減，轉而思戀故鄉。與前出王維「孤城落日邊」同意。

【校勘記】

[一]送劉判官赴磧西：《全唐詩》卷二百一作《武威送劉判官赴磧西行軍》。

山房春事　岑參

詠梁園之春色。

梁園日暮亂飛鴉，極目蕭條三兩家。庭樹不知人去盡，春來還發舊時花。

梁園梁孝王之園也，見前。**鴉**烏與鴉，和名「大嘴烏」及「山鴉」，另有慈烏等别類。但詩家不别其義，通用之也。**極目**遠望。**蕭條**冷落也。

言古梁孝王在世之時，苑囿何其華麗。而今來此地，見荒廢無一人遊覽。日暮時分，山鴉求宿，成群亂飛。可悲之氣色也。再極目而望，古之宫殿樓閣，所剩爲何？蕭條山間，兩三小屋，散見於幾處，僅此而已。世間之變，而荒廢如此，不勝感慨。然庭中樹木，不知昔日繁昌時之人盡亡去，還如昔日之時，春來則開花，益不勝感慨也。黄昏之花，開于無人見之冷落處，亦應自憐。此詩以有情對無情，有情者，悲昔日之榮華轉爲今日之蕭條，以對無情，更悲有情矣。

寄孫姓**山人**遠離世事於山中隱居之人也　　儲光羲

新林二月孤舟還，水滿清江花滿山。借問故園隱君子，時時來往住人間。

新林浦之名也。**隱君子**本稱老子之詞，今借比孫山人。**還**往還之意，非歸還之還。

有人于新林浦乘孤舟經往，時值二月積雪消融，水亦滿於清江，花亦滿於衆山。春色景象可人，正當遊望之時。借問此舟，非故園之隱君子乎？竊聞山人時時往來世上，與人結交而居。意其定爲此春色所誘，而與人相來往也。蓋諷隱士之有俗情者。

贈花卿　　杜甫

本集註曰：「花卿，名敬定，劍南節度。」

錦城絲管日紛紛，半入江風半入雲。此曲秪應天上有，人間能得幾回聞。

錦城蜀成都府名「錦官城」。**絲管**絲謂琴瑟之類，管謂簫之類。亦謂管弦。**紛紛**《直解》註：盛也。

言花卿於此錦城日日奏樂，故絲竹之音紛紛而盛。其妙音若低，則半入江風；若高，則半入雲中作響。感其妙音，疑此曲當爲天人奏天上之樂，實非人世間所有。若爲人世間之樂，則如此妙音，不得如此幾回聞也。「能」者，仔細聽聞之意。若爲人世間樂，則不得常妙；若常聞而回回妙，則必爲天上之樂。讚美之也。《直解》及唐解評注，皆以爲讚美之辭，當也。不應如《訓解》。

重贈鄭錬　杜甫

《唐詩解》無「重」字，有「赴襄陽」三字。鄭爲姓，錬爲名也。

鄭子將行罷使臣，囊無一物獻尊親。江山路遠羈離日，裘馬誰爲感激人。

羈離启程也。**裘馬**輕裘肥馬之義，謂貴官之人。

言此鄭子爲有孝心清操之人，今將罷使臣而歸故鄉。囊中無一物之儲，歸故土而無物以進尊親。可知其平生有仕宦而無私欲也。然歸路遥遠，渡江越山，如此無積貯而启程，而貴官富有之人，無人感激而稱其清操。嘆世人之淺薄，貪利欲也。

奉和嚴姓**武**名**軍城**屯聚之所**早秋**[一]　杜甫

秋風嫋嫋動高旌，玉帳分弓射虜營。已收滴博雲間戍，欲奪蓬婆雪外城。

嫋嫋風吹動而飄飄貌。**玉帳**將軍之帳也。**滴博**城名也，在西山。**雲間**謂高。**蓬婆**蕃之城名。**雪外**謂雪山。雖謂山外，此雪中遥望也。

言軍城旌旗於秋風中高高翻動。將軍傳討虜之兵略，令衆軍士分弓射敵。我方之城謂滴博城，高而如在雲間，守城士兵集於城中。雪中遥望有胡城曰蓬婆城者，將奪取之也。句二曰兵法之備，非謂自取弓而射也。蓋胡人至秋而攻中國，故秋時猶須備戰。又此詩謂早秋雪中之景，見邊塞氣候之偏，可倍感戍卒艱苦。

【校勘記】

[一]奉和嚴武軍城早秋：《全唐詩》卷二百二十八作《奉和嚴大夫軍城早秋》。

解悶　杜甫

心煩，鬱鬱而思謂悶。解者，使所結之氣散也。

一辭故國十經秋，每見秋瓜憶故丘。今日南湖采薇蕨，何人爲覓鄭瓜州。

瓜甜瓜也。**故丘**故鄉也。**故國**指長安，東陵侯有名瓜。**覓**求也。**瓜州**本地名，此爲鄭監者之號。言自我辭故國，已經十年之春秋。至秋而見瓜，即憶故鄉之名瓜，而心悶稍解。今日無瓜而采薇蕨，心中苦悶，懷戀故國。因謂聞有鄭秘監審號瓜州者，謫居近處，何人爲我寻覓之而令相會耶？鄭瓜州謂故人，特因瓜之名而解悶也，是詩人風流之奇語。

書堂讀書處、學文處也飲酒宴也既夜自白晝至深更復夜深人歸，時李尚書來，復招歸人也李姓尚書官下馬月下賦作此詩也[一]　杜甫

湖月林風相與清，殘尊下馬復同傾。久拚野鶴如雙鬢，遮莫鄰鷄下五更。

拚棄也。「拚」爲「拌」字之俗字也。**鬂**《直解》曰音柄。按此字爲鬢之俗字。**遮莫**唐解注：遮莫，俚

語，猶言儘教也。和語訓爲「如此則云云」，俗謂任何。

言月移湖水，風過樹林，相與爲清。欲歸，則枉費此景，幸李尚書來訪，晝飲殘樽未空，復下馬相傾一醉。我已年老，兩鬢全白如鶴，身衰而拚却世上之交。然今與君相醉，我雖老而興不減。遮莫至鄰鷄告五更之前，徹夜共豪飲可也。第三句，爲倒裝句法，字倒置之也。意爲雙鬢如野鶴。

【校勘記】

［一］書堂飲既夜復李尚書下馬月下賦：《全唐詩》卷二百三十二作《書堂飲既夜復邀李尚書下馬月下賦絶句》。

塞下曲二首　　常建

玉帛朝回望帝鄉，烏孫歸去不稱王。天涯静處無征戰，兵氣銷爲日月光。

玉帛玉謂寶器之類，帛謂絹布之類。**烏孫**國名，去長安八千九百里。**兵氣**謂國將亂時，氣氛怪異，現於天變。

言天下已服王化，胡之烏孫國亦來獻玉帛。自朝廷回烏孫時，猶望帝京，有親和服事之意。又罷烏孫王號，去僭號而呈心服之態。如此則天涯之夷狄，亦静謐而治，處處無征戰矣。故天亦自銷兵氣異象，唯日月之光爲明。誠賀太平之世也，是謂玄宗盛時修文之美，因次詩將云晚年之邊亂也。

其二

北海陰風動地來，明君祠上望龍堆。髑髏皆是長城卒，日暮沙場飛作灰。

陰風北風也。北主陰氣，有殺伐之氣。**明君**王昭君也。大同府有昭君墓，墓旁有祠。**龍堆**地名也，見前。**髑髏**頭骨也。**長城**地名也。

言至北狄之海邊，陰風强吹，震動大地，殺伐之氣滲透身體，景象可怖。自昭君之祠邊，望匈奴龍堆之地，盡爲骷髏，可痛悼也！是皆長城士卒，俱送戰場，戰死如此，成骷髏而彌增哀憐。况時近日暮，天空肅殺，右之白骨日曬雨朽而成灰塵，爲陰風烈烈吹飛，目不忍視之景象也。嘆息哉！句二言及昭君，含自古夷狄犯中國至今未斷之意。尤有味。

送宇文六　常建

花映垂楊漢水清，微風林裏一枝輕。即今江北還如此，愁殺江南離别情。

垂楊柳。**江北**漢江之北。

言花紅柳緑相映，漢水清流，正眺望之時也。又見林中春風微吹，柳枝輕動。綰柳條即離别，則重複説柳也。今此江北風景雖如此美麗，却于此江邊送君往江南而别。思之而愁殺不堪。訴離情依依，春色之美不失離别之情。

三日三月三日也**尋李九莊**莊者，别業也　常建

雨歇楊林東渡頭，永和三日盪輕舟。故人家在桃花岸，直到門前溪水流。

歇息也，消散而止也。**永和**晋代年號。永和九年有王羲之蘭亭之遊。**盪**陸地行舟，此僅作行船意。

故人指李九。

言三月三日欲尋訪舊友李九之莊，至有楊林之東渡頭，時雨歇日暖。誠憶昔晋之王羲之，於永和九年三月三日遊蘭亭之事。盪輕舟，尋至舊友李九家。見桃花怒放於岸上，溪水流至門前，堪比仙界之絶景，舟船直抵此地也。實景。

九曲詞　　高適

《句解》曰：九曲，河西地名，在吐蕃。《訓解》非。

鐵騎橫行鐵嶺頭，西看邏逤取封侯。青海只今將飲馬，黄河不用更防秋。

鐵騎軍馬也。**橫行**隨心而騎遊也。**鐵嶺**地名也。**邏逤**吐蕃地名也。**青海**地名也。**黄河**水名也。**防秋**匈奴至秋侵犯中國，故謂防秋。

言我著鐵衣，策馬橫行於鐵嶺頭，行至胡人居住之邏逤而攻破之。思欲立功揚名，分封諸侯。今于青海之處有戰功，飲馬休息。雖欲渡黄河而平蕃，然爲止之，謂不必用防秋之兵矣，邊鄙亦已安然也。此諷將領暗昧而無虞。

除夜作　　高適

十二月晦日也。

旅館寒燈獨不眠，客心何事轉凄然。故鄉今夜思千里，霜鬢明朝又一年。

旅館館爲客舍也。**霜鬢**鬓白也。**寒燈**孤寂對燈也。

言歲晚於旅館度寒夜，燈影哀哀，人皆能眠，獨我不能也。我心何事？轉覺凄然心愁。憶起諸事，今夜尤懷故鄉。噫！思自千里之外來此，忽增年齒，倍不堪愁。然隔千里之路而懷思，實徒然也。夜不成寐，尚思前程，如此憂愁勞苦而度歲月，不覺鬢生白髮，身趨衰老，明朝又將加一年之年齒。嘆息何時可了此辛苦而得安寧，後人讀之亦生哀憐矣。蓋獨不眠而轉凄然，是其生悲之由也。

塞上聞吹笛　高適[一]

雪净胡天牧馬還，月明羌笛戍樓間。[二]**借問梅花何處落，風吹一夜滿關山。**

雪《訓解》作雲。**胡天**胡國之意。**牧**養六畜爲牧。**梅花**《梅花落》之笛曲也。

言于胡地牧馬歸，雲净月明。正此時，於衛戍所居樓間，聞吹羌笛之音。何其寂寥哀愁之景象也。奏吹之笛曲爲《梅花落》，遂因其名而借問：梅花所落何處？一夜風吹，滿此關山也。此詩言外應含多情。

【校勘記】

[一]塞上聞吹笛：《全唐詩》卷四百七十二作《塞上聞笛》，並注：「一作《和王七度玉門關上吹笛》。」

署作者爲宋濟。

［二］雪净胡天牧馬還，月明羌笛戍樓間：《全唐詩》卷四百七十二作：「胡兒吹笛戍樓間，樓上蕭條海月閒。」

別董姓**大**名　高適

按《唐詩解》註董大爲董庭蘭。評註爲：詩中無彈琴之意，未必即庭蘭。或曰評註誤。

十里黄雲白日曛，北風吹雁雪紛紛。莫愁前路無知己，天下誰人不識君。

黄雲謂天欲雪而薄黄。**曛**謂日没尚有其餘光，日落時也。**紛紛**雪之貌。**前路**謂自今往後，非謂路程。

言望盡十里長空，雲色若黄，白日曛之氣色也。是雪氣將至乎？察之，果北風烈烈吹落，白雪紛紛降來，雁群爲之吹散而亂飛，是暗含離别之意。冒如此寒冬而遠行，當更愁矣；前路又無知己、無音訊，宜爲愁也，然不必如此。君乃聞名之才藝人，天下誰人不識？如此所到之處，必可多結知己。寬慰其安心前往也。

送杜姓十四之江南　孟浩然

荆吴相接水爲鄉，君去春江正淼茫。日暮孤舟何處泊，天涯一望斷人腸。

荆吴荆、吴皆地名也。楚爲荆蠻之地，故稱荆楚。吴爲三國之一。荆楚相接，皆以長江爲險。**淼茫**水滿。此處彼處流滿貌。

言今行江南之地，荆吴相接，皆多水處，以水爲鄉而居也。因時節爲春，江水倍漲，君舟行之路，料春水正爲淼茫。與君别後，及日暮時分，君乘之孤舟將何處停泊？悵望天涯，除淼茫水流外不得知也，其時將唯斷腸矣。此思至别後也。

寄韓姓鵬名　李頎

爲政心閑物自閑，朝看飛鳥暮飛還。寄書河上神明宰，羨爾城頭姑射山。

閑心中無邪智算計，去繁雜也。**河上**地名也。**神明宰**晋陸雲爲浚儀令時，百姓稱美，謂「神明宰」，用此故事以喻鵬。**姑射山**山名。借用《莊子》所謂「藐姑射之山有神人居焉」。

言爲政不煩多，故所對之事物人物，亦無我無心自然而成。不煩多，閑寂安然而化其德也。朝看鳥飛，暮看鳥歸，可知閑暇而政事不煩。因寄書言，鵬爲河上令，當類古稱「神明宰」之人，故我等亦羡爾德化之神。爾城頭之姑射山，誠自古神人之居處，故定爲神人無爲之化矣。稱美之也。

九日 九月九日也　　崔國輔

江邊楓落菊花黄，少長登高一望鄉。九日陶家雖載酒，三年楚客已霑裳。

陶家 淵明九月九日，出遊宅邊菊叢，王弘載酒而來，醉而歸。用此故事。

言見江邊楓樹落葉，菊花怒放，誠秋之景象也。望之而感年光移流。今日爲九日佳節，按舊例無論少長，皆往登高。我雖亦與人同登高，而與衆人違，唯望故鄉方向而心不樂也。今日雖有送酒之人，却不如昔日淵明勸醉之樂。我已爲楚國客居之身三年，思之則淚下霑裳。於佳節而更愁，人之常情也。唐解曰：國輔坐王鉷舊親，貶竟陵司馬，在郡望鄉，故稱楚客。

題長安主人壁[一]　　張謂

無書姓名者，譏其人也。

世人結交須黄金，黄金不多交不深。縱令然諾暫相許，終是悠悠行路心。

然諾應允，承諾。**悠悠**移行貌。**須**用也。

言但凡世人結交，以實義交接之人爲希，而皆以金銀爲要，欲心之交也。故用金銀多者，則人多懇意待之；貧者則幾無人深交之。縱令表面然諾相許，却心底有詐。於座中托一事，口中暫謂諾諾，心底終同於悠悠行路之人爾。此詩甚砭人之病，有人心者當甚愧。

【校勘記】

［一］題長安主人壁：《全唐詩》卷一百九十七作《題長安壁主人》。

七言絶句下

新井白蛾祐登　解
門人　森矩近　白淵　校

送人使河源[一]　張謂

黄河之源也。唐解引《西域傳》曰：河有兩源，一出葱嶺，一出于闐。使者，奉天子之命而出使也。

故人行役向邊州，匹馬今朝不少留。長路關山何日盡，滿堂絲竹爲君愁。

邊州邊鄙之州。即謂河源。**堂**同日本書院之謂御殿。

言故舊之友人將行役而赴玉關外之邊土。今朝上馬出發，王命不可少留。殊爲長路，須越關山而行，行盡之時，當已忘日數矣。然則其間途中辛苦可想而知也。雖送別之衆人滿堂，進贈別之酒，喧奏絲竹爲君送行，然因有思君之心，絲竹之聲音自帶愁也。忘日數云者真。

【校勘記】

［一］送人使河源：《全唐詩》卷一百九十七作《送盧舉使河源》。

涼州詞　　王之渙

涼州爲邊鄙險阻之惡土也。

黄河遠上白雲間，一片孤城萬仞山。羌笛何須怨楊柳，春光不度玉門關。

黄河源自昆侖之西，高遠難量，如出自白雲間，天下第一大河也。**仞**謂八尺爲仞。**楊柳**曲名。

言黄河向東流，我向西行，故逆行而上謂「遠上」。行而視之，黄河之源高，似自白雲間流出。此城四方皆萬仞之高山巖石，中爲一片孤城，入其中者，傷心慘目，溢乎言外。然則何用聞羌笛而怨《折楊柳》之曲，是自生哀也。因云何爲吹《折楊柳》之笛曲而發怨聲？此玉門關本爲荒煙寒苦之地，春至而春光不度、楊柳不生也。是極謂風土之惡也。

九日送别　王之涣

蓟庭萧瑟故人稀，何處登高且送歸。今日暫同芳菊酒，明朝應作斷蓬飛。

蓟庭燕之地名。**蕭瑟**秋風勁吹，令人有荒凉之感。此爲往來絶、人迹稀之意。**芳菊酒**菊花酒之芬芳也。**斷蓬**蓬根斷而飛，因蓬之爲亂而用之。

言我遠離故鄉，于此蓟庭邊土寓居，時秋風蕭瑟，凄清寂寞，故人亦稀，心惶惶然間，又臨送别。今日爲登高之佳節，共登高，謹勸一杯，且爲送别。登何山送歸可不悲乎？是謂不堪離别之情也。今日暫同酬芳菊之酒，明朝即如斷根之蓬爲風吹散。君行我止，終有一别，悲矣。

祖咏留宴　蔡希寂

綿綿漏鼓洛陽城，客舍平居絶送迎。逢君買酒因成醉，醉後焉知世上情。

洛陽洛爲水名。東漢移都洛水之陽，因謂都城爲洛陽。**客舍**日本之借座敷之類。謂旅人暫住之處。**逢**

祖咏留宴祖咏來訪，留而設酒宴之也

綿綿連續不絶也。**漏鼓**《唐詩解》作鐘漏。〇報時之鼓也。時計始作爲水漏，故通稱漏。**平居**謂平

時，唐解作貧居。**世上情**世俗之情也。唐解作離别情。

言聞綿綿之鼓聲。雖住繁華都會洛陽城，然平日仄居客舍，不見繁華景象，亦不與人交，絶送迎也。是貧居閑寂之象。此時祖咏來訪，相會之愉，願進上一樽酒，既貧居而無儲備，故買酒而勸之。因君之出而我得一醉，酒爲佳物也！醉輒興起，而忘世俗之情。「焉知」者，謂如何知，忘而不知之義。

少年行　　吴象之

解見前。

承恩借獵小平津，使氣常遊中貴人。一擲千金渾是膽，家無四壁不知貧。

小平津地名，天子御用之獵場也。**使氣**俗云以恕下之心而事上也。**中貴人**《漢書》註曰：内臣之貴幸者。謂侍奉天子之側得寵之人。**膽**膽者氣大。謂不懼人、氣盛者。**無四壁**四方唯立壁。謂家内無器財，貧居也。《訓解》作「徒四壁」。○矩近按丹波水上郡柏原之地方作居室，地之古券狀往往書有四壁。問之老者，曰：「往昔作居室之地，任其長短（方二十間或三十間、四十間等），築堆土爲外廓（徑四尺許，高二尺許），栽竹樹以爲障，如樹而塞房門，使之不見内。」玄惠法印《庭訓》謂「四壁之竹」者是也。因此觀之，家無四壁，或四壁之蟲唧唧，思過半，更寫一段之風光。雖未詳其所因言，玄惠曰「四壁之竹」，則不居室之土壁，别有四壁者明矣。記以俟識者。

言天子御用之獵場，禁平民獵。然此少年蒙豁免，而獵於小平津也。承恩借獵，謂蒙天子恩、借御獵場狩獵。而此人使氣，常與中貴人親密交遊。中貴人有權柄威勢，人人卑屈惶恐，獨此少年膽氣豪壯，不以中貴人爲意也。其氣象爲大。中貴人任威勢，財大氣粗一擲千金，此少年不負不劣，亦一擲千金。思其意氣，可謂渾身是膽。如右行事，當爲金銀財寶萬貫者歟？然又赤貧，其家内無物，住處唯見四壁。不貪金銀而大氣者，不作貧乏貌也。

江南行　張潮

當視爲張潮代江南婦人思夫之作，非解爲代己妻作也。

茨菰葉爛别西灣，蓮子花開猶未還。妾夢不離江上水，人傳郎在鳳凰山。

茨菰茨者，茅之類。混茨、菰爲一物者，非也。**爛**盡也，殘也。**灣**水之曲也。**蓮子**蓮也，謂蓮花之開。「子」無意義，意類扇子、金子之子。**郎**男子之義，此意謂夫。**鳳凰山**山名，同名者多處，此詩不用詳究爲何處，是含夫婦和鳴之意而作，非用心于地名。

言往昔茨葉、菰葉朽爛成枯葉之時節，夫君往他鄉，于彼池西水曲處辭别。當時爲歲暮，今年亦已爲蓮花開時，夏末秋初也，而夫君猶未歸還。心不定矣、甚懷戀矣、思之哀也，且無片刻可忘。睡時入夢，常見於彼水邊辭別景象。今日歟？明日歟？望心焦灼。聞人傳説其居遥遠之鳳凰山，因不能遽歸也。此詩未言不歸之由，知待而無果，含不盡之情。妙！

軍城謂軍兵屯處，前出**早秋**初秋　嚴武

昨夜秋風入漢關，朔雲邊月滿西山。更催飛將追驕虜，莫遣沙場匹馬還。

漢關漢夷界之關也。**朔**北也。**邊月**《唐詩解》曰：雪作月，非也。今從之。**飛將**李廣故事，見前。**驕虜**胡人也。**匹馬**馬也，解見前。此謂騎馬武士之意，指胡之軍兵。**西山**蜀中之山名也。

言昨夜立秋時節，秋風已吹入此漢關，感時節也。四望北虜之地，凍雲凄凄，雪滿西山。此處初入秋，北狄之地已積雪。誠邊鄙哉！而謂「邊雪」。見此景則思戎狄常於秋後入寇中國，乃宜備軍事之時。迄今未曾有鬆懈，而今更催大將如飛將軍者與之會戰，將全滅虜兵，不留其一人一馬沙場生還也。

重送裴姓**郎中**官**貶吉州**　劉長卿

猿啼客散暮江頭，人自傷心水自流。同作逐臣君更遠，青山萬里一孤舟。

客散謂裴郎中出舟。**逐臣**逐者追也，意謂被逐出禁廷，貶謫至邊土之人。

言離别已甚可哀，況今及暮天時散此江頭，又兼猿啼，更催悲情。人則悲傷，水則無心而汩汩流去。以有情對無情也。此句類戴叔倫「不爲愁人住少時」之意。上之「自」字，欲忍而忍不得，不覺悲從中來之意也；下之「自」字，無事而無我無心之「自」也。句三爲君與我同成逐臣之身，其感雖同，而君貶至吉州，去京較我更遠。且途中之山川，前後左右皆青青山間，行之萬里，愁思當如何哉？更傷别也。「一孤舟」者，意爲無伴之孤舟。

送李姓判官官之潤州行營陣營也　劉長卿

萬里辭家事鼓鼙，金陵驛路楚雲西。江春不肯留行客，草色青青送馬蹄。

鼓鼙兩端有耳，持柄摇動，其耳擊鼓面作聲。戰士於馬上持此也。事鼓鼙，意爲從軍。**金陵**地名，往潤州必過此金陵之驛也。**楚雲西**潤州者，行盡楚國之西處也。

言辭家而往遠在萬里之潤州，何也？事鼓鼙也。其驛路乃往潤州，將行金陵，又行盡楚地而西，思之劬勞。依戀之情，欲言留而不可留，既爲奉君命之人，而惜此别。春江景色，若能留人，則將留君也，然不肯留。其不留之證，見江上草色青青，却如漸送馬蹄。怨而帶餘情也。

春行寄興　　李華

春日遊，所見景色而作。

宜陽城下草萋萋，澗水東流復向西。芳樹無人花自落，春山一路鳥空啼。

宜陽河南之地名，周時召伯聞訟之地。

言行至宜城之邊，見草萋萋，生長繁茂。澗水東流又折向西，屈曲有趣。林樹花開而芬芳，其妝甚艷，却無人觀賞。此「無人花自落」之「自」字，含徒然之意，深惜花而感慨。望寧静春山邊，一路春鳥百囀啼鳴，然此亦無人聞之，無人愛之。意爲山水花鳥雖可愛，然無人看，而皆自成空景。「自」「空」二字乃詩中之眼。是述安禄山亂後，世上窮困，無人有遊興也。

歸雁　　錢起

秋雁謂來雁，春雁謂歸雁。但此歸雁非春雁，意唯雁之歸也。《直解》曰：水碧沙明之秋景也。

瀟湘何事等閑回，水碧沙明兩岸苔。二十五弦彈夜月，不勝清怨却飛來。

瀟湘二水之名。水深五六丈餘，下見底，白沙如霜雪，赤岸如明霞。佳景之地也。**等閑**任、放任之謂。此謂無所思之意。**二十五弦**謂瑟。弦有二十五條，故謂二十五弦。此音爲商聲，音甚哀。

言瀟湘爲美景之地，宜栖託也，問何事決然棄之而飛回耶？句二稱揚美景，以「何事回」之字謂所以疑也。句三，爾等棄瀟湘而歸，必有緣由。思彼處有娥皇女英廟，二女之靈當對夜月而奏二十五弦琴。其音已哀，況對月夜之凄寥，樂聲清越，或因不勝其清怨而飛來乎？推量之也。「來」字，當視作「去」字之意，大抵可視作助字也。此詩諸説紛紛，家家有其見解，或不穩當。蓋如右解，當可默識其境與情有言語不能盡之妙。

登樓寄王卿　　韋應物

登樓見此景，忽憶王卿而賦詩寄之也。

踏閣攀林恨不同，楚雲滄海思無窮。數家砧杵秋山下，一郡荆榛寒雨中。

攀由下而上牽援而登林中之閣，故謂。**楚雲**謂楚國，即韋之居。**滄海**海也，此指王卿之地。**榛**《淮南子》謂「叢木爲榛」，可知謂樹木茂密叢生者。

言我爲此郡刺史，登此林中樓閣，如攀林也。唯我一人登乎此樓，若與王卿同望，定歡愉也，然恨不能同。別後雖懷思無窮已，然欲言而隔雲海，唯相思而不相逢。我此郡小，遍望屋宇僅數家，視秋山之下，家家砧聲，心爲哀寂。此時更逢寒雨，彌催憐矣。一郡之中唯荆榛，謂淒涼之狀。唐解評曰：楚雲，韋也；滄海，王也。

酬返報也**柳**姓**郎中**官**春日歸揚州南國見別之作**　韋應物

此詩，柳郎中嘗歸揚州，與韋應物相會，于南國作別時，柳郎中賦詩寄別應物也。其後應物爲滁州刺史。滁州、揚州相鄰，憶去年之春，賦此詩寄柳氏也。

廣陵三月花正開，花裏逢君醉一回。南北相過殊不遠，暮潮歸去早潮來。

廣陵即題中之南國，揚州之地也。**正開**花盛，俗語「花開最好時」也。**潮**朝謂潮，晚謂汐。然詩因平仄韻字等規矩，各爲通用。此外詩中如此類多，不必拘。

言去年三月南國花盛時節，與君相會，花中大飲，已成一回（一年）矣。今我爲滁州刺史，其處雖與揚州南北相隔，路殊不遠。潮水相通，舟船便利，朝乘舟而晚可抵，夜乘舟而明朝可相逢，願今後常往來也。

送魏姓十六見前還蘇州　　皇甫冉

秋夜沉沉此送君，陰蟲切切不堪聞。歸舟明日毗陵道，回首姑蘇是白雲。

沉沉夜深人静，無物聲。**陰蟲**謂秋蟲。**切切**謂蟲鳴爲喧。**毗陵**地名，在赴蘇州途中。**姑蘇**山名，又隋時因山而謂其州爲蘇州。秦之會稽郡，晋宋齊梁皆云吴郡也。

此詩，魏氏往蘇州，皇甫冉自润州送至毗陵水路，而歸潤州也。言秋夜深深，四方人聲絶時，本易懷悲，况今於此别君，思之更添愁緒。且時又陰蟲切切而哀，耳聞其響，甚不堪也。明日將送君至毗陵行舟，其後君赴蘇州，我歸潤州。各自别後，回首望君去向，必只見白雲而已。思至别後姑蘇是白雲，尤傷離别也。或以「回首」字爲魏氏者，非也。

曾山浙江山名。一謂西山，又云文筆峰送别送人之曾山　　皇甫冉

凄凄遊子苦飄蓬，明月清樽秪暫同。南望千山如黛色，愁君客路在其中。

凄凄雨雲起而風寒也。此以「貧寒」解。**遊子**居無定所之旅者，行脚僧之意也。**苦**《唐詩解》作

「若」，非也。**飄蓬**同前斷蓬之意。**清樽**清酒。**黛**訓讀爲眉墨。去眉毛以墨畫眉，謂遠山之色鬱鬱蒼蒼如青黛也。

言此人爲凄凄漂泊之人，行遊諸國各地，居無定所，如無根之蓬隨風而吹。辛苦遭逢，故爲凄凄也。此次將行往曾山，故今宵於此明月之下而勸别酒。此亦暫爲同飲，甚惜别哉。南望群山疊嶂之色如青黛，雲耶霧耶？景色濛濛。我見此而思，君明日之客路將通彼山中矣。察其勞也。

寒食　韓翃

清明前二日曰寒食。其源出於周人禁火之俗。介子推焚死故事，乃出劉向《新序》流傳之訛。《周禮》有火之政令，四時變國火而救時疾。春取榆柳之火，夏取棗杏之火，夏季取桑柘之火，秋取柞楢之火，冬取槐檀之火。當爲其遺例。

春城無處不飛花，寒食東風御柳斜。日暮漢宮傳蠟燭，青煙散入五侯家。

春城皇城之春也。**御柳**帝宮所栽之柳。**漢宮**借漢宮喻唐。**青煙**謂蠟燭之火光，青一作輕。**五侯**《唐詩解》引《後漢書·宦者傳》，此後漢之桓帝時，同時封五人爲侯，世稱「五侯」。後此五侯專權，漢始衰亂。唐自肅宗、代宗時，宦者權盛，朝政日衰，故借漢喻唐。又一説，五侯乃成帝時，封太后妃之弟王譚、王商、王立、王根、王逢以爲五侯。自是外戚之權日盛，終及莽亂也。是亦同借漢政之衰以喻唐。蓋此詩之五侯唯謂近臣得貴寵之人。

言皇城春盛，無處不飛花。謂花滿盛時紛紛漸散之景象也。寒食之日正當清明前兩日，此時節有東風之吹，見御宮中柳爲東風所吹，枝條斜拂。誠春色之時也。今日寒食禁火之日，白晝無火氣。日暮時，由天子改取榆柳之火爲國火，以蠟燭傳下其火也。先賜五侯之家，後賜其他諸侯。其時景色，蠟燭之青煙隨傳火步履散於各處。誠王地之繁華壯觀也。五侯之人如此蒙天子眷顧，其際遇望之而令人羨。○或謂此詩乃稱頌德宗，見《才子傳》並諸家注解，故非諷唐之詩。又謂雖諷刺而德宗不知其諷刺，是此詩之佳處也。讀者可各從所見。

送客知鄂州　韓翃

客謂某人之意，不顯人名之詞。或說乃客於韓翃家中者。「知」者，司其國也。

江口千家帶楚雲，江花亂點雪紛紛。春風落日誰相見，青翰舟中有鄂君。

江口楚國地名。**亂點**形容花飄飄亂飛而落地。**雪紛紛**雪散亂而降貌，此謂花之散亂也。**青翰舟**鄂君所乘舟也。青翰者，舟名。**鄂君**楚王母弟子晳也。鄂君乘青翰舟故事，出《說苑》。《訓解》註引證。

言此江口乃繁華港也，於此望之可見千家屋簷鱗次櫛比。於此地送客出航，時楚雲橫亘於天。江口衆花多散，如無名之雪，自天而降點於地上。是今別時之景也。今雖與君同觀此景，至別後，此落日帶楚雲之景，又春風亂點江花之景，將與誰共望乎？更惜別也。如斯懷戀之人，當即青翰舟中所居之鄂君也。翃偶于楚國，送人知鄂州，故引楚之故事，以鄂君比於知鄂州之人，非必合《説苑》故事，泥於舟中脩袂之義也。

宿石邑山中　韓翃

《唐詩解》引《一統志》以爲石邑：真定府獲鹿縣。本戰國趙之石邑縣。有西屏山，高數百丈，爲一郡奇景。此詩極狀其高，疑指此山也。今從之。是謂宿此山所見景。

浮雲不共此山齊，山靄蒼蒼望轉迷。曉月暫飛千樹裏，秋河隔在數峰西。

齊等也。**靄**雲蒸而集貌。和俗訓「霞」字爲「カスミ」，以致凡「カスミ」處皆用「霞」字，非也。「霞」字註爲「彤雲也」，謂日出日入時雲如紅色。應知「山カスム」等常用此「靄」字。習於和歌春霞之例，兒輩于歲旦之詩中知用霞字，大乖也。**秋河**銀河也。

言宿此石邑而望屏山，其峰高，浮雲視之亦如在山下，不共此山齊並也。山峰高出雲上，浮雲于山腹舒卷之象如見。而衆山生靄，蒼蒼然不可盡見。望之愈久，愈不覺西東，只知分雲路以登，轉心迷也，意茫然也。曉月西斜，不在空中，而明於千樹萬木之林間，以爲其飛下樹裏耶？而月已没，秋河耿耿，現於隔數峰之西方，知爲將曉之景色也。「暫」字可見月落天曉之速。此詩首聯爲宿石邑時暮天之景，尾聯爲曉出旅館時之景，勿以爲一景也。此詩山高樹深，黄昏之景，五更之象。妙！妙！

送劉姓**侍郎**官　李端

幾人同入謝宣城，未及酬恩隔死生。唯有夜猿知客恨，嶧陽溪路第三聲。

謝宣城宣城爲地名也。謝朓爲此地太守，世人號之「謝宣城」。今劉氏爲此地守，故比之。**隔死生**意如隔生死。**嶧陽**山名。《一統志》：葛嶧山，在邳州城西北六里。或亦書爲「繹」。陽謂山之南。

劉氏今遭貶失勢，因送此詩也。言君在宣城得勢之時，人皆從行爲賓客，同入宣城遊食者，多不勝數。今不酬此恩，皆離散，死乎生乎，竟無人假音信而問。世上人心，無信而薄情矣！賤彼衆人，深痛劉侍郎之不遇。於此不知義、不知恩之人世中，禽獸却爲有心。夜猿知君含恨心中，于嶧山南之溪路間，啼第三聲，慰訪客愁也。是謂人之不知恩、不知義、無信實者，劣於畜類。有益世教。「第三聲」者，啼數回也，非只三聲。

楓橋《一統志》曰：楓橋在蘇州府城西七里，南北往來必經於此。繁華之地也。**夜泊**陸上過夜曰宿，舟中過夜曰泊。○《間氣集》作《夜泊松江》。　張繼

月落烏啼霜滿天，江楓漁火對愁眠。姑蘇城外寒山寺，夜半鐘聲到客船。

愁眠或眠或醒，謂寢不安。《千家詩》注作山名，「對」字似苦，不取也。**姑蘇**山名。**城**非城郭，謂聚居之所。**客**繼自稱。

言夜泊楓橋之江，自舟中望，此處爲繁華之地也。然我身爲旅客，通衣不得安寐，或眠而乍覺，對漁火而待明，故謂愁眠。如此不眠，亦不醒，方對漁火之時，月亦已落，烏亦已啼飛。是夜已明乎？四望之，果霜滿於天之氣色，乃知爲將曙之景象無疑也。因又疑客未篤眠，才對漁火，竟已至天明耶？訝異之時，而聞姑蘇城外寒山寺之鐘聲，復思此鐘當非曉聲，而應爲夜半之鐘也。是正見曙色，却疑爲夜半之鐘，此處有旅愁不盡眠而寒寂之妙興，當默識之。說此詩者雖衆，而無穩當者。

聽角思歸　顧況

《說文》：角長五尺，形如竹筒，本細末大。亦見前。

故園黄葉滿青苔，夢後城頭曉角哀。此夜斷腸人不見，起行殘月影徘徊。

黄葉木葉黄落也。**徘徊**各處步行。

唐解評曰：夢者，夢此黄葉青苔也。是也。言常思歸，入夢而夢歸故鄉。於其夢中，歸故鄉而入園中視之，見諸木黄葉堆積、青苔滿庭中之荒蕪狀。無主人則無人掃除，故如此荒蕪也，夢中慨嘆而覺，時聞城頭吹胡角，其聲甚哀，倍引起夢中之情。今夜之悲將何如哉！念故鄉而思斷腸也。哀而心澄，不寐起視，不見人之起。夜静寂然，無人共語，獨出庭院，而徘徊起行，殘月光下，除我之影外更無他人之影。倍爲凄寥，其景象如見。首句當讀爲滿青苔，夢中直見此景也。若讀爲青苔將滿，則爲想像，乃夢前之推量也。不可誤解。蓋此詩以歸鄉心切入夢，夢覺聽胡角哀號，鄉戀彌增，益思歸也。

昭應[一]　顧況

地名也。謂會昌縣，即驪山也。此地漢時爲新豐，漢唐天子皆于此地行仙術。唐天寶七年，改會昌爲昭應。或謂玄宗在宫中，見白鹿升天，而改名昭應。此處有朝元閣，祈玄元皇帝之降臨。

武帝祈靈太乙壇，新豐樹色繞千官。那知今夜長生殿，獨閉空山月影寒。

武帝漢之孝武帝也，借比玄宗。**靈**神靈也。祈天帝降臨，謂靈現。**太乙壇**祭祀太一星之壇也。**新**

豐即昭應之舊名。**千官**謂諸官人。**長生殿**殿名也。建朝元閣祭祀老子。朝拜朝元，則先齋於此長生殿。言昔漢武帝於此地祈仙術，作太一壇，拜降神靈，乃祈靈妙之處也。其時新豐樹色，千官繞御駕之前後而供奉。想此華麗繁昌之長生殿乃重中之重，必興盛至萬代之後。然今見其零落荒凉無人煙，出入其間之物，只見月影出於空山，入殿中而寒也。「獨」字有更、殊之意。他處或爲荒凉，此長生殿則當特存而盛華也；然閉於今夜如此空山月影之中，人音亦絶，寂寥堪哀。古時盛華之君臣，安知其衰落如斯耶？其時定以爲能長存於世，而盡其華美。而其衆人之死生與世人無異，然則非無益之事哉！諷刺唐也。

【校勘記】

［一］昭應：《全唐詩》卷二百六十七作《宿昭應》。

湖中　顧況

作青草湖中景。

青草湖邊日色低，黄茅瘴裏鷓鴣啼。丈夫飄蕩今如此，一曲長歌楚水西。

青草湖岳州某湖之名也。此湖之南有山曰青草山，對之而稱青草湖。一名巴丘，夏秋水滿時與洞庭相連成片。水乾時，先於此處乾涸，因青草叢生而名。**瘴**四時之氣不和。感其氣而得病謂瘴，此地癘瘴多惡氣。土俗夏病謂青草瘴，秋病謂黃茅瘴。**鷓鴣**鳥之名，前出。**飄蕩**飄謂爲風吹翻，蕩謂破損。流浪窮困，謂飄蕩。**丈夫**謂男也。周代之制，八寸謂尺，十尺謂丈，周尺八尺爲男子身高，故謂丈夫。夫有扶持意，此「丈夫」乃顧況自謂。**長歌**延聲而歌。此嘆息之餘，放歌一曲也。**黃茅**謂茅之黃者。

言我竟不得志，坐此偏僻青草湖邊，見日色將晚，心中無限惆悵。此地瘴癘惡氣殊多，風土之惡惱人。又聞鷓鴣啼叫，更添愁緒。悲思身世，噫！我今飄蕩於此偏僻之地，何甘如此徒然朽矣哉！悲不遇也。又轉念思之，諸事無定，當安此而達觀，遂高歌一曲，于楚水之西行吟也。以寒風入懷，謂不適意，憤世而歌一曲。

夜發袁江自註曰：時二公流貶在此。○袁江，源出袁州府萍鄉縣瀘溪，至臨江府南十里入清江。○叔倫泊舟此袁江，今臨啓程，作此詩自舟中寄也**李**姓**潁川**號**劉**姓**侍郎**官[一]　戴叔倫

半夜回舟入楚鄉，月明山水共蒼蒼。孤猿更叫秋風裏，不是愁人亦斷腸。

楚鄉意謂楚國。鄉者，里也。**蒼蒼**青黑色也。

言半夜時分，風順，自袁江回舟入楚鄉。今夜月明空澄，水流山形映於月光，望之蒼然。夜深月白，山

川呈清朗寂寥之景象。如此之時，秋風裏聞孤猿聲，益令人生哀而斷腸，實不堪也。見此景聞此聲，縱非愁人，亦必發哀情而不堪，何況愁人如我者？將斷腸也。二公爲左遷之愁人，我感之而想像其心中也。寄意如此。按觀叔倫湘南之詩，則此時當爲貶謫而行彼地時作。此詩字字皆慘痛。○或曰，詩意當爲我雖非愁人而已斷腸，況二公乃愁人也歟？然「不愁人」當視作世上衆人。「更叫」之字，益見愁情之甚。

【校勘記】

［一］夜發袁江李潁川劉侍郎：《全唐詩》卷二百七十四作《夜發袁江寄李潁川劉侍御》。

寄楊姓侍御官　包何

一官何幸得同時，十載無媒獨見遺。今日不論腰下組，請君看取鬢邊絲。

一官謂小官。《莊子》：「知效一官，行比一鄉。」**媒**合兩姓者也，故俗通謂中間者爲媒。**腰下組**組者，印綬也。得官者，各授賜印佩於腰間，其印之組也。腰下組者，謂得官也。組者線繩也，與組不同。

言我今得一官，與楊侍御同時而爲朝臣，甚幸甚悦。「何幸」者，未想竟同時得官之意也。我十餘年間，因無人爲進官之媒，故衆人皆得官，獨我無果，久未入仕。今日得奉腰下組，已屬意外之幸，毋庸再論其上之官禄順達矣。願君看我鬢上之白絲！既爲老朽，騰達何益？寄言而謂命數已見。此有憤楊侍御不曾爲媒之意。「看取」者，謂看，取爲助字。

汴河曲　　李益

隋煬帝令掘汴河，達淮水，是謂御河。於其河邊築堤植柳，是名「隋堤」。據傳長堤一千三百里，自長安至江都置離宮四十餘所。此詩者，歌亡隋之曲也。

汴水東流無限春，隋家宮闕已成塵。行人莫上長堤望，風起楊花愁殺人。

汴水即御河也。**長堤**即隋堤，題下有註。

言昔隋煬帝命掘此河，於岸上植柳以爲行道樹，處處營築宮殿，盡奢侈而極歡樂。其處今亦有汴水之東流，試臨岸而望之，春色好景不可以言盡，其景甚有趣也。堪可想像昔煬帝在世時之繁花盛春。更眺望之，古時盡美而建之宮闕已成灰塵湮滅，修造之人亦已不在，昔日之故迹亦不可見。是句一謂不變，句二謂變。因佳景之留而發懷古之情，哀灰塵之心更甚。因謂路過之行人，勿上此長堤，思煬帝舊迹，望柳而躊躇也。若見風起而吹散柳花，當即生悲。是爲好豪遊、盡華美之隋帝之古迹，而其身遂死江都，遺迹如斯哉！憶古今之事，必爲愁殺。於制止他人之處，已有不堪之情。因見風花吹散，而發感慨於古時盛華成今日之灰塵也。

聽曉角　　李益

角者，笛也。見前。

邊霜昨夜墮關榆，吹角當城片月孤。無限塞鴻飛不度，秋風吹入《小單于》。

關榆地名也。昔秦蒙恬開榆樹林爲塞。「榆」爲樹之名。**當城**《漢・地理志》：代郡在當城縣。唐評：「當城不必地名。」若據此説，則謂「當於城」。**片月**片有邊地之意。以之爲月之碎片，非也。**小單于**笛曲名，有大、小之别。**塞鴻**意謂飛度關塞之鴻。

言曉望關榆方向，見降霜而皆白，知昨夜墮初霜也。「邊霜」謂邊鄙之霜，此字有氣候自與都城相異之意。初曉時分，胡人按例吹角，其音響徹月澄之空，當城而聽其孤哀，凄清之情，皆見聞所不堪也。無限鴻鳥，飛不度此關塞者何哉？思其所由，秋風本已爲悲，又混特合《小單于》之曲，秋聲吹送之哀中又雜曲音之哀，其悲聲誠不堪聞，故「飛不度」也。此詩誠實述北邊荒涼可怖，鴻雁于秋季南飛，而此地北風寒烈，鴻雁竟亦不度也。托於笛聲者，詩之風流也。又結句，或解爲秋風之笛曲吹入營中，大非。

夜上受降城城名。《唐書》：受降城，朔方軍總管張仁願築。**聞笛**　李益

回樂峰前沙似雪，受降城外月如霜。不知何處吹蘆管，一夜征人盡望鄉。

回樂峰地名。唐解引《舊唐·地理志》：靈州大都督府有回樂縣，其峰未詳。**蘆管**同前出「笳」。管中有以蘆葉所卷之笛也。

言月夕上受降城而望，遠眺回樂峰前，見月光鋪地如雪。又視城外稍近處，疑降霜焉。此景之寂寥自溢於言外。於此時不知何處，聞吹蘆管之聲，其哀不可言喻。爲征人而來此地者，此夜無一人不思憶故鄉而悲，盡望故鄉也。

從軍北征　李益

爲軍兵之一員而往征北狄也。

天山雪後海風寒，横笛偏吹《行路難》。磧裏征人三十萬，一時回首月中看。

天山一曰雪山，冬夏有雪。詳前。**海風**青海也，自前出之青海吹來之風。**横笛**常見之笛也。**行路**

難笛曲之名。**磧**前出，謂沙漠。

言爲往征北狄之軍兵，見雪山皚皚，山風烈烈，加之風自青海吹來，寒風甚，行路難也。時聞哀笛之聲，爲《行路難》之曲，令人自思，聞之不堪悲催。行此沙磧之三十萬征人一時回首，見月光映於天山之雪，夜色凄凉凛冽。心動於笛音，皆一時回首而看，此處含自然之意趣，不言之妙。《訓解》以爲看吹笛人，非也。此非人、非山雪，亦非月，只是天山月中，看其凛冽也。

楊柳枝詞

劉禹錫

汴河乃隋之遺迹，此以柳爲主而作，因題。

煬帝行宫汴水濱，數株楊柳不勝春。晚來風起花如雪，飛入宫墻不見人。

行宫天子行幸之處所建御殿。**汴**河名也，見前。**株**凡木，入土下曰根，出土上曰株。**花如雪**柳花黄，柳絮白，然詩人多誤作，前已辨。**墻**泥瓦所築之塀也，宫墻爲禁中之墻。

詳見前李益之《汴河曲》。此詩言昔時隋帝命掘此汴河，植柳於河堤上，建行宫於此水邊，極盡全盛繁華。今數株楊柳轉緑，柳絲嫋嫋似不勝春風，令人憐惜。此無異於往昔也。晚來風起，見柳絮亂空如雪，落於汴水邊，亦入行宫宫墻内，恰如雪飛散而入。此亦可謂春色一景。因想昔宫中諸人，定亦賞春色、極遊興如斯也。而今觀其零落寂寞，不見人影，春色縱如昔日，却無人賞愛之，以此可觀浮世之盛衰也。一、二、三句揚春色不變於昔，結句嘆今日之荒涼。

與歌者何戡　劉禹錫

何爲姓，戡爲名。《唐詩解》曰：「一作《自貶所歸京，聞何戡歌》。《盧氏雜説》曰：『何戡，樂工也。』疊山謂爲歌妓者，非。」

二十餘年別帝京，重聞天樂不勝情。舊人唯有何戡在，更與殷勤唱《渭城》。

天樂謂聞天子樂工之歌。**渭城**即王維《送元二使安西》詩。唐人以之爲送别之曲，至陽關之句反復歌之，因謂《陽關三疊》。

唐解註：「禹錫以貞元二十二年貶朗州，居十年，召還，復出連州，又十四年入爲主客郎中。」詩言我二十餘年久爲貶官之身，居住田舍而心懷帝京。今得召還重聞朝樂之聲，甚悦矣。久未聞而聞之，喜悦之餘，憶往昔以來種種事，不堪其情。二十餘年間，此度再得召還，因謂「重」也。而不居都城之歲月間，舊人皆亡，唯此何戡存命健在。我昔别京時，歌《渭城曲》而送我之衆人，此人之外皆已不在，知其時之事者亦無。回顧往昔，更爲我殷勤唱此《陽關三疊》之調。知己舊音交往情深，於今思昔，同唱《渭城》也。人物變換，世態萬事，餘情溢於言外。

浪淘沙詞　　劉禹錫

婦人于青樓徒待其夫之歸，望彼方天空時，見浪淘沙石，有感而作，故題。

鸚鵡洲頭浪颭沙，青樓春望日將斜。銜泥燕子争歸舍，獨自狂夫不憶家。

鸚鵡洲楚地名也。**颭**風吹浪動也。**青樓**婦女居所也。**燕子**燕也，子爲助字。**狂夫**意謂氣盛之男也，非癲狂之「狂」。

言我常待夫遠征歸來，日日唯於青樓望乎雲端。今見鸚鵡洲頭有風吹起，浪颭沙石，景色寂寥。意謂見此景象，益思夫爲征人而在戰場，苦之也。我居青樓，春日長，空度之。今日日既斜，明日當亦將如斯而待暮。又望見燕銜泥作巢而争，知去年舊巢之舍家而歸來——鳥類尚不忘其時，如何我夫不憶家而今不歸耶？唯今我待之，狠心人哉！恨而戀之也。「争」者，謂燕尚争先作巢。又「獨自」之字，對燕而强責夫之意也。

自朗州至京戲贈看花諸君[一]　　劉禹錫

紫陌紅塵拂面來，無人不道看花回。玄都觀裏桃千樹，盡是劉郎去後栽。

紫陌紅塵陌者，道路也；塵者，塵埃也。「紅」「紫」之字，形容華麗之人來往。**玄都觀**道士之所居也。**劉郎**禹錫自稱。

禹錫元和十年自武陵得召還時，作《玄都觀看花詩》，其詞涉譏刺，執政不悦，復出爲連州刺史。詳見《唐詩解》。此詩言我此度歸京，見久違之都城街市，陌路之往來甚多，蹴塵而拂面也。其往來衆人，皆以華美裝扮，故陌與塵皆現紅紫之色。思此往來之衆，行往何方乎？皆言看花而返者也。又入玄都觀内，見桃花盛開如雲霞，千株相連，此亦堪爲觀光盛遊之地。此盡劉郎受貶離京後所栽之桃，而成如此繁榮之地也。較我昔在京時，事事昌盛，至裝扮亦盡美麗，誠可稱美爲花都。此譏世之變，風俗流於奢華，故又謫官離京，經十四年後復得召還。

附記

再遊玄都觀

百畝庭中半是苔，桃花净盡菜花開。種桃道士歸何處，前度劉郎今又來。

○見此詩可知世態。

【校勘記】

［一］自朗州至京戲贈看花諸君：《全唐詩》卷三百六十五作《元和十一年自朗州召至京戲贈看花

諸君子》。

涼州詞　　張籍

涼爲寒涼之義，其地寒涼故名「涼州」。本匈奴之地，唐玄宗取之而屬中國，改名武威郡。其後爲吐蕃所陷，復爲胡人所有。

鳳林關裏水東流，白草黄榆六十秋。邊將皆承主恩澤，無人解道取涼州。

鳳林關《唐·地理志》，河州安昌郡有鳳林縣，縣北有鳳林關。**白草**草色白而不青，邊地陰氣使之如此。**黄榆**同前之關榆，其類甚多，又有榆柳、桑榆之類。黄亦不青意，非强解作秋黄。**解**曉也，合其道理、悟出。

言此鳳林關中河水東流，自古不變。而變者，此處本匈奴之地，玄宗時取之，六十年間，又爲吐蕃奪取，今成胡虜之地，是六十年後之變也。「白草黄榆」謂北陰風土之象，即謂涼州之義。爲邊將而來此，守邊士卒，無不承唐朝君主恩澤，當思君恩、致忠義，再將此地奪回中國，立先君之功。然無一人立志盡忠義、言欲奪回涼州者。噫！人心浮薄矣。自爲奮發而譏邊將之無勇者。解者，理解也，若解此義，必勵志而言收復。然似不解此意，遂因激憤而譏刺。一説，蓋不知此涼州爲玄宗所取，若知之，則必取回也，亦通。此時「無解」之字，意爲無知。

十五夜望月[一]　王建

中庭地白樹栖鴉，冷露無聲濕桂花。今夜月明人盡望，不知秋思在誰家。

中庭庭中也。**冷露**露也。冷者，凉冷意，如助字。

言看庭院地上，月光皓皓無纖塵，樹梢上可見鴉栖。此上下光明之象也。非僅鴉爾，當通諸鳥，因叶韻而擇鴉字也。或曰，鴉爲月夜飛迴之鳥，栖於樹者謂夜深。然句一乃謂宵，句二則謂更深景象也。更深而冷，露下而濕桂花，始知夜深。望世間，宵時望月之人家皆寢，四方寂寥無聲。因思今夜誠明月也，世人雖盡望賞，而其中實有秋思之人，當在誰家乎？定有人秋思爲多，然不知其誰也。蓋人去夜深後仍愛月者，當有多秋思之王建。其不説深夜獨醒之處，意味深長。句二謂無聲，謂夜深人寢而寂寞。以之爲夜露無聲降下者，非也。

【校勘記】

［一］十五夜望月：《全唐詩》卷三百一作《十五夜望月寄杜郎中》。

送盧氏**起居**[一]　武元衡

相如擁傳有光輝，何事闌干淚濕衣。舊府東山餘妓在，重將歌舞送君歸。

相如漢之司馬相如。**擁傳**傳者，傳馬也。擁者，衆擁而從也。**光輝**俗謂有面目之意，有榮華。○此一句，以昔司馬相如之事，喻盧氏之榮。漢武之時，南夷附從漢朝。當此時也，蜀邊異族邛筰之君聞之此事，欲同南夷從漢，請下吏。因遣相如以中郎將之官赴蜀，道中傳馬往蜀，太守以下出迎郊外，擁從相如之馬，其勢甚光輝。今即喻盧氏，盧氏亦嘗有榮也。**闌干**淚流貌。**舊府**舊國也。**東山**晋謝安居東山，每出遊必攜妓同往。**餘**謂人數多。

言盧氏今歸舊府，惜别之淚闌干濕衣，爲何流淚如此？足下嘗得顯榮，如相如至蜀之時，其體面及於後世。歸舊國正天賜良機也。其舊府妓女甚多，足下亦有謝安高卧之風，歸舊府，當如安在東山攜衆妓而遊哉！其時衆妓以歌舞送迎君之往來，將重爲安之風流而樂也。以此慰之。○下聯，一説舊府爲此前任官之治所，今罷官歸，故幸以妓女，仿昔謝安東山之遺風，重以歌舞送君歸而爲慰也。此説穩也，但不見謂罷官爲歸者。

【校勘記】

［一］送盧起居：《全唐詩》卷三百十七作《重送盧三十一起居》。

嘉陵驛［一］　武元衡

赴蜀道中之驛也。

悠悠風旆繞山川，山驛空濛雨作煙。路半嘉陵頭已白，蜀門西更上青天。

悠悠途中眺望山川時所見之遥遠貌。**風旆**旆因風飄也。**空濛**謂如薄霧輕輕然而起貌。**雨作煙**細雨如煙。

言赴蜀而經僻鄙之長路。此道之難聞名於世，越山度谷，於山川之間迂迴繞行，其處無平地，悠悠道遠且前路險阻，山風常烈，驛亭所立之旆旌翻飄於風，無片時之静。其山上之驛亭，山氣尤强，以爲晴天，而乍成空濛，雨如煙降，難辨煙雨，晴光爲少。此嘉陵驛，僅爲都城至蜀一半路程，已不勝其辛苦，不勝心勞，白髮俄生。前程如何行盡耶？此意自可知矣。至蜀國入口之蜀門而望西方，其險阻更甚，不見人所能行之路，思此後將爲去地而上青天之道也。

【校勘記】

［一］嘉陵驛：《全唐詩》卷三百十七作《題嘉陵驛》。

漢苑行　張仲素

上林苑也。本秦之苑，後漢武開之，植名果異木三千餘種。

回雁高飛太液池，新花低發上林枝。年光到處皆堪賞，春色人間總未知。

太液池漢時之池也，在建章宫之北，未央宫之西南。謂鳧雁充滿，諸鳥成群。**低發**低乃高低之低也，謂花發至於低枝。**上林**苑名也。

言來漢苑，觀太液池邊，雁回而高飛也。上林之花自高枝至低枝成片新發，可見花今方盛。起句謂春深，句二極示花盛。凡年光到處，處處可賞玩，然唯此漢苑春色，總爲人世間未知之春色也。賞美之。

塞下曲　張仲素

三戍漁陽再度遼，騂弓在臂箭横腰。匈奴似欲知名姓，休傍陰山更射雕。

二三度也。**漁陽**地名。**再**再三。**遼**水名。**騂弓**《詩經》「騂騂角弓」，赤弓也。**陰山**山名。**雕**鳥名。和名大鷲。

言我爲漁陽郡戍卒，三禦匈奴，其間渡此遼水，與匈奴再三交戰。臂挽騂弓，腰横箭矢，兵器未曾離身，往來於匈奴之地，匈奴似欲知我姓名。此句謂匈奴不敢前進也。因言：汝等休傍陰山而射雕也！若生得射者，將帶往中國耳。引李廣時故事，昔於陰山擒射雕者，汝等定亦聞及之，我亦同其時之將士也。

又

朔雪飄飄開雁門，平沙歷亂捲蓬根。功名耻計擒生數，直斬樓蘭報國恩。

朔北也。**雁門**地名。**擒生**生擒。**樓蘭**漢傅介子使大宛，至樓蘭，與其王飲酒皆醉，遂斬其王首級而還。喻今匈奴王。

言北邊軍士，於飄飄飛雪之寒日，亦開雁門關會戰。于狂風之時，亦馳平沙而交戰。帶霜之蓬，根斷風捲而歷亂，凄凉之景象也。北邊霜雪强，寒風烈，于此苦戰，其勞可知。然戍卒皆英勇氣壯，不厭辛苦，不惜身命，志在功名，却耻於生擒匈奴計其數而邀功也。無論生取雜兵幾何，敵國若在，則軍事不止。誠志於功名者，當直斬樓蘭王之首以報謝國恩也。勇健可賞。

秋閨思　張仲素

夫行戍邊，其婦居家，於秋夕閨中咏思夫之情。

碧窗斜月藹深輝，愁聽寒螿淚濕衣。夢裏分明見關塞，不知何路向金微。

碧窗窗也。「碧」爲詩家用字，强訓爲緑，勿訓讀爲壁。**寒螿**謝惠連詩「烈烈寒螿啼」，註：寒螿，蟬屬也。按，乃讀和歌「螿鳴啾啾霜夜寒」（譯註：原文爲和歌「きりきりす啼や霜夜のさむしろ」。）之意。寒螿，或訓讀爲晚蟬，或訓爲蟋蟀，然未穩當。**關塞**關外之塞。**金微**山名。**藹**藹通遏，止也，謂月輝分明而映照。

言秋夕月影自碧窗斜入，深輝藹於閨中。我獨居此閨中戀夫，望月而以爲不堪之物。時聽寒螿之鳴而不堪愁，淚濕衣矣。有讀「蟋蟀近床邊，日暮泣於音」（譯註：原文爲和歌「暮ぬれば音に泣んとや蟋蟀床の邊に近づきにけり」。）之風情。夫君在外，獨守閨中，戀慕夫君之情思與秋夜景色相合，甚妙！思久而入眠，分明夢見夫君所赴之關塞。夢裏而思，既已喜見關塞，則夫所在之金微山亦已近也；將急行往，而此處多歧路，何路可至金微山耶？不知其道，迷不知向何路而行，不得進也。於夢中幾近，却不得相逢，含不盡之思。妙！

郡中即事　羊士諤

紅衣落盡暗香殘，葉上秋光白露寒。越女含情已無限，莫教長袖倚闌干。

紅衣謂蓮花。**越女**謂美女。又越國採蓮女多，故對蓮謂越女。**長袖**即越女之袖。

言蓮花落盡，雖無花，有其香暗殘也。見荷葉上浮白露，覺秋色光寒，感花盛景色之更變。因云若令越女見此，則將含惜花之情，惜之無限矣。然莫使長袖倚此闌干而看秋光寒之氣色哉，若看之，則不堪愁情矣。唐解謂越女爲自況者，未妥，味句一，則以作悼亡其妾之詩爲穩。

登樓　羊士諤

登樓而以所見景色作之。

槐柳蕭疏繞郡城，夜添山雨作江聲。秋風南陌無車馬，獨上高樓故國情。

槐柳二木之名。苻堅自長安至諸州皆夾路樹槐柳。**蕭疏**蕭條、稀疏也。**夜**謂昨夜。

言登樓望遍，無可賞之風景，唯見槐柳蕭疏而繞郡城，此外更無他景。此時耳聞者乃江水流聲。此當爲昨夜山降大雨，故水聲有增也。「添」「作」者，謂昨夜山雨添入江水而作水聲。上二句，目見耳聞皆寂寥者也。視南方之陌，唯秋風吹遍，而無往來之人。「無車馬」者，無往來行人之意。此景不好，衆人同眺尚可也，而我獨在高樓看之，益生寂寞之思，情系故國，懷思種種矣。

酬浩初上人欲登仙人山見貽[一]　柳宗元

仙人山在柳州。

珠樹玲瓏隔翠微，病來方外事多違。仙山不屬分符客，一任淩空錫杖飛。

珠樹以珠玉名樹，皆美仙境樹之詞，出於《淮南子》。**玲瓏**玉之通透者也，是對珠樹而言。**翠微**謂山。《爾雅》：山遠望則翠，近之則漸微，故曰翠微。**方外**《莊子》之字，此謂儒與僧交，後世儒釋之交皆曰方外之友。**仙山**題之仙人山也。**分符客**漢時作銅符、竹符與郡主，分其半片，右片留京師，左片與郡主至其州。此時柳宗元守柳州，故自謂分符客。符者，日本之「割判」也，如賜予郡主之御朱印。**淩空**飛行於空中。**錫杖**僧所持具也。梁武帝時，有誌公飛錫杖于舒州潛山之故事。唐解中詳。贊僧高德之詞。

言上人所登之山即仙境，草木亦當成珠玉，爲玲瓏之美景。然有翠微之隔，不能直望。我雖欲隨侍上人而爲方外之遊，然近來已成病身，較之從前，如今事多相違矣。此次雖欲同往參拜仙山，然於如我羈絆世事之分符客，則不相稱也，故不能俱。可入彼山者，正須飛錫杖而淩空行，得自在通之神僧始爲相稱。喻浩初上人之德行當如此也。「一任」謂任憑。

【校勘記】

［一］酬浩初上人欲登仙人山見貽：《全唐詩》卷三百五十二作《浩初上人見貽絶句欲登仙人山因以酬之》。

題延平劍潭　歐陽詹

劍潭，一名劍津，在延平府南平縣東。昔晉雷煥爲豐城令，掘獄屋基，得雙劍。一與華，留一自佩。華誅，失劍所在。煥卒，其子持劍行經延平津，劍躍出墮水。使人没水取之，但見兩龍。見《晉書·張華傳》。

想像精靈欲見難，通津一去水漫漫。空餘千載淩霜色，長與澄潭白日寒。

想像遥想也。**精靈**謂劍德之神，俗謂有魂者。**漫漫**水之廣大貌。

言相傳昔雷煥得名劍，其子持之過此津，彼劍自躍出，入水中化爲龍。今欲見其劍靈妙而難見之，但想像其姿態也。過此津時，劍入水而去後，唯見水之漫漫。而此劍空留名，自昔千載至今，此水餘淩霜之色，潭水長澄澈，白日尚寒，雖没斯水中，仍可知名劍之威德，若親見之，更何感哉！惜名劍之沉潭也。此詩諸家注解，以爲喻自有才德，不爲世用。是也。

聞白樂天左降同左遷**江州司馬**[一]　元稹

殘燈無焰影幢幢，此夕聞君謫九江。垂死病中驚坐起，暗風吹雨入寒窗。

殘燈無焰光也。**幢幢**音床。幢，翳，蔽而不明貌也。此處謂燈暗影幽。**謫**貶也。**九江**即江州也，秦時謂九江郡。

言燈已殘，光焰微而影幽。正哀愁時，此夕聞君謫九江也。我雖垂死老身，又卧病中，然聞左遷事，心驚不覺坐起也。此句甚實情深切。凡人之道，交往當如斯也。驚起茫然而坐，其心中、其容貌今如見也。此夜坐起沉思，天暗，風雨吹送而入寒窗。此風聲、雨聲與幽燈，與老病愁情相對，慘痛不堪也。起句殘燈之象，其意大抵在三、四句之間，可視作通夜之象。

【校勘記】

[一]聞白樂天左降江州司馬：《全唐詩》卷四百十五作《聞樂天授江州司馬》。

胡渭州　張祜[一]

曲名也，邊戍旅客之述懷也。

亭亭孤月照行舟，寂寂長江萬里流。鄉國不知何處是，雲山漫漫使人愁。

亭亭高貌。**寂寂**孤寂、愁然之意。**漫漫**不知其限之意。

言乘舟夜渡長江，孤月亭亭高照，其清光載於行舟而去，偏照行舟也。長江之水寂寂，不知行止，將棹乎萬里之流哉。此二句述眼前寂寞夜色，自催哀愁。故雖戀戀懷思故鄉天空，却不知何處指其方位。是何處哉？不得而見，所見唯横雲漫漫於群山，故嘆息此景使我愁也。「人」謂祜自身。

【校勘記】

［一］祜：底本作「祐」，下《雨淋鈴》《虢國夫人》亦作張祐詩，今並注釋中「祐」均改爲「祜」，據《全唐詩》卷五百十一改。

雨淋鈴

張祜

玄宗所製曲名也，「淋」通「霖」，謂久雨不止。玄宗幸蜀時，淋雨彌旬。棧道鈴聲應山而響，聞之甚哀。其時其地，況爲潛幸之時，更哀矣。忽憶貴妃，其悲之餘，作此《雨淋鈴》之曲，親教此曲於樂工張徽。其後洎至德年中，復幸華清宮時，令張徽奏彼《雨淋鈴》之曲，思昔棧道，無不涕下。此以其曲爲題所作詩也。

雨霖鈴夜却歸秦，猶是張徽一曲新。長説上皇垂淚教，月明南内更無人。

秦謂長安。**張徽**樂工之姓名。**南内**興慶宮也。**人**指玄宗及侍臣。**長説**張徽語他人：「玄宗嘗親教此曲於我。」述其時情景也。

言自蜀復歸秦後，張徽奏《雨淋鈴》曲之夜也，此曲爲潛幸蜀地時所製。此句爲倒裝法。是夜聞奏此曲，較此前蜀中時所聞者，聞之猶更新也。「新」者，謂悲情益多。張徽向人長説上皇於蜀中製此曲，垂涙而教我。憶其時之事而哀，觀者亦悲也。委細而語之。聞其時之哀較蜀中之哀彌增痛慘，而此夕又於月明中見南内，其時之人，玄宗以下更無一人，嘆悲者亦已全無，將如此哀何也。

虢國夫人[一]　張祜

此詩本載《杜集》卷十八。《貴妃外傳》謂虢國不施脂粉自美艷，常素面朝天。當時杜甫有詩。然諸書作張祜之作，疑祜書此詩，而時人不知，以爲祜詩而傳之。《唐詩解》《三體詩》載此詩，題作《集靈臺》，改杜集二三字。《訓解》亦作《集靈臺》，《清氣集》題作《宮詞》，皆作祜詩。

虢國夫人承主恩，平明騎馬入宮門。却嫌脂粉污顔色，淡掃蛾眉朝至尊。

虢國夫人貴妃姊也。姊妹三人皆有容色，各寵恩不淺：秦國、韓國、虢國三夫人，每歲爲粉紅而賜二千緡，其中虢國最得寵。緡者，錢也。**平明**夜盡也，早朝之意。**騎馬**虢夫人常好乘馬。**脂粉**紅粉。**蛾眉**謂眉之好。蛾者爲蠶所化，其眉如畫。

言此虢國夫人，爲特承主君寵愛之人，平明乘馬入朝廷宮門也。此句謂叶君意而特出於他人也。其天生麗質，以脂粉將污損天資之美艷，因厭嫌化妝。故常素面，雖只淡掃其眉，然自如蛾眉之可愛，以如此姿容朝覲至尊也。爲女子而好騎馬，爲女子而厭脂粉，皆非常之女。另一種風流美人也。

【校勘記】

[一]虢國夫人：《全唐詩》卷五百十一作《集靈臺》。

渡桑乾

賈島

桑乾者，河名也。《一統志》：在山西大同府城南六十里，東南入盧溝河。

客舍并州已十霜，歸心日夜憶咸陽。無端更渡桑乾水，却望并州是故鄉。

并州《唐·地理志》：太原府，本并州，開元十一年爲府。**十霜**十年也。**咸陽**謂長安。**無端**和訓解爲無聊，於此意大抵雖通，然當視作循環如無端、無定之意。

言我離長安，於此并州客舍而居，思之如昨日今日，却已經十年歲月。歸心無日無夜，片刻不忘，常憶咸陽；而我之行止，更無端渡此桑乾水而行，距并州亦有二百里之遠，悲哉！此前於并州思歸而度日，然并州亦成眺望，矧乃歸故鄉乎？當如何哉？嘆之也。或曰，賈島前所厭倦之并州，今望之却感不捨也。是較之并州，則欲歸故鄉咸陽；今渡此河而赴未知之北國，較之北國，則雖并州亦思歸也。非謂思并州如思故鄉也。凡有情者，稍有緣即惜之戀之。況將去十年知己之并州，又遠赴未知之旅途，豈能無情乎？不忘十年之交遊，况故里之親乎？此人情之佳處也。王敬美貶謝注，似失人情。

成德樂　　王表

古樂府名。

趙女乘春上畫樓，一聲歌發滿城秋。無端更唱《關山》曲，不是征人亦淚流。

趙女謂美女。**乘春**因春興也。**城**《訓解》作「庭」。**《關山》曲**《關山月》之曲也。**征人**邊戍征役之人也。**無端**謂無間斷。

言趙女乘春色而上畫樓，發一聲而歌也。其歌聲清亮，響徹征人所居城中。趙女雖感春景而發，而此處聽者皆生悲，如感城中滿秋色也。爲征人而居邊鄙，於他人春興中憶及故鄉，宜生秋哀。而其上更悲者，於無端之歌中唱《關山月》之曲，故不堪聞。此曲爲離別之曲，故征人離故鄉來此邊鄙者，無一人不流淚也。是時之悲，雖非征人，亦淚流而哀矣。

漢宮詞　　李商隱

漢武耽仙術，刺其愚，諷玄宗。

青雀西飛竟未回，君王長在集靈臺。侍臣最有相如渴，不賜金莖露一杯。

青雀青鳥也。《漢武故事》，七月七日，帝於乾承殿齋居。忽一青鳥，自西方飛來集於殿前。帝問東方朔，朔曰：「是西王母欲來也。」頃之，王母來，三青鳥在旁。王母及去，與帝約三年後將復來，乃歸。其後竟不來。以上諸家之注皆以引證。更詳者，見《武帝内傳》。**君王**指漢武。**集靈臺**集靈宫中有望仙臺，俱在華陰縣界，武帝所造也。唐解引《三輔黄圖》《困學紀聞》載，宫曰「集靈」，殿曰「存仙」，門曰「望仙」，武帝立之。又别有玄宗所造集靈臺，其臺在華清宫中。**相如渴**《漢書》：司馬相如口吃，而善著書，常有消渴病。按消者，消穀善饑之病；渴者，多飲而渴不止之病。**金莖**武帝作承露盤，承天露和玉屑而服之，其盤一名金莖。

言漢武求仙，齋於承華殿時，王母來，且約三年後復來，遂同青雀西向飛去，然其後終不來。「未回」者，不來之意。然君王待其來臨，長在集靈臺望仙人之降。常取露和玉屑，吞而以爲仙藥，却無其驗。然則侍臣司馬相如有渴病，何不賜一杯金莖之露以救之，並驗仙藥之妙歟？返刺愚蒙，以戒朝廷聖道荒者。

夜雨寄北　李商隱

其身在南方巴山，寄北方故鄉之友也。

君問歸期未有期，巴山夜雨漲秋池。何當共剪西窗燭，却話巴山夜雨時。

君謂北方之友。**歸期**問歸故鄉之時日。**巴山**山名，時居之所也。**西窗**意謂家，歸北方我家，於西窗坐席之意也。

此詩因故鄉友人尋問歸期而答之也。言君問我歸家之期，而我尚未有期。我居巴山山家，常時即爲落寞，況此夜夜雨連降，見秋水漲池，實不堪蕭索。將何時歸家，共君翦燭於我家西窗之下，夜話今夜此時之愁思哉！其時却可慰此愁也。不答歸期處，意味甚長。

寄令狐姓也**郎中**官　李商隱

嵩雲秦樹久離居，雙鯉迢迢一紙書。休問梁園舊賓客，茂陵秋雨病相如。

嵩雲嵩山之雲也，嵩山爲五岳之中岳也。**秦**謂京。**雙鯉**謂書劄。楊升庵説詳也，見《訓解》。**梁園**梁孝王之苑，前詳也。此苑中賓客多，司馬相如亦其賓客。此李商隱自比相如也。**茂陵**地名，司馬相如以病免官，隱居茂陵。

言我於此嵩山雲下寓居，令狐居秦樹之地，互爲遠隔，久離居而懷想也。謂雲、謂樹，字對而無義，不可入穿鑿之理。雙鯉之便亦隔迢迢遠道，一紙書信亦自不達，音信互爲疏遠也。此後若賜書狀，休以我爲似相如客梁園時之有名望者而垂問也，我今零落窮居度日，應如相如抱病，離梁園往茂陵蟄居時矣。寄言此身居世間已無用也。「秋雨」之字，可見落寞。蓋商隱嘗爲令狐在楚地時之客，故借梁園故事，云「舊賓客」以比相如；以相如得病隱居茂陵，以比於今日之憔悴。非如《訓解》言，乃與相如比才德也。

秋思　　許渾

琪樹西風枕簟秋，楚雲湘水憶同遊。高歌一曲掩明鏡，昨日少年今白頭。

琪樹琪者，玉也，緑樹紅葉謂其美。**西風**秋風也，以西爲秋。**枕簟**簟者，竹席也，織竹爲席也。此僅謂卧席。**楚雲**神女，有楚襄王夢與神女通之故事。見《神女賦》序。**湘水**娥皇故事，「楚雲湘水」者謂美女，此謂昔與倡妓遊。

言諸木雖美，遇秋則皆黄落枯槁。今告秋初，西風涼冷，枕席之感亦與夏異，良感秋來也。感時移，憶往事，曾共朋友伴如楚雲湘水之妓女而同遊也。高歌一曲以歸往昔，然取鏡視顔，即啞然而掩鏡也。噫！我容姿全變矣。今所思之遊，一如昨日，而今所見者，白髮老翁也。曾爲彼遊之某乃少年男子也，與今此白頭老人何事耶？自疑之也。言「昨日」者乃極近之詞，此嘆年光推移，老少如夢，盛時無幾，空至老衰。句三，「高歌一曲」者，忘我而歸少年同遊之時也，故照視明鏡亦歸乎少時，當解作自不知其老之意。解作因憶少時之遊，恐照見白頭而故掩明鏡者，非也。

江樓書感　　趙嘏

獨上江樓思渺然，月光如水水連天。同來翫月人何處，風景依稀似去年。

渺然無邊之意。**依稀**相似之意。

言我一人獨自登此江邊之樓，眺望而生渺然之思也。所見景色，月明其光平鋪如水，水映月光連天一片，水天一色，清麗之景也。去年有人同來，故翫月亦同樂而望；今夜我則獨來，憶去年事而懷思，而不知其人在何處耶？今夜風景與去年今夜依稀，而看之之人則無定矣，此世事之常也，感嘆之。此句一「思渺然」之緣由也。書此感于江樓。

楊柳枝　　温庭筠

作妓女之題，自白樂天出。

館娃宮外鄴城西，遠映征帆近拂堤。繫得王孫歸意切，不關春草緑萋萋。

館娃宫吴王置西施所也。吴人以娃指美女，爲西施之宫，因名館娃宫。**鄴城**魏都地名也。**王孫**《楚辭》之字，見《訓解》等注。此兼不歸意、貴意。**萋萋**草盛貌，此謂柳緑。

言柳色之美，自館娃宫外至鄴城之西多有。映征帆而拂堤，遠近景色明麗。昔謂王孫遊而不歸，乃因春草之緑萋萋，然今此景不關春草，乃此柳色繫得王孫歸意切切而不歸也。是以柳色喻妓女，王孫者指征帆中人。

折楊柳枝詞[一]　段成式

曲名，李延年横吹三十八曲之一也。

枝枝交影鎖長門，嫩色曾霑雨露恩。鳳輦不來春欲盡，空留鶯語到黄昏。

長門失寵宫女所居之處。**嫩**與媆同，少好貌也，謂柳之幼葉，嫩爲俗字也。**鳳輦**天子之車也。**鶯**此鳥和無産。

言柳樹茂密，枝枝交映而鎖長門宫。此柳嫩時曾霑雨露恩澤而美，今唯濛濛而失其可愛之色。此以柳喻宫女，此宫女曾有嫩色之時，君恩亦不淺，今則廢於長門而寂寥。在宫中有姿色時，身霑雨露，今則無鳳輦，春盛亦過而欲盡，其色之衰愈甚。如此獨居空度，春日長而無人語慰，僅鶯語相伴，今日亦徒到黄昏，可憐哉！曰春盡、曰到黄昏，皆謂過時。是以詩人不遇比於宫女。

【校勘記】

[一]折楊柳枝詞：《全唐詩》卷五百八十四作《折楊柳》。

宫怨

司馬禮[一]

憐宫女之詩也。

柳色參差掩畫樓，曉鶯啼送滿宫愁。年年花落無人見，空逐春泉出御溝。

參差有長有短也。**御溝**禁中之溝也。

言柳色暗茂，其枝參差伸展，而掩宫女所住之畫樓。是春深寂寞之景象也。此時近曉，鶯鳥啼聲傳滿宫中，無所思之人聽之，當覺可愛；然若爲宫怨之女，却成愁音滿宫中也。失寵之女，無以安撫愁心，閑寥之象也。此宫中之樹木雖年年開花，而無人見、無人賞。徒成落花，空逐春泉之流，自御溝流出。花之盛亦不知，終而成塵，惜哉！憐之也。宫女失幸，於宫中空送年月，盛年過，容貌衰後而出禁中，惜之也。

【校勘記】

［一］司馬禮：《全唐詩》卷五百九十六作「司馬扎」。

宴邊將　張喬

一曲《涼州》金石清，邊風蕭颯動江城。坐中有老沙場客，橫笛休吹《塞上》聲。

涼州曲名。**金石**樂器，即謂音樂也。**邊風**邊鄙之風聲也。**蕭颯**寂寥、淒厲之風聲也。**塞上**曲名。

言宴戍邊將士時，奏《涼州》一曲，其金石之音清越，應於邊風之蕭颯，如進軍鼓而動江城，却生慘愁。樂本爲可悦之物，然此樂本爲邊樂，故自愁邊守之身也。此坐中有老於沙場之客，自少時至今未歸故鄉，不勝聞此《涼州》曲。因云若再爲橫笛之曲，必休吹《塞上》，聞之將不堪悲也。

退朝望終南山　李拯

紫宸朝罷綴鵷鸞，丹鳳樓前駐馬看。惟有終南山色在，晴明依舊滿長安。

紫宸殿名也。班固《終南山賦》有「概青宮，觸紫宸」。註：青宮、紫宸，天地之居。借此爲殿名。**綴**列也。**鵷鸞**鵷、鸞，皆鳳之一類，以其羽美，喻百官退朝行走時容姿之華美。**丹鳳**大明宮之門名。**終南山**山名。**晴明**天晴也。

言於紫宸殿議畢朝廷政事，百官朝退，其裝束飾美，威儀端正，各各有列，如綴鵷鸞羽毛之美也。我亦隨其後退出，於丹鳳樓門前，駐馬而看長安風景。雖多所變於昔，然唯終南山景色，望之雅境不變，今日特爲晴明，依舊滿望於長安。觀山色正有佳趣哉！僖宗時有黃巢之賊爲亂，朱全忠、李克用等討之。光啓三年春，車駕至京師。愁見其亂後之荒變，故唯稱南山之不變，以此詩包含其思耳。

華清宮　崔魯

唐太宗貞觀十八年營建御湯，名湯泉宮。高宗咸亨二年，改名温泉宮。玄宗天寶六年，又改名爲華清宮。於其間作朝元閣、長生殿等十八殿閣，與貴妃遊玩之處也。

草遮回磴絶鳴鑾，雲樹深深碧殿寒。明月自來還自去，更無人倚玉闌干。

磴山路曰磴。**鳴鑾**御車駕之鈴聲也，謂御幸。**闌干**即欄檻。

言此宮嘗格外繁昌，今荒廢，通路竟不可分，草生茫茫遮蔽回磴，人迹斷，鳴鑾絶。樹木自鬱，雲霧深深，寂寂而生，充塞其中。碧殿結構雖殘存，而行人絶，氣色荒寒，見之不堪。見處皆非舊時矣。不變於昔者唯明月之自來還自去，不絶往來也。此景雖皆爲哀，而更催悲情者，此玉闌干乃昔時玄宗貴妃共倚，相誓願世世爲夫婦之處，然竟未遂一世而别。思如今此宫中寂寞，更無倚闌干之人，遂成空宫，哀情彌增也。

古别離　韋莊

憶舊時之别而述離情。

晴煙漠漠柳毿毿，不那離情酒半酣。更把玉鞭雲外指，斷腸春色在江南。

晴煙晴日空中，有靄如煙。**漠漠**煙靄霴䨴貌。**毿毿**柳動貌。**酣**殘餘不多，謂餞别之人半已歸去。**玉鞭**玉字無意，但謂鞭也。不必泥於《訓解》等玉鞭故事。**江南**地名也。

是在江南，送人往江北。别時晴煙漠漠柳絲毿毿，爲春景可樂之時節。然棄此春景而與君别，思之而離情難以言喻。酒宴半酣，送行衆人亦已歸去，倍惜别而「不那」（無奈）之情也。思之已不堪，君更把鞭乘馬，指雲外而去，離情欲斷腸矣。然此後亦難忘此刻，江南春色爲斷腸之因，乃在此也。思可愛春色亦將消逝，深痛離别。

宮詞　李建勳

宮門長閉舞衣閑，略識君王鬢已斑。却羨落花春不管，御溝流得到人間。

閑閒暇也，徒然度日意。閒，同閑，不可混作人閒之「閒」，人閒之「閒」，從門從日月之「月」。和板之選，誤混書，因辨之示幼童。**略**可解作大意、大概之意。**斑**謂鬢白。**不管**謂不管束。

言宮門長閉，無君幸，亦無人出入，更無翻舞衣之袖，閑寂而空送日月。此閑之餘，思緒萬千，略識之，則君王將亦年高，鬢鬚已斑而成白髮矣。是久不出於君前，又不許自由出入宮門，徒閉宮中，空度日月而愁也，故反羨不應羨之物。落花爲世人所惜，而我竟不如散花之幸！何哉？若春長管束之，不令花落，則花亦將憂思矣！因春不管，故花得辭枝而去，自御溝流出，廣到人閒，故羨之也。此時宮女有出禁門而去者，故詩及之。

水調歌第一疊　張子容

是唐曲十一疊，其第一疊也。商音之曲，隋煬帝幸江都所製，曲成奏之，其聲甚怨。王令言曰：此曲唯有去聲，無回韻，帝不歸矣。後果如其言。此歌謂邊戍警備之嚴。

平沙落日大荒西，隴上明星高復低。孤山幾處看烽火，戰士連營候鼓鼙。

平沙邊土有平沙千里之地。**大荒**至極之邊鄙，謂國之最遠處。**隴**山名，前出。**孤山**謂孤山寨。《訓解》、唐解引二孤山，評云：二孤山不同。然詩尚是泛言。**烽火**狼煙，前出。**鼓鼙**軍器，振鼓也，前出。

言聞岱輿山南，平沙連千里，於其處看落日較無垠之大荒，更入其西方也。而其近處有山曰隴山者，可於其上見明星高懸，後又見其降下而低。是自落日至終夜不寢所見之景也。其間於孤山寨之處，可見幾處烽火。戰士連營，擊鼓鼙、備軍器，以備胡之攻來，晝夜候而無怠慢。見武備森嚴，征戰辛苦，憐戍邊者也。

涼州歌第二疊　　張子容

如前詩題意，宮調曲也。《訓解》等載其説。此亦咏邊戰。

朔風吹葉雁門秋，萬里煙塵昏戍樓。征馬長思青海上，胡笳夜聽隴山頭。

朔風北風也。**雁門**郡名。**煙塵**煙者，烽火之煙；塵者，馬蹄之塵也。此「煙塵」二字，看似風吹起塵煙，此處不然。**青海**地名。**征馬**意謂征戍之身，不必拘泥於馬字。

言北風吹度，衆木葉落而秋，雁門郡正匈奴入寇之時節也。匈奴將亂入雁門，如秋風之吹落木葉。故晝間馬蹄塵飛，夜則烽火煙上，萬里之間無處不煙塵，戍卒樓前竟昏暗也。戰場淒凜景象如此。悲征馬之身，居此可怖之地，晝夜辛苦，長思故鄉，片刻不忘，却不得歸，于此青海上過歲月矣。更增哀者，胡俗每夜吹笳，其聲哀，於隴山頭聞之，實凄然不堪哉！愁苦也。

水鼓子第一曲　張子容

前《胡渭州》類之曲也。謂邊鄙。

雕弓白羽獵初回，薄夜牛羊復下來。夢水河邊青草合，黑山峰外陣雲開。

雕弓《詩》：敦弓既堅。毛萇曰：敦與雕同，畫弓也。敦字此時音雕。此處雖無大礙，多音字，因告童子也。**白羽**矢名也，出《家語》《國語》等。**薄夜**暮時，薄同迫，近夜之意也。**夢水**、**黑山**皆胡地名，在沙漠中。**陣雲**妖氛也。俗謂旗雲之類。

此謂邊地得安寧，士卒得閑而遊獵。言持雕弓白羽出獵，終日樂遊，至歸家時已爲薄夜，衆民亦入山林驅取牛羊之類。此衆人近日暮時亦將各歸其家，引彼牛羊下山而來，無戰事時人民安生之狀也。夢水河邊爲戰場，戰時草受踐踏而無暇生長，此時軍戰止，青草繁生，草草相合也。望黑山峰外，天氣現平和之色，陣雲妖氛散開而去，寧静氣色也。

雜詩　　陳祐[一]

無定河邊暮笛聲，赫連臺畔旅人情。函關歸路千餘里，一夕秋風白髮生。

無定河邊地之河名。一曰奢延水，又謂銀水。其水急流深淺不定，故名。南入黄河。**赫連臺**晉時有胡人曰勃勃，僭稱天王，以赫連爲姓，攻克長安，築南臺。此臺亦在黄河岸側。**函關**函谷關也。

言無定河邊暮聞笛聲，赫連臺畔旅人不堪其情，生懷戀故鄉之心。回顧函谷關方向，歸故鄉必過此關，則唯望得見函谷；然距此亦千餘里，非目之所及，况更遠之故鄉哉！彌增悲也。見白髮生而自思，我應非白髮之身，今見白髮之生，不可思議，是此夜一夕爲秋風吹生者也，感其爲悲思之驗也。悲秋而歸心切切，白髮所由生也。

【校勘記】

[一]陳祐：《全唐詩》卷七百八十五署爲「無名氏」。

初過漢江　無名氏

在襄陽城。

襄陽好向峴亭看，人物蕭條屬歲闌。爲報習家多置酒，夜來風雪過江寒。

襄陽漢襄陽侯習郁所作之佳園，中有習家池等遊宴之處。晋山簡鎮襄陽時每于池上置酒醉遊，名之曰高陽池。**峴亭**峴山之驛亭。**闌**晚也、盡也。**習家**即池也。

言我初來此襄陽，而觀此地名勝多、風景好，遂自峴亭看之也。然與昔習郁盛時相異，覺人物蕭條而不繁昌。今年亦已歲闌，凄清更甚。爲我報之，彼習家池者，晋山簡亦置酒而遊，既爲好景，則請效簡之昔，今亦多置酒於池上。今日風雪寒，過漢江而來，寒氣難堪，幸給酒以御夜來之寒哉！請報此由於友人也。句二，人物風俗衰而不好看，且歲晚而物悲，皆不好也，蓋有所諷云。

胡笳曲　無名氏

月明星稀霜滿野，氈車夜宿陰山下。漢家自失李將軍，單于公然來牧馬。

霜滿野謂天欲曙時，非謂月色如霜。**氈車**單于所乘之車，以毛氈爲車飾。**陰山**地名，前詳。**李將軍**前出，此喻唐家將軍。李廣自刎事，見《訓解》。**單于**謂匈奴天子。**公然**不憚他，任性推行。

言月清明，星影淡，星自稀，此月明之夜亦將過，霜滿於野。其時氈車宿居陰山下，欲謀討中國。云此者，乃因如昔漢失李將軍而匈奴侮中國；今唐朝亦失哥舒翰等名將士而無勇將，故單于公然來我方近營處，任意牧馬，何輕中國之甚也！雖不言胡笳，而此體胡笳曲也。

塞上曲　王烈

紅顏歲歲老金微，沙磧年年臥鐵衣。白草城中春不入，黃花戍上雁長飛。

紅顏謂面容年少美時。**金微**地名，前出。**沙磧**匈奴之地名，前出。**鐵衣**謂甲胄。**白草**白草原也，見前。**城**如前述，非城郭，乃謂屯聚。**黃花戍**平州北平郡，有黃花、紫蒙、白狼等十二戍。

言我自紅顏時出故鄉，歲歲居此金微，今日哉，明日哉，於此地空度日間而成如斯之老人。居留之樂亦唯度日歟！年年辛苦艱難，每夜身着鐵衣而寢。于此沙磧由少年變老，慨嘆已經衆多歲月也。此地爲邊土，青草不生，唯生白草；春至亦無花鳥之景，乃春不入之地；但見黃花戍邊上，歸雁長飛而去，始知爲春也。唐解：上聯見征戍之久，下聯見風土之惡。

又

孤城夕對戍樓閑，回合青冥萬仞山。明鏡不須生白髮，風沙自解老紅顏。

回合青冥萬仞山萬仞高山互爲回合，青冥亦爲之遮蔽而不可分辨。深山幽谷之地也。**明鏡**唯言鏡。

言晝間已在孤城中，況入夜之寂寥。夜對戍樓徒然漏盡，天明則萬仞之山回合，山中不見日光之明。長年累月愁苦度日，不須視鏡，而知白髮之生；遭此風沙吹打，而解紅顏退而成老也。風土特惡矣，於寂寞山中經年憂苦，哀哉。

邊詞　張敬忠

詠邊鄙苦寒狀。

五原春色舊來遲，二月垂楊未掛絲。即今河畔冰開日，正是長安花落時。

五原《唐·地理志》：靈州五原郡下都督府。後没入吐蕃。《訓解》謂塞之名，北邊之塞也。**掛絲**掛絲者，謂柳枝出嫩芽，輕柔扶風貌。

言此五原邊地春色之來較京都甚遲，非唯此春來遲，以往皆遲也。雖已二月，柳樹還如枯木，尚不見掛絲春色。今視河畔，冰始爲開。將此地風候較之長安氣候，則今日長安正花落時也。邊鄙遠國，有如斯之遲速哉！感慨之。

九日宴　張謂

秋葉風吹黄颯颯，晴雲日照白鱗鱗。歸來得問茱萸女，今日登高醉幾人。

颯颯風之貌。**鱗鱗**雲之貌。**茱萸**前出。

言秋風吹散黄葉，枯黄之葉颯颯而飛。晴日映照於白雲，故雲望之如重鱗也。是晚秋之佳景。黄葉、白雲之字，上下分用也。《訓解》謂此二句述愁慘之景者，誤。雖有如上之秋興，而張謂身爲旅客，秋興之宴亦爲不樂。歸來而問賣茱萸女，今日登高而醉，爲樂者有幾人歟？我不樂而羨他人醉也，見旅客之情。九日故事前詳。

西施石　樓穎

唐解：《會稽記》土城山邊有石，云西施浣紗石。西施微賤時習女禮處。

西施昔日浣紗津，石上青苔思殺人。一去姑蘇不復返，岸傍桃李爲誰春。

西施越國美女也。會稽有東施、西施兩家，施爲其姓也。西施浣紗於溪邊，越王勾踐見之而獻吴王。**去**赴也。

言此處乃昔日西施微賤時來此津坐此石，浣於溪流之古迹也，其石今在，而令看青苔之人思殺，於末代之今，尚思慕美人之名，况當時西施自坐之時哉！感之也。西施爲越王一去姑蘇後，不復再有如西施者。此石岸傍之桃李，花開競色，爲西施之遺迹，故當爾也；然此乃往昔之事，今春色之盛者，爲誰而如此也？

和李秀才邊庭四時怨　盧弼[一]

李氏赴邊庭，日月相送，四季移時，每思故鄉而咏愁情，盧弼爲之和韻也。此詩有四首。唐解、《訓解》等載四首，此選省春、夏二首。

八月霜飛柳遍黄，蓬根吹斷雁南翔。隴頭流水《關山月》，泣上龍堆望故鄉。

隴頭流水隴者，山名；隴水自隴山出，秦人西役至此，作《隴水歌》。出《訓解》。**關山月**曲名，傷別離之曲也。**龍堆**邊地之名，前出。

言邊庭寒氣早于長安，八月多降霜，柳亦遍黄而落也。蓬亦早斷根而爲風吹散，雁亦厭寒，翔往南國氣暖之地，去此邊庭也。是謂秋色愁慘之景色。此時聞《隴水》《關山》二曲，實生不堪之情。戍卒皆悲泣，上龍堆望故鄉方向而懷戀也。傷痛之景象。

又

朔風吹雪透刀瘢，飲馬長城窟更寒。半夜火來知有敵，一時齊保賀蘭山。

透刀瘢瘢爲刀傷之痕，手負之者，風雪透其傷口而痛也。**長城窟**秦時蒙恬等築，防胡處之遺迹也，往往有泉窟，今因此而飲馬。《訓解》詳。**火**烽火也。**賀蘭山**山名。

言朔風吹雪，寒氣爲甚，入透刀瘢而苦痛。依長城遺迹，於巖窟中飲馬，更不堪苦寒也。如此困苦之時，夜半又見烽火，嗚呼敵之攻來！一時衆人皆悉，齊保賀蘭山而勵軍忠也。窮困寒苦而盡忠勤之志，可賞可憐。「齊」者謂衆人思合，「保」者謂護衛堅固。

【校勘記】

［一］盧弼：《全唐詩》卷六百八十八作「盧汝弼」，並注：「《才調集》作盧弼。」下同。

宴城東莊　　崔敏童

城東爲地名，莊爲別業也，宴爲酒宴也。

一年始有一年春，百歲曾無百歲人。能向花前幾回醉，十千沽酒莫辭貧。

十千漢時，金一斤爲錢十千。**百歲**《莊子》：上壽百歲，中壽八十，下壽六十。

言一年開始，其年終而明年之春又始，春過而春不盡，年去而年不盡。人則異之，若百歲爲上壽，則縱活百歲，而不得百年之盛，況百歲之齡難保，故曾無百歲人。然則能向花前作樂，其幾回可數而知也，世無限而命有限，若不欲徒然而過，則當飲一杯爲樂。然則十千之價雖貴，亦當不吝沽酒，莫因貧乏而辭沽酒矣。勸之也。○「始有」二字，他本多作「又過」。

奉和同前[一]　　崔惠童[二]

前有崔敏童詩，同心而和韻也。

一月主人笑幾回，相逢相值且銜杯。眼看春色如流水，今日殘花昨日開。

主人笑幾回主人謂敏童，此句取用《莊子》，承前詩《莊子》用字。《莊子》之語見《訓解》。**值**遇也。**眼看**看眼前也。

言凡人之住世，短暫之間，其中有疾病不幸憂患等變故，快心歡樂爲少。主人崔敏童，一月三十日中，歡笑遊樂有幾回哉？尋問之也。今日相逢相值，且給酒同遊，非彼可數之一樂耶？「銜杯」謂飲酒也。如此相見亦邂逅也，今眼前所看之春色，亦如流水而去；今日之殘花乃昨日所開，易衰如此。日月之過既如流水，人生無常亦如是矣。然則何不銜杯爲樂乎？勸之也。

【校勘記】

[一]奉和同前：《全唐詩》卷二百五十八作《宴城東莊》。

[二]崔惠童：《全唐詩》卷二百五十八於題下注：「一作崔惠詩，一作崔思詩。」

宿疏陂驛　　王周

荆州之驛也。王周蒙宦，辭故鄉而宿此地。感秋景而述旅懷。

秋染棠梨葉半紅，荆州東望草平空。誰知孤宦天涯意，微雨蕭蕭古驛中。

棠梨即甘棠。**荆州**地名。**孤宦**因仕宦，往遠國偏鄉，謂孤無依靠之身。

言秋已令衆木變色，棠梨之葉亦染紅過半。自荆州望東方，草平而如連空。見此荒凉之景而思身世。承小宦自長安而赴遠隔天涯之偏土，愁哉！如此遠來，我既無依靠之人，因宦而成孤獨之身，不知誰能憐此心中？正生孤哀，微雨降來，甚爲蕭蕭，於古驛亭見之而不堪其情。悲哉！亭中無以慰憂之意，溢於言表而爲憐也。

塞下曲　　釋皎然

見前。

寒塞無因見落梅，胡人吹入笛聲來。勞勞亭上春應度，夜夜城南戰未回。

勞勞亭在金陵。三國時，吴人所建。傳一名「臨滄觀」。**夜夜城**北塞之城名。

言北邊寒氣重，塞上不得見梅花，只在胡人笛中聽吹《梅花落》之曲，此外不得見也。是不見花而聞此曲，倍不堪愁之意自見。金陵送别處之勞勞亭上，今乃春色應度之時。於此夜夜城南，則除日夜苦戰之外，不知春望矣。雖欲看花而不得回故鄉，悲慘之身哉！悲嘆也。

僧院　釋靈一

虎溪閑月引相過，帶雪松枝掛薜蘿。無限青山行欲盡，白雲深處老僧多。

虎溪廬山遠公三笑之所也。廬山東林三門内之小渠，謂虎溪。此詩借謂山幽。**薜蘿**蔦葛。蓋謂藤蔓類。

言虎溪僻静處也，又引閑月，與月共過此地。行而視之，則松帶殘雪，其枝纏掛薜蘿。實出塵之山中景象也。此深山之路無限，行於連綿之青山，以爲將行盡耶，而猶有白雲之起深山。此地似遠隔人間，其幽邃中多老僧居住。僧住於如此之處，真遠塵之高德所應住之寺院哉！感之也。行盡無限青山，白雲深處之情狀爲妙。全篇如見於目前。

跋

右《兒訓》刻成未檢之之間，聞書林已散數百本行于世，今而無那之。頃日改正既修，故添一語，以異日使讀者無訝。且尚有與詩意矛盾者乎？四方君子賜之改正，則不佞之幸，亦幼學之幸也。